SIMONA AHRNSTEDT

Ein einziges C

SIMONA AHRNSTEDT

EIN EINZIGES GEHEIMNIS

Roman

Ins Deutsche übertragen
von Antje Rieck-Blankenburg

LYX

LYX in der Bastei Lübbe AG
Dieser Titel ist auch als E-Book erschienen.

MIX
Papier aus verantwortungsvollen Quellen
FSC® C083411

Vollständige Taschenbuchausgabe
der bei LYX erschienenen Paperbackausgabe.

Die Originalausgabe erschien 2015 unter dem Titel
»En enda hemlighet«
bei Bokförlaget Forum, Stockholm, Schweden.

Textredaktion: Sibylle Klöcker
Umschlaggestaltung: © buerosued unter Verwendung
von Motiven von © Ilina Simeonova / Trevillion Images
Satz: Greiner & Reichel, Köln
Gesetzt aus der Adobe Caslon
Druck und Verarbeitung: CPI books GmbH, Leck – Germany
ISBN 978-3-7363-0968-5

1 3 5 7 6 4 2

Sie finden uns im Internet unter www.lyx-verlag.de
Bitte beachten Sie auch: www.luebbe.de und www.lesejury.de

1

Als Alexander de la Grip aufwachte, wusste er nicht genau, wo er war. Der Helligkeit nach zu urteilen, war es bereits Morgen, aber in welchem Land er sich befand, in welcher Stadt, und mit wem er die Nacht verbracht hatte, war ihm entfallen.

Allerdings war dies nicht weiter ungewöhnlich.

Er checkte kurz seinen Zustand. Nackt. In einem fremden Bett, leicht verkatert. Er streckte seine Hand aus und suchte nach seinem Handy. Sah, dass es erst acht Uhr war, fühlte sich aber ausgeschlafen. Das war der Vorteil, wenn man regelmäßig trank und feierte: Mit der Zeit gewöhnte man sich daran und fühlte sich am Tag danach trotzdem relativ fit. Auch wenn jetzt allmählich die Erinnerung an sowohl den Champagner und die diversen Drinks als auch an die Mädels in den verschiedenen Clubs zurückkehrte, die er besucht hatte, bevor er hier gelandet war.

Wo auch immer *hier* nun war. Alexander versuchte, seinem Gedächtnis auf die Sprünge zu helfen. Er hatte in Chelsea angefangen und war dann in den Meatpacking District weitergezogen, doch danach war das meiste in seiner Erinnerung verblasst. Er kratzte sich am Bartansatz. Verdammt, er musste heute noch nach Stockholm fliegen. Wo er, wenn auch nicht seinen Dämonen, dann zumindest einem Teil seiner Familie begegnen würde.

Er glitt aus dem Bett, in dem sein nächtliches Date noch tief schlief. Ihre Haare lagen ausgebreitet auf dem Kissen, und ihre

Haut war leicht sonnengebräunt. Alexander blieb mit seinem Blick an ihrem nackten Rücken hängen. Sie hatte hübsch ausgesehen, als sie gestern auf der Dachterrasse angefangen hatten, miteinander zu flirten. Sexy auf diese energische Art und Weise, wie junge Frauen es oftmals waren, die auf der Suche nach dem Glück nach New York kamen. Schwedin, wie er meinte, sich zu erinnern. Bemerkenswert zielstrebig. Außerdem lispelte sie, was er unglaublich erregend fand. Eigentlich war sie etwas zu jung für ihn, doch Skrupel dieser Art hegte er nicht. Um die zwanzig, mit großen Kulleraugen und einem glucksenden Lachen. In ihrem Blick hatte etwas Brutales gelegen. Gestern war er zu betrunken gewesen, um sich darum zu kümmern, aber jetzt fiel es ihm wieder ein.

Sie waren sich in Romeos Restaurant begegnet und dort miteinander ins Gespräch gekommen. Sie war intelligent, witzig und geradeheraus, sodass aus dem Schlagabtausch ziemlich rasch mehr geworden war. Ihr Name war typisch schwedisch, Linda oder Jenny, und sie war … Er runzelte die Stirn, während er sich nach seiner Kleidung umsah. Journalistin? Nein, eher nicht. Er fand seine Unterwäsche und seine Hose, zog sie an und griff sich sein Hemd, die Lederjacke und die Schuhe. Studentin? Fotomodell? Nein, das auch nicht. Sie war zwar schmal genug, um Model zu sein, aber er meinte sich zu erinnern, dass ihr Beruf etwas mehr verlangte als lange Beine und Essstörungen. Er steckte sein Handy ein, vergewisserte sich, dass er sein Portemonnaie dabeihatte, zog ihr die Bettdecke über den Rücken hoch und ging hinaus in Richtung Wohnungstür. Öffnete sie leise und stand kurz darauf draußen auf der Straße, wo er innehielt. Richtig, sie wohnte in Brooklyn. Er setzte seine Sonnenbrille auf und orientierte sich. Definitiv im besseren Teil. Er kaufte sich einen Kaffee to go und hielt nach einem Taxi Ausschau.

Er war dankbar dafür, dass sie in Jessicas (genau, so hieß sie!) Wohnung und nicht in seiner gelandet waren, auch wenn er nun einen längeren Weg bis nach Hause zurücklegen musste. Nicht, dass er etwas dagegen gehabt hätte, Frauen mit zu sich nach Hause zu nehmen. Er liebte sein Appartement in der Upper West Side, und selbst die blasiertesten seiner Gäste waren jedes Mal beeindruckt von dem Portier, dem Luxus und der Aussicht über Manhattan. Aber er musste nach Hause, um zu packen, und sie hatten beide gewusst, dass es sich nur um einen One-Night-Stand handelte. Es war einfacher, wenn man selbst derjenige war, der sich davonstahl.

Als er in ein Taxi sprang, klingelte sein Handy. Er schaute aufs Display, spürte sofort das wohlbekannte Unbehagen in sich hochkommen, als er sah, dass seine Mutter anrief, und drückte den Anruf weg. Praktisch gesehen befand er sich bereits auf dem Weg nach Stockholm, und je länger er ein Gespräch mit ihr aufschieben konnte, desto besser.

Als sein Handy das nächste Mal klingelte, fuhren sie gerade über die Brooklyn Bridge. Diesmal stand auf dem Display *Romeo*, woraufhin er sich mit einem beschwingten »Talk to me baby« meldete, während er durchs Wagenfenster hinausschaute. In New York hatte der Frühling längst Einzug gehalten, und überall blühten Japanische Kirschen und Tulpen. Das morgendliche Verkehrsaufkommen hielt sich in Grenzen, und er spürte, wie die letzten Nachwirkungen seines nächtlichen Feierns mit dem Kaffee hinuntergespült wurden.

»Ich wollte nur hören, ob du okay bist«, vergewisserte sich Romeo Rozzi, Koch mit dem Beinamen »Das italienische Wunderkind«, Celebrity in der internationalen Gastronomieszene und Alexanders bester Freund.

»Warum sollte ich nicht okay sein?«

»Du warst ziemlich blau, als du mein Restaurant verlassen hast.«

»Das ist einer meiner besseren Zustände«, konterte Alexander abwehrend. »Weißt du übrigens, als was sie arbeitet? Mein Date?«

Romeo seufzte am anderen Ende der Leitung hörbar. »Erinnerst du dich etwa nicht mehr? Ich hab dir doch mehrfach gesagt, dass du vorsichtig mit ihr sein sollst.«

»Stimmt, als Bloggerin, oder?«

»Bei einem Super-Klatsch-Blog. Einem der schlimmsten. Und du hast ihr versprochen, ihr Material dafür zu liefern. Hast du das etwa?«

Alexander bemühte sich, die Fragmente seiner Erinnerungen an die Nacht zusammenzusetzen, die er mit der leidenschaftlichen Schwedin verbracht hatte. Er dachte an die Fragen, die sie ihm gestellt hatte, und die Dinge, die sie ausprobiert hatten.

»Schon möglich«, antwortete er.

»Sie ist total heiß auf Klickrekorde. Ich hab dich gewarnt. Sie ging geradezu ab wie 'ne Rakete, als sie dich sah. Willst du, dass ich das Ganze stoppe? Ich könnte mit ein paar Leuten reden.«

Alexander versuchte zu ergründen, ob es ihm etwas ausmachte, ein weiteres Mal in einem Klatsch-Blog oder Ähnlichem öffentlich an den Pranger gestellt zu werden.

»Leuten?«, wiederholte er, während draußen der Eingang zum Central Park an ihnen vorbeizog. »Wenn das bedeutet, was ich glaube, würde ich dafür plädieren, die italienische Mafia noch rauszuhalten, okay? Es stört mich nicht, lass sie doch machen.«

Erneutes tiefes Seufzen. »Nimmst du denn gar nichts ernst?«

»Nun mach mal halblang. Meine Feierei beispielsweise nehme ich absolut ernst.«

»Du weißt genau, was ich meine.«

Alexander verstummte. Denn er wusste, worauf Romeo anspielte.

Im letzten halben Jahr hatte er ausschweifender als je zuvor gefeiert, und manchmal kam es ihm vor, als hätte er es nur darauf angelegt, für möglichst heftige Schlagzeilen zu sorgen, damit sie nach Europa gelängen und seine Eltern zu Hause in Schweden erreichten.

Im vergangenen Herbst hatte er eine Affäre mit der Popikone Zoe Taylor gehabt. Nach der kurzen, aber stürmischen Episode schrieb sie umgehend den Song *My Favorite Swede*, der einen Rekord auf Spotify erzielte. Ob der Song tatsächlich von Alexander handelte, blieb offen, doch Zoe, eine der bekanntesten Frauen weltweit, hatte dies nicht verneint, woraufhin die Presse ihn wie ein Tier zu jagen begann. Inzwischen war Zoe mit ihrem Bodyguard zusammen, aber *My Favorite Swede* war noch immer einer der meistgespielten Titel.

»Alessandro. Ich mach mir Sorgen um dich, und zwar ernsthafte.«

Romeo hegte Bedenken, dass Alexanders Alkoholkonsum, die Feierei und die ganzen Frauengeschichten womöglich doch etwas aus dem Ruder liefen, das wusste Alexander.

Aber mal ehrlich. Ein Blick in seine Vergangenheit und das Ganze war gar nicht mehr so abartig. Er betrachtete das Geschehen draußen vor dem Wagenfenster. Gelbe Taxis, Zeitungsstände und jede Menge Passanten. In jeder Straße dasselbe Bild.

Nach Zoe hatte er mit einer Reihe von Frauen etwas angefangen, bevor er Lana begegnete, der Erbin eines Immobilienimperiums. Es hatte ganze zweiundzwanzig Tage gehalten. Lana war die Skandalerbin in den USA schlechthin, und ihre Romanze mit dem schwedischen Jetset-Prinzen hatte in der amerikanischen wie auch europäischen Presse ein lautstarkes Echo ausgelöst. Aufrichtig gesagt, konnte sich Alexander nicht mehr so genau an ihre gemeinsame Zeit erinnern. Sie hatten ununterbrochen gefeiert, dann jedoch kurz vor Weihnachten in beiderseitigem freundschaftlichen Einvernehmen Schluss gemacht. Lana war auf ihre Familienranch in Texas zurückgekehrt, wo sie sich mit einem Jugendfreund verlobt hatte, und vor wenigen Wochen hatten die beiden erst geheiratet. Alexander hatte dem Brautpaar sogar ein Hochzeitsgeschenk spendiert. Es war ihm gelungen, den größten Teil des Ensembles eines der frivolsten Musicals am Broadway dafür zu gewinnen, und er hatte den Flug und Aufenthalt für die gesamte Truppe sowie einen exklusiven Auftritt beim Hochzeitsfest finanziert. Die Künstler, ausschließlich Männer, hatten einen der skandalösesten Songs aus dem Musical dargeboten, gespickt mit Flüchen, obszönem Sex und Blasphemie, und Alexander hatte extra etwas draufgelegt, damit sie nur in kurzen Shorts und Krawatte auftraten. Welchen Eindruck die Vorstellung bei der tiefreligiösen Familie des Bräutigams hinterlassen hatte, war ihm nicht bekannt. Doch er war sich sicher (beinahe jedenfalls), dass sein Gag Lana gefallen hatte.

Wie Alexander selbst Weihnachten gefeiert hatte, wusste er nicht mehr genau. Auf den Malediven? Seychellen? Vage Erinnerungen an nackte Frauen und Luxusjachten tauchten in seinem Kopf auf. Oder war das an Silvester gewesen?

Als das Taxi an einer Kreuzung abbog und die Upper West Side sichtbar wurde, kehrte Alexander in seinen Gedanken wieder in die Gegenwart zurück.

»Ich bin jetzt kurz vor meiner Wohnung, kann ich dich anrufen, wenn ich in Stockholm angekommen bin?«

»Ach richtig, du fliegst ja heute nach Hause. Und wie fühlt sich das an?«

Fucking wonderful.

Er schaute auf die Uhr. Kurz vor neun. »Als bräuchte ich dringend 'nen Drink.«

»Euer schwedischer Prinz ist übrigens ziemlich sexy. Ich würde ihn gern mal bekochen.«

»Wenn ich ihn treffe, werde ich es ihm ausrichten«, entgegnete Alexander und legte auf.

Frisch geduscht, rasiert und umgezogen kam Alexander frühzeitig in Newark an. Der Taxifahrer nahm das Trinkgeld mit einem Grinsen entgegen, und Alexander checkte sein Gepäck ohne Probleme ein. Er hatte nie irgendwelche Probleme mit derlei Dingen. Er schenkte einfach jeglichen Personen, die am Check-in saßen, sein blendendes Lächeln, und all seine Koffer entschwebten umgehend auf dem Gepäckband.

In der VIP-Lounge zwinkerte er der kräftig gebauten Dame hinter der Theke zu und registrierte, wie sich ihre stramme Haltung entspannte, während sie sich mit der Hand übers Haar strich und ihm dann einen Wodka on the rocks servierte. Die Frauen in New York waren im weltweiten Vergleich zwar außerordentlich schwer herumzukriegen, aber bislang war es ihm noch immer gelungen, sie zu bezirzen. Er musste nur alle Reize ausspielen, die er besaß. Es funktionierte ganz automatisch, und außerdem war es eine Win-win-Situation: Er erhielt guten Service, und sie freuten sich.

Als sein Gate fürs Boarding geöffnet wurde, ließ er höflich eine Mutter mit ihrem Säugling vorbei, half einer älteren Dame mit ihrer Tasche und stieg dann selbst an Bord. Dort ließ er sich vom unaufdringlichen Luxus der ersten Klasse einlullen, bestellte einen Drink vorm Essen und verschlief dann den Großteil der Flugzeit. Er buchte jedes Mal denselben Flug nach Stockholm, da dieser für ihn zeitlich ideal lag, und er achtete immer darauf, genügend Alkohol zu sich zu nehmen, um einschlafen zu können.

Als er am frühen Morgen in Arlanda landete, war er ausgeschlafen. Er rauschte förmlich mit seinem schwedischen Pass durch den Zoll, erhielt ohne Probleme seine Koffer, was ein weiterer Vorteil des Reisens in der ersten Klasse war, und winkte ein Taxi heran.

»Ganz schön kalt«, bemerkte er gegenüber dem Taxifahrer, der mit einem ausführlichen Bericht über Temperaturen und Sonnenstunden in den vergangenen Apriltagen antwortete. Das Wetter war das Lieblingsgesprächsthema aller Schweden. Sie passierten die Vororte. Während sich der Central Park in New York bereits in ein Meer aus Tulpen und Narzissen verwandelt hatte, war der Frühling hier noch längst nicht so weit fortgeschritten. Alexander brummte hin und wieder bestätigend zu den Monologen des Taxifahrers. Er mochte es, den Menschen zuzuhören, und er mochte das Land mit seiner sauberen Luft und entspannten Atmosphäre. Was er hingegen nicht mochte, war seine Familie. Er würde versuchen, die Begegnung mit ihr so lange wie möglich hinauszuschieben. Im besten Fall sogar bis zum Sonntag, an dem die Taufe stattfinden würde. Seit letztem Herbst war es ihm erfolgreich gelungen, alle Familienzusammenkünfte zu meiden, aber jetzt standen eine Taufe und eine Hochzeit an, die selbst er nicht verpassen wollte, sodass er in den sauren Apfel beißen und das Beste draus machen musste. Die Tage davor würde er damit zubringen, sich vom Jetlag zu erholen, und die Nächte den Frauen und dem Alkohol widmen, doch nicht zuletzt würde er gezwungen sein, alle seine Bankberater zu treffen – allein schon bei dem Gedanken daran entfuhr ihm ein Seufzer. Sie passierten Roslagstull und bogen in die Birger Jarlsgata ein. Die Straßen wirkten so schmal und sauber. Die Menschen waren gut gekleidet, auch wenn der Anteil an Bettlern in deprimierender Weise zugenommen hatte. Dann sausten Stureplan und das Finanzviertel an ihm vorbei. Nachtclubs und Kneipen schienen ihn augenzwinkernd willkommen zu heißen. Das hier war sein altes Lieblingsviertel. Es spielte keine Rolle, wie blasiert das Partyleben in New York, Bangkok oder London ihn hatte werden lassen, Stockholm war einfach besonders. Er würde gleich heute Abend ausgehen, entschied er, das war genau das, was er jetzt brauchte.

Das Taxi hielt vorm Hotel Diplomat, in dem Alexander immer abstieg, wenn er in Stockholm war. Das Wasser in der Bucht Nybrovik glitzerte, und trotz der kühlen Luft spazierten dünn gekleidete frühlingsberauschte Schweden am Kai des Strandväg entlang. Er griff sich eine Tasche und überließ dem Hotelpersonal die restlichen Gepäckstücke. Er würde ein paar Wochen bleiben und hatte für alle Eventualitäten gepackt. Obwohl er Stockholm liebte, war es schwierig, sich hier vernünftige Kleidung zu kaufen, jedenfalls wenn man maßgeschneiderte Spitzenqualität bevorzugte. Was er definitiv tat.

Er zog einen schwedischen Geldschein hervor und gab ihn der auf dem Gehweg hockenden Bettlerin. Während er das Foyer betrat, schämte er sich dafür, dass er sein schlechtes Gewissen auf diese Art und Weise zu betäuben versuchte. Mittlerweile hatte er eine Nichte in Schweden, sodass er sich wirklich eine Wohnung in Stockholm kaufen sollte, dachte er zum bestimmt zwanzigsten Mal in den vergangenen Monaten. Er lächelte die Frau an der Rezeption an und schob ihr einen Fünfhundert-Kronen-Schein zu, nachdem sie ihn eingecheckt hatte. Sie errötete, nahm ihn jedoch in dem Bewusstsein entgegen, dass bestimmte Regeln außer Kraft gesetzt waren, wenn Alexander de la Grip im Hotel logierte. Wenn er schon seine Familie treffen musste, konnte er seine Freiheit ebenso gut ein wenig mehr genießen.

Alexander würde nicht gerade behaupten, dass er seine Familie hasste. Denn das tat er nicht, zumindest nicht direkt und auch nicht alle Familienmitglieder. Es war … kompliziert. Und er verabscheute komplizierte Dinge, hatte sein ganzes Leben damit zugebracht, ihnen aus dem Weg zu gehen, noch dazu ziemlich geschickt. Er duschte, packte seine Koffer aus, steckte Handy und Portemonnaie ein und verließ das Hotel.

Sein Plan war natürlich, wieder zurückzukommen, aber man konnte nie wissen. Er setzte seine Sonnenbrille auf und begann in der Kontaktliste seines Handys zu blättern. Was auch immer man davon halten mochte, Alexander de la Grip war zurück in der Stadt. Und Stockholm liebte ihn.

2

Isobel Sørensen wich einem Autofahrer aus und hielt dann an einer roten Ampel im Valhallaväg an. Ihr war kalt, doch sie hoffte, dass ihr auf der Fahrt mit dem Fahrrad hinunter zum Nybroplan warm werden würde. Sie war auf dem Weg zum Meeting bei Medpax und spät dran, sodass sie in die Pedale trat, sobald die Ampel auf Gelb umsprang.

Sie schloss ihr Fahrrad ab, öffnete den Verschluss ihres Helms und lief die Treppen hinauf. Drinnen begrüßte sie Asta, die Volontärin, die sowohl als Rezeptionistin als auch als Assistentin tätig war, und erblickte dann Blanche Sørensen.

»*Bonjour maman*«, sagte Isobel, knöpfte sich die Jacke auf und gab ihrer Mutter zwei flüchtige französische Wangenküsschen.

»Du bist verschwitzt«, entgegnete Blanche irritiert.

Isobel strich sich die Haare aus dem Gesicht und wischte sich über die Stirn, während sie ihre Mutter mit dem Blick scannte. Sie registrierte, dass ihr blondes Haar frisch gelegt glänzte und ihr Chanel-Kostüm neu war, bestimmt eines aus der ersten Kollektion des Jahres. Ihre Mutter hegte keinerlei moralische Bedenken, wenn es darum ging, Geld für ihr Aussehen auszugeben. »Du siehst gut aus, wolltest du auch zum Meeting?«

Bei ihrer Mutter wusste man nie genau. Blanche war dreißig Jahre lang Vorsitzende von Medpax und dessen Aushängeschild gewesen. Obwohl sie sich vor zwei Jahren aus all ihren offiziellen Ämtern zurückgezogen hatte, besaß sie noch immer ein hohes Ansehen, und hin und wieder entschied sie sich, an den wöchentlichen Meetings teilzunehmen.

Die dann allerdings nicht zu den produktivsten zählten.

»Ich bin nur hier, um meine Post zu holen.«

Isobel unterdrückte einen Seufzer der Erleichterung. Ihre Mutter war früher eine überwältigende Persönlichkeit gewesen, eine intellektuelle wie gesellschaftspolitische Vorreiterin, auf die man zählen konnte, doch die letzten Jahre waren, nun ja, turbulent gewesen.

»Isobel, da bist du ja«, begrüßte Leila, die Generalsekretärin von Medpax, sie, als sie zu ihnen an die Rezeption kam. Leilas dunkle Augen musterten Blanche, bevor sie eine ihrer schwarzen Augenbrauen hochzog. »Blanche, schön, dich wieder einmal zu sehen.« Sie sprach perfekt Schwedisch, doch der Akzent ihrer heiseren Stimme verriet ihren persischen Ursprung.

»Leila«, entgegnete Blanche nüchtern.

Offiziell hatte Blanche selbst entschieden, ihr Engagement bei Medpax zu beenden, als sie im Krankenhaus Huddinge den Dienst als Leitende Oberärztin niederlegte und in den Ruhestand ging. Inoffiziell hatte der Vorstand ihr jedoch nahegelegt, zurückzutreten. Sie hatte ganz einfach zu viel Chaos verursacht. Diesen Anlass hatte die damalige Geschäftsführerin, eine ältere Dame, die hauptsächlich als verlängerter Arm von Blanche fungierte, erleichtert als Gelegenheit genutzt, um selbst in Rente zu gehen und Geranien zu züchten. Der Vorstand hatte die Stelle neu ausgeschrieben, woraufhin Leila Dibah mit der Entschlossenheit einer persischen Heerführerin das Büro stürmte, und seitdem war nichts mehr wie zuvor. Die zweiundfünfzigjährige Psychologin, die Isobel einmal nach einer halben Flasche Rioja anvertraut hatte, dass sie die Stelle bei Medpax nur aufgrund einer Krise anlässlich ihres Fünfzigsten angenommen hätte, hatte sich innerhalb weniger Tage selbst zur Generalsekretärin ernannt. Des Weiteren hatte sie wöchentliche Meetings für das gesamte Personal eingeführt und damit begonnen, das Durcheinander zu entwirren, das jahrelange undurchsichtige und selbstherrliche Führungsarbeit hinterlassen hatte. Nur dank Leilas beharrlicher Arbeit hatte Medpax um Haaresbreite eine unangekündigte Wirtschaftsprüfung bestanden, die ihnen nach heftiger Kritik seitens der schwedischen Spendenaufsicht ins Haus stand. Mit anderen Worten, die Einstellung der intelligenten Psychologin war ein Geniestreich des zugegebenermaßen noch immer etwas gebeutelten Vorstands gewesen.

»Sorry für die Verspätung«, entschuldigte sich Isobel bei Leila, nachdem die beiden älteren Frauen kühle Blicke miteinander gewechselt hatten. »In der Praxis herrschte völliges Chaos.«

Blanche sagte nichts, doch Isobel wusste genau, was ihre Mutter dachte. Nämlich, dass Isobel vom Chaos geradezu angezogen wurde und selbst schuld war, wenn sie nicht damit umgehen konnte. Unausgesprochene Kritik war Blanches Paradedisziplin.

Es war Henri Pelletier, Isobels Großvater, der Medpax 1984 gegründet hatte. Der ursprüngliche Sitz des Unternehmens war in Paris gewesen, wo noch immer ein verschlafenes Verwaltungsbüro in einem alten Mietshaus am Rande der französischen Hauptstadt existierte. Isobel war gerade im vergangenen Winter dort gewesen und hatte die beiden angestellten Damen getroffen, mit ihnen Café noir getrunken und sich Geschichten über die gute alte Zeit angehört. Ihr Großvater Henri war ein brillanter Arzt gewesen, der seiner Zeit weit voraus war und sich für bessere Lebensbedingungen der einheimischen Bevölkerung in den afrikanischen Ländern engagierte, die zu diesem Zeitpunkt noch französische Kolonien waren oder es zumindest einmal gewesen waren. Aus seinem Engagement heraus war die Hilfsorganisation Medpax entstanden. Dass seine Tochter Blanche einmal in seine Fußstapfen treten und Chirurgin werden sowie Medpax leiten würde, war für sie selbstverständlich gewesen. Die Tatsache, dass Isobel jedoch einen etwas anderen Weg gewählt hatte – eine andere medizinische Fachrichtung und anderweitige Engagements –, war noch immer ein Gesprächsthema zwischen ihnen, das einem afghanischen Minenfeld gleichkam.

»Du bist nicht zu spät«, entgegnete Leila und brachte Isobel gedanklich wieder zurück in die Gegenwart. »Wir wollten gerade anfangen. Danke für deinen Besuch, Blanche, und pass auf dich auf. Hejdå.«

Das waren deutliche Worte, und Isobel hielt die Luft an. Die verbalen Zusammenstöße zwischen Blanche und Leila in den letzten Jahren hatten mittlerweile zwar an Intensität verloren, doch die Beziehung zwischen den beiden Frauen war noch immer spannungsgeladen, und man durfte nicht immer darauf hoffen, einer Szene zu entkommen. Doch diesmal nahm Blanche bloß ihren Stapel Post an sich, sagte kühl Auf Wiedersehen und verschwand durch die Eingangstür aus Mahagoni.

Leila schaute Isobel mit festem Blick an. Ihre dunklen Augen erweckten den Eindruck, als hätten sie bereits jedwede menschliche Unzulänglichkeit gesehen und könnten sich nicht entscheiden, ob das Dasein eher einer Komödie oder Tragödie glich. »Sollen wir anfangen?« Sie hielt ihr die Tür zum Konferenzraum auf, in dem das Gros der kleinen und zumeist unbezahlten Belegschaft von Medpax bereits saß und wartete. Asta folgte ihnen. Isobel begrüßte zuerst Thea Nilson, die Finanzbeauftragte von Medpax, dann zwei Politologiestudentinnen mit kurzen Haaren, die ein Praktikum bei ihnen absolvierten und offenbar beide Katarina hießen, und schließlich Frau von Fersen, eine Dame mit blau gefärbten Haaren, die sich um alle Spenden kümmerte sowie Mittagstreffen, Abendveranstaltungen und Galas organisierte, die einen Großteil (einen viel zu großen Anteil, wenn man Isobel fragte) der Arbeit von Medpax ausmachten. Isobel setzte sich. Grundsätzlich war sie der Meinung, dass Meetings eine enorme Zeitverschwendung darstellten, aber die neu eingeführten Wochenmeetings waren erstaunlich lebhaft, wie sich herausgestellt hatte, sodass sich Isobel inzwischen darauf freute, dort Gleichgesinnte zu treffen und mit ihnen über humanitäre Hilfe, die Arbeit vor Ort und Zukunftsfragen zu diskutieren.

Sven, ein Chirurg mit Pferdeschwanz und Cowboystiefeln, kam herein und nach ihm Lin-Lin, eine Gesundheitswissenschaftlerin, die Leila für Medpax hatte gewinnen oder aggressiv von Ärzte ohne Grenzen abwerben können, je nachdem, wie man es betrachtete. Damit war das gesamte Personal von Medpax anwesend.

Während Leila die Tagesordnung verlas, nahm sich Lin-Lin einen Butterkeks von einem Teller in der Mitte des Tisches. Die beiden Katarinas machten sich eifrig Notizen, während sich Isobel, die den ganzen Tag noch nichts getrunken hatte, nach der Wasserkaraffe streckte.

Sie gingen diverse Fragen zu Wochenenddienstplänen und Unkosten durch und gerieten schließlich in eine Diskussion über Ethik innerhalb der humanitären Hilfe, die in einen hitzigen Meinungsaustausch zwischen Sven und Asta ausartete. Als Isobel lautstark dazu aufgefordert wurde, tat sie ihre Meinung kund und spürte, wie ihre Müdigkeit nach einem langen Arbeitstag verflog und durch Energie ersetzt wurde. Sie liebte das hier, empfand es als stimulierend. Diese leidenschaftlichen Diskussionen. Das ständige Hinterfragen ihrer Arbeit.

Asta war aufgesprungen und ereiferte sich nun über das Thema Moral und Verantwortung, sodass ihre Wangen glühten. Isobel nickte zustimmend. Humanitäre Hilfe und der Einsatz vor Ort durften niemals zu einer Art Hobby für reiche weiße Europäer mit schlechtem Gewissen werden.

»Es geht doch um eine moderne humanitäre Arbeit«, argumentierte Asta. »Bei der man die Menschen, die in diesen Ländern leben, als kompetente Individuen betrachtet.«

»Aber dabei spielt eben auch jahrelange Erfahrung eine Rolle«, wandte Sven ein.

»Isobel?« Asta wandte sich direkt an sie. »Bist du nicht auch meiner Meinung?«

Isobel war sich im Klaren darüber, dass sie eine Art Sonderstellung innehatte. In einer Welt, in der sich der Wert einer Person ausschließlich daran bemaß, wie viele Auslandseinsätze man bereits absolviert hatte und wie umfangreich diese gewesen waren, war sie nahezu einzigartig. Nur wenige hatten so viele Einsätze vor Ort geleistet wie sie, und allein das verlieh ihr einen Senior-Status. Aber alle wussten auch, dass Moral und Ethik die Themen waren, die Isobel besonders am Herzen lagen. Über die sie leidenschaftlich debattierte und bei denen sie sich weigerte, Kompromisse einzugehen.

»Nur Gutes tun zu wollen, reicht einfach nicht aus. Wir müssen auch das Richtige tun.«

Asta nickte, doch Sven schnaubte verächtlich.

»Es gibt aber nicht immer nur richtig oder falsch.«

Eigentlich konnte Isobel auch die Meinung des Chirurgen nachvollziehen. Manchmal gab es nur Falsches und noch Falscheres. Wie viele Menschen waren in Liberia unmittelbar vor ihren Augen gestorben? Wie viele Kinder hatte sie dort unten nicht mehr retten, geschweige denn überhaupt berühren können? Es war, als hätte sie im Kreuzfeuer gestanden. Kein Einsatz in einem Krisengebiet war leicht, denn der Sinn einer solchen Reise bestand schließlich darin, die bedürftigsten Orte der Welt aufzusuchen und den notleidenden Menschen dort zu helfen. Doch Liberia war für sie eine völlig neue Art von Hölle gewesen.

»Ich meine, dass wir in jeder einzelnen Situation darüber nachdenken müssen, was uns antreibt«, erklärte sie. »Es ist leicht, Entscheidungen aus einem Impuls heraus zu fällen, da sie sich in dem betreffenden Moment richtig anfühlen. Aber wir müssen immer im Auge behalten, welche Konsequenzen unsere Entscheidungen auf lange Sicht haben.«

»Aber das kann ein verdammt abgebrühtes Verhalten nach sich ziehen.«

Isobel pflichtete ihm bei. Die Grenze zwischen rationalen und unmenschlichen Entscheidungen war nicht immer leicht zu erkennen, am wenigsten für sie selbst. Hatte Sven also recht? Führten hohe innere Ansprüche an Moral und Integrität dazu, dass man gefühlloser handelte? Isobel wünschte, sie hätte eine Antwort darauf gehabt.

»Wir werden noch Gelegenheit haben, weiter darüber zu sprechen«, sagte Leila mit dem Blick auf Sven gerichtet. »Vielleicht, wenn du aus dem Tschad zurückkommst?«

Während seiner Blütezeit hatte Medpax drei Kinderkrankenhäuser betrieben. Jeweils eines in der Republik Tschad, im Kongo und in Kamerun. Im Lauf der Jahre waren zwei der Krankenhäuser vom jeweiligen Staat übernommen worden. Isobel fand dies ausgezeichnet und betrachtete es als natürliche und wünschenswerte Entwicklung. Für Blanche jedoch war das eine persönliche Kränkung. So sah sie die Dinge nunmal. Jedenfalls besaß man jetzt nur noch ein Kinderkrankenhaus. Es wurde von tschadischem medizinischen Personal, vereinzelten Volontären und hin und wieder von Ärzten anderer Hilfsorganisationen betreut, aber von Medpax betrieben. Seit dem vergangenen Herbst war niemand von Medpax mehr dort gewesen, doch laut Plan würde Sven demnächst hinfahren, sich einen Eindruck darüber verschaffen, welche Maßnahmen in Zukunft zu ergreifen wären, und einen formalen Handlungsplan erstellen.

»Apropos Tschad«, sagte Sven langsam. »Ich werde nicht hinfahren können.«

Am Tisch breitete sich Stille aus.

»Und warum nicht?«, fragte Isobel schließlich. Sie war bemüht, nicht anklagend zu klingen, aber Ärzte, die in ein Kinderkrankenhaus in den Tschad fahren konnten, wuchsen nicht gerade auf Bäumen. Sie war diejenige, die im vergangenen Herbst dort gewesen war, bevor sie nach Liberia weitergereist war, und sie wusste, dass Sven dort gebraucht wurde. Irgendjemand musste sich einen Überblick verschaffen.

»Meine Frau will nicht, dass ich fahre.«

Leila legte ihren Kopf schräg. »Ist das endgültig?«

»Tut mir leid, aber es ist absolut endgültig. Sie hat mir ein Ultimatum gestellt, und meine Ehe geht vor.«

Ein zynischer Gedanke veranlasste Isobel, sich zu fragen, warum Sven, der dafür bekannt war, mit fast jeder Krankenschwester, der er begegnete, im Bett zu landen, ausgerechnet jetzt die Meinung vertrat, dass seine Ehe vorginge. Doch sie sagte nichts. In ein Krisengebiet zu fahren, sollte der persönlichen Entscheidung jedes Einzelnen obliegen.

Leila nickte. »Wir müssen sehen, ob wir eine andere Lösung finden können. Aber ich würde gern noch eine weitere Sache besprechen.« Sie nahm einen zum Bersten gefüllten Aktenordner entgegen, den Asta ihr reichte. »Wir haben ein Problem mit einem Finanzier. Ein ernsthaftes Geldproblem.«

Die für Spenden zuständige Frau von Fersen, die bislang stumm dagesessen und ihre silberfarben lackierten Fingernägel betrachtet hatte, warf einen ernsten Blick in die Runde. Leila teilte Papierbögen mit diversen Tabellen darauf aus, die sich Isobel und die anderen umgehend ansahen. Isobel legte ihre Stirn in Falten. Sie war zwar keine Finanzexpertin, aber …

»Es scheint sich um irgendeine Stiftung zu handeln.« Sie schaute auf. »Sind wir denn so abhängig von denen? Von einem einzelnen Spender?«

Leila nickte bejahend. »Inzwischen sind wir das. Sie haben uns viel Geld gespendet, dann aber abrupt damit aufgehört. Wie ihr wisst, hatten wir ja bereits einige Sponsoren verloren, bevor ich anfing. Seitdem haben wir auf mehrere Anfragen hin abschlägige Bescheide erhalten und dies nicht wieder aufholen können.«

Als Leila zu Medpax gekommen war, hatte sie gerettet, was zu retten war, doch das änderte nichts an der Tatsache, dass Blanche die wichtigen Beziehungen zu den Sponsoren im Lauf der Jahre immer nachlässiger gepflegt hatte. Ihre Mutter war mit zunehmendem Alter härter und kompromissloser geworden und hatte viele Leute vor den Kopf gestoßen. Isobel wusste natürlich rein verstandesmäßig, dass dies nicht ihr Fehler war, aber es war ihr dennoch fürchterlich unangenehm. Hätte sie ahnen müssen, wie übel sie dran waren? Wäre Isobel dem Willen ihrer Mutter nachgekommen und hätte sich mehr für Medpax engagiert, dann hätte sie dieser Entwicklung weitaus früher entgegenwirken können. Sie starrte hinunter auf ihre sauber geschrubbten, mit Sommersprossen übersäten Hände. Manchmal war es, als würde sie alles falsch machen, egal, was sie tat.

»Wir können es uns nicht leisten, diese Stiftung zu verlieren. Ich weiß allerdings nicht genau, warum sie aufgehört haben. Obwohl ich mehrere Nachrichten auf ihrem AB hinterlassen habe, ruft niemand zurück.«

Der Name der Stiftung sagte ihr nichts, aber die Adresse lag in einer der teuersten Straßen Stockholms, und vielleicht fanden sie es nicht der Mühe wert, eine Psychologin von einer kleinen humanitären Organisation zurückzurufen.

Isobel bemühte sich, den Inhalt der Tabellen zu deuten. »Und wann haben sie ihre Zahlungen eingestellt?«

»Kurz vor Weihnachten.«

Da war sie gerade in Liberia gewesen. Hatte mehr Tote, verlassene Dörfer und traumatisierte Krankenpfleger gesehen als je zuvor. Sie hatte schon in Flüchtlingslagern, Kriegsgebieten und von Naturkatastrophen betroffenen Krisenregionen gearbeitet, seit sie ein Teenager war. Aber Liberia … Es hatte Wochen gedauert, bis die schlimmsten Albträume nachließen.

»Du hättest etwas sagen sollen. Wie heißt er oder sie denn?«

»Wer?«

»Der oder die, die hinter der Stiftung stehen.«

»Hier«, sagte Leila und tippte mit dem Zeigefinger auf eine Stelle im Ordner. »Ein Er. Alexander de la Grip.«

»Machst du Witze?«, fragte Isobel ungläubig.

Leila schaute auf. »Weißt du, wer das ist?«

Zugleich tauschten Thea, Lin-Lin, die beiden Katarinas und Asta vielsagende Blicke aus. Isobel nahm an, dass *sie* genau wussten, wer der blonde Partyprinz Alexander de la Grip war.

Die am besten gekleideten Junggesellen. Die reichsten Schweden unter dreißig. Die attraktivsten Männer der Welt. Isobel hatte aufgehört zu zählen, auf wie vielen Ranglisten sie seinen Namen schon gesehen hatte. In wie vielen Klatschblättern er abgebildet gewesen war. Nicht, dass sie bewusst nach seinem Namen suchte, aber er tauchte wie ein endlos langer, schauderhafter Fortsetzungsroman regelmäßig in der Presse auf.

»Ja«, antwortete sie kurz. Immerhin verband sie und Alexander de la Grip darüber hinaus eine ganz eigene kleine Geschichte.

Sie waren sich im vergangenen Sommer durch Zufall begegnet. Damals war sie viel unterwegs gewesen. In New York, Skåne und im Tschad. Und danach in Liberia. Er hatte mit ihr geflirtet, woraufhin sie ihn gebeten hatte, zur Hölle zu fahren.

Womöglich sogar mehrfach. Sie rieb sich müde die Stirn. Jedenfalls war sie jedes Mal, wenn Alexander sie angesprochen hatte, unhöflich zu ihm gewesen, das musste sie definitiv zugeben. Aber seine gesamte Erscheinung hatte sie irritiert. Der alkoholisierte Blick, sein versnobtes Auftreten. War er wirklich so leicht zu kränken? Dumme Frage, *natürlich* war er das. Sein Ego war wahrscheinlich empfindlicher als eine geschwächte Immunabwehr. Sie hatte ihn gekränkt, und er war nach Hause gefahren und hatte aus Rache den Geldhahn für die Spenden an Medpax zugedreht. So simpel war das Ganze.

Leila betrachtete sie über die schwarze Fassung ihrer Brille hinweg. »Kann man mit ihm reden? Ihn möglicherweise dazu bringen, seine Meinung zu ändern, vielleicht bei einem Mittagessen?«

Isobel fummelte an dem Papier herum. »Ich nehme an, man könnte es versuchen«, antwortete sie widerwillig. Es war nichts Ungewöhnliches, sich mit potenziellen Geldgebern zu einem Mittag- oder Abendessen oder in einzelnen Fällen auch zu einem Frühstück zu treffen. Sie hatte dies schon viele Male getan und wusste, dass sie geschickt war und die Leute beeindruckte. Doch der Gedanke daran, diesem verwöhnten Oberschichtschnösel wegen Geld Honig um den Bart zu schmieren, verursachte ihr beinahe Übelkeit.

»Übernimmst du das?«

Isobel überlegte bereits, wie sie mit einem so schnell eingeschnappten Jetset-Prinzen am besten verfahren würde, setzte jedoch eine neutrale Miene auf. Sie bedachte Leila mit einem ruhigen Blick und sagte nur: »Selbstverständlich.«

»Gut. Wenn wir nicht mehr Geld reinbekommen, sind wir geliefert. Dann können wir Medpax noch vor dem Sommer dichtmachen.«

Die anderen am Tisch tauschten unruhige Blicke aus.

»Jetzt übertreibst du aber«, sagte Isobel.

Leila besaß eine leicht melodramatische Ader. Ganz so übel konnte es doch wohl nicht sein, oder?

Leila deutete auf die Papiere. »Ihr könnt es gerne nachrechnen. Ich habe es bereits getan. Ohne Geld keine weitere Hilfsarbeit. Das ist einfache Mathematik.«

Nachdem Leila das Meeting beendet hatte und die anderen gegangen waren, wandte sie sich an Isobel: »Kannst du noch kurz bleiben?«

Die Tür wurde geschlossen, und sie waren allein.

»Ja?«, fragte Isobel.

Leila betrachtete sie eine Weile lang. »Ich wollte nur wissen, wie es dir eigentlich geht.«

Isobel stützte sich mit der Hand auf den Tisch. Sie trommelte leicht mit den Fingern auf die Platte, hörte jedoch umgehend wieder auf. »Gut«, antwortete sie. Das entsprach im Großen und Ganzen der Wahrheit.

»Kannst du nachts wieder besser schlafen?«

Isobel betrachtete sie misstrauisch. »Ist das eine psychologische Beurteilung?«

Leila verzog keine Miene. »Benötigst du denn eine?«

Isobel zwang sich, still zu sitzen und keinerlei psychomotorische Unruhe zu zeigen. Sie atmete ein. Und aus. Es gab Gerüche und Bilder, die sie noch immer nicht abschütteln konnte. Doch die ersten Wochen zu Hause waren erfahrungsgemäß die schlimmsten, und inzwischen war sie seit drei Monaten wieder hier. Das Leben war im Großen und Ganzen wieder wie immer.

»Die Schlaftabletten habe ich inzwischen abgesetzt. Alles weist also in die richtige Richtung.«

Sie saßen eine Weile schweigend da.

»Wir brauchen dringend jemanden im Kinderkrankenhaus, das weißt du ja so gut wie ich«, sagte Leila schließlich.

Isobel hatte geahnt, dass sie das Thema ansprechen würde. »Ich bin keine Kinderärztin.« Doch das war ein lächerlicher Einwand, und das wussten sie beide. Denn mit ihren Fähigkeiten und der Erfahrung, die sie besaß, gab es nicht ein Krankenhaus weltweit, das keinen Nutzen von ihr gehabt hätte.

»Du kannst ja mal drüber nachdenken.«

»Ja.«

»Und wenn du über den Tschad nachdenkst, könntest du dann auch gleich über Skåne nachdenken?«

Isobel war es gelungen, dieses Spektakel erfolgreich zu verdrängen. Medpax würde irgendwo in Skåne auf dem platten Land an einem großen Wohltätigkeitsevent teilnehmen. Reiche Leute, Repräsentanten großer Unternehmen, Politiker und ein gemischtes Publikum der Oberschicht würden sich in einem repräsentativen Schloss versammeln. Dort würden sie Small Talk betreiben, edlen Wein trinken, exklusive Speisen zu sich nehmen und sich hoffentlich davon überzeugen lassen, möglichst viel Geld zu spenden.

»Reicht es nicht aus, dass ich Herrn de la Grip anbetteln muss?«

»Aber alle lieben dich, Isobel. Die dritte Generation Medpax, ein hervorragendes Weltgewissen und all das. Und du bist eine junge Frau, das zieht immer. Stell dir nur vor, wie viel Geld wir lockermachen könnten, wenn du hingingest.«

»Ist das nicht gefühlsmäßige Erpressung?«

»Absolut«, pflichtete Leila ihr bei. Sie tippte mit dem Zeigefinger auf das Papier mit den Tabellen. »Wenn du die Sache mit Alexander de la Grip nicht klärst, wird es ohnehin nur wie ein Pflaster auf einer klaffenden Wunde sein. Wir müssen regelmäßige Spenden einnehmen, einen Puffer aufbauen.«

Von ihr wurde also erwartet, zuerst hier in Stockholm einen der unmoralischsten Männer weltweit zu umgarnen und dann nach Skåne zu fahren, um sich bei weiteren reichen Leuten einzuschmeicheln. Jetzt war ihr richtig schlecht.

»Schaffst du das, Isobel?«

»Ja.«

Sie schaffte es, weil sie im Prinzip immer alles schaffte. Aber sie dachte, dass sie es vielleicht dennoch vorgezogen hätte, in Liberia zu bleiben.

3

Alexander verbarg ein Rülpsen hinter vorgehaltener Hand.

Er war total verkatert.

Genau genommen war er immer noch betrunken.

Er atmete tief durch. Zwei Nächte lang Wodka, Drinks und Champagner in Kombination mit dem Jetlag hatten ihm zuletzt seine Grenzen aufgezeigt. Verdammt. So hatte er sich nicht mehr gefühlt, seit er dreizehn war und Åsa Bjelke ihm gezeigt hatte, wie man am effektivsten den Barschrank seiner Eltern leerte.

Er streckte sich auf seinem Bürostuhl. Er trug einen Anzug, hatte es jedoch nicht geschafft, eine Krawatte herauszusuchen oder gar ein Oberhemd zu knöpfen, sodass er nur ein T-Shirt unterm Jackett trug. Die Blicke der vier Männer mittleren Alters, die ihn von der anderen Seite des Konferenztisches aus betrachteten, waren voller Widerwillen.

Er legte eine Handfläche auf den Tisch und hoffte, dass ihm die kühle Oberfläche ruhige Nerven verleihen würde.

»Dann fangen wir an«, begann er und schluckte.

Einer der Männer zog eine Mappe hervor, und die übrigen folgten seinem Beispiel, sodass der Tisch vor Alexander bald mit jeder Menge wichtiger Unterlagen bedeckt war. Die vier waren seine Bankberater und Juristen, mit anderen Worten Männer, die den schwedischen Anteil seines ansehnlichen Vermögens verwalteten. Sie waren viel beschäftigte verantwortungsbewusste Bürger der Gesellschaft, und ihren Mienen nach zu urteilen schätzten sie es keinesfalls, dass Alexander sie genötigt hatte, hierher ins geräumige Büro seiner Stiftung zu kommen. Es lag mitten in der City, in der Smålandsgata. Vor einer Stunde hatte Alexander ihnen allen eine SMS geschickt, in der er sie aufgefordert hatte, hier zu erscheinen, anstatt, wie es anfänglich sein Plan gewesen war, selbst in deren jeweilige Büros zu kommen. In seinem Zustand hätte er es nicht geschafft, sich nach Öfvre Östermalm zu schleppen, geschweige denn, vier verschiedene Adressen nacheinander aufzusuchen. Verflucht, er hatte es ja kaum hierher geschafft, obwohl seine Stiftung nur einen Katzensprung vom Hotel entfernt lag.

Jetzt saßen sie hier und sahen aus, als hätten sie gerade in eine saure Zitrone gebissen oder eine Fliege verschluckt. Doch er pfiff darauf, ihre Terminpläne durcheinandergebracht zu haben. Wenn es ihnen nicht passte, konnten sie ja jederzeit kündigen.

»Sagen Sie mir, wenn ich falsch liege, aber Sie erhalten bestimmt ein Honorar von mir, dessen Höhe irgendwo zwischen skandalös und astronomisch anzusiedeln ist, oder?«, fragte er in kühlem Ton.

Zur Antwort erhielt er gerunzelte Stirnen und zusammengepresste Lippen.

»Entschuldigung?«, sagte der Mann links von Alexander, dessen Name ihm leider entfallen war.

»Ich denke, wir sollten die Feindseligkeit für eine Weile ruhen lassen. Und es vielleicht mal mit einem Lächeln versuchen.«

Die Männer wanden sich nervös auf ihren Bürostühlen, und er beschloss, sie allesamt zu feuern, wenn sie ihm nicht Folge leisteten. Vermögensberater gab es schließlich wie Sand am Meer.

Die Männer warfen einander unsichere Blicke zu. Dann strafften sich ihre Lippen, und ihre Gesichtszüge glätteten sich, bis ihre Zähne sichtbar wurden.

Alexander seufzte. Letztlich war ihm das alles völlig gleichgültig. Er schüttelte den Kopf. »Lassen Sie es uns einfach hinter uns bringen.«

Es klopfte an der Tür, und herein kam eine Frau mit einem Tablett. Kaffee, zum Glück. Sie schenkte ihn aus einer silbernen Kanne in dünnwandige Tassen und stellte einen Teller mit kleinen runden Pfefferminzschokoladentalern in bunter Alufolie daneben, die Alexander verabscheute. Gab es wirklich Leute, die so etwas aßen? Er nahm eine Tasse entgegen, während die Männer ihre Stifte zückten und ihre Dokumente akkurat aufschichteten. Alexander trank seinen Kaffee und warf einen finsteren Blick auf die Stapel, die er offenbar zu unterzeichnen hatte. Der dickste war fast zehn Zentimeter hoch.

»Auf diesen Unterlagen benötigen wir Ihre Unterschrift«, sagte einer der Männer und deutete auf die Papierstapel. »Es tut mir leid, aber ich muss darauf bestehen«, fügte er hinzu, als ahnte er bereits, dass Alexander am liebsten aufgestanden wäre und den Raum auf Nimmerwiedersehen verlassen hätte.

Er wusste nicht, warum ihm dies so verhasst war. In New York hatte er den vollen Überblick über seine Geschäfte. Vielleicht lag es daran, dass diese Männer ihn mit ihren anklagenden Blicken an seinen Vater erinnerten, an einen Mann, der ihn als Kind systematisch gemaßregelt und heruntergeputzt hatte. Vielleicht hasste er aber auch alles, was mit der schwedischen Finanzbranche zu tun hatte. Nach all dem, was im vergangenen Sommer geschehen war, hatte er sich gezwungen gesehen, eine gewisse Distanz zu Schweden aufzubauen – und dies umgesetzt, indem er den Kopf in den Sand gesteckt und seine Pflichten ignoriert hatte. Jetzt musste er den Preis dafür bezahlen.

»Dann geben Sie schon her«, brummte er.

Mit finsterer Miene begann er sich durch den Stapel zu arbeiten. Unterzeichnete ein Dokument nach dem anderen.

»Unterschreiben Sie hier, hier und hier«, hörte er in einer Art Endlosschleife.

Investitionen. Auszahlungen. Vollmachten.

Als es Mittag wurde und sie noch nicht einmal halbwegs damit durch waren, merkte Alexander, dass er etwas anderes zu trinken benötigte als Kaffee und dringend den Konferenzraum verlassen musste, um frische Luft zu schnappen.

»Wir machen zehn Minuten Pause«, entschied er, floh aus dem Zimmer, schloss die Augen und atmete tief durch. Er wünschte, er hätte sagen können, dass es sich gut anfühlte, die Dinge in Angriff genommen zu haben, und der Kaffee seinen Kater ein wenig vertrieben hätte, aber … Als er Stimmen hörte, öffnete er die Augen und erblickte in einiger Entfernung eine groß gewachsene rothaarige Dame, die ihm den Rücken zugewandt hatte. Sie gestikulierte wild vor der Frau am Empfangstresen.

»Aber ich darf seine Nummer nicht herausgeben«, hörte er die Empfangsdame sagen, als er näher kam. Ihre Stimme klang irritiert, als wiederholte sie gerade etwas, das sie schon mehrfach gesagt hatte.

»Aber befindet er sich denn zurzeit in Stockholm, können Sie mir wenigstens das sagen? Ich habe ihm mehrfach gemailt, erhalte aber keine Antwort. Wird er demnächst nach Schweden kommen? Und wissen Sie, wie ich ihn dann erreichen kann? Er muss doch irgendwo anzutreffen sein.«

Alexanders Augen verengten sich. Diese Stimme hatte er schon einmal gehört.

Die Empfangsdame hob ihren Kopf, erblickte Alexander und warf ihm einen warnenden Blick zu. Doch die Rothaarige musste es gemerkt haben, denn sie drehte sich um, und jetzt erkannte er sie sofort.

Isobel Sørensen.

Kaum zu glauben. Seine Mundwinkel zuckten. Das hier war weitaus interessanter, als Dokumente zu unterschreiben, dachte er und näherte sich dem Empfangstresen. Selbst aus einiger Entfernung war Isobel genauso hübsch, wie Alexander sie in Erinnerung hatte. Obwohl hübsch nicht das richtige Wort war. Isobel Sørensen war schön. In derselben Art und Weise, wie Lauffeuer, Explosionen und Katastrophen schön anzusehen waren. Er bedachte sie mit einem breiten Lächeln, und nach einer kleinen Weile erwiderte sie es, höflich, aber ohne dass es ihre Augen erreichte.

»Ich habe versucht, Sie zu kontaktieren«, sagte sie und streckte ihm ihre Hand entgegen. Er erhielt einen festen Händedruck, bevor sie ihre Hand wieder zurückzog und ihn forschend betrachtete. Er widerstand dem Impuls, sich über seinen Bartansatz zu streichen. Jetzt wünschte er, dass er sich wenigstens rasiert hätte.

»Ich habe Ihnen gemailt. Und dann bin ich vorbeigekommen, um nach Ihrer Telefonnummer zu fragen. Es ist unmöglich, Sie zu erreichen.«

»Und dennoch ist es Ihnen gelungen.« Es war nicht weiter verwunderlich, dass sie solche Probleme gehabt hatte. Alle Mails an seine Stiftung wurden direkt vom Posteingang in einen Ordner weitergeleitet, den er lange nicht mehr geöffnet hatte. Er wusste nicht einmal mehr, wie lange. Darin befanden sich inzwischen bestimmt mehrere Hundert ungelesene Mails, wie ihm jetzt bewusst wurde. »Ist schon okay«, beruhigte er die Empfangsdame, bevor er sich wieder Isobel zuwandte. Er ließ seinen Charme spielen. »Ich hatte keine Ahnung, dass Ihnen so sehr daran gelegen war, mich zu treffen. Was kann ich für Sie tun?«

In ihren Augen blitzte es auf.

Die Tür des Konferenzraumes wurde geöffnet. »Alexander?«

Verdammt, seine mies gelaunten Finanzleute hatte er bereits verdrängt.

»Wir machen nach der Mittagspause weiter«, fertigte er den Mann ab, der nach ihm Ausschau gehalten hatte. »Ich muss hier noch etwas klären.« Er war aufrichtig neugierig darauf, was Isobel Sørensen wohl von ihm wollte. Nicht, dass er auch nur einmal im vergangenen halben Jahr an sie gedacht hätte, aber er erinnerte sich dennoch sehr gut an sie. Hätte ihn jemand danach gefragt, was Isobel von ihm hielt, hätte er geantwortet: Sie ist eine der wenigen Frauen, die meinem Charme nicht erlegen sind, was ich beim besten Willen nicht begreife. Bei den Gelegenheiten, wenn sie sich begegnet waren, war Isobel entweder abweisend, feindlich gesinnt oder sogar unhöflich zu ihm gewesen. Das war natürlich absolut unwiderstehlich. Er warf der Empfangsdame einen fragenden Blick zu. »Gibt es einen Raum, in den wir uns setzen können?« Er schaute Isobel an. »Kaffee?«

»Nein danke.«

Die Empfangsdame ging mit klackernden Absätzen an ihnen vorbei, und Alexander streckte in einer Geste einen Arm aus, um Isobel den Vortritt zu lassen. Das gebot ihm seine gute Erziehung, die wie auf natürliche Weise in seinem Rückenmark verankert war. Er konnte nicht unhöflich zu einer Frau sein, nicht einmal, wenn er es versuchte. Es verschaffte ihm außerdem eine hervorragende Gelegenheit, Isobel von hinten zu begutachten. Er inspizierte ihre Windjacke, ihren Pferdeschwanz und ihre langen Beine. Ihre sackartige Hose wies Flecken auf, und es dauerte eine Weile, bis Alexander darauf kam, dass es sich um Spritzwasser vom Fahrradfahren handeln musste. Wann war er eigentlich das letzte Mal Fahrrad gefahren? Dazu trug sie flache praktische Schuhe. Es war so ungefähr das unerotischste Outfit, das er je gesehen hatte, und er fragte sich, ob er sich ihre Attraktivität möglicherweise nur eingebildet hatte. Isobel setzte sich, und nein, er hatte es sich ganz und gar nicht eingebildet. Er konnte sich nicht daran erinnern, wann er je eine so schöne Frau gesehen hatte, wenn überhaupt. Er hätte alles dafür gegeben, sie in einem eng anliegenden Kleid zu sehen. Oder am liebsten natürlich nackt. Unter den diversen Lagen raschelnder praktischer Stoffe und unauffälliger Farben ahnte er eine Menge interessanter Kurven und spannender Geheimnisse. Er setzte sich ebenfalls. Sein Tag, der so jämmerlich angefangen hatte, war plötzlich entschieden angenehmer geworden.

Isobel schlug ihre langen Beine übereinander, und er konnte es nicht lassen, sich zu fragen, wie sie wohl nackt aussahen. Bestimmt muskulös, wenn sie überallhin mit dem Fahrrad fuhr. Sie schaute ihn auffordernd an. Was konnte sie nur von ihm wollen? Dann kam ihm ein Gedanke. Er hatte doch wohl nicht mit ihr geschlafen? Mein Gott, daran hätte er sich ja wohl erinnert, oder? Er kramte in seiner Erinnerung und bekam deshalb gar nicht mit, dass sie bereits zu reden begonnen hatte.

»Sorry«, sagte er. »Könnten Sie das noch einmal wiederholen?«

Sie blinzelte. Sie wirkte gefasst, aber in ihren Augen blitzte etwas auf. Dieser Gesichtsausdruck verschwand jedoch ebenso rasch, wie er gekommen war, wie wenn sich darin ein Gefühl widergespiegelt hätte, das gerade energisch zurückgedrängt wurde. Sie begann von Neuem, diesmal langsam und überdeutlich, als wäre Alexander ein kleines Kind.

»Sie können natürlich mit Fug und Recht tun, was Sie wollen. Es ist schließlich Ihr Geld, das verstehe ich. Aber ich möchte mich gern bei Ihnen entschuldigen. Und ich hoffe, dass Sie hier den größeren Zusammenhang sehen können. Dass Ihr Handeln auf so viel mehr Menschen als nur mich Einfluss nimmt. Dass es sich um Individuen aus Fleisch und Blut handelt.«

Alexander kratzte sich an der Stirn. Isobel hätte genauso gut irgendeine längst ausgestorbene Sprache sprechen können, so wenig begriff er.

Er öffnete den Mund, schloss ihn jedoch wieder, als sie fortfuhr.

»Es wäre nichts Geringeres als eine Katastrophe für die Betroffenen. Das, was zwischen uns vorgefallen ist, wie gesagt, ich wünschte, ich könnte es ungeschehen machen. Aber die Lage ist ernst, nicht zuletzt für die Kinder. Und ich übertreibe nicht, wenn ich Ihnen sage, dass es um Leben und Tod geht.«

Sie nahm eine Mappe zur Hand und breitete Fotos von unterernährten Kindern und provisorischen Krankenbetten sowie Unterlagen mit Tabellen darauf aus.

»Isobel …«, sagte Alexander und musste sich räuspern. »Sie müssen entschuldigen, aber ich habe einen stressigen Morgen hinter mir und kann Ihnen nicht ganz folgen.«

Sie legte ihre Hände in den Schoß und betrachtete ihn eingehend. Dann holte sie tief Luft. Auf ihre Wangen waren rosafarbene Flecken getreten, und zwischen ihren Augenbrauen hatte sich eine tiefe Furche gebildet, die im Übrigen absolut faszinierend war. Sie leuchtete feuerrot auf der blassen Stirn. Isobel war eine außergewöhnliche Schönheit, und er sah bereits vor seinem inneren Auge, wie er mit ihr untergehakt einen der Clubs in New York betrat. Oder noch besser, Isobel unter ihm, wie sie sich in seinem Bett oder auf einem Fell rekelte. Mist, jetzt hatte er schon wieder verpasst, was sie gesagt hatte. Er zwang sich zur Konzentration.

»Wir sind völlig abhängig von unseren Geldgebern.«

»Okay«, sagte er, jedoch ohne zu verstehen, was das Ganze mit ihm zu tun hatte. Er blinzelte und wünschte, dass der Kaffee, den er vorhin getrunken hatte, den Nebel in seinem Hirn in gewisser Weise gelichtet hätte. »Wenn ich es recht verstehe, fehlt es also irgendwo an Geld?«, fasste er zusammen, doch noch während er die Worte aussprach, spürte er, dass er irgendetwas grundlegend missverstanden hatte.

Isobel blinzelte zum wiederholten Mal. Ein gespannter Zug um ihren Mund herum ließ den letzten Rest ihrer professionellen Miene verblassen. »Lassen Sie mich das Wichtigste wiederholen«, entgegnete sie verbissen. Sie verlor sich in einem erneuten Monolog über Hunger, Kinder und Gelder.

Diesmal unternahm Alexander einen ernsthaften Versuch, ihr zu folgen. Unabhängig davon, was Isobel von ihm dachte, war er keineswegs zurückgeblieben. Endlich gelang es ihm, den Sinn ihrer Worte zu entschlüsseln.

»Wir hatten Ihrer Organisation Geld gestiftet. Und jetzt haben wir die Zahlungen eingestellt. Und Sie sind – äh – aufgebracht«, formulierte er letztlich.

»Ich weiß, dass Sie es getan haben, um sich zu rächen. Aber ich …«

»Rächen?«, unterbrach er sie. Es war wirklich nicht ganz leicht, ihr zu folgen.

»Ja, Sie wissen schon. Weil ich …«

An dieser Stelle errötete sie leicht. War er gestört, wenn ihn eine Frau, die errötete, sexuell antörnte? Aber sie sah aus wie eine verdammte Amazone, und ihre Verletzlichkeit ließ sie besonders sexy erscheinen.

»Weil ich unhöflich war.«

»Unhöflich? Ah, als Sie mich baten, zur Hölle zu fahren?«, fragte er behilflich. »Oder Sie mir in Arlanda einfach den Rücken gekehrt haben? Oder vielleicht, als Sie vorgaben, kein Schwedisch zu verstehen? Sorry, aber es waren so viele Situationen, dass ich nicht genau weiß, auf welche davon Sie anspielen.«

Jetzt hatten sich entlang ihres Halses mehrere rote Streifen gebildet. Sie hatte eine fast durchsichtige, seidig glänzende

Haut, die weiß wie Sahne und mit goldenen Sommersprossen übersät war.

»Der Grund dafür, dass Sie hier sind und mich anpöbeln …« fuhr er fort.

»Ich pöbele Sie nicht an«, unterbrach sie ihn.

»Der Grund für dieses *Gespräch* ist also: Sie haben etwas Gemeines zu mir gesagt, ich wurde stinksauer, habe den Geldhahn für Ihre Lebensrettungsorganisation zugedreht und damit ein Massensterben von Kindern in Afrika verursacht, oder?«, fasste er die Situation zusammen.

»Nicht Afrika. Im Tschad.«

»Waren Sie auf dem Weg dorthin, als wir uns in Arlanda begegnet sind?«

»Ja.«

»Damals haben Sie aber Afrika gesagt«, erklärte er.

»Ich hatte wahrscheinlich angenommen, dass Sie nicht wüssten, wo der Tschad liegt«, entgegnete sie säuerlich.

»Hm«, meinte er.

Das meiste von dem, was sie ihm erzählt hatte, klang in seinen Ohren völlig neu, aber was wusste er schon. Viele seiner Erinnerungen aus dem letzten halben Jahr waren eher diffus.

»Medpax leistet eine außerordentlich wichtige Arbeit im Tschad. Aber wir sind eine kleine Organisation und somit leicht verwundbar. Es tut mir wirklich leid, wenn ich Sie gekränkt habe. Aber ich zeige Ihnen gerne, wie wir arbeiten.« Sie begann, weitere Mappen aus ihrem Stoffbeutel zu ziehen, doch Alexander hob abwehrend die Hand.

»Bitte nicht«, stöhnte er. »Nicht noch mehr Papiere.«

Sie hielt inne und bedachte ihn mit einem steifen Lächeln.

»Könnten Sie denn zumindest über das nachdenken, was ich Ihnen erzählt habe?«

»Auf alle Fälle.«

Sie betrachtete ihn misstrauisch. »Es ist wirklich wichtig.«

»Ich habe doch gesagt, dass ich es tun werde«, gab er unfreundlich zurück.

Vielleicht lag es daran, dass er gerade einen Vormittag hinter sich hatte, an dem er von nicht weniger als vier Männern mit missbilligenden Blicken abgestraft worden war, für deren gesamten Familienunterhalt er höchstwahrscheinlich aufkam. Vielleicht lag es aber auch daran, dass er den Umgang mit Frauen wie Isobel einfach nicht gewöhnt war. Jedenfalls schwirrte ihm der Kopf, und er hatte langsam genug von all dieser Feindseligkeit.

Er war schließlich nicht nach Stockholm gekommen, um sich von Leuten verunglimpfen zu lassen, denen er nichts getan hatte. Jedenfalls nicht bewusst.

»Medpax hat außerdem diverse Impfprogramme gestartet. Wir verrichten eine ungemein wichtige Arbeit im Hinblick auf Malaria und Unterernährung. Wir haben …«

»Isobel, ich werde darüber nachdenken«, unterbrach er sie. Wenn er noch ein Wort über sterbende Kinder und heroische Ärzte zu hören bekäme, würde er explodieren.

»Denn es handelt sich dabei keineswegs um ein Hobbyprojekt. Unsere Ärzte machen den Unterschied aus. Sie müssen einsehen, dass …«

Alexander streckte sich in seinem Sessel. Er legte eine Hand auf den Tisch und bedachte sie mit einem ernsten Blick. »Die Sache ist die, Isobel: Ich muss *gar nichts*.«

Er war sich noch immer nicht ganz sicher, worum es genau ging, schließlich hatte er verflucht noch mal einen Kater, aber zumindest begriff er, dass es sich bei dem, was diese erzwungen höfliche Ärztin von ihm haben wollte, vermutlich um viel Geld handelte. »Ich werde die Sache untersuchen, wie ich bereits mehrfach erwähnt habe.« Er hätte eigentlich hinzufügen wollen, dass es elementar wichtig war, den Menschen gegenüber, die man um Geld anging, seine Verachtung nicht derart offen zu zeigen, doch er bemühte sich erst gar nicht.

»Ich denke dennoch, dass …«, begann sie.

»Das reicht«, sagte er kurz angebunden, stand auf und musste angesichts eines Schwindelanfalls heftig blinzeln. Er müsste dringend etwas essen. »Ich rufe Sie an«, teilte er ihr so entschlossen, wie er konnte, mit.

Sie sah aus, als wollte sie noch etwas sagen, doch schließlich nahm sie ihre Dokumente wieder an sich, schob sie zurück in ihre ausgeblichene Leinentasche und stand ebenfalls auf.

»Danke, dass Sie sich Zeit genommen haben«, sagte sie und streckte ihm erneut die Hand entgegen.

Alexander ergriff sie und drückte sie fest, verspürte dann allerdings den äußerst sonderbaren Impuls, ihre Hand zum Mund zu führen und zu küssen. Doch er begnügte sich damit, den Blick zu senken und zuzuschauen, wie sich ihre Hände umschlossen. Sie hatte lange Finger, kurz geschnittene Fingernägel und trug keinen Schmuck. Kompetente Arzthände.

»Ich rufe Sie an«, wiederholte er.

Sie zog ihre Hand zurück und ging mit der verschlissenen Tasche über der Schulter zur Tür. Der Stoff ihrer Windjacke raschelte leise.

Er beeilte sich, ihr die Tür zu öffnen und sie ihr aufzuhalten.

Sie bedachte ihn mit einem langen Blick. Obwohl sie nichts sagte, sah er in ihren grauen Augen, die dieselbe Farbe hatten wie ein wolkenverhangener Novembertag, dass er in ihrem Ansehen nach dieser Begegnung noch weiter gesunken war. Aus irgendeinem Grund störte ihn das.

»Hejdå, Isobel«, sagte er leise.

Sie verschwand ohne ein weiteres Wort, und er sah ihr lange nach.

4

Isobel verließ das Sprechzimmer, um ihre nächste Patientin hereinzubitten, eine Frau in ihrem Alter, die zum einen unter Schlafstörungen und Stress litt und zum anderen Probleme mit ihrer Mutter hatte. Bei Letzterem könnte sie selbst ebenfalls ein wenig Hilfe gebrauchen, dachte Isobel, während sie sich anhörte, was die Patientin zu erzählen hatte. Isobel überlegte, ob sie ihr eine Überweisung zu einem Psychologen ausstellen sollte, beschloss jedoch abzuwarten. Unterdessen merkte sie, dass es ihr trotz intensiver Bemühungen nicht gelang, das nagende Gefühl abzuschütteln, die gestrige Begegnung mit Alexander de la Grip ziemlich ungeschickt gehandhabt zu haben.

Sie stellte der Patientin ein Rezept aus, riet ihr zu weniger Interaktion mit ihrer Mutter und empfing dann den nächsten Patienten. Doch wie sehr Isobel auch versuchte, sich auf ihre Arbeit zu konzentrieren, sie wurde das unangenehme Gefühl nicht los, die Sache mit der Stiftung vergeigt zu haben. Und zwar auf ganzer Ebene.

Wie war dies nur möglich, fragte sie sich, während sie Blutdruck maß und ein Medikament gegen Magengeschwüre verschrieb. Ausgerechnet sie, die für ihre diplomatische Herangehensweise und ruhige Art bekannt war. Normalerweise war sie diejenige, bei der alle hysterisch veranlagten und unbequemen Patienten eingetragen wurden; sie war es, die genervte Krankenschwestern und aufgebrachte Ärzte beruhigte und die überdies vor Medizinstudenten Vorlesungen über die Bedeutung der sozialen Kompetenz hielt. Und dann fuhr sie zu Alexander de la Grip und benahm sich wie ein trotziger Teenager. In seinem mondänen Büro. Seiner exklusiven Stiftung, von der das Überleben von Medpax abhing.

Welches Adjektiv beschrieb ihr Vorgehen am besten?

Dämlich.

Aber sie war nervös geworden. Alexander war so attraktiv gewesen, dass sie es kaum hatte aushalten können. Kein Mann hatte das Recht, derart gut auszusehen; es war geradezu unnatürlich. Trotz seiner zerzausten blonden Haare, des Dreitagebarts und des zerknitterten Anzugs war er so sexy, dass es ihr schwergefallen war, ihn anzuschauen, ohne rot zu werden. Alexander de la Grip war, um das Ganze noch zu toppen, auch noch reich und adelig. Nicht einfach nur wohlhabend, sondern richtig steinreich. Nicht, dass sie sich jemals eingebildet hätte, dass das Leben fair wäre, aber trotzdem: Wie konnte es nur so verdammt ungerecht sein? Die Tatsache, dass er rot unterlaufene Augen und eine Fahne gehabt hatte, hatte das Fass für sie schließlich zum Überlaufen gebracht. Er hatte tatsächlich die Frechheit besessen, dort im Büro seiner Stiftung zu stehen, umschwänzelt von seinen Untergebenen, und auszusehen, als hätte er in der vergangenen Woche nichts anderes getan, als Party zu machen, während sie sich für das Überleben von Medpax den Arsch aufriss. Das war einfach zu viel für sie gewesen. Folglich hatte sie sich von Dingen beeinflussen lassen, die sie nichts angingen, hatte ihr Verhalten von bornierten Gefühlen steuern lassen, und das Ganze war in eine Katastrophe ausgeartet. Sie schloss die Tür, griff nach dem Telefon, seufzte und rief Leila an.

»Hat Alexander de la Grip zufällig angerufen?«, fragte sie, als sich Leila meldete.

»Nein, hätte er das tun sollen?«

Isobel lehnte sich zurück und legte ihre Füße auf den Schreibtisch. Sie hatte noch mindestens acht, möglicherweise sogar mehr Patienten zu behandeln, doch ein kurzes Telefonat zwischendurch musste drin sein. »Ich habe ihn gestern auf den Pott gesetzt. Unter Umständen habe ich ihn sogar beleidigt. Schon wieder. Also nehme ich an, dass er es nicht hätte tun müssen.«

»Ich verstehe. Und wie geht es dir heute?«

»Ich bin höchstwahrscheinlich irgendwie gestört. Du kannst mich ja psychisch analysieren, wenn du willst. Was ist los mit mir?«

Leila schnaubte. »Es stellt wirklich keine große Herausforderung dar, dich zu durchschauen, dafür brauch ich dich nicht extra analysieren. Du hast vermutlich schon im Mutterleib unter Leistungsdruck gestanden und leidest noch immer unter der ständigen Angst zu versagen. Dir ist es enorm wichtig, deinen Mitmenschen und Kollegen begreiflich zu machen, dass sie dir nicht egal sind. Du wirst von allen, denen du begegnest, bewundert, merkst es aber nicht, da du die ganze Zeit damit beschäftigt bist, darüber nachzudenken, wie du deine selbstgerechte Mutter und deinen verstorbenen Vater dazu bringen könntest, stolz auf dich zu sein. Habe ich noch irgendwas vergessen?«

Isobel schloss die Augen und fragte sich, ob es wirklich eine so gute Idee war, Leila anzurufen. »Das war ja recht … umfassend«, sagte sie matt.

»Isobel, du bist eine Frau, die jeder in seinem Team haben möchte.«

»Aber ich habe mich danebenbenommen.«

»Ja. Willkommen in der Wirklichkeit, in der man sich eben manchmal danebenbenimmt. Lass es jetzt einfach hinter dir.«

»Hör auf mit diesem blöden Psychologengeschwätz. So einfach ist das nicht.«

»Nein, aber du machst es dir auch nicht gerade leicht. So sehe ich das jedenfalls.«

Isobel empfing ihren nächsten Patienten, einen PR-Berater, der sie regelmäßig wegen Schlafstörungen und einem Bandscheibenvorfall konsultierte. Sie unterließ es, ihm zu erklären, dass er möglicherweise besser würde schlafen können, wenn er endlich damit aufhörte, ständig seine Ehefrau zu betrügen, stellte ihm stattdessen ein Rezept über Schmerzmittel aus und gab ihm dann einen neuen Termin, den sie so weit wie möglich hinausschob. Dann hörte sie sich die Ausführungen eines gestressten Journalisten an, der über »leichte Halsschmerzen« klagte, jedoch hohes Fieber hatte und an Scharlach erkrankt war, was Isobel bereits wusste, noch bevor der Bericht aus dem Labor kam und dies bestätigte. Als sie auf die Uhr schaute, war es schon drei. Sie beschloss, auf die gemeinsame Kaffeepause zu verzichten, und schloss sich stattdessen in ihrem Raum ein. Sie aß Zwieback mit Orangenmarmelade vor dem Computer, während sie »Alexander de la Grip + Bilder« googelte. Gestern hatte er athletischer gewirkt als bei ihrer letzten Begegnung, doch schon damals war er muskulös gewesen. Groß, bedeutend größer noch als sie, die oftmals auf die Männer hinunterschauen musste, mit denen sie sich traf, und die zeit ihres Lebens gegen den Impuls hatte ankämpfen müssen, sich zu ducken.

»Rücken gerade, Isobel.«

»Du bist doch so groß, spielst du eigentlich Basketball?«

»Warum trägst du eigentlich immer Hochwasserhosen, Isobel?«

Was spielte es eigentlich für eine Rolle, dass er groß war? Doch für sie spielte es eine Rolle. Groß gewachsene, breitschultrige Männer waren in ihren Augen attraktiv. Sie war es gewohnt, Größe und Gewicht einzuschätzen, ohne es direkt zu erfragen; sie brauchte nur einen Blick auf die betreffende Person zu werfen, um zu erraten, wie viel sie wog und wie groß sie war. Alexander war mindestens 1,96 m groß und wog wahrscheinlich irgendetwas zwischen hundertfünf und hundertzehn Kilo. Er hatte breite Schultern, einen muskulösen Nacken und einen stark ausgeprägten Rectus abdominis. Sie scrollte sich durch die Bilder und fand das berühmte Foto, auf dem er halb nackt und eingeölt mit zwei nackten Frauen zu seinen Füßen stand. Sie verglich es mit den neuesten Fotos von ihm, die sie finden konnte, und mit ihrer eigenen Erinnerung. Er musste in der Zwischenzeit irgendetwas verändert haben. Fitnessstudio vielleicht? Sie beförderte die Zwiebackkrümel in den Papierkorb, schloss den Browser und empfing ihren nächsten Patienten.

Nachdem Isobel die letzten Patienten behandelt hatte, setzte sie ihren Helm auf und fuhr mit dem Fahrrad durch die Stadt nach Hause. Heute Abend würden sich einige Ärzte aus der Entwicklungshilfe in einer Kneipe in Söder auf ein Bier treffen, doch sie zögerte, hinzugehen. Eigentlich sollte sie sich dazu aufraffen. Es war nicht gut, dass sie sich so zurückzog, das wusste sie. Morgen, sagte sie sich. Ab morgen gehe ich die Dinge an.

Sie aß ein Fertiggericht vor dem Fernseher, las in der Ärztezeitung einen Artikel über Malaria und trank Rooibos-Tee.

Morgen, dachte sie erneut, als sie erschöpft, aber dennoch schlaflos im Bett lag. Morgen werde ich alles in Angriff nehmen und ein besserer Mensch werden. Sie schloss die Augen. Sie schlief immer nackt; das war ein Luxus, den sie sich gönnte, wenn sie zu Hause war. Bei Auslandseinsätzen musste man sich als Frau vorsehen, aber zu Hause konnte sie ihre nackte Haut an den kühlen Stoff der Bettwäsche schmiegen. Sie war irgendwie aufgekratzt. Sollte sie sich selbst anfassen? Ein Orgasmus setzte Oxytocin frei und würde den Blutdruck senken. Sie fuhr mit den Händen über ihren Körper, doch irgendwie empfand sie keine Lust; ihre Gedanken waren woanders. Vielleicht war es auch gut so. Ihr Sexualleben war ein weiteres problematisches Thema, das sie noch nicht recht geschafft hatte anzugehen. Sie schaute auf die Uhr, griff nach ihrem Handy und schickte Leila eine SMS.

Hab mich entschieden. Fahre in den Tschad.

Die Psychologin antwortete nicht.

Vermutlich, weil sie noch ein Leben neben der Arbeit hatte.

Isobel drehte sich auf die Seite und schaute aus dem Fenster. Es dauerte noch mehrere Stunden, bis sie endlich einschlief.

5

Gina Adan band sich eine weiße Schürze um, während sie im Stillen die Gläser auf dem Silbertablett zählte; hohe, mit Champagner gefüllte Kristallgläser, die auf der massiven antiken Silberfläche standen. Es würde ziemlich schwer werden. Sie war zwar durchaus stark, aber dennoch war es wichtig, nicht zu viele auf einmal zu tragen.

Sie warf einen Blick aus dem Küchenfenster des Guts nach draußen. Die Frühlingssonne strahlte hinunter auf Gyllgarn. Entlang der gelb getünchten Fassade des Gebäudes blühten Narzissen, und auf der Grasfläche standen Taufgäste in Anzügen oder flatternden Kleidern und hochhackigen Pumps in kleinen Grüppchen beisammen. Die Töpfe und Vasen in den Salons des Guts waren mit Blumen gefüllt, und alle Oberflächen waren frisch gebohnert und gewienert. Gina strich ihre Schürze glatt. Sie liebte dieses Gut mit seiner jahrhundertealten Geschichte. Die Möbel, den Zierrat und nicht zuletzt die Gemälde, von denen ernste Adelsmänner und deren in Seide gekleidete Ehefrauen aus mehreren Jahrhunderten auf sie herabblickten, wo immer sie ging. Alles war typisch schwedisch und exotisch für sie, da es so völlig anders war als in dem Land, in dem sie aufgewachsen war. In Somalia gab es nur äußerst wenige Schlösser.

»Wie läuft's, kann ich irgendetwas helfen?«, fragte Natalia, die in die Küche geschwebt kam. Sie setzte das Baby in ihrem Arm auf. Molly, die Hauptperson des heutigen Tages, gluckste vor sich hin, und Gina lächelte das wohlgenährte Kind an. Eigentlich war es schon lustig, dass ein so schlankes und graziles Wesen wie Natalia Hammar ein so stämmiges Kind bekommen konnte.

»Alles gut«, antwortete Gina. »Hier drinnen hab ich alles unter Kontrolle, gehen Sie nur hinaus zu Ihren Gästen.«

»Danke, meine Liebe.« Natalia zögerte, als hätte sie noch etwas auf dem Herzen, meinte dann jedoch nur: »Ansonsten sagen Sie einfach Bescheid.« Sie entfernte sich, und Gina folgte ihr mit dem Blick. Sie hatte Natalia schon immer gemocht. Sie war nett, ohne dass es gekünstelt wirkte, obwohl sie nicht zuletzt gegen ihre eigenen Dämonen anzukämpfen hatte, so vermögend und erfolgreich sie auch war. Nach dem Skandal im vergangenen Sommer hatten Ginas Hauptarbeitgeber Ebba und Gustaf de la Grip Schweden überstürzt verlassen und sich nach Frankreich abgesetzt. Eine Weile lang hatte es ausgesehen, als würde Gina dadurch in eine finanzielle Krise stürzen. Sie hatte viele wertvolle Putzstunden verloren, als sie sie am dringendsten gebraucht hätte. Doch Natalia, die damals gewiss andere Sorgen hatte, hatte sie angerufen und in ihrer feinfühligen Art gefragt, ob sie ihr möglicherweise weitere Putzjobs besorgen sollte. Zum Glück. Denn Gina benötigte das Geld unbedingt.

Sie hatte schon bei Veranstaltungen wie dieser gearbeitet, seit sie sechzehn war. Sechs Jahre lang hatte sie sich bereits im Umfeld der schwedischen, ausschließlich weißen Oberschicht bewegt und bei Taufen, Abiturfeiern und Hochzeiten serviert sowie in Villen in Djursholm und Wohnungen in Östermalm geputzt. Sie hatte nichts gegen diese Arbeit. Die Bezahlung war in den meisten Fällen gut, und sie genoss ihre flexiblen Arbeitszeiten. Klar, diverse Männer belästigten sie, unterbreiteten ihr unseriöse Angebote oder kommentierten ihre Hautfarbe, und einige Frauen konnten ziemlich gemein sein, doch das gehörte zu ihrem Alltag und war nicht schlimmer als anderswo auch.

Gina wischte einen Fleck auf dem Silbertablett weg und hob es an. Doch sie hatte das Gewicht falsch eingeschätzt, und als ein Glas zu schwanken begann, schlug ihr das Herz bis zum Hals. Die Gläser waren Erbstücke, und der Champagner teuer.

Sie fluchte, doch plötzlich streckten sich zwei hilfsbereite Hände aus und retteten in letzter Sekunde alles.

»Danke«, sagte sie erleichtert. Sie erhielt ein fröhliches Grinsen zur Antwort, und es war, als würde die Sonne geradewegs in die Küche hereinscheinen.

»Hallo«, sagte Alexander de la Grip. Er hielt das schwere Tablett mit sicheren Händen fest. »Das hätte aber übel enden können. Zum Glück bin ich zur rechten Zeit aufgetaucht.«

»Hej«, antwortete sie und erwiderte sein Lächeln. Sie konnte einfach nicht anders. Eigentlich war Natalia Ginas Ansprechpartnerin, während sich Alexander eher in der Peripherie bewegte, von wo aus er in unregelmäßigen Abständen auftauchte und seinen Glanz verbreitete.

»Ziemlich lange her«, sagte sie und nahm das Tablett wieder an sich. Sie hatte Alexander seit dem vergangenen Sommer nicht mehr gesehen. Er sah gut aus. Doch das tat er ja immer.

»Stimmt, ich bin seit Natalias und Davids Hochzeit nicht mehr in Schweden gewesen.«

Sie schielte hinauf in sein Gesicht und stellte bei genauerem Hinsehen fest, dass er doch ziemlich mitgenommen aussah.

»Zu viele Partys?« Sie versuchte nachzurechnen, auf wie vielen Titelseiten sie ihn im vergangenen halben Jahr gesehen hatte, gab jedoch bei zehn auf.

»Ein ziemlich harter Job, aber irgendwer muss ja das schwarze Schaf in der Familie spielen«, entgegnete er und hielt ihr die

Tür auf. Er hatte diesen gehetzten Blick, den er immer hatte, wenn er zu Familienzusammenkünften kam, auch wenn er ihn gut zu kaschieren wusste.

»Und wie geht es der schönsten Champagnerträgerin Schwedens so?«, fragte er weiter.

»Gut, gut.«

»Sagen Sie es, wenn ich noch etwas für Sie tun kann«, forderte er sie auf. »Diverse Türen aufhalten oder Tabletts ausbalancieren.« Er zwinkerte ihr zu. »Müde Füße massieren?«

»Mm«, antwortete sie und warf ihm einen misstrauischen Blick zu. Alexander flirtete immer mit ihr. Doch er flirtete mit allen, und das vermittelte ihr, wenn auch auf oberflächliche Art, das angenehme Gefühl, gleichberechtigt zu sein.

Sie glitt an ihm vorbei und ging hinaus, um weiterzuarbeiten.

Das Tablett wurde zügig von durstigen Gästen geleert, sodass Gina rasch begann, leere Gläser einzusammeln, während sie ein Auge auf die diversen Grüppchen hatte. Natalia stand neben David, der den Arm um ihre Schultern gelegt hatte, während sich die beiden mit Åsa Bjelke und Michel Chamoun unterhielten. Gina konnte nicht umhin, kurz innezuhalten, um das glamouröse Quartett zu betrachten, bevor sie zurück in die Küche ging, die benutzten Gläser gegen neue austauschte und sie füllte.

Als Gina erneut durch die Tür nach draußen trat, kam Peter de la Grip allein über den Rasen geschlendert. Sie biss sich auf die Lippe. Sie mochte Peter nicht, aber da er geradewegs auf sie zukam, zwang sie sich, ihm das Tablett hinzuhalten und ihn mit einem höflichen Lächeln zu bedenken.

»Hej«, begrüßte er sie, nahm sich ein Glas, bedankte sich und blieb dann schweigend neben ihr stehen. Sie wusste nicht, was sie tun sollte, denn es erschien ihr unhöflich, einfach weiterzugehen, aber von den drei Geschwistern konnte sie mit

Peter am wenigsten anfangen. Peter de la Grip verkörperte in ihren Augen das Klischee des weißen Mannes schlechthin. Er war arrogant, total von sich selbst überzeugt sowie von der Unterlegenheit der meisten anderen. Sie schielte zu ihm rüber, während er mit dem Glas in der Hand dastand und ins Leere starrte. Keiner der anderen Gäste kam auf ihn zu. Er hatte sich verändert. Seit sie sich zuletzt gesehen hatten, was an dem Morgen vor den legendären Vorstandsneuwahlen gewesen sein musste, war er sichtlich abgemagert. Das vergangene Jahr war für ihn auch nicht gerade leicht gewesen. Schließlich hatte das Gut zuvor ihm gehört, wie ihr einfiel. Er hatte hier auf Gyllgarn zusammen mit seiner Frau gewohnt. Doch dann hatte er es abtreten müssen, seine Frau hatte die Scheidung eingereicht und jetzt … Gina stellte fest, dass sie keine Ahnung hatte, was Peter mittlerweile machte. Er war völlig von ihrem Radar verschwunden. Sie blieb schweigend stehen, verlagerte ihr Gewicht von einem auf den anderen Fuß und fragte sich, ob er es wohl merken würde, wenn sie sich wegschlich.

Peter seufzte hörbar und wandte sich ihr zu. Er sah müde aus. Dann stellte er sein Glas zurück aufs Tablett.

»Danke«, sagte er. »Das hat gutgetan.« Als er über den Rasen schritt, wirkte es, als wichen ihm die Leute mit ihren Blicken aus. Sie betrachtete das Glas, das er abgestellt hatte. Es war noch immer voll.

Alexander beobachtete Gina aus dem Augenwinkel, während er sich mit einer grazilen Gräfin unterhielt, mit der er als Schüler gemeinsam auf dem Internat gewesen war. Die Gräfin war ganz süß, doch Gina war märchenhaft schön. Mit langen schlanken Armen und einer anmutigen Haltung. Wangenknochen, für die jedes Supermodell töten würde. Würde sie nicht für seine Familie arbeiten … Er nickte der Gräfin zu, bedachte sie mit einem reflexhaften Schlafzimmerblick und ließ dann seinen Gedanken freien Lauf. Gina hatte mit Peter gesprochen, und das störte ihn. Es war etwas anderes, wenn er selbst mit Gina flirtete, denn bei einer Frau, die in einem Arbeitsverhältnis mit seiner Familie stand, würde er die Grenze nicht überschreiten. Doch bei Peter, dem Vergewaltiger, konnte man nie genau wissen. Erst als Peter von Ginas Seite wich, atmete Alexander erleichtert auf. Die Gräfin schaute ihn fragend an, und er setzte eine entschuldigende Miene auf. Ihm war nicht bewusst, dass er kurz davor gewesen war, sich bei dem kleinsten Fehltritt seines Bruders auf ihn zu stürzen. Sie hatten sich seit den Neuwahlen nicht mehr gesehen, als Peter gegen ihren Vater stimmte und somit dazu beitrug, dass die Familie de la Grip ein für alle Mal die Kontrolle über das Familienunternehmen Investum verlor. Seitdem hatten sie nichts mehr voneinander gehört, was Alexander ausgezeichnet passte. Es gab viele Menschen, die er nicht mochte oder sogar verachtete. Wenn er genauer darüber nachdachte, waren die Leute oftmals unerträglich dämlich, doch Peter nahm in der Kategorie »Menschen, die ich hasse«, eine Sonderstellung ein. Die Gräfin schloss sich einer anderen Gruppe an, und Alexander registrierte, wie auch Peter von der Menge der Anwesenden geschluckt wurde. Mit etwas Glück würde es ihm gelingen, seinem großen Bruder heute und am liebsten auch für den Rest seines Lebens auszuweichen.

»Alexander!«

Er wandte sich der ihm wohlbekannten Stimme mit dem russischen Akzent zu.

»Onkel Eugen«, rief er und lächelte. Außer Natalia war dies eines der wenigen Familienmitglieder, die ihm wirklich wichtig waren.

Sein Onkel umarmte ihn und drückte ihn fest an sich, während er ihn mit diversen schmatzenden russischen Wangenküssen bedachte. Sein Onkel sah gut aus. Er trug knallige Farben, war frisch rasiert und roch angenehm.

»Jetzt, wo du in Schweden bist, musst du unbedingt mal zu mir nach Skåne runterkommen«, sagte Eugen. Er fuchtelte mit seinem Glas in der Luft herum. »Ich werde demnächst einen Wohltätigkeitsball ausrichten. Da kommen Leute, die für irgendetwas Spenden sammeln. Ich glaube, für die Umwelt. Du weißt ja, wie sehr mir die Umwelt am Herzen liegt.«

Alexander zog eine Augenbraue hoch.

Eugen schien nachzudenken.

»Oder ging es doch eher um den Weltfrieden? Irgendetwas in der Richtung. Auf jeden Fall ein ganzes Wochenende mit Veranstaltungen, Vorträgen und Stehpartys. Und vielen deinesgleichen.«

»Meinesgleichen?«

»Ja, du weißt schon. Gut aussehende Menschen mit zu wenig Verstand und zu viel Geld. Schickeria. Gemeinsam werden wir einen Einsatz leisten, um die Welt zu verbessern.«

»Ich werde versuchen zu kommen«, log Alexander. Er mochte seinen Onkel, und er müsste tatsächlich irgendwann mal wieder zum Schloss fahren, denn schließlich gehörte es ja ihm. Aber eine Wohltätigkeitsparty draußen auf dem platten Land entsprach nicht gerade seiner Vorstellung von einem gelungenen Wochenende.

Eugen schüttelte den Kopf, als wüsste er genau, was in Alexanders Hirn vorging. »Es wäre schön, wenn du kämest. Lange her, dass wir zwei etwas zusammen unternommen haben«, war alles, was er sagte.

Natalia kam auf sie zu. Sie trug Molly, und Alexander umarmte seine Schwester mit einem Arm, bevor er seine Nichte betrachtete, die enthusiastisch Bläschen aus ihrer eigenen Spucke blies. »Das muss sie von Davids Seite haben.«

»Eigentlich ist sie ungewöhnlich weit für ihr Alter«, entgegnete Natalia loyal. Sie betrachtete das feuchte Kinn ihrer Tochter. »Auch wenn man es ihr nicht immer ansieht.«

Alexander lachte auf. »Und warum bin ich dann nicht Pate dieses Wunderkindes geworden?«

Er registrierte den Anflug eines schlechten Gewissens in Natalias goldenen Augen, doch ihre Stimme war entschlossen, als sie antwortete. »Ich brauche jemanden, auf den ich mich verlassen kann, Alexander.«

Er zuckte unweigerlich zusammen, bevor er sich wieder fasste. »Du hast recht. Ich bin nicht gerade ein gutes Vorbild.« Er lächelte, um der Tatsache die Schärfe zu nehmen, dass es ihn völlig unerwartet verletzt hatte, von seiner Schwester offenbar gewogen und für zu leicht befunden worden zu sein.

Natalia drückte seinen Arm. »Ich freu mich so, dass du gekommen bist. Hier auf Gyllgarn ist das ganze Frühjahr volles Programm. Wir werden hier Aktivitäten für Kinder und Jugendliche anbieten wie Fußballtraining und Reiten.«

Alexander konnte nicht umhin, angesichts des Pathos in der Stimme seiner großen Schwester eine ironische Miene aufzusetzen. Doch Natalia war schon immer das Familienmitglied mit dem größten Herzen gewesen. Auch wenn es keine große Kunst war, diesen Wettbewerb zu gewinnen.

»Im Augenblick scheint es ziemlich en vogue zu sein, die Welt zu retten«, stellte er fest und schaute Eugen an. Dann nahm er sich ein weiteres Glas von einem vorbeischwebenden Tablett. Er hatte sich zwar vorgenommen, relativ nüchtern zu bleiben, doch jetzt schien ihm dies keine gute Idee mehr zu sein. »Ich kann mir vorstellen, dass deine Bemühungen absolut angesagt sind.«

»Ich schere mich nicht im Geringsten darum, was die Leute sagen. Ich möchte nur etwas Gutes tun.«

Dann erblickte Alexander im Augenwinkel eine ihm wohlbekannte Gestalt. Aha, nun war es also so weit.

»Und gerade als man glaubte, dass das Gute siegen würde, taucht das Böse auf und stellt die althergebrachte Ordnung wieder her«, murmelte er, während sich ihre Mutter ihnen näherte.

»Mama ist nicht *böse*«, protestierte Natalia.

Alexander warf ihr einen skeptischen Blick zu.

»Hatten wir dieselbe Kindheit?«, fragte er. Es war als Scherz gemeint, aber tatsächlich gab es Unterschiede darin, was sie beide hatten mitmachen müssen. Alexander zumindest war sich dieser Unterschiede bewusst.

»Ja, ja, aber sie gibt sich für ihre Verhältnisse ziemlich Mühe.« Natalia setzte Molly in ihrem Arm auf und warf sowohl Alexander als auch Eugen auffordernde Blicke zu. »Jetzt macht hier bloß keine Szene.«

»Würde mir nie einfallen«, entgegnete Alexander. »Und was hat den Teufel, ich meine unsere Mutter, veranlasst, ihr geliebtes Weingut zu verlassen?«

Gustaf und Ebba de la Grip waren nach dem Tumult im vergangenen Jahr dorthin umgezogen. Oder geflüchtet, je nachdem, wie man es betrachtete. Gustaf hatte im Sommer in kurzem Abstand zuerst die Macht über Investum verloren, dann Natalia als uneheliches Kind verstoßen und schließlich auf seine alten Tage noch im Internet Prominenz erlangt, nachdem eine Tonbandaufnahme mit diversen äußerst rassistischen Verunglimpfungen verbreitet worden war, die er in schwedischen Finanzkreisen hatte fallen lassen. Alexander, der selbst mit Leib und Seele Zyniker war, wusste, dass das Problem nicht darin bestand, dass Gustaf Menschen als Zigeuner und Hottentotten beschimpft hatte. Es bestand eher darin, dass Gustaf den Fehler begangen hatte, sich dabei erwischen zu lassen. Sein Wutausbruch war aufgenommen, mit Fotos versehen und dann im Netz verbreitet worden. Das letzte Mal, als Alexander nachgeschaut hatte, war das legendäre Video vier Millionen Mal angeklickt worden. Damals erfuhr Alexander ebenfalls, dass sein Vater außerdem eine brutale Vergewaltigung vertuscht hatte, die Peter als junger Mann begangen hatte. In diesem Zusammenhang waren auch die letzten Gefühle, die er für seinen Vater empfand, verschwunden. Und zwar für immer. Für ihn hätte er ebenso gut tot sein können.

Mit seiner Mutter war es komplizierter, weil Natalia darauf bestand, eine Beziehung zu ihr zu unterhalten. Alexander wusste tief in seinem Herzen, dass er Natalia mehr mochte, als er seine Mutter verabscheute. Was eigentlich eine nahezu unmögliche Gleichung war, denn die Gefühle, die er für Ebba hegte, grenzten trotz allem an Hass. Er betrachtete seine Mutter. Erinnerte sich daran, wie sie ihn als Kind einmal verlassen hatte, um zu einem ihrer »Freunde« zu fahren. Wie alt war er beim ersten Mal gewesen? Vier? Natalia wusste nichts davon. Niemand wusste es. Und er nahm an, dass es auch keine Rolle mehr spielte.

»Mama ist extra wegen der Taufe nach Schweden gekommen«, antwortete Natalia. »Sie wird ein paar Wochen in der Stadt bleiben. Bitte, kannst du es nicht wenigstens versuchen? Sie war wirklich ziemlich fertig, als du zu Weihnachten nichts von dir hast hören lassen. Und zu Ostern ebenfalls. Für sie ist es ein großer Schritt, Papa in Frankreich zurückzulassen und allein herzukommen.«

Alexander betrachtete seine Mutter, die stehen geblieben war, um eine Freundin zu begrüßen, erneut so objektiv wie möglich. Sie trug ein hellblaues Kostüm mit passendem Hut auf ihrem blonden Haar, hatte glatte Haut und strahlte eine diskrete Perfektion aus. Sie sah aus wie jede andere Frau aus der Oberschicht. Wie konnte eine so gewöhnliche Frau nur jemals so starke Gefühle in ihm geweckt haben? Alexander erinnerte sich daran, wie er sich als Kind nach ihr gesehnt hatte. Und wie sie seinem vier- oder fünfjährigen Ego erklärt hatte, dass Mama ihn nicht die ganze Zeit umarmen konnte, sondern sie auch eigene Bedürfnisse hatte und Alexander aufhören musste, sie andauernd zu ersticken. Lange Zeit hatte er das wörtlich genommen und Todesängste ausgestanden, dass er seine Mutter tatsächlich ersticken könnte. Er schob die Hände in die Hosentaschen und wartete.

»Hej Mama«, sagte Natalia, als sich Ebba ihnen näherte.

Ebba sah aus, als wollte sie Natalia umarmen, begnügte sich stattdessen jedoch mit einem unbeholfenen Klaps auf ihre Schulter. Sie schenkte der zufrieden vor sich hin glucksenden Molly ein Lächeln, das in der Tat echt wirkte, begrüßte ihren Bruder Eugen mit einem Nicken und schaute dann geradewegs Alexander an.

Er wappnete sich, als sich ihre blauen Augen mit Tränen füllten. »Alexander. Wie wunderbar, dich zu sehen.«

Er spürte eine Welle des Unbehagens in sich aufsteigen, die ihn immer überfiel, wenn sie ihm eine Nähe abverlangte, die er nicht länger bereit war zuzulassen. Er hielt die Luft an und wehrte den wohlbekannten Duft ihres Parfüms ab – White Linen, wie immer. Er verabscheute es.

Alles wäre so viel einfacher gewesen, wenn es nicht eine Zeit gegeben hätte, in der er sie geliebt hatte, dachte er und nickte ihr andeutungsweise zu.

»Schön, dich auch zu sehen, liebe Mutter.«

Falls Ebba die Ironie in seiner Stimme bemerkt hatte, zeigte sie es nicht. Sie machte einen weiteren Schritt auf ihn zu und kam ihm damit ziemlich nahe. Alexander erstarrte. Ebba scherte sich normalerweise nur selten um die Bedürfnisse ihres Gegenübers, doch nun schien sie zu bemerken, dass sie eine Grenze übertreten hatte. Sie zögerte, blinzelte unsicher und wandte sich stattdessen Molly zu.

Alexander atmete auf.

Während die Glocke in der alten Kapelle läutete, versammelten sich die Taufgäste in den Reihen der Kirchenbänke. Eine Pastorin begann mit der Zeremonie, und Alexander freute sich, dass seine große Schwester mit allem, was sie tat, dafür sorgte, den Vorurteilen zu trotzen, die noch immer innerhalb ihrer Gesellschaftsschicht vorherrschten. Klänge von Musik stiegen auf, und ihn durchfuhr ein leichtes Schaudern. Als Kind hatte er gern in der Kapelle gespielt. Damals hatte es ihn fasziniert, wie sich das Sonnenlicht einen Weg durch das gewölbte Fensterglas bahnte und die Akustik jeden noch so geringen Laut durch den gesamten Raum hallen ließ. Als sie klein waren, hatten sie fast jeden Sommer auf Gyllgarn zugebracht, und er musste an Natalias langes braunes Haar denken, an die Pferde, die sie geliebt hatte, und die Kinder, mit denen sie gemeinsam gespielt hatten. Einige von ihnen waren heute hier, mittlerweile natürlich erwachsen und mit ihren eigenen Familien. Er dachte an die Dinge, die sie getan hatten, als sie klein waren, doch er konnte sich nicht mehr an die Gefühle erinnern, die er dabei empfunden hatte. War er glücklich gewesen? Wie sehr er sich auch bemühte, es fiel ihm nicht ein, und das störte ihn.

Die Musik verstummte, und Natalia und David brachten Molly zu dem antiken Taufbecken. Die Paten, Åsa Bjelke und Michel Chamoun, standen mit feierlichen Mienen daneben. Molly protestierte lauthals, als ihr Wasser auf das Köpfchen geträufelt wurde, woraufhin sich ihre Eltern beeilten, sie zu trösten.

Ebbas Augen begannen feucht zu werden, und sie betupfte sich mit einem Taschentuch die Augenwinkel. Vielleicht hatte seine Mutter Natalia letztlich verziehen, dass sie David und damit den Mann geheiratet hatte, der Ebba das genommen hatte, was sie am meisten geliebt hatte: ihre Position in der High Society. Alexander schloss die Augen und kämpfte gegen die Welle der Panik an, die in ihm aufstieg. Er wäre lieber nicht hier gewesen. Wollte nicht hier sitzen und so tun, als gehörte er dazu.

Nach der Taufe schüttelte er David Hammar die Hand. Sie hatten sich seit Natalias und Davids Hochzeit nicht gesehen, und zu dieser Hochzeit war Alexander auch nur gekommen, weil David ihn persönlich hatte einfliegen lassen.

»Schön, dass du gekommen bist, Alexander«, meinte David. Er sagte nichts weiter, aber schwang in seinem kühlen Blick nicht Verachtung mit?

Alexander brummte etwas in der Richtung, dass die Taufzeremonie wirklich fantastisch gewesen sei, zog sich daraufhin jedoch zurück. Er benötigte etwas Abstand zu seiner Familie und zu dem, was er in ihren Blicken las. Er verzog sich durch den Hinterausgang, betrat die hintere Terrasse, lehnte sich gegen einen steinernen Pfeiler und schaute aufs Wasser.

»Wie geht's?«

Es war wieder Gina.

»Nur eine leichte Überdosis Familie. Hiernach benötige ich wohl etwas Stärkeres als Champagner.«

Er ließ seinen Blick über ihren Körper schweifen. Unter ihrer Schürze trug sie ein schlichtes Kleid. Bequeme Leinenschuhe. »Sie haben nicht zufällig Lust, nach getaner Arbeit mit rauszukommen?«

Sie lächelte zögerlich. »Nein, danke. Ich fühle mich zwar geschmeichelt, aber ich mag meinen Job, und es würde alles nur verkomplizieren.«

»Wir müssen es ja nicht verkomplizieren«, entgegnete er

leichthin. Doch das war ein halbherziger Einwand. Er wollte die gute Beziehung, die er zu Gina hatte, nicht kaputtmachen. Er mochte sie, wenn auch eher wie eine kleine Schwester. Überdies verdiente sie etwas Besseres als einen zynischen, desillusionierten Mann wie ihn.

»Außerdem muss ich heute Abend noch für die Uni lernen«, erklärte sie.

»Aha. Sorry, ich hatte keine Ahnung, dass Sie studieren. Und was, wenn ich fragen darf?«

»Medizin. Im zweiten Semester.« Sie sagte es voller Stolz, aber auch etwas trotzig, als rechnete sie damit, infrage gestellt zu werden.

Offenbar wurde er gerade von Medizinerinnen verfolgt.

»Sie wollen also Ärztin werden?«

»Ja, irgendwann mal.«

»Menschen helfen und so weiter?« Er verzog den Mund.

Ginas Augen verengten sich, und plötzlich erinnerte sie ihn an Isobel Sørensen. Sie besaß dieselbe Integrität.

»Ich muss wieder zurück.«

»Alles Gute, Gina«, sagte er und meinte es ernst.

Sie zögerte und biss sich auf die Lippe. »Ich bin jedenfalls der Meinung, dass es die Pflicht aller Menschen ist, ihr Bestes zu geben. Dafür ist es nie zu spät.« Dann machte sie auf dem Absatz kehrt.

Alexander blieb auf der Terrasse stehen. Er nahm ein Päckchen Zigaretten aus der Innentasche seines Jacketts, schüttelte eine heraus, zündete sie sich an und blies den Rauch in den klaren Frühlingshimmel.

Verdammt, wie anstrengend dieser Tag gewesen war.

6

»Was machst du denn hier?«, fragte Leila und betrachtete Isobel über die Hornfassung ihrer Brille hinweg.

»Ich habe am Wochenende gearbeitet«, antwortete Isobel. »Und massenweise Überstunden angesammelt, die ich irgendwann abfeiern muss. Heute ist mein freier Tag.«

Leila verschränkte die Arme vor der Brust. »Genau das meinte ich. Müsstest du nicht mal freimachen? Ausschlafen und ein Buch lesen wie alle anderen Menschen auch? Yoga machen?«

»Ich hasse Yoga. Und ich hasse Leute, die Yoga machen.«

»Ja, die können einem durchaus auf die Nerven gehen«, pflichtete Leila ihr bei. »Aber was schaust du dir da an?«

Isobel hielt den Ordner hoch, in dem sie gerade geblättert hatte. »Alte Erinnerungen. Wusstest du eigentlich, dass ich praktisch hier aufgewachsen bin?«

Lange bevor Leila bei Medpax angefangen und das Unternehmen auf Vordermann gebracht hatte, war das Büro eine ruhige und friedliche Oase für ein einsames Mädchen gewesen. Seit Isobel elf Jahre alt war, war sie nach der Schule hierhergekommen und hatte ihre Hausaufgaben gemacht. Bis in die späten Teenagerjahre. Die älteren Damen, die überwiegend untätig herumsaßen und Kreuzworträtsel lösten oder telefonierten, hatten sie mit Tee und Keksen versorgt, bevor sie nach Hause in eine leere Wohnung fuhr und sich ihr Abendessen zubereitete. Hier hatte sie eine größere Nähe zu ihrer Mutter verspürt, die schon damals tagsüber als Oberärztin arbeitete und abends alles Mögliche unternahm, außer sich um ihr eigenes Kind zu kümmern. Als Isobel dann mit dem Medizinstudium begonnen hatte, war sie zu Hause ausgezogen und in der Welt herumgereist. Ihre Mutter hatte erwartet, dass Isobel in die Fußstapfen ihres Großvaters Henri und ihrer selbst treten und somit Chirurgin werden und für Medpax arbeiten würde. Doch stattdessen war Isobel Allgemeinmedizinerin geworden und hatte sich bei Ärzte ohne Grenzen engagiert. In puncto Rebellion war dies nicht gerade eine beeindruckende Leistung, das war ihr klar. Und sie kam immer noch gern hierher. Schaute sich die Fotos von ihrem Großvater an den Wänden an. Musste angesichts der Auszeichnungen lächeln, die Medpax in den Achtziger- und Neunzigerjahren erhalten hatte, in einer Zeit, als humanitäre Hilfe noch eine florierende, nicht reglementierte Tätigkeit war und es nur einer charismatischen Leitfigur bedurfte, der es gelang, ein umfassendes Netzwerk aufzubauen.

»Die guten alten Zeiten kamen meiner Mutter sehr entgegen«, sagte Isobel. »Damals war sie wirklich brillant. Heute kann man sich gar nicht mehr vorstellen, wie gut sie war. Wie hart sie gearbeitet hat und wie erfolgreich sie war, wenn es darum ging, Spenden einzutreiben. Bevor sie alt wurde und anfing, sich mit allen anzulegen.«

Leila lehnte sich gegen den Türrahmen und betrachtete Isobel mit ernstem Blick. »Bist du deswegen hier? Wegen Blanche?«

»Ich weiß nicht. Meinen Patienten sage ich immer, dass sie ihre eigenen Bedürfnisse mehr in den Vordergrund stellen müssen. Theoretisch weiß ich ja, dass das wichtig ist.«

Leila zuckte mit den Schultern. »Im Grunde genommen gibt es schon genügend Karrierefreaks, die Experten darin sind, sich und ihre Bedürfnisse in den Vordergrund zu stellen. Gewisse Männer müssten einsehen, dass sich die Welt nicht ausschließlich um sie selbst und ihre Belange dreht. Aber klar, viele andere würden gut daran tun, sich mehr um sich selbst zu kümmern. Und auf die Erwartungen anderer und das, was sie eigentlich tun *müssten*, zu pfeifen.«

Isobel fingerte am Ordner herum. Sie lehnte sich in ihrem Sessel zurück und seufzte frustriert. »Ich verstehe, was du sagst, und predige es ja auch selbst immer wieder. Aber Leila, eins kapiere ich nicht. Wenn es nun richtig ist, das zu tun, was man selbst möchte, warum fühlt es sich dann oft so falsch an?«

»Weil im Hinblick auf die kurzfristigen und langfristigen Konsequenzen ein Unterschied besteht. Im ersten Moment fühlt es sich vielleicht falsch an, etwas zu machen, das einem guttut. Man bekommt ein schlechtes Gewissen und kommt sich in der Situation egoistisch vor. Aber es ist gefährlich, auf diese Gefühle zu hören. Du musst vielmehr an die langfristigen Konsequenzen denken.«

Isobel fragte sich, ob sie deswegen so gerne Auslandseinsätze absolvierte. Manchmal waren die Arbeitsbedingungen fast unmenschlich, aber erstaunlicherweise war es in gewisser Hinsicht dennoch einfacher, wenn man alle Dinge ausblendete, die nicht unmittelbar mit Leben und Tod zu tun hatten.

»Mir geht es inzwischen besser«, sagte sie. »Liberia war heftig, Ebola ist das Schlimmste, was ich je gesehen habe. Aber inzwischen habe ich mich erholt. Ich möchte nur, dass du es weißt.«

»Schon klar, du siehst auch wieder besser aus. Aber eine Zeit lang habe ich mir echt Sorgen gemacht.«

»Danke.« Isobel war froh, das Thema angesprochen und nun geklärt zu haben. Leila war gut in solchen Dingen. »Ich habe übrigens am Wochenende mit Idris gesprochen«, fuhr sie fort.

Idris war der einheimische Arzt, der die Verantwortung für

das Kinderkrankenhaus im Tschad trug, und sie skypten regelmäßig miteinander.

»Ich gehe davon aus, dass du noch alle Visa und Impfungen hast, die du brauchst?«

»Ja, eigentlich ist es die perfekte Lösung, noch einmal hinzufahren.«

Isobel konnte Französisch, kannte sich mit dieser Art von Aufträgen aus und besaß tatsächlich alle nötigen Stempel und Bescheinigungen. Sie würde vier Wochen lang bleiben, während Leila nach einem anderen Arzt suchte, der willens war, einen längeren Auftrag auszuführen.

»Dort wird dann Regenzeit sein.«

»Ja. Aber das geht in Ordnung. Ist nur etwas schlammiger.«

»Wann hast du eigentlich zuletzt eine Fortbildung zum Thema Sicherheitsmaßnahmen gemacht?«, fragte Leila.

Isobel hatte schon als Sechzehnjährige für verschiedene mehr oder weniger gut organisierte Institutionen als Volontärin gejobbt. Bevor sie in den Irak gereist war, um bei ihrem ersten Auftrag für Ärzte ohne Grenzen in einem Flüchtlingslager zu arbeiten, hatte sie unter anderem an einem umfangreichen Kurs zum Thema Sicherheit teilgenommen. Direkt nach ihrem Studium war sie dann nach Haiti geflogen, um im Zuge des Chaos nach dem Erdbeben Hilfe zu leisten. Bei der Arbeit mit Ebola-Kranken hatte sie dann völlig neue Vorsichtsmaßnahmen einhalten müssen. Mit anderen Worten, es gab nicht gerade vieles, was sie zum Thema Sicherheitsvorkehrungen noch nicht wusste. Außerdem war sie keine Feld-, Wald- und Wiesenärztin. Ihr war völlig klar, dass Unvorsichtigkeit im Einsatz schnell ein böses Ende nehmen konnte.

»Es ist zwar schon eine Weile her, aber ich habe ja auch selber Kurse gegeben«, erinnerte sie Leila.

Isobel hielt regelmäßig Seminare und Workshops für Ärzte,

die von ihren Aufträgen zurückkehrten. Sie tauschten Erfahrungen über Patienten und gefährliche Situationen aus. Die größten Schwierigkeiten lagen aber, wenn sie ehrlich sein sollte, eher in der Zusammenarbeit untereinander, was Außenstehende oftmals nicht nachvollziehen konnten. Das Kraftraubendste an den Auslandseinsätzen waren keineswegs die zahlreichen Todesfälle. Zum einen überlebten auch viele Patienten, und es gab genügend Geschichten mit Happy End, zum anderen fühlte man sich als Arzt nur selten so wichtig wie dort. Nein, die Zusammenarbeit der einzelnen Ärzte stellte die größte Herausforderung dar. Vor Ort zu arbeiten hatte vielmehr damit zu tun, Geduld zu beweisen und sich anpassen zu können. Fortwährend gab es Streitpunkte zwischen den verschiedenen Ärzten, sodass Flexibilität und Prestigelosigkeit enorm wichtig waren, um mit derartigen Situationen umzugehen. Man durfte weder Ansprüche stellen noch die Primadonna spielen. Diejenigen, die damit nicht klarkamen, mussten wieder nach Hause fahren. Isobel wusste, dass Blanche aus genau diesem Grund schon in den Achtzigerjahren mit den Auslandseinsätzen aufgehört hatte. Sie hatte nicht mit anderen zusammenarbeiten können, Anspruch auf einen Sonderstatus erhoben und sich geweigert, sich anzupassen. Ihre Mutter hinterließ schlicht und einfach einen besseren Eindruck bei Talkshows und auf Galas.

»Kurse für andere zu geben, ist nicht dasselbe, wie selbst eine Sicherheitsfortbildung zu besuchen«, entgegnete Leila. »Ich hatte für Sven einen Platz reserviert, den du jetzt übernehmen kannst.«

Isobel wollte protestieren, wurde jedoch vom Klingeln des Telefons unterbrochen. »Keine Diskussion«, sagte Leila, bevor sie ging, um das Telefonat anzunehmen.

Als Leila zurückkehrte, war Isobel in Inventarlisten und Berichte aus dem Tschad vertieft. Ihr Großvater, der im Tschad ums Leben gekommen war, hatte jede Menge persönlicher Aufzeichnungen in seinem akademisch korrekten Französisch hinterlassen. Auch Idris sowie die Ärzte, die vor ihm dort gearbeitet hatten, hatten im Lauf der Jahre regelmäßig Berichte geschickt. Es war eine faszinierende Lektüre über die Behandlung von Malaria, Choleraausbrüchen und den ständigen Kampf gegen Unterernährung über einen Zeitraum von drei Jahrzehnten. Sie konnte nicht umhin, einen gewissen Stolz zu empfinden. Schließlich handelte es sich um ihr eigenes Erbe.

»Rate mal, wer angerufen hat«, sagte Leila, die im Türrahmen stand.

»Der König? Der Papst? Keine Ahnung«, antwortete Isobel zerstreut. Sie hatte gerade einen alten Zeitungsausschnitt entdeckt. Mit einem Foto von ihrer Mutter und ihrem Großvater vor dem Krankenhaus. Einfache Gebäude. Ein Jeep. Vor einer weiten Sandfläche. Im Tschad gab es keinen Busch, nur roten Sand und Hitze. In der Regenzeit dann etwas mehr Wasser und Schlamm.

»Alexander de la Grip. Er möchte sich mit dir treffen.«

Isobel blinzelte und schaute von ihrem Ordner auf. »Machst du Witze? Warum das denn?«

»Er möchte, dass du ihm ein wenig über Medpax erzählst und ihm erklärst, warum seine Stiftung ausgerechnet uns Geld spenden soll.«

Isobel schluckte. Sie war sich absolut sicher gewesen, die Sache vergeigt zu haben. War sogar ein wenig erleichtert gewesen, ihn nicht wiedersehen zu müssen.

»Kannst du das nicht übernehmen?«, fragte sie. »Wenn ich daran denke, wie ich mich letztens danebenbenommen habe.«

Leila lehnte sich erneut gegen den Türrahmen. »Aber er will sich mit *dir* treffen.«

»Ich kapier nicht ganz, warum.«

»Du hast anscheinend Eindruck auf ihn gemacht.«

»So könnte man es natürlich auch betrachten. Es ist nur so, dass ich irgendwie nicht mit ihm kann.«

»Das sieht dir gar nicht ähnlich, Isobel, dass du mit irgendwelchen Leuten nicht kannst.«

»Okay, dann treffe ich mich halt mit ihm. Aber ich möchte gern zu Protokoll geben, dass ich es hasse, jemandem wegen Geld in den Arsch zu kriechen«, beklagte sie sich, obwohl sie bereits wusste, dass sie sich geschlagen geben musste.

»Irgendwie verstehe ich dich nicht ganz. Du bist es doch gewohnt, hast schon öfter diverse Leute hofiert. Wo liegt das Problem?«

»Nirgends. Einmal ganz davon abgesehen, dass ich es eher gewohnt bin, ältere Männer zu hofieren. Aber er ist noch so jung«, entgegnete sie matt.

Leila schaute sie ungläubig an. »Alexander de la Grip ist reich und sieht blendend aus«, sagte sie langsam und mit Betonung auf jeder einzelnen Silbe. »Er ist im Januar neunundzwanzig geworden, also ist er genau vierzehn Monate jünger als du.«

Isobel fragte nicht nach, wie es Leila gelang, sich an dieses Detail zu erinnern. Leila speicherte massenweise Informationen in ihrem Superhirn. Sie war wie eine Datenbank, die die persönlichen Eigenschaften der Menschen, denen sie begegnete, und insbesondere ihre Schwachpunkte mühelos abrufen konnte.

»Dann ruf ich ihn eben an«, seufzte Isobel. Sie freute sich keineswegs auf das Telefonat, denn bestimmt war er wieder betrunken und nutzte die Gelegenheit, um sie in jeder nur denkbaren Art und Weise zu erniedrigen.

»Nicht nötig.« Leila warf einen Blick auf ihre Armbanduhr. »Er müsste jeden Augenblick hier eintreffen.«

»Hier?«

»Jetzt stell dich nicht dumm. Graf Alexander de la Grip, laut zuverlässiger Quellen einer der begehrtesten Junggesellen Schwedens, kommt hierher. Und du, Doktor Sørensen, wirst in allerbester Hofierlaune sein.« Leila scannte sie mit ihrem Blick. »Du weißt schon, dass du eine Menge Geld eintreiben könntest, wenn du dich nicht wie eine christliche Sozialarbeiterin kleiden und die Leute kritisieren würdest, nur weil sie nicht ebenso moralisch sind wie du?«

Isobel rang nach Luft. »Ich kritisiere die Leute doch nicht, oder?«, fragte sie pikiert und beschloss, den Kommentar zu ihrem Kleidungsstil ausnahmsweise zu übergehen. »Du tust geradezu so, als wäre ich ein richtiger Psycho.«

Hatte Leila etwa recht? War sie so anmaßend? Nein, Alexander de la Grip zu kritisieren, war praktisch gesehen ihre bürgerliche Pflicht, aber ansonsten war sie doch keineswegs in überheblicher Weise moralisch. Oder?

»Isobel, du bist die beste Ärztin, der ich je begegnet bin. Keiner geht so einfühlsam mit Patienten um wie du. Du bist herzlich und empathisch. Wenn man krank ist oder im Sterben liegt, möchte man dich an seiner Seite wissen. Aber auch Leute, die den Hauptgewinn in der Lotterie des Lebens gezogen haben, können okay sein. Du kannst niemanden verurteilen, nur weil er reich geboren wurde. Alexander de la Grip ist auch nur ein Mensch, und zudem einer, auf den wir angewiesen sind.«

Isobel war nicht bewusst gewesen, dass man ihr anmerkte, wie sie auf Leute hinabsah, die unbeschwert durchs Leben stolzierten. Wie peinlich. Ihr ganzes Wesen zielte darauf, alle Menschen gleichzubehandeln, doch jetzt kam Leila und rührte an ihren wundesten Punkt. Aber so war sie nun mal. Leila lebte dafür, anderen den Finger in die Wunde zu legen.

»Okay«, murmelte Isobel.

»Geh nicht so hart mit ihm ins Gericht.« Leila kam zu Isobel in den Raum und legte ihr die Hand auf die Schulter. »Und sei nicht so streng zu dir selbst. Er sieht gut aus, und du bist schließlich Single. Versuch, ein wenig Spaß zu haben.«

»Du meinst ja wohl nicht, dass ich irgendwelche weiblichen Reize ausspielen soll, oder?« Wenn Isobel etwas hasste, dann waren es Frauen, die den Kopf leicht schräg legten und mit den Augen klimperten, um zu bekommen, was sie begehrten. »Aber falls ich mich dabei dämlich anstellen sollte, darfst du mich gern zu Tode analysieren.«

Leila verdrehte die Augen. »Ich meinte eigentlich, dass du vielleicht feststellen könntest, wie viel Spaß es macht, wenn du nur ein wenig in dich hineinhören würdest.«

In sich hineinhören. Jetzt war Isobel diejenige, die die Augen verdrehte.

»Manchmal glaube ich, Psychologen sind wirklich das Allerletzte.«

»Keineswegs«, entgegnete Leila unbekümmert. »Es gibt noch viel schlimmere Berufsgruppen. Beispielsweise Politiker, Presseleute oder Passkontrolleure. Und das sind nur diejenigen, die mit P anfangen.«

In einem Punkt hatte Leila jedoch recht. Isobel war sich ganz sicher, das Gespräch genauso steuern zu können, wie sie es wollte, wenn sie sich nur ein wenig bemühte. Auch ohne die nervigen Tipps der Psychologin.

»Danke für deine Ratschläge«, sagte sie und war taktlos genug, sich kühl und unberührt zu geben. »Ich werde sie mir zu Herzen nehmen.«

»Isobel …«, begann Leila, schüttelte dann jedoch den Kopf und seufzte. »Ich schicke ihn zu dir herein, wenn er kommt.«

»Nein«, wandte Isobel ein und stand auf. »Ich warte am Empfang.«

Sie hatte vor, die Kontrolle über das Ganze zurückzuerlangen. Leila war zwar anstrengend, wenn sie in jemandes Psyche herumwühlte, aber sie hatte recht. Isobel wurde von dem Willen angetrieben, das Richtige zu tun und sich nicht in moralischen Zurechtweisungen zu ergehen. Es war wichtig, den größeren Zusammenhang zu sehen, und in diesem Fall ging es um die Zukunft von Medpax. Also. Sie würde ein wenig Lippenstift auftragen und das tun, was sie wirklich konnte, wenn sie sich nur bemühte. Sie würde diesen reichen Taugenichts mit ihrem Charme bezirzen, bis er ihnen gab, was sie so dringend benötigten. Geld.

Alexander de la Grip würde erst merken, wie ihm geschah, wenn es bereits zu spät war.

7

Alexander schaute an der Fassade des Gebäudes in der Sibyllegata hinauf, von der eine Fahne mit dem Logo von Medpax herabhing. Teure Adresse, dachte er im Aufzug, während er sich im Spiegel betrachtete. In den vergangenen Tagen hatte er nicht gefeiert, nicht einmal getrunken, was sich ungewohnt anfühlte.

Stattdessen hatte er sich in seinem Hotelzimmer aufgehalten und war abends früh zu Bett gegangen. Heute Morgen hatte er lange geduscht, ein leichtes Frühstück zu sich genommen und sich in Schale geworfen, indem er einen seiner besten maßgeschneiderten italienischen Anzüge anzog.

Er strich sich über das frisch rasierte Kinn und versuchte, sich daran zu erinnern, wann ihm so etwas zum letzten Mal passiert war.

In seinem Handy hatte er bestimmt Hunderte Kontaktdaten von einigen der attraktivsten Frauen weltweit gespeichert. Von Supermodels, Filmstars und der einen oder anderen ganz gewöhnlichen Adligen. Interessante Frauen mit Sex-Appeal, die den Glanz und Glamour genossen, den der berüchtigte Alexander de la Grip ausstrahlte. Mehrere von ihnen hielten sich derzeit in Stockholm auf. Er bräuchte sie nur anzurufen oder zum Stureplan zu spazieren, um sie zu treffen. Aber seit er hier war, hatte er mit keiner Frau geschlafen, noch nicht einmal rumgeknutscht. Er hatte irgendwie keine Lust gehabt. Nicht, seit er Isobel begegnet war, wenn er genauer darüber nachdachte; eine Tatsache, die ihm eigentlich zu denken geben sollte.

Statt seinen üblichen Lastern zu frönen, hatte er sich in den vergangenen Tagen mit humanitären Organisationen im Allgemeinen und Medpax im Besonderen beschäftigt. Was er darüber jetzt noch nicht wusste, dürfte kaum wert zu wissen sein. Sein Gehirn arbeitete nach dieser Devise: Es konzentrierte sich auf ein Thema, nahm alles in sich auf, ermüdete dann aber auch ebenso schnell wieder. So war er gestrickt.

Nutzlos, wie sein Vater zu sagen pflegte.

Aber besser nutzlos als ein rassistischer Idiot, wie er selbst zu sagen pflegte.

Er strich sein Jackett glatt und legte die Hand auf den Knauf des Aufzugs. In den vergangenen Tagen hatte er zuerst seine Mailbox aufgeräumt, dann Ordnung in seine Finanzen gebracht, sich daraufhin in ein Studium über humanitäre Hilfe vertieft und überdies noch einen Immobilienmakler kontaktiert. All diese Aktivitäten entsprachen ganz und gar nicht seiner Art.

Vielleicht brütete er ja irgendeine Krankheit aus.

Er grinste schief und öffnete die Tür. Er würde ja gleich eine Ärztin konsultieren …

Am Empfang war es trotz des Sonnenscheins draußen dunkel. Eine junge Frau mit Pagenkopf und in grüner Strickjacke mit Spitzenborte saß hinter einem blank polierten Holztresen. Alexander ging auf sie zu, setzte alles auf eine Karte und spielte seinen Charme aus.

»Wunderschönen guten Tag«, sagte er einnehmend.

»Willkommen. Ich heiße Asta. Was kann ich für Sie tun?« Ihre Augen leuchteten beflissen.

»Ich habe mit Leila Dibah gesprochen«, begann er, denn er wollte die Frau mit der heiseren Stimme und der beeindruckenden Effizienz gerne persönlich treffen. Leila hatte ihm alle nötigen Dokumente und Unterlagen ins Hotel geschickt, um die er gebeten hatte. Ohne zu zögern oder gar irgendwelche Ausreden vorzuschützen; sie hatte ihn geradeheraus gefragt, was er benötigte, und dann hatte er es bekommen. »Und ich bin mit Isobel Sørensen verabredet.«

Noch bevor Asta antworten konnte, kam eine schwarz gekleidete Frau mit opulentem Goldschmuck und hohen Absätzen durch eine schwere Tür.

»Ich bin Leila«, begrüßte sie ihn mit festem Handschlag. Sie hatte eine sinnliche Art an sich, die aber Respekt einflößend war angesichts ihres durchdringenden Blicks und ihrer Stimme, die klang, als tränke sie schon zum Frühstück Whisky, um dann bis zum Abend Kette zu rauchen. Alexander kamen Attribute wie knallhart und geradlinig in den Sinn. Doch dann fiel ihm ein, dass diese Generalsekretärin schließlich keine Ärztin oder Bürokratin, sondern Psychologin war. Auch wenn sie keineswegs aussah wie irgendeine der Psychologinnen, denen er bislang begegnet war.

Dann tauchte Isobel auf. Im Unterschied zur raffiniert gekleideten Leila trug Isobel ungefähr die gleichen Klamotten wie letztes Mal. Praktisch und hässlich. Dennoch hatte sie etwas, wenngleich dieser Eindruck so diffus war, dass Alexander es nicht genauer benennen konnte. Isobel hatte eine gewisse Präsenz. Wenn sie im Raum stand, verschwanden alle anderen Anwesenden gleichsam hinter ihr. Vielleicht lag es auch an ihrer Größe oder an ihren roten Haaren. Er hatte dieses Rot noch nie zuvor gesehen.

»Hej«, sagte sie.

Und dann geschah etwas, das er noch nie zuvor an ihr beobachtet hatte.

Isobel Sørensen lächelte.

Alexander verspürte ein Ziehen im ganzen Körper. Es begann im Brustkorb, pflanzte sich nach hinten und unten fort und strömte dann entlang seines Rückgrats hinauf bis in die Haarspitzen und die Arme. Es war völlig unwirklich. Diese Frau hatte ein Lächeln wie ein Filmstar.

»Ebenfalls hej.« Alexander streckte seine Hand vor und umschloss ihre mit festem Druck. Isobels Haut war kühl, ihre Finger fast kalt, doch als er ihre grauen Augen mit seinem Blick fixierte, sah er darin etwas aufblitzen. Isobel lächelte immer noch, während er ihre Hand noch ein wenig festhielt und sie eine Sekunde oder zwei zu lange so dastanden.

»Isobel kümmert sich um Sie«, sagte Leila. »Nicht wahr, Isobel?«

»Natürlich.« Isobel zog ihre Hand zurück. Sie wirkte völlig unberührt von dem Händedruck, den Alexander als beinahe erotisch empfunden hatte. »Kommen Sie.«

Alexander wartete höflich, bis Isobel sich hingesetzt hatte, bevor er ebenfalls Platz nahm. Als Isobel merkte, dass er sie beobachtete, bedachte sie ihn erneut mit einem Lächeln. Sie hatte einen fantastischen Mund, der breit und sinnlich war, sowie hellrosafarbene Lippen, die mit noch helleren Sommersprossen übersät waren.

»Hier arbeiten Sie also?«, fragte er, neigte sich ein wenig vor und schenkte ihr seine volle Aufmerksamkeit. Er sah ihr ausschließlich in die Augen und beging nicht den Fehler, seinen Blick zu lange an ihren Mund zu heften, oder gar über ihren Körper hinunterschweifen zu lassen. Außerdem hatte er diesen ja bereits in Augenschein genommen: lange Beine und weibliche Kurven.

»Nein, nicht hauptsächlich. Ich arbeite in einer Privatpraxis. Im Valhallaväg.«

Privat? Das hätte er nicht erwartet.

Isobel lehnte sich auf ihrem Stuhl zurück und schlug die Beine übereinander. Sie trug flache Leinenschuhe, und er fragte sich, ob sie wohl zu den Frauen gehörte, die generell flache Schuhe trugen, um nicht zu groß zu wirken. Das wäre schade. Denn mit hohen Absätzen würde sie super aussehen.

»Ich arbeite dort als Honorarärztin«, erklärte sie und riss Alexander aus seinen Fantasien. »So kann ich jederzeit kurzfristig wegfahren.«

»Wegfahren?«

»Ich arbeite ebenfalls für Ärzte ohne Grenzen.«

Drei Jobs. Er selbst hatte nicht mal einen einzigen. »Aber Ihr Herz schlägt für Medpax?«

Isobel runzelte die Stirn. »Dieser Ausdruck gefällt mir nicht. Ich engagiere mich in meiner Freizeit bei Medpax.«

»Aber wie schaffen Sie das alles? Mit drei Jobs. Und Ihrer Arbeit in Krisengebieten.« Er hatte schließlich das gesamte Wochenende damit verbracht, sich die Fakten über die unendlich hohe Bedürftigkeit dort anzulesen. Sie hatte bestimmt schon viele Menschen sterben sehen. Es klang, als wäre es nur schwer auszuhalten.

»Ich konzentriere mich darauf, die Situationen in Erinnerung zu behalten, in denen es für meine Patienten gut ausging. Daraus schöpfe ich meine Kraft, und nur so schaffe ich es. Darüber hinaus darf man nicht zu hohe Erwartungen an sich selbst stellen.«

»Und gelingt Ihnen das?«

Sie warf ihm einen amüsierten Blick zu und wippte mit einem Fuß. »Das hängt davon ab, wen Sie fragen.«

Er schlug ebenfalls die Beine übereinander und strich seinen Anzug glatt, mit dessen Preis man vermutlich mehr Menschen auf der Flucht hätte versorgen können, als er sich je vorstellen konnte. »Aber es erscheint einem so hoffnungslos.«

»Menschen zu helfen?« Ihr Ton war sanft, doch er ahnte die Härte unter der Oberfläche.

»Es nimmt ja offenbar nie ein Ende«, fügte er hinzu. »Verspüren Sie nie den Wunsch, einfach aufzugeben, nach Hause zu fahren und sich sinnlos zu betrinken?«

»Den Wunsch habe ich öfter. Aber jeder muss schließlich das tun, was er oder sie am besten kann.«

Das waren fast dieselben Worte, die Gina zu ihm gesagt hatte. Und sie klangen genauso naiv, als Isobel sie aussprach. Doch ihm war klar, dass sie es ernst meinte und diese Arbeit möglicherweise das Wichtigste in ihrem Leben war.

Alexander hatte bereits nach ihrer ersten Begegnung darüber nachgedacht, warum Isobel eine derart schlechte Meinung von ihm hatte. Nachdem er versuchte, sie damals auf dem Flughafen anzubaggern, hatte er es nicht ganz verstehen können. Doch seit er sie näher kannte, war es, als könnte er sich selbst mit Isobels Augen betrachten. Sie opferte ihre Bequemlichkeit und ihre Zeit, um anderen Menschen zu helfen. Er hingegen war ein oberflächlicher reicher Mann, der ausschließlich Interesse an seinem eigenen Vergnügen hatte. Sie besaß praktisch gesehen die genetische Disposition, ihn zu hassen.

»Am schlimmsten ist es, wenn man weiß, dass man einen Patienten hätte retten können«, fuhr sie fort. »Man könnte so viele Menschen retten, wenn man nur Zugang zu den Medikamenten hätte, die sich in jeder schwedischen Hausapotheke befinden. Das ist hart.«

Dieses ganze Gespräch zog einen ziemlich runter.

Nüchtern zu bleiben und sich über humanitäre Hilfe zu informieren – war das wirklich eine so gute Idee gewesen?

»Sie sehen irgendwie verändert aus«, sagte sie plötzlich. Sie betrachtete ihn eingehend.

Alexander zog fragend eine Augenbraue hoch, froh, nicht

länger über Leid und Tod sprechen zu müssen. »Besser oder schlechter?«

Sie deutete auf sein Gesicht.

»Sie haben sich die irgendwann mal gebrochen«, stellte sie fest.

Automatisch führte er seine Hand zur Nase. Der Plastische Chirurg war entweder schlecht oder verkatert gewesen, denn er hatte seinen Job nicht besonders gut gemacht. Dennoch bemerkten es nur die wenigsten. Den Leuten fiel nicht so viel auf, wie sie glaubten.

»Ich habe einmal geboxt. Und mein Gegner hat einen Volltreffer gelandet.« Es hatte wirklich höllisch wehgetan.

»Boxen Sie noch immer?«

»Nein.«

Er hatte früher gerne geboxt, fand es gut, wie stark es ihn hatte werden lassen, hatte es regelrecht geliebt, aufeinander einzuprügeln, wenn er ehrlich sein sollte. Doch es gab auch Grenzen dafür, wie oft er zulassen wollte, dass ihm lebenswichtige Körperteile gebrochen, grün und blau geschlagen oder sonst irgendwie in Mitleidenschaft gezogen wurden.

»Das ist klug. Früher oder später leidet nämlich der Kopf darunter«, sagte sie.

Er grinste sie an. »Den benutze ich sowieso nicht so oft.«

Sie lachte auf. Ein offenherziges sinnliches Lachen, das bewirkte, dass sich in Alexanders handgenähten Schuhen ein Kribbeln in den Zehen ausbreitete. Es war geradezu, als würde er mit einer völlig anderen Isobel sprechen als mit derjenigen, der er schon so oft zuvor begegnet war. Diese Frau hätte der sexy Zwilling der verächtlichen und humorlosen Frau Doktor Sørensen sein können.

»Erzählen Sie mir von Medpax. Sagen Sie mir, warum ausgerechnet Sie mein Geld verdient haben.«

»Weil es richtig ist?«

Er bedachte sie mit einem sarkastischen Blick. »Sie müssen mir schon etwas mehr an die Hand geben.«

Sie nickte. Doch sie schien es ihm nicht übel genommen zu haben.

»Meine Mutter und mein Großvater haben Medpax gegründet, aber ich habe den Verdacht, dass Sie das bereits wissen.«

»Ja, aber erzählen Sie weiter, ich höre gern zu.«

»Beide waren brillante Ärzte.«

»So wie Sie?«

Isobel schüttelte den Kopf. »Nein, nein, die beiden waren schon immer außergewöhnlich.«

»Leben sie noch?«, fragte er, obwohl er auch das wusste.

»Meine Mutter lebt noch. Aber mein Großvater ist bereits tot. Er ist einen Heldentod gestorben.«

»Klingt, als gäbe es viele Helden in Ihrer Familie.«

»Sie ahnen gar nicht, wie viele«, antwortete sie. »Mein Vater starb einen Heldentod bei einem Flugzeugabsturz, als er im Auftrag der UN unterwegs war. Und *sein* Vater war wiederum ein dänischer Kriegsheld. Manchmal kommt es mir fast vor, als würde man das von mir auch erwarten. Ich meine, zu sterben, während ich gerade eine unglaublich heroische Tat vollbringe.«

Alexander strich sich ein Staubkorn von der Hose. »Wie makaber. Ich persönlich könnte mich nie so stark für eine Sache engagieren, dass ich dafür sterben würde. Außer möglicherweise für den Konsum von Champagner.«

Und Sex, fügte er im Stillen hinzu.

Isobel schenkte ihm ein weiteres Mal dieses neuartige Lächeln, an das er sich nur allzu leicht gewöhnen könnte. Es war in der Tat lebensgefährlich, wenn sie es aufsetzte. Brachte ihn dazu, seine Muskeln anzuspannen und sie erobern zu wollen. Wenn ihr Lächeln nur ein Fake war, dann war sie verdammt gewieft. Wann hatte er zuletzt ein so starkes Bedürfnis verspürt, einer Frau zu imponieren?

Mach dich nicht lächerlich, Alex. Du willst sie nur rumkriegen, das ist alles.

»Tatsache ist, dass die Gelder, die Medpax einnimmt, direkten Einfluss auf Leben und Tod nehmen. Unser Krankenhaus im Tschad benötigt vieles. Personal, Ausrüstung, Medikamente. Der Bedarf ist, wie Sie selbst angedeutet haben, fast unerschöpflich. Wir sind eine kleine Organisation, und wir haben niedrige administrative Kosten. Die meisten unserer Mitarbeiter sind Ehrenamtliche.«

»Und Sie? Erhalten Sie ein Gehalt? Entschuldigen Sie, wenn ich frage.«

»Kein Problem. Nein, ich arbeite unentgeltlich.«

»Was verdient man bei Ärzte ohne Grenzen?« Die Frau musste ja schließlich von irgendetwas leben.

»Um die elftausend Kronen. Das deckt ungefähr die Unkosten, die man hat.«

»Aber davon kann man doch nicht leben.«

»Deshalb arbeite ich zusätzlich in Privatpraxen. Privat versicherte Patienten können höhere Arzthonorare zahlen.«

Wenn er sie nicht so aufmerksam beobachtet hätte, wäre es ihm entgangen. Doch jetzt bemerkte er es. Den Konflikt in ihrem Inneren. Großer Gott. Es war bestimmt nicht leicht, in Isobel Sørensens Haut zu stecken.

»Ich möchte übrigens die Gelegenheit nutzen und Sie um Entschuldigung bitten, weil ich Ihnen gegenüber letztens so unhöflich gewesen bin«, sagte sie mit einer sanften Stimme, die an eine karibische Brise erinnerte. Wenn sie so klang, hatte er große Lust, auf das ganze Gerede über humanitäre Hilfe zu verzichten und sie stattdessen einfach flachzulegen. Sie all ihrer unförmigen, unmodischen Kleidung zu entledigen und ihre

Haut sowie ihre Geheimnisse zu entblößen, sie zu küssen und ihr aufreizendes Lachen in sich aufzusaugen.

»Was genau meinen Sie?«, fragte er und musste sich räuspern, um seiner Stimme wieder Herr zu werden. Ihm war klar, dass Isobel seit ihrer letzten Begegnung eine neue Strategie verfolgte. Er freute sich bereits darauf zu erfahren, wie weit sie für sein Geld zu gehen bereit war. Es war zwar nicht gerade die feine Art, aber er war schließlich kein Hilfsorganisationsheld.

»Als wir uns gesehen haben …«

»In Skåne«, ergänzte er hilfsbereit.

Sie verstummte und runzelte die Stirn. »Ja, dort leider auch. Aber ich meinte …«

»Am Flughafen in Arlanda?«

Sie wirkte verlegen. »Da auch, nehme ich an. Ich wusste gar nicht, dass ich so oft unhöflich zu Ihnen war. Aber ich meinte eigentlich, als wir uns in Ihrer Stiftung begegnet sind. Ich war unhöflich und bitte Sie aufrichtig um Entschuldigung dafür. Ich bin sehr froh, dass Sie mir noch eine Chance geben.«

Er betrachtete ihre rechtschaffene Miene, doch er hatte keineswegs vor, auf diese kleine Vorstellung hereinzufallen. Wie sie mit ihm flirtete und lasziv ihre Haarsträhnen um den Zeigefinger wickelte, hatte zwar durchaus eine Wirkung auf ihn, doch so leicht, wie Isobel zu glauben schien, ließ er sich nicht täuschen.

»Was ist?«, fragte sie.

Es war an der Zeit, den Einsatz zu erhöhen. »Ich denke, wir sollten diese Diskussion an einem anderen Ort fortsetzen. Vielleicht bei einem Drink und einem Abendessen?«

Ihre Augen verengten sich. »Ich unterhalte mich gerne hier und jetzt weiter.«

»Ich bin ein wenig in Zeitnot. Muss gleich los, um meine Fingernägel polieren zu lassen.«

Isobels Miene zufolge standen Männer, die zur Maniküre gingen, bei ihr nicht gerade hoch im Kurs. »Und danach habe ich noch einen Termin bei meinem Farbberater. Man möchte schließlich nicht mit der falschen Krawatte herumlaufen.«

»Jetzt veräppeln Sie mich aber.«

Natürlich tat er das. »Ein Date. Dann könnten Sie mir mehr von Medpax erzählen und begründen, warum wir ausgerechnet Ihnen Geld spenden sollen.«

Geld, von dem er wusste, dass sie es dringend benötigten. Leila hatte ihm natürlich keine konkreten Auskünfte über ihre finanzielle Situation gegeben, doch Alexander war weder dumm noch kontaktlos. Er schätzte, dass er bis auf die Krone genau darlegen könnte, wie sie ökonomisch dastanden. Rote Zahlen, abgesprungene Geldgeber. Es sah nicht gut aus. Er streckte seine Beine aus und ließ den teuren Anzug zur Geltung kommen. Er trug seinen Siegelring mit dem Familienwappen, das matt schimmerte.

Ihre grauen Augen verengten sich noch mehr.

»Dann ist die Sache für Medpax also gelaufen, wenn ich nicht mit Ihnen ausgehe?«

Sie wollte offenbar ihre Vorurteile über ihn unbedingt bestätigt sehen. Doch Alexander hatte nicht vor, ihr die Genugtuung zu verschaffen. Er gönnte es ihr nicht, noch schlechter von ihm zu denken, als sie es ohnehin schon tat.

»Isobel«, sagte er. »Ich wollte Sie mit meinem Vorschlag wirklich nicht kränken. Ich würde Sie gerne näher kennenlernen und Ihre Beweggründe verstehen. Nennen Sie mich eitel, aber ich möchte eine Chance bekommen, Sie dazu zu bringen, mich zu mögen.«

»Ich mag Sie doch«, wandte sie rasch ein.

Das war höchstwahrscheinlich das Unehrlichste, was Alexander je gehört hatte. »Natürlich«, entgegnete er trocken.

»Aber Fakt ist doch, dass Sie ein Date mit mir wollen, und wir im Austausch unsere Spende erhalten.«

»Nein, ich habe meinem Bankberater bereits eine Vollmacht ausgestellt«, erklärte er. »Kurz bevor ich hierhergekommen bin. Dass die Gelder nicht mehr angewiesen wurden, beruhte letztlich auf einem administrativen Fehler. Die Entscheidung wurde ohne mein Wissen getroffen.« Das klang etwas besser als die Tatsache, dass er es im vergangenen halben Jahr versäumt hatte, die entsprechenden Unterlagen, oder auch nur irgendwelche Unterlagen aus Schweden, zu unterschreiben. »Das Geld wird ab jetzt wieder fließen. Und zwar auch rückwirkend. Leila wird umgehend einen Anruf von einem Sachbearbeiter meiner Bank erhalten. Wenn Sie also Nein zu einem Date mit mir sagen, beeinflusst das die Sache keineswegs.«

Ihre Gesichtszüge entspannten sich. »Okay, dann sage ich Nein«, erklärte sie erleichtert. »Und danke, Ihre Gelder werden von großem Nutzen für uns sein.«

»Ich wäre allerdings bereit, noch mehr zu stiften, wenn ich Sie zu einem richtigen Date überreden könnte.«

Sie verstummte. Saß vollkommen unbeweglich da.

»Würde ein Mittagessen ausreichen?«, fragte sie hoffnungsvoll. »Ich habe nämlich ziemlich viel zu tun …«

Er schüttelte den Kopf. »Tut mir leid, im Jackpot befindet sich nur ein Abendessen.«

Sie biss sich auf die Lippe. Er sah ihr an, wie gern sie Nein gesagt hätte, worüber er fast lachen musste. Normalerweise musste er Frauen nicht dafür bezahlen, mit ihm auszugehen. Romeo hätte sich totgelacht. Aber Alexander hatte Isobels wunden Punkt getroffen. Ihre kleine Organisation lag ihr definitiv am Herzen.

Sie schüttelte den Kopf. »Ich kann mich wirklich nicht mit einem unserer Geldgeber zu einem Date verabreden.«

Das war das Dümmste, was er je gehört hatte. »Natürlich können Sie das.«

»Nein.«

Nun sah er es glasklar. Isobel wollte korrekter sein als alle anderen, unbestechlich. Jetzt würde er sich zum Teufel noch mal nicht länger zufriedengeben. Was würde es ihn kosten, sie dazu zu bringen, eines ihrer völlig übertriebenen Prinzipien über Bord zu werfen?

Alexander lehnte sich zurück. »Sie wissen ja noch nicht einmal, welche Summe Sie ablehnen«, sagte er langsam.

»Das spielt keine Rolle.«

»Sind Sie nicht neugierig?«

»Sprechen wir ausschließlich von Drinks und einem Abendessen?«

»Selbstverständlich.«

Natürlich nur, wenn du nicht mehr willst. Er konnte sie sich ohne Weiteres nackt unter ihm vorstellen. Mit dunklen Augen voller Leidenschaft und diesem sanften Lachen. Shit, allein der Gedanke daran erregte ihn. Er wand sich auf seinem Stuhl.

»Wie viel?«, fragte sie mit dem Kinn in die Luft gereckt. »Rein theoretisch. Wie viel würden Sie Medpax für ein einziges Date spenden?«

Er verbarg das Gefühl des Triumphs, das ihn erfüllte. Die moralische Isobel Sørensen saß da und erwog ernsthaft, ob sie ihm einen kleinen Teil ihrer unbefleckten Seele verkaufen sollte.

Er liebte es.

»Nennen Sie mir eine Summe«, entgegnete er nonchalant.

Sie betrachtete ihn lange. Er wartete. Er war während seines Militärdienstes Feldjäger und Späher gewesen. Hatte in Gruben und hinter Steinen gelegen und in die Ferne gestarrt. Wenn er musste, konnte er stunden-, sogar tagelang warten.

»Hunderttausend«, sagte sie ruhig.

Alexander zuckte nicht einmal mit der Wimper. Er hatte es schon geschafft, in einer einzigen Nacht mehr als diese Summe nur für Alkohol auszugeben. Was zwar vielleicht nicht gerade moralisch war, aber er hatte auch nie Ambitionen besessen, das Weltgewissen zu spielen.

»Okay«, meinte er und hatte das große Vergnügen, mitanzusehen, wie die kühle Ärztin Isobel Sørensen kurz davor war, die Fassung zu verlieren.

»Sie sind ja verrückt.«

Er lachte auf. »Werfen Sie mir noch mehr Anschuldigungen an den Kopf, die ich noch nie gehört habe.«

Sie rutschte auf ihrem Stuhl herum. »*Merde*, ich hätte um mehr bitten sollen.«

»Don't push it«, sagte er, während er dachte, dass er sich wahrscheinlich auch auf das Doppelte eingelassen hätte.

Sie lachte auf, und ihr Lachen ließ eine Welle der Lust durch seinen Körper strömen.

Vielleicht war er tatsächlich verrückt geworden.

Doch Isobel war sowohl schön als auch intelligent. Das hätte an sich schon ausgereicht, um sein Interesse an ihr zu wecken. Sie mochte ihn nicht, was für ihn natürlich eine unwiderstehliche Herausforderung darstellte. Aber da war noch etwas anderes. Etwas, das er in ihrem Inneren erahnte, etwas Geheimes, nicht Greifbares und vielleicht sogar leicht Chaotisches. Als besäße Doktor Sørensen irgendeine ungeahnte Schwäche, die sie nicht vollständig im Zaum halten konnte.

»Dann haben wir also ein Date vereinbart«, sagte sie.

Er erwiderte ihren Blick, und ihre sturmgrauen Augen verursachten ihm erneut ein Ziehen im ganzen Körper. Es war dasselbe Gefühl wie damals, als er klein war und noch nicht schwimmen konnte, sich aber dem tiefen Wasser näherte, in dem er nicht mehr stehen konnte. Isobel war eine seriöse Frau, Respekt einflößend und verantwortungsbewusst. Mit anderen Worten, überhaupt nicht sein Typ.

Er grinste schief. »Wir haben ein Date«, bestätigte er.

Es würde in jeder Hinsicht spannend werden.

8

Wenn Peter de la Grip auf das vergangene Jahr zurückblickte, musste er feststellen, dass er alles verloren hatte, was er einmal für gegeben hingenommen hatte: seine Arbeit, seine Ehefrau und sein Gut. Und, dass es ganz allein seine Schuld war.

Vor acht Monaten war er vor eine unmögliche Wahl gestellt worden. Entweder alles zu bekommen, wonach er je gestrebt hatte, oder ein fürchterliches Verbrechen zu sühnen. Er hatte sich für Letzteres entschieden, und es hatte sich verdammt gut angefühlt.

So lange, bis es sich irgendwann nicht mehr so gut angefühlt hatte.

Seitdem hatte sich so vieles verändert, dass er nicht mehr genau wusste, wer er eigentlich war. Die Therapeutin, die er im vergangenen Winter aufgesucht hatte, bezeichnete es als Lebenskrise. Und das traf wohl auch zu. Doch als sie dann angefangen hatte, das Gespräch auf seine Kindheit, das Mobbing in der Schule und die Beziehung zu seinem Vater zu lenken, war Peter aufgestanden und gegangen und hatte sie nie wieder konsultiert.

Vielleicht war es ein Fehler gewesen. Denn irgendwo in seinem Inneren wusste er ja, dass seine Appetitlosigkeit, seine Schlafstörungen und das beklemmende Gefühl in seiner Brust vermutlich Zeichen einer Depression darstellten. Und es nicht normal war, dass er inzwischen seine gesamte Kraft dafür aufbringen musste, jeden Morgen aufzustehen, sich zu rasieren und anzuziehen. Um zur Arbeit zu gehen.

Er schaute von seinem PC auf. Der Arbeitstag näherte sich dem Ende, und das Büro war inzwischen so gut wie leer, da die meisten bereits gegangen waren. Übrigens ohne sich von ihm zu verabschieden. Er war noch nie besonders beliebt gewesen, doch seit er seine hohe Position in der Finanzbranche verloren hatte, war er dabei, vollends in Vergessenheit zu geraten und zu einem anonymen Wesen in der grauen Masse zu werden. Die Anforderungen an seinen jetzigen Job bei einem Finanzinstitut in der Hauptstadt lagen weit unter seiner formellen Qualifikation, doch Peter war angesichts der geringen Erwartungen erleichtert. Während andere Gleichaltrige eine steile Karriere hinlegten, saß er, der eigentlich zum Vorstandsvorsitzenden von Investum ernannt werden sollte, hier und verrichtete dieselbe Arbeit wie zehn Jahre jüngere Männer. Doch er beklagte sich nicht, da es ihn nicht weiter kümmerte. Er erledigte seinen Job, beurteilte Kreditwürdigkeiten, bewilligte oder lehnte Darlehensanträge ab, ohne viel Aufhebens von sich zu machen. In seiner Freizeit unternahm er nicht besonders viel, wenn er ehrlich sein sollte. Die meisten Leute, die er kannte, behandelten ihn wie einen Ausgestoßenen. Eigentlich alle mit Ausnahme seiner Halbschwester Natalia. Doch die Beziehung zu ihr war in vielerlei Hinsicht kompliziert, und er hatte nicht die Kraft, sie aufzuarbeiten.

Anfänglich, unmittelbar nach dem Skandal und der Trennung von Louise, hatten ihn noch vereinzelte Freunde zum Abendessen und zu Wochenendausflügen eingeladen, doch diese Einladungen waren immer weniger geworden. Vielleicht luden sie statt seiner mittlerweile Louise ein. Als er zuletzt etwas über seine Exfrau gehört hatte, war sie bereits mit einem neuen Mann liiert, der bestimmt eine bessere Partie war als der finster dreinblickende, vor sich hin grübelnde, abgemagerte Außenseiter Peter de la Grip.

Abends nach der Arbeit blieb er für gewöhnlich lange im Wagen sitzen und dachte jeden Tag, dass er eigentlich zum Fitnessstudio fahren müsste, nur um dann letztendlich doch seine neue, noch kaum eingerichtete Wohnung anzusteuern, wo er vor dem Fernseher oder Computer landete. Mit etwas Glück bekam er danach ein paar Stunden Schlaf, bis mit Einbruch der Dämmerung dasselbe Spiel von Neuem begann.

Sein Handy vibrierte brummend auf der Schreibtischplatte. Peter starrte aufs Display. Alexander. Sein erster Impuls bestand darin, den Anruf seines Bruders einfach wegzudrücken. Sie sprachen fast nie miteinander, und er bezweifelte, dass vom anderen Ende der Leitung her gute Nachrichten zu erwarten waren. Doch sein Pflichtgefühl siegte.

»Hallo?«, meldete er sich wachsam.

»Bist du noch bei der Arbeit? Kann ich kurz vorbeikommen?«

Sie hatten sich seit der Taufe nicht mehr gesehen. Und dort hatten sie auch nicht miteinander gesprochen, sondern sich nur mit einem Nicken begrüßt.

Während der Taufe war er sich vorgekommen wie in einer Art Vakuum, hatte die ganze Zeit über Alexanders Blicke im Nacken gespürt und bemerkt, wie die Leute heimlich zu ihm rüberschielten, um kurz darauf rasch den Blick zu senken.

»Was willst du denn?«

»Ich bin in zehn Minuten da«, war alles, was Alexander sagte, bevor Peter weggedrückt wurde.

Er hätte nicht gedacht, dass Alexander wusste, wo er arbeitete. Verdammt, er wollte sich nicht mit ihm treffen. Er schaute aus dem Fenster und fragte sich, was wohl geschehen würde, wenn er einfach aufstünde, sein Büro verließe und nie wieder zurückkehrte.

Genau zehn Minuten später saß Alexander ihm direkt gegenüber auf dem Besucherstuhl. Alexander war so veranlagt, dass er immer dann pünktlich kam, wenn es um etwas Wichtiges ging, was Peter seit jeher irgendwie irritierte.

»Auf diesen Unterlagen hier benötige ich offenbar deine Unterschrift«, sagte Alexander und hielt ihm eine Plastikmappe mit Dokumenten hin.

Normalerweise war es genau andersherum, nämlich dass Peter hinter Alexander her sein musste, um sich diverse Dokumente unterzeichnen zu lassen. Eigentlich war es absurd, wie zwei Menschen, die einander so feindselig gesinnt waren, rein ökonomisch betrachtet derart eng miteinander verbunden sein konnten. Die Vormachtstellung über Investum war der Familie de la Grip zwar aus den Händen gerissen worden, doch sie besaß noch immer diverse Unternehmen und Stiftungen, die wiederum zu einem Teil anderen Stiftungen gehörten. Das beruhte auf althergebrachten Strukturen, die dazu dienten, ein noch älteres Familienvermögen zu bewahren. Nicht einmal Alexander mit seinem Desinteresse an allem, was mit der Familie zu tun hatte, konnte sich dem entziehen.

»Und was sind das für Unterlagen?«, fragte Peter und begann die Dokumente zu überfliegen.

Alexander zuckte mit den Achseln. »Alles Mögliche. Lies es selbst.«

Sowohl er als auch Alexander hatten ihre Leute, die sie in finanziellen Fragen berieten, ihr Geld verwalteten und sich um administrative Dinge kümmerten. Doch sein Bruder und er waren einander womöglich ähnlicher, als man meinen könnte. Keiner von ihnen verlor die Kontrolle über sein Vermögen. Alexander benahm sich zwar in neun von zehn Fällen wie ein Hanswurst in Feierlaune, doch Peter waren die mitunter aufflackernden Geistesblitze seines kleinen Bruders nicht entgangen, und er hatte immer geahnt, dass Alexanders Nonchalance zum großen Teil eine Art Spielchen gegenüber Außenstehenden war. Vielleicht auch eine Methode, um ihren Vater zu provozieren. Und das war ihm weiß Gott oft genug gelungen. Er hatte seinen Vater schon jahrelang kein gutes Wort mehr über Alexander sagen hören.

Peter warf einen Blick in Richtung seines Bruders, der ein Bein über das andere geschlagen hatte und mit gelangweilter Miene dasaß. Er trug einen seiner gut sitzenden Anzüge. Peter wusste auch, da er ihn einmal danach gefragt hatte, dass es ihn alle vierzehn Tage tausend Dollar kostete, seine scheinbar strubbelige, etwas zu lange Haarpracht frisieren zu lassen. Alexander hatte schon immer einen extravaganten Lebensstil gepflegt. Mit seinem Appartement in der Upper West Side, dem Schloss in Skåne und seinen übertriebenen Jetset-Partys. Wie konnte er sich das alles nur leisten? Peter war mit dem Maß eines Otto Normalverbrauchers gemessen zwar selbst vermögend, doch er besaß bloß ein schwedisches Vermögen, das er zu großen Teilen geerbt hatte und das von einer alteingesessenen Anwaltskanzlei verwaltet wurde. Damit reichte es gerade mal für einen bescheidenen Eintrag ganz weit unten auf der Liste der reichsten Männer des Landes, für Reisen in die Karibik, eine Luxuswohnung in Östermalm, diverse Autos und eine Garderobe mit hochwertigen Anzügen. Alexander hingegen verkehrte mit den Reichsten der Welt. Woher hatte er bloß das Geld dafür?

»Was hast du eigentlich mit deinen Investum-Aktien gemacht?«, fragte er, während er in der Schreibtischschublade nach einem geeigneten Stift suchte.

»Verkauft. Ich habe diesen Laden gehasst. Und du?«

Peter zuckte mit den Achseln. »Ich hätte ihn ja eigentlich übernehmen sollen, von daher habe ich ihn nicht gehasst. Aber ich habe ebenfalls das meiste verkauft.«

Alexander grinste. »Ein einträgliches Geschäft.«

»Ja«, pflichtete Peter ihm bei und war kurz davor, zurückzulächeln. Er fragte sich, ob sein Vater seinen Anteil wohl behalten hatte. Doch es spielte keine Rolle mehr. Die Familie de la Grip war für immer und ewig aus der Unternehmensführung verbannt worden, und sein Vater würde sowieso nie mehr auch nur ein Wort mit ihm wechseln.

»Wie lange hast du diesmal vor, in Schweden zu bleiben?«, fragte er, während er seine Unterschrift auf das Dokument setzte, das er gerade gelesen hatte.

Die spontane Wärme in Alexanders Blick verschwand. Er warf Peter einen kühlen Blick zu. »Wieso?«

Peter geriet unmittelbar in die Defensive. »Das war eine ganz normale Frage«, brummte er zurück.

»Ich schaue mir gerade diverse Wohnungen im Strandväg an. Du wirst mich also nicht so schnell wieder los, falls du das meintest. Wir müssen einfach nur versuchen, uns aus dem Weg zu gehen. Was ja wohl nicht allzu schwer sein dürfte. Wenn du allem ausweichst, was Spaß macht, werde ich versuchen, alle langweiligen Orte zu meiden.«

Peter senkte den Blick. Wollte er, dass Alexander in Stockholm lebte? Brauchte er wirklich auch noch einen Bruder, der ihn daran erinnerte, wie missraten er selbst war, reichte denn Natalia mit ihrer perfekten kleinen Familie und ihrer fantastischen Karriere nicht aus?

»Hast du schon einen Makler kontaktiert?«, fragte er schließlich.

Alexander deutete auf die Unterlagen. »Könntest du vielleicht einfach nur unterschreiben, damit ich wieder loskomme? Ich fasse es nicht, warum ich überhaupt hergekommen bin. Ich hätte besser einen meiner Bankberater schicken sollen.«

Peter betrachtete den breitschultrigen Mann, der ihm ge-

genübersaß. Es war, als würde ein Fremder vor ihm sitzen. Alexander war als kleiner Junge so schmal und schüchtern gewesen. Ein sensibles Seelchen, das alles beschützen wollte, was kreuchte und fleuchte. Eigentlich hätte er gerne gewusst, wie Alexander aus heutiger Sicht ihre gemeinsame Kindheit beurteilte. Die Fragen, die ihm die Therapeutin gestellt hatte, hatten in ihm viele Gedanken zu dem Thema aufgeworfen, was einen Menschen formte und zu der Person werden ließ, die er war. Als sie klein waren, war Alexander von ihrem Vater genau wie Peter oft geschlagen worden. Ihr Vater war ein Tyrann, und ihre Kindheit hatte sich nicht wesentlich unterschieden. Und dennoch waren sie jetzt in vielerlei Hinsicht so verschieden. Wie kam es nur dazu? Welche Entscheidungen hatte er selbst getroffen, die ihn zu dem Mann gemacht hatten, der er heute war? Alexander war ein soziales Genie und wurde von allen gemocht, während sich Peter immer verlorener vorkam. Doch er konnte schließlich nicht alles auf andere schieben. Es musste also noch andere Gründe geben, die bei ihm selbst lagen. Vielleicht war er einfach schon als schlechter Mensch auf die Welt gekommen? Eine richtig gestörte Persönlichkeit, von Geburt an. War einer von denen, über die man mitunter in den Zeitungen las, empathielos und gehemmt. Er schielte in Alexanders Richtung, der dasaß und mit seinem handgenähten Schuh aus Kalbsleder wippte, während er sich gelangweilt umsah.

»Fühlst du dich tatsächlich wohl in diesen Räumen?«, fragte Alexander.

»Es ist ganz okay.«

»Aber findest du es denn nicht total deprimierend hier?«

»Das hier ist ein Job, Alexander. Vielleicht hast du ja schon mal von so etwas gehört. Auch wenn du selbst noch nie einen gehabt hast.«

Peter hatte eigentlich nicht beabsichtigt, ganz so herablassend zu klingen. Doch er war der festen Überzeugung, dass Alexander mit seinen Begabungen endlich etwas Sinnvolles anfangen sollte. Eigentlich brauchte aus ökonomischen Gründen keiner von ihnen beiden zu arbeiten, doch Peter war schon immer der Auffassung gewesen, dass man etwas *tun* musste, während Alexander einfach nur verdammt smart war. Nach seinem Militärdienst hatte er die Handelshochschule besucht, eine Institution, in der Peter nie zugelassen worden war. Erwartungsgemäß hatte sich herausgestellt, dass Alexander in finanziellen Belangen ein riesiges Talent besaß. Jedenfalls bevor er die Lust verlor und stattdessen nach London ging, um Party zu machen. Peter hingegen hatte wie ein Tier um jeden Punkt an der Uni kämpfen müssen.

»Ich finde nur, dass du dein Leben vergeudest«, erklärte er.

Alexander schnipste ein unsichtbares Staubkorn von seinem Ärmel und warf ihm einen Blick zu, der so eisig war, dass Peter erschauderte. »Und du meinst, dass du der Richtige bist, um mir eine Moralpredigt zu halten?«

In Peters Büro breitete sich eine Stille über all dem Unausgesprochenen aus, was zwischen ihnen stand, bis Peter kaum noch Luft bekam.

Er beugte sich erneut über die Dokumente, während Alexander aufstand. Das leise Brummen eines Staubsaugers näherte sich.

»Mensch, hallo Gina«, rief Alexander und öffnete die Glastür.

Peter hatte völlig vergessen, dass Gina abends als Putzhilfe bei ihnen angefangen hatte. Offenbar hatte Natalia sie empfohlen, und jetzt jobbte sie hier. Alexander flüsterte ihr etwas zu, woraufhin Gina kokett den Kopf zur Seite legte, so wie es alle Frauen machten, wenn sie von Alexanders Charme eingenommen waren. Peter selbst hatte es im Hinblick auf Frauen schon immer ziemlich schwer gehabt, und die wenigen Einladungen, die er nach der Scheidung trotz allem erhalten hatte, hatte er abgelehnt, auch deshalb, weil er insgeheim Angst davor hatte, etwas noch Schlimmeres zu tun, als er damals verbrochen hatte.

»Ich bin draußen gleich fertig, kann ich dann hier anfangen?«, fragte Gina. »Den Papierkorb leeren und so?«

»Wir haben noch zu tun«, antwortete er, und noch während er seine Worte formulierte, hörte er bereits, wie falsch sie waren und wie abweisend und arrogant er klang.

Sie presste die Lippen aufeinander. Immer wenn er mit Gina sprach, griff er daneben. Er wusste nicht, warum er in ihrer Gegenwart so unsicher wurde, sich verspannte und unangebrachte Äußerungen von sich gab, sobald er etwas sagen wollte.

»Wir sind gleich fertig«, sagte Alexander abwiegelnd mit einem breiten Lächeln. »Wie schön, dass Sie hier sind. Wir wollen Sie nicht bei der Arbeit stören.«

Sie wirkte etwas besänftigt. Als sie mit der Hand ihre Schürze glatt strich, folgte Peter ihren Bewegungen mit seinem Blick. Er suchte nach unverfänglichen, ungezwungenen Worten, die er ihr hätte sagen können. Doch sein Kopf war leer. Gina arbeitete schon seit mehreren Jahren für seine Familie, doch es war ihm nie gelungen, ihr gegenüber entspannt aufzutreten. In gewisser Weise klang alles, was er sagte, nur dämlich. Und wenn er dann versuchte, es wiedergutzumachen und ihr zu zeigen, dass er gar nicht so einfältig war, machte er alles nur noch schlimmer.

»Ich habe alle Dokumente unterschrieben«, sagte er stattdessen zu Alexander, der mit der Schulter an den Türrahmen gelehnt dastand und Gina angrinste. »Du kannst jetzt gehen«, fuhr er abweisend fort. »Ich muss noch eine Weile arbeiten.« Er warf einen Blick in Ginas Richtung. »Und sie muss auch arbeiten, also hör auf, sie davon abzuhalten.«

Alexander sah ihn lange an. »Du bist so ein verdammtes Stück Scheiße«, sagte er schließlich und nahm seine Unterlagen mit einem Ruck an sich. »Lassen Sie sich nicht von ihm herumkommandieren«, sagte er zu Gina.

Peter schob seine Hände in die Hosentaschen. Er weigerte sich, sich in seinem eigenen Büro erniedrigen zu lassen. Als Alexander ging, atmete er erleichtert aus.

»Ich werde auch bald gehen, dann können Sie hier in Ruhe weiterarbeiten«, sagte er zu Gina.

Sie verließ den Raum ohne ein weiteres Wort und verschwand in der Bürolandschaft.

Als er eine halbe Stunde später selbst ging, konnte er sie nirgends entdecken.

9

Das einzig Gute an diesem Freitag würde sein, dass sie es dann endlich hinter sich gebracht hätte, dachte Isobel im Stillen, als sie aus der Dusche kam.

Sie hatte es bestimmt schon hundert Mal bereut, sich auf dieses dämliche Date heute Abend eingelassen zu haben. Sie hätte Nein sagen sollen. Denn das Ganze ging völlig gegen ihre Prinzipien. Doch Alexander de la Grip hatte sie irgendwie überrumpelt, und jetzt stand sie mit frisch gewachsten Beinen und gelockten Haaren da.

Was würden die Leute bei Medpax sagen, wenn sie erführen, auf was sie sich da eingelassen hatte? Hier in ihrer Wohnung konnte sie sich ungeniert einreden, dass eigentlich nichts weiter dabei war, mit ihm auszugehen, und er letztlich nur einer von vielen Stiftern war. Doch es fühlte sich irgendwie merkwürdig an. Sie war es gewohnt, für alle möglichen ungeahnten Probleme kreative Lösungen zu finden. Hatte schon ihre eigenen Strümpfe als Verbandsmaterial benutzt, abgesägte Besenstiele zum Schienen gebrochener Knochen verwendet und Leute bestochen, um an lebensnotwendige Medikamente zu gelangen. Aber ein Date dieser Art, gehörte das wirklich in die Kategorie »kreative Lösungen«? Die Krux bestand letztendlich darin, dass sie sich in gewisser Weise sogar darauf freute, dachte sie, während sie sich mit einer angenehm duftenden Hautcreme einrieb, die sie aus Mangel an Gelegenheiten nur allzu selten benutzte.

Sie erinnerte sich noch daran, welchen Eindruck Alexander

de la Grip auf sie gemacht hatte, als sie sich zum ersten Mal begegnet waren. Als hätte er kurz zuvor einer Art privaten Hölle einen Besuch abgestattet. Jetzt war es ihm nicht mehr so deutlich anzusehen, doch mitunter blitzte es in seinen unglaublich intensiven blauen Augen verdächtig auf, und sie fragte sich, was er eigentlich hinter seiner Fassade aus Späßen und Draufgängertum verbarg.

Sie löste die Spange, mit der sie ihre Haare hochgesteckt hatte, und schüttelte ihre Locken aus.

Das Beste wäre, wenn sie ihr Date wahrnehmen, die hunderttausend Kronen einsacken und sich dann so schnell wie möglich wieder aus dem Staub machen könnte.

Aber noch besser wäre es, wenn sie wüsste, was sie anziehen sollte.

Sie warf einen betretenen Blick in ihren Kleiderschrank. Dann zog sie ein rotes Kleid heraus, das sie vor ein paar Jahren für eine Spendengala im Schlussverkauf erstanden, jedoch nie getragen hatte. Die Leute sagten, sie sei gut aussehend. Natürlich hörte sie dieses Kompliment nicht jeden Tag, aber hin und wieder schon. Mitunter drehten sich auch Männer nach ihr um, jedenfalls wenn sie ihre Haare offen trug und richtig gut drauf war. Wäre sie doch nur nicht so unsicher im Hinblick auf ihr Aussehen. Aber ihre Stärke war schon immer ihre Intelligenz gewesen. In der Schule war sie immer auf die Rolle des groß gewachsenen, etwas sonderbaren Mädchens reduziert worden, das Französisch und Dänisch sprechen konnte und ziemlich oft errötete. Sie war zwar nicht gerade gemobbt worden, aber sie hatte außen vor gestanden und sich nicht auf die sozialen Codes verstanden, die manche Mädchen beliebt machten und andere … eben nicht.

Irgendwie hatte sie dann zu sich selbst gefunden, gerade noch rechtzeitig zu Beginn ihres Medizinstudiums. Die Menschen blühten eben in unterschiedlichen Altersstufen auf, und sie fühlte sich als erwachsene Ärztin einfach besser als damals als schlaksiger Teenager. Es war auch höchste Zeit gewesen. Doch im Hinblick auf ihr Aussehen hatte sie nie ein ausgeprägtes Selbstvertrauen entwickelt. Und das war auch nicht besser geworden, als sie sich damals verliebt hatte in … Rasch verdrängte sie diese Erinnerung.

Nachdenklich inspizierte sie das rote Kleid. Das Preisschild baumelte provozierend vor ihrer Nase. Sie hatte es gekauft, weil es ihren Körper umschmeichelte. Es betonte ihre Taille sowie ihre Beine, und mit dem passenden BH sah sie eigentlich recht gut darin aus, wie sie fand. Doch damit es richtig zur Geltung käme, müsste sie eigentlich hochhackige Schuhe dazu anziehen, wozu sie damals letztlich zu feige gewesen war. Auf der besagten Gala hatte sie stattdessen ein diskreteres Kleid mit flachen Pumps getragen. Aber die Veranstaltung war ein voller Erfolg gewesen, und sie hatte einen neuen Stifter angeworben.

Heute Abend lagen allerdings Hunderttausend im Jackpot.

Isobel zögerte noch kurz, dann entschied sie sich schließlich für ein Outfit.

Alexander wartete bereits an der Bar. Isobel registrierte, wie sich seine Augen für einen Moment weiteten, als er sie erblickte. Anschließend tat er etwas, wovon er offenbar glaubte, dass sie es nicht merkte. Er scannte innerhalb des Bruchteils einer Sekunde ihren Körper, bevor er ihr geradewegs in die Augen schaute. Dann kam er gentlemanlike auf sie zu.

»Hej«, begrüßte er sie leise.

Sie hätte nicht gedacht, dass es möglich wäre, doch Alexander sah noch besser aus als bei ihrer letzten Begegnung. Er trug eine schmal geschnittene graue Hose und ein dunkles Jackett mit einem körperbetonten Shirt darunter. Sein blondes Haar leuchtete vor dem dunklen Hintergrund seiner Kleidung wie Gold. Sie war zwar keineswegs eine Expertin in Sachen Mode, doch selbst sie sah, dass er ein extrem stilsicheres Outfit trug. Noch dazu ein teures.

Sie schüttelte ihre Lockenpracht, hoffte, dass kein Lippenstift auf ihre Zähne geraten war und klemmte ihre Kuvert-Handtasche unter den Arm. Dann hielt sie ihm ihre Hand hin.

Alexander schaute eine Weile darauf. Seine Mundwinkel umspielte ein Lächeln, doch dann streckte er höflich seine eigene Hand vor und ergriff sie.

»Waren Sie schon einmal hier?«, fragte er.

»Nein, aber ich habe schon von diesem Restaurant gelesen. Es soll fast unmöglich sein, hier einen Tisch zu bekommen.«

»Stimmt. Ich hatte den Eindruck, meine Aktien ein wenig pushen zu müssen. Unsere letzten Begegnungen waren ja, äh, nicht gerade entspannt.« Er machte eine einladende Geste, woraufhin sie auf dem Barhocker neben ihm Platz nahm. »Champagner?«

Isobel hörte sich selbst Ja sagen, obwohl sie heute Abend eigentlich keinen Alkohol trinken wollte. Aber was spielte ein winziges Glas schon für eine Rolle?

Sie bekam ein hohes Glas mit eisgekühltem Bollinger. Sie stießen an, und sie nippte daran. Gott, wie lecker.

»Sie haben hier keine Speisekarten«, erklärte Alexander, nachdem sie einen Tisch zugewiesen bekommen hatten. Er überließ ihr den Platz mit der besten Aussicht aufs übrige Restaurant, und sie musste sich ziemlich entschieden in Erinnerung rufen, dass sie wegen der Stiftung hier war.

»Wir bekommen ein fertig zusammengestelltes Menü.«

Ach du liebe Güte.

»Nicht gut?«

»Eigentlich bin ich Vegetarierin«, erklärte sie entschuldigend. Sie wollte die Sache nicht unnötig kompliziert machen. »Aber es ist schon okay. Ich bin da nicht so strikt.«

Alexander lächelte, und Isobel dachte, dass es allein schon evolutionsbiologisch betrachtet unmöglich war, sich nicht zu diesem Mann hingezogen zu fühlen. Es spielte keine Rolle, wie entschieden sie sich in Erinnerung rief, was sie in Wahrheit von ihm dachte. Er war wie eine verdammte Naturgewalt.

»Sagen Sie das nicht. Ich mag es, wenn Sie strikt sind«, entgegnete er leise mit einem Unterton in der Stimme, der sie direkt ins Herz traf. Vielleicht lag es aber auch nur am Champagner. Der Kellner nahm die Flasche aus dem Kühler und füllte ihr Glas nach, das auf unerklärliche Weise schon leer war.

»Könnten Sie Anna bitten, kurz rauszukommen?«, fragte Alexander.

»Die Köchin. Ich kenne sie näher«, sagte er erklärend, als der Kellner gegangen war.

Klar, dass er sie kannte.

Die Köchin war eine junge Frau mit einem ernsten Gesicht. Als sie herauskam, stand Alexander auf und gab ihr die Hand.

»Mein Gast isst kein Fleisch«, erklärte er.

Anna schaute sie fragend an. »Fisch?«

»Eher nicht«, antwortete Isobel entschuldigend.

»Kein Problem. Das kriegen wir hin.«

»Danke«, sagte Isobel.

»Schön, dich zu sehen, Alexander«, sagte Anna, bedachte sie beide mit einem kurzen Nicken und verschwand wieder.

Alexander setzte sich mit zufriedener Miene.

Er sammelte gerade weitere Pluspunkte bei ihr, wie Isobel vor sich selbst zugeben musste. Eigentlich war sie es gewohnt, ewig lange Diskussionen über dieses Thema führen zu müssen, hauptsächlich mit Männern, die ihr klarmachen wollten, wie falsch sie lag, doch er akzeptierte es einfach und passte sich an.

»Haben wir deswegen einen Tisch bekommen? Weil Sie die Köchin kennen?«, fragte sie.

»Nein, ich bin tatsächlich Teilhaber dieses Restaurants. Aber mein bester Freund Romeo ist der eigentliche Betreiber. Ich habe Kapital beigesteuert, als er sein erstes Restaurant eröffnet hat. Mittlerweile sind es mehrere, über die ganze Welt verteilt, und ich habe weiter investiert. Deshalb kriege ich immer einen Tisch, was mir natürlich ziemlich entgegenkommt. Anna ist übrigens eine der weltbesten Köchinnen«, sagte er.

Dann wurde das Essen serviert.

Ein winzig kleines Gericht.

Isobel schaute ihn misstrauisch an. Sollte das etwa ein Witz sein? Sie hatte Bärenhunger. Hatte die Woche über hart gearbeitet und war viel Rad gefahren. Außerdem hatte sie gerade zwei Gläser Champagner auf leeren Magen getrunken. Wenn sie nicht mehr als das hier zu essen bekäme, würde sie einen Mord begehen.

»Wir bekommen zwölf Gänge«, erklärte er mit einem Lachen in den Augenwinkeln. »Ich verspreche Ihnen, dass Sie nicht hungrig hier rausgehen werden.«

»Wenn Sie es sagen«, entgegnete sie nicht ganz überzeugt. Sie nahm einen kleinen Bissen. Die Geschmacksnoten waren sensationell; salzig und säuerlich, zart und knusprig.

»Warum habe ich eigentlich das Gefühl, dass Sie mir nicht vertrauen?«, fragte er.

So sehr Isobel auch durch Pheromone und den Alkohol beeinträchtigt war, funktionierte ihr Gehirn noch äußerst gut, und er hatte ganz recht: Sie vertraute ihm keineswegs. Er war zwar höflich zu ihr und bemühte sich um sie, doch Vertrauen erforderte schon etwas mehr als das.

Sie legte ihr Besteck ab und griff nach ihrem Glas. »Muss ich darauf antworten?«

»Zuverlässiger als ich kann man doch kaum sein, kommen Sie.«

»Sie wohnen in New York, nicht wahr?«, fragte sie und wechselte das Thema, während der nächste Gang aufgetragen wurde. Die Gerichte erinnerten sie an kleine avantgardistische Kunstwerke. Das meiste konnte sie kaum identifizieren; sie lauschte einfach den poetischen Beschreibungen des Kellners und aß dann und trank – jetzt etwas zurückhaltender – und genoss es.

»Ja, seit mehreren Jahren.«

Sie wusste bereits, wo er wohnte, denn sie hatte mehrere Artikel gelesen, die sich seinem teuren Appartement in Manhattan widmeten, wo der Schwede Tür an Tür mit Prinzen und Multimilliardären wohnte. Ihr fiel es schon schwer, sich diese Art von Reichtum auch nur vorzustellen. »Und was machen Sie in New York?« Sie beobachtete, wie eine grün gefärbte Suppe mit einer durchsichtigen Schöpfkelle auf Teller gefüllt wurde.

»Nichts Besonderes.«

»Arbeiten Sie nicht?«

Alexander schaute sie lange an. Er drehte sein Glas zwischen den Fingern. »Die offizielle Version lautet, dass ich ausschweifende Partys feiere, zu viel trinke und zu wenig schlafe.«

Isobel musste an den neuesten Klatsch und Tratsch denken, den sie über ihn gelesen hatte. Sie hatte es nicht bleiben lassen können. In ihrem Blog hatte eine in New York lebende Schwedin von einer heißen Nacht mit ihm geschwärmt. Der Inhalt war von diversen schwedischen Hochglanzmagazinen übernommen worden, und Isobel hatte sich, wie sie zu ihrer Schande gestehen musste, ein Exemplar gekauft. Den Blog hatte sie zwar nicht angeklickt, doch auch der Zeitschriftenartikel rückte Alexander in ein nicht besonders vorteilhaftes Licht, und sie war sich voyeuristisch vorgekommen, als sie ihn las. Sie fragte sich, wie es sich wohl anfühlte, auf diese Weise bloßgestellt zu werden. Mit derlei Fragen konnte man allerdings schlecht einen Mann konfrontieren, dem man nicht unbedingt näherkommen wollte, beziehungsweise von dem man wusste, dass aus diesem Abend niemals mehr mit ihm würde werden können.

»Stimmt das denn nicht?«, fragte sie.

Sein Gesicht bekam für einen kurzen Moment einen ernsten und seltsam undurchsichtigen Ausdruck, bevor er wieder sein charmantes Lächeln aufsetzte. Er zuckte mit den Achseln. »Ich nehme an, doch«, sagte er nur, und Isobel wusste, dass er sie anlog.

Alexander zog es also vor, dass sie, eine Frau, der er offensichtlich imponieren wollte, ihn eher für einen oberflächlichen Playboy hielt, als ihr zu erzählen, was er tagsüber machte. Sie schien also nicht die Einzige zu sein, die Probleme mit gegenseitigem Vertrauen hatte.

Sie legte ihren Löffel zur Seite und betrachtete ihn so objektiv wie möglich. Alexander war natürlich vielschichtiger, als sie anfänglich angenommen hatte. Schließlich hatten die meisten Menschen ganz unterschiedliche Seiten an sich. Er behandelte sie zuvorkommend, war höflich zu den Bedienungen, und bislang war sein Blick noch kein einziges Mal zu einer anderen Frau im Restaurant abgeschweift. Das brachte ihm in der Tat ein goldenes Sternchen in ihrer Bewertung ein.

»Sie sind doch auch ein Graf, oder?«, fragte sie und biss in eine kleine frittierte Teigtasche. Vielleicht besaß Alexander ja doch nicht so viele Facetten und war genau so, wie er auftrat: ein Mann, der alles im Leben umsonst bekommen hatte und über nichts anderes nachdachte als seinen eigenen Genuss. Sie hoffte es fast. Wenn er so einfach gestrickt wäre, würde sie ihn leichter abschreiben können.

Er verzog das Gesicht. »Ich hasse es, Graf genannt zu werden. Ich benutze diesen Titel nie.«

Sie tauchte den Rest ihrer frittierten Teigtasche in die würzige Sauce. Diese Aussage grenzte fast an Arroganz. Nur wer mit derlei Privilegien geboren worden war, konnte sie so nonchalant abtun. Doch sie beschloss, es auf sich beruhen zu lassen.

»Erzählen Sie mir von Ihrer Arbeit bei Ärzte ohne Grenzen«, forderte er sie auf.

»Was wollen Sie wissen?« Sie legte ihr Besteck neben ihrem Teller ab.

Inzwischen hatte sie die Anzahl der verschiedenen Gänge aus dem Blick verloren, hoffte jedoch auf ein oder zwei Desserts.

»Was immer Sie mir erzählen wollen.«

Er manipulierte sie, das spürte sie. Er schenkte ihr Aufmerksamkeit, um ihr zu schmeicheln, doch das war ihr egal. Es handelte sich schließlich um eine Art Arbeitsessen, und möglicherweise manipulierte sie ihn ebenfalls etwas.

»Ich gehöre zu einer Gruppe ausgebildeter Ärzte, die in Krisenregionen eingesetzt werden, eine Art Emergency Pool. Wir sind kurzfristig abkömmlich, um uns akuten Aufträgen zu widmen.«

»Und wo?«

»Überall, wo wir gebraucht werden. In Kriegsgebieten und Regionen mit Naturkatastrophen. Asien. Afrika. Im vergangenen Monat ist beispielsweise ein heftiger Orkan über den Pazifischen Ozean hinweggefegt. Wir reisen unmittelbar in die betroffenen Gebiete. Überallhin, wo man uns braucht.« Sie musste an Syrien denken, wo es zu gefährlich für Ärzte wie sie war, zu arbeiten. An die vielen Flüchtlingsströme und Auffanglager. Für viel zu viele Menschen war die Erde ein unsicherer Ort.

Er schaute sie aufmerksam an, doch jetzt zögerte sie. Es war jedes Mal ein heikles Thema. Wie viel von seiner Arbeit sollte man preisgeben? Manche wollten es lieber gar nicht hören. Zugleich hatte sie das Bedürfnis, sich ihm mitzuteilen.

»Für Ärzte ohne Grenzen zu arbeiten, beinhaltet mehrere Tätigkeitsfelder. Zum einen natürlich die Einsätze in Krisengebieten. Oftmals treffen wir als Erste ein, manchmal an Orten, wo es überhaupt keine ärztlichen Einrichtungen gibt. Dort sieht man Dinge, die …« Sie verstummte.

»Die?«

»Die es eigentlich gar nicht geben dürfte. Und damit meine ich nicht nur das, was Menschen sich im Krieg gegenseitig antun. Sondern auch die Krankheiten. Kinder, die sterben, weil sie zu schwach oder unterernährt sind.«

»Das klingt grausam.«

»Ja. Es lässt einen an so vielen Dingen in dieser Welt zweifeln.«

»Letztes Mal haben Sie erwähnt, dass Sie es nur aushalten, weil es manchmal gut ausgeht.«

Es freute sie, dass sich Alexander an ihre Worte erinnerte. Manche Menschen wollten sich nur am Elend anderer ergehen, doch einige ihrer besten Erinnerungen stammten aus den elendsten Regionen der Welt.

»Das ist ja das Unglaubliche. Niemals fühle ich mich so sehr geschätzt wie dort als Ärztin vor Ort. Beispielsweise zu sehen, wie ein unterernährtes Kind wieder zu lachen beginnt. Oder Malaria zu heilen, eine eigentlich ziemlich leicht zu therapierende Krankheit. Das Ganze ist ein enormes Paradox. Man arbeitet bis zum Umfallen, muss ständig Angst haben, weint fast ununterbrochen, fühlt sich andauernd unzulänglich und hat dennoch das Gefühl, mitten im Leben zu stehen.«

Seine Augen waren warmherzig, und sie blieb ein wenig an seinem Blick hängen. Er war ein wunderbarer Zuhörer. »Klingt, als wäre es eine sehr intensive Erfahrung«, sagte er.

»Das ist es auch. Gegen Ende eines Einsatzes ist man jedes Mal völlig k. o. Man macht Fehler und überschreitet Grenzen, nur weil man total erschöpft ist. Und dann sterben möglicherweise drei Kinder, für die man die Verantwortung hatte, und man wählt sich zufällig auf Facebook ein, wo sich jemand übers Wetter beschwert, und dann bricht alles über einem zusammen.«

Er entgegnete nichts, stützte nur sein Kinn auf eine Hand und schaute sie weiterhin aufmerksam an. Er hatte die schönsten Hände, die sie je gesehen hatte. Sie waren groß und die Handrücken mit goldenen Härchen bedeckt. Für Hände hatte sie schon immer ein Faible gehabt. Sie erinnerte sich sogar noch daran, wie sie die lateinischen Bezeichnungen heruntergeleiert hatte, Carpus, Metacarpus, Digiti manus. Handwurzel, Mittelhand und die Finger.

»Darüber hinaus kommt man einander bei der Arbeit vor Ort sehr nahe«, fuhr sie fort und merkte, wie sie intuitiv ihre Stimme senkte und sich ein wenig vorbeugte. »In einer Art und Weise, wie es hier zu Hause nie möglich sein würde. Es ist irgendwie besonders.«

Sie verstummte. So viel erzählte sie sonst nie.

»Sie sagten, dass die Arbeit bei Ärzte ohne Grenzen verschiedene Tätigkeitsfelder beinhaltet?«, fragte er nach.

»Der zweite Tätigkeitsbereich besteht darin, als Zeuge zu fungieren«, erklärte sie, während verschiedene Desserts serviert wurden. Sie entschied sich für ein kleines Gläschen und griff nach ihrem Dessertlöffel. Natürlich schmeckte es himmlisch. Säuerliche Beeren mit karamellisierten Geschmacksnoten. Und einem Hauch Fleur de Sel. Sie seufzte zufrieden.

»Ärzte ohne Grenzen bezieht in Konflikten keine Stellung. Wir sind nicht bewaffnet und halten uns fern vom Militär. Aber wir sind Zeugen all dessen, was wir gesehen haben, wir fungieren als Stimme der Schwachen und verurteilen Verbrechen. Wenn ich von einem Auftrag nach Hause zurückkehre, besteht eine meiner Aufgaben darin, publik zu machen, was ich gesehen und gehört habe. Einige Mitarbeiter von Ärzte ohne Grenzen betreiben einen Blog, während andere Kommentare für Zeitungen verfassen oder Bücher schreiben.«

»Ja, ich habe einige Blogs und Zeitungsartikel gelesen. Es ist wirklich beeindruckend.«

Sie legte ihren Löffel ab. Wusste nicht recht, was sie mit der Tatsache anfangen sollte, dass Alexander sich vor ihrem Treffen hingesetzt und über ihre Arbeit informiert hatte.

»Was mich immer wieder erstaunt, wenn ich vor Ort im Einsatz bin, ist die Tatsache, wie ähnlich wir Menschen uns doch sind. Dass weltweit Großeltern in ihre Enkel vernarrt sind, sich Eltern Sorgen über die schulische Laufbahn und Zukunft ihrer Kinder machen oder sich alle Menschen gleichermaßen verlieben, egal, wo sie herkommen.«

»Gibt es denn nicht auch zahlreiche Unterschiede?«

»Natürlich. Beispielsweise tue ich den Frauen, denen ich dort begegne, oftmals unglaublich leid.«

»Warum das?«

»Weil ich keinen Ehemann habe. Anfänglich hat sie das so beschäftigt, dass ich mittlerweile vorgebe, zu heiraten und Kinder zu bekommen, sobald ich wieder nach Hause zurückkehre. Ansonsten kann ich nicht in Ruhe arbeiten, sie würden all ihre Aufmerksamkeit auf die arme unverheiratete kinderlose Ärztin richten.«

Alexander lachte.

»Ich schwöre es. Einmal hat sich sogar eine Gruppe von Dorfbewohnerinnen zusammengetan, um nach einem Mann für mich zu suchen. Ich konnte ihnen gerade noch entkommen.«

Er lachte erneut, griff nach seinem Glas und nippte daran. »Ihr Nachname klingt nicht gerade schwedisch.«

»Mein Vater war Däne.« Ein strenger, größtenteils abwesender Mann, der sie die wenigen Male, wo er nach Hause kam, ausschließlich nach ihren Schulnoten fragte, dachte sie. Mit ihrem Vater redete man über Politik, Ereignisse im Ausland und internationale Fragen. Jedoch durfte man nicht anderer Meinung sein als er. »Und mütterlicherseits habe ich französische Wurzeln«, fuhr sie fort. »Aber sowohl meine Großmutter mütterlicherseits als auch väterlicherseits waren Schwedinnen. Ich bin also eine ethnische Mischung aus französischem, dänischem und schwedischem Blut.«

Er lächelte. »Keine schlechte Mischung.«

»Jetzt habe ich aber zu viel von mir gesprochen«, sagte sie. »Nun müssen Sie von sich erzählen.«

»Was wollen Sie wissen?«

Eigentlich war sie am neugierigsten darauf, ob Alexander Single war, doch sie begnügte sich mit der Frage: »Wie kam es eigentlich, dass Ihre Stiftung ausgerechnet Medpax Geld gespendet hat?«

Er zuckte mit den Achseln. »Keine Ahnung. Wir spenden Geld für alle möglichen Zwecke. Vermutlich aus steuerlichen Gründen.«

Da war sie wieder. Diese oberflächliche Egozentrik, die sie verabscheute. Es war ihr fast angenehm, daran erinnert zu werden, dass Alexander kein Mann war, den sie respektieren konnte.

»Ich dachte, Sie wären gegen humanitäre Hilfe.«

»Keineswegs. Warum sollte ich?«

»Weil Sie sagten, dass es so hoffnungslos ist«, erinnerte sie ihn.

»Ich bin nicht dagegen, dass Menschen versuchen, die Welt

zu verbessern, ich stelle nur infrage, dass es möglich ist. Denn die Menschen sind im Grunde genommen egoistisch und nur an ihren eigenen Belangen interessiert.«

»Sprechen Sie jetzt von sich?«, konnte sie sich nicht verkneifen zu fragen.

»Ich habe hart daran gearbeitet, mir meine Laster zuzulegen. Und ich mag sie. Darüber hinaus glaube ich, dass die meisten so sind wie ich.«

»Und dennoch haben Sie vor, Medpax nach dem heutigen Abend hunderttausend Kronen zu stiften?«

»Ich wollte einen netten Abend mit einer attraktiven Frau verbringen. Das ist eine rein egoistische Angelegenheit.«

Sie erinnerte sich an all die wunderschönen Frauen, mit denen Alexander in Verbindung gebracht wurde. Unzählige, war das Erste, was ihr dazu einfiel. Gab es nicht sogar einen Song über ihn, geschrieben von irgendeinem weltberühmten weiblichen Popstar? »Ich denke nur, dass Sie für Hunderttausend weitaus mehr hätten bekommen können«, konterte sie ironisch.

Er lachte auf. »Ach Isobel, das ist jetzt aber Fishing for Compliments. Na gut, lassen Sie mich Ihnen ein Kompliment machen, meine misstrauische Ärztin. Als ich Sie zum ersten Mal gesehen habe, fand ich Sie hübsch. Aber heute Abend sehen Sie absolut fantastisch aus. Ihr Haar, das Kleid – Sie sind mit Abstand die schönste Frau hier im Restaurant. Ganz abgesehen von der Tatsache, dass ich Ihren Ausführungen über Ihre engagierte Arbeit lauschen darf. Glauben Sie mir, dieses Date ist jede einzelne Öre wert.«

Sie schüttelte den Kopf. Er ging wirklich geschickt vor.

Als Isobel mit zwanzig Jahren angefangen hatte, Medizin zu studieren, war sie richtig aufgeblüht. Die Universität war nach dem engstirnigen Milieu, das am Gymnasium geherrscht hatte, eine Wohltat gewesen, und sie hatte sich unbeschwerter, attraktiver und selbstsicherer denn je gefühlt. Einige wundervolle Monate lang war sie geradezu wie auf Wolken geschwebt. Ihr Studium, die neuen Freiheiten, ihre neuen Freunde. Alles hatte sich irgendwie viel leichter angefühlt.

Und dann hatte sie sich verliebt. Hoffnungslos war sie einem viel älteren Mann mit Haut und Haaren verfallen. Er hatte alles verkörpert, was sie sich in ihrer Fantasie ausgemalt hatte, während sie völlig unerfahren gewesen war. Sie war es bis dato nicht gewohnt, dass Männer sie beachteten, und war beschämend blauäugig gewesen. Im Zuge dessen hatte sie ihn zu nahe an sich herangelassen, und das Ganze hatte in einer absoluten Katastrophe geendet.

Noch heute war Isobel unendlich dankbar dafür, dass sie es trotzdem geschafft hatte, ihr Studium zu Ende zu bringen. Sie hatte viel aus dieser Beziehung gelernt. Doch mittlerweile war sie fast einunddreißig und keine naive Medizinstudentin mehr, die ihr Herz in der Hand trug. Sie konnte die Faszination des Verliebtseins von anderen Gefühlen unterscheiden, und das Leben in Krisengebieten hatte sie gelehrt, was sie wirklich benötigte und was ihr wichtig war. Freundlichkeit, Loyalität und Zuverlässigkeit standen auf ihrer Liste ganz oben. Sie betrachtete Alexander und schätzte, dass seine Liste diesbezüglich etwas anders aussah.

Alexander beugte sich über den Tisch vor. »Das war nicht gerade die Reaktion, die ich erwartet hätte. Habe ich etwas Falsches gesagt?«

Sie schüttelte den Kopf. »Sorry, ich bin gedanklich abgedriftet. Danke für das Kompliment.«

»Und wohin, wenn ich fragen darf?«

Sie schaute hinunter auf den pechschwarzen Espresso in ihrer Tasse. »Ach, nirgendwohin«, antwortete sie. Denn da war nichts weiter.

Als sie auf die Västmannagata hinaustraten, ging es bereits auf Mitternacht zu.

»Können Sie in denen eine Weile laufen?«, fragte Alexander und warf einen Blick auf ihre Schuhe.

»Ja, und ich gehe gern noch ein wenig spazieren.«

»Ich habe das Geld überwiesen«, sagte er und hielt sein Smartphone hoch, während sie Odenplan passierten.

»Danke.« Sie rechnete es ihm hoch an, dass er es unverzüglich angewiesen hatte und sie nicht im Unklaren ließ. Eigentlich hätte sie erleichtert sein müssen, dachte sie, während sie hinunter in Richtung Sveaväg spazierten. Hätte froh sein müssen, es erfolgreich überstanden zu haben. Und sich eigentlich nichts weiter dabei denken müssen, dass er für heute Abend offenbar genug geflirtet hatte. Plötzlich geriet sie auf einer Unebenheit im Asphalt aus dem Gleichgewicht, und Alexander streckte blitzschnell die Hand aus, um sie aufzufangen.

»Vorsicht«, sagte er und ließ sie ebenso schnell wieder los.

Isobel merkte, dass ihre gute Laune dabei war zu verfliegen. Wie lächerlich. Vielleicht hatte sie insgeheim darauf gehofft, dass Alexander noch einen Drink vorschlagen würde. Möglicherweise hätte sie es sogar selbst vorgeschlagen, wenn sie sich anfänglich nicht so wichtig genommen hätte, und jetzt nur schlecht klein beigeben konnte. Sie sah sich um. Nicht, dass es ausgerechnet hier besonders viele Kneipen gegeben hätte, in denen man etwas trinken konnte. Sie fröstelte. Als sie ihre Wohnung verlassen hatte, war es noch warm und sonnig gewesen, ein richtig frühlingshafter Abend. Doch jetzt spürte sie, wie dünn ihre Kleidung eigentlich war. Sie würde sich ein Taxi nehmen müssen. Schweigend bogen sie in den Sveaväg. Sie beschloss, lieber gleich nach Hause zu fahren. Dort würde sie sich einen Tee kochen und sich wieder auf ihr eigenes Leben konzentrieren. Was hatte sie eigentlich erwartet? Sie war ja wohl kaum sein Typ und hatte ihm auch keinerlei Anlass gegeben zu glauben, dass sie an mehr interessiert wäre.

Was sie auch definitiv gar nicht war.

»Ich glaube, ich …«, begann sie.

»Sind Sie schon einmal hier drin gewesen?«, fragte er im selben Moment.

Isobel schaute an der Fassade eines Gebäudes hinauf, an dem ein Schild mit Neonschrift hing. »La Habana«, las sie, während zugleich Musik auf die Straße hinausdrang, als eine Tür geöffnet wurde. Eine junge Frau in einem eng anliegenden Kleid mit wogendem Haar und ein Mann mit weit aufgeknöpftem Hemd kamen lachend heraus. Der Mann zog die Frau an sich und küsste sie.

Isobel wandte ihren Blick ab. »Was ist das für ein Lokal?« Die Neonlettern waren im Stil der Fünfzigerjahre gehalten. Es war ihr noch nie aufgefallen.

»Ein kubanischer Nachtclub. Waren Sie schon mal auf Kuba?«

»Nein, aber Sie vermutlich, oder?«

Sie sah es unmittelbar vor ihrem inneren Auge. Der attraktive Alexander unter Palmen mit einer Zigarre im Mund und Schweißperlen auf sonnengebräunter Haut.

Seine Augen umspielte ein Lächeln, als er sie ansah.

»Dort ist das Denguefieber sehr verbreitet«, erklärte sie.

Er verzog den Mund. »Schon möglich. Aber dort haben sie auch die besten Drinks und die beste Musik der Welt.« Als die Tür erneut geöffnet wurde, strömte ihnen laute Musik entgegen.

»Salsa«, stellte Alexander mit Kennermiene fest und ergriff die Tür, bevor sie zufallen konnte. Er hielt sie auf. Die suggestiven Rhythmen klangen verlockend.

»Sollen wir?«, fragte er, während sich in seinem Blick definitiv etwas Gefährliches abzeichnete. Als testete er gerade, ob sie es wagen würde, mit ihm hineinzugehen, um etwas auszuprobieren, das ihr nicht ganz geheuer war. Sie zögerte. Eigentlich war es lächerlich. Ihr gesamtes Leben drehte sich darum, sich unbequemen Dingen auszusetzen und unsicheres Terrain zu betreten. Und dennoch. Gemeinsam mit Alexander de la Grip einen Nachtclub aufzusuchen? Sie war kurz davor, ganz automatisch Nein zu sagen. Sie konnte sich nicht daran erinnern, wann sie zuletzt getanzt hatte. Noch dazu Salsa. Musste man dazu nicht bestimmte Schritte beherrschen? Und ein gutes Rhythmusgefühl besitzen?

Doch dann zog Alexander herausfordernd eine Augenbraue hoch, die ihr signalisierte, nicht so spießig zu sein. In diesem Augenblick hier auf der Straße vor dem etwas in die Jahre gekommenen Nachtclub spürte Isobel, dass sie nichts lieber wollte, als ihre Vernunft für eine Weile auszuschalten und stattdessen etwas Verrücktes und Impulsives zu tun. Ihn zu überraschen.

Ein Mal ist kein Mal, dachte sie. Es muss ja niemand erfahren.

Sie reckte das Kinn in die Luft und begegnete seinem Blick.

»Genau das wollte ich auch gerade vorschlagen«, sagte sie.

Dann schwebte sie an ihm vorbei, als täte sie nie etwas anderes, als in Begleitung von Männern mit gefährlichen Blicken verruchte Nachtclubs aufzusuchen.

Alexander streckte seine Hand genau in dem Moment aus, als sie an ihm vorbeiging. Sie schloss sich um ihren Unterarm, und Isobel musste blinzeln. Als ihre Schulter zufällig seinen Oberkörper streifte, nahm sie den Duft seines Aftershaves wahr. Alexander beugte sich zu ihr hinunter, bis seine Lippen ihre Haare und ihr Ohr berührten.

»Bravo, Isobel«, murmelte er, ließ die Tür hinter sich zufallen und folgte ihr hinein.

10

Alexander folgte Isobels sanft schwingenden Hüften mit seinem Blick. Sie gefiel ihm in diesem roten Kleid, die Haare um die Schultern wogend. Sie erinnerte ihn an einen altmodischen Filmstar, eine gescheite Diva mit losem Mundwerk. Und es war ihm ein Hochgenuss, dass sie sich von ihm hatte provozieren lassen, mit ihm hier reinzugehen. Mit Spannung hatte er den Konflikt in ihrem Inneren verfolgt, der sich in ihrer Mimik widerspiegelte.

Die Musik war laut, und auf der Tanzfläche drängten sich schwitzende Körper dicht an dicht. Er hatte sie nicht mit zum Stureplan nehmen wollen, wo man ihn auf Anhieb wiedererkannt hätte, wollte sie lieber für sich haben, und als er die Musik gehört hatte, wusste er sofort, dass es genau der richtige Ort für sie war. Eine Liveband hatte er hier allerdings nicht erwartet. Er spürte, wie sein gesamter Körper von der suggestiven Musik erfüllt wurde. Lächelnd streckte er ihr seine Hand entgegen. Sie ergriff sie und ließ sich auf die Tanzfläche führen.

Er nahm ihre beiden Hände und zog sie zu sich heran. »Folgen Sie einfach meinen Schritten«, rief er ihr über die Musik hinweg ins Ohr.

Sie erwiderte etwas, das auf ihren Lippen aussah wie »mein Gott« und begann dann, seinen Schritten zu folgen, erst zaghaft und konzentriert, als müsste sie eine komplizierte Prozedur erlernen, doch dann immer selbstsicherer. Salsa war der intuitivste Tanz weltweit, und der kubanische der mit dem engsten Körperkontakt, doch Alexander wusste, dass er ein guter Tänzer war. Im Club war es warm, und als Alexander sein Jackett ablegte, sah er, wie ihr Blick über seinen Körper schweifte. Er selbst registrierte, wie die Haut in ihrem Ausschnitt zu glänzen begann. Isobel war sexy, aber sie war auch eine unerwartet angenehme Tanzpartnerin. Keineswegs angespannt, nachdem sie die erste Unsicherheit abgelegt hatte, sondern locker und enthusiastisch.

Als sie einen schnellen Salsa spielten, wurde die Musik intensiver, fast elektrisierend. Die Beleuchtung wurde gedimmt, Hüften wiegten sich, und manche Gäste klatschten im Takt mit. Alexander streckte seine Hand aus, die Isobel heiß und verschwitzt, aber entschlossen ergriff. Sie ließ sich zu ihm heranziehen, herumwirbeln und wieder wegschieben. Er zog ihren erhitzten Körper ein ums andere Mal zu sich heran und presste ihn an seinen eigenen. Mitunter geriet Isobel aus dem Takt, doch Alexander fing sie jedes Mal wieder auf, und je mehr Tänze sie absolvierten, desto öfter gelang es ihnen, erfüllt von den Klängen der Trompeten, Gitarren und des Schlagzeugs einen perfekten Rhythmus zu finden, zu dem sie sich abwechselnd voneinander entfernten und wieder zueinander hinzogen. Immer wieder aufs Neue, jedes Mal schneller, bis sie beide Brust an Brust heftig keuchten. Isobels Haar, jetzt schwer von der Hitze, fiel ihr in Locken über Hals und Schultern. Eine letzte Entladung, dann verstummte die Musik, und Applaus brandete auf.

Als die Musiker schließlich eine Pause ankündigten, zog Alexander Isobel mit sich an die Bar.

»Für mich nur Wasser, bitte«, rief sie, wischte sich den Schweiß aus der Stirn und schenkte ihm ein strahlendes Lächeln. Er hatte große Lust, sich zu ihr vorzubeugen und ihren breiten Mund zu küssen, ihr den Schweiß abzulecken, der an ihrem Hals hinunterrann, und ihren biegsamen Körper an sich zu ziehen …

Sein Gedankengang wurde unterbrochen, als er eine Hand auf seinem Arm spürte, sich umdrehte und Gina erblickte.

»Hej«, rief er gut gelaunt und umarmte sie flüchtig. »Was machen Sie denn hier?«

»Ich bin mit ein paar Freunden hier. Und Sie? Ist das hier wirklich Ihre Art von Lokal?«

»Na klar. Das ist Gina, eine gute Bekannte«, sagte er und wandte sich an Isobel.

Gina strahlte übers ganze Gesicht und zwängte sich geradezu an Alexander vorbei.

»Ich weiß, wer Sie sind«, rief sie Isobel mit eifriger Miene zu. »Ich habe Sie beide tanzen sehen und musste einfach rüberkommen, um Sie zu begrüßen. Ich studiere Medizin und habe an Ihrer Vorlesung über Flüchtlingsmedizin teilgenommen.«

Alexander wusste nicht, ob er die sonst so wortkarge Gina je so viele Sätze hintereinander hatte sagen hören.

»Ja, ich erinnere mich an Sie«, entgegnete Isobel freundlich und schüttelte Gina die Hand. »Sie saßen ganz vorn und kamen nach der Vorlesung einmal zu mir. Woher kennen Sie beide sich?«, fragte sie und warf Alexander einen neugierigen Blick zu.

»Gina gehört gewissermaßen zur Familie«, antwortete Alexander rasch, um bei Isobel keinen falschen Eindruck zu erwecken. Er wandte sich Gina zu, die ihn praktisch ignorierte, während sie Isobel geradezu wie ein Idol zu verehren schien.

Plötzlich kam ihm ein Gedanke. »Gina, Sie arbeiten hier doch nicht etwa auch noch, oder?«

Gina deutete mit dem Kopf auf einen Tisch mit lauter jungen Leuten. »Nein, wir feiern eine Prüfung. Heute ist so ungefähr das erste Mal seit Jahren, dass ich mal wieder ausgehe. Aber es war auch eine ziemlich heftige Klausur.«

»Zu welchem Thema?«, fragte Isobel.

»Der gesunde Mensch.«

»Ich erinnere mich, viel Chemie und Biologie. Echt schwer. Und, lief es gut?«

Gina nickte, und Alexander hatte den Eindruck, dass sie errötete. Stand die ernsthafte Gina Adan wirklich hier und vergötterte Isobel? »Sehr gut. Aber ich will nicht länger stören«, meinte Gina und bedachte Alexander mit einem Blick, der so viel zu sagen schien wie »Sie ist viel zu gut für dich«, bevor sie verschwand.

Als die Musik wieder einsetzte, schaute Alexander Isobel fragend an, doch sie schüttelte den Kopf.

»Ich glaube, mir reicht es. Morgen werde ich Muskelkater haben.«

»Und wie kommen Sie nach Hause?«, fragte er, als sie draußen auf der Straße standen. Verdammt, er hatte keine Lust, sie schon gehen zu lassen.

»Ich nehme ein Taxi.«

»Okay«, sagte er leise. Er hob eine Hand und strich ihr damit eine Haarsträhne aus dem Gesicht. Sie sah ihn an, und er beugte sich vor und küsste sie auf die Wange. Es sollte eigentlich nicht mehr als ein flüchtiges Wangenküsschen werden, doch er konnte sich nicht von ihrer weichen Haut losreißen, und da sie sich nicht bewegte, blieben sie beide so stehen, bis Isobel zu zittern begann.

»Ihnen ist kalt.«

Er begann rasch sein Jackett auszuziehen, doch sie wich zurück.

»Nein, ich muss jetzt los.«

Er wusste, dass sie nicht nur auf die späte Uhrzeit und ihre

Müdigkeit anspielte. Er sah ihr an, dass sie dabei war, sich ihm auch mental zu entziehen.

»Danke für diesen netten Abend«, fuhr sie mit einer Stimme fort, die ausschließlich von Höflichkeit geprägt war. Kein Flirt, kein Lachen, keine Einladung zu weiteren Wangenküsschen und intimen Tänzen. Dann winkte sie im fast menschenleeren Sveaväg ein entgegenkommendes Taxi heran. Alexander öffnete die hintere Tür, sie glitt auf die Rückbank und wünschte ihm eine gute Nacht, bevor er die Tür hinter ihr schloss.

Er sah sie wegfahren und schaute dem Wagen nach, bis er verschwand.

Dann knöpfte er sein Jackett zu und schob die Hände in die Taschen. Ging langsam in Richtung seines Hotels. Isobel war regelrecht vor ihm geflohen, irgendetwas hatte ihr Angst eingejagt. Bestimmt ging sie davon aus, dass ihre Geschichte keine Fortsetzung haben würde. Doch Alexander wusste es besser. Er war noch nicht fertig mit ihr. Noch lange nicht.

Als Alexander am nächsten Morgen aufwachte, hatte er sich einen Plan zurechtgelegt. Er verbrachte den gesamten Samstag auf seinem Hotelsofa, schaute Fernsehen, surfte im Internet und las gleichzeitig. Es war ihm schon immer schwergefallen, längere Zeit am Stück still zu sitzen, und er ließ sich leicht ablenken, doch wenn der Fernseher lief, konnte er sich besser konzentrieren. Er unternahm noch einen kurzen Abstecher in die beiden nächstgelegenen Buchhandlungen, Akademibokhandeln in der Mäster Samuelsgata und Hedengrens in der Sturegalerie, dann machte er es sich wieder auf dem Sofa bequem und las bis weit nach Mitternacht.

Den Sonntag verbrachte er gemeinsam mit seinem Immobilienmakler, der extra seinetwegen sogar seine Golfrunde abbrach (»Kein Problem, Sie können mich Tag und Nacht anrufen, Alexander!«), um ihm diverse Wohnungen zu zeigen, die er hereinbekommen hatte. In jeder Wohnung blieb Alexander auf der Schwelle zum größten Raum stehen. Er konnte nicht anders. Er schaute ins leere Zimmer und stellte sich darin ein extrabreites Bett vor, bezogen mit edelster ägyptischer Baumwolle, in dem Isobel völlig nackt und nur mit ihrer roten Haarpracht bekleidet lag. Mit ihren langen Beinen, Millionen von Sommersprossen und ihren sanften Rundungen. Er wollte sie nicht mit in seine Hotelsuite nehmen. Sie hatte etwas Besseres verdient. Doch seine erste Priorität bestand natürlich darin, sie ins Bett zu bekommen, und zwar möglichst bald.

»Ich nehme diese«, bedeutete er dem Makler in der dritten Wohnung. Die Zimmer mit luftiger Deckenhöhe lagen in einer Reihe hintereinander, und die Küche war modern eingerichtet.

»Ich hätte auch noch weitere, die wir uns anschauen könnten.«

»Ich will aber diese haben. Und ich möchte unmittelbar Zugang zu ihr bekommen. Sorgen Sie dafür.«

Am Montagvormittag unterschrieb er den Vertrag, erhielt die Schlüssel, und am Nachmittag hatte er bereits Kontakt zu einer Einrichtungsfirma aufgenommen, die Åsa Bjelke ihm empfohlen hatte. Wenn er wollte, konnte er verdammt schnell sein.

Als Alexander am Dienstagmorgen die private Arztpraxis im Valhallaväg betrat, war er allerbester Laune. Frisch geduscht nach dem Joggen und mit klarer Zielsetzung fühlte er sich praktisch unbesiegbar.

»Ich habe einen Termin bei Doktor Sørensen«, sagte er und reichte der Empfangsdame mit einem breiten Lächeln sein Krankenkassenkärtchen.

Sie errötete, gab seine Daten ein und sagte dann: »Bitte nehmen Sie doch Platz.«

Doch Alexander war zu rastlos, um sich hinzusetzen und blieb stehen, bis Isobel ins Wartezimmer kam. »Hej Doktor«, begrüßte er sie.

»Was machen Sie denn hier?«

»Warum tragen Sie denn keinen weißen Kittel? Ich mag Frauen in weißen Kitteln. Ich habe übrigens einen Termin«, fügte er hinzu.

Isobel warf der Empfangsdame einen fragenden Blick zu, die bestätigend nickte.

»Dann kommen Sie bitte«, forderte sie ihn auf.

Alexander nahm auf dem Besucherstuhl Platz, während sich Isobel hinter ihren Schreibtisch setzte, eine Hand auf die Tischplatte legte und ihn mit ruhigem Blick fixierte.

»Ich benötige ärztliche Hilfe«, sagte er. »Darum bin ich hier. Übrigens danke für neulich.«

»Danke auch. Womit kann ich Ihnen helfen?«

Er fragte sich, was sie wohl am Wochenende gemacht hatte. Hatte die attraktive Ärztin etwa einen Freund? In gewisser Weise war er davon ausgegangen, dass sie mit ihrer Arbeit verheiratet war, doch Glauben war nicht Wissen. Womöglich hatte sie ja eine ganze Reihe von Liebhabern?

»Ich warte«, erinnerte sie ihn.

»Ich habe mir gestern eine Wohnung im Strandväg gekauft«, sagte er.

»Und warum erzählen Sie mir das?«

»Small Talk. Wussten Sie eigentlich, dass nicht Afrika der Kontinent ist, der die Hilfe Europas benötigt, sondern dass es genau andersherum ist? Wir brauchen Afrika. Und indem wir den afrikanischen Ländern alle natürlichen Ressourcen wegnehmen, beuten wir sie bis zur Armut aus.«

»Ja.«

»Und wussten Sie auch, dass man Malaria nur nachts bekommen kann?«

»Es gehört zu meinem Job, so etwas zu wissen. Für gewöhnlich wird man am Abend oder in der Nacht gestochen, das ist richtig. Aber woher wissen Sie das?« Jetzt schien sie gegen ihren Willen doch ein wenig neugierig zu sein.

»Ich habe am Wochenende ein faszinierendes Buch gelesen. Um genau zu sein, mehrere.«

»Über Afrika?«

»Ja. Und humanitäre Hilfe und Ärzte ohne Grenzen. Unter anderem. Letztendlich waren es ziemlich viele Bücher. Und Internetartikel. Und Podcasts.« Er schlug ein Bein übers andere. Er hatte sich auch über sie informiert. Einen Lebenslauf von ihr gefunden. Ihn imposant zu nennen, war untertrieben. Spezialistin hier und eine Ausbildung in Katastrophenmedizin in Harvard dort. Obwohl sie gerade mal dreißig war. Im November würde sie einunddreißig werden. Enkelin der Künstlerin Karin Jansson Pelletier. »Als Sie mich fragten, was ich in New York mache, habe ich übrigens ein wenig gelogen.«

»Ich habe es fast geahnt.«

»Wirklich? Sie sind also doch um einiges smarter, als man meinen könnte. Wie auch immer, wenn ich keine Partys schmeiße, studiere ich. Psychologie, Soziologie, Ökologie, Anthropologie. Eigentlich fast alles, was auf -ologie endet.«

Sie blinzelte kurz. »Und mit welchem Ziel?«, fragte sie schließlich, als hätte sie vergeblich versucht, eine komplizierte chemische Formel zu knacken.

»Das kann ich Ihnen leider nicht sagen, denn dann würden Sie nur noch schlechter von mir denken.«

»Ich würde allerdings argumentieren, dass das unmöglich ist«, entgegnete sie.

»Nichts ist unmöglich.« Er bedachte sie mit einem vorwurfsvollen Blick. »Ich hatte eigentlich angenommen, dass meine Aktien im Kurs gestiegen wären.«

»Rein objektiv betrachtet gibt es eine Menge Dinge, die unmöglich sind. Und was Ihren Aktienkurs betrifft, der ist noch immer ziemlich schwankend. Aber warum studieren Sie ausgerechnet Fächer, die auf -ologie enden?«

»Ich beschäftige mich mit all dem, was mein Vater verachtet. Seine Söhne sollten unbedingt Wirtschaftswissenschaften oder Jura studieren. Also studiere ich alles andere.«

»Das klingt aber ziemlich kindisch«, entgegnete sie.

Alexander streckte seine Beine vor sich aus und bedachte Isobel mit einem amüsierten Blick. Glaubte sie tatsächlich, dass er sich so leicht provozieren ließ? Man hatte ihm im Lauf der Jahre schon viel schlimmere Schimpfworte an den Kopf geworfen als »kindisch«. Doch er hatte am Wochenende nicht nur eine Menge Bücher und Zeitungsartikel gelesen. Er hatte sich auch einen Ausschnitt aus einem Fernsehbericht angesehen. Unter anderem hatte er ein Interview mit Blanche Sørensen gefunden. Immer wieder hatte er beobachtet, wie Isobels Mutter jedes Mal den Mund verzog, wenn sie auf Ärzte ohne Grenzen angesprochen wurde. Leichtsinnige Draufgänger, Hippies und verantwortungslose Spinner waren Bezeichnungen, die oftmals wiederkehrten, wenn sich Blanche über die Organisation aussprach, für die ihre Tochter arbeitete.

»Sie tun also nie etwas aus Trotz gegen Ihre Mutter? Wie kam es eigentlich noch mal dazu, dass Sie sich dafür entschieden haben, für Ärzte ohne Grenzen zu arbeiten?«

»Touché«, musste sie mit einem Lächeln zugeben.

Er lachte auf und wäre am liebsten aufgesprungen, hätte sie von ihrem Stuhl hochgezogen und ihr einen Kuss gegeben. Stattdessen sah er sich in ihrem Sprechzimmer um. An den

Wänden hingen die obligatorischen anatomischen Tafeln mit Muskeln und Organen im Längsschnitt neben einem Whiteboard. In einem Regal stand ein menschlicher Schädel aus Kunststoff neben medizinischen Handbüchern. Ein Stethoskop sowie eine Blutdruckmanschette lagen auf einem Tisch. Alexanders Blick fiel auf ein kleines Foto, das mit einem Magnet ans Whiteboard geheftet war, der für ein Medikament gegen Magengeschwüre warb.

»Ist das da aus dem Tschad?«, fragte er und betrachtete das Bild eingehender. Darauf stand Isobel von lachenden Kindern umringt als Inbegriff einer weißen Kolonialärztin zwischen dunkelhäutigen Mädchen und Jungen.

Doch ihr Lächeln war echt, und der Fotograf hatte eine gewisse Verletzlichkeit in ihrem Blick eingefangen. Er fragte sich, wer das Foto aufgenommen hatte.

Sie warf nun ebenfalls einen Blick darauf.

»Ich werde schon bald wieder hinfliegen.«

»Bald? Ich dachte, Sie wären gerade erst zurückgekehrt.«

»Wir müssen noch ein paar Kleinigkeiten regeln, aber es wird noch vor dem Sommer sein.«

Hm. Plötzlich hatte er eine Deadline, auf die er hinarbeiten musste. Doch das dürfte kein Problem sein. Er wurde von einer Welle der Erregung erfasst. So etwas liebte er. Das Vorspiel war das Allerbeste. Gerade hatte sie unbewusst ihren Einsatz erhöht. Isobel war definitiv eine der attraktivsten Frauen, auf die er bislang Jagd gemacht hatte. Ja, dieser Frühling hatte alle Chancen, richtig spannend zu werden. Außerdem hatte es ihm Spaß gemacht, sich am Wochenende mit Lesen zu beschäftigen und sein Gehirn arbeiten zu lassen. Dass ihm diese Art von Studium gefiel, war höchstwahrscheinlich eines seiner am besten gehüteten Geheimnisse.

»Alexander de la Grip, geboren am ersten Januar sechsundachtzig, zu einem kurzfristigen Termin einbestellt«, las Isobel laut vom Display ihres PC ab. »Sie sehen aber gar nicht akut krank aus.«

Er hielt seine Hand hoch. »Ich habe eine Verletzung von einem Umzugskarton.«

Sie kniff die Augen zusammen, ohne sich vorzubeugen. »Und die wäre wo?«

»Sehen Sie denn nicht? Hier, eine Wunde.«

»Haben Sie wegen dieser Schramme etwa einen Termin bekommen? Bei mir?«

»Ich kann sehr überzeugend auftreten.«

»Das glaube ich Ihnen durchaus. Aber das kann Ihnen auch die Arzthelferin verpflastern. Wahrscheinlich sogar auch die Empfangsdame, wenn ich den Schweregrad von hier aus richtig einschätze.«

»Jetzt bin ich aber ein wenig enttäuscht, muss ich sagen. Ich habe schon vor mir gesehen, wie Sie meine Wunde betupfen und mich liebevoll verarzten würden. Wollen Sie mir denn nicht wenigstens Ihre Hand auf die Stirn legen? Sind Sie sicher, dass Sie eine richtige Ärztin sind?«

Isobel verzog den Mund. Sie bewegte langsam ihre Finger aufeinander zu, bis sie eine Art Dreieck in der Luft formten, und in ihren Augen blitzte es auf.

»Wenn Sie wollen, könnte ich Ihnen etwas aufschneiden. Oder auch etwas zunähen; ich bin ziemlich geschickt mit dem Skalpell und der Suturnadel, auch wenn ich keine Chirurgin bin. Oder möchten Sie vielleicht, dass ich mit einem Gummihandschuh eine Untersuchung bei Ihnen durchführe, bei der mindestens ein Zeigefinger vonnöten ist? Ich verspreche auch, dass ich ganz vorsichtig sein werde. Es wird fast nicht wehtun.«

Er unterdrückte ein Lachen, als sie vielsagend auf eine Pappschachtel mit Einmalhandschuhen deutete.

»So erotisch es auch klingt, aber ich glaube, ich verzichte lieber.«

Sie lachte auf. Als sie ihre Beine überschlug, konnte er nicht umhin, ihren Bewegungen mit dem Blick zu folgen. Das Tanzen am vergangenen Freitag war verdammt erotisch gewesen. Isobel in ihrem roten Kleid, dessen Stoff an ihren weichen Kurven klebte. Allein schon die Erinnerung daran erregte ihn. Heute trug sie eine Art Hemdbluse und wirkte darin ziemlich kühl und kompetent. Diese Frau war in der Tat eine Studie in Gegensätzen. Ihre Haare waren im Nacken zusammengebunden, doch mehrere lose Strähnchen bildeten einen durchsichtigen Kranz aus Locken um ihr Gesicht herum.

»Außerdem möchte ich Ihre wertvolle Sprechstunde nicht überstrapazieren«, fuhr er fort. Er hatte die Empfangsdame überredet, ihm einen kurzfristigen Termin zu geben, doch jetzt wurde ihm bewusst, dass er möglicherweise anderen Leuten, die tatsächlich krank waren, die Zeit stahl. Sein Anruf in ihrer Praxis war aus einem Impuls heraus geschehen und als Scherz gemeint gewesen, aber nun fragte er sich, ob das Ganze wirklich so lustig war.

»Unter meinen Patienten hier gibt es nur selten Notfälle«, entgegnete sie.

Natürlich. Er befand sich schließlich in einer der absolut teuersten Privatpraxen landesweit. Was es wohl für eine Ärztin wie sie bedeutete, zwischen den Superreichen und den am stärksten gefährdeten Menschen weltweit hin- und hergeworfen zu werden. Warum hatte er nie über die Ungerechtigkeit nachgedacht, dass er sich locker eine Behandlung bei Isobel leisten konnte, während andere starben, weil es keine Ärzte in ihrer Nähe gab? Er schüttelte die Gedanken ab. So etwas kam also dabei heraus, wenn man sich zu sehr engagierte. Die Dinge wurden kompliziert.

»Es ist wohl das Beste, wenn ich jetzt gehe, bevor ich noch irgendetwas äußerst Schmerzhaftes über mich ergehen lassen muss.«

»Angst vor Schmerzen?«

»Klar. Ist doch wohl natürlich.«

Isobel schenkte ihm ein flüchtiges Lächeln, das über ihr Gesicht huschte und wieder verschwand, noch bevor Alexander es deuten konnte. Es war, als wäre ihr ein Witz eingefallen, den sie ihm lieber nicht erzählen wollte.

»Wenn ich schon einmal hier bin und anderen Patienten wichtige Behandlungszeit wegnehme, wollte ich Sie wenigstens fragen, ob Sie nicht Lust hätten, am Freitag mit mir zu einem Konzert zu gehen.« Er sagte es leichthin, stellte jedoch fest, dass er die Luft anhielt, während er auf ihre Antwort wartete.

Sie legte ihre Handflächen auf die Tischplatte und setzte eine entschuldigende Miene auf. »Sorry, aber ich kann nicht.«

Kannst du nicht, oder willst du nicht?

»Und am Samstag? Oper? Ballett? Das Bolschoi-Theater gibt eine Gastvorstellung.«

Sie schüttelte den Kopf. »Ich fahre am Wochenende weg, nach Skåne. Ein Wochenendevent, bei dem Leila und ich neue Finanziers gewinnen wollen. Ich hab ihr versprochen, mitzufahren.«

Diese Frau unternahm neben ihrer Arbeit offenbar wirklich nicht viel.

»Ich verstehe.« Was er tatsächlich tat, denn in weniger als zwei Sekunden hatte er das Puzzle zusammengefügt. »Dann vielleicht ein anderes Mal«, sagte er unbekümmert und hatte das große Vergnügen, einen Anflug von Enttäuschung in ihren großen grauen Augen aufflackern zu sehen. Sie war also doch nicht so cool, wie sie vorgab zu sein.

Doch Isobel sagte nichts und stand von ihrem Stuhl auf, woraufhin er sich ebenfalls erhob. Sie lächelte, diesmal nicht mit ihrer kühlen Arztmiene, sondern schenkte ihm ein richtig herzliches Lächeln und streckte ihm die Rechte entgegen. Alexander betrachtete ihre Hand lange. Er seufzte. Dieses ewige Händeschütteln. Er fasste sie am Oberarm und sah, wie sich ihre Augen erstaunt weiteten. Dann neigte er seinen Kopf vor, spürte, wie seine Wange ihr rotes Haar streifte, das sich etwas drahtig anfühlte, wie es bei roten Haaren oftmals war, und gab ihr einen Kuss. Natürlich nur einen Wangenkuss, jedoch ziemlich weit unten auf der Wange, sodass er fast in ihrem Mundwinkel landete. Er ließ seine Lippen ein wenig innehalten. Sie stand völlig still da, als hätte er sie überrumpelt, und dann strich er mit seinen trockenen Lippen sanft über ihre seidenweiche Haut, die, wenn er ehrlich war, hauptsächlich nach Desinfektionsmittel roch.

Isobel holte Luft und legte abwehrend eine Hand auf seinen Brustkorb. Widerwillig ließ er sich von ihr wegschieben, während sein Blick an ihren hübschen intelligenten Augen hängen blieb, die aussahen, als wollten sie ihm tausend Fragen stellen.

»Wir hören voneinander, Isobel«, sagte er leise.

Sie blinzelte leicht.

Und dann ließ er sie fragend und leicht verwirrt zurück. Er selbst war nicht im Geringsten verwirrt. Das Schicksal hatte sich offenbar auf seine Seite geschlagen, und jetzt brauchte er nur noch den Gewinn einzustreichen.

11

Immer wenn Gina ihre Putzrunde durchs Finanzinstitut absolvierte, hörte sie eine ihrer Vorlesungen auf dem iPod. Sie nahm regelmäßig wichtige Vorlesungen auf und hörte sie sich noch einmal an. Manche hatte sie schon so oft gehört, dass sie sie inzwischen auswendig konnte. Darüber hinaus hatte sie massenweise Podcasts über Medizin in ihrer iTunes-Mediathek. In dieser Hinsicht war das Putzen ein idealer Job. Sie hatte ihre Ruhe. Die Vorlesung, die sie sich gerade anhörte, war einer ihrer Favoriten: Isobel Sørensen über Katastrophenmedizin im Karolinska-Institut vom vergangenen Herbst. Isobel Sørensen. Wow. Wenn sie sich etwas wünschen könnte, dann wäre es, eines Tages genauso cool zu sein wie diese Frau.

Gina war völlig hin und weg gewesen, als sie sich im La Habana begegnet waren. Und sie war keine leicht zu beeindruckende Person. Sie schrubbte einen besonders hartnäckigen Kaffeefleck weg, während sie sich fragte, was eine Frau wie Isobel wohl von einem Mann wie Alexander wollte. Aber sie hatte noch nie begriffen, warum Frauen auf gewisse Männer abfuhren. Sie selbst hatte bislang kaum mehr als eine vage Anziehungskraft zu einem Mann verspürt. Aber vielleicht war es einfach so, wenn man bis zu seinem zwölften Lebensjahr in Angst und Schrecken davor gelebt hatte, zwangsverheiratet zu werden, und danach ständig befürchten musste, von einem der Männer vergewaltigt zu werden, die einem geholfen hatten, zuerst durch Afrika, dann durch Europa und schließlich nach

Schweden zu fliehen. Die Wohnsituation im Asylbewerberheim hatte ihr Zutrauen zu Männern auch nicht gerade gestärkt. Sie ging weiter zum nächsten Schreibtisch, wischte ihn rasch ab und erblickte in einem darauf stehenden vergoldeten Bilderrahmen hellhäutige Kinder und eine blonde Frau. Sie betrachtete das Foto nachdenklich. Alle hatten ähnliche Fotos auf ihren Schreibtischen stehen. Frauen in Strickjacken gemeinsam mit zwei oder drei akkurat gekämmten Kindern. Im Hintergrund Natur. Die wenigen Frauen, die hier arbeiteten, hatten Bilderrahmen mit Fotos von einem Mann im Anzug und nahezu identischen Kindern. Wenn sie ehrlich war, wurde sie aus diesen Leuten nicht schlau. Dieser weißen Oberschicht, denjenigen, die das große Los gezogen hatten. Dennoch war es irgendwie faszinierend, denn es schien, als wüssten sie rein gar nichts über das wahre Leben. Im besten Fall waren sie unbekümmerte Partylöwen wie Alexander. Im schlimmsten rassistische Schweine, die versuchten, sie in irgendeinen abgeschiedenen Raum zu drängen, um sie anzutatschen, sobald sie die Möglichkeit dazu witterten.

Und dann gab es natürlich noch solche wie Peter de la Grip.

Gina schaute in Richtung der Türöffnung, wo sie Peter hinter seinem Schreibtisch erblickte. Er hatte einen eigenen Raum am Rande der offenen Bürolandschaft und war der letzte noch Anwesende. In gewisser Weise war Peter für sie lange der Inbegriff und sogar das Sinnbild für alle Männer in seiner Position gewesen, denen sie begegnet war. Arrogant und hochnäsig, ohne auch nur einen Gedanken daran zu verschwenden, wie es Menschen aus anderen Gesellschaftsschichten erging. Doch dann hatte er sich verändert. Da sie außer bei seiner Familie noch bei anderen Leuten putzte, wusste sie, was passiert war. Die Leute redeten und tratschten, und sie war es gewohnt, sich im Hintergrund zu halten. Also hatte sie gehört, dass Peters Ehefrau ihn im Zorn verlassen hätte. Und dass er total von der Rolle sei. Dass er sich gegen seine eigene Familie gestellt hätte und seine Eltern sich seitdem weigerten, mit ihm zu sprechen. Außerdem sah sie ja selbst, dass er abgenommen hatte und sich immer mehr zurückzog, als wäre er dabei, in sich selbst zu verschwinden. Von bösen Geistern besessen, würden die Frauen aus ihrem Dorf sagen. Doch Gina hatte bereits lange genug Medizin studiert, um zu wissen, dass er vermutlich depressiv war. Nicht, dass sie das sonderlich kümmerte. Okay, er hatte eine Menge verloren. Aber er war immer noch reich. Doch in ihren Augen war er mit seiner duckmäuserischen Art und seinem steifen Gebaren bloß ein komischer Kauz. Nervig. Sie leerte einen Papierkorb und klickte eine andere Vorlesung auf ihrem iPod an. Als sie noch einmal in Richtung von Peters Büro schielte, saß er noch immer da. Bald hatte sie nur noch seinen Raum zu putzen.

Sie schob den Staubsauger über den Teppichboden. Leerte einen weiteren Papierkorb. Einmal hatte sie alle Papierkörbe gezählt. Hundertzweiunddreißig Stück. Hinzu kamen die fünf großen Müllsäcke in der Küche.

»Gina?«

Sie erschrak so heftig, dass sie zusammenfuhr. Dann zog sie einen ihrer Ohrstöpsel heraus und sah Peter fragend an.

»Sorry, ich wollte Ihnen keine Angst einjagen.« Peter verstummte. Räusperte sich. »Ich habe auf meinem Schreibtisch etwas Wasser vergossen. Wollte nur kurz einen Lappen holen. Ich wollte Sie nicht erschrecken.«

»Okay«, sagte sie zögerlich. »Ich kann es für Sie aufwischen«, bot sie ihm widerstrebend an.

»Nein, nein, ich hol einen Lappen.«

Sie sah ihn in Richtung Küche verschwinden.

Dann schob sie den Stöpsel wieder zurück ins Ohr. Doch

die Konzentration auf die Vorlesung wollte sich nicht mehr einstellen. Glaubte einer wie Peter etwa, er sei besser als andere? Nur, weil er eine Menge Geld geerbt hatte? Aber warum irritierte sie diese Tatsache eigentlich so stark? Schließlich könnte es ihr ja egal sein. Zu Hause führte sie mit ihrem Vater öfter solche Diskussionen. Ihr Vater war der Auffassung, dass sie unter einem Gefühl der Unterlegenheit litt. Gina hasste dieses Argument. Sie war niemandem unterlegen. Ihr Schwedisch war perfekt. Obwohl sie erst mit elf Jahren nach Schweden gekommen war, sprach sie ebenso fehlerfrei wie ihr kleiner Bruder, wenn nicht sogar besser, denn ihre Sprache war wohlartikuliert und zeugte von Allgemeinbildung. In dieser Hinsicht waren sie und ihr Vater einander sehr ähnlich, denn sie wussten beide, dass an sie viel höhere Ansprüche gestellt wurden als an gebürtige Schweden, und sie hatten unermüdlich gebüffelt, nachdem sie ihre Aufenthaltsgenehmigung erhalten hatten.

Ihr Vater hatte regelmäßig den Schwedischunterricht für Einwanderer besucht und kam in dem Land gut zurecht, das ihn mit offenen Armen empfangen, wenn auch vielleicht nicht ins Herz geschlossen hatte. Aus diesem Grund studierte sie Medizin. Ärzte genossen ein hohes Ansehen. Sie wollte es zu etwas bringen und es aus eigener Kraft heraus ohne die Unterstützung anderer meistern.

Gina wusste nur zu gut, dass das Leben absolut ungerecht war. Dass es diejenigen belohnte, die hart arbeiteten, war dummes Geschwätz. Nie hatte sie Menschen so hart arbeiten sehen wie die Frauen in Somalia, die wohl kaum mit Reichtum und Macht belohnt wurden. Das Leben war eine Lotterie. Und ihre kleine Familie hatte trotz allem Glück gehabt. Vielleicht nicht gerade derartiges Glück wie die Familie de la Grip, aber bedeutend mehr als viele andere ihrer Landsleute. Ihr Vater war mit ihr und ihrem Bruder vor Unterdrückung und Bedrohungen außer Landes geflüchtet, und sie hatten sich bis hierher durchgeschlagen, was bedeutete, dass sie alle drei zu den Glücklicheren zählten. Niemals würde sie dieses Glück aufs Spiel setzen. Denn das Einzige, was man letztendlich besaß, das absolut Einzige waren der eigene Mut und die eigene Integrität.

Sie schaute erneut zu Peters Büro rüber. Inzwischen hatte er seinen Schreibtisch offenbar abgewischt, denn jetzt saß er mit gesenktem Kopf da. In seiner Welt war Gina immer unsichtbar gewesen. Ein stummer dienstbarer Geist. Peter schaute auf, sodass sich ihre Blicke begegneten, woraufhin er rasch in einigen Unterlagen auf seinem Schreibtisch zu blättern begann.

Jetzt hatte sie nur noch sein Büro übrig, also ging sie zu ihm.

»Kommen Sie rein«, forderte er sie auf.

Mit verbissener Miene säuberte sie rasch sein Zimmer und verließ es dann so schnell wie möglich wieder.

Als sie an diesem Abend endlich fertig war, spülte sie alle Putzlappen aus, wechselte den Beutel des Staubsaugers und stellte das restliche Geschirr in die Spülmaschine. Als sie sich Straßenschuhe anzog und ihren Mantel sowie ihre Handtasche aus dem Schrank nahm, war es neunzehn Uhr. Sie musste sich beeilen, nach Hause zu kommen. Mit der U-Bahn müsste sie einmal umsteigen und dann den Bus nehmen, doch wenn alles klappte, würde sie noch vor zwanzig Uhr zu Hause sein. Wenn ihr Vater einen guten Tag gehabt hätte, würde das Abendessen schon auf dem Tisch stehen. Aber wenn er starke Schmerzen gehabt oder schlecht geschlafen hätte, würde sie für alle drei kochen müssen, bevor sie sich zum Lernen hinsetzte.

Ganz zuletzt wusch sie sich die Hände. Genau in dem Augenblick, als sie den Gürtel ihres Mantels geschlossen hatte und gerade gehen wollte, tauchte Peter neben ihr auf. So ein Mist, sie hatte gehofft, sich aus dem Gebäude schleichen zu können, ohne mit ihm sprechen zu müssen. Er erreichte im selben

Moment die Tür wie sie. In der einen Hand trug er seine Aktentasche, und über den anderen Arm hatte er einen dünnen Mantel geworfen. Rasch nahm er die Aktentasche in die andere Hand, öffnete die schwere Glastür und hielt sie ihr auf. Dann fuhren sie schweigend mit dem Aufzug hinunter. Sie eilte auf den Ausgang zu, bevor er ihr noch eine weitere Tür aufhalten konnte.

Kurz bevor sie in verschiedene Richtungen abbogen, sagte er: »Hejdå Gina, und danke noch mal.« Dann verschwand er hinter einer Hausecke.

Sie war so baff, dass ihr keine Antwort einfiel.

12

Isobel schaute aus dem Zugfenster hinaus. Sie hatten die südlichen Vororte von Stockholm bereits passiert, und die Aussicht veränderte sich langsam hin zu mehr Grün und weniger Beton. Leila, die etwas von anderen Verpflichtungen gemurmelt hatte, war bereits gestern nach Skåne gefahren. Isobel fragte sich, wie viele Leute wohl kommen würden, denn Leila hatte sich diesbezüglich ziemlich vage ausgedrückt. Es handelte sich jedenfalls um ein ungewöhnlich großes Event, so viel hatte Isobel begriffen.

Sie befingerte das Programm, das sie erhalten hatte und zugleich als Lesezeichen für das Taschenbuch benutzte, durch dessen Lektüre sie sich gerade quälte. Eingangs sollte es Gelegenheit zum lockeren Plausch im Schlosspark geben, dann würden eine offizielle Begrüßung und schließlich die Vorträge in den verschiedenen Sälen des Schlosses folgen. Darüber hinaus würde auch die Verleihung eines kürzlich ins Leben gerufenen Kulturpreises stattfinden. Zwischen den jeweiligen Veranstaltungen konnte man offenbar durch den Schlosspark flanieren, wo eine Ausstellung mit Installationen junger Künstler zu sehen war. Das Ganze wurde mit einem Ball am Abend gekrönt, zu dem ausgewählte Gäste, darunter auch Leila und Isobel, geladen waren. Der Gastgeber war, wenn sie es richtig verstanden hatte, ein recht exzentrischer Herr, und das Motto dieser Wochenendveranstaltung lautete »Der Kreislauf des Lebens: Kunst, humanitäre Hilfe und die Welt, in der wir leben«.

Isobel wusste nicht recht, ob sie es ziemlich protzig oder eher ganz sympathisch finden sollte.

Auf Höhe von Linköping klingelte ihr Handy. Sie fischte es aus ihrer Handtasche und meldete sich.

»Hej Mama.«

»Ich brauche Hilfe beim Aufbauen eines Regals im Wohnzimmer. Du hast doch am Wochenende frei, oder? Ich hätte gern, dass du vorbeikommst.«

»Ich bin gerade auf dem Weg nach Skåne.« Sie hatte ihrer Mutter vorige Woche von dem Event erzählt, doch Blanche neigte dazu, alles zu vergessen, was nicht unmittelbar mit ihr selbst zu tun hatte.

»Und was machst du dort?«

»Leila und ich werden die Arbeit von Medpax vorstellen.«

»Ach, ich erinnere mich noch gut daran, als ich derlei Veranstaltungen besucht habe. Damals war ich ein Star. Ich konnte beliebig viele Geldgeber gewinnen.«

Das stimmte. Ihre Mutter war geradezu legendär gewesen. Geistreich, schlagfertig und gut aussehend. Es war kein Zufall, dass die Blütezeit von Medpax mit der ihrer Mutter zusammengefallen war.

»Ich habe nämlich vor, über Himmelfahrt Gäste einzuladen«, fuhr sie fort. »Deshalb möchte ich ein paar Regale aufstellen und neu dekorieren. Wenn du wieder zurück bist, musst du mir helfen, ein Sofa umzustellen. Ich dachte, dass du am besten auch zum Essen kommst. Dann kannst du mir bei den Vorbereitungen helfen.«

Ihre Mutter setzte ständig voraus, dass Isobel immer verfügbar war. Diesen Umstand hatte sich Isobel aber selbst zuzuschreiben. Während ihrer ersten zehn Lebensjahre war Isobel bei ihrer Großmutter aufgewachsen. Ihre Mutter hatte unterdessen in Paris gelebt und sie in unregelmäßigen Abständen besucht. Als ihre Oma starb, war ihre Mutter nach Schweden zurück gezogen, und Isobel hatte unter der ständigen Angst gelitten, eine Belastung für sie zu sein. Viele Jahre hindurch bestand Isobels einziger Wunsch darin, ihrer Mutter von Nutzen und ihr eine Hilfe zu sein, sodass sie während ihrer Kindheit und Jugend alles getan hatte, um ihr zu gefallen. Mit den Jahren hatte sich ihre Mutter daran gewöhnt, dass ihre Tochter alles erledigte, worum sie sie bat. Nur ihre Arbeit bildete eine Ausnahme. Das war das einzige Gebiet, auf dem sich Isobel durchsetzte und ihr eigenes Ding machte, unabhängig davon, wie hoch der Preis war, den sie in Form von Kritik und Missgunst seitens ihrer Mutter dafür bezahlen musste.

»Da werde ich im Tschad sein«, entgegnete sie.

»Davon hast du mir gar nichts gesagt.«

Isobel kniff sich in die Nasenwurzel. Noch zwei Minuten, dann würde sie auflegen. »Es hat sich ja auch gerade erst entschieden. Ich habe erst in dieser Woche den genauen Termin bekommen.«

»Und warum musst ausgerechnet du fahren? Hatte Leila nicht jemand anderes vorgesehen?«

»Sven ist abgesprungen. Aus familiären Gründen.«

»Die Ärzte von heute sind so zimperlich. Ich nehme an, dann musst du es eben machen. Ich finde es auch besser, wenn du für Medpax fährst als für Ärzte ohne Grenzen. Aber, und das sage ich nur zu deinem Besten: Du musst wirklich anfangen, über deine Zukunft nachzudenken. Eine einmalige Reise in die Dritte Welt mag ja für deine Vita gut sein, aber dieses ewige Hin und Her, das du da betreibst – alle anderen überholen dich doch. Als ich in deinem Alter war, hatte ich längst angefangen, meine Doktorarbeit zu schreiben.«

Isobel starrte aus dem Fenster. Oftmals ähnelten diese Gespräche einander so sehr, dass es ihr vorkam, als hätte sie sie bereits hundertmal geführt. Ihr war klar, dass es irgendeinen psychologischen Terminus für die Beziehung gab, die sie zu ihrer Mutter hatte, doch es war schwer, sich selbst zu analysieren, wenn man mittendrin steckte. Vor allem aber begriff sie nicht, wie es kam, dass andere sie als durchaus erfolgreich einschätzten, während ihre eigene Mutter ausschließlich Fehler an ihr entdeckte und sie kritisierte.

»Mama, ich muss jetzt meine Aufzeichnungen noch einmal durchgehen.«

»Mach dir keine Sorgen um mich; ich bin es gewohnt, allein klarzukommen. Dein Vater hatte auch nie Zeit für mich. Das Eigenartige ist nur, dass die Töchter aller meiner Freundinnen ihre Mütter unterstützen. Ich verstehe nicht, warum es dir so schwerfällt, dich ein wenig um mich zu kümmern. Lass es dir gesagt sein. Schaff dir nie Kinder an; die denken nur an sich selbst.«

Isobel holte tief Luft. Man konnte Blanche jedenfalls nicht vorwerfen, überbehütend zu sein. Oder auf Enkelkinder zu drängen.

»Ich ruf dich an, wenn ich wieder zu Hause bin. Und ich werde versuchen, abends mal vorbeizukommen. Aber jetzt muss ich wirklich auflegen«, sagte sie und beendete das Telefonat, bevor ihr noch etwas herausrutschte, das sie hinterher womöglich bereute.

Sie stand auf, ging in den Bistrowagen, wo sie sich einen Kaffee kaufte, und setzte sich dann wieder. Draußen wurde die Landschaft mit Nadelbäumen und kahlen Äckern allmählich von Laubwäldern und gelben Rapsfeldern abgelöst. Was die Vegetation betraf, war Skåne Stockholm um drei Wochen voraus, hier unten herrschte längst Frühling.

Sie trank ihren Kaffee aus, warf den Pappbecher in den Müll und schloss für eine Weile die Augen. Von Alexander hatte sie nichts mehr gehört. Sie nahm an, dass die Sache zwischen ihnen auch von seiner Seite aus mittlerweile abgehakt war. Jedenfalls das Wenige, was gewesen war. Das Date zum Abendessen, der Salsa-Abend, sein Aufkreuzen in der Praxis, all das hatte irgendwie … richtig Spaß gemacht. Großer Gott, wann hatte sie zuletzt so viel Spaß gehabt?

Aber danach hatte er nicht mehr angerufen. Sie schaute aufs Display ihres Handys. Klickte sich zu seiner Nummer durch. Es wäre ein Leichtes, ihm eine oder zwei Zeilen zu schicken. Doch sie legte es mit dem Display nach unten wieder weg. Wenn Alexander ihr nicht im Geringsten etwas bedeuten würde, hätte sie ihn vielleicht kontaktiert. Hätte sich getraut ihn zu fragen, ob er vielleicht Lust hätte, gemeinsam etwas Trinken zu gehen. Aber sie hatte in der vergangenen Woche mehrfach an ihn denken müssen und fand es schade, dass er nichts von sich hören ließ. Ein klares Signal dafür, dass es besser war, sich zurückzuziehen. Denn sie konnte es sich gefühlsmäßig nicht leisten, einen Mann wie Alexander in ihr Leben zu lassen. Er war einfach zu intensiv, zu unvorhersehbar. Hatte das Potenzial, Gefühle in ihr zu wecken, von denen sie sich nicht sicher war, ob sie sie nicht womöglich lieber schlummern lassen sollte.

Sie nahm ihre Aufzeichnungen zur Hand. Faltete die Unterlagen auseinander und strich sie resolut glatt. Ein Wochenende in einem Schloss war genau das, was sie jetzt brauchte, um diese unerwünschten Gefühle abzuschütteln. Sie würden sich schon bald wieder verflüchtigen. Isobel hatte sich sogar ein Ballkleid gekauft. Sie würde Spaß haben. Das war ein guter Plan und das Vernünftigste, was sie tun konnte.

Als das Taxi Isobel kurz nach dem Mittag vor dem Schloss absetzte – ihr blieb tatsächlich ein wenig die Luft weg, da sie nicht geahnt hatte, dass es solch imposante Schlösser in Schweden gab –, wurde sie vom freundlich lächelnden Personal begrüßt, das nach ihrem Namen fragte und sie dann zu ihrem Zimmer in einem der Türme geleitete.

»Es muss sich um ein Missverständnis handeln«, sagte Isobel und blieb auf der Türschwelle stehen.

Die junge Frau in Kleidern aus dem siebzehnten Jahrhundert, die ihr den Weg gewiesen hatte – eine Geschichtsstudentin aus Lund, wie sie ihr erzählte –, schaute auf ihren Zettel. »Isobel Sørensen?«

»Ja.«

»Dann wohnen Sie hier. Dieser Raum wird übrigens Königinnenzimmer genannt, da bereits diverse schwedische Königinnen hier genächtigt haben. Frühstück gibt es zwischen sieben und zehn Uhr im Speisesaal im Erdgeschoss.«

»Aber …«, begann Isobel, bevor sie merkte, dass die Frau bereits verschwunden war.

Isobel betrat den Raum. Großflächige Orientteppiche in Pastelltönen dämpften ihre Schritte. Ein riesiges Himmelbett, das mitten im Raum stand, war mit roten und rosafarbenen Decken drapiert, während die Tapeten aussahen, als wären sie mit Gold bestrichen worden. Überall standen Vasen mit Rosen, und von einem leicht geöffneten Fenster her wehte eine angenehme Brise herein, die die zart bestickten Gardinen aufbauschte. Prachtvoll war nicht einmal annähernd eine angemessene Bezeichnung für diesen Raum.

Nachdem sich Isobel rasch eingerichtet hatte, ging sie die steile Schlosstreppe hinunter. Jede Stufe war in der Mitte ausgetreten und abgeschrägt, als wären im Lauf der Jahrhunderte schon Tausende von Füßen denselben Weg gegangen wie sie. Draußen auf dem mit Kopfsteinpflaster versehenen Innenhof befanden sich überall Leute, sodass sie von dort in Richtung Wallgraben weiterschlenderte, wo sie eine Weile stehen blieb und hinunterschaute, bis sie Leila Arm in Arm mit einem älteren Mann auf sich zukommen sah. Leila war wie immer in Schwarz gekleidet. Der Mann trug einen weinroten Anzug mit farbenfroher Weste und grell leuchtender Krawatte.

»Isobel! Darf ich dir unseren Gastgeber vorstellen?«, rief Leila.

»Eugen Tolstoi. Wir sind uns schon einmal begegnet«, sagte er, als sie sich die Hand gaben. Er bedachte sie mit einem intensiven Blick.

»Entschuldigung, aber ich kann mich nicht mehr erinnern«, sagte sie, denn sie erkannte ihn zwar wieder, konnte ihn aber nirgends einordnen. Doch dann strömten von allen Seiten Leute auf sie zu und beanspruchten Eugens Aufmerksamkeit, noch bevor er antworten konnte.

Leila ließ Eugens Arm los und schloss sich stattdessen Isobel an.

»Komm«, sagte Leila. »Ich würde mir gern die Ausstellung ansehen, bevor es zu voll wird.«

Sie betraten die grünen Grasflächen, auf denen die Gäste bereits in Grüppchen zusammenstanden. Durch die Bäume hindurch erblickte Isobel einen See, auf dem Schwäne und Enten schwammen. Unter flatternden Stoffbahnen betrachteten sie die Bilder, die an dünnen Stahlseilen herabhingen, als schwebten sie schwerelos in der Luft. Surrealistische Gemälde, die erstaunlich schön waren.

»Eugen hat sein Leben lang Kunst gesammelt. Er meint, dass dieser junge Mann hier ein echtes Genie ist«, sagte Leila, die mit ihrem Blick tief in ein Bild versunken dastand, das einen riesigen Vogel darstellte, dessen Schwingen in die Zweige eines Baumes übergingen. Identität und Entfremdung, dachte Isobel.

»Er ist erst achtzehn. Aus Russland geflohen. Was sie den Menschen dort alles antun. Eugen kümmert sich natürlich besonders intensiv um Homosexuelle. Und alle anderen Unangepassten.«

»Ist Eugen schwul?«, fragte Isobel. Er und Leila hatten sehr innig miteinander gewirkt. »Ich dachte, dass ihr zwei …?«

Leila zuckte mit den Achseln. »Wir kennen uns schon lange. Er ist ein Renaissancemensch, und wir haben eine besondere Beziehung zueinander. Wenn wir Zeit haben, spielen wir gern zusammen Backgammon. Oder diskutieren über Politik und Geschichte. Er ist mit dem ehemaligen russischen Zarenhaus verwandt. Und meine Eltern hatten Verwandte, die dem persischen Thron nahestanden. Wir alten Aristokraten haben vieles gemeinsam.«

»Backgammon, sagst du?«

»Das war ursprünglich einmal ein persisches Spiel. Das älteste der Welt. Er spielt übrigens richtig gut.«

»Lass uns nachher weiterreden«, sagte Isobel mit dem Blick auf die Uhr. »Ich würde mir gern noch den Vortragssaal anschauen. Kommst du mit?«

»Klar. Es werden übrigens viele Presseleute da sein. Das hier ist eines der ältesten Schlösser Schwedens in Privatbesitz, und es ist noch nie zuvor für die Allgemeinheit geöffnet worden. Deshalb sind die Massenmedien natürlich neugierig. Wir werden dafür sorgen, dass sie jede Menge Werbung für Medpax machen.«

»Eine fantastische Veranstaltung für unser Image, das hast du wirklich gut eingefädelt, Leila.«

»Ist dein Zimmer schön?«

»So etwas Prachtvolles habe ich noch nie gesehen. Ich frage mich, ob es sich möglicherweise um eine Verwechslung handelt.«

»Bestimmt nicht, du bist schließlich ein wichtiger Gast.«

»Bin ich das?«

»Aber begreifst du denn nicht, dass …«, begann Leila, wurde jedoch von einem Journalisten unterbrochen, der sie wiedererkannt hatte.

»Ich komme gleich nach«, entschuldigte sich Leila, bevor sie sich dem Journalisten zuwandte.

Isobel ging schon einmal vor, um den Vortragssaal zu suchen. Sie begrüßte einige andere Redner, schüttelte einem bekannten Professor vom Karolinska-Institut die Hand, mit dem sie sich schon mehrfach unterhalten hatte und der die Einführung zu den Vorträgen halten würde. Sie hatte großen Respekt vor ihm, und er wiederum versuchte sie immer aufs Neue zu überreden, zu ihm ans Institut zu kommen, um für ihn zu arbeiten. Als sie sich verabschiedeten, sah sie sich mit großen Augen in dem Saal um, in dem sie sprechen sollte. Er war mindestens ebenso prachtvoll wie das Zimmer, das man ihr zugewiesen hatte. Mit goldenen Tapeten, antiken Möbelstücken und Stuhlreihen, deren Sitzflächen mit blauem Samt bezogen waren. Man konnte sich ohne Mühe Adelsdamen in Reifröcken vorstellen, die darauf saßen und hinter vorgehaltenen Fächern miteinander tuschelten.

Isobel griff nach ihren Stichwortkärtchen und beschloss, ihren Vortrag ein letztes Mal durchzugehen. Sie war froh, hergekommen zu sein, und dankbar, sich auf etwas anderes konzentrieren zu können. Das hier war genau das, was sie brauchte, um die Gedanken an Alexander hinter sich zu lassen, und zwar dort, wo sie hingehörten: in der Vergangenheit.

13

Alexander nahm eine der Hintertreppen hinauf zu dem Saal, in dem Isobel ihren Vortrag halten würde. Er war bereits gestern angereist, aber er hatte sie noch nicht gesprochen. Bei seiner Ankunft im Schloss hatte er als Erstes dafür gesorgt, dass Isobel sein Lieblingszimmer in einem der Türme bekäme. Dann hatte er gemeinsam mit seinem Onkel und einigen anderen Gästen, darunter auch Leila, Cognac getrunken. Nachdem alle anderen zu Bett gegangen waren, hatten Eugen und er noch bis weit nach Mitternacht russischen Wodka getrunken. Dabei hatten sie sich über die Familie unterhalten, ein Thema, das Alexander hasste, sowie über die Instandhaltung des Schlosses und dazu schreckliche Musik gehört, die sein Onkel mütterlicherseits in immer stärker lallendem Russisch mit Nachdruck »dein kulturelles Erbe« genannt hatte.

Heute Morgen war Alexander um den See gejoggt, hatte geduscht und sich danach hauptsächlich bemüht, dem Personal aus dem Weg zu gehen, das mit dem Aufbau von Partyzelten, langen Tafeln und anderen Vorbereitungen beschäftigt war. Er hatte Isobel kurz gesehen, nachdem sie ankam, doch sie hatte gestresst gewirkt, und er hatte trotz seiner Ungeduld beschlossen zu warten.

Er öffnete eine weitere von vielen Seitentüren, die sich im Schloss befanden, und durchquerte schnellen Schrittes die Räume. Sie waren alle gereinigt und auf Vordermann gebracht, und er fragte sich, wie hoch die Rechnung wohl diesmal ausfiel, die man ihm schicken würde. Die Zielsetzung lautete eigentlich, dass sich das Schloss finanziell selbst tragen sollte, doch ein Anwesen dieser Größe zu unterhalten, verschlang enorme Summen, und da Alexander das Geld besaß, bezahlte er die Rechnungen, die Eugen ihm schickte. Er wich zwei Männern aus, die einen riesigen Tisch schleppten, und stieß dadurch beinahe mit drei von Eugens Jagdhunden zusammen, die umhersprangen und aufgeregt bellten. Normalerweise hätte Alexander bei einem solchen Spektakel nie auch nur einen Fuß in dieses Schloss gesetzt. Doch als ihm klar geworden war, dass Isobel herkommen würde, hatte er der Versuchung unmöglich widerstehen können. Er passierte den Raum, in dem Eugen seine russischen Kunstgegenstände sammelte und wo sie gestern bei ihrem Wodka gesessen hatten.

Eugen und seine Schwester Ebba hatten russische Vorfahren. Alexanders Urgroßmutter war die Tochter einer Großfürstin gewesen, während sein Urgroßvater einer der ersten Oligarchen war. Ihre Tochter, Alexanders Großmutter, hatte einen schwedischen Adligen geehelicht, woraufhin deren Tochter Ebba schließlich Gustaf de la Grip geheiratet und damit ihren Rang innerhalb des schwedischen Uradels gefestigt hatte.

Während Ebba ihr schwedisches Erbe liebte, hatte Eugen den Mädchennamen seiner Mutter, Tolstoi, angenommen und wurde von Jahr zu Jahr russischer. Er war außerdem ein Mann mit exklusivem Geschmack, dachte Alexander, als er angesichts eines Gegenstands, der gerade hinausgetragen wurde und wie eine Eisskulptur aussah, seufzen musste. Eugens Veranstaltungen hier im Schloss waren irgendwo zwischen legendär und an der Grenze zum Illegalen anzusiedeln. So war beispielsweise in der Silvesternacht 2013 das Feuerwerk ein wenig ausgeartet. Man erzählte sich, dass die Leuchtraketen sogar von Lund aus zu sehen waren, was an sich noch nicht unbedingt gefährlich war. Doch einem von Eugens Gästen (einem jungen russischen Modedesigner) war es kurz nach Mitternacht gelungen, mit einer der leistungsstärkeren Raketen einen mittelalterlichen Glockenturm auf den angrenzenden Besitztümern nicht nur zu treffen, sondern auch noch in Brand zu setzen. Der Glockenturm, der bereits Könige wie Magnus Eriksson und Gustav Vasa hatte vorbeifahren sehen, war vollständig abgebrannt. Alexander hatte in der Folge zum einen dessen Wiederaufbau finanzieren, zum anderen der betroffenen Stiftung eine großzügige Spende zukommen lassen müssen. Danach hatte sich Eugen für eine Weile vergleichsweise ruhig verhalten.

Im Frühherbst war jedoch eine Rechnung über zwölf Pfauen und drei Dutzend weiße Tauben in New York eingetroffen. Als Alexander daraufhin bei Eugen angerufen und ihn gefragt hatte, was er mit achtundvierzig Vögeln wollte, hatte sein Onkel unbekümmert geantwortet, dass sich die Vögel ausgezeichnet machten und er gerade dabei sei, unten am See einen Duftgarten anzulegen. »Visionen, Alex, man muss Visionen haben. Stell dir einmal vor, wie prachtvoll das Ganze werden wird.« Bedauerlicherweise hatte sich herausgestellt, dass Eugens neuer Garten überwiegend mit Pflanzen bestückt war, die zur Leibspeise der Pfauen gehörten (sie liebten aromatische Düfte), sodass diese die restlichen Lavendelbüsche ungefähr zur selben Zeit aufgefressen hatten, als Alexander die betreffende Rechnung beglich. Außerdem vermehrten sich die Viecher rasant, was der Grund dafür war, dass es im Park inzwischen nur so wimmelte von leicht reizbaren Pfauen, die alles, was ihnen in den Weg kam, anknabberten.

Alexander blieb stehen, um einen Bekannten zu begrüßen. Wie immer hatte Eugen eine bunte Mischung aus Gästen eingeladen, die natürlich aus Repräsentanten des Skåne-Adels bestand (zumindest aus denen, die nach dem Feuerwerk-Desaster noch mit ihm redeten) sowie einer Handvoll wirklich Superreicher, von denen Alexander die meisten kannte. Es handelte sich um lauter junge Leute, die mit dem Privatjet aus New York, London oder Moskau angereist waren, um einen Abend lang zu feiern, bevor sie wie ein glamouröser Heuschreckenschwarm weiterzogen. Auch mehrere von Eugens LGBT-Freunden waren hier und belebten gelinde gesagt die Stimmung. Als Alexander weiterging, erblickte er in einiger Entfernung verschiedene derzeitige und ehemalige Minister Schwedens, die trotz ihrer sozialliberalen Einstellung offenbar kein allzu großes Problem darin sahen, sich zu Speis und Trank in luxuriöser Umgebung einladen zu lassen. Und nicht zuletzt waren natürlich auch eine Handvoll Menschen hier, die über humanitäre Hilfe sprechen würden. Eigentlich war es eine verrückte Mischung, aber Eugen war schließlich Experte für eine spannende Zusammenstellung seiner Gäste. Alexander kam an einer der Küchen vorbei und schnappte sich ein Glas Champagner, leerte es in einem Zug, nahm sich ein weiteres und ging dann voller Erwartungen, endlich Isobel zu begegnen, in Richtung des Vortragssaals.

Er setzte sich in die letzte Reihe, während der Willkommensapplaus aufbrandete. Der erste Redner war ein Professor für Internationale Gesundheitswissenschaft, dessen überzeugende TED-Rede Alexander schon am vergangenen Wochenende auf Youtube gesehen hatte. Nach dem Applaus kam Isobel zusammen mit Leila auf die Bühne. Isobel trug ein graues Kleid mit weißen Ärmelaufschlägen und weißem Kragen. Die Sonne schien herein und ließ ihr Haar, das zu einem voluminösen Knoten im Nacken hochgesteckt war, in den feurigsten Farbnuancen leuchten. Der Saal war voll besetzt, und Isobel wirkte hoch konzentriert, sodass sie ihn auf seinem Platz in der letzten Reihe gar nicht wahrnahm.

Zuerst stellte Leila sich vor und beschrieb kurz ihre Position bei Medpax sowie die Leistungen der Organisation in den vergangenen Jahren. Dann erteilte sie Isobel das Wort und setzte sich in die erste Reihe.

Isobel trat vor und füllte mit ihrer bloßen Präsenz gleichsam den ganzen Raum.

»Ich heiße Isobel Sørensen. Ich bin Ärztin, spezialisiert auf Allgemeinmedizin. Meine Mutter und mein Großvater haben Medpax gegründet. Ich wurde hierher eingeladen, um über meine Arbeit als Ärztin in Krisengebieten zu berichten.« Sie machte eine Pause und lächelte. Diese Frau hatte ein Lächeln, für das Männer in den Krieg ziehen würden, dachte Alexander.

»Und um Sie natürlich dazu zu bringen, uns unanständig viel Geld zu stiften«, fügte sie mit einem Augenzwinkern hinzu.

Der Scherz brachte das Publikum zum Lachen und damit auf ihre Seite. Sie trat einen weiteren Schritt vor, stellte sich direkt vor ihre Zuhörer und ließ den Blick über sie schweifen. »Ich habe schon viele Kinder sterben sehen. Aber noch mehr, die überlebt haben. Medpax betreibt ein Kinderkrankenhaus im Tschad, und ich werde selbst bald wieder dort hinfliegen. Darüber hinaus hat Medpax Impfprogramme eingeführt und finanziert sowie an nationalen Kampagnen für Volksgesundheit teilgenommen und somit dazu beigetragen, dass unterernährte Kinder überleben konnten. Ich erzähle Ihnen dies, weil man angesichts all dieses Elends nur allzu leicht Hoffnungslosigkeit empfinden kann.« Sie verstummte und ließ ihre Worte wirken. Die Zuhörer saßen mucksmäuschenstill auf ihren Plätzen. »Doch wenn man wie ich erlebt hat, welche Ergebnisse man mit relativ geringem Einsatz erzielen kann, zweifelt man nicht länger. Sie, die Sie hier sitzen, können einen enormen Unterschied bewirken. Jede und jeder von Ihnen kann Leben retten.«

Sie hatte eine fantastische Stimme. Alexander war nicht der Einzige, der in ihre Aura hineingezogen wurde. Im Publikum war es nach wie vor absolut still. Niemand fingerte an seinem Handy herum oder gähnte. Isobel verzauberte sie alle regelrecht, trieb ihnen erst die Tränen in die Augen, als sie vom Schicksal kranker Kinder berichtete, denen sie begegnet war, um sie daraufhin zum Lachen zu bringen, indem sie ihnen erzählte, wie sie einmal gemeinsam mit zwei Krankenschwestern ein Spa bestehend aus mehreren Eimern mit Schlamm und einer Flasche Bodylotion eingerichtet hatten, das eifrig und dankbar angenommen wurde. Sie war einfach brillant. Selbst er, der Medpax bereits so viel Geld gespendet hatte, dass seine Bankberater ihm Mails mit Nachfragen schickten, wollte noch mehr spenden. Verspürte das intensive Bedürfnis, ihr zu imponieren und sie dazu zu bringen, ihn zu respektieren. Man könnte meinen, dass er ernsthaft dabei war, ihr zu verfallen. Er betrachtete die aufrecht dastehende selbstsichere Frau vor sich. Und wenn dem so war, fühlte es sich keineswegs unangenehm an. Nur ungewohnt.

Nach einer Weile ließ die Spannung der Präsentation erwartungsgemäß etwas nach. Isobel wusste zwar, dass es niemandem auffiel, aber zu Beginn eines Vortrags war sie immer enorm nervös. Sobald sie wieder normal atmen konnte, ließ sie ihren Blick übers Publikum schweifen, während sie redete und gestikulierte. Sie wollte die Zuhörer an ihrer Welt teilhaben lassen und ihnen klarmachen, wie wichtig sie waren. Und vielleicht liebte sie es in gewisser Weise auch, im Mittelpunkt zu stehen, was sie natürlich nie zugeben würde. Der Gedanke ließ sie schmunzeln, und im selben Augenblick erblickte sie Alexander in der letzten Reihe. Er saß unter einem riesigen Ölgemälde, das einen korpulenten Mann auf einem gedrungenen Pferd darstellte. Für einen kurzen Moment verlor sie den Faden. Wie war *er* denn hier hergeraten?

Isobel warf einen Blick auf die Uhr. Dann berichtete sie von Doktor Idris, der sich so fürsorglich um die Kinder im Krankenhaus kümmerte, erzählte von der Mutter, die es gewagt hatte, einem Medizinmann zu trotzen und stattdessen ins Krankenhaus zu kommen, und sie sprach von Zara, dem sechzehnjährigen Mädchen, dessen Malaria sie geheilt hatten und das nun von Dorf zu Dorf fuhr und die Menschen in der sinnvollen Handhabung von Moskitonetzen unterrichtete. Sie beendete ihren Vortrag exakt in der vorgegebenen Zeit und löste stürmischen Applaus aus. Leila klatschte heftig und schien stolz auf sie zu sein. Alexander stand auf und applaudierte, bis Isobel von einer beflissenen Assistentin durch eine Seitentür hinausgeleitet wurde. Sie atmete auf, hörte, wie der nachfolgende Redner angekündigt wurde, und dann kam Alexander zu ihr hinaus.

»Sie waren fantastisch«, begrüßte er sie.

»Danke. Ich war sehr überrascht, Sie hier zu sehen. Im ersten Moment dachte ich, ich hätte mich verguckt.« Es kam ihr noch immer unwirklich vor, dass er da war.

»Nur überrascht? Nicht überglücklich? Geradezu ekstatisch?«

»Das natürlich auch. Aber was machen Sie hier?« War er etwa ihretwegen hergekommen? War das überhaupt möglich?

»Das Schloss gehört mir.«

»Ich weiß nicht, warum mich das nicht weiter erstaunt.«

»Aber ich bin nur selten hier. Mein Onkel kümmert sich darum. Er ist übrigens auch der Gastgeber von diesem ganzen Zirkus.«

»Ist Eugen Tolstoi Ihr Onkel?« Doch jetzt sah sie die Ähnlichkeit. Dieselben blauen Augen und dasselbe blonde Haar. Ein Hauch von Dekadenz, der beide umgab.

»Sollen wir für einen Moment rausgehen? Oder wollen Sie lieber noch einem Vortrag lauschen?«

Isobel hatte eigentlich vorgehabt zu bleiben und sich weitere Vorträge anzuhören, doch bei dem schönen Wetter gemeinsam mit Alexander rauszugehen, kam ihr fast unwiderstehlich vor.

»Wie lange besitzt Ihre Familie das Anwesen denn schon?«, fragte sie, als sie über die satte Grasfläche spazierten. Massenweise Gäste bewegten sich durch den Park, einige von ihnen mit Gläsern in der Hand. Sie erblickte einen Pfau, der an einem blühenden Magnolienbusch pickte. Sie lachte entzückt auf, doch Alexander verdrehte nur die Augen.

»Es gehört nicht zum Familienbesitz der de la Grips. Ich habe es vor drei Jahren gewonnen.«

»Gewonnen?«

Er zuckte mit den Achseln. »Beim Poker.«

Sie schüttelte den Kopf. »Ich weiß nie genau, wann Sie Witze machen und wann Sie etwas ernst meinen.«

»Oftmals beides gleichzeitig. Aber ich habe es wirklich gewonnen. Es befand sich über Generationen hinweg im Besitz der Familie meines Mitspielers. Wissen Sie, so etwas verkauft man nicht, man behält es bis zum finanziellen Ruin. In gewisser Weise war er, glaube ich, erleichtert, es loszuwerden. Dann ist Eugen eingezogen, und seitdem lebt er hier. Ich selbst komme nur selten her.«

»Außer heute«, entgegnete sie. Oh Gott, sie flirtete mit ihm. Aber wie hätte sie es auch sein lassen können? Er war nämlich wirklich ihretwegen hergekommen, wie ihr bewusst wurde.

»Bleiben Sie noch bis zum Ball?«, fragte sie leichthin.

»Und Sie?«

»Ja, ich habe mir sogar ein neues Kleid gekauft.«

»Welche Farbe?«

Sie knipste ein Blatt von einem Zweig ab und zwirbelte es zwischen den Fingern. »Grün.«

»Meine Lieblingsfarbe. Nachher wird getanzt. Soll ich die Band bitten, einen Salsa zu spielen?«

Sie schüttelte den Kopf. »Es ist kein Salsakleid. Eher ein Walzerkleid.«

»Dann werde ich sie bitten, den ganzen Abend Walzer zu spielen.«

»Das können Sie doch nicht machen.«

»Im Moment wäre ich zu allem fähig.«

14

Leila hatte sich in der Fensternische von Isobels Königinnenzimmer positioniert. Sie hatte das Fenster gekippt, sich einen ihrer schlanken schwarzen Zigarillos angezündet und blies nun blaugrauen Rauch aus dem Fenster, während sie Isobels demonstratives Husten ignorierte.

»Passivrauchen ist gar nicht so gefährlich, wie die Leute immer sagen«, meinte Leila unbekümmert und stieß eine weitere nach Menthol riechende Rauchwolke aus. Sie trug ein eng anliegendes schwarzes Kleid und dazu silbrig glitzernde schwarze Schuhe mit knallroten Sohlen. Mit ihren schwarz umrandeten Augen und einem Diadem im glänzenden schwarzen Haar sah sie mehr denn je wie eine persische Königin im Exil aus.

Während Leila einen weiteren Lungenzug nahm, holte Isobel das Kleid aus dem Schrank, das sie sich gekauft hatte. Der Dresscode für den Abend lautete Smoking und Abendkleid, und da das einzige Abendkleid, das Isobel besaß, schon zehn Jahre alt war, hatte sie sich ein neues geleistet.

»Es sieht schick aus«, sagte Leila.

»Danke.«

Isobel streifte das grüne Kleid vorsichtig über und erschauderte wohlig angesichts des raschelnden Stoffs. »Eigentlich trage ich nicht so oft Abendgarderobe, ich finde, andere Dinge sollten wichtiger sein«, erklärte sie und dachte, dass das normalerweise auch stimmte. Sie verstummte geniert und tat so, als konzentrierte sie sich auf die Frage, ob sie eine schlichte Goldkette oder eher eine Perlenkette dazu tragen sollte, die beiden einzigen teureren Schmuckstücke, die sie besaß.

»Aber jetzt gibt es da einen Mann, für den du dich aufbrezeln willst«, stellte Leila fest. »Meiner professionellen Auffassung nach ist das auch völlig normal. Männer sind nämlich eher selten an der weiblichen Intelligenz interessiert, wenn ich das so sagen darf.«

»Was für ein entsetzliches Vorurteil.«

Leila schnaubte. »Sprechen wir von Alexander de la Grip? Nur, um es noch mal klarzustellen: Dem Mann, der uns letztens hunderttausend Kronen gespendet hat, nur um dich zum Abendessen ausführen zu dürfen?«

Isobel biss sich auf die Lippe. Es nagte noch immer an ihr.

»Hat etwa irgendwer was dazu gesagt?«

»Im Büro? Nein, keiner weiß davon. Es geht auch niemanden etwas an.« Leila drückte ihren Zigarillo auf einem Teller mit Goldrand aus, der in Isobels Augen ziemlich sicher sowohl antik als auch ein Unikat war. »Eigentlich gefällt es mir nicht«, sagte Leila und griff erneut nach dem Päckchen. »Dass zwei so smarte Frauen wie wir über Männer reden.«

»Du meinst, du möchtest lieber über etwas Intellektuelleres sprechen? Wir können uns ja stattdessen über Raucherhusten und Lungenkrebs unterhalten.«

»Auf gar keinen Fall. Dann rede ich doch lieber über Männer. Aber diesbezüglich kann ich dir zumindest einen guten Rat geben. Unterhalte dich bloß nie mit Männern über tödliche Lungenkrankheiten, wenn du es vermeiden kannst. Das ist nämlich ziemlich abtörnend.«

»Du bist doch Psychologin. Und Psychologen sollten keine Ratschläge erteilen, habe ich irgendwo gelesen.«

Leila nahm einen tiefen Lungenzug. »Mag sein, aber es ist verdammt schwer, wenn man so viel Weisheit zu vermitteln hat.«

»Was hältst du denn von ihm?«, fragte Isobel, als es an der Tür klopfte. Sie ging, um zu öffnen.

»Interessanter ist in diesem Zusammenhang doch wohl eher, was *du* von ihm hältst.«

Ein junger Mann in historischer Kleidung stand vor der Tür. »Das hier ist von Herrn de la Grip«, sagte er und überreichte ihr ein kleines flaches Päckchen.

Leila kam zur Türöffnung und inspizierte mit großem Interesse die eng anliegenden Hosenbeine des jungen Mannes. »Was ist es denn?«, fragte sie.

Isobel schloss die Tür, entfernte das dünne Seidenpapier und zog ein altes abgegriffenes Kästchen hervor. »Sieht uralt aus«, sagte sie.

»Mach es auf.«

Isobel hob den Deckel an. Sie starrte hinein. Auf schwarzem Samt lagen eine Kette und ein Paar Ohrclips.

»*Mon Dieu*. Sind die etwa echt?« Sie nahm die Kette heraus. Die grünen Steine blitzten auf.

»Ich weiß, was es ist«, sagte Leila und berührte einen der großen grünen Edelsteine. »Eugen hat mir davon erzählt. Es sind Smaragde, und sie gehörten einmal Josephine Bonaparte. Der meiste Schmuck befindet sich in Norwegen, unter den Kronjuwelen, aber dieses Set ist in einem Auktionshaus gelandet, und Eugen hat es ersteigert.«

»Aber müsste es dann nicht eigentlich in einem Tresor verwahrt werden?« Isobel begutachtete die Kette von allen Seiten. Die Steine besaßen eine klare, fast giftgrüne Farbe.

»Doch. Er hat sie aber offenbar herausholen lassen. Und was steht in dem Briefchen?«

Isobel nahm den kleinen Umschlag zur Hand, der obenauf gelegen hatte, und öffnete ihn.

Ihr Kleid hat darum gebeten, diese Schmuckstücke auszuleihen.
A

Leila kicherte. »Dafür musst du ihm wohl ein goldenes Sternchen geben, Isobel. Dreh dich um, dann helfe ich dir.«

Isobel wartete, während Leila die Kette schloss. Sie befestigte die Ohrclips an ihren Ohrläppchen und schaute in den Spiegel. Die grünen Steine auf ihrer hellen Haut, das Kleid, ihre Frisur. Noch nie zuvor hatte sie sich so attraktiv gefühlt. Das Set war bestimmt von unschätzbarem Wert. Es war absolut makellos. Sie befühlte es. Wie sehr sie sich freute. Aber dennoch nagten Zweifel an ihr. Wie konnte sich Alexander all diese Extravaganzen nur leisten? Isobel hatte von vornherein gewisse Zweifel daran gehegt. Doch jetzt drängten sie sich geradezu auf. Sein Appartement in Manhattan. Die frisch erstandene Wohnung im Strandväg. Dieses Schloss. Klar, er kam aus einer wohlhabenden Familie, aber trotzdem. Mit nur ein bisschen Herumstudieren an der Uni konnte man bis vor Kurzem jedenfalls nicht das große Geld machen.

»Was glaubst du, hat das zu bedeuten? Ist er nur ein oberflächlicher Playboy? Oder gar ein Krimineller? Ein Sexsüchtiger?« Sie fragte es scherzhaft, aber wie sagte man noch? Wenn einem etwas zu schön erscheint, um wahr zu sein, ist es oftmals auch nicht wahr.

»Wenn ich im Lauf der Jahre etwas gelernt habe, dann, dass man sich keine vorschnelle Meinung von den Leuten machen sollte. Der erste Eindruck täuscht oftmals.«

»Aber jetzt habe ich dich doch um deine Meinung gebeten und nicht um so ein Gefasel!«

»*Please*. Wenn ich nur das sagen dürfte, worum mich die Leute bitten, würde ich ja nie etwas Interessantes äußern können. Aber wenn du mich schon fragst, glaube ich, dass du dringend einen Mann brauchst, der sich um dich kümmert.«

Isobel schüttelte den Kopf. »Ich kann mich gut um mich selbst kümmern.«

»Trotzdem.«

»Er ist unbeständig, das hat er selbst gesagt.«

Leila schnaubte. »Man kann sich nicht selbst analysieren. Er trinkt zu viel, und er braucht irgendetwas, für das er sich engagieren kann.«

»Und du glaubst, dass das Medpax ist?«

Leila bedachte sie mit einem ironischen Blick. »Wohl kaum. Er spendet Medpax Geld, um dir zu imponieren. Wogegen ich allerdings nichts habe. Noch ein paar Dates, und wir kommen bis Weihnachten über die Runden.«

»Sieht es denn so übel aus?«

»Isobel!« Leilas Stimme war streng.

»Ich weiß, ich weiß«, seufzte Isobel. »Ich soll nicht immer alles so ernst nehmen. Und außerdem ist es schließlich nur ein Fest.«

»Mm, genau, nur ein Fest.« Leila grinste diabolisch, sog an ihrem Zigarillo und behielt den Rauch lange in ihrer Lunge, bevor sie einen perfekten Rauchring ausblies. »Nur ein Fest, bei dem alles möglich ist.«

Als Leila zu Ende geraucht und Isobel sich schließlich für eines ihrer beiden Paar Schuhe entschieden hatte, gingen sie die Schlosstreppe hinunter. Das grüne Kleid lag hauteng an Isobels Brust und Taille an und fiel dann in dünnen Stoffschichten hinab, die bei der kleinsten Bewegung flatterten. Es fiel ihr schwer, sich nicht wie Aschenputtel oder eine Prinzessin vorzukommen. Das Schloss war erfüllt von Stimmengewirr, und sie folgten dem Geräuschpegel in einen großen Salon, in dem Tabletts mit Sherry, Sekt und Wein herumgetragen wurden. Die Stimmung war fast dekadent. Vorfreude, Spannung und Koketterie lagen in der Luft, als freute sich das alte Gemäuer regelrecht auf den Abend und wollte dafür sorgen, dass alle aßen und tranken und sich maximal amüsierten.

Als Isobel gewahr wurde, wie festlich alle Gäste gekleidet waren – sie trugen Seide, Spitze und Juwelen –, war sie froh, sich mehr als sonst gestylt zu haben. Bestimmt zum zehnten Mal fühlte sie nach, ob die Smaragde noch an Ort und Stelle saßen, nahm sich dann von einem Tablett ein Glas Sekt, sah sich um und bemühte sich, so entspannt aufzutreten, wie es möglich war, wenn man zum ersten Mal in seinem Leben antike Kronjuwelen trug.

Sie erblickte Alexander, noch bevor er sie sah. Er betrat den Salon, und es erschien ihr, als ob dieser Teil des Raumes unmittelbar von strahlendem Tageslicht erhellt wurde. Sie betrachtete ihn, während er sich mit einem Gast unterhielt. Er sah wirklich verboten gut aus. Muskulös und natürlich sonnengebräunt, in einer Art und Weise, wie es sich nur die wirklich Reichen leisten konnten. Aber das war nicht alles. Es war, als hätte jemand alle wünschenswerten Züge für einen Mann in eine Schüssel gegeben, alles umgerührt, es in eine perfekte Form gegossen, und herausgekommen war Alexander de la Grip – eine reine und vollkommene blonde Schönheit. Er trug einen Smoking und sah erwartungsgemäß supersexy in diesem Teil aus, das so viele Männer eher schlecht gekleideten Kellnern ähneln ließ.

Er zog die Frauen im Salon derart an, als wären sie Planeten, die um den am hellsten leuchtenden Stern des gesamten Universums kreisten. Alexander blieb erneut stehen, hielt Small Talk mit zwei jungen Blondinen, lachte, ging weiter und wurde erneut aufgehalten. Ein ums andere Mal, als wäre er der selbstverständliche Mittelpunkt des Festes. Hin und wieder ließ er seinen Blick über die Gäste schweifen, und Isobel wusste, dass sie diejenige war, nach der er Ausschau hielt.

Dann erblickte er sie. Sein Blick verschränkte sich mit ihrem. Er bahnte sich quer durch den Salon einen Weg zu ihr, bis sie sich unmittelbar gegenüberstanden. Lange dunkle Wimpern zwinkerten ihr verführerisch zu. Sein Blick blieb an ihrer Kette hängen, und sie spürte, wie sich ihr Busen beim Einatmen gegen den oberen Saum ihres Kleides presste. Hier zeigte es sich wieder einmal: Ein großzügig bemessener Ausschnitt und ein stabiler BH waren Gold wert.

»Sie sind verdammt schön«, sagte er und küsste sie direkt oberhalb des Wangenknochens auf die Haut, allerdings etwas länger, als es der Höflichkeit entsprach. Er roch angenehm, seine Haut war warm und etwas rau, und sie spürte, wie sie erzitterte. Niemand konnte eine Frau so auf die Wange küssen wie Alexander de la Grip. Aber er hatte natürlich auch jahrelange Übung, dachte sie, trat einen Schritt zurück und ermahnte sich, die Contenance zu wahren.

»Hej«, sagte sie.

Unter ihrer entspannt anmutenden Oberfläche pochte ihr Herz heftig und erwartungsvoll. Ihr Puls schoss in die Höhe, ihr Blutdruck stieg, und sie wusste, dass das Blut in ihren Venen und Arterien rauschte und in die Kapillaren gepresst wurde, was ihrer Haut einen rosigen Schimmer verlieh. Er machte Eindruck auf sie. Doch Alexander de la Grip war nicht der erste Mann, bei dem sie weiche Knie bekam. Genau genommen war sowieso alles nur reine Biologie und Chemie – Hormone und Neuronen.

»Danke für die hier«, sagte sie und stellte fest, dass ihre Stimme noch immer kühl und fest klang, während sie mit den Fingern leicht über die Kette fuhr.

»Ich dachte mir, dass Ihnen der Schmuck gefallen würde. Außerdem ist er so alt, dass es sich praktisch gesehen um Recycling handelt.«

»Stimmt es, dass er aus der Zeit Napoleons stammt?«

Er nickte.

»Mein Landsmann, haben Sie daran gedacht? Er hat Russland schließlich den Krieg erklärt.«

»Ja, er war ziemlich niederträchtig. Aber wir haben seine Armee vernichtend geschlagen, wie Sie sicher wissen. Wir Russen sind ein robustes Volk.«

Zwischen ihnen beiden herrschte definitiv eine gewisse gegenseitige Anziehungskraft, die zu leugnen lächerlich gewesen wäre. Doch Isobel war auch eine erfahrene Ärztin. Viele ihrer Patienten hatten ein Alkoholproblem. Alexanders Augen glänzten, und als er sein leeres Weinglas abstellte und sich umgehend ein neues nahm, wusste sie, dass er ein Mann war, der mit seinem exzessiven Lebensstil auf etwas zu schlitterte, das man Alkoholmissbrauch nannte. Hinzukamen seine berüchtigten Frauenaffären. Mit anderen Worten nicht gerade ein Mann, auf den man sich verlassen konnte. Doch trotz dieser Einschätzung konnte sie nicht leugnen, dass sie und nicht zuletzt auch ihr vegetatives Nervensystem sehr froh waren, ihn zu sehen.

»Guten Abend«, sagte Eugen Tolstoi und schloss sich ihnen an. Er nahm Isobels Hand, führte sie an seine Lippen und küsste sie.

»Oh, Isobel, französische Juwelen stehen Ihnen ausgezeichnet. Alexander meint, dass Sie nicht nur eine kompetente Ärztin, sondern auch eine brillante Rednerin sind. Ich muss sagen, es ist mir eine Ehre, Sie als Gast hier begrüßen zu dürfen.«

Isobel schielte in Alexanders Richtung. Offenbar hatte er mit seinem Onkel über sie gesprochen. »Was für ein fantastisches Schloss. Ich bin sehr dankbar, dass wir hierherkommen und über die Arbeit von Medpax berichten durften.«

»Es ist an mir, Ihnen dankbar zu sein«, antwortete Eugen gewandt. »Wie steht es um Ihre Kontakte? Gibt es eine spezielle Person, der Sie gerne vorgestellt werden möchten?«

Isobel wollte gerade antworten, als sie plötzlich am anderen Ende des Salons ein bekanntes Gesicht erblickte und unwillkürlich erstarrte. Ignorier ihn einfach, hörte sie sich selbst denken, es ist doch schon so viele Jahre her. Aber sie reagierte geradezu körperlich auf ihn, dagegen konnte sie nichts tun.

Sie spürte Alexanders Arm um ihre Schultern. »Ich kümmere mich um Isobel«, sagte er mit einem Lächeln, und sie registrierte wie durch einen Nebel hindurch, dass er mit Eugen sprach. Sie schluckte. Ein ums andere Mal. Verdammt.

»Isobel? Ist etwas passiert? Geht es Ihnen nicht gut? Sie sind ja ganz blass geworden.«

Sie holte tief Luft, hielt den Atem an, zählte bis vier, atmete aus und zählte erneut bis vier. Wiederholte die Prozedur.

»Wollen Sie sich vielleicht setzen? Wasser?«

Alexanders beschützender Griff war fester geworden, und sie lehnte sich leicht gegen ihn und wandte ihr Gesicht ab. Man fällt nicht aus Angst in Ohnmacht, dachte sie. Man wird zwar blass und beginnt zu zittern, aber in Ohnmacht fällt man nicht. Und außerdem habe ich eigentlich gar keine Angst. Es ist eher eine Art Reflex.

»Ist schon okay«, antwortete sie. »Nur zu wenig Blutzucker. Ich habe noch nichts gegessen.«

Er bedachte sie mit einem besorgten Blick.

»Ganz sicher«, bekräftigte sie. »Es geht schon.«

»Wenn Sie es sagen«, meinte er, während er äußerst skeptisch dreinblickte. »Sie sahen eher aus, als hätte Ihnen etwas Angst eingejagt. Sicher, dass nichts passiert ist? Sie können es mir ruhig sagen.«

Sie schenkte ihm ein beruhigendes Lächeln, aber wenn es etwas gab, dass sie auf keinen Fall tun konnte, dann war es, ihm davon zu erzählen.

»Alexander!« Ein Pärchen kam auf sie zu. Schüttelte ihm die Hand und warf dann neugierige Blicke auf Isobel.

Alexander bedachte sie mit einem fragenden Blick.

Sie atmete aus. Jetzt ging es ihr schon besser. Er stellte sie den beiden vor.

»Ich habe Ihren Vortrag gehört«, sagte die Frau. »Halten Sie auch private Vorlesungen? Wir haben nämlich eine Vereinigung. Genauer gesagt, einen Orden. Wir würden natürlich auch zahlen.«

»Selbstverständlich.«

»Das klingt gut«, sagte die Frau. »Dann werde ich unsere Sekretärin bitten, Kontakt zu Ihnen aufzunehmen. Nett, Sie kennengelernt zu haben.«

»Von denen werden Sie definitiv einen Nutzen haben«, sagte Alexander, als das Paar wieder gegangen war. »Wenn Sie sich an mich halten, werden Sie sehen, dass ich mehr Aufträge und Spender für Sie an Land ziehen kann, als Sie bewältigen können.«

»Dann werde ich mich wohl an Sie halten müssen«, entgegnete sie mit einem Lachen.

Sie merkte, dass sie sich langsam wieder erholte, während Alexander sie einem weiteren Grüppchen vorstellte. Vielleicht hatte sie sich alles auch nur eingebildet. Denn was sollte Sebastien auch hier wollen?

15

»Vierhundert Jahre lang hat meine Familie hier gewohnt. Er hat es mir praktisch gestohlen.«

Alexander drehte sich um und lokalisierte den Mann im Saal, der so laut gesprochen hatte. »Lusen, wusste ich's doch. Mir war eben schon so, als hätte ich deine quakende Stimme gehört«, konterte er und bedachte Lucius af Kraft mit einem höhnischen Blick. »Ich habe mich zwar ernsthaft bemüht, dich zu ignorieren, aber wenn du so verdammt herumbrüllst …«

»Alexander? Was zum Teufel machst du denn hier?«

»Ich wusste gar nicht, dass ich dir gegenüber Rechenschaft ablegen muss, wenn ich herkomme. Immerhin gehört die Hütte mir. Und was zum Teufel suchst *du* hier?«

Lusen schwankte leicht. »Mein Chef hat die ganze Abteilung gezwungen herzukommen, ansonsten hätte ich nicht auch nur einen Fuß hier reingesetzt.« Er deutete mit seinem Drink auf Alexander. »Du hast mir das hier ja alles genommen. Meine Familie spricht seitdem kein Wort mehr mit mir. Und das ist allein deine Schuld. Du hast mich um mein Erbe gebracht.«

Alexander erinnerte sich an einen total verrückten Pokerabend. Die Einsätze waren enorm hoch gewesen. Alle waren betrunken, und zum Schluss hatten nur noch Lusen und er am Tisch gesessen. Alexander hatte den ganzen Abend lang geduldig gewartet, bis es endlich geschah: Er bekam die ersehnten Karten. Einen Straight Flush. Herz. Er erinnerte sich noch immer an die symmetrische Schönheit seiner Hand, eine der besten Hände, die er je gehabt und für die sich das Warten absolut gelohnt hatte.

»Ich habe dich gewarnt und dir geraten, auszusteigen. Genau wie deine Kumpels auch.«

Lusen schnaubte verächtlich. »Du hättest ja auch verdammt noch mal darauf verzichten können, es durchziehen.«

Das hätte er natürlich tun können, nicht zuletzt am darauffolgenden Morgen, als Lusen zusammengebrochen war.

Er schüttelte den Kopf. Es war ihm ums Prinzip gegangen. »Nein, du hast verloren und ich gewonnen.«

»Alexander?« Er wurde von Isobels fragender Stimme unterbrochen.

»Holla, was haben wir denn hier?« Lusens unsteter Blick schweifte über Isobels grünes Abendkleid und blieb an der nackten Haut ihres Ausschnitts hängen.

Alexander zögerte, denn er wollte Isobel in keiner Weise mit ihm konfrontieren, wollte vermeiden, dass Lusen näher mit ihr in Kontakt trat. Doch sie kam ihm zuvor. Sie war definitiv keine Frau, die einen Mann benötigte, der sie vorstellte.

»Isobel Sørensen«, sagte sie höflich und streckte ihre Hand vor.

»Hallo. Und was machen Sie so? Sie sehen nicht gerade aus wie Alexanders sonstige Bräute, wenn ich das mal so sagen darf.« Lusen ließ seinen Blick weiter über ihren Körper schweifen, bevor er ihn wieder auf ihren Busen heftete. In Alexanders Innerem meldete sich ein leises Grollen. Er machte einen warnenden Schritt nach vorn.

Doch Isobel gab sich völlig unberührt. »Ich bin Ärztin. Und ich bin hier, weil ich einen Vortrag über humanitäre Hilfe gehalten habe.«

Lusen gab ein verächtliches Schnauben von sich.

»Wohltätigkeit?«

»So würden wir es nicht nennen. Es heißt humanitäre Hilfe oder humanitäre Arbeit.«

»In Entwicklungsländern, oder? Das macht doch gar keinen Sinn. Die Welt ist schon längst überbevölkert. Es wäre besser, auf eine natürliche Auswahl zu setzen und die Leute da unten krepieren zu lassen, statt runterzufahren und dafür zu sorgen, dass sie noch mehr werden. Das wäre für alle Beteiligten besser.«

»Nicht ganz, oder?«, antwortete sie ruhig.

»Wurde Ihre Ausbildung nicht vom Staat finanziert? Dann sollten Sie besser in Schweden arbeiten. Schwedische Ärzte werden hier zu Hause dringend benötigt. Die Leute da unten können sich ja von ihren eigenen Ärzten behandeln lassen.«

»Ja, das wäre natürlich fantastisch, wenn die Welt so einfach funktionieren würde«, entgegnete Isobel.

»Sie können mir ja vielleicht etwas Hilfe zukommen lassen, wenn Sie wollen.«

Isobel wirkte noch immer souverän, doch Alexander hatte langsam genug von ihm. »Erstens, sprich nicht über Dinge, von denen du keine Ahnung hast, und mach dich nicht zu einem noch größeren Idioten, als du es schon bist. Zweitens, sprich nicht so mit einer Person, die in jeder Hinsicht besser ist als du. Und drittens, lass sie in Ruhe«, sagte er mit kaum verhohlenem Zorn.

Lusen nahm einen weiteren Schluck von seinem Drink und bedachte Alexander mit einem verächtlichen Blick. In den vergangenen Jahren hatten sie öfter auf dem Stureplan gemeinsam Party gemacht. Doch Lusen war kein ehrbarer Mann. Wenn er junge partygeile Mädels auf einen Drink einlud, erwartete er als Gegenleistung Sex von ihnen. Und er wurde aggressiv, wenn er ihn nicht bekam.

Wenn Alexander die Gästeliste zu Gesicht bekommen hätte, hätte er seinen Namen gestrichen.

»Ich sage ja nur, dass wir nicht einfach so zur Überbevölkerung beitragen sollten«, meinte er.

»Du bist wirklich dämlich. Und außerdem hast du unrecht. Jegliche Forschungsergebnisse zeigen, dass die Leute weniger Kinder bekommen, wenn dadurch größere Chancen bestehen, selbst zu überleben. Das ist in anderen Ländern auch nicht anders als hier. Außerdem haben alle einen Anspruch auf ärztliche Behandlung.«

Isobel bedachte ihn mit einem Seitenblick.

»Was ist denn?«, fragte Alexander.

»Ich denke nur, ich hätte es selbst nicht besser formulieren können.«

»Ich kapier immer noch nicht, warum sich ausgerechnet schwedische Ärzte um 'ne Horde Neger kümmern müssen. Gibt es denn nicht genügend Bedürftige hier bei uns, denen Sie helfen können?«, kam es von Lusen. Er war wie Hundescheiße unterm Schuh, man wurde ihn einfach nicht los.

»Jetzt reicht's aber«, fuhr Alexander ihn in scharfem Ton an.

»Alexander, es ist schon okay«, lenkte Isobel ein. »Es hat keinen Zweck, sich aufzuregen, so etwas höre ich immer wieder.«

Doch ihre Worte beruhigten ihn in keiner Weise. Die Feststellung, dass Lusens Worte für Isobel Alltäglichkeiten waren, machte ihn nur noch wütender. Vielleicht war es ihm in gewisser Weise auch unangenehm, daran erinnert zu werden, dass er vor nicht allzu langer Zeit noch ganz ähnliche Ansichten vertreten hatte und einer von diesen unzähligen Menschen gewesen war, vor denen Isobel ihre Entscheidungen rechtfertigen musste.

»Das ist jedenfalls *meine* Meinung.« Lusen fuhr mit der Hartnäckigkeit eines Betrunkenen fort. »Wir leben ja wohl in einer Demokratie, und da darf ich sagen, was ich will.«

»Aber nicht, wenn deine Ansichten so idiotisch sind. Ich denke, du solltest jetzt besser gehen.«

»Wenn es dir nicht passt, kannst *du* ja gehen.«

»Du verstehst mich falsch, Lusen, aber du bist ja schon immer ziemlich schwer von Kapee gewesen. Ich möchte, dass du augenblicklich dieses Haus verlässt. Nimm deine Sachen und verschwinde.«

»Willst du mich verarschen? Wir sind hier mitten in der Pampa. Und da kommst ausgerechnet du und machst mir Vorschriften? Ich kenne dich doch, du bist ja selbst chemisch frei von jeglicher Moral. Ich kapier überhaupt nicht, warum du dich so aufbläst.« Lusen warf einen Blick auf Isobel. »Aber natürlich bist du an der Frau Doktor interessiert, stimmt's? Das kann ich gut verstehen.« Er linste vielsagend in Isobels Ausschnitt. »Alex und ich haben früher zusammen Bräute aufgerissen. Aber er hatte nie sonderliche Ausdauer. Dann können Sie ja stattdessen mir Erste Hilfe leisten, wenn Sie verstehen, was ich meine.«

»Jetzt geh schon.« Alexander war selbst erstaunt, dass es ihm trotz der brodelnden Wut in seinem Inneren gelang, äußerlich relativ ruhig zu bleiben.

»Ich bin schließlich eingeladen worden. Mein Chef geht gemeinsam mit Eugen auf die Jagd. Du kannst mich nicht einfach rausschmeißen.«

»Alexander, brechen Sie jetzt keinen Streit vom Zaun, das ist es nicht wert. Wenn ich mir jedes Mal zu Herzen nehmen würde, dass jemand keine Ahnung hat oder einfach nur gemein ist, würde ich zu nichts anderem mehr kommen.« Isobel schaute ihn auffordernd an. »Es ist besser, sich auf diejenigen zu konzentrieren, die etwas aufgeschlossener sind. Auf Menschen, die wissen, dass die Welt ungerecht ist und es keine einfachen Antworten gibt. Lassen Sie sich von ihm nicht den Abend vermiesen.«

Alexander sammelte sich. Isobel hatte natürlich recht. Es war besser, die Dinge einfach auf sich beruhen zu lassen und sich zivilisiert zu benehmen.

»Leute wie du zerstören nämlich unser Land«, schimpfte Lusen. Sein Blick war verschwommen. Alexander schüttelte den Kopf und legte eine Hand auf Isobels Arm. »Kommen Sie«, murmelte er, denn er wollte sie einfach nur von diesem blöden Geschwätz weglotsen.

»Ich meine nicht dich«, fauchte Lusen. »Nein, ich meine diese politisch korrekte linke Fotze.«

Es ging alles so schnell, dass Alexander überhaupt nicht nachdachte. Er handelte einfach aus dem Affekt heraus. Schoss herum. Faustschlag, Treffer, peng, und dann lag Lusen rücklings auf dem Boden, wimmernd und mit einer blutenden Nase. Sein Glas war zu Bruch gegangen, und der Inhalt breitete sich rasch auf dem Fußboden aus.

Einige Gäste starrten zu ihnen rüber.

Alexander schüttelte seine Hand aus. Sie tat verdammt weh.

Isobel verschränkte die Arme vor der Brust. Sie stand mit schräg geneigtem Kopf da und sah völlig unbeeindruckt aus. »Was haben Sie sich nur dabei gedacht, Alexander? Dass ausgerechnet Gewalt ihn dazu bringen würde, aufzuhören, sich wie ein rassistischer Idiot aufzuführen? Oder glauben Sie vielleicht, dass er seine Meinung über die schwedische Politik in Sachen humanitäre Hilfe revidieren wird, nachdem Sie ihn k. o. geschlagen haben?«

»Haben Sie denn nicht gehört, was er gesagt hat? Ich kann es nicht zulassen, dass jemand Sie so beleidigt. Aber ich wollte Sie nicht schockieren«, sagte er und fuhr sich mit der Hand durchs Haar.

»Schockieren?«

Lusen fluchte, blieb jedoch bezwungen am Boden liegen.

»Na ja, Sie wissen schon, mit Gewalt und Schlägereien.«

Isobel verzog den Mund. Unbekümmert inspizierte sie die starke Blutung, die Lusen unbeholfen mit einem Taschentuch zu stoppen versuchte. Dann bedachte sie Alexander mit einem ironischen Blick. »Als ich zuletzt für Ärzte ohne Grenzen unterwegs war, bin ich zufällig in eine Schlägerei zwischen zwei Gangs geraten. Es endete mit vier Toten und massenweise Verletzten. Eine kongolesische Krankenschwester und ich haben so viele Wunden verbunden, wie wir konnten. Danach haben sie die Schlägerei allerdings unbeirrt fortgesetzt.« Sie warf erneut einen Blick auf Lusen. »Jedenfalls treibt ein betrunkener Oberschicht-Schnösel meinen Puls ungefähr so sehr in die Höhe wie rezeptfreier Hustensaft.«

Sie griff sich Alexanders Hand, während ein anderer Gast Lusen wieder auf die Beine half. Ein Bediensteter des Servierpersonals fegte die Glasscherben zusammen, sodass die Spuren des Tumults rasch beseitigt waren.

»Ihre Fingerknöchel sind ja aufgeschrammt. Sie haben ganz schön fest zugeschlagen.«

»Werden Sie mich denn jetzt wenigstens verpflastern? Wo ich mich geprügelt habe, um Ihre Ehre zu verteidigen?«

»Einmal ganz davon abgesehen, dass wir nicht mehr im neunzehnten Jahrhundert leben, bin ich nicht besonders scharf darauf, dass sich die Leute meinetwegen prügeln.« Ihre Stimme klang streng, doch ihre Augen lächelten, sodass er regelrecht Lust bekam, sich mit jedem Einzelnen zu prügeln, der etwas Respektloses zu ihr sagte.

»Nehmen Sie sich vor ihm in Acht«, sagte Lusen mit erstickter Stimme, während er sich den Anzug abwischte. »Er ist ein Playboy. Er spielt mit den Frauen, bis er genug von ihnen hat. Glauben Sie ja nicht, dass Sie etwas Besonderes für ihn sind.« Er fuchtelte mit der Hand in Isobels Richtung.

Alexander nahm Blickkontakt zu Eugen auf, und sein Onkel, der bereits auf sie zukam, nickte. Lusen war nicht länger willkommen. Alexander wandte sich mit Abscheu ab. Sein

Adrenalinspiegel war noch immer verdammt hoch. Er konnte es sich nicht erklären. So etwas hatte er noch nie zuvor getan. Jemanden auszuknocken, nur weil er unhöflich zu einer Frau war.

»Sie sind ziemlich cool, Doktor Sørensen, habe ich Ihnen das schon gesagt?« Er hielt ihr seinen Arm hin, und sie ergriff ihn. »Haben Sie Hunger?«

»Ja, großen. Ich bin eine einfache Frau. Ich mag es nicht, wenn Männer sich prügeln. Aber wenn Sie mir etwas zu essen geben, werde ich Ihnen ewig dankbar sein.«

Er lachte und spürte die Euphorie, die einen nach einem Adrenalinkick immer überfiel. »Dann auf zum Buffet«, sagte er.

Nach dem Essen schlug Alexander vor, ein wenig an die frische Luft zu gehen. Im Schloss war es heiß. Außerdem waren ihm drinnen zu viele Leute, und er wollte Isobel für sich allein haben. Er griff sich ein Schälchen mit Erdbeeren sowie eine Flasche und zwei Gläser und führte sie aus dem Salon hinaus. Draußen kamen sie an diversen Grüppchen von Leuten vorbei, die rauchten, wurden aber nicht aufgehalten. Sie setzten sich in eine der Sitzgruppen, und Alexander rückte eine Gartenbank so zurecht, dass sie mit dem Rücken zum Schloss saßen und über den See schauen konnten. Der Abend war noch immer mild, doch um sie herum waren bereits in diversen Eisenschalen und -körben Feuer angezündet worden.

»Das, was vorhin passiert ist, tut mir wirklich leid«, sagte er.

»Es war ja nicht Ihre Schuld. Leider kommt so etwas immer öfter vor. Ich versuche, mich möglichst nicht provozieren zu lassen, weil es mir zu viel Energie raubt.«

»Das verstehe ich. Aber ich kapiere nicht, wie Sie so ruhig bleiben konnten. Er ist wirklich ein rassistischer Idiot.«

»Die Schlimmsten sind eher die Schwedendemokraten, die sich hinter Ärzten wie mir und Ärzte ohne Grenzen verstecken, um ihre üblen Ansichten über die Menschheit zu verbreiten. Sie reden andauernd davon, dass man den Leuten vor Ort helfen sollte. Aber ich kann nur sagen, dass ich noch nie einen Schwedendemokraten gesehen habe, der einem anderen Menschen geholfen hat. Niemals.«

»Verdammte Heuchler. Am liebsten würde ich geradewegs zurückgehen und ihn richtig fertigmachen.«

»Man gewöhnt sich an solche Aussagen«, entgegnete sie.

Er schaute sie an und verspürte plötzlich den Wunsch, jeden einzelnen fremdenfeindlichen Typen, der sich je hinter ihr und ihren Idealen versteckt hatte, auf der Stelle zu erledigen.

Er fragte sich noch immer, was sie vorhin wohl gesehen hatte, als sie plötzlich so ängstlich dreinblickte, doch anstatt sie danach zu fragen, hob er eine Hand und strich ihr damit eine Haarsträhne hinters Ohr. Sie blinzelte langsam und wandte ihm ihr Gesicht zu, sodass die Sonne ihre Haut golden und rosafarben schimmern ließ. Er beugte sich vor und küsste sie sanft auf den Mund. Sie schloss die Augen, atmete ein, und so saßen sie da, während ihre Lippen sich leicht berührten.

Als sie den Kuss abbrach, war ihr Blick ernst geworden.

»Alexander, eins würde ich gern wissen. Haben Sie eine Freundin? Hier oder zu Hause in New York? Sorry, aber ich muss Sie einfach fragen, bevor das hier weitergeht. Ich will nicht in Ihrem Leben herumschnüffeln, und ich sollte auch nicht auf den Klatsch und Tratsch hören, aber ich habe letztens etwas über Sie gelesen, und seitdem stelle ich mir diese Frage.«

Er nahm an, dass es um einen wenig schmeichelhaften Blog ging, den sie sich angesehen hatte. Er schüttelte den Kopf.

»Diese Frau habe ich nur ein einziges Mal getroffen. Ich

wünschte, ich könnte es ungeschehen machen. Es war nur eine lächerliche Affäre. Ich bin zu hundert Prozent Single. Ansonsten würde ich nicht mit Ihnen hier sitzen.«

Er strich erneut mit seinem Mund über ihre Lippen, biss sie zärtlich in die Unterlippe, bevor er seinen Mund weiterwandern und ihr Ohr berühren ließ. Sie hatte so schöne Ohren, dünnhäutig, sinnlich und gut riechend. Er sog ihren Duft ein, großer Gott, er liebte diesen Duft. Nach Haut und irgendetwas Antibakteriellem. Kühlend wie ein Erfrischungstuch.

»Ich bin auch Single«, murmelte sie.

Er biss sie leicht ins Ohrläppchen. »Ich weiß«, flüsterte er. »Ich habe Leila gefragt.«

Sie entzog sich ihm. »Für eine Psychologin hat sie Ihnen aber viel verraten.«

»Kann schon sein.« Er küsste ihr Kinn und bedeckte dann erneut ihren Mund mit flüchtigen Küssen. Er hatte keine Eile. »Aber ich bin ziemlich gut darin, den Leuten Geheimnisse zu entlocken.«

»Es ist doch kein Geheimnis, dass ich Single bin«, sagte sie mit ihrem Mund unmittelbar an seinem.

»Aber Sie haben doch bestimmt Geheimnisse, oder?«

Er beugte sich vor, streckte sich nach einer Erdbeere, entfernte die grünen Blättchen und reichte sie ihr. Er betrachtete sie aufmerksam, während sie in die dunkelrote Frucht biss. Ihre Lippen verfärbten sich, und er hätte sich am liebsten zu ihr geneigt und den Saft der Erdbeere von ihrem mit Sommersprossen übersäten Mund abgeleckt.

»Darf ich Sie noch etwas anderes fragen?«, meinte sie.

»Sie sehen ziemlich ernst aus, also würde ich spontan eher Nein sagen«, antwortete er, da er lieber Erdbeeren essen und sie küssen, mit ihr Champagner trinken und in den Sternenhimmel schauen wollte.

»Das Geld, das Sie Medpax gespendet haben, diese Hunderttausend.« Sie biss sich auf die Lippe und sah dann aus, als würde sie sich ein Herz fassen. »Woher kommen die? Handelt es sich dabei um weißes Geld?«

Alexander schaute sie lange an. Ihre Haare, die um ihr Gesicht herumfielen, glühten im Sonnenlicht.

»Fragen Sie mich gerade, ob ich kriminell bin?«, entgegnete er bedächtig. »Ob ich Medpax zum Zweck der Geldwäsche benutzt habe? Ich bin mir ziemlich sicher, dass das unmöglich wäre, aber mal ganz davon abgesehen, wie schlecht muss Ihre Meinung von mir eigentlich sein?«

Sie schluckte. Aber sie schlug nicht die Augen nieder. »Die meisten Menschen können halt nicht mal spontan hunderttausend Kronen lockermachen.«

Er seufzte. Er hätte ahnen müssen, dass es irgendwann einmal zur Sprache käme. »Sie haben recht, und Sie verdienen eine Erklärung von mir. Ich komme aus einer vermögenden Familie, wie Sie ja wissen«, begann er. Sie nickte, doch er war sich sicher, dass sie gar nicht wusste, was für eine Untertreibung das war. Die de la Grips waren eine Familie, die die schwedische Wirtschaft bis zum vergangenen Herbst in erheblichem Maß dominiert hatte. Sie waren schon immer reich gewesen, auch wenn man natürlich nicht öffentlich darüber sprach, und sie waren noch immer vermögend. Dass sein Vater die Macht über Investum verloren hatte, war ein enormer Prestigeverlust gewesen, aber es war ja nicht so, dass Hammar Capital das Unternehmen ruiniert hätte, im Gegenteil, in wirtschaftlicher Hinsicht standen sie nicht viel schlechter da als zuvor.

»Sie leben also vom Geld Ihrer Eltern?«

Alexander schüttelte den Kopf und versuchte, sich daran zu erinnern, ob er jemals mit einer Frau über dieses Thema gesprochen hatte. Hier ging es um sein amerikanisches Leben, und dieses Leben gehörte ausschließlich ihm. Es war keine de-la-Grip-Angelegenheit, kein schwedisches Erbe. Es ging ganz allein um ihn, und bislang hatte er zu diesem Leben noch keiner Frau Zutritt gewährt.

»Die Sache ist folgende, meine hübsche Isobel«, sagte er leise und ließ seinen Zeigefinger den Sommersprossen auf ihrem Arm folgen. »Allerdings sollte es unter uns bleiben. Schließlich habe ich ein Image als Playboy zu verlieren. Ich bin recht gut darin, Geld zu verdienen.«

Ihre Augen verengten sich, und er wusste, was das bedeutete. Sie würde sich nie mit vagen Antworten zufriedengeben.

»Was genau meinen Sie damit?«

»Ich besitze zwar ein geerbtes Vermögen, und davon könnte ich hier in Schweden gut leben. Fakt ist allerdings, dass ich das meiste von meinem Geld selbst verdient habe.«

Er verstummte. Es spielte keine Rolle, wie sehr er sich von seinen Ursprüngen distanzierte, und wie intensiv er den Umgang mit Menschen pflegte, die gern mit ihren Besitztümern angaben. Es steckte tief in ihm. Man redete nicht über sich selbst und seine Einkünfte. Aber er wollte auch nicht, dass Isobel seine Aussage anzweifelte. Sie hatte ihm verdammt hart zugesetzt.

In gewisser Weise waren alle Menschen einzigartig. Aber Isobel war irgendwie einzigartiger als alle anderen Frauen, denen er je begegnet war, in vielerlei Hinsicht. Sie war stark und verletzlich zugleich. Cool und kompetent, während sie gleichzeitig eine gewisse Zerbrechlichkeit durchscheinen ließ. Da war eine Unsicherheit, die zum Vorschein kam, wenn sie die Stirn in tiefe Falten legte. Darüber hinaus war sie unglaublich gut aussehend. Er war beinahe besessen von ihrem Äußeren, konnte nachts stundenlang wach liegen und in seiner Fantasie ihren Körper Zentimeter für Zentimeter erforschen. Er wollte sie besitzen, und wenn der Preis dafür Ehrlichkeit war, dann wollte er eben ehrlich sein.

»Aber wie gelingt es Ihnen, so viel Geld zu verdienen? Doch nicht ausschließlich mit Pokern, oder?«

Er schüttelte den Kopf. Nein, es war etwas komplizierter. Eigentlich merkwürdig, dass er noch nie mit jemandem darüber gesprochen hatte. Nicht einmal Natalia und Eugen wussten alles. Glaubten sie etwa auch, dass er kriminell wäre? Er müsste darüber nachdenken.

»Es fing mit meinem Freund an, von dem ich Ihnen erzählt habe.«

»Der Koch? Romeo?«

»Ja. Wir haben uns vor zehn Jahren in New York kennengelernt. An der Handelshochschule waren gerade Semesterferien, und ich war dort, um zu feiern. Wir sind uns in einem Nachtclub begegnet. Romeo hatte kurz zuvor einen Wettbewerb bei einer Fernsehshow gewonnen und träumte davon, sein eigenes Restaurant aufzumachen.«

Alexander war betrunken gewesen und hatte es für die genialste Idee der Welt gehalten, einen Teil seines geerbten Geldes zu nehmen und es in einen homosexuellen italienischen Koch zu investieren. »Schade, dass du kein Muslim bist«, hatte er gelallt. »Das würde meinen Vater noch mehr verärgern.« Mit einem heftigen Kater hatte er am Tag darauf dann das Unternehmen Golden Griffin Business Growth gegründet, um Romeo das Startkapital geben zu können.

»Ich habe in dieses Restaurant investiert, und inzwischen besitzen wir mehrere davon, fast über die ganze Welt verteilt. Romeo ist ein Genie.« Das Einzige, was er heute bereute, war der dämliche Name, doch der war geblieben.

»Sie meinen also, dass man so reich davon werden kann, diverse Restaurants zu besitzen?« Isobels Ton war zweifelnd.

»Nein. Eines Tages tauchte zufällig noch eine andere Sache auf. Ich habe einen Typen getroffen, der eine Melodie aufgenommen hatte, die er lustig fand, und der mir von seinen Plänen erzählte, Klingeltöne für Handys zu kreieren. Mein Unternehmen hat ihn ebenfalls unterstützt. Heute ist diese Melodie einer der am häufigsten heruntergeladenen Klingeltöne überhaupt. Und so ging das weiter. Ich war einer der Ersten, der in Spiele für Handys investiert hat.«

Das, was aus einer Bierlaune heraus als Scherz anfing, hatte sich zu einem großen Unternehmen entwickelt, wodurch Alexander von seiner Familie unabhängig geworden war.

»Ich kann sehr differenziert die Probleme sowie das Potenzial erkennen, das bestimmte Projekte bergen. Es breitet sich wie eine Art Landkarte vor meinen Augen aus. In der Hinsicht ähnelt es dem Poker.«

Sein Pokerspiel und seine Geschäfte hatten sich gegenseitig inspiriert. Bei beiden war Geduld vonnöten, um den richtigen Zeitpunkt abzuwarten, sowie der Mut zum Wagnis, Risiken einzugehen, zugleich aber rational zu handeln. Noch vor zehn Jahren waren mobile und digitale Lösungen eher selten und schwierig nachvollziehbar gewesen, doch Alexander hatte deren Potenzial unmittelbar erkannt. Systematisch hatte sein Unternehmen in Firmen investiert – mitunter nur von zwei Typen in einer Kellerwohnung betrieben, später dann auch von Frauen –, die verschiedene digitale Dienstleistungen wie Apps und andere digitale Lösungen entwickelten. Als der Markt für Handys erst im Westen und später im Osten förmlich explodierte, war das Geld nur so hereingeströmt. Der moderne Weg zu unfassbarem Reichtum führte mittlerweile übers Internet.

»Das Geld, das Medpax erhalten hat, ist blütenweiß, darauf haben Sie mein Wort.«

Isobel wirkte so erleichtert, dass Alexander nicht wusste, ob er lachen oder beleidigt sein sollte. Ihm war nie der Gedanke gekommen, dass sie über solche Dinge nachdachte.

»Sie sollten sich schämen, Isobel, dass Sie so schlecht von mir denken«, sagte er und hob die Hand, legte sie um ihren Nacken und strich ihr mit dem Daumen am Hals entlang, wo ihr Puls unter seiner Berührung heftig schlug.

Alexander hätte es nie laut ausgesprochen, doch seiner Erfahrung nach galt folgende These: Je attraktiver eine Frau war, desto weniger gut war sie im Bett. Es kam ihm vor, als wären die schönen Frauen überzeugt davon, dass allein ihre Anwesenheit ausreichte. Nicht, dass er sich darüber beklagte, aber mehr Spaß machte es ihm mit einer Frau, die ebenso viel wollte wie er selbst. Doch Isobel, die schönste Frau, der er je begegnet war, strahlte unter ihrer kühlen Oberfläche eine Glut aus, die ihn erahnen ließ, dass diese Theorie ihre Ausnahmen hatte. Er wettete, dass sie bereits feucht wurde, als sie sich jetzt erneut küssten. Und ihren Busen gegen den Ausschnitt ihres Kleids presste, weil die Reibung ihrer Haut am Stoff sie erregte. Er hatte den Verdacht, dass sie beide zusammen …

Nein, er wollte nicht, dass Isobel ihm misstraute, wollte keine unnötigen Hindernisse zwischen sich und dieser Frau aufbauen, die er zu verführen gedachte.

»Ich verhalte mich zwar rund um die Uhr unmoralisch, aber kriminell bin ich nicht«, murmelte er mit seinem Mund unmittelbar an ihrem, bevor er sich zu ihrem Schlüsselbein beugte, um es zu küssen. Er hörte ihre leicht belegten Atemzüge, spürte, wie sie sich gegen ihn presste. »Jetzt zufrieden?«, flüsterte er.

»Danke, dass Sie es mir gesagt haben«, meinte sie leise.

Sein Mund streifte erneut ihre Lippen. Es war ein unspektakulärer Kuss, nur mit den Lippen, kein Zungenkuss, aber er hatte es nicht eilig, denn er liebte dieses Vorspiel, den Anfang. Er legte eine Hand auf ihre Wange, während ihm vage bewusst wurde, dass plötzlich neue Geräusche die Luft erfüllten, und ein Teil von Isobels Konzentration von seiner Person abgedriftet war.

Er beugte sich vor. Isobel blinzelte und entzog sich ihm.

»Hören Sie das?«, fragte sie.

Erst begriff er nicht ganz, wovon sie sprach, doch dann hörte er es ebenfalls. Musik.

»Sagen Sie nicht, dass es ein Orchester ist.«

»Ein Streichorchester. Im Schloss findet schließlich ein Ball statt. Und ich besitze zufällig einen Ballsaal. Möchten Sie reingehen?«

»Sehr gerne.«

Er stand auf und reichte ihr seine Hand. »Kommen Sie, ich weiß, dass mindestens ein Walzer gespielt wird.«

16

Selbstverständlich hatte Alexander de la Grips Schloss einen eigenen Ballsaal, dachte Isobel und sah sich in dem extravaganten Raum um. An den Wänden prunkten goldene Ledertapeten, an der Decke hingen riesige Kronleuchter und überall standen farbenprächtige Arrangements mit Tulpen und anderen Frühlingsblumen. An der einen Stirnseite spielte das Orchester. Die blank polierten Instrumente glänzten, und die Gäste bewegten sich bereits übers Parkett.

Alexander wandte sich ihr zu und verbeugte sich formell. »Darf ich bitten?«, fragte er und streckte seine Hand vor. Sie glitt in seine Arme, noch immer von einem kribbelnden Glücksgefühl im ganzen Körper erfüllt. Er hatte sich um ihre Ehre geprügelt. Er war nicht kriminell, sondern ein finanzielles Genie, und er hatte sie geküsst, als sei sie die attraktivste und begehrenswerteste Frau der Welt.

Sie glitten über die Tanzfläche, und Alexander war natürlich ein mustergültiger Tanzpartner. Das wusste sie ja bereits, aber sie empfand es als etwas Besonderes, gemeinsam mit ihm über den mehrere Jahrhunderte alten Holzfußboden eines Ballsaals zu schweben.

»Was ist?«, murmelte er fragend und zog sie dichter zu sich heran.

»Es ist schon das zweite Mal, dass wir zusammen tanzen. Langsam machen wir uns ganz gut.«

Er drückte ihre Hand und wirbelte sie beide herum.

Eine ganze Weile später, nach einem sanft schwebenden Walzer, einem schnelleren Stück, das ihren Puls in die Höhe trieb, einer fröhlichen Polka, die sie zum Lachen brachte, und schließlich einem erneuten Walzer schlug Isobel mit dem Mund dicht an seinem Hals halbherzig vor, zur Abwechslung einmal die Tanzpartner zu wechseln, doch sein Griff wurde nur umso fester.

»Nein«, entgegnete er. »Ich möchte lieber mit Ihnen tanzen. Ich bin schließlich nicht der Gastgeber, ich habe keinerlei Verpflichtungen. Bleiben Sie bei mir.«

Diese Intensität … Es war so verlockend, sich mitreißen zu lassen. Nur wenige Menschen waren so intensiv. Das war auch eine Erklärung dafür, warum sie ihre Arbeit als Ärztin in Krisengebieten so mochte: Man *spürte* einfach so viel.

Als das Orchester eine Pause machte, führte Alexander sie durch die weit geöffneten Türen hinaus. Ihr war heiß, und die kühle Luft, die sie im Garten umgab, war angenehm erfrischend. Sie spazierten ein Stück über die Grasfläche in Richtung der Bäume. Alexander hielt an, legte einen Arm um ihre Taille und schob sie sanft nach hinten, sodass sie mit dem Rücken an einen glatten Baumstamm gedrückt wurde. Da war sie wieder, diese Intensität. Er stützte sich mit einer Handfläche oberhalb ihres Kopfes ab und beugte sich über sie. Wie konnte sie nur so oberflächlich sein, dass seine Größe und dominante Position sie dermaßen erregten? Doch so war es offenbar. Mit der anderen Hand berührte er ihre Wange und küsste sie dann. Es war der perfekte Kuss, genauso, wie sie es erwartet hatte.

Eigentlich ist man doch nur aufs Küssen aus.

Irgendjemand hatte diese Worte einmal zu ihr gesagt, und genauso war es auch. Nichts kam dem ersten Kuss gleich. Und Alexander war äußerst geschickt darin. Mit festen Lippen, die sich sanft öffneten, einer Zunge, die nun endlich mit ihrer eigenen spielte, und kleinen neckenden Bissen in ihre Unterlippe. Seine andere Hand lag jetzt oberhalb ihres Brustkorbs, während seine Finger den Stoff ihres Kleides ergriffen, sich darunter schoben und sie liebkosten. Sie spürte sein Bein zwischen ihren Oberschenkeln und empfand ein Verlangen nach diesem Mann, wie sie es schon lange nicht mehr verspürt hatte. Sein Mund bedeckte erneut ihre Lippen, und sie küssten sich heftig und stöhnend. Sie legte ihre Hände auf seine Oberarme, genoss es, seine festen Muskeln zu spüren, und ließ sich einfach fallen. Ein Wochenende lang konnte sie ruhig einmal jung und verantwortungslos sein, dachte sie, und mit Alexander de la Grip unterm Sternenhimmel flirten und herumknutschen. Die Welt würde schon nicht untergehen, wenn sie für eine Weile alle Hemmungen über Bord warf.

Doch dann kam es genau so.

Die Welt ging für einen Moment unter.

Zunächst hörte Isobel nur ein vages Stimmengemurmel von Leuten, die sich näherten. Doch dann vernahm sie die Stimme, die sie am allerwenigsten hatte hören wollen.

Eine dominante Männerstimme, die früher einmal so viele komplizierte Gefühle in ihr ausgelöst hatte, dass es ihr jetzt noch schwerfiel, sie auseinanderzudividieren.

Eine Stimme, die Isobel anfänglich geliebt und später gefürchtet hatte.

Dann stand er plötzlich vor ihnen. Mit einem amüsierten Lächeln in den Mundwinkeln und diesem durchdringenden Blick. Es schien ihm völlig egal zu sein, dass er störte.

»*Bonjour*, Isobel.«

Sie hatte sich also nicht getäuscht – Sebastien war tatsächlich hier. Sie strich sich mit den Händen das Kleid glatt und registrierte Alexanders fragenden Blick. Sebastien ließ seine dunklen Augen über ihren Körper gleiten.

»Hej«, antwortete sie auf Schwedisch und nahm Distanz zu ihm auf, indem sie sich weigerte, Französisch mit ihm zu sprechen. Er machte einen Schritt vor, und noch bevor sie reagieren konnte, küsste er sie auf die Wange, als stünde Alexander nicht unmittelbar neben ihr. Er roch noch genauso wie früher, benutzte offenbar immer noch dasselbe Aftershave und dasselbe Waschmittel, sodass sie unmittelbar von den Erinnerungen an die Zeit eingeholt wurde, als sie zwanzig Jahre alt war. Wie war es nur möglich, dass ihr Körper so heftig reagierte? Sie versuchte, das trockene Gefühl in ihrem Mund hinunterzuschlucken, und rang nach Worten. Dann trat Alexander vor.

»Alexander de la Grip«, stellte er sich vor und streckte Sebastien seine Hand entgegen. »Sie befinden sich hier auf meinem Grund und Boden, also darf ich annehmen, dass Sie einer meiner Gäste sind. Wie war noch mal Ihr Name?«

Seine Stimme war höflich und wohlerzogen, doch Isobel ahnte eine gewisse Härte hinter seinen geschliffenen Phrasen und förmlichen Gesten.

»Sebastien Pascal.«

Als sich die beiden Männer die Hand gaben, konnte sich Sebastien eine diskrete schmerzverzerrte Grimasse nicht verkneifen, und Isobel schielte zu Alexander rüber. Hatte er Sebastien etwa gerade die Hand zerquetscht? Wie in einem schlechten Film? Alexander bedachte sie mit einem unschuldigen Blick.

»Also Sebastien, und woher kennen Sie beide sich?«, fragte er.

»Isobel und ich haben zusammengearbeitet«, antwortete Sebastien. »Unter anderem.«

Wenn Alexander der bedeutungsschwere Tonfall aufgefallen war, sah man es ihm keinesfalls an.

»Dann sind Sie also auch Arzt?«, fragte er nur.

»*Oui*. Und Sie, arbeiten Sie auch in der Branche?«, fragte

Sebastien mit einem dezenten Lächeln, als wüssten alle Beteiligten, wie absurd diese Frage war.

»Nein, ganz und gar nicht«, antwortete Alexander, und Isobel registrierte, wie er hinter seine Maske schlüpfte. Erst jetzt fiel ihr auf, wie lange es schon her war, dass er in ihrer Gegenwart zuletzt so gesprochen hatte und aufgetreten war.

»Ich bin ein internationaler Playboy. Ich hätte nie die Zeit und das Durchhaltevermögen, so etwas Seriöses wie Medizin zu studieren. Aber erzählen Sie mir mehr über Ihre Zusammenarbeit.«

Er warf Isobel einen völlig leeren aalglatten Blick zu. Hätte es sich um einen anderen Mann als Alexander gehandelt, wäre sie davon ausgegangen, dass sich in seinen hübschen Augen eine gewisse Unsicherheit widerspiegelte, doch das war schlicht und einfach undenkbar.

»Ich war ihr Dozent«, erklärte Sebastien. Dann verzog sich seine Miene zu einem breiten Grinsen, sodass es in Isobels Innerem unangenehm zu kribbeln begann. »Sie war sehr engagiert.« Er hob die Hand und strich ihr damit über die Wange. »Wie schön, dich zu sehen, Isobel.«

Alexander betrachtete den dunkelhaarigen Franzosen so objektiv wie möglich. Sebastien war schätzungsweise knapp über vierzig. Trug keinen Ehering. War attraktiv, wenn man auf selbstverliebte Typen stand, und strahlte Kompetenz und Sicherheit aus.

Alexander verabscheute ihn augenblicklich.

Jetzt, wo der Franzose vor ihm stand und Isobel auch noch anfasste, wünschte er, er hätte die Hand des Mannes tatsächlich zerquetscht.

Alle Männer fragen sich, wie sie im Vergleich zu den anderen Männern dastehen, die eine Frau vor ihnen gehabt hatte.

Alexander hatte es irgendwo gelesen. Damals hatte er es lächerlich gefunden. Nur unsichere Männer machten sich Sorgen über etwas, das sie zum einen nicht beeinflussen konnten und das sie zum anderen auch nichts anging.

Aber jetzt … Dass Isobel ein Verhältnis mit diesem selbstgerechten Arzt gehabt hatte, war ja wohl überdeutlich.

Er würde sich zwar nie zu irgendwelchen Eifersüchteleien herablassen, doch irgendetwas stimmte nicht. Isobel war völlig steif, und sie hatte überhaupt nichts mehr gesagt. Im Unterschied zu Sebastien, der einfach weiterredete.

»*Chérie*, du erstaunst mich. Dieser Mann ist doch überhaupt nicht dein Typ.«

»Nonsens, alle Frauen mögen mich«, wandte Alexander ein.

»Ich brauche ja wohl …«, begann Isobel gleichzeitig, verstummte jedoch mitten im Satz.

Irgendetwas war absolut faul. Alexander ergriff Isobels Hand, die eiskalt war. Sebastien war offenbar nicht nur irgendein Exfreund. Es lag noch mehr in der Luft, etwas, das sich zwischen den Zeilen und von Höflichkeitsfloskeln kaschiert abspielte. Doch da Alexander mit Eltern aufgewachsen war, die wahre Meister in der Kommunikation mittels mehr oder weniger unverhohlener Kritik waren, bedurfte es weitaus mehr als Sebastiens Nadelstiche, um ihn ernsthaft zu verletzen. Er legte einen Arm um Isobels Schultern, und als sie nichts dagegen zu haben schien, zog er sie näher zu sich heran.

»Lassen Sie sich von uns nicht aufhalten«, sagte er mit Nachdruck zu Sebastien. »Die Bar ist geöffnet. Bedienen Sie sich einfach. Wenn Sie uns nun entschuldigen würden«, und dann manövrierte er Isobel und sich selbst an dem Franzosen vorbei, ohne eine Antwort abzuwarten.

»Wie geht es Ihnen?«, fragte er, sobald sie außer Hörweite gekommen waren.

Sie holte tief Luft, schüttelte leicht den Kopf und schenkte ihm dann ein flüchtiges Lächeln. »Sorry, ich weiß gar nicht genau, was das eben war. Ich hatte einen langen Tag.«

Er führte sie zurück ins Gebäude hinein und einen Korridor entlang, öffnete dann eine kleine Tür und hielt sie ihr auf. »Wir gehen hier hinein.«

»Wo sind wir hier?«, fragte sie, als sie in den Raum kamen.

Er zog ihr einen Sessel heran.

»Setzen Sie sich.«

Sie sank hinein, lehnte sich zurück und atmete tief durch. »Ich bin wirklich völlig am Ende.«

Er holte ein dünnes Plaid und breitete es über ihren Knien aus. Es war ihm überhaupt nicht bewusst gewesen, welch anstrengenden Tag sie hinter sich hatte. Er hatte sie nur für sich haben wollen.

»Das hier ist die kleine Bibliothek«, erklärte er, zog einen weiteren Sessel heran und setzte sich ihr direkt gegenüber. »Wollen Sie darüber reden?«

Sie biss sich auf die Lippe. »Ich wusste, dass Sebastien hier ist. Ich hatte ihn schon vorhin gesehen.«

Dann war er es also gewesen, den sie erblickte, als sie so erschrocken reagiert hatte. Verdammt, Alexander hatte nicht schlecht Lust, zu dem französischen Herrn Doktor zurückzugehen und ihm einen oder zwei seiner perfekten Zähne auszuschlagen.

»Er ist ein Freund von Veranstaltungen wie dieser. Und ein guter Arzt«, fügte Isobel fast nachdenklich hinzu.

»Aber ein schlechter Mensch?« Wie sehr wollte er, dass sie ihm beipflichten und sagen würde, dass Sebastien Pascal der übelste Schurke war, dem sie je begegnet war.

»Alle Menschen haben ihre schlechten Seiten.«

»Sie aber nicht«, wandte er ein.

Sie lachte auf. »Natürlich habe ich die.«

Er lehnte sich zurück und streckte seine Beine aus. »Nennen Sie mir eine.«

»Ich kann mitunter etwas herablassend sein.«

»Wirklich? Das habe ich noch nicht bemerkt.«

Sie lachte wieder, diesmal laut, und er war froh, dass diese lockere Unterhaltung Wirkung bei ihr erzielte. Die Farbe war in ihr Gesicht zurückgekehrt, und der völlig gehetzte Ausdruck aus ihren Augen verschwunden. Was hatte dieser Sebastien ihr nur angetan?

»Sie beide waren ein Paar?«, fragte er.

Sie seufzte und strich sich mit dem Finger unter den Augen entlang, wie es Frauen immer taten, um sich verlaufene Schminke abzuwischen.

»Ja. Ich war noch ziemlich jung. Er war mein Dozent in Traumatologie.«

Älterer Arzt. Landsmann. Intelligent. Klar, dass sie ihm verfallen war. Und Sebastien Pascal sah nicht gerade aus wie ein Mann, der Probleme damit hatte, Beziehungen mit jungen, von ihm abhängigen Studentinnen einzugehen.

»Und was ist passiert?«

Isobel schüttelte den Kopf. »Es ist ziemlich kompliziert.«

»Ist es das nicht immer?«

»Ich denke, schon.«

»Isobel?«

»Ja?«

Er betrachtete ihr Gesicht, ihren kurvenreichen Körper und ihre langen Beine. Wie hatte sie wohl als Zwanzigjährige ausgesehen? Damals konnte sie unmöglich noch schöner als jetzt gewesen sein. »Hat Sebastien Sie geschlagen?«, fragte er mit neutraler Stimme.

Sie antwortete nicht sofort, sondern schaute mit unergründlicher Miene geradewegs in den Raum hinein.

Alexander wartete, während sein Herz heftig gegen seinen Brustkorb schlug. Er wusste, dass er selbst mit großer Sicherheit vielen Frauen das Herz gebrochen hatte. Er hatte fast sein halbes Leben lang mit verheirateten Frauen geschlafen und sich oft egoistisch verhalten. Aber er hatte nie einer Frau physischen Schaden zugefügt. Allein schon der Gedanke daran verursachte ihm Übelkeit. Klar, er wusste, dass die Welt so aussah, es gab eben Männer, die sich wie Schweine benahmen, aber dieser Grundsatz war tief in seinem Inneren verankert. Man schlug keine Frauen.

»Ich weiß wirklich nicht, was ich auf diese Frage antworten soll«, sagte sie langsam. Sie wandte ihm ihr Gesicht zu. »All das ist schon so lange her. Ich war nur so geschockt, ihn hier zu sehen, und erstaunt über meine eigene Reaktion. In gewisser Weise bin ich froh, dass wir uns begegnet sind und kurz geredet haben. Es war gut für mich. Eine Art Abschluss.«

Er atmete auf, ohne auch nur gemerkt zu haben, dass er die Luft angehalten hatte. War ihre Antwort bewusst vage ausgefallen? Sollte er nicht doch lieber rausgehen, sich Sebastien vorknöpfen und ihm den Hals umdrehen?

»Sind Sie in ihn verliebt gewesen?«

Sie sah hinunter auf ihre Hände und fingerte an den Fransen des Plaids herum. »Ja. Sehr.«

»Und jetzt? Wie fühlt es sich jetzt an?«

»Als wäre es an der Zeit, nach vorn zu schauen. Natürlich habe ich weitergelebt, das Ganze ist ja immerhin zehn Jahre her, und ich habe seitdem eine Menge Männer gehabt.«

»Schön zu hören.«

Sie lachte auf. »Also bitte. Ganz sicher nicht so viele wie Sie.«

»Nein, ich habe noch keinen einzigen Mann gehabt.«

Er musste angesichts ihres Lachens lächeln.

Sie stützte ihr Kinn auf einer Hand ab. »Und waren Sie je richtig verliebt gewesen? Falls es okay ist, dass ich frage.«

Er strich mit dem Finger über die Sessellehne.

»Nicht in der Art und Weise, wie Sie es beschreiben«, antwortete er und dachte, dass nicht nur Isobel in der Vergangenheit Dinge erlebt hatte, die man einem Außenstehenden nur schwer erklären konnte.

Er war nie richtig verliebt gewesen. Manchmal kam es ihm vor wie eine Störung, manchmal aber auch wie ein enormer Vorteil. Er freute sich über die Gesellschaft von Frauen, fühlte sich wohl in ihrer Nähe, doch er verließ sie immer, bevor es ernst wurde.

Isobel nickte, ohne ihn weiter unter Druck zu setzen. Inzwischen war alle Anspannung aus ihrem Gesicht gewichen, und sie sah nun wieder sehr jung und verletzlich aus. Und nach seinen Küssen fröhlich und ein wenig zerzaust.

Alexander lehnte sich in seinem Sessel zurück und versuchte, die Situation so objektiv wie möglich zu betrachten. Sie war eine leidenschaftliche Idealistin und eine kompetente berufstätige Frau. Noch dazu verdammt sexy. Ihre Küsse waren pure Erotik gewesen, Versprechen von Leidenschaft und Passion weit über das Alltägliche hinaus. Aber sie war auch eine Frau mit einer komplizierten Vergangenheit, die sie möglicherweise noch nicht ganz überwunden hatte. Eigentlich war jetzt der Zeitpunkt gekommen, an dem er einen Schritt zurück machen sollte. Die Einsätze stiegen, und der Ausgang war ungewiss. Wenn er weitermachte, würde es nur komplizierter werden, das wusste er. Im schlimmsten Fall würde Isobel Hoffnungen hegen. Sie mochte zwar über ihre Exfreunde reden und Geheimnisse haben können, aber sie war keineswegs so erfahren wie er, jedenfalls nicht, was dieses Spiel betraf. Vielleicht wurde es höchste Zeit, die Warnsignale zu beachten. Das Ganze rechtzeitig zu beenden. Sich zurückzuziehen, bevor es schwierig und verworren wurde und er sie nur unnötig verletzte. Vor der Tür dieses Raumes war das Fest noch immer in vollem Gange, auch wenn es inzwischen weit nach Mitternacht war. Mindestens zwei Dutzend Frauen da draußen würden Alexander liebend gerne zu sich ins Bett einladen. Sie würden ihm das anbieten, was er am allermeisten mochte: Sex und körperliche Nähe ohne jegliche Erwartungen außer der Prämisse, so lange wie möglich Spaß zu haben. Da draußen war es sicher und risikolos. Hier drinnen hingegen war es riskant. Er war schon immer ein smarter Spieler gewesen. Und er täte gut daran, jetzt aufzustehen, irgendetwas Oberflächliches und Distanziertes von sich zu geben und sich zurückziehen.

All das war Alexander bewusst, als er sich vorbeugte, seine Hand auf Isobels Bein legte, durch das Plaid und den dünnen grünen Stoff hindurch ihre Körperwärme spürte und registrierte, wie Isobel in derselben Weise zu zittern begann, wie jedes Mal, wenn er sie berührte. In diesem Moment überschritt er eine Grenze, was er später vielleicht noch bereuen würde.

Vielleicht.

»Morgen«, sagte er leise. »Hätten Sie Lust, mit mir nach Kopenhagen zu fahren? Wir könnten rüberfliegen und dort zu Mittag essen.«

»Fliegen?«

Er streichelte langsam und fast nachdenklich ihr Knie. Mehrere Gäste waren mit dem Privatjet gekommen. Er könnte sich einen davon ausleihen. Könnte Isobel zu einem ganzen Tag im Heimatland ihres Vaters einladen. Sie wegbringen von hier, wo sie von betrunkenen Vollidioten und sadistischen Ärzten bedrängt wurde.

»Dort befindet sich eines der weltbesten Restaurants«, versuchte er, sie zu überreden, während er sie weiter streichelte. »Was meinen Sie? Darf ich Sie morgen zum Mittagessen einladen?«

»Kopenhagen?« Ihre Stimme war leise.

»Nur ein Mittagessen. Denn essen müssen Sie ja schließlich.«

Sie nickte, als wäre das, was er sagte logisch, und sie müsste dementsprechend reagieren. »Ja, das muss ich natürlich.« Dann lächelte sie, und ihr Lächeln ließ es in seinem ganzen Körper erwartungsvoll kribbeln. Natürlich konnte er sie jetzt nicht einfach aufgeben. Er war schließlich nicht verantwortlich für ihre Gefühle und Erwartungen, nur für seine eigenen. Und es würde gut werden zwischen ihnen, mehr als gut. Keiner von ihnen würde enttäuscht aus dieser Sache hervorgehen, das gelobte er sich.

Sie hielt sich die Hand vor den Mund und unterdrückte ein Gähnen.

»Verzeihung«, sagte sie peinlich berührt. »Aber mir ist jegliche Energie aus dem Körper gewichen.«

Er schaute auf seine Uhr. »Schon fast drei. Möchten Sie, dass ich Sie zu Ihrem Zimmer begleite?«

Sie zog eine Augenbraue hoch.

»Ich meinte nur, dass ich Sie in den Turm hinaufbringen könnte, nichts weiter«, log er ungeniert.

»Sie waren also derjenige, der dafür gesorgt hat, dass ich dieses schöne Zimmer bekomme. Danke. Sie sind wirklich ein Gentleman, Alexander. Aber wenn es okay ist, sage ich lieber hier unten Gute Nacht.«

Sie legte das Plaid zur Seite und stand auf, was er ebenfalls tat. Sie schauten einander an. Er hätte ihr am liebsten mit der Hand über die Wange gestrichen und sie in seine Arme geschlossen, aber sie sah völlig fertig aus. Keineswegs wie eine Frau, die in den Tschad fahren sollte, sondern eher wie eine, die dringend Urlaub brauchte.

»Gute Nacht«, sagte sie sanft.

»Schlafen Sie gut, Isobel.«

Nachdem sie ihn verlassen hatte, holte sich Alexander eine Karaffe mit Whisky und setzte sich wieder in den Sessel. Während er an seinem Drink nippte – eigentlich bevorzugte er Wodka, doch er war nicht so engstirnig, dass er nicht auch einen achtzehnjährigen Single Malt zu schätzen gewusst hätte –, dachte er über seinen nächsten Spielzug nach. Er war schon immer ein couragierter Pokerspieler gewesen. Niemals unvorsichtig, aber auch nie ängstlich. Er liebte dieses Spiel und respektierte es. Er musste an all das denken, was Isobel gesagt hatte. Sie war eine kluge Frau und hatte in vielen Dingen recht.

In einer Sache hatte sie jedoch etwas völlig falsch verstanden. Denn wenn er etwas nicht war, dann ein Gentleman. Und er spielte, um zu gewinnen. Und zwar immer.

17

Isobel nahm die letzten Treppenstufen hinauf zu ihrem Turmzimmer. Nachdem sie die Tür hinter sich geschlossen hatte, lehnte sie sich mit dem Rücken dagegen und sank in sich zusammen.

Großer Gott.

Sie zog ihre hochhackigen Schuhe aus und setzte sich aufs Bett. Ihre Gedanken begannen wild zu rasen. Was zum Teufel hatte sie sich eigentlich dabei gedacht? Sie konnte sich nicht auf ein Verhältnis mit Alexander de la Grip einlassen, das wusste sie nur allzu gut. Sie war doch nicht verrückt.

Wie konnte sie nur auf die Idee kommen, mehr als nur ein wenig mit ihm zu flirten? Sie versuchte, den Verschluss der Halskette zu öffnen, und bekam fast Panik, als es ihr nicht sofort gelang. Als es schließlich doch funktionierte, stand sie auf und legte die Kette zusammen mit den Ohrclips wieder zurück ins Etui. Es kam ihr vor, als würde sie damit einen Zauber auflösen. Als wäre sie für kurze Zeit eine andere Version ihrer Selbst gewesen und würde nun wieder zu sich kommen.

Es gab massenweise Gründe dafür, nichts mehr mit Alexander de la Grip zu tun haben zu wollen, dachte sie, während sie ihr Kleid auszog. Hundert, vielleicht sogar tausend rationale Gründe. Und darüber hinaus noch ein paar völlig irrationale.

Die Intensität. Die Gefühle.

Sie zog ihre Unterwäsche aus, schminkte sich ab, holte sich ein Glas Wasser und glitt dann unter die gemangelten Laken in ihrem absurd großen Bett. Noch immer konnte sie ein schwaches Gemurmel und vereinzelte Klänge der Musik vernehmen, die sich durchs Schloss fortpflanzten.

Sie schaute aus dem Fenster und ließ ihren Blick auf dem Nachthimmel mit den glitzernden Sternen ruhen.

Großer Gott. Worauf hatte sie sich da nur eingelassen?

Sie schloss die Augen und wusste, dass sie nicht würde einschlafen können.

Mit reiner Willenskraft versuchte sie, ihr Herz dazu zu bringen, langsamer zu schlagen, sodass es aufhören würde, so laut zu hämmern, sowie das parasympathische Nervensystem übernehmen zu lassen, damit ihr Körper zur Ruhe käme. Doch als draußen die Sonne bereits aufgegangen war und die Vögel zu zwitschern begannen sowie weitere Tiere – sie fragte sich, ob es möglicherweise die Pfauen sein könnten – trompetenähnliche Laute von sich gaben, lag sie noch immer wach.

Als sie schließlich das Geräusch eines Staubsaugers hörte und den Duft von frisch aufgebrühtem Kaffee wahrnahm, stand sie auf. Sie duschte rasch und ging dann ungeschminkt die Wendeltreppe hinunter. Sie nahm an, dass im Schloss viele Übernachtungsgäste logierten, doch da es noch nicht einmal sieben Uhr war, war sie fast die Einzige, die schon auf den Beinen war. Sie folgte dem Kaffeeduft und fand eine Küche, in der sie von einer Frau mit gestreifter Schürze einen Becher mit frischem Kaffee und ein Käsebrot gereicht bekam.

Hinter sich hörte sie das Rascheln einer Zeitung, und als sie sich umdrehte, erblickte sie Eugen Tolstoi.

Er faltete seine Tageszeitung zusammen und stand auf. »Guten Morgen«, sagte er. »Sie sind aber zeitig auf.«

Sie nahm Becher und Käsebrot und setzte sich zu ihm.

»Leila schläft noch«, sagte er. »Wir haben lange zusammengesessen und gespielt und geredet.«

Sie trank ihren dampfenden Kaffee, der heiß, stark und aromatisch war. Leila hatte sie völlig vergessen.

»Alles gut?«, fragte er und betrachtete sie eingehend. »Ich habe gehört, dass Ihnen gestern einige Unannehmlichkeiten widerfahren sind.«

»Hat Alexander etwas erzählt?«

»Ein wenig. Er hat noch mit uns zusammengesessen, nachdem Sie gegangen waren. Wir müssen nicht darüber reden, wenn Sie nicht wollen. Aber ich möchte Sie um Entschuldigung bitten, da Sie mein Gast sind, und es tut mir leid, dass man Sie belästigt hat. Keiner dieser Männer wird je wieder eine Einladung hierher erhalten, so viel ist sicher. Sie bedeuten Alexander viel. Und Leila ebenfalls. Aus diesem Grund sind Sie auch mir wichtig, wenn ich das so sagen darf, auch wenn wir uns kaum kennen.«

Sie musste angesichts seines Redeschwalls schmunzeln. »Danke«, sagte sie.

Er befingerte seine dünnwandige Teetasse. »Wussten Sie eigentlich, dass ich Ihrer Mutter einmal begegnet bin?«

»Nein. Wann denn?«

»Ich habe Blanche in den Achtzigerjahren in Paris getroffen. Ihre Großmutter habe ich übrigens auch gekannt. Karin Jansson, nicht wahr? Sie war eine fantastische Künstlerin. Ich habe ein Bild von ihr im Centre Culturel Suédois in Paris gesehen. Kennen Sie es?«

»Es stellt ein Mädchen mit roten Haaren dar.« Sie griff nach einer ihrer Haarsträhnen und hielt sie vor ihr Gesicht. »Das bin ich.«

»Ich habe es geahnt. Es ist schön, genau wie Sie auch.«

Sie verstummten, und Isobel trank ihren Kaffee, während Eugen in seiner Teetasse rührte.

»Es war sehr nett, Sie hier zu haben«, sagte Eugen. »Ich hoffe, dass Sie mich als Freund betrachten können. Wenn Sie irgendwann einmal etwas benötigen, zögern Sie nicht zu fragen.«

Isobel schob sich einen Krümel in den Mund. »Könnten Sie mir vielleicht ein Taxi rufen?«

Er schaute verwundert auf. »Wollen Sie schon abreisen? Aber ich dachte, dass Sie und Alexander …?«

Isobel schüttelte den Kopf. Sie konnte in keiner Weise die starke physische Anziehung leugnen, die sie für Alexander empfand. Sie war erfahren genug, um zu wissen, dass diese etwas Einzigartiges darstellte, und war kurz davor gewesen, sich davon mitreißen zu lassen. Doch gerade darin bestand das Problem. Alexander stellte eine Bedrohung all dessen dar, was sie in ihrem Inneren zu kontrollieren versuchte.

»Ich muss leider nach Hause fahren. Ich habe sehr viel zu tun.«

»Weiß Alexander davon? Entschuldigung, das geht mich nichts an. Aber er mag Sie, das habe ich bemerkt.«

Sie seufzte. Alexanders Idee mit dem Tagesausflug nach Dänemark hatte sich wundervoll angehört. Sie liebte die dänische Sprache, das Essen und die Kultur, und sie war seit Jahren nicht mehr in Kopenhagen gewesen. Sie hatte Alexanders Vorschlag nur schwer widerstehen können.

»Ich werde ihm einen Zettel hinlegen. Ich habe meine Fahrkarte schon umgebucht«, erklärte sie.

»Dann werde ich selbstverständlich dafür sorgen, dass Sie zum Bahnhof kommen. Wenn Sie mir fünf Minuten geben, fahre ich Sie persönlich.«

»Danke, sehr gern«, sagte sie und verspürte bei dem Gedanken daran, dass sie sich vielleicht nie wiedersehen würden, einen Stich in der Brust. Sie hatte Eugen in ihr Herz geschlossen, auch wenn sie beide sich kaum in denselben Kreisen bewegten.

Nachdem Isobel in den Zug gestiegen war und auf ihrem Platz sitzend die Stirn an die Fensterscheibe presste, klingelte ihr Handy in der Handtasche. Sie sah, dass es Alexander war, und wartete, bis das Klingeln verstummte, schickte ihm dann eine SMS mit der Information, dass sie auf dem Weg nach Hause war, und ignorierte danach alle Antworten auf der ganzen Strecke bis nach Stockholm.

Zu Fuß lief sie das kurze Stück vom Hauptbahnhof zu ihrer Wohnung an der Kreuzung von Kungsgata und Vasagata. Ließ dort ihre Tasche ungeöffnet auf dem Fußboden stehen und starrte dann mit leerem Blick in den Kühlschrank.

Isobel hätte es niemals zugegeben, aber sie wusste genau, was sie gerade getan hatte. Sie war geflohen und schämte sich angesichts ihrer eigenen Feigheit. Normalerweise war sie nicht feige. Doch die Sache war folgende: Als sie zuletzt für einen Mann etwas Ähnliches empfunden hatte wie jetzt für Alexander, als sie zuletzt eine dermaßen starke Anziehung gespürt hatte, dass sie kaum mehr klar denken konnte, hatte das Ganze in einer Katastrophe geendet.

Sie schloss den Kühlschrank wieder, legte sich aufs Sofa und starrte an die Decke. Sie hatte acht unbeantwortete SMS von Alexander erhalten, doch es war am besten, jetzt einen Schlussstrich zu ziehen, so sehr es auch schmerzte. Denn das letzte Mal, als sie diese Art von Gefühlen empfunden hatte, nämlich für Sebastien, hatte sie es fast nicht überlebt.

18

Wo sich Peter auch umschaute, sah er Menschen, die arbeiteten. Nie zuvor hatte er die Welt so betrachtet. Menschen, die in der Kantine vor und hinter dem Tresen arbeiteten. Andere Leute bedienten, für sie putzten und somit für ihr Wohlergehen sorgten.

Er legte eine Hand auf den Schreibtisch, betrachtete seinen Handrücken und versuchte, sich daran zu erinnern, wie viel Putzarbeit und andere körperliche Tätigkeiten diese Hand je ausgeführt hatte. Er und seine Geschwister waren mit Bediensteten aufgewachsen, und er hatte dies immer als gegeben hingenommen. Doch inzwischen dachte er immer häufiger über all diese Menschen nach, deren Dasein sich von seinem enorm unterschied. Überhaupt war es, als würde er mittlerweile das Leben im Allgemeinen mit anderen Augen betrachten. Als würde eine Art Filter wegfallen, sodass die Welt plötzlich andere Konturen annahm und von Menschen bevölkert wurde, die er vorher nie beachtet hatte. Jetzt beobachtete er sie. Einige von ihnen wirkten fröhlich und glücklich, während andere definitiv einen überlasteten Eindruck auf ihn machten. Womit hing das zusammen? Warum waren manche Menschen zufrieden mit ihrem Leben und andere nicht? Worin bestand der Unterschied?

Peter betrachtete Gina, die mit ihrem Staubsauger über den hochwertigen Teppichboden draußen im Großraumbüro fuhr. Sie war eine der Personen, die hart arbeiteten und sich im Hintergrund hielten. Gehörte sie zu den Zufriedenen oder Unzufriedenen?

Seit dem Abend in der vergangenen Woche, als sie das Büro zur selben Zeit verlassen hatten und er sie ansprach, hatte er kein Wort mehr mit ihr gewechselt. Er konnte sich nicht einmal mehr daran erinnern, was er zu ihr gesagt hatte, sondern wusste nur noch, dass sie ihn angeblickt hatte wie einen Idioten.

Peter erhob sich von seinem Stuhl. Gina schaute nicht auf, als er die Tür zu seinem Büro zuschob. Das dumpfe Brummen des Staubsaugers wurde gedämpft. Er war furchtbar müde. Konnte nicht schlafen, nicht zu Hause, nicht in seinem Bett, die ganze Nacht nicht. Seine Gedanken ließen ihn nicht zur Ruhe kommen. Früher hatte es einmal eine Zeit gegeben, da er sich Sorgen darüber gemacht hatte, warum es ihm so schwerfiel, etwas zu empfinden. Doch inzwischen war genau dies leider das Einzige, was ihn umtrieb: seine Empfindungen.

Er setzte sich auf das kleine Sofa, das in seinem Büro stand. Hörte das schwache Geräusch des Staubsaugers, der vor und zurückgeschoben wurde. Er lehnte sich zurück. Nur für einen kurzen Moment würde er die Augen schließen.

»Hallo?«

Peter erwachte und setzte sich völlig desorientiert auf dem Sofa auf. Er blinzelte und versuchte, den Schlaf abzuschütteln. Als er Gina im Türrahmen erblickte, fuhr er sich rasch mit der Hand über den Mund, aus Angst, geschnarcht oder gesabbert zu haben. Ginas Gesichtsausdruck war abwartend. Sie ließ ihren Blick über seinen Körper schweifen, als suchte sie nach Hinweisen auf … irgendetwas.

»Ist alles okay?«, fragte sie, während sie das Kabel mit den Ohrstöpseln um ihren iPod wickelte und ihn dann in die Tasche ihrer Schürze schob.

»Entschuldigen Sie«, sagte Peter und richtete sein Hemd und seine Krawatte. Er hatte keine Ahnung, wie lange er geschlafen hatte. »Wie spät ist es?«

»Zwanzig Uhr.«

Er stand abrupt vom Sofa auf. Es war ihm peinlich, dass er dort saß und völlig groggy aussah.

Sie machte rasch einen Schritt zurück.

Höchstwahrscheinlich waren sie nur noch zu zweit in den Büroräumen. Womöglich hatte er ihr Angst eingejagt.

»Tut mir leid, Gina«, entschuldigte er sich. »Ich leide unter Schlafstörungen; ich hatte nicht die Absicht, hier einzunicken. Entschuldigung«, wiederholte er.

»Ich bin sowieso gleich weg«, sagte sie. »Ich muss nur noch kurz etwas essen. Wenn Sie wollen, können Sie gehen. Ich kann die Alarmanlage dann einschalten.«

Gina machte kehrt, und Peter folgte ihr automatisch auf dem Weg in die Küche. Er nahm sich ein Glas Wasser, während sie etwas aus einer runden Plastikschüssel aß, das kräftige Farben hatte und stark nach Gewürzen roch. Sein Magen begann zu knurren, und er hoffte, dass sie es nicht hörte. Sie standen schweigend da, während er sein Wasser trank.

»Und warum können Sie nicht schlafen?«, fragte sie schließlich, wischte sich den Mund ab und stellte ihre Schüssel ab.

»Keine Ahnung, es geht schon eine Weile so.«

»Mein Vater leidet auch unter Schlafstörungen.«

Peter verzog den Mund. »Wie alt ist Ihr Vater?«

»Ich weiß es nicht genau. Ungefähr fünfundvierzig. Oder fünfzig. Und Sie?«

»Sechsunddreißig.« Er traute sich nicht, sie nach ihrem Alter zu fragen, aber sie sah noch ziemlich jung aus. Ihr Schwedisch war perfekt, dennoch hörte er einen leichten Akzent heraus, den er nicht einordnen konnte. Er fragte sich, woher sie wohl kam.

Wäre es rassistisch, danach zu fragen? Er hatte keine Ahnung und war sich auch nicht sicher, ob er sich je länger mit einer dunkelhäutigen Person unterhalten hatte. Sagte man überhaupt dunkelhäutig? Er war kurz davor, einen Schweißausbruch zu erleiden, denn er hatte eine Höllenangst davor, rassistisch zu klingen. Er war mit den Vorurteilen seines Vaters aufgewachsen. Sein Vater hasste alle: Ausländer, Schwarze, Feministinnen. Peter hatte peinlicherweise nie zuvor darüber nachgedacht, sondern lieber seinen Mund gehalten und sich angepasst. Aber mittlerweile hatte sich vieles verändert, und er war in der Tat neugierig, wie es dort aussah, wo Gina aufgewachsen war. Das einzige Schulfach, das ihn interessiert hatte, war Geografie gewesen, vielleicht, weil es darin nicht nur um Buchstaben und Zahlen ging, sondern auch um Bilder und Geschichten. Doch er traute sich nicht, sie zu fragen, wagte es nicht, den fragilen Zustand der Nicht-Verachtung von ihrer Seite aufs Spiel zu setzen.

»Wie kommt es, dass Sie nicht wissen, wie alt Ihr Vater ist, wenn ich fragen darf?«, erkundigte er sich stattdessen. Er hielt die Luft an und hoffte, dass sie sich nicht unmittelbar verbal auf ihn stürzen würde.

Sie drehte den Wasserhahn auf, gab etwas Spülmittel in ihre Schüssel und spülte sie aus. »Mein Vater weiß es selbst nicht so genau. In unserem Heimatland ist es nicht wichtig. Ich komme aus Somalia. Dort definiert man sich nicht über sein Alter oder über das, was man beruflich macht, sondern über seine Familie.«

Peter spülte sein Glas aus und trocknete es ab. Er fragte sich, ob es wirklich so viel besser war, vor dem Hintergrund der eigenen Familie beurteilt zu werden. »Leben Sie allein mit Ihrem Vater?«

»Ich habe noch einen jüngeren Bruder«, antwortete sie, doch ihre Stimme hatte sich verändert. Dieses Thema gefiel ihr nicht, das merkte er deutlich. Er wollte nicht, dass sie sich wieder vor ihm verschloss, denn er verspürte ein starkes Bedürfnis, sich unabhängig von seiner Arbeit mit jemandem zu unterhalten.

»Ich habe auch einen jüngeren Bruder.«

Sie verzog den Mund, sagte jedoch nichts.

Wie idiotisch von ihm. Sie war Alexander ja schon oft genug begegnet.

Gina trocknete ihre Schüssel ab, und Peter merkte, dass sie Feierabend machen wollte. Er schaute auf seine Armbanduhr; es war kurz vor einundzwanzig Uhr. Wo war nur die Zeit abgeblieben?

»Wo wohnen Sie eigentlich?«, fragte er.

Sie sah ihn an, als wollte sie fragen, was es ihn anginge, antwortete jedoch knapp: »Tensta.«

»Haben Sie ein Auto?«

Sie bedachte ihn mit einem ironischen Blick. »Ob ich ein *Auto* habe?«

»Tut mir leid«, entschuldigte er sich. »Aber wie kommen Sie nach Hause?« Tensta lag zwar auf dem Weg nach Gyllgarn, sodass er an diesem Vorort schon Hunderte von Malen vorbeigefahren sein musste, aber dennoch lag er für ihn meilenweit entfernt. Er hatte keine Ahnung, wie man dort hinkam, wenn man kein Auto besaß. Mit dem Zug? Dem Bus? Es war schließlich schon spät. War es um diese Zeit wirklich noch sicher?

»Ich fahre genauso nach Hause, wie ich es die letzten Jahre immer schon gemacht habe«, erklärte sie, und in ihrer Stimme war wieder die ganze Verachtung von vorhin zu hören. »Man nennt es auch ›öffentliche Verkehrsmittel‹.«

Sie nahm ihre Schürze ab, und er streifte mit dem Blick ihre schmale Taille.

»Arbeiten Sie noch länger? Können Sie dann die Alarmanlage einschalten? Mein Vater wartet nämlich schon, ich bin spät dran.«

»Klar«, antwortete er und schämte sich dafür, dass er sie womöglich aufgehalten hatte. »Gehen Sie nur.«

Zehn Minuten später machte Peter das Licht aus. Er schaltete die Alarmanlage ein und fuhr mit dem Aufzug hinunter. Als er auf die Straße hinauskam, stand Gina auf dem Gehweg. Sie telefonierte. Doch dann beendete sie das Gespräch, seufzte tief und erblickte ihn schließlich.

»Alles in Ordnung?«, fragte er.

Sie runzelte die Stirn. »Mein Vater hat gerade angerufen. Nach Tensta fahren zurzeit keine Züge. Irgendwer hat Feuerwerksraketen in einen Tunnel geworfen, es haben sich Rauchschwaden gebildet, und der Schienenverkehr ist lahmgelegt. Jetzt weiß ich nicht, wie ich nach Hause kommen soll.« Sie rieb sich matt die Stirn. »Sie haben keine Ersatzbusse eingerichtet. Und mein Vater hat einen schlechten Abend hinter sich, sodass sie zu Hause noch nichts gegessen haben. Und außerdem muss ich noch für die Uni lernen.« Sie schüttelte den Kopf. »Mist.«

Er wollte gerade vorschlagen, dass sie sich ja ein Taxi nehmen könnte, konnte sich aber in letzter Sekunde zurückhalten. »Ich kann Sie fahren«, bot er an. Er reagierte aus einem Impuls heraus, doch als er die Worte ausgesprochen hatte, fühlten sie sich völlig richtig an. Er hatte schließlich einen Wagen. Fuhr jeden Tag damit zur Arbeit, weil er eigentlich vorhatte, danach zum Tennis zu fahren, schaffte es aber nie. Und zu Hause wartete auch niemand auf ihn.

»Und warum?« In ihrem Gesicht spiegelte sich Misstrauen wider.

»Ich sehe doch, dass Sie sich Sorgen um Ihren Vater machen. Außerdem geht es schneller.«

Sie sah zweifelnd aus. Sie trug einen dünnen Mantel und hatte den Gürtel um die Taille fest zugezogen. Als er unbemerkt an ihr hinunterschaute, sah er, dass ihre nackten Füße in dünnen Stoffschuhen steckten.

»Sie sind in einer Viertelstunde zu Hause«, versuchte er, sie zu überreden. »Mein Auto steht um die Ecke, und ich setze Sie direkt vor Ihrer Haustür ab.«

Gina kaute zögernd auf ihrer Unterlippe, doch Peter sah, dass er gewonnen hatte. Sie nickte kurz. »Danke, das wäre nett.«

Sie gingen das kurze Stück bis zu der Straße, in der sein Wagen parkte. Peter nahm den Autoschlüssel und klickte das Schloss auf. Wenn Gina von dem blinkenden hellgrauen Monster von einem Auto, einem nagelneuen Sportmodell von Mercedes, beeindruckt war, ließ sie es sich jedenfalls nicht anmerken. Peter öffnete die Beifahrertür und hielt sie ihr auf, woraufhin sie auf den Sitz glitt.

Dann startete er den Wagen und fuhr los.

»Musik?«, fragte er.

Sie zuckte mit den Achseln, und er war unentschlossen. Er wollte nicht irgendeine Musik einschalten, die sie womöglich furchtbar fand, sich dann aber aus Höflichkeit anhörte. »Sie können einen Sender Ihrer Wahl einstellen«, sagte er, um das Dilemma zu lösen und sah dann im Augenwinkel Ginas schlanke Finger übers Display gleiten. Sie hielt bei einem privaten Kanal an, und sie wurden mit sanfter Musik aus den Achtzigern berieselt. Er fragte sich, ob sie in den Achtzigerjahren überhaupt schon geboren war.

»Gefällt Ihnen Ihre Arbeit?«, fragte er und musste im nächsten Moment angesichts seiner dämlichen Frage innerlich das Gesicht verziehen. Sie putzte. Klar, dass ihr das *nicht* gefiel.

»Es ist ganz okay. Zwar körperlich anstrengend, aber man arbeitet selbstständig.« Sie schaute hinunter auf ihren Schoß.

»Sie sagten, dass Sie nach Hause müssten, um für die Uni zu lernen, nicht wahr?«

»Ja.«

Peter wartete, doch sie gab ihm keine weiteren Erklärungen. Auf Höhe von Norrtull verließ er die Autobahn, blinkte, bog ab und fuhr dann weiter in Richtung Norden.

»Medizin«, sagte sie nach einer Weile. »Am KI. Karolinska-Institut.«

»Und macht es Ihnen Spaß?« Er selbst hatte jegliche Art von Unterricht gehasst. Auf der Schule hatte er ständig das Gefühl gehabt, die Buchstaben flimmerten ihm vor den Augen herum. Außerdem hatte er seinen Vater immerfort enttäuscht und war ein ums andere Mal mit seinen hochbegabten Geschwistern verglichen worden, Natalia mit ihrem Sinn für Zahlen und Alexander mit seinem Charisma. Beide Geschwister hatten jeweils eine Klasse übersprungen, während er selbst darum kämpfen musste, wenigstens mittelmäßige Noten zu erreichen.

»Ich bin erst im zweiten Semester, aber es war schon immer mein Traum, Ärztin zu werden, und ich liebe es.«

»Das hört man an Ihrer Stimme. Aber dass Sie es schaffen, nebenher noch zu putzen.« Er kannte Leute, die Medizin studiert hatten, aber, wenn er sich recht erinnerte, fast rund um die Uhr dafür büffeln mussten.

»Ich muss. Ich will kein staatliches Studiendarlehen in Anspruch nehmen, und meine Familie benötigt das Geld.«

Plötzlich erschienen Peter seine eigenen Sorgen albern und nichtig. Versorgte sie etwa ihren Vater *und* ihren kleinen Bruder? Während sie gleichzeitig Medizin studierte?

»Wie alt sind Sie, Gina, wenn es Ihnen nichts ausmacht, dass ich frage?«

»Zweiundzwanzig.«

Er versuchte, sich daran zu erinnern, was er selbst in dem Frühjahr gemacht hatte, als er zweiundzwanzig geworden war. Er hatte Partys besucht. War in den Skiurlaub gefahren. Hatte eine Million Kronen in Aktien zum Geburtstag geschenkt bekommen.

»Biegen Sie hier ab«, sagte sie und deutete auf einen Abzweig.

Er bahnte sich mit ihrer Hilfe einen Weg durch Tensta. Als sie ihm signalisierte, dass sie angekommen waren, hielt er an und widerstand einem inneren Impuls, auszusteigen und ihr die Tür aufzuhalten. Er ahnte, dass es ihr peinlich gewesen wäre.

Nachdem sie ausgestiegen war, beugte sie sich noch einmal zu ihm hinein. »Vielen Dank fürs Mitnehmen«, sagte sie. Er sah, wie verlegen sie war. Es war in der Tat eine eigenartige Situation.

»Gern geschehen«, antwortete er aufrichtig.

Sie schenkte ihm ein flüchtiges Lächeln, bevor sie die Wagentür schloss. Peter wartete, während er sie die Haustür öffnen und in dem grauen Hochhaus verschwinden sah. Er wartete noch ein wenig in der Hoffnung, feststellen zu können, in welchem Stockwerk sie wohnte. Aber nirgendwo wurde Licht eingeschaltet.

19

Alexander winkte Natalia zu, die mit dem Kinderwagen an der Brücke nach Djurgården auf ihn wartete. Sie winkte zurück, und als er seine Schwester erreicht hatte, schloss er sie die Arme und drückte sie fest an sich.

»Alles in Ordnung, Schwesterherz?«

Natalia strich sich das dunkle Haar aus dem Gesicht und schenkte ihm ein Lächeln. »Ich freue mich, dass du angerufen hast. David wollte für ein paar Stunden ins Büro, und es ist schön, mal wieder rauszukommen.«

»Du hast also nur Zeit für mich, wenn David anderweitig beschäftigt ist?«

»Jetzt mach aber mal halblang, Alex. Du triffst dich sowieso nur mit mir, wenn du etwas brauchst. Versuch also nicht, mir Schuldgefühle einzureden.«

Alexander grinste breit, denn Natalia hatte recht: Er wollte sie um etwas bitten. Er schaute in den Kinderwagen, in dem Molly lag und genüsslich an einem Schnuller saugte.

»Sie ist süß«, sagte er und meinte es ernst. »Kein Wunder, sie ist ja auch deine Tochter.«

Er hatte immer gewusst, dass Nat eine gute Mutter sein würde, nicht zuletzt, weil sie in jeder Hinsicht das Gegenteil ihrer eigenen Mutter war. Er legte einen Arm um sie, und als sie sich an ihn lehnte, verspürte er unerwartet einen Kloß im Hals. Er hatte sie so verdammt gern, aber er war einfach schlecht darin, es ihr zu zeigen. Wenn Natalia damals nicht da gewesen wäre …

Er drückte sie noch etwas fester. Natalia hatte während ihrer gemeinsamen Kindheit stets für alles gestanden, was mit Wärme und Geborgenheit zu tun hatte. Als sie klein waren, hatte sie immer versucht, ihn zu beschützen, hatte ihn getröstet, wenn er traurig war, und mit ihm gespielt, wenn er sich einsam fühlte. Sie war schließlich auch noch ein Kind gewesen, sodass sie vieles nicht hatte verhindern können, aber Alexander war sich ganz sicher, dass Natalia diejenige war, die für seine wenigen guten Eigenschaften verantwortlich war. Sie war ihm ein Vorbild gewesen und hatte das Gute in ihm gehegt und gepflegt. Ohne sie wäre die Leere in seinem Inneren noch viel größer gewesen.

Natalia lächelte ihn an und beugte sich dann über den Kinderwagen, um ihre Tochter ordentlich zuzudecken. Er beobachtete ihre sicheren Bewegungen. Während ihrer gemeinsamen Kindheit hatten sie sich sehr nahegestanden. Doch er glaubte nicht, dass sie auch nur ahnte, was er in der Zeit, als sie beide Teenager waren, erlebt hatte. Was er alles verbrochen hatte und was ihm angetan worden war. Wie würde sie reagieren, wenn sie es erführe? Nat hatte ihn zwar beschützt, als sie klein waren, aber Alexander hatte sie in gewisser Hinsicht ebenfalls vor dem Schlimmsten bewahrt.

Sie schaute auf und warf ihm einen flüchtigen Blick zu. Was würde sie wohl zu seiner Arbeit in New York sagen? Sie machte sich Sorgen angesichts seines flatterhaften und ungesunden Lebensstils, der vielen Skandale sowie des Mangels an Zielen und Sinn in seinem Leben. Er war nahe dran gewesen, ihr alles zu erzählen, mehrmals, denn das Letzte, was er wollte, war, dass sie seinetwegen Kummer und Sorgen hatte. Doch er kannte seine Schwester. Wenn er es Natalia erzählte, würde sie ihn beknien, es ebenfalls ihrer Mutter und Peter erzählen zu dürfen. Dann würden es alle wissen, und er selbst würde … schutzlos dastehen. Normalerweise machte er sich nicht unbedingt Gedanken darüber, aber mitunter bekam er ein schlechtes Gewissen, wie zum Beispiel heute. Es war leichter, seine Familie glauben zu lassen, dass er einfach nur feierte, denn wenn keine Erwartungen an ihn gestellt würden, könnten sie auch nicht enttäuscht werden. Doch eigentlich wollte er keine Geheimnisse vor Natalia haben.

Das Seltsame war, dass er Isobel davon erzählt hatte. Sie kannten einander kaum, und dennoch hatte er ihr alles anvertraut.

»Was ist?«, fragte Natalia mit einem Lächeln hinter ihrer Sonnenbrille.

»Als du David begegnet bist, wusstest du da eigentlich sofort, dass Ihr zwei ein Paar werden würdet?«

»Nein. Man neigt zwar immer dazu, es im Nachhinein so darzustellen, aber nein. Es hat lange gedauert. Warum fragst du? Hast du jemanden getroffen?«

Er lachte und schüttelte den Kopf. »Ich wollte es nur wissen. Du, ich bin nicht gerade der beste Bruder, und ich habe dich tatsächlich angerufen, weil ich deine Hilfe benötige. Aber ich hoffe, dass du weißt, wie sehr ich mich für dich freue, dass du David und Molly hast. Du, Schwesterherz, bist die Beste auf der ganzen Welt.«

»Ich und alle deine Geliebten, über die ich täglich lese?«, zog sie ihn auf, doch er sah die Freude in ihren Augen. Er müsste ihr öfter sagen, wie viel sie ihm bedeutete.

»Selbstverständlich abgesehen von all denen. Schau mal, der Kiosk hat geöffnet. Darf ich dich auf ein Eis einladen?«

Sie spazierten jeder mit einem Eis in der Hand am Djurgårdskanal entlang.

»Fühlst du dich in deiner neuen Wohnung wohl?«, fragte Natalia, nachdem Molly nach einigem Quengeln im Kinderwagen eingeschlafen war.

Er nickte.

»Alles ist weiß gestrichen, und es sieht sehr skandinavisch aus. Keine Spur von irgendwelchen Familienkleinoden. Mir gefällt sie.«

Nachdem die Einrichtungsfirma fertig geworden war, hatte Alexander in den vergangenen Tagen selbst Hand angelegt. Er hatte Glas und Porzellan gekauft, Kerzenhalter und Bettwäsche. Und dabei die ganze Zeit vor seinem inneren Auge gesehen, wie Isobel zu Besuch kam und er sie herumführte.

Wenn sie ihm nicht für immer den Laufpass gegeben hatte.

Ein Zettel war alles, was Isobel hinterlassen hatte, als er erwartungsvoll zum Frühstück und zu ihrem geplanten Ausflug hinunterkam. Zuerst hatte er gedacht, dass es sich um einen schlechten Scherz handelte, doch als sie dann nicht an ihr Handy ging und ihm nur per SMS eine Entschuldigung mit der Information schickte, dass sie bereits im Zug säße, hatte er wohl oder übel einsehen müssen, dass sie tatsächlich abgefahren war.

Noch dazu mithilfe von Eugen, diesem Verräter, der sie zum Bahnhof gebracht hatte. Alexander konnte sich nicht daran erinnern, wann er zuletzt so abserviert worden war.

In Skåne hatte es ihm ohne Isobel nicht mehr gefallen, sodass er nach Hause gefahren war, um über seinen nächsten Schritt nachzudenken. Die Chemie zwischen ihnen hatte gestimmt, er konnte sich einfach nicht vorstellen, dass er sich darin so sehr getäuscht haben sollte. Ein Streichholz, und zwischen ihnen hätte es lichterloh gebrannt. Aber da war noch etwas anderes an ihr, das er noch nicht entschlüsselt hatte. Er sah es mitunter vorbeiflimmern, hörte es an einer Tonlage, an einem abgebrochenen Wort, als hätte sie sich versprochen. Nein, irgendetwas anderes hatte sie aus Skåne vertrieben, und Alexander hätte einen Aktienfonds darauf verwetten können, dass es sich dabei um komplizierte Gefühle handelte.

Also musste er eine neue Strategie entwickeln. Er hatte bereits seinen nächsten Schachzug geplant, und hier kam Natalia ins Spiel.

»Kannst du mir einen Gefallen tun? Könntest du mit Åsa reden? Ich möchte noch einen Gast zu ihrer und Michels Megahochzeit mitbringen.«

Natalia bedachte ihn mit einem misstrauischen Blick. Er wusste, dass sie eine der scharfsinnigsten Frauen in der Finanzbranche war, frischgebackene Mutter hin oder her. »Kannst du sie denn nicht selbst fragen?«

Er stöhnte. »Hast du in der letzten Zeit auch nur drei vernünftige Worte mit Åsa wechseln können?«

Natalia warf den Stiel von ihrem Eis weg und seufzte. »Sie ist in der Tat etwas anstrengend«, gab sie zu.

Ja, etwas anstrengend. Wenn man mit etwas »extrem« meinte. Er wollte es nicht drauf ankommen lassen und stattdessen lieber Natalia bitten, denn ihrer besten Freundin würde Åsa nie etwas abschlagen.

»So habe ich sie auch noch nie erlebt«, fuhr Natalia fort. »Wer hätte gedacht, dass die Königin der Coolness sich in eine hysterische Superbraut verwandeln würde? Aber weil ich ein guter Mensch bin und du mich auf ein Eis eingeladen hast, werde ich sie fragen. Michel hat um die zweitausend Verwandte, ich bin mir ziemlich sicher, dass Åsa sich freuen wird, wenn noch ein paar mehr Leute von ihrer Seite kommen. Und wer ist es? Deine Begleitung? Doch wohl nicht diese entsetzliche Bloggerin?«

Alexander schaute aufs Wasser. Es erschien ihm unangemessen, mit Natalia über Isobel zu sprechen, irgendwie wollte er sie für sich selbst behalten. Normalerweise hatte er kein

Problem damit, über seine Flirts zu berichten. Im Gegenteil, er unterhielt sowohl Natalia als auch Åsa gerne mit Geschichten über seine Eskapaden. Aber das hier war etwas anderes, Privateres.

»Eine Ärztin, die ich kennengelernt habe. Sie arbeitet für Ärzte ohne Grenzen. Und für eine Organisation namens Medpax.«

Natalia schirmte sich mit der Hand über den Augen gegen die Sonne ab. »Aber nicht Isobel Sørensen, oder?«

»Kennst du sie?«

»Nicht näher. Aber ich habe mal ihre Praxis aufgesucht. Sie war diejenige, die festgestellt hat, dass ich schwanger bin.«

»Tatsächlich?« Das hatte sie nie erwähnt. Im Hinblick auf ihre Schweigepflicht war sie offenbar konsequent, die Frau Doktor Sørensen. Nicht dass Alexander es beurteilen konnte, aber vielleicht behandelte Isobel ja alle möglichen Leute, die er kannte, ohne darüber auch nur ein Wort zu verlieren. Bewundernswert. Aber auch etwas irritierend.

»Und woher kennt ihr euch? Seid ihr euch vielleicht letztes Jahr bei den Festivitäten in Båstad begegnet?«

»Ja, unter anderem. Wir haben uns ein paar Mal getroffen«, antwortete er vage.

Doch er hätte ahnen müssen, dass seine große Schwester sich festbeißen würde. »Und wie oft? Seid ihr zusammen?«

»Wir waren gemeinsam in Skåne. Bei Eugen.«

Sie blieb stehen und sah ihn mit großen Augen an. »Machst du Witze? Eugen hat sie schon kennengelernt? Du hast noch nie irgendeine von deinen Freundinnen der Familie vorgestellt.«

»Sie ist auch nicht meine Freundin. Bitte mach jetzt keine große Sache daraus.«

Natalia sah aus, als würde sie vor Neugierde platzen, doch sie sagte nur: »Ich werde mit Åsa sprechen.«

»Danke.«

»Hast du eigentlich irgendwas von Peter gehört?«

»Nein.«

»Er scheint ziemlich down zu sein.«

»Kann schon sein«, entgegnete Alexander völlig desinteressiert. Wenn es nach ihm ging, könnte Peter bis in alle Ewigkeit unter Depressionen leiden. Es gab keine Strafe, die hart genug für ihn war.

»Eugen kommt übrigens zur Hochzeit. Und Mama auch.«

»Ohne Papa?«

»Ja.«

»Wenigstens etwas, wofür man dankbar sein muss. Aber wie ist das denn für dich? Dass Mama zu Åsas Hochzeit kommt, nachdem sie zu deiner nicht gekommen ist?«

»Ich will sie mir nicht zum Feind machen. Ich möchte bloß eine Oma für meine Tochter. Außerdem will ich meine Ruhe haben und keine Streitereien mit ihr ausfechten. Bezeichne mich ruhig als konfliktscheu, es betrifft dich ja nicht.«

Er wollte protestieren und sagen, dass Natalia viel zu gut zu ihr wäre und Ebba keine Vergebung verdient hätte, doch er schluckte es hinunter.

»Alex, da ist noch eine andere Sache, die ich dir erzählen muss«, sagte sie zögerlich. Sie biss sich auf die Lippe. »Ich habe meinen Vater getroffen.«

Er blieb stehen. Im vergangenen Sommer war herausgekommen, dass Gustaf nicht Natalias leiblicher Vater war. Sie hatten bisher nicht ausführlicher darüber gesprochen, und Alexander fiel ein, dass er sie noch nicht einmal danach gefragt hatte. »Du hast ihn also ausfindig gemacht? Wer ist es denn?«

»Er wohnt in Uppsala. Er ist Professor für Mathematik an der dortigen Uni.«

»Klar, dass du die Tochter eines Mathegenies bist.«

»Er hat keine weiteren Kinder. Er wusste nicht einmal, dass es mich gibt.« Ihr Blick war traurig, als sie die Augen niederschlug. »Mama hat es ihm nie erzählt.«

Ebba hatte so einiges auf dem Gewissen, dachte er.

»Und ihr habt euch also getroffen?«

»Ich habe einen Kaffee mit ihm getrunken. Es war ein merkwürdiges Gefühl. Ich sehe ihm ähnlich, habe dieselben Augen und dieselbe Haarfarbe wie er. Wir haben uns sehr gut verstanden.«

Sie sah ernst aus, und er fand, dass diese Begegnung für Natalia sicher eine der wichtigsten ihres Lebens gewesen sein musste, denn sie hatte einen wichtigen Teil von sich selbst gefunden. Doch dann leuchteten ihre Augen plötzlich wie eine Supernova auf, wie sie es immer taten, wenn sie David erblickte. Alexander verdrehte die Augen.

»Sei jetzt nett«, murmelte sie.

Alexander drehte sich um und wartete, bis David Hammar sie eingeholt hatte. Sie begrüßten sich höflich, und David bedachte ihn mit einem seiner Blicke aus blaugrauen Augen. Er schien innerhalb des Bruchteils einer Sekunde zu ermessen, bewerten und zu verurteilen, dass sich Alexander nicht verändert hatte, jedenfalls nicht zu seinem Vorteil. Er selbst würde die Beziehung zwischen ihm und seinem Schwager im besten Fall als neutral bezeichnen. Nicht gerade kühl, aber definitiv auch nicht herzlich. Alexander hatte im Lauf des vergangenen Sommers, bevor Natalia und David offiziell ein Paar wurden, eine Abneigung gegenüber David entwickelt, und obwohl offensichtlich war, dass David Natalia weitaus glücklicher machte, als Alexander sie je zuvor erlebt hatte, ging er allein schon aus Prinzip auf Abstand zu ihm. Außerdem war sich Alexander ziemlich sicher, dass der knallharte Selfmademan weder für ihn noch für seinen Lebensstil viel übrig hatte. Da aber beiden viel an Natalia gelegen war, begegneten sie einander in stiller Übereinkunft höflich und zivilisiert.

David beugte sich über den Kinderwagen und schaute nach seiner Tochter, die mittlerweile leise schnarchte. David Hammar war schon vor seiner Vaterschaft ein nicht zu unterschätzendes Schwergewicht gewesen, einer der rücksichtslosesten Geschäftsleute, denen Alexander je begegnet war. Doch als frischgebackener Papa war er beinahe noch respekteinflößender, ein Beschützer wie ein Grizzlybär.

»Alexander hat sich eine Wohnung in Stockholm gekauft«, sagte Natalia und schaute Alexander auffordernd an. »Wenn du also noch bleibst, jetzt wo David in Elternzeit geht, könntet ihr beide ja vielleicht etwas mehr zusammen unternehmen, oder?«

Unbedingt. Und die Hölle wird vielleicht zu Eis gefrieren.

David sagte in neutralem Ton: »Darüber können wir ja dann noch mal reden.«

Alexander deutete seine Worte so, dass David ungefähr genauso scharf darauf war, etwas mit ihm gemeinsam zu unternehmen, wie sich ohne Betäubung die Zähne ziehen zu lassen. Also grinste er, versetzte David einen freundschaftlichen Schlag auf den Rücken und sagte: »Ich freu mich schon drauf«, bevor er Hejdå sagte und sich nach Hause begab.

Noch bevor Alexander zur Tür hereinkam, hatte er eine SMS von Natalia erhalten. Sie versicherte ihm, dass es okay sei, wenn er Isobel zur Hochzeit mitbrächte.

Er legte sich auf sein neues Sofa, verschränkte die Arme hinterm Nacken und dachte über den nächsten Schritt nach.

Jetzt ging es darum, Isobel dazu zu bringen, Ja zu sagen.

20

»Ich komme in gut zwei Wochen«, sagte Isobel und betrachtete Idris' Gesicht über den instabilen Skype-Chat. Im Hintergrund sah sie das Arztzimmer des Krankenhauses, das aus nicht viel mehr als einigen Tischen und ein paar abschirmenden Stoffplanen bestand. Ein Europäer konnte sich kaum vorstellen, wie einfach die Verhältnisse dort unten waren. Isobel legte ihre Füße auf den Schreibtisch und platzierte den Laptop auf ihrem Schoß. Im Büro von Medpax war sie fast allein, nur Leila saß noch in ihrem Zimmer, während alle anderen bereits Feierabend gemacht hatten.

Auf dem Bildschirm sah sie, wie sich Idris eine halbe Welt entfernt mit einem Stofffetzen den Schweiß von der Stirn wischte. Idris war einer der besten Ärzte, denen Isobel je begegnet war, und noch dazu einer der wenigen einheimischen, die in ihrem armen, politisch instabilen Heimatland geblieben waren. Die meisten Ärzte im Tschad gaben früher oder später auf und zogen in Länder um, in denen sie ein regelmäßiges Gehalt bezogen und ihre Familien in Sicherheit wussten und wo das Dasein nicht aufgrund von Kämpfen zwischen einzelnen Clans sowie Gewaltexzessen gefährlich und ihre Zukunft ungewiss war.

»Man erwartet dich zwar sehnlichst, aber wir haben so weit alles unter Kontrolle«, sagte er und richtete seine einfache Brille über der Nasenwurzel. Der Tschad war eine ehemalige französische Kolonie, und Idris sprach ein gebildetes Französisch mit vereinzelten arabischen Redewendungen.

»Und wie geht's dir?«

Idris hatte nach seinem Äußeren zu urteilen vermutlich einige Nächte am Stück durchgearbeitet.

»Wir hatten heute Nacht drei Kaiserschnitte.« Er schüttelte den Kopf und brauchte nichts weiter zu erklären, denn Isobel wusste, was das bedeutete.

Obwohl es sich zwar eigentlich um ein Kinderkrankenhaus handelte, wurde eine Frau kurz vor der Niederkunft natürlich nicht abgewiesen, schon gar nicht mitten in der Nacht. Im Tschad wimmelte es nachts nur so von wilden Tieren und Männern mit schlechten Absichten. Aber da ihre Ressourcen begrenzt waren und die Frauen oftmals viel zu spät kamen, nahmen nicht alle Kaiserschnitte ein glückliches Ende. Als Arzt in Schweden sah man im Lauf seines Berufslebens vielleicht eine Handvoll Kinder sterben. Doch Idris hatte mehr gesehen. Viel mehr. Sie streifte mit ihrem Blick sein Gesicht. Die lange Narbe von der Verletzung mit einer Machete verlief von seiner Schädeldecke hinunter über die Wange. Sie hatte ihn einmal gefragt, was passiert war. »Unzufriedener Patient«, hatte er lakonisch geantwortet. Sie fragte sich, ob er sich deswegen dafür entschieden hatte, in einem Kinderkrankenhaus zu arbeiten. Es gab weniger Kinder als Erwachsene, die ihrer Unzufriedenheit mittels Gewalt Ausdruck verliehen. Und die meisten Eltern waren dankbar.

»Soll ich irgendetwas mitbringen?«, fragte sie.

»Du hast nicht zufällig ein Sauerstoffgerät übrig?«

»Ist es so schlimm?«

Idris nickte. Die Existenz eines Kinderkrankenhauses stand und fiel mit der Sauerstoffversorgung. Die Geräte im Krankenhaus waren schon alt und überholt. Doch Medpax hatte Krankenhausgehälter zu bezahlen und den Unterhalt des Gebäudes zu finanzieren. Sowie einige Ausgaben an Bestechungsgeldern, um zumindest ein Minimum an Sicherheit zu gewährleisten. Ein Sauerstoffgerät kostete viel Geld.

»Ich werde es beim nächsten Meeting ansprechen«, versprach sie.

»Marius ist übrigens hier. Er hätte gern wieder diese schwedischen Erdnussflips, die du letztes Mal mitgebracht hast.« Isobel hörte von irgendwoher im Raum Lachen und Proteste. In ihren Augen begann es unangenehm zu brennen. Sie hatte Marius kennengelernt, als sie das letzte Mal im Tschad gewesen war. Ein elternloser Siebenjähriger, den keiner haben wollte. In der Zwischenzeit hatte sie oft an ihn gedacht und gehofft, dass er irgendwie zurechtkommen würde.

»Ich werde ihm Erdnussflips mitbringen. Grüß Marius von mir.«

Idris nickte, und sie beendeten das Gespräch.

Isobel blieb sitzen. Es war jedes Mal ein merkwürdiges Gefühl, mit jemandem zu sprechen, der sich so weit weg befand und unter völlig anderen Umständen lebte. Sie rieb sich die Augen. Es war neunzehn Uhr, und sie hatte in den vergangenen Tagen hart gearbeitet und sollte jetzt heimfahren. Oder wenigstens in eine Kneipe gehen. Feierten nicht viele Leute mittwochs das »Bergfest« der Arbeitswoche, oder so was in der Art? Wie auch immer, jedenfalls sollte sie etwas tun, anstatt tatenlos herumzusitzen und sich in Dingen zu ergehen, die sie gesagt oder auch nicht gesagt hatte.

Alexander hatte nichts von sich hören lassen. Das war eine Tatsache. Die in keiner Weise verwunderlich war. Im Gegenteil. Er hatte ihr im Verlauf des Samstags mehrere SMS geschickt und mehrfach angerufen, aber sie hatte ihm nur mit einer kurzen entschuldigenden SMS geantwortet, woraufhin er letztlich aufgegeben hatte. Und heute war Mittwoch, also hatte sie erreicht, was sie wollte: Er ließ sie in Ruhe.

Sie schämte sich dafür, wie sie mit der Situation umgegangen war. Sie befingerte ihren Laptop und surfte ein wenig im Internet. Sie konnte kaum widerstehen, seinen Namen zu googeln, ließ es jedoch letztendlich bleiben. Es war vorbei, und das war gut so. Sie klappte den Laptop zu und stand auf.

In dem Augenblick summte ihr Handy, und sie schaute aufs Display.

Alexander de la Grip. *War das möglich?*

Sie sollte lieber nicht rangehen. Wirklich nicht …

Andererseits … warum denn eigentlich nicht?

»Hallo?«

»Aha, hallo Doktor Sørensen. Sie leben also noch. Wie geht es Ihnen?«

Alexanders Stimme klang selbst am Telefon nach Sonnenschein und Abenteuer. Gott, wie sie diese Stimme liebte. Mit dieser Wärme und dem Lachen, aber auch mit einer unverbrüchlichen Stärke und Ausdauer. Das hier war ein Mann, der sich wegen ihr geprügelt hatte, der sich gegen Sebastien behauptet und sich ihr zuliebe intensiv mit humanitärer Hilfe beschäftigt hatte. Natürlich begriff sie, dass es sich dabei zum Teil um Manipulation von seiner Seite handelte und dass hinter all seinem Tun gewisse Absichten standen, aber dennoch.

»Danke, gut. Ich arbeite gerade«, antwortete sie.

»Was auch sonst? Langsam habe ich den Verdacht, dass Sie überhaupt kein Privatleben haben.«

Da hatte er nicht ganz unrecht. Sie lächelte. »Und Sie? Sind Sie noch in Skåne?«

»Dort, wo Sie mich haben sitzen lassen, meinen Sie?«

»Entschuldigen Sie«, sagte sie.

»Ich liebe es, wenn Sie um Entschuldigung bitten. Sie haben mich ignoriert, also habe ich jetzt etwas gut bei Ihnen.«

»Haben Sie?«

»Ganz sicher. Ich wollte Sie fragen, ob Sie gemeinsam mit mir auf ein Fest gehen wollen, als meine Begleitung.«

»Ein Fest?«

»Eine Hochzeit. Eine Freundin von mir heiratet.«

Dazu konnte sie nicht Ja sagen. Das wusste sie. Aber eine Hochzeit ... Isobel hatte eine Schwäche für Hochzeiten. »Wann findet sie denn statt?«

»Am Samstag.«

»Am kommenden Samstag? Das ist ja schon in drei Tagen.«

»In der Domkirche«, fügte er hinzu. »Abendessen im Riddarhus.«

Isobel runzelte die Stirn, denn normalerweise heirateten nur Mitglieder der königlichen Familie dort. Und das Riddarhus? Dort feierte doch der Adel seine Feste, oder? »Was für eine Hochzeit ist es denn?«, fragte sie misstrauisch.

»Meine Freundin Åsa Bjelke heiratet einen Finanzmann namens Michel Chamoun.«

»Machen Sie Witze?«

Selbst Isobel hatte von der bevorstehenden Hochzeit gehört. Man konnte dem Gerede darüber kaum entgehen. Die Society-Hochzeit des Jahres nannte man sie. Es wurden prominente Gäste aus der ganzen Welt erwartet.

»Sie könnten mein Ego retten und zugleich etwas zu essen bekommen. Ich weiß ja, wie ungehalten Sie sein können, wenn Sie nichts zu essen bekommen.«

Sein Tonfall war locker, aber bei dem Brautpaar handelte es sich um seine Freunde. Vermutlich würde auch seine ganze Familie dort sein. Sie blinzelte und wusste, was sie zu tun hatte. Außerdem müsste sie ihre Reise in den Tschad planen. Sie hatte sich bereits entschieden, und es war dumm gewesen, diesen Anruf überhaupt anzunehmen.

»Es tut mir leid, Alexander, aber ich muss Ihnen leider absagen. Es ist besser, wenn wir uns nicht mehr wiedersehen. Ich wollte es Ihnen persönlich sagen und nicht als Nachricht per SMS schicken oder einfach nicht antworten. Ich habe mich entschieden.«

»Sind Sie sicher?« Seine Stimme war leiser geworden, ernsthafter. »Ich hatte gehofft, wir könnten uns weiterhin sehen … hatte gedacht, dass wir … Ich mag Sie.«

Und ich mag Sie auch. Viel zu sehr.

»Ich bin mir sicher.«

»Okay«, sagte er. Sie hörte die Enttäuschung und eine Wärme in seiner Stimme, jedoch ohne anklagenden Tonfall. Das hier war kein Mann, der seinen Frust an anderen ausließ. Großer Gott, wie sehr sie das schätzte. Er verstummte, und Isobel hielt die Luft an, wusste nicht genau, warum. Sie presste ihr Handy ans Ohr.

»Dann wünsche ich Ihnen viel Glück«, sagte er leise. »Sie machen übrigens einen fantastischen Job, ich hoffe, dass Sie das wissen. Ich bin froh, Ihnen begegnet zu sein. Es war sehr schön mit Ihnen.«

Isobel, rief eine innere Stimme, was machst du da?

»Danke«, sagte sie leise.

»Hejdå Isobel.«

Sie zögerte, doch dann legte sie auf, bevor sie sich anders entscheiden konnte. Ein Teil von ihr hatte sich bereits umentschieden, aber es war zu spät, und sie wusste, dass sie richtig gehandelt hatte. Sie atmete heftig aus. In dem leeren Zimmer war es deutlich zu hören.

»Wer war das denn?«

Isobel zuckte beim Klang der Stimme zusammen und fuhr herum. Leila stand mit verschränkten Armen und hochgezogenen Augenbrauen an den Türrahmen gelehnt da.

»Nicht, dass es dich etwas anginge, aber es war Alexander.«

»Und was wollte er?«

»Nichts, was mit Medpax zu tun hat. Er wollte mich zu dieser Hochzeit am Wochenende einladen. Ich habe die Einladung ausgeschlagen.«

»Ja, das habe ich gehört.« Leila kam in den Raum, zog sich einen Stuhl heran, setzte sich und bedachte Isobel mit einem durchdringenden Blick. »Lass mich raten. Blanche benötigt das gesamte Wochenende über deine Hilfe, um irgendetwas aufzuhängen, sodass du das Angebot, einen attraktiven Mann zu treffen, der dich offensichtlich mag, abgelehnt hast. Um deiner Mutter zu helfen.«

Isobel verschränkte ebenfalls die Arme vor der Brust. Es war eine Sache, sich selbst über ihre Mutter zu ärgern, aber eine völlig andere, sich noch dazu Leilas Kritik anhören zu müssen.

Leila legte ihre Hände auf den Tisch und trommelte mit ihren schwarz lackierten Fingernägeln auf die Tischplatte. »Jetzt gebe ich dir einen guten Rat.«

»Noch einen? Ich habe doch schon all die anderen im Hinterkopf, die du mir gegeben hast.« Leila bedachte sie mit einem Blick aus zusammengekniffenen Augen. »Ruf Alexander an und sag ihm, dass du dich anders entschieden hast. Lebe doch endlich mal ein wenig.«

»Ich weiß ja nicht, was du für Feedback bekommst, Leila, aber deine Ratschläge sind manchmal ziemlich daneben. Ich habe gerade einen Schlussstrich gezogen.«

Nicht, dass sie überhaupt zusammen gewesen wären. Trotzdem fühlte es sich wie Schlussmachen an.

Und wie weh es tat.

»Sag das nicht, die Leute bezahlen Unsummen für meine Ratschläge. In zwei Wochen wirst du in den Tschad fahren. Was spielt es also für eine Rolle? Geh zusammen mit Alexander aus, ihr mögt euch, und die Funken sprühen so grell zwischen euch, dass einem schon die Netzhaut wehtut. Und wenn das Ganze dann doch nichts für dich sein sollte, fährst du sowieso erst mal weg. Dann kann es von selbst enden.«

Sie hatte es sich selbst schon überlegt. Ein kleiner Flirt mit einem der attraktivsten und charmantesten Männer der Welt, bevor sie wegfuhr, um zu arbeiten; war das nicht genau das, was sie jetzt brauchte? Nach Sebastien hatte sie schließlich auch Dates gehabt, zumindest nach und nach. Mit diversen älteren Ärzten und anderen Männern, die sie bei ihrer Arbeit kennengelernt hatte. Unter anderem einem Chirurgen. Alles ernst zu nehmende Typen. Intelligent und interessant. Aber irgendwie auch langweilig. Ohne jegliche Intensität.

»Ich kann ihn ja wohl schlecht anrufen und ihm sagen, dass ich mich anders entschieden habe«, beklagte sie sich bei Leila, die ihr nur unnötig Hoffnung einflößte. Oder konnte sie es doch? »Wir haben uns gerade auf Nimmerwiedersehen verabschiedet.«

»Es gibt vieles, was man hier im Leben nicht tun kann, da stimme ich dir zu. Aber das gehört ganz sicher nicht dazu. Natürlich kannst du es.«

»Warum hängst du dich eigentlich da rein?«

»Du sagst es.« Leila stand auf. »Eigentlich ist es scheißanstrengend, so fürsorglich zu sein, aber es muss wohl an meiner angeborenen Gutmütigkeit liegen. Und natürlich an meiner Ausbildung zur Psychologin. Ich kann nicht anders, als mich da reinzuhängen. Ich gehe jetzt raus und rauche eine. Ruf ihn an. Bevor er noch eine seiner anderen Tussis anruft. Er ist zwar wirklich süß, aber er hat nicht zuletzt auch was von einer Schlampe.«

Isobel zögerte, hatte sich jedoch entschieden, sobald Leila die Tür hinter sich geschlossen hatte.

Alexander meldete sich bereits nach dem ersten Klingeln, als hätte er mit dem Handy in der Hand dagesessen und gewartet.

»Ja?«

»Kann ich es mir noch einmal anders überlegen?«

Oh Gott, bitte. Er hatte doch wohl noch keine andere gefragt?

»Liebend gerne.«

»Dann habe ich es mir hiermit anders überlegt. Ich würde gern mit auf die Hochzeit gehen.«

»Wie sehr ich mich freue.«

Sie schwiegen, bis Isobel die einzig wirklich relevante Frage stellte: »Und wie lautet der Dresscode?«

»Es handelt sich um eine Hochzeit am Nachmittag, also ein langes Kleid.«

Merde. Sie würde es nicht mehr schaffen, sich eins zu kaufen. Und was kostete so ein Kleid überhaupt? Oder konnte sie das grüne nehmen? Sie war sich da nicht ganz sicher. Nahm man diese Dinge in der Oberschicht nicht wahnsinnig genau?

»Isobel? Vielleicht könnte ich Ihnen helfen.«

»Womit?«

»Ich weiß, wie viel Sie arbeiten, und mir ist auch klar, dass eine Ärztin, die nur elftausend im Monat verdient, um die Welt zu verbessern, etwas andere Prioritäten setzt. Deshalb weiß ich eine Lösung. Ich habe eine Bekannte, die ein Schneideratelier besitzt. Dort können Sie sich ein Kleid ausleihen. Ich habe mich bereits erkundigt, beziehungsweise meine Schwester hat es getan. Sie hat mir übrigens erzählt, dass Sie sich kennen.«

Isobel ignorierte seine letzten Worte und die Tatsache, dass er offenbar mit seiner Familie über sie sprach.

»Ausleihen? Sind Sie sich sicher?«

»Es ist so ähnlich wie Secondhand.«

»Okay«, sagte sie. »Danke. Dann leihe ich mir gerne eins aus.«

»Und noch eine Sache.«

»Ja?«

»Ich bin sehr froh, dass Sie angerufen haben.«

»Ich auch«, sagte sie leise.

»Ich schicke Ihnen alle Details per SMS.«

»Danke.«

»Es wird bestimmt schön.«

Isobel spürte, wie sich ein Lächeln in ihrem Gesicht ausbreitete. Es würde *sehr* schön werden.

»Ja.«

Sie war sich nicht ganz sicher, aber sie meinte, Alexander erleichtert ausatmen zu hören, bevor er auflegte.

21

Gina schob den Staubsauger ein weiteres Mal vor und zurück, obwohl der Fußboden eigentlich längst sauber war. Sie schielte hinüber zu Peters Büro. Er schaute auf, hob halbwegs die Hand und zog vorsichtig die Mundwinkel nach oben, als traute er sich nicht recht, richtig zu lächeln. Gina hielt mitten in der Bewegung inne und winkte rasch zurück, bevor sie ihren Blick niederschlug und weiterarbeitete. Als sie das nächste Mal zu ihm rüberschaute, saß er tief über seinen PC gebeugt. Im gesamten Büro waren nur noch sie beide anwesend, und er wirkte sehr beschäftigt.

Sie ging auf sein Zimmer zu und klopfte an den Türrahmen.

»Hej«, sagte er. »Kommen Sie rein. Ist es okay, wenn ich weiterarbeite, während Sie saugen?«

Als könnte sie ihn bitten, zu gehen.

»Selbstverständlich.«

Peter saß hoch konzentriert vor dem Bildschirm, ließ seinen Blick darüber gleiten und machte sich auf einem Block daneben einige Notizen, während sie sich im Raum bewegte.

»Danke«, sagte er, als sie fertig war und den Staubsauger ausschaltete. »Fuhren die U-Bahnen gestern nach Plan?«

Gina runzelte misstrauisch die Stirn. Was meinte er damit? Wollte er etwa, dass sie sich noch einmal bei ihm bedankte? Sie hatte sich doch schon bedankt, sogar mehrfach.

»Ja«, antwortete sie kurz angebunden.

»Und heute? Fahren sie auch planmäßig? Ich frage nur, weil heute Walpurgisnacht ist.«

»Normalerweise gibt es da keine Probleme«, antwortete sie, noch immer unsicher, was er von ihr wollte. Hielt Peter etwa Small Talk mit ihr? Und warum?

»Waren Sie heute an der Uni? Oder hatten Sie frei?«

»Es gab Vorlesungen, und eigentlich haben wir nie frei. Es wird erwartet, dass wir auch an den Feiertagen lernen.« Sie deutete mit ihrem Kopf in Richtung Küche. »Ich muss noch kurz etwas essen, bevor ich gehe.«

Er stand auf. »Ist es in Ordnung, wenn ich Ihnen Gesellschaft leiste?«

Gina zuckte mit den Achseln. Sie hätte ja schlecht Nein sagen können, wusste nicht einmal, warum sie es ihm überhaupt erzählt hatte. Eigentlich aß sie am liebsten allein. Denn die Leute kommentierten ihr Essen ständig, was sie hasste. Aber so schlimm war es ja nun auch wieder nicht, wenn Peter ihr Gesellschaft leistete. Er war eigentlich gar nicht so unangenehm, wie sie angenommen hatte.

Während Gina ihr Essen aufwärmte – Reis mit Kardamom, Nelken und Kreuzkümmel gewürzt und dazu Gemüse –, riss Peter die Plastikverpackung eines schwedischen Sandwiches auf. Sie betrachtete ihren Teller, der sich in der Mikrowelle drehte, und fragte sich, was Peter wohl sagen würde, wenn sie ihm erzählte, dass sie sich in ihrem ganzen Leben noch nie einen Kaffee to go gekauft oder ein abgepacktes belegtes Brot gegessen hatte. Was kostete wohl so ein Sandwich mit glänzenden Käsescheiben und einem krausen Salatblatt? Vierzig Kronen? Davon konnte sie mehrere Abendessen für ihre Familie kochen.

Sie nahm ihren Teller heraus. Der Duft breitete sich in der Küche aus, doch Peter sagte nichts. Dafür goss er ihnen beiden

Wasser ein. Stellte die Gläser ab und holte sich noch einen Becher Kaffee.

»Wie geht es Ihrem Vater?«

Gina konnte nichts dagegen tun, das Misstrauen kam automatisch.

»Was genau meinen Sie?«

Peter umfasste seinen Kaffeebecher. Er trank viel Kaffee, dachte sie, vielleicht beeinträchtigte das seinen Schlaf. Dann erinnerte sie sich wieder an ihr Gespräch neulich. »Ach, Sie meinen, ob er gut schläft? Es ist mal so, mal so. Schwierig zu sagen, woran es liegt.«

Mehr wollte sie ihm nicht erzählen. Wollte ihm nicht sagen, dass ihr Vater nachts mitunter laut schreiend hochschreckte, zwar nicht mehr so oft wie früher, aber dennoch. Sie hatte nie jemandem davon erzählt, wie viel Angst sie vor diesen Schreien gehabt hatte, als sie klein war. Und dass ein Teil der Verbundenheit, die ihre kleine Familie zusammenhielt, darin bestand, die anderen vor der eigenen Angst, den Sorgen und der inneren Unruhe zu bewahren. Sie hatten zusammen so vieles mitansehen müssen. Amir war damals erst zwei Jahre alt gewesen, aber ihr Vater und sie hatten Dinge erlebt, über die sie lieber nicht sprachen. Beide schützten sich gegenseitig davor. Es war schwer zu erklären.

»Ja, es ist gar nicht so einfach mit dem Schlaf«, sagte Peter, und Gina nahm etwas in Peter de la Grips Augen wahr, das sie darin niemals erwartet hätte: Wärme.

Er fingerte an seinem belegten Brot herum, biss aber nicht hinein. Er war in der letzten Zeit sehr viel schmaler geworden. Hing es damit zusammen, dass er nichts aß? Es gab vieles, was einem den Appetit verderben konnte. Depressionen. Angst. Oder auch Krebs.

»Womit befassen Sie sich gerade in Ihrem Studium?«

»Im gesamten ersten Jahr beschäftigt man sich ausschließlich mit dem gesunden Menschen.«

»Ein ganzes Jahr lang?«

»Ja, man muss erst mal jede Menge Grundlagen lernen, bevor man sich dem nächsten Thema nähern kann. Den Krankheiten.«

Er biss in sein Brot, kaute und legte es dann wieder ab. Wischte sich den Mund mit einer Serviette ab. »Und was für Grundlagen?«

Sie lächelte verhalten. »Chemie und Biologie. Lateinische Fachbegriffe.«

»Sie sehen fröhlich aus, wenn Sie darüber sprechen, also nehme ich an, dass es Ihnen gefällt. Ich war eher schlecht in der Schule. Und wann entscheidet man sich, worauf man sich spezialisieren möchte?« Er nahm sein Brot wieder in die Hand. Biss hinein, kaute und legte es ab. Sie hatte sich immer gewünscht, selbst so kontrolliert und wohlerzogen essen zu können, und bemühte sich so oft wie möglich, schwedische Tischmanieren einzuüben, wenn sie allein war.

»Man entscheidet sich erst nach dem Examen. Vorher absolviert man ein Praktisches Jahr und muss die Ärztliche Prüfung bestehen. Bis dahin ist es noch ein langer Weg.«

Sie legte das Besteck ab und nippte an ihrem Wasserglas. Sie würde sich nach dem Essen noch fünf Minuten Zeit nehmen, entschied sie. Fünf Minuten konnte sie ruhig hier sitzen und sich unterhalten.

»Und Sie? Arbeiten Sie mit etwas, das Ihnen Spaß macht?«, fragte sie.

»Unbedingt. Es war schon immer mein größter Wunsch, ein mittelmäßiger Finanzmann zu sein.«

Sie lachte auf. Er hatte hübsche Augen, wenn er lächelte.

Als sie aufstand, erhob sich Peter ebenfalls. Sie spülte ihr Geschirr und wischte den Tisch ab. Trocknete sich die Hände an einem Handtuch ab, während er seinen Kaffeebecher ausspülte. Er hatte sein Brot nicht aufgegessen, aber er warf es nicht in den Müll, sondern wickelte es wieder in die Plastikfolie und legte es zurück in die Tüte, was sie ihm zugutehalten musste.

»Ich muss gehen«, sagte sie.

»Haben Sie morgen frei? Morgen ist ja Feiertag.«

»Wir haben zwar keine Vorlesungen, aber man hat mich gebeten, für ein paar Stunden hier zu putzen, sodass ich gegen Mittag kommen werde.«

»Dann sehen wir uns«, sagte er. Erst in der U-Bahn fiel Gina auf, dass Peter offenbar auch am Feiertag arbeitete.

Am nächsten Tag trafen sie sich wieder in der Küche. Peter machte gerade Feierabend, als sie ihren Staubsauger ausschaltete, und sie setzten sich gemeinsam an den Tisch. Er schenkte ihr Wasser ein, während sie Servietten holte und ihr Essen aufwärmte. Diesmal hatte sie einen kleinen Teller mit frittierten Teigtaschen dabei, selbst gemachte Samosas von ihrem Vater, und erwog innerlich, ob sie ihm eine anbieten sollte. Doch Peter hatte sich wieder ein Sandwich gekauft, und sie beschloss, ihr Essen für sich zu behalten.

»Fahren Sie nachher direkt nach Hause?«, fragte er. »Oder gehen Sie heute Abend noch aus? Heute ist ja Freitag.«

Sie musste beinahe lachen. Sie wischte sich einen Krümel aus dem Mundwinkel. Ihr Vater machte göttliche Samosas. Wenn er es schaffte, half er unten in der Cafeteria im Kulturzentrum aus, und seine Teigtaschen waren immer der absolute Renner.

»Nein, ich fahre nach Hause, ich gehe selten aus. Und Sie? Gehen Sie noch aus?«

Sie schielte zu ihm rüber. Er war adrett gekleidet, hatte sich rasiert und roch dezent nach Aftershave. Irgendwie sah er frischer aus als seit Langem. Sie war erstaunt gewesen, dass er heute überhaupt hergekommen war. Ein Feiertag an einem Freitag bedeutete ein langes Wochenende, und nicht einmal die jüngsten Strebertypen waren im Büro erschienen, nur Peter und sie waren da. Bestimmt würde er später noch weggehen, vielleicht irgendwo auf dem Stureplan. Wie oft war sie schon von betrunkenen Oberschichttypen blöd angemacht worden, die aussahen wie Peter und seine Kollegen hier im Finanzinstitut, wenn sie nach dem Putzen spätabends auf dem Heimweg war. Manchmal rissen sie nur sexistische Sprüche und kommentierten ihre diversen Körperteile, was an sich schon unangenehm genug war. Mitunter verhielten sie sich aber auch rassistisch und konnten sich ewig lange darüber auslassen, dass sie noch nie eine Schwarze flachgelegt hätten. Gina versuchte, sich einzureden, dass sie sich nicht darum scherte, doch all die Kommentare und Blicke über die Jahre hinweg waren ihr unter die Haut gegangen, sodass sie mittlerweile die Orte mied, an denen sie zu hundert Prozent mit mindestens einem Kommentar zu ihrem Äußeren konfrontiert werden würde. Es reichte ihr schon, bei der Arbeit oftmals die Einzige zu sein, die nicht hellhäutig war.

Peter schüttelte den Kopf. Heute hatte er sein ganzes belegtes Brot aufgegessen. »Ich auch nicht. Wenn Sie möchten, fahre ich Sie gerne heim. Am Feiertag fahren die Züge ja nicht so oft wie sonst, oder?«

»Das ist nett, aber das müssen Sie wirklich nicht. Ich fahre schon mein ganzes Leben lang mit den Öffentlichen, es gefällt mir.«

»Ich weiß, dass ich es nicht muss«, entgegnete er ruhig. »Aber ich tue es gerne, deswegen frage ich. Natürlich nur, wenn Sie wollen.«

Sie musste an seinen bequemen Wagen und die schnelle

Heimfahrt denken. Einmal war keinmal, aber zweimal, nein, das war lächerlich.

Sie zögerte.

»Wenn es Ihnen keine Umstände bereitet.«

»Ich habe den Sender behalten, den Sie letztens eingestellt hatten«, sagte Peter, während er den Wagen aus der Stadt herauslenkte. Er war ein guter Autofahrer, ruhig und besonnen. Das hatte sie schon beim vorigen Mal erstaunt. Sie schaute aus dem Seitenfenster. Dieser Teil der Strecke gefiel ihr am meisten: wenn sie gerade eingestiegen waren und sie sich entspannt zurücklehnen konnte, während draußen die Stadt an ihnen vorbeizog und sie sie von der Straße aus betrachten konnte.

»Werden Sie zu Hause erwartet?«

»Ja.«

»Und wie ist das für Sie?«

»Schön. Wir stehen uns sehr nahe.«

Ihr Vater, Amir und sie bildeten eine kleine Einheit und ergänzten einander gut. Aber sie war die Starke, die sich draußen in der großen weiten Welt bewegte. Die beiden anderen verließen sich auf sie.

»Klingt gut.«

»Manchmal mache ich mir allerdings Sorgen um meinen Bruder.«

Sie sprach die Worte leise aus und wusste nicht, woher sie auf einmal kamen. Warum nur hatte sie das gesagt?

»Wirklich?«

Sie schaute bewusst weg, aus dem Fenster. »Er ist nicht krank oder so, aber er geht nie raus. Sitzt nur zu Hause herum. In seinem Zimmer. Mit seinen Computerspielen.«

»Wie alt ist er denn?«

»Dreizehn.«

»Dann ist er ja viel jünger als Sie.«

»Ja, er war erst zwei, als wir aus Somalia hierhergekommen sind.«

»Ihr Vater ist also allein mit zwei Kindern hergekommen? Den ganzen Weg von Somalia? Das war bestimmt ziemlich anstrengend.«

»Ja.«

»Und Ihre Mutter?«

»Verstorben.«

Peter verstummte. »Geht er denn nicht in die Schule?«, fragte er nach einer Weile. »Ich meine, Ihr kleiner Bruder?«

Sie fingerte an ihrer Handtasche herum. Sie hatte niemanden, mit dem sie darüber sprechen konnte, und wollte ihren Vater nicht damit belasten. Mit Peter konnte man sich erstaunlich gut unterhalten. »Doch, aber er hat keine Freunde. Ich weiß auch nicht. Und wenn ich ihn darauf anspreche, wird er sauer.«

»Vielleicht setzt es ihn unter Druck. Also, die Erwartung, Freunde haben zu müssen.«

So hatte sie es noch nicht betrachtet. Die Einsamkeit ihres Bruders war ihr schon immer ein Dorn im Auge gewesen, sie wollte ihm doch nur helfen.

Peter wechselte die Spur. Sie fuhren an Järva Krog vorbei und würden gleich Tensta erreichen. »Hätte er denn gerne Freunde?«

»Ich weiß es nicht. Er sagt Nein, aber ich habe keine Ahnung.«

»Vielleicht hat er schlechte Erfahrungen gemacht? Dann ist es leichter, allein zu sein.«

Gina saß schweigend da und hatte die Hände über ihrer Handtasche gefaltet. Sie drehte den schlichten Ring an ihrem Zeigefinger. Amir hatte ihn ihr geschenkt, als er fünf oder sechs gewesen war, hatte ihn auf dem Marktplatz in Tensta von seinem eigenen Geld gekauft. Warum war es ihr nie in den Sinn gekommen? Dass sie alles nur schlimmer machte, wenn sie ihn damit bedrängte, dass man doch Freunde haben müsse. Ging es Peter ähnlich? Sie sah ihn selten mit anderen Leuten reden. Weder bei der Arbeit noch privat. Peter erschien ihr ziemlich einsam. So einsam, dass er vielleicht sogar eine Putzhilfe nach Hause fuhr, nur um sich mit jemandem unterhalten zu können.

»Beziehungen aufzubauen ist schwierig«, sagte er, den Blick auf die Autobahn vor ihnen gerichtet. »Gibt es eigentlich irgendwelche somalischen Musikgruppen? Ich meine, die außerhalb des Landes bekannt sind?«, fragte er, und sie war dankbar, dass er das Thema wechselte.

»Ich glaube nicht. Ich habe aber auch kein großes Interesse an meinem kulturellen Erbe.«

»Und warum nicht?«

»Weil ich meine Zukunft in Schweden sehe.«

»Aber Sie mögen somalisches Essen, nicht wahr?«

Sie lachte auf. »Ja, sehr.«

Er hielt vor ihrer Haustür. »Wir sind da«, sagte er leise.

»Vielen Dank. Ich nehme an, wir sehen uns morgen auf der Hochzeit? Ich werde dort bedienen.«

»Das wusste ich gar nicht.«

Sie hatte zugesagt, als der Hochzeitskoordinator bei ihr angerufen hatte, da es ein gut bezahlter Job war und sie so etwas noch nie zuvor gemacht hatte. Doch jetzt fragte sie sich, ob es sich nicht vielleicht eigenartig anfühlen würde. Würde Peter sie grüßen, oder würde er so tun, als ob sie sich nicht näher kannten?

»Wie werden Sie dort hinkommen?«, fragte er.

Sie blinzelte. Das war doch wohl nicht sein Ernst. »Sie verstehen doch sicher, dass Sie mich nicht abholen können. Sie sind ein Gast, ich bin nur Personal. Es würde sicher nicht gut ankommen.«

»Aber …«

»Man bezahlt mir ein Taxi«, unterbrach sie ihn rasch. Ihre Stimme war kurz angebunden, aber sie konnte es nicht ändern. Sie kam sich plötzlich so hilflos vor und reagierte wie immer mit Wut. Sie hatte sich zwar noch keine Vorlesungen in Psychologie angehört, wusste aber dennoch, dass es sich bei diesem Mechanismus um eine klassische Auflehnung gegen Minderwertigkeitsgefühle handelte, und hasste es selbst.

Peter war ein enger Freund von Åsa Bjelke, und sie bewegten sich beide in den Kreisen der Oberschicht in Djursholm. Was erwartete sie eigentlich?

»Sie wissen doch, dass ich das bin, oder? Personal. Eine Putzhilfe, ein Dienstmädchen.«

»Aber Sie meinten doch … ich wollte nicht … Ich dachte, dass der Job Ihnen gefallen würde.« Er klang verwirrt. »Habe ich etwas Falsches gesagt?«

Sie stieg aus, verfing sich dabei im Gurt und befreite sich schließlich wieder.

»Hejdå«, sagte sie, schlug die Wagentür zu und ging rasch ins Haus hinein, ohne sich umzusehen.

Selber schuld, dachte sie, während sie auf den Aufzug wartete. Jetzt hoffte sie beinahe, dass er sie morgen ignorieren würde. Im Aufzug lehnte sie sich mit der Stirn gegen die Wand. Verdammt, wie idiotisch sie sich benommen hatte.

22

Isobel schaute auf ihren Zettel mit der Adresse und dann auf die verschiedenen Eingänge an der Straße. Die Häuser waren kaum nummeriert, als ob die Leute, die hier wohnten, bereits wüssten, wo alles lag, und kein Interesse daran hätten, Ortsfremden weiterzuhelfen. Sie war noch nie zuvor in diesem Stadtteil gewesen, der an der Grenze zu Djurgården und den Botschaften lag. Zweimal war sie am richtigen Hauseingang vorbeigelaufen, bevor sie die anonyme Tür neben dem großen Schaufenster mit nur einem Stuhl darin erblickte, die zum Atelier führte. Sie hatte es vorher gegoogelt, aber nichts gefunden. Wann hatte man zuletzt von einem Laden in Schweden gehört, der nicht im Internet zu finden war?

»Hallo?«, rief sie durch den Türspalt hinein.

Ein Vorhang wurde zur Seite gezogen, und eine schmale, fast magere junge Frau zeigte sich. Hinter der Frau sah Isobel einen unerwartet großen Raum mit Stoffen, Schneiderpuppen, Zeitschriften und jeder Menge Kleiderständern. Sanfte Musik und ein Duft nach etwas, das Isobel als Früchtetee identifizierte, strömten ihr entgegen.

»Willkommen!« Die Frau, die ein Nadelkissen ums Handgelenk geklemmt und ein Maßband um den Hals trug, zog eine Stecknadel aus ihrem Mundwinkel und begrüßte sie mit ausgestreckter Hand.

»Isobel, nicht wahr? Ich heiße Lollo Chanel. Kommen Sie rein.«

Sie ließ ihre Augen über Isobels Körper gleiten. Es war ein taxierender Blick, der rechnete und kalkulierte, und Isobel spürte förmlich, wie sie in Zentimeter und Umfänge eingeteilt wurde.

»Chanel? Tatsächlich?«

Lollo zuckte mit den Achseln. »Man könnte sagen, dass ich mit diesem Namen keine andere Wahl hatte, als Modedesignerin zu werden. Größe zweiundvierzig, oder? Außer dem Brustumfang natürlich. Ich habe mich an die Maße gehalten, die Sie mir geschickt hatten, sodass wir jetzt nur noch die letzten kleinen Änderungen vornehmen müssen.«

Isobel hatte ihr alle möglichen Körpermaße inklusive ihrer Schuhgröße per Mail geschickt. Ein Farbfoto von sich, nach dem Lollo ebenfalls gefragt hatte, hing ausgedruckt an eine Pinnwand geheftet. Bislang war dieser Besuch eines der surrealsten Erlebnisse, die Isobel je gehabt hatte.

Lollos Blick wanderte weiter über Isobels Körper und streifte prüfend ihre Hüften. »Kurven, die mag ich. Die meisten meiner Kundinnen haben seit 1970 nichts mehr gegessen. Haben Sie die Unterwäsche dabei, um die ich Sie gebeten habe? Ich kann es nicht fassen, dass das Ihre echte Haarfarbe ist. Und diese Sommersprossen, ich bin so froh, dass das Kleid so viel Haut zeigt. Stellen Sie sich dorthin.«

Isobel, die von Lollos Wortschwall leicht überrumpelt war, fand sich vor einem riesigen Ganzkörperspiegel wieder. Sie betrachtete sich, streckte ihren Rücken und zog ihren Bauch so gut es ging ein.

»Kennen Sie Åsa? Drehen Sie sich bitte um.«

Isobel schüttelte zur Antwort den Kopf. »Nein, ich kenne nur Alexander.«

»Sie ist eine meiner Stammkundinnen. Ich wollte ihr schon vor Jahren ein Brautkleid schneidern. Aber jetzt, wo sie endlich heiratet und alle wichtigen Leute kommen, will sie plötzlich eins von Valentino. Diesem Dilettanten.«

»Hat er nicht auch das letzte Prinzessinnenbrautkleid angefertigt?« Isobel hatte es märchenhaft schön gefunden.

»Ja, aber ich bin besser als er, und das müsste Åsa wissen. Was halten Sie von einem richtig edlen Luxusgewand? Ich frag nur der Höflichkeit halber. Sie werden nämlich ein Kleid bekommen, von dem Valentino nur träumen kann.«

»Handelt es sich hier etwa um eine Art Designervendetta? Dann würde ich, glaube ich, doch lieber nicht …«

Lollo zog einen Bügel mit einem bronzefarbenen Kleid hervor, und Isobel verstummte mitten im Satz. Nicht, dass sie etwas von Haute Couture verstünde, aber so etwas hatte sie noch nie gesehen.

»Wow«, war alles, was sie schließlich hervorbrachte.

»Nicht wahr?«, bemerkte Lollo zufrieden.

Sie bewegte den Bügel ein wenig, und das Kleid erwachte zum Leben, sandte jede Menge Energie in den Raum und spie Flammen verschiedenster Farbnuancen aus wie ein ungezähmtes Fabelwesen.

»Das ist das Beste, was ich je geschaffen habe, und es ist wie gemacht für Sie. Keine andere Frau würde es je so zur Geltung bringen. Ich habe auch passende Schuhe gefunden, und Sie haben Glück, Sie dürfen sie dazu tragen. Es sind italienische. Handgefertigt. Sie werden verdammt groß darin sein.«

Lollo lächelte so überzeugt, dass sie schon fast manisch wirkte. Ihre Haare standen in alle Richtungen ab, und sie war über und über mit Fäden behängt. Sie sah aus wie ein wahnsinniges Genie, ein Schneidergenie.

»Ich bin es nicht gerade gewohnt, in hohen Schuhen zu laufen«, wandte Isobel ein.

»Das spielt keine Rolle. Ziehen Sie sich aus«, befahl Lollo und deutete auf einen Paravent. »Dahinter liegt ein Unterkleid.«

Isobel glitt hinter den Wandschirm, zog sich gehorsam aus und öffnete die Packung mit dem dünnen Unterkleid. Sie hielt es sich vor den Körper.

»Woraus ist das denn gemacht? Etwa aus Luft?«

»Aus der edelsten Seide weltweit. Strumpfhosen können Sie dazu allerdings nicht tragen, man wird jeden Saum sehen«, sagte Lollo von der anderen Seite des Paravents aus. »Eigentlich sollten Sie Strümpfe und Hüfthalter dazu anziehen, das würde zum Stil passen«, fuhr sie fort, und Isobel hörte reine Passion in ihrer Stimme. »Aber das geht ja nicht. Haben Sie die Unterwäsche schon angezogen?«

Isobel betrachtete den hauchdünnen BH und den noch dünneren Slip, den sie sich gekauft hatte. Beides war aus fast nahtlosem Seidenlycra und hatte ein kleines Vermögen gekostet.

»Ich werde mich totfrieren«, stellte Isobel fest. Es war zwar ein sonniger zweiter Maitag, aber nicht viel wärmer als fünfzehn Grad.

»Vermutlich. Aber es hilft nichts. Das hier ist Kunst, dafür muss man schon mal etwas leiden. Außerdem sieht es umso schicker aus, wenn die Brustwarzen sich etwas aufrichten. Das ist sexy.«

Isobel streifte rasch die dünne Wäsche über und fragte sich, wann sie zuletzt einen Stringtanga getragen hatte. Das war die mit Abstand dämlichste Unterwäsche, die es nur gab, doch Lollo hatte ihr Seide und einen String befohlen, und Isobel hatte gehorcht, weil sie Frau genug war, um in dem exklusivsten Kleid, das sie je tragen würde, schön aussehen zu wollen.

Rasch streifte sie das dünne Unterkleid darüber. »Ich bin fertig«, sagte sie zögerlich. In dieser Unterwäsche kam sie sich noch nackter vor als ohne.

»Kommen Sie«, befahl Lollo.

»Ich werde in zwei Wochen nach Zentralafrika reisen«, sagte sie entschuldigend, als sie aus dem sicheren Schutz des Paravents heraustrat. Sie legte ihre Hand auf den Bauch und kam sich eher wie ein figurfixierter Teenager als wie eine kosmopolitische Ärztin vor. »Ich esse vorher immer etwas mehr. Und außerdem habe ich in der letzten Zeit nicht so viel Sport gemacht, wie ich eigentlich sollte.«

»Hören Sie auf mit diesem Gerede, Sie sind wunderschön, und Sie werden in meinem Kleid wie eine Göttin aussehen. Alle Frauen haben es verdient, diese Seite an sich irgendwann einmal zu akzeptieren. Sie müssen sich nur mit dem Strom treiben lassen, meine Schöne.« Lollo nahm das Kleid vom Bügel, und Isobel verspürte so etwas wie ein Begehren. Wie konnte man nur so starke Gefühle für ein Stück Stoff hegen? Sie streckte die Hand aus und berührte die bronzefarbene Seide. Dann ließ sie sich von Lollo ins Kleid helfen.

Lollo trat einen Schritt zurück. »Verdammt, das treibt einem ja fast die Tränen in die Augen, gute Frau.«

Isobel schaute in den Spiegel. Das Kleid veränderte ihre Figur völlig. Man sah überhaupt keine Unregelmäßigkeiten, und ihre besten Züge wurden hervorgehoben. Ihre Haut leuchtete wie weiße Seide, ihre Sommersprossen wirkten geradezu attraktiv und verliehen ihr einen persönlichen Ausdruck, ihre Augen waren riesig und ihr Bauch verschwand völlig. Ihr Körper bestand ausschließlich aus Brust, Beinen und Taille. »Geben Sie mir diese Schuhe«, sagte sie auf einmal begierig. Sie würde auf eine Hochzeit der höheren Gesellschaft gehen, und sie würde verdammt viel Spaß haben.

Lollo half ihr behutsam, ihre Haare mit Haarspray einzusprühen und zu Locken zu formen, bis sie wie bei einem Filmstar um ihren Kopf wogten. Isobel besserte ihren Lippenstift nach und inspizierte ihr Make-up. Lollo reichte ihr noch einen dünnen Schal, den sie sich über die Schultern legen konnte. »Aber nur in der Kirche«, instruierte sie Isobel. »Das ist kein Kleid, das mit einem verdammten Schal getragen wird, capito?«

Isobel nickte gehorsam.

»Und was halten Sie von denen hier?«, fragte Isobel. Sie hatte aus einem reinen Impuls heraus ein paar billige, aber breite prunkvolle Armreifen mitgebracht, die sie irgendwo in Afrika einmal erstanden hatte. Keine echten, aber mit ihren Gold- und Bronzetönen amazonenhaft glänzende. Sie leuchteten wie ein Sonnenuntergang über einer Wüste in Zentralafrika. Mit einem Blick darauf gab Lollo ihr Okay.

»Und nun viel Glück, meine Schöne. Ihr Taxi wartet bereits. Zeigen Sie's ihnen.«

Isobel ließ sich im Taxi nach Gamla Stan fahren. Der Wagen hielt unmittelbar vor der Domkirche. Die Trauung würde um fünfzehn Uhr stattfinden, und die ersten Gäste strömten bereits auf den Vorplatz. Sie bezahlte und stieg vorsichtig auf ihren himmelhohen Absätzen aus. Das Kopfsteinpflaster war alt und uneben, und sie machte ein paar unsichere Schritte.

Schon vor der Kirche erblickte sie massenweise Leute, die sie vage aus den Boulevardzeitungen wiedererkannte. Schauspieler, Musicalstars und Sportidole.

»Hej Isobel.«

Sie drehte sich nach der Stimme um und erblickte ein bekanntes Gesicht. Sie lächelte Natalia de la Grip an – oder Natalia Hammar, wie sie mittlerweile hieß – und ging auf sie zu.

»Wie schön, dass Sie da sind«, sagte Natalia, und es klang, als meinte sie es auch so.

»Danke«, sagte Isobel und zog sich den dünnen Schal über die Schultern.

»Sind Sie gemeinsam mit Alexander gekommen?«

»Nein.«

Er hatte ihr angeboten, Sie abzuholen, aber ein rebellischer Zug an ihr hatte sich geweigert. Sie war schließlich nicht blöd und konnte den Weg zur Kirche auch allein finden. Aber jetzt, als sie sich umschaute, fragte sich Isobel, ob sie sein Angebot nicht vielleicht doch besser hätte annehmen sollen. Denn wohin sie auch schaute, sah sie ausschließlich Paare. Vielleicht gab es ja in der Oberschicht gar keine Singles. »Mein Gott, so viele Prominente«, rief sie aus.

»Ja, Åsa und Michel haben einen großen Bekanntenkreis«, sagte Natalia und deutete diskret auf einen Mann, den Isobel als US-amerikanischen Expräsidenten identifizierte. Beeindruckend.

»Er war ein Freund von Åsas Vater. Und schauen sie dort«, Natalia deutete mit dem Kopf auf eine in Blau gekleidete Frau, die in einer königlichen oder zumindest herzoginnenhaften Art ausgesprochen britisch aussah. »Sie war eine enge Freundin ihrer Mutter. Åsas Eltern leben nicht mehr.«

Natalia winkte einem groß gewachsenen bärtigen Mann zu, der gemeinsam mit einer Blondine in einem bestenfalls als hauteng zu bezeichnenden Kleid gekommen war. Selbst Isobel, die keinerlei Interesse an Sport hatte, wusste, dass er ein berühmter Eishockeyprofi war. »Ein Freund von Michel«, sagte Natalia. Und so ging es weiter.

Die Elite der Elite gab sich ein Stelldichein, und diejenigen, die Isobel nicht kannte, identifizierte Natalia für sie. Eines der Kinder des Königshauses mit seinem Partner veranlasste die Pressefotografen fast dazu, einen Aufruhr zu starten. Darüber hinaus erblickte sie mehrere junge superreiche Frauen und Männer aus der Finanzbranche. »Åsa und Michel kennen so ziemlich alle, die reich, berühmt und um die dreißig sind«, sagte Natalia lakonisch, als eine weitere Unternehmensprinzessin mit ihrem Ehemann auftauchte. Natalia nannte ihr die Namen einiger weiterer Grafen und Gräfinnen. Erstaunlicherweise erkannte Isobel einen Teil dieser Leute von der Party im Schloss wieder, auch wenn es sich hier um einen etwas jüngeren, womöglich noch glamouröseren Kreis von VIPs handelte.

»Und das ist David, mein Mann«, sagte Natalia, und Isobel lächelte angesichts des Stolzes in Natalias Stimme, als sie sich ihrem Ehemann zuwandte, der auf sie zukam.

Isobel begrüßte David, der in der Tat einen ziemlich überwältigenden Eindruck auf sie machte, und betrachtete dann das kleine Baby, das er mit sicherem Griff in seiner Armbeuge hielt.

»Das ist Molly«, sagte Natalia, und ihre Blicke begegneten sich einvernehmlich.

»Ein kleines Wunder«, sagte Isobel. »Ich bin froh, dass alles gut gegangen ist.«

»Ja«, pflichtete Natalia ihr bei. »Das ist es wirklich.« Sie legte eine Hand auf Isobels Arm und drückte ihn leicht.

Plötzlich spürte Isobel ein Ziehen auf der Haut. Es fing unten am Steißbein an, setzte sich dann übers Rückgrat nach oben hin fort und breitete sich von dort weiter aus. Natalia hatte ihre Aufmerksamkeit auf David gerichtet, und Isobel schloss die Augen. Es fühlte sich an, als würde sie sich von innen aufladen. Sie hätte nie geglaubt, dass man Blicke spüren könnte. Doch jetzt erlebte sie genau das.

Sie öffnete die Augen wieder und drehte sich langsam um, während sie ihren Kopf leicht bewegte, sodass ihre Locken über die Schultern und den Rücken fielen. Sie streckte ihren Rücken und den Nacken und machte sich damit genau so lang, wie sie in ihren italienischen High Heels war. Dann begegnete sie Alexanders Blick und bemerkte, wie sich seine Augen weiteten, als er sie ansah.

Seine Augen begannen zu leuchten, und Isobel spürte, wie sie davon mitgerissen wurde. Sie schenkte ihm ein Lächeln und gab dabei alles, was sie hatte, all das, was sie von Geburt an mitbekommen hatte und sich nur allzu selten zunutze machte.

Sein Blick blieb an ihrem Körper hängen, und er starrte sie regelrecht an, als wäre sie tatsächlich eines dieser Starlets, für das sie sich vorhin für einen kurzen Moment selbst gehalten hatte.

Es war einer der schönsten Augenblicke in ihrem Leben.

23

»Doktor Sørensen, vermute ich«, begrüßte Alexander Isobel in entspanntem Tonfall. Doch dann konnte er sich ein Grinsen und eine keineswegs salonfähige Geste nicht verkneifen, die er bei anderen Männern verabscheute: Er vernaschte Isobel mit seinem Blick, nein, er verschlang sie förmlich. Sie war das schönste Wesen auf der gesamten Welt. In diesem Kleid, mit den Locken eines Filmstars und diesem Schmuck: breiten, ebenso exotischen wie erotischen Armreifen um die Handgelenke.

Sie sah fast magisch aus, wie eine Königin.

Er umarmte sie. Zog die bronzefarbene Seide in seine Arme und drückte Isobel fest an sich.

»Ich bin so froh, dass Sie es sich anders überlegt haben. Sie sehen fantastisch aus«, murmelte er in ihr Haar. Sie war verdammt groß, größer als die meisten anderen Gäste um sie herum, und Alexander hatte sich noch nie so kindlich über seine eigene Körperlänge gefreut. Die anderen Männer täten gut daran, sich in Acht zu nehmen. Denn heute gehörte Isobel ihm.

Sie erwiderte seine Umarmung und schmiegte ihre Arme an seinen Rücken, bis er ihre Wärme am ganzen Körper spürte. Er erahnte ihren Duft, der diesmal ausnahmsweise nicht nur antiseptisch roch, und spürte ihre weichen Kurven, die ihn unvermittelt aus der Fassung brachten. Das hier ähnelte immer weniger einem unschuldigen Flirt, sondern vielmehr reiner Begierde. Er hielt sie noch einen Augenblick lang fest und dachte, dass er sich ziemlich ranhalten und sie bald ins Bett kriegen müsste, um nicht vollends verrückt zu werden. Anders konnte er es sich nicht erklären. Bis zuletzt war er sich nicht sicher gewesen, ob sie tatsächlich kommen oder es sich erneut anders überlegen würde. Er hatte befürchtet, dass sie absagen würde, und stellte nun fest, welch einen riesigen Unterschied ihre Anwesenheit machte. Wie gut es sich anfühlte, sie hier im Arm zu halten, und wie trist die Aussicht darauf gewesen war, diesen Tag ohne sie durchleiden zu müssen. Doch dann erinnerte ein nicht gerade diskretes Räuspern Alexander daran, dass sie nicht allein waren. Er setzte eine neutrale Miene auf, entzog sich widerstrebend Isobels Umarmung und wandte sich Natalia zu. Sie bedachte ihn mit dem amüsierten Lächeln einer großen Schwester.

»Hej Schwesterherz«, sagte er gedehnt. »Ich wünschte, dass ich dir auch hätte sagen können, wie fantastisch du aussiehst, aber ist dir klar, dass du Erbrochenes auf der Schulter hast?«

Natalia schnaubte verächtlich. »Warte nur, bis du selbst Vater bist, dann wirst du sehen, wie schnell so was gehen kann. Da ist man schon froh, wenn man es schafft, seine Klamotten richtig herum anzuziehen.«

Während Natalia eine Packung Feuchttücher aus ihrer Handtasche zog, schüttelte Alexander David die Hand. Seinem Schwager gelang das Kunststück, selbst mit Molly im Arm wie ein Finanzmagnat auszusehen. Natalia rieb den Fleck weg, während sie mit unverhohlenem Interesse ihren Blick zwischen Alexander und Isobel hin- und herschweifen ließ.

»Hör auf damit«, flüsterte er ihr zu.

»Ich mach doch gar nichts«, antwortete sie, während ihre Augen munter weiter hin- und hertanzten.

»Und was bezweckst du dann mit deinen Blicken?«, fragte er.

»Nichts. Ich freu mich nur, dass du Isobel mitgebracht hast. Ich mag sie.«

»Sie gehört zu mir«, sagte er entschieden. »Du musst dir eigene Freunde zulegen.«

»Ihr seid also zusammen?«

Wie er das hasste. Manche Frauen begannen bereits akribisch eine gemeinsame Zukunft zu planen, sobald ein Mann und eine Frau mehr als zwei Worte miteinander austauschten. Doch Natalia hatte die Vorteile unverbindlicher Beziehungen noch nie nachvollziehen können.

»Hör auf, dir Dinge einzubilden. Und hör auf, sie so anzustarren«, sagte er.

Ein dunkler Wagen kam übers Kopfsteinpflaster gefahren. Ein Sicherheitsbeamter öffnete eine der Absperrungen, woraufhin der Wagen durchfuhr und dann anhielt.

»Das ist Mama«, sagte Natalia.

Die Wagentüren wurden geöffnet, und Eugen stieg aus dem Fond, drehte sich um und half dann Ebba heraus. Danach fuhr der Wagen weg, und Natalia winkte den beiden zu. Ebba umarmte Natalia flüchtig und nickte dann David keineswegs feindlich gesinnt zu. Molly war in Davids Armen eingeschlafen, und Ebba strich ihrem Enkelkind behutsam über die Wange, bevor sie sich Alexander zuwandte.

Alexander wappnete sich. Er musste es mit Fassung tragen.

»Mama, das ist Isobel Sørensen. Isobel, das ist meine Mutter Ebba«, stellte er sie einander vor.

Isobel zog sich ihren Schal über die Schultern, setzte ein professionelles Lächeln auf und schüttelte freundlich Ebbas Hand. »Freut mich, Sie kennenzulernen.«

»Es freut mich sehr, *Sie* zu kennenzulernen, Isobel.« Alexander konnte sich nicht daran erinnern, seine Mutter jemals so reden gehört zu haben. Fast liebenswürdig.

»Ist Ihre Mutter zufällig Blanche Sørensen? Ich bin ihr bereits begegnet. Wir saßen einmal gemeinsam in einem Komitee. Eine fantastische Frau.« Ebba lächelte herzlich.

Eugen kam auf sie zu und bedachte Isobel mit einer festen Umarmung und deutlich hörbaren Wangenküssen. »Wie schön, Sie wiederzusehen. Sie sehen hinreißend aus. Wie immer.«

»Stimmt, ihr kennt euch ja bereits«, sagte Natalia, und ihre Augen funkelten womöglich noch etwas amüsierter, als sie zu Alexander hinüberschielte.

Eugen zeigte ein strahlendes Lächeln. »Wir sind uns am vergangenen Wochenende in Skåne begegnet. Isobel hat dort einen Vortrag über humanitäre Hilfe gehalten. Alexander war ebenfalls dort. Wir hatten es verdammt nett miteinander.«

Natalia bedachte Alexander erneut mit einem langen Seitenblick. »Faszinierend.«

Alexander schüttelte warnend den Kopf. Es war eine Sache, dass er Schwierigkeiten hatte, seine Gefühle für Isobel im Zaum zu halten, aber eine ganz andere, dass seine große Schwester gleich auf eine Menge dummer Ideen kam.

»Ist Mama etwa krank?«, fragte er stattdessen, als Eugen und seine Mutter weitergingen, um einen alten Bekannten zu begrüßen.

»Nicht, dass ich wüsste. Warum fragst du?«

Alexander betrachtete seine Mutter aus der Entfernung.

»Weil sie sich plötzlich wie ein normaler Mensch benimmt. Sie hat dich tatsächlich umarmt. Bist du dir wirklich sicher? Vielleicht nicht doch ein Hirntumor?«

»Wenn du etwas öfter nach Hause kommen und dich nicht auf sämtlichen Kontinenten halb totfeiern würdest, könntest du dich selbst davon überzeugen, dass Mama sich redlich ins Zeug legt.«

»Mm«, entgegnete er skeptisch. Er selbst war fest überzeugt davon, dass die Menschen letztlich nicht in der Lage waren, sich zu ändern.

Die Kirchenglocken begannen zu läuten. Es war so weit.

»Sollen wir reingehen?«, fragte er Isobel und hielt ihr seinen Arm hin. Sie hakte sich bei ihm unter. Im Gedränge wurde sie dicht an ihn gepresst. Die Wärme und Schwere ihres in Seide gekleideten Busens an seinem Ärmel verleitete ihn dazu, sie noch etwas dichter zu sich heranzuziehen. Bislang verlief diese Hochzeit richtig vielversprechend.

Vor dem Kirchenportal standen Sicherheitsbeamte. Jegliche Pressevertreter wurden abgewiesen, und die Namen aller Gäste auf einer Liste abgehakt. Alexander erblickte Tom Lexington. Klar, dass der Security-Chef von Hammar Capital anwesend war und für Ordnung sorgte. Tom trug einen dunklen Anzug mit Krawatte, doch falls er damit beabsichtigte, in der Menge unterzutauchen, gelang ihm dies keineswegs. Denn er sah genauso aus wie derjenige, der er war: ein Mann, der vor Gewalt nicht zurückschreckte und notfalls hart durchgreifen konnte.

»Hier halten Sie sich also auf, wenn Sie nicht gerade Leute kidnappen und zu Hochzeiten einfliegen«, begrüßte Alexander ihn, als Isobel und er die Kirchentüren erreichten.

Tom bedachte ihn mit einem düsteren Blick. Von seinem Ohr lief ein dünnes hautfarbenes Kabel herunter.

»Jedenfalls ist es immer schön, wenn die Gäste zur Abwechslung mal freiwillig zu einer Hochzeit kommen«, antwortete er trocken.

In der Kirche wartete Alexander, bis Isobel und seine Mutter, mittlerweile mit Molly auf dem Arm, auf der Bank Platz genommen hatten, bevor er sich neben Isobel setzte. Natalia fungierte als Brautjungfer, während David Trauzeuge war, sodass beide mit dem Brautpaar gemeinsam zum Altar gehen würden.

Die Kirche füllte sich, nicht zuletzt mit Michels zahlreichen Verwandten. Erwachsene, Kinder und ältere Leute nahmen Platz auf den Kirchenbänken, und der Raum wurde von Gemurmel erfüllt.

»Ist das dort nicht Ihr Bruder?«, fragte Isobel.

Alexander erblickte Peter, der allein kam. Peters Schritte wurden langsamer, als er sie auf ihren Plätzen sitzen sah, und er ließ seinen Blick über seine Familie schweifen, bevor er um die Bank herumging und sich ganz außen hinsetzte.

»Sitzt er denn nicht hier bei Ihnen?« Isobel schaute Alexander fragend an.

»Er macht das, was er für richtig hält.«

Isobel betrachtete ihn forschend.

»Sorry, ich wollte nicht so kurz angebunden klingen. Aber wir verstehen uns nicht besonders gut. Es ist etwas kompliziert.«

»Wissen Sie eigentlich, dass ich noch nie zuvor in dieser Kirche war?«, bemerkte sie, und Alexander war dankbar, dass sie das Thema wechselte. Isobel zog leicht an ihrem Schal, der dünn und aus fließender Seide war, und berührte ihn dabei flüchtig mit ihrem Bein. Er schaute hinunter und sah, wie ihr seidenbekleideter Oberschenkel neben seinem anzugbekleideten ruhte. Am liebsten hätte er eine Hand auf ihr Bein gelegt, ganz oben auf ihren Oberschenkel, und dann seine Handfläche ausgebreitet, die weiche Innenseite berührt, sich zu ihr hinuntergebeugt und ihre Lippen geküsst. Er erinnerte sich bis ins Detail an alle Küsse, die sie bislang ausgetauscht hatten, wusste noch, wie Isobel geschmeckt und wie sie dabei geklungen hatte. Ob sie jetzt wohl auch daran dachte? Bedeutete die Tatsache, dass sie sich umentschieden hatte und hergekommen war – sich nicht zuletzt darauf eingelassen hatte, bei Lollo hereinzuschauen und sich dieses aufreizende Kleid auszuleihen –, dass sie mehr von ihm wollte? Und wenn ja, wann?

Er hatte gar nicht mitbekommen, dass die Musik eingesetzt hatte, und sah nur, wie sich alle erhoben. Rasch kam er ebenfalls auf die Füße und schaffte es gerade noch, seinen Frack zu richten, bevor das Brautpaar durch den Mittelgang der Kirche hereinkam. Sie waren ein beeindruckendes Paar, wie sie Seite an Seite dahinschritten, die in Weiß gekleidete Åsa Bjelke und ihr zukünftiger Ehemann Michel Chamoun. Natalia und David folgten ihnen.

Isobel seufzte neben Alexander, während sich Ebba eine Träne im Augenwinkel trocknete. Åsa war tatsächlich schön, keine Frage. Sie trug ihr weißblondes Haar zu einem glatten Knoten am Hinterkopf hochgesteckt. Ein langer weißer Schleier sowie ein schlankes schneeweißes Kleid und ein ganz in Weiß gehaltener Brautstrauß ließen sie nahezu unschuldig erscheinen, was Alexander im Hinblick auf all ihre Eskapaden unfreiwillig komisch fand. Doch sie sah so glamourös und glücklich aus, dass er davon ausging, dass sie das hier wirklich wollte. Einem Mann für den Rest ihres Lebens Treue geloben. Er zwinkerte ihr zu, als sie an ihm vorbeiging. Ihre türkisfarbenen Augen glitzerten, in ihrem Mundwinkel zuckte es, und dann war das Brautpaar auch schon vorübergezogen.

»Sie ist die schönste Braut, die ich je gesehen habe«, flüsterte Isobel, und Alexander verdrehte die Augen. Warum Frauen immer verrücktspielten, wenn es um Hochzeiten ging, würde er nie begreifen.

Das Brautpaar schritt auf den Pastor zu, Natalia und David stellten sich jeweils seitlich von ihnen auf, und die Gäste setzten sich wieder. Die Trauungszeremonie wurde auf Schwedisch, Englisch und Französisch abgehalten. Alexander hörte nur mit halbem Ohr zu und ließ seinen Blick über das Kirchenschiff schweifen. Als er links von sich ein unterdrücktes Schluchzen vernahm, konnte er nicht umhin, leicht zu lächeln. Er selbst war zwar nicht sonderlich gerührt, denn die Sache mit Gott und dem Eheversprechen war nicht gerade sein Ding, aber er hatte schon genügend Hochzeiten erlebt, um zwei Dinge zu wissen: Frauen weinten immer, und sie hatten nie Taschentücher dabei. Er zog ein kleines Päckchen Papiertaschentücher aus der Innentasche seines Fracks hervor, nahm Isobels Hand und legte es hinein.

»Danke«, flüsterte sie.

Punkt für mich, dachte er zufrieden.

Über drei Wochen lang hatte er sie jetzt schon umworben. Er konnte sich in der Tat nicht daran erinnern, je so viel Zeit benötigt zu haben, um eine Frau ins Bett zu kriegen, und langsam begann er ungeduldig zu werden.

Isobel trocknete sich die Wangen und legte dann die Hände in den Schoß. Alexander streckte seine Hand aus und ergriff ihre. Er hatte bloß vorgehabt, sie zu streicheln, vielleicht zum Mund zu führen und leicht zu küssen sowie ihr etwas Witziges und Geistreiches zuzuflüstern, doch sie umfasste seine Finger fest, und dann saßen sie Händchen haltend auf der Kirchenbank. Er schaute starr geradeaus. Eigentlich hätte er es albern und lächerlich finden müssen. Und vielleicht tat er das auch.

Aber warum ließ er dann nicht los?

24

»Wissen Sie, dass ich hier übrigens auch noch nie gewesen bin?«, sagte Isobel und sah sich im Festsaal des Riddarhus um, der sich stetig mit Hochzeitsgästen füllte. Ein langer Tisch bog sich fast unter der Last der Geschenke, das Sicherheitspersonal bewegte sich diskret durch den Raum, und hin und wieder explodierte der Saal förmlich vor Lachen.

»Ja, wir in der Oberschicht sind Experten für so etwas, keiner kann so feiern wie wir.«

»Das ist auch ein Talent, nehme ich an«, entgegnete sie.

»Es hat zumindest seine Vorteile.«

Sie schenkte Alexander ein laszives Lächeln und sah, wie er darauf reagierte. Wie er zu ihr hingezogen wurde, als wäre sie das Feuer und er … was auch immer es nun war, das vom Feuer angezogen wurde. Es gefiel ihr. Sie war nie gut darin gewesen zu flirten, doch mit Alexander war es auch jetzt wieder so wie neulich, als sie zusammen getanzt hatten: Man konnte ihm gut folgen, und er vermittelte ihr das Gefühl, elegant zu sein. Begehrenswert.

Er ließ seinen Blick über sie schweifen. Es schmeichelte ihr ungemein, dass er nicht aufhören konnte, sie anzusehen. »Habe ich Ihnen schon gesagt, dass Ihr Kleid … Mir fehlen die Worte.«

Sie erinnerte sich an Lollos Instruktionen, nahm mit einer langsamen Bewegung den Schal ab und entblößte noch mehr Haut, darunter ihr Dekolleté. Ohne den Schal war ihr Outfit fast unanständig freizügig, aber ihrer Auffassung nach war es heute Abend auch nicht unbedingt ihr Job, Anstand zu zeigen.

Alexanders Augen weiteten sich auf eine sehr ansprechende Art und Weise. Es war höchstwahrscheinlich das kultivierteste Vorspiel, das sie je erlebt hatte.

Hatte sie sich jemals so stark zu jemandem hingezogen gefühlt wie zu Alexander? Er war zugegebenermaßen verdammt attraktiv, aber da war noch mehr. Sein offensichtliches Interesse an ihr tat ihr unglaublich gut. Auch wenn es von seiner Seite aus nur ein Spiel war, eine Strategie, um sie herumzukriegen – und sie war abgeklärt genug, um zu verstehen, dass dies durchaus der Fall sein könnte –, waren sein Blick, der immer auf ihr ruhte, manchmal mit einem Lächeln im Augenwinkel, mitunter auch mit unverhohlener Lust sowie all seine Aufmerksamkeit auf ihre Person … All das war geradezu berauschend.

Leila hatte recht. Sie brauchte das hier. Und mittlerweile war sie ja auch ein ganzes Stück älter; es würde nicht so werden wie mit Sebastien. Früher hatte sie sich ausschließlich zu älteren Männern hingezogen gefühlt, und es war kein großes Kunststück, sich auszurechnen, dass es sich bei ihnen um Vaterfiguren gehandelt hatte. Sie war nicht gerade stolz darauf, aber so war es nun einmal. Ihr Vater war streng, hatte auf Sitte und Anstand gepocht und war nicht oft zu Hause gewesen, und dass sie eine Schwäche für diese Art von Männern hatte, beruhte auf elementarer Psychologie. Aber diese Art von Gefühlen hatte sie noch nie zuvor empfunden, auch nicht für Sebastien. Sebastien war der erste Mann gewesen, in den sie sich verliebt hatte. Allerdings war er nichts weiter gewesen als eine Projektion von allem Möglichen, die Fantasie einer jungen Frau und ein Entschluss, der mangels ausreichender Urteilskraft und mit der Sehnsucht nach einem Mann gefällt worden war, der sie an ihren Vater erinnerte.

Aber Alexander war nur … Alexander.

Das Brautpaar betrat den Festsaal, und Applaus brandete auf. Die Toastmasterin, eine groß gewachsene Frau, die Isobel als Nachrichtensprecherin aus dem Fernsehen kannte, hielt eine Ansprache für das neuvermählte Paar, während Servierkräfte mit weiteren Tabletts mit Champagner herumgingen. Isobel, die absurderweise von der Rede gerührt war, nippte an ihrem Glas. Sie kannte das Brautpaar zwar nicht, aber alles war so romantisch. Sie begegnete Alexanders amüsiertem Blick und erinnerte sich an seine Worte über die Liebe. Liebe war wie religiöser Fanatismus, hatte er gesagt, und brachte die Menschen dazu, sich wie Verrückte zu benehmen. Vielleicht hatte er ja recht.

Völlig unerwartet erblickte sie zwischen all den Gästen plötzlich ein bekanntes Gesicht.

»Hej Gina«, rief sie.

Die Miene der jungen Frau hellte sich auf. »Doktor Sørensen!«, rief sie zurück und bahnte sich mit ihrem Tablett einen Weg durch die Menge.

»Bitte sagen Sie doch Isobel. Wie geht's?«

»Stressig«, antwortete Gina und deutete mit dem Kopf auf die Gläser auf ihrem Tablett. »Leider habe ich keine Zeit, um mich länger mit den Gästen zu unterhalten, aber sagen Sie es mir, wenn Sie irgendetwas benötigen.«

Zum Abendessen bekam Isobel einen Platz an einer langen Tafel zugewiesen, die ein paar Tische entfernt von Alexanders stand. Er saß in der Nähe des Brautpaars, und sie sah, dass er eine süße Brünette als Tischdame hatte. Er zog ihr höflich den Stuhl heraus, bevor er sich selbst setzte. Dann sagte er etwas zu der Frau an seiner anderen Seite, einer hochschwangeren schwedischen Finanzprinzessin, von der Isobel ein langes Interview in der letzten Ausgabe der *Amelia* gelesen hatte. Isobel selbst hatte einen jungen Mann mit kurzem Bart und Göteborger Dialekt als Tischherrn, der sich ihr als Axel vorstellte. Axel zog ihr den Stuhl heraus. Auf der anderen Seite von ihr setzte sich ein Mann im Alter um die vierzig, der sich als Christer vorstellte und erzählte, dass er in einem Verlag arbeitete. Sofort begannen er und Axel um Isobels Aufmerksamkeit zu buhlen. »Es gibt nichts Selbstgefälligeres als Männer, die Bücher schreiben«, sagte Christer todernst und nahm einen Schluck von seinem großzügig bemessenen Dry Martini. »Außer Frauen, die Bücher schreiben«, fügte er hinzu, und Isobel musste loslachen. Bald befanden sich alle drei in einer angeregten und lautstarken Unterhaltung über Bücher, die Verlagswelt im Allgemeinen und irgendwelche Anekdoten, die Isobel nur als völlig haarsträubend bezeichnen konnte, die sie aber so sehr zum Lachen brachten, dass sie bereits Schmerzen in der Seite hatte, noch bevor die Vorspeise abgetragen worden war. Die Toastmasterin stand erneut auf und kündigte die erste Rednerin des Abends an: Natalia Hammar.

Natalia begann ihre Rede, indem sie davon berichtete, wie Åsa als Jugendliche bei ihnen eingezogen war, nachdem ihre gesamte Familie bei einem Autounfall ums Leben gekommen war. Das hatte Isobel nicht gewusst, und sie betrachtete die elegante Frau eingehender, die neben ihrem gangsterähnlichen, aber ungeheuer attraktiven Ehemann wie eine Hollywoodprinzessin aussah. So wenig ahnte man also vom Schicksal anderer. Natalia erzählte weiter, wie Åsa mit Champagner zu ihr auf die Entbindungsstation gekommen war und ihr geschworen hatte, selbst niemals so etwas Spießiges zu tun, wie zu heiraten – nur um wenig später zu verkünden, dass sie beabsichtigte, die pompöseste Hochzeit zu feiern, die Stockholm seit der Hochzeit der Kronprinzessin gesehen hatte, und keinerlei Proteste zulassen würde.

Nach der Rede brandete Applaus auf. Isobel sah, wie Alexander aufstand, auf seine Schwester zuging und ihr einen Kuss aufs Haar drückte.

Als das Hauptgericht aufgetragen wurde, beugte sich ein Kellner zu Isobel hinunter.

»Wieder vegetarisch, oder?«, fragte er.

Sie schielte in Alexanders Richtung.

Er saß auf seinem Stuhl und hörte gerade den Ausführungen seiner Tischdame zu, doch es war, als ahnte er, dass er beobachtet wurde. Er hob den Kopf, und dann begegneten sich über diverse Tische mit klirrenden Gläsern und hochwertigen Blumengestecken hinweg ihre Blicke. Alles um Isobel herum hielt inne und verstummte, und sie glaubte, seine Stimme zu vernehmen, seine Berührung zu spüren und seine Gedanken zu erahnen.

Danke, bedeutete sie ihm.

Er lächelte und neigte mit einer ironischen Bewegung seinen Kopf.

Er war so fürsorglich, dass sie nicht wusste, wie ihr geschah. Sonst gab er sich zwar extrem oberflächlich, aber wann hatte sie zuletzt die Gesellschaft eines Mannes genossen, der sich in dieser Art und Weise an ihre Vorlieben erinnerte? Der ihr Kronjuwelen auslieh, Taschentücher anbot, vegetarisches Essen für sie bestellte und sie auch noch die ganze Zeit über mehrere Tische hinweg anschmachtete? Wenn es sich um ein Spiel von seiner Seite aus handelte, spielte er es äußerst geschickt.

Der nächste Redner, der angekündigt wurde, war David Hammar.

Isobel hatte angenommen, dass er ein ernster, Respekt einflößender Mann war, doch er hielt eine Rede mit einer urkomischen Beschreibung von Åsas und Michels Liebesgeschichte aus seiner Sicht, die offenbar bereits vor vielen Jahren begonnen hatte, aber erst im vergangenen Sommer nach einer Unmenge von SMS sowie diversen leidenschaftlichen Streitereien richtig aufgeblüht war. Am Ende der Rede lagen die Gäste beinahe am Boden und bogen sich vor Lachen.

Weitere Reden folgten, es wurde fröhlich angestoßen, und als die Teller des Hauptgerichts abgetragen wurden, waren Isobels Tischherren beide ziemlich betrunken, und die Witze, die sie machten, wurden immer derber.

Sie schaute auf und ertappte Alexander dabei, wie er sie erneut beobachtete. Sie lächelte ihm zu, bevor sie erneut in eine der Nonsensdiskussionen mit Axel und Christer hineingezogen wurde.

Zum Dessert stand Alexander auf und hielt eine Rede für Åsa. Er war betrunken, zwar nicht übermäßig, aber Isobel sah, dass seine Augen glasig waren. Doch er wirkte ausgelassen, und seine Rede war unglaublich lustig. Während die Leute lachten und applaudierten, nahm er wieder Platz und prostete Isobel mit seinem erhobenen Glas zu.

Als Isobel das nächste Mal aufschaute, während der Kaffee serviert wurde, war Alexanders Platz leer. Sie blinzelte leicht und fragte sich, wohin er wohl verschwunden war. Doch dann hörte sie seine Stimme neben sich, die sich leise aber eindringlich an ihren Tischherrn wandte.

»Tauschen Sie bitte den Platz mit mir.«

»Aber …«, protestierte Axel.

»Kein Aber. Gehen Sie. Und zwar sofort.«

Langsam stand Axel auf. Isobel bedachte ihn mit einem entschuldigenden Lächeln, und Alexander glitt auf den Platz neben ihr.

»Das war aber nicht besonders nett.«

»Ich habe den deutlichen Eindruck, dass Nettigkeit bei Frauen nicht gerade hoch im Kurs steht.«

Sie schüttelte den Kopf. Wenn sie etwas gelernt hatte, dann genau das. »Nettigkeit ist enorm wichtig.«

»Ist sie das? Und warum?«

»Ohne Nettigkeit ist kein Vertrauen möglich.«

»Und ist das so verdammt wichtig?«

»Das wissen Sie doch wohl selbst.«

Die Hochzeitstorte, ein mehrstöckiges prunkvolles weißes Gebilde, wurde hereingetragen.

»Die beiden wirken sehr verliebt«, sagte Isobel, als Michel Åsa zum bestimmt hundertsten Mal hintereinander küsste, bevor sie gemeinsam begannen, die Torte aufzuschneiden.

Alexander schüttelte nur den Kopf.

»Sind Sie tatsächlich noch nie verliebt gewesen?«, fragte sie.

»Vielleicht ein Mal«, antwortete er.

Sie hatte selbst schuld, sie hatte ihn gefragt, und jetzt musste sie diesen kleinen Stich der Eifersucht aushalten. Wen hatte er geliebt? Welche Frau war einzigartig genug, um von Alexander geliebt zu werden?

»Und wer war sie?«, fragte sie.

Er beugte sich vor und sah sie mit ernstem Blick an. »Ich hatte diese Sache schon total vergessen. Ich muss es verdrängt haben. Zu schmerzhaft, Sie wissen schon.« Er verstummte und wirkte bedrückt, und sie beugte sich ebenfalls vor und hielt die Luft an.

»Es war eine Studienkollegin an der Handelshochschule. Sie liebte Diagramme, was ich total sexy fand. Da bin ich ihr verfallen. Ich war so verliebt, dass es regelrecht wehtat. Der schlimmste Vormittag meines Lebens.«

Isobel lachte erleichtert laut auf.

Er verkörperte wirklich das Sinnbild des dekadenten Playboys, wie er dasaß und sie mit abgeklärter Miene anschaute. Sie lächelte ihn an und blinzelte bedächtig und berechnend. Wie schwierig mochte es wohl sein, ihn heute Abend zu verführen? Er hatte den Kopf schräg gelegt. Beobachtete sie, als wäre er ein hungriger Löwe und sie eine vorbeiziehende Gazelle.

Überhaupt nicht schwierig, entschied sie.

25

Er war einfach zu langsam, das war das Problem. Hinzu kam das Versäumnis, dass er Isobels Tischherrn bei der passenden Gelegenheit nicht gleich zerfleischt hatte. Alexander verschränkte die Arme vor der Brust und schaute auf die übervolle Tanzfläche. So lief es also, wenn man nicht schnell genug agierte. Ihm blieb nichts anderes übrig, als danebenzustehen und zuzusehen, wie Isobel in den Armen ihres bärtigen Tischherrn zu einem Walzer übers Parkett glitt. Das Paar schwebte vorbei, und Alexander fing sich ein schadenfrohes Grinsen des Bärtigen ein.

Alexander selbst hatte zuerst mit seiner Tischdame getanzt und dann mit der Braut, doch nun hatte er seine Pflicht als Gast erfüllt und wollte endlich mit Isobel tanzen. Eigentlich wollte er viel lieber das Fest verlassen und Sex mit Isobel haben, aber wenn sie nun vorhatte, die halbe Nacht lang zu tanzen, war er Gentleman genug, um zu warten.

Das nächste Mal, als sie an ihm vorbeischwebte, tanzte sie mit Eugen, und Alexander wurde mit einem Augenzwinkern seines Onkels bedacht. Er gab auf, verließ die Tanzfläche und setzte sich zu einer Gruppe von Åsas Freunden, die etwas unkonventioneller waren. Über den ganzen Tisch verteilt standen Eiskübel und Gläser. Er nahm sich ein Glas Pommery und suchte mit seinem Blick nach Isobel. Sie tanzte lachend mit einem weiteren Mann, und Alexander dachte, dass die Sache mit der Eifersucht womöglich ganz schnell ihren vergnüglichen Effekt einbüßen könnte. Er war noch nie in seinem ganzen Leben eifersüchtig gewesen, aber er musste zugeben, dass es langsam an ihm nagte. Er schenkte sich Champagner nach, streckte die Beine vor sich aus und schaute erneut auf die Tanzfläche. Irgendwann musste die Musik ja mal enden.

Eugen kam auf ihn zu, setzte sich und bedachte Alexander mit einem amüsierten Grinsen.

»Hier sitzt du also, und das in allerbester Laune«, sagte er.

Alexander warf ihm einen irritierten Blick zu.

Eugen schenkte sich Champagner ein und trank ihn genüsslich.

»Die Leute sollten öfter heiraten.«

»Wenn das ein Seitenhieb sein sollte, kannst du es vergessen.«

»Das war kein Seitenhieb. Eher eine Überlegung. Jawohl. Um auf etwas ganz anderes zu sprechen zu kommen, das rein gar nichts mit meinem Wunsch zu tun hat, dass du dir ein Mädchen zum Heiraten suchen solltest: Wo ist eigentlich Isobel abgeblieben?«

Alexander deutete mit dem Kopf in Richtung Tanzfläche, wo die Musik endlich aufgehört hatte zu spielen. Isobel erblickte ihn. Er stand auf, als sie zu ihnen kam und in einen Sessel neben Eugen sank.

»Ich muss mich unbedingt hinsetzen, meine Schuhe bringen mich noch um.« Sie streckte ein Bein aus, und Alexander blieb mit seinem Blick daran hängen. Er hatte sich selbst nie als Mann mit einem Faible für Beine betrachtet. Eher mit einem Faible für Brüste und knackige Hintern. Aber Isobels Beine … Noch dazu in diesen High Heels, die aussahen, als wären sie einzig dafür geschaffen, ihn zu verführen. Doch sie selbst schien gar nicht zu bemerken, wie verdammt sexy sie auf ihn wirkte.

»Möchten Sie etwas trinken? Schampus?«

Oder willst du lieber mit mir nach Hause fahren und dich von mir ausziehen und küssen lassen?

»Lieber Wasser«, lächelte sie.

Er stand auf. »Ich werde Ihnen Wasser holen, aber dann müssen Sie mir eins versprechen.«

»Und das wäre?«

»Bleiben Sie hier sitzen, bis ich zurück bin. In diesem Sessel. Und nicht tanzen.«

Sie schenkte ihm erneut dieses Lächeln, das er am liebsten mit der Hand eingefangen hätte und für alle Zeit bei sich hätte tragen wollen. »Versprochen«, sagte sie.

Eugens Grinsen wurde noch breiter.

Da das gesamte Servierpersonal damit beschäftigt war, alkoholische Getränke auszuschenken und benutzte Gläser abzuräumen, machte sich Alexander selbst auf die Suche nach einer Küche. In dem kleinen Raum türmten sich Stapel von Geschirr, doch in einem Schrank fand er schließlich saubere Gläser, von denen er sich eines griff. Plötzlich erahnte er im Augenwinkel eine Bewegung, und als er sich umdrehte, erblickte er Tom Lexington, der draußen auf einem kleinen Balkon stand und rauchte.

»Alles in Ordnung?«, fragte Alexander, während er kaltes Wasser aus dem Hahn laufen ließ. Er sah sich nach einer Karaffe oder Flasche um, die er füllen und ebenfalls mitnehmen könnte.

»Schön, dass es langsam ruhiger wird«, sagte Tom und blies Rauch aus.

Als Alexander den Wasserhahn wieder zudrehte, hörte er aus einiger Entfernung aufgeregte Rufe.

»Hören Sie das auch?«, fragte er, als jemand einen lauten Schrei ausstieß.

Tom schnippte seine Zigarette weg, schob sich seinen Stöpsel ins Ohr und horchte. Alexander lief zur Küchentür und stieß sie auf. Im hinteren Teil des Festsaals hatte sich eine tumultartige Unruhe ausgebreitet. Die meisten Gäste waren zwar unbeteiligt, aber Alexander sah, wie sich mehrere Personen auf eine Tür zubewegten. Erneut hörte er einen Schrei.

Die Sessel, in denen Isobel und Eugen gesessen hatten, waren leer, und er konnte Isobel nirgends erblicken. Tom schob sich durch die Menge, und Alexander war ihm dicht auf den Fersen. Seine ganze Familie war hier, alle Menschen, die ihm wichtig waren, aber der einzige Gedanke, der ihm durch den Kopf ging, war: *Hoffentlich ist Isobel nichts passiert.* Doch dann erblickte er sie. Sie kniete neben einem Mann, der auf dem Rücken am Boden lag. Ihr Kleid war über die Knie hochgerutscht, und sie beugte ihr Gesicht zu ihm hinunter, während sie eine Hand an seinen Hals legte.

»Was ist passiert?« Toms autoritäre Stimme übertönte den Tumult.

Isobel schaute auf. Sie strich sich die Haare aus dem Gesicht, erblickte Alexander und richtete dann ihren Blick auf Tom.

»Rufen Sie einen Krankenwagen. Er hat einen allergischen Schock und bekommt keine Luft.«

Ihre Stimme war messerscharf und ihr Blick durchdringend. »Alex? Hören Sie mich?«

»Ja, was soll ich tun?«

»Suchen Sie Gina.«

Sie beugte sich wieder hinunter. Sprach mit dem Mann, dessen Brustkorb sich nur zögerlich hob und senkte. Tom hatte sein Handy bereits am Ohr. Alexander schaute sich um und erblickte Gina im Türrahmen.

»Lassen Sie sie durch«, rief er, streckte seine Hand nach ihr aus und zog Gina durchs Gedränge zu Isobel heran.

»In seiner Jacke muss sich eine Adrenalinspritze befinden. Könnten Sie danach suchen?«, fragte Isobel mit abgeklärter Stimme, was Alexander absolut cool fand. Inmitten des Chaos blieb Isobel ganz ruhig. Wenn jemand hier drinnen eine Bombe gezündet hätte, hätte sie genauso reagiert, dachte er. Analytisch und konzentriert darauf zu helfen.

Gina eilte von dannen.

»Tom ruft gerade einen Krankenwagen. Was kann ich noch tun?«, fragte Alexander.

»Die Leute aus dem Raum hinausschicken. Bitten Sie jemanden, einen Erste-Hilfe-Koffer zu organisieren. Gina?«

Gina war mit einer Spritze in der Hand zurückgekehrt. Gemeinsam öffneten sie die Hose des Mannes und legten seinen Oberschenkel frei. Gina setzte die Spritze an, schob sie hinein und drückte den Inhalt heraus, während Isobel weiter mit ihm sprach.

Alexander hatte begonnen, die Gäste hinauszulotsen, als Michel und David auftauchten.

Er nickte den beiden und Peter zu, als dieser ebenfalls im Türrahmen erschien.

»Gina und Isobel haben alles unter Kontrolle, der Krankenwagen ist bereits unterwegs, und Tom kommt gerade mit dem Erste-Hilfe-Koffer. Vielleicht kann jemand eine Decke bringen?«

David machte auf dem Absatz kehrt und verschwand.

Isobel nahm den Koffer entgegen und inspizierte seinen Inhalt. David kehrte mit einer Decke zurück und breitete sie über dem Körper des Mannes aus, während Gina aus einem Stuhlpolster, das sie mit einer Tischdecke umwickelte, ein Kissen formte und es ihm unter den Kopf schob.

Alexander hörte, wie Isobel ihm in leisem Ton kurze Fragen stellte.

»Wissen Sie, wo Sie sind? Wie heißen Sie?«

»Auf einer Hochzeit. Fares Nassif.«

»Okay, Fares. Ich bin Ärztin. Sie haben einen allergischen Schock erlitten, aber ich habe Ihnen Adrenalin verabreicht, und Sie atmen schon wieder besser. Ich werde Ihnen jetzt einen Tropf legen. Sind Sie in Begleitung hier?«

Michel kniete sich neben die beiden.

»Er ist mein Cousin«, sagte er leise. »Soll ich Nour holen, seine Frau?«

»Tun Sie das.«

Michel kam in Begleitung einer Frau zurück, die sich die Hand vor den Mund schlug und neben Fares auf den Fußboden sank.

»Leidet er noch unter irgendwelchen anderen Krankheiten?«, fragte Isobel, während sie vorsichtig eine Nadel in Fares' Arm schob.

»Nein.« Fares' Ehefrau Nour blinzelte mehrmals heftig.

»Gina, übernehmen Sie hier«, sagte Isobel, und während Gina den Infusionsbeutel hochhielt, ergriff Isobel die Hand der Frau. Alexander brachte ihr einen Stuhl, und Isobel setzte sie behutsam darauf. Isobel schaute Alexander an. »Sie hat einen Schock erlitten, aber sie erholt sich wieder. Hören Sie, Nour, Ihrem Mann geht es schon wieder besser. Aber wir bringen ihn zur Sicherheit ins Krankenhaus. Wollen Sie mitfahren? Gibt es noch jemanden hier, der Sie unterstützen kann?«

»Es geht schon.«

Nour biss sich auf die Lippe und streckte ihren Rücken, und Alexander sah, dass die Farbe wieder in ihr Gesicht zurückgekehrt war. »Ich werde mitfahren«, sagte sie entschieden, und im selben Augenblick kamen zwei Sanitäter mit einer Trage herein.

Isobel wechselte kurz ein paar Worte mit ihnen und erteilte ihnen knappe effektive Anweisungen in einer Terminologie, die wie aus einer Arztserie aus dem Fernsehen klang. Fares erhielt Sauerstoff, während seine Frau ihm die Hand hielt. Es sah noch immer dramatisch aus, aber man spürte deutlich, dass die akute Gefahr gebannt war.

Tom kam herein, und Alexander, der sich gegen den Türrahmen gelehnt hatte, schaute grinsend in Isobels Richtung. »Sie gehört zu mir, cool, oder?«

Toms dunkle Augen fixierten ihn, er erwiderte jedoch nichts.

Die Sanitäter mit der Trage wurden von Tom und seinem Personal hinauseskortiert, und der Raum leerte sich, bis nur noch Isobel, Gina, Alexander und Peter anwesend waren.

»Ich fahre Gina nach Hause, wenn sie hier fertig ist«, sagte Peter.

Alexander sah ihn verblüfft an. »Ist das okay für Sie, Gina?«, fragte er und betrachtete sie eingehend.

Doch sie nickte bloß und sagte: »Ja.«

Alexander sah zu, wie die beiden den Raum gemeinsam verließen. Als er sich von seinem Erstaunen erholt hatte, wandte er sich Isobel zu, die sich auf einen Stuhl gesetzt hatte und aussah, als müsste sie ein paar Mal tief Luft holen.

Er stellte einen umgefallenen Stuhl wieder auf die Beine und lächelte ihr verhalten zu. Ihre Haare waren durcheinandergeraten, und der Stoff ihres Kleids war zerknittert. »Möchten Sie auch nach Hause? Soll ich Ihnen ein Taxi rufen?«

»Glauben Sie, dass es für das Brautpaar okay ist? Wenn wir das Fest vor ihnen verlassen?«

»Sie haben Michels Cousin gerade das Leben gerettet. Ich glaube, was das Brautpaar anbelangt, haben Sie die Freiheit, so ziemlich alles zu tun, was Sie wollen.«

Isobel sank auf die Rückbank. Sie stützte ihr Gesicht auf die Hand und blieb so sitzen, während das Taxi Riddarhus und Gamla Stan hinter sich ließ.

»Ich war schon etwas nervös«, sagte sie nach einer Weile.

»Das hat man Ihnen aber nicht angemerkt«, entgegnete er und streckte seinen Arm hinter ihr auf der Rückenlehne aus.

»Manchmal spielt es keine Rolle, wie gut man als Arzt ist. Hätten wir die Spritze nicht gehabt, dann hätte er es nicht geschafft.«

»Aber er hat es schließlich geschafft.«

»Ja. Seine Frau hat mir versprochen, eine SMS zu schicken und zu berichten, wie es ihm geht, aber ich mache mir keine Sorgen.«

Sie lehnte ihren Nacken gegen seinen Arm, und Alexander setzte sich so hin, dass er seine Wange an ihr Haar schmiegen konnte. Vermutlich war es nicht gerade angebracht, eine Frau zu verführen, die eben noch damit beschäftigt war, einem Menschen das Leben zu retten. Das sah er durchaus ein, aber wenn das so weiterging, würde er graue Haare bekommen, bis er Isobel endlich ins Bett kriegte. Er schloss die Augen und vernahm ihren Duft. Die Situation war nicht gerade so, wie er es sich erhofft hatte, aber mit Isobel war sowieso nichts, wie er erwartete, und er wollte nicht klagen. Sie bewegte ihren Kopf, sodass ihre Wange an seinem Schlüsselbein landete. Ein mit Seide bedecktes Knie berührte sein Hosenbein. Ein weicher Busen ruhte an seinem Brustkorb. Er schluckte. Ihm blieb fast die Luft weg, und sein Puls stieg stetig. Isobel bewegte sich erneut. Es war, als fände sie keine bequeme Position. Diesmal landete ihre Hand auf seinem Oberschenkel, ziemlich weit oben. Er würde sie wegnehmen müssen, dachte er benommen. Seine Erregung war mittlerweile deutlich zu spüren. Wie peinlich. Doch er war sexuell ausgehungert, wenn er ehrlich sein sollte. Was natürlich nicht wirklich tragisch war, er war schließlich kein neurotischer Don Juan. Aber er liebte regelmäßigen Sex, und Isobel törnte ihn absolut an. Er wand sich ein wenig, doch sie folgte seinen Bewegungen und presste sich regelrecht an ihn.

»Isobel«, entfuhr es ihm.

Langsam drehte sie ihren Kopf, bis ihre Gesichter einander beinahe berührten. Als das Taxi unter einer Straßenlaterne hindurchfuhr, sah er kurz ihre Sommersprossen aufleuchten, die wie eine dünne Puderschicht auf ihrer Nase und ihren Wangen lagen.

»Was ist?«, flüsterte sie mit heiserer Stimme.

Er beugte sich hinunter und küsste sie leicht auf die Nase. »Du hast Sommersprossen auf der Stirn«, murmelte er und dachte dann, dass es definitiv ein Fehler gewesen war, sie zu küssen, ihren Duft einzusaugen und den Arm um sie zu legen, bis jede Faser seines Körpers von sehnsüchtigem Verlangen erfüllt war.

»Bist du müde?«, fragte sie und blinzelte langsam. Sie befeuchtete ihre Lippen, sodass sie wundervoll glänzten, und er starrte darauf. »Oder willst du den Abend noch ein wenig fortsetzen?«

Alexander hatte noch nie in seinem Leben eine Einladung dieser Art ausgeschlagen und hätte nie gedacht, dass er dazu fähig gewesen wäre, doch es dauerte in der Tat eine Weile, bis Isobels Worte, ihr Tonfall und ihr fragendes Lächeln bei ihm den Groschen fallen ließen.

»Bist du denn gar nicht …?«, begann er, musste sich jedoch räuspern. »Ich dachte, du bist müde.« Er strich mit seiner Hand über die weiche Haut auf ihrem nackten Arm.

»Nein«, antwortete sie, und ihre schönen Augen leuchteten. »Leben zu retten macht mich nicht müde. Im Gegenteil.« Ihr Handy gab einen Signalton von sich. Sie nahm es zur Hand und las rasch die SMS. »Alles in Ordnung. Sie behalten ihn über Nacht da, aber es scheint nichts Ernstes zu sein.« Sie legte ihr Handy zurück in ihre Handtasche. »Wo waren wir stehen geblieben?«

»Du hattest vor, den Abend gemeinsam mit mir fortzusetzen, Doktor Sørensen. Willst du mich vielleicht nach Hause begleiten? Es kursiert das Gerücht, dass ich einen gut gefüllten Barschrank besitze.«

Sie streckte sich ein wenig, geschmeidig wie eine Wildkatze.

»Klar, dass du den hast«, sagte sie. »Ein winzig kleiner Whisky wäre fantastisch.«

»Magst du Whisky?«

Das hätte er nicht gedacht, doch plötzlich konnte er sie förmlich vor sich sehen, nackt in einem Ledersessel mit einem gereiften Whisky in der einen Hand und einer dicken Zigarre in der anderen.

»Okay, Alexander. Du darfst mir gerne deine Wohnung zeigen. Und deine Hausbar.« Sie machte eine Pause. »Und den Rest auch, wenn du willst.«

So kam es, dass Alexander sich kaum noch an seine neue Adresse erinnern konnte, als er sie dem Taxifahrer nennen wollte.

26

Als Isobel hinausschaute, hielt das Taxi vor einer nahezu absurd noblen Adresse. Alexander bezahlte, sie stiegen aus, und er führte sie zum Hauseingang.

»Sieht exklusiv aus«, sagte sie.

»Ich liebe Exklusives.«

Er legte seine Hand an ihren unteren Rücken. Er war so geschickt darin, ihr das Gefühl zu vermitteln, sich begehrt zu fühlen. Wie oft hatte er das hier wohl schon gemacht? Eine Frau zu umwerben, bis sie nur noch an Sex denken konnte?

Sie betrat den Aufzug. Vielleicht sollte sie sich besser nicht zu einem Jetset-Typen mit zweifelhafter Moral hingezogen fühlen. Denn genauso einer war Alexander. Es spielte keine Rolle, dass er sich über Medpax informierte oder Milliarden von Kronen an junge Internetexperten verteilte. Denn in erster Linie befasste er sich mit der Eroberung und dem Verführen von Frauen. Es spielte auch keine Rolle, dass sie bereits andere Seiten von ihm kennengelernt hatte, nämlich dass er mit großer Sicherheit seine Geheimnisse hatte und ebenso einfallsreich wie liebenswürdig sein konnte, wenn er wollte. Im Grunde genommen wusste sie, was für ein Typ Mensch er war. Niemand konnte sich so rasch verändern.

In seinem Flur roch es frisch gereinigt, und Isobel musste sich in Erinnerung rufen, dass dieser Mann einen Stab von Leuten beschäftigte, die seine Wohnung einrichteten, putzten und aufräumten.

Alexander legte seine Schlüssel auf einer Kommode ab und betrachtete Isobel schweigend und forschend.

»Alles in Ordnung?«, fragte er.

Sie lächelte, machte einen Schritt auf ihn zu und legte eine Hand auf seine Brust. »Absolut.« Mochte sein, dass sie sich besser nicht zu Alexander hingezogen fühlen sollte, aber sie tat es nun mal und konnte sich nicht daran erinnern, wann sie ein solches Gefühl je auch nur annähernd erlebt hatte. Sie verspürte ein erwartungsvolles Ziehen im ganzen Körper. Es war ihr egal, ob er ein Spiel mit ihr spielte, denn sie konnte schließlich selbst entscheiden, wie viel sie von sich preisgab. Vielleicht war es sogar genau das, was sie brauchte. Das Wissen darum, dass niemals mehr als Sex und Erotik daraus werden könnte. Verlieben durfte sie sich niemals in einen Mann wie Alexander, das war das Allerschlimmste, was ihr passieren konnte. Zum Glück verliebte sie sich nicht so leicht in einen Mann.

»Allerdings würde ich mich gern etwas frisch machen.«

Er zeigte ihr den Weg zum Badezimmer, wo sie ihren Mund ausspülte, sich die Hände wusch und sich selbst im Spiegel anstarrte. Sie musste eine Weile nachdenken, um sich in Erinnerung zu rufen, wann sie zuletzt mit einem Mann geschlafen hatte. Nach Sebastien hatte es lange gedauert. Dafür, dass sie in einer der sexuell freizügigsten Branchen arbeitete, hatte sie ziemlich wenig Geschlechtsverkehr. Mit einem Mitarbeiter der humanitären Hilfe in Paris im vergangenen Sommer? Stand es tatsächlich so übel um sie?

Als sie aus dem Bad kam, legte Alexander einen Arm um ihre Taille und küsste sie. Oh, er konnte wunderbar küssen, sicher und bestimmt. Außerdem mussten sich in seiner Wohnung noch mehr Badezimmer befinden, denn er schmeckte nach Zahncreme. Vielleicht könnte sie ihm ja nur ein klein wenig verfallen, nur heute Nacht?

»Komm«, sagte er, nahm ihre Hand und ging voran durch die riesige Wohnung. Der Druck seiner Hand war zwar fest und seine Stimme ebenfalls, doch Isobel hatte bemerkt, wie sich seine Pupillen vor Erregung verdunkelten, und gespürt, wie er steif wurde und ihr eigener Körper darauf ansprang.

Sie kamen in ein großes Wohnzimmer, das sie vor ihm betrat, während er hinter ihr stehen blieb. Sie erblickte großzügige Sofas, Bücherregale und einen riesigen Teppich, der so flauschig war, als wäre er aus Kaschmirwolle. Wobei es sie nicht weiter wundern würde, wenn es sich tatsächlich um Kaschmir handelte. Denn wenn eine Person einen zehn Quadratmeter großen Teppich aus unpraktischer heller Wolle besaß, dann bestimmt Alexander de la Grip.

»Wie gefällt es dir?«, fragte er nonchalant.

Sie drehte sich zu ihm um. »Es ist so gemütlich.«

»Du klingst erstaunt«, sagte er mit einem Lachen. Doch sie registrierte sowohl Erleichterung als auch Freude in seinen nahezu magischen Augen, die blau wie arktisches Eis waren. Oder war es antarktisches? Sie war sich plötzlich unsicher, hatte die beiden Pole schon immer verwechselt.

Alexander ging auf eine Anrichte zu, auf der diverse Flaschen und Karaffen standen. Er öffnete eine Flasche, schenkte ihnen beiden Whisky ein und reichte ihr ein Glas. Isobel setzte sich auf eines der Sofas, das tief und angenehm weich war. Sie hatte erwartet, dass er sich neben sie setzen und Anstalten machen würde, sie zu verführen, doch er setzte sich ihr gegenüber in einen Sessel, streckte seine langen Beine aus und beobachtete sie über den Rand seines Glases hinweg. Sie schlug ihre Beine übereinander, hörte das leichte Rascheln der Seide und registrierte, wie seine Augen zu leuchten begannen. Sie hatte immer angenommen, dass blonde Männer etwas weicher und schlaksiger wären, doch dieser Mann hier vor ihr hatte nichts

Weiches an sich. Seine Schultern und Beine spannten sich unter dem Stoff, und seine Züge waren maskulin und gereift. Sie, die eigentlich die Meinung vertrat, dass Sex außer Körperkontakt und physischer Attraktion auch Nähe und Geborgenheit beinhalten sollte, konnte es plötzlich kaum abwarten, ihn nackt zu sehen.

»Was in aller Welt denkst du gerade?«, fragte er, und sie merkte, dass sie schweigend dagesessen und ihn angestarrt hatte.

»Ich frage mich, wie du wohl ohne Kleidung aussiehst«, antwortete sie.

Er nippte an seinem Whisky und stellte dann sein Glas ab.

Er lehnte sich breitbeinig im Sessel zurück. Sie konnte sehen, dass er steif war.

»Aha. Was genau willst du wissen?«

Sie spürte, wie sich die Härchen auf ihrer Haut aufrichteten und sie eine Gänsehaut bekam.

»Hast du ein Tattoo?«

Normalerweise hasste sie Tattoos, beschloss jedoch, dass Alexander ein Mann war, der selbst damit nicht bei ihr durchfallen würde. Doch er schüttelte den Kopf. »Und du?«

»Nein«, antwortete sie leicht verächtlich. »Ich bin schließlich Ärztin.«

Er zog eine Augenbraue hoch. »Willst du mir damit etwa sagen, dass sich Ärzte niemals tätowieren lassen?«

»Wir denken viel zu vorausschauend und analysieren zu sehr, wir handeln nicht aus einem Impuls heraus.«

»Aber du bist schließlich hier.«

Sie nippte an ihrem Whisky, der exquisit war. Sie liebte genau diesen rauchigen Geschmack, und er passte gut in das Ambiente, wenn man sich ausnahmsweise einmal kultiviert geben wollte.

»Hier herzukommen war eine durchdachte Entscheidung.«

»Ich verstehe.« Er sah aus wie ein gefallener Engel, wie er mit seinem wuscheligen Haar und seiner leicht schiefen Nase dasaß. Ein Engel, der ziemlich hart gefallen war, und der es mithilfe langwieriger und intensiver Körperarbeit schließlich geschafft hatte, wieder auf die Beine zu kommen.

»Und wie stehst du zu Piercings?«, fragte er.

»Hast du ein Piercing?«, fragte sie. »Und wo?«

»Rate.«

»Nein. Ich hasse Ratespiele«, entgegnete sie. Vielleicht war es der Alkohol, vielleicht auch die Erregung, die sie in seinen Gesichtszügen las. Es war ihr egal, ob sie eine unter vielen war, denn im Augenblick war sie die Auserwählte, und das ließ er sie deutlich spüren. Gab es ein stärkeres Aphrodisiakum als das?

»Zeig her«, befahl sie ihm.

Er nahm seine Fliege ab und knöpfte sein Hemd auf. Sie konnte ihre Augen nicht von ihm abwenden. Er zog die Vorderseiten seines Oberhemds auseinander.

Wow. Junge Männer hatten ganz sicher gewisse Vorteile.

»Wie zum Teufel stellt man es an, einen solchen Körper zu haben?«, murmelte sie und ließ gierig ihren Blick über seinen Oberkörper wandern, während ihr die anatomischen Tafeln aus ihrer Praxis in den Sinn kamen und sie dachte, dass dieser Mann wohl das Muster für alle anatomischen Zeichnungen abgab. Sein Bauch war muskulös, sowohl was die geraden als auch die schrägen Bauchmuskeln betraf, und sein Brustkorb athletisch. Auf seiner Brust wuchsen goldene Härchen, und es gefiel ihr, dass er sich die Haare nicht mit Wachs oder ähnlichen blödsinnigen Methoden entfernte. Ein schmaler Strang verschwand in seinem Hosenbund. Sie erblickte den Ring in seiner Brustwarze. Aus glänzendem Gold. Nie hätte sie gedacht, dass ein goldener Ring in der Brustwarze eines Mannes so erregend sein könnte.

»Komm, Isobel«, sagte er. »Komm und berühr ihn.«

Sie stand auf. »Nicht, dass ich so einen noch nie gesehen hätte«, sagte sie, während sie sich auf die Lehne seines Sessels setzte. Er legte einen Arm um sie, und sie strich mit einer Handfläche über seinen Brustkorb. Über seinem Herzen hielt sie inne und spürte das rhythmische Pochen.

Sein Arm glitt an ihrem Rücken hinauf unter ihre Haare, legte sich um ihren Nacken und zog sie zu sich herab, bis sie auf seinem Schoß landete.

»Nein«, murmelte sie. »Ich bin zu schwer.«

Er antwortete, indem er sie mit dem anderen Arm wie mit einer Eisenkette umschloss, und dann küsste er sie. Es war ein Kuss ganz nach ihrem Geschmack, mit der Zunge und kleinen Bissen und einer gewissen Härte, sodass sie kurz darauf fast über ihm lag, mit dem Kleid unelegant um die Beine gewunden und einer seiner Hände zwischen ihren Schenkeln. Er wölbte die Hand über ihrem Slip, und sie presste ihren Unterleib dagegen. Großer Gott, wie lange war es her, dass sie solche Leidenschaft verspürt hatte. Es war besser, viel besser, als sie je zu hoffen gewagt hatte. Man konnte über Partyprinzen ohne Prinzipien sagen, was man wollte, aber Alexander wusste, was er tat, dachte sie benommen, während sie unvorhergesehen auf dem Fußboden landeten. Er küsste ihre Schulter und tastete suchend mit seiner Hand den Stoff ihres Kleids ab.

»Am Rücken sind Knöpfe«, instruierte sie ihn.

Er drehte sie um, sodass sie auf dem Bauch zu liegen kam, und sie musste mit dem Gesicht in den Fransen des Kaschmirteppichs darüber lächeln, wie sexy es sich anfühlte. Er begann ihr Kleid aufzuknöpfen.

»Vorsichtig. Es ist nur geliehen.«

Er zog es ihr behutsam aus und streifte ihr auch die High Heels ab. Isobel machte einen Ansatz, sich umzudrehen, doch er legte eine Hand auf ihren Rücken.

»Bleib so liegen«, sagte er und legte seine Hand auf ihren Po. »So verdammt sexy«, sagte er mit schwerer Stimme. Er strich mit einem Finger über ihren String, und sie fand, dass es die Mühe wert gewesen war, ihn einen ganzen Tag lang zu tragen, wenn es Alexander offensichtlich so gefiel. Er zog ein wenig daran, und sie stöhnte in den weichen Teppich.

»Schön?«, murmelte er und ließ seine Finger weiter über ihren Körper gleiten.

Sie half ihm, ihren Slip und den BH abzustreifen. Seine Augen hefteten sich auf ihre Brüste, und plötzlich war er über ihr – er war ebenfalls nackt, sie wusste gar nicht, wann das passiert war –, und dann umschlangen sie einander, und alle Behutsamkeit war wie weggeblasen, sie waren nur noch Hände und Finger und Zungen.

Als er sich schließlich zwischen ihre Beine legte, kam sie jedoch wieder zu sich.

»Nicht ohne Schutz.« Dieses Thema hätte sie früher ansprechen müssen. Klar, dass er sich keine Gedanken machte, er war ein Mann, verantwortungslos, er …

Sie stützte sich auf die Ellenbogen. »Wir müssen ein Kondom benutzen. Mit Geschlechtskrankheiten ist nicht zu spaßen.«

Er strich ihr eine Haarsträhne aus dem Gesicht, küsste sie und biss sie dann spielerisch ins Ohr.

»Wenn das deine Art von Dirty Talk ist, ist sie aber ziemlich abtörnend«, murmelte er.

»Ich denke eben an so etwas.«

»Tust du das?«

»Ich habe solche Dinge im Blick.«

»Aber nicht alle«, entgegnete er. »Vor ungefähr sechzig Sekunden habe ich nämlich eins übergezogen.« Er richtete sich ein wenig auf, und sie schaute an ihm hinunter. Es stimmte.

Sie hatte es überhaupt nicht bemerkt. So etwas war ihr noch nie passiert.

»Ich fasse das jetzt einfach mal als Kompliment auf«, sagte er. »Ich weiß zwar nicht, was du von mir denkst, und will es auch lieber gar nicht wissen. Aber das hier ist mein Spezialgebiet. Und jetzt leg dich hin, damit wir endlich vögeln können.«

Sie gehorchte, und er küsste sie, während er in sie eindrang, sie ausfüllte, sie nahm. Sie schloss die Augen, als sie sich auf dem flauschigen Teppich liebten, schlang ihre Arme um seinen Körper und presste sich fest an ihn, biss ihn spielerisch in die Schulter. Sie spürte, wie er sich seinem Höhepunkt näherte. Dann kam er, heftig, und umklammerte sie dabei so fest, dass ihr fast die Luft wegblieb.

»Bei all den Orten, die ich mir in meiner Fantasie als Liebesnester ausgemalt habe, hatte ich nicht unbedingt an den Fußboden gedacht«, sagte er danach. Er hielt sie fest an sich gedrückt.

»Hast du über uns fantasiert?«, fragte sie. Sie lag mit der Wange auf seinem Brustkorb, spürte seinen Herzschlag und seine warme Haut an ihrem Bauch und war in diesem Augenblick wunschlos glücklich. Seine Hand streichelte ihren Rücken, und seine Stimme war so tief, wie sie nur nach befriedigendem Sex sein konnte, träge und entspannt.

»Du etwa nicht?«

»Nein«, log sie, und er lachte.

»Du bist gar nicht gekommen, oder?«

Sie zögerte. »Nein«, antwortete sie schließlich. Aber sie war kurz davor gewesen, und es war wunderschön gewesen, als er sich in ihr bewegt hatte.

»Und warum nicht?«

»So ist das einfach.«

Er drehte den Kopf und schaute sie an. »Klingt, als wäre es öfter so. Warum?«

»Können wir nicht einfach nur hier liegen?« Sie wollte nicht über Sex reden. Nicht mit Alexander und nicht darüber, was ihr gefiel und was nicht. Unter keinen Umständen würde sie ihn näher an sich heranlassen, nicht mal ansatzweise. Es gab keine Grenzen dafür, welchen Schaden ein Mann wie er würde anrichten können. Denn es war eine Sache, sich vorzunehmen, Distanz zu wahren, aber eine ganz andere, hier in seinen Armen zu liegen und sich von ihm dazu verleiten zu lassen, etwas von sich preiszugeben. Etwas, was sie sich geschworen hatte, niemals mehr irgendwem anzuvertrauen. Sie strich mit der Hand über seinen Bauch.

»Aber es ist eine wichtige Frage. Einen Höhepunkt zu haben ist doch mindestens das halbe Vergnügen.«

»Es war schön für mich, reicht das denn nicht? Außerdem gibt es einen Unterschied zwischen Frauen und Männern.«

Er schnaubte verächtlich. »In welchem Jahrhundert lebst du eigentlich? Wenn man nicht miteinander spricht, lernt man auch nichts über die Vorlieben des anderen. Sex sollte doch beiden was geben. Hattest du denn bei anderen Männern einen Orgasmus?«

Sie wünschte sich fast, ihn angelogen zu haben. Oder einen Höhepunkt vorgetäuscht zu haben.

»Ich bin mehr als zufrieden«, sagte sie und versuchte, sich ihm zu entziehen.

Sein Griff wurde härter, und er presste sie an sich. »Das glaube ich nicht.«

»Sorry Alex, aber müssen wir wirklich darüber reden?«

Er schwieg, und dann spürte sie, wie er sich entspannte.

»Müssen wir nicht«, sagte er. »Nicht jetzt. Bist du hungrig?«

Sie wollte gerade Nein sagen, als ihr Magen knurrte.

Er lächelte, stand auf, reichte ihr die Hand und zog sie hoch, als wöge sie nicht mehr als ein Stethoskop.

Alexander holte ein paar Sachen aus seinem Kühlschrank, während sich Isobel an eine Kücheninsel lehnte. Er hatte sich eine bequeme Hose und ein T-Shirt mit V-Ausschnitt übergezogen und sah natürlich sogar darin wie ein männliches Modell aus der *Vogue* aus. Isobel hatte sich eine seiner dünnen Wolldecken um den Körper geschlungen.

Er reichte ihr ein großes Glas mit einem äußerst luxuriösen Mineralwasser und fuhr dann fort, Pfannen zu schwenken, Herdplatten einzuschalten und weitere Zutaten aus dem Kühlschrank zu nehmen, der eher einem futuristischen Raumschiff glich. Er gab einen Klacks Butter in eine gusseiserne Pfanne und begann, Gemüse zu schneiden. Isobel schaute auf die Uhr. Es gefiel ihr, dass er ihr morgens um drei Uhr etwas zu essen zubereitete.

»Bist du etwa eine Art Koch-Guru?«

»Mein bester Freund ist schließlich Koch. Und ich habe einmal einen Kochkurs besucht. In Paris.«

Natürlich. Und seine Küche war perfekt ausgestattet. Sie war sich nicht sicher, ob sie überhaupt je Töpfe dieser Machart besessen hatte. Er stellte Teller und legte Besteck auf ein Tablett. Es roch fantastisch, und sie aß mit Heißhunger.

Nach dem Essen gingen sie zurück ins Wohnzimmer. Diesmal setzte er sich neben sie aufs Sofa. Er küsste ihre nackte Schulter und hauchte sie zärtlich an. Er war ein so guter Mensch. Die Worte kamen ihr ganz unvermittelt in den Sinn, aber er war wirklich ein guter Mensch. Er hatte, bei aller äußerlichen Eitelkeit, innere Stärke bewiesen.

Am Abend, als Michels Cousin in Lebensgefahr geschwebt hatte, hatte Alexander während der gesamten Situation einen kühlen Kopf bewahrt. Sie selbst war schließlich darin ausgebildet, aber er hatte weder Panik bekommen noch sich irrational verhalten. Menschen, die sich als zuverlässig erwiesen, wenn es wirklich zählte, waren eine eher seltene Spezies. Und auch der Sex mit ihm war fantastisch gewesen. Für sie spielte es keine Rolle, dass sie nicht gekommen war, es war ihr nicht so wichtig. Wichtig hingegen war ihr, dass sie sich in seiner Nähe wohlfühlte. Sich entspannen konnte. Angesichts all der Gedanken, die ihr durch den Kopf schossen, musste sie sich an der Stirn kratzen. Verdammt, die Sache mit dem unkomplizierten Sex war viel komplizierter, als sie angenommen hatte.

27

Alexander beobachtete Isobel, die neben ihm auf dem Sofa saß. Sie wirkte in sich gekehrt. Was auch immer in ihrem Kopf vor sich ging, es erforderte offenbar einiges an Stirnrunzeln.

»Isobel? An was denkst du gerade?«

Sie schaute ihn an und schenkte ihm ein entschuldigendes Lächeln.

»Sorry. An nichts.«

Sie legte den Kopf schräg, wodurch ihr die Haare über die Schultern fielen. Sie hatte die Füße aufs Sofa hochgezogen und rieb sich ihre Zehen. Na klar, an nichts.

»Schmerzen?«, fragte er und nickte in Richtung ihrer Füße.

»Irgendwie bin ich nicht geschaffen dafür, High Heels zu tragen.«

»Du warst verdammt schick in diesen Schuhen. Gib mir deinen Fuß«, forderte er sie auf.

Sie schaute ihn misstrauisch an.

»Auch wenn es vielleicht so klingt, ich schwöre ich bin kein Fußfetischist. Gib ihn mir.«

Sie streckte ihm ihr Bein hin. Er nahm ihren Fuß und begann ihn behutsam zu kneten.

»Du hast schöne Füße. Vielleicht entwickle ich doch noch einen Fetisch. Was hältst du von einer Massage?«

»Das wäre schön.«

Er nahm ihren großen Zeh zwischen Zeigefinger und Daumen. »Gefällt es dir, wenn ich ihn so drücke?«

Sie schüttelte den Kopf. »Nicht so sehr.«

»Und so?« Er presste seinen Daumen von unten gegen ihr Fußgewölbe, und sie gab ein wohliges Stöhnen von sich.

»Ja. Mach weiter.«

»Siehst du, es ist ganz leicht. Sag mir, was dir gefällt, und du bekommst es.«

»Du bist ganz schön hartnäckig.«

»Ich glaube, dass es wichtig für dich ist. Einen Orgasmus zu bekommen, ist doch schließlich so was wie ein feministischer Akt. Aber davon abgesehen ist es auch wichtig für mich.«

»Und warum?«

»Was für eine blöde Frage. Warum sollte ich es denn *nicht* wollen?«

Wer hatte Isobel dazu gebracht, sich mit weniger zufriedenzugeben, als sie verdient hatte? Und warum nahm sie es einfach so hin?

Sie strich sich die Haare hinter die Ohren und sah aus, als dächte sie nach. »Ich glaube, es hängt mit meinem Kontrollbedürfnis zusammen. Es fällt mir einfach schwer, loszulassen.«

Als ob er darauf nicht schon selbst gekommen wäre. In der Tat war er noch nie jemandem begegnet, der über mehr Selbstkontrolle verfügte als Isobel.

»Aber sobald man es jemandem erzählt, fangen die Leute an, einen Gott weiß wie zu bearbeiten, und meinen, sie müssten alle möglichen Register ziehen und sich extra ins Zeug legen«, sagte sie und verstummte dann abrupt, als hätte sie mehr gesagt, als sie eigentlich wollte.

»Und mit diesen Leuten meinst du deine miesen Ex-Lover? Gib mir deinen anderen Fuß.«

Er drückte seinen Daumen in das Fußgewölbe ihres anderen Fußes, und sie gab erneut ein Stöhnen von sich.

»Massage ist oft besser als Sex, wenn ich ehrlich sein soll.«

Darauf fiel er nicht herein. »Endlich ein Schritt in die richtige Richtung. Ehrlichkeit. Wenn du dich mit dem Rücken zu mir hinsetzt, massiere ich dir auch noch den Nacken.«

Er registrierte, wie sich in ihrer Miene Unsicherheit widerspiegelte, als könnte sie sich nicht vorstellen, dass er vorhätte, ihr ohne irgendwelche Hintergedanken etwas Gutes zu tun.

»Komm schon, Isobel, gib zu, dass du es willst. Außerdem habe ich magische Hände.«

Sie zögerte, drehte sich dann jedoch auf dem Sofa um, sodass sie ihm den Rücken zuwandte. Alexander schob die Decke hinunter, legte die Hände auf ihre Schultern und führte seine Finger unter ihre Haare.

»Mein Gott«, murmelte sie, während er ihre Muskeln bearbeitete.

Alexander beugte sich vor und biss sie leicht in die Schulter. Sie erbebte. Es gefiel ihr also. Er fuhr fort, ihr den Nacken zu massieren, und bearbeitete dann ihre Schultern und ihren Rücken. Bald glühte ihre Haut regelrecht, und sie gab wohlige dumpfe Laute von sich. Dann ließ er eine Hand nach vorn gleiten, umfasste ihre eine Brust und massierte die Brustwarze.

Sie sagte nichts, doch er spürte, wie sich ihre Atmung veränderte. Sie hob einen Arm, legte ihn um Alexanders Nacken und zog ihn an sich. Er kam hinter ihr auf die Knie und presste seine Erektion gegen ihren Rücken. Dann beugte er sich zu ihr hinunter, umfasste ihre Brust mit der einen Hand und ließ die andere über ihren Bauch hinabgleiten, wo sie sich über die roten Locken ihrer Scham wölbte.

Sie war feucht, und sie atmete schwer in sein Ohr. Das gefiel ihr definitiv.

»Ich möchte es dir schön machen«, murmelte er.

»Es ist doch schön.«

»Leg dich auf den Rücken.«

Alexander legte sich auf dem breiten Sofa neben sie. Er wollte die Stimmung nicht kaputtmachen, indem er vorschlug, ins Schlafzimmer zu gehen.

»Zeig mir, wie du es haben willst. Zeig es mit deinen Händen«, forderte er sie auf, nahm ihre Hand und legte seine darüber. »Streichle dich.«

Anfänglich lag sie einfach nur still da.

»Mach es Isobel, bitte.«

Sie bewegte langsam die Hand über ihren Oberschenkel. Er folgte ihrer Bewegung und schob behutsam ihre Beine auseinander. Sie drehte ihren Kopf und schaute ihn mit großen Augen an.

»Mach weiter, nicht aufhören. Ich möchte es sehen.«

Isobel glitt mit ihrer Hand hinauf in Richtung Bauch und ließ sie dann wieder nach unten wandern. Sie schloss die Augen, zog ihre Beine leicht an und strich dann über die Innenseiten ihrer Schenkel.

»Weiter«, murmelte er, zog sich rasch aus und legte sich zu ihr. Er berührte mit einer Hand die Innenseite ihrer Schenkel. Ihre Haut war weich wie Seide. Er schob ihre Beine noch ein wenig auseinander.

»Ja«, hörte er sie atmen, während sich ihre Hüften bewegten. »Komm.«

Er kam auf die Knie und legte sich langsam auf sie, während er sich auf seine Hände stützte. Ihre Augen waren noch immer geschlossen, als befände sie sich in ihrer eigenen Welt, und er betrachtete ihr Gesicht mit den langen Wimpern, den zusammengekniffenen Augenlidern und den hohen Wangenknochen, bevor er ihre Beine mit seinen Knien noch ein wenig mehr spreizte. Er hörte sie aufstöhnen und speicherte diese Information.

»Mach weiter«, forderte er sie auf. Jetzt atmete sie schwerer. Er schob sich in sie hinein, und sie gab ein Stöhnen von sich, während sich ihre Augen abrupt öffneten. Er liebte ihre Augen, dachte er, während er sich in ihr zu bewegen begann. Doch es ging im Augenblick nicht darum, was er selbst wollte, sondern darum, Isobel Sørensen dazu zu bringen, ein wenig von ihrer Kontrolle aufzugeben. Also zog er sich wieder heraus.

»Was machst du denn?«

Eine verdammt gute Frage. Warum war es ihm eigentlich so wichtig, dass sie kam? Für ihn war es doch auch so schön, warum lag ihm dann so viel daran, besser als all ihre vorherigen Liebhaber zu sein? Die simple Antwort lautete natürlich Eitelkeit. Die etwas kompliziertere hingegen … dass er keine Ahnung hatte.

»Du weißt genau, was ich will«, entgegnete er. »Ich will, dass du dich streichelst, und ich will dir dabei zusehen. Es gefällt dir doch, ich sehe es ja.«

»Du bist ganz schön stur, weißt du das?«

Er führte ihre Hand zu seinem Mund. Nahm einen ihrer Finger, umschloss ihn mit den Lippen und sog daran. Es gefiel ihr. Er nahm den nächsten Finger, sog ebenfalls daran und wusste, dass dies jede erogene Zone in ihrem Körper aktivierte. Er zog den Finger wieder heraus, umschloss ihre Hand mit seiner und legte sie auf seine Brust.

»Ich werde dich jetzt vögeln«, sagte er leise, während er sich ein neues Kondom überstreifte. »Und du wirst dich währenddessen selbst streicheln, die ganze Zeit. Und wenn ich etwas mache, das dir besonders gefällt, sagst du es mir, okay?«

Er wartete, bis sie ihre rechte Hand wieder zwischen ihre Schenkel schob. Sie schloss die Augen, was er etwas schade fand. Doch dann verließ er sich voll und ganz auf sein Gefühl, nahm ihren linken Mittelfinger und begann erneut, daran zu saugen. Sie erbebte. Er drang in sie ein und beobachtete sie genau. Wenn er sich nur sachte in ihr bewegte, huschte ein frustrierter Ausdruck über ihr Gesicht, doch wenn er sie hart nahm, ging sie mit den Hüften mit. Sie mochte es also lieber etwas wilder, seine Isobel. Er stieß fest in sie hinein und richtete sich so weit auf, dass sie ihre Hand besser bewegen konnte. Jetzt begann sie zu schwitzen und sah aus, als wäre sie tief in sich selbst versunken. Er nahm sie diesmal viel härter als beim letzten Mal, und sie atmete heftig, bis sie plötzlich ihre Hüften hochschob und in einem unerwartet explosiven Orgasmus kam, der so verdammt sexy war, dass er sich ebenfalls nicht mehr zurückhalten konnte.

»Isobel«, keuchte er gegen ihren Hals.

Sie rang regelrecht nach Luft.

Er kollabierte neben ihr. Sein ganzer Körper zitterte. Er drehte sich so, dass er sie anschauen konnte. Sie war vollkommen verschwitzt. Er strich ihr die an der Stirn klebenden Haare aus dem Gesicht und küsste sie, küsste ihren Mund. Und betrachtete sie eingehender.

»Weinst du etwa?«

»Nein. Vielleicht. Ein wenig. Ich bin nur etwas geschockt. Nein, nicht geschockt. Eher überrascht.«

Er strich ihr noch eine Haarsträhne aus dem Gesicht. »Darf ich dich etwas fragen?«

Sie schüttelte den Kopf. »Auf keinen Fall.«

»Wann hattest du zuletzt einen Orgasmus?«

»Vor nicht allzu langer Zeit.«

Er lachte. »Mit einem Mann, meinte ich. Isobel, wann hattest du zuletzt einen Orgasmus mit einem Mann?«

Sie schloss die Augen und entzog sich ihm, wie er es bereits von ihr kannte. Er wartete. Sie seufzte.

»Das ist alles nicht so leicht für mich. Ich kapier nicht, warum du so darauf herumreitest. Wenn ich gewusst hätte, dass du so viel redest, wäre ich nie mit zu dir gekommen.«

Er schnaubte. »Du hast dich doch geradezu auf mich gestürzt.«

»Jaja.«

»Aber ich frage aus reinem Eigennutz. Je mehr Orgasmen du gemeinsam mit mir bekommst, desto öfter willst du mit mir schlafen. Im Grunde ist es purer Egoismus. Ich bin nämlich ziemlich egoistisch, wie wir ja schon festgestellt hatten. Du bist die Idealistin und ich der Zyniker.«

Isobel stützte sich mit ihrem Kinn auf seinen Brustkorb. Mit einem ihrer schlanken Finger berührte sie den Goldring. Er gefiel ihr offenbar.

Sie redete zwar von Kontrolle und Safer Sex und lauter vernünftigen Dingen, als wären sie das Wichtigste auf der Welt, doch unter ihrer polierten Oberfläche gab es noch so viel mehr zu erkunden. Sie mochte es, wenn er sie etwas härter nahm und sich dominant gab. Es hatte sie ebenfalls angemacht, wenn er ihr unanständige Dinge ins Ohr flüsterte. Und auch wenn sie angesichts von Luxus und Glamour die Augen verdrehte, gefiel es ihr alles dennoch.

Alexander folgerte daraus, dass er sich freuen sollte. Er zog sie zu sich heran und küsste sie. Am besten funktionierte es zwischen ihnen, wenn sie sich neckten oder liebten. Aber wenn er anfing, näher über die ganze Sache nachzudenken, wurde es kompliziert.

»Soll ich uns etwas zu trinken holen?«, fragte er.

Sie schüttelte langsam den Kopf. »Du musst hier liegen bleiben«, entgegnete sie. »Ich brauche deinen Brustkorb, um meinen Kopf darauf zu stützen.« Sie küsste seine Haut, streckte ihre Zunge vor und berührte seinen Goldring. »Ich muss meine Meinung über Piercings wohl revidieren.«

Mit wie vielen Frauen, die er verführt hatte, hatte er schon ähnliche Unterhaltungen geführt? Frauen, die das Konzept Alexander de la Grip mochten, denen sein attraktives Äußeres gefiel, die ihn aber nicht wirklich kannten. Diesen sinnlichen befriedigten Blick hatte er schon so oft zuvor gesehen, und er hatte auch nichts dagegen, im Gegenteil, er hatte ihn ja immer wieder aufs Neue herausgefordert.

Sie betrachteten ihn als anregende Zerstreuung, als sexy Eroberung. Er wusste genau, was er tun musste, um eine Frau zum Höhepunkt zu bringen. Nicht einmal Isobel mit ihren unergründlichen Geheimnissen hatte ihm widerstehen können, als er es darauf angelegt hatte. Und jetzt lag sie hier in seinen Armen und schnurrte wie eine zufriedene Katze. Er hatte ihr genau das gegeben, was sie haben wollte. Sie war glücklich, und er befriedigt. Alles war, wie es sein sollte. Alles.

Sie war nicht einmal die erste Frau, der er befohlen hatte, sich selbst zum Orgasmus zu bringen. Sex war im Grunde genommen eine ziemlich einsame Aktivität. Er hatte sich immer eingeredet, kein Bedürfnis nach Nähe zu verspüren und sich auch nie ausgeschlossen gefühlt, nur weil eine Frau ihre Augen schloss und sich selbst befriedigte. Er war immer der Meinung gewesen, dass es ausreichte, zum Höhepunkt zu kommen und gemeinsam Spaß zu haben.

Isobel stellte keinerlei andere Erwartungen an ihn.

Und auch er hegte keinerlei Erwartungen. Wirklich nicht.

28

Peter schaute auf die Uhr. Er fragte sich, wo Gina blieb. Als er sie nach der Hochzeitsfeier nach Hause gefahren hatte, war zwischen ihnen alles in Ordnung gewesen. Während des gesamten Fests hatte er versucht, ein Auge auf sie zu werfen, und war besorgt gewesen, jemand könnte sie antatschen. Er wusste, wie manche Männer waren, insbesondere weiße, betrunkene Männer aus seiner eigenen Schicht. Jede einzelne Faser seines Körpers war angespannt gewesen, und das Herz hatte ihm bis zum Hals geschlagen. Er hatte weder Alkohol getrunken noch sich mit anderen Gästen unterhalten, sondern ausschließlich über sie gewacht. Bis sich dieser völlig unwirklich anmutende Vorfall mit dem Mann ereignet hatte, der kollabiert war.

Sie hatte fantastisch reagiert. Doch als er ihr später im Wagen Komplimente machte, hatte sie sie abgewiesen und das Gespräch darauf gelenkt, wie sehr sie Isobel Sørensen bewunderte. Die sein kleiner Bruder offenbar datete.

Peter schaute durch die Tür seines Büros hinaus. Er hatte gehofft, dass alles wie immer weitergehen würde, doch Gina war gestern nicht erschienen und heute auch nicht, und er wusste nicht, was er davon halten sollte. Vielleicht war ihr etwas zugestoßen? Er schaute erneut auf die Uhr: Es war bereits nach sechs. Er stand auf und ging hinaus in die Küche. Immer noch keine Spur von Gina. Er öffnete den Kühlschrank, um zu sehen, ob ihre Schüssel mit Essen darin stand und sie womöglich erschienen war, ohne dass er es bemerkt hätte, aber er erblickte nur halb leere Verpackungen vom Thaiimbiss und diverse Proteinshakes.

Er schaute am Empfangstresen vorbei, traute sich jedoch nicht, eine der Empfangsdamen zu fragen, ob sie wüssten, wo Gina blieb. Er hätte sie so gerne angerufen oder ihr eine SMS geschickt, nur um zu fragen, ob alles okay sei, aber sie hatten ihre Telefonnummern nicht ausgetauscht, sodass er es nicht angemessen fand, auch wenn er ihre Nummer hätte erfragen können.

Hatte sie etwa aufgehört, hier zu arbeiten?

Ohne es ihm zu sagen?

Eine Stunde später war das Büro leer. Es war Frühling geworden, im Kungsträdgården blühten die Japanischen Kirschen, und die Angestellten nutzten alle möglichen Ausflüchte, um sich in die Sonne hinausstehlen zu können. Als er bereits zum dritten Mal sein Büro verließ, stellte er fest, dass am Empfang schon das Abendpersonal saß. Er blieb Däumchen drehend stehen, während die Empfangsdame mit einem Mann vom Sicherheitspersonal ein Schwätzchen hielt. Könnte man sie danach fragen, ob die Reinigungskräfte heute kommen würden?

Er wollte gerade zurück in sein Büro gehen, als er sah, wie sich die Aufzugstüren öffneten.

Da war sie.

Sie suchte etwas in ihrer Tasche, und Peter blieb stehen. Gina schaute im selben Moment auf, als Peter sich wieder gefangen hatte. Er beeilte sich, ihr entgegenzugehen, und ihr die Tür zu öffnen, bevor die Empfangsdame den Summer betätigte oder sie selbst ihre Passierkarte ziehen konnte.

»Danke«, sagte sie.

»Hej Gina.« Er suchte verzweifelt nach intelligenten Worten, die er ihr hätte sagen können, einem lockeren Spruch oder zumindest etwas Alltäglichem. Sie schaute ihn fragend an.

»Ist etwas passiert?«

»Nein. Aber Sie sind gestern gar nicht gekommen«, entgegnete er. »Ich habe mir Sorgen gemacht. Alles okay bei Ihnen?«

»Ich hatte gestern frei. Ich hab für die Uni gelernt und Vorlesungen gehabt. Alles okay.«

»Schön zu hören.«

Er hielt ihr die nächste Tür auf und blieb neben ihr stehen, als sie ihren Mantel auszog.

»Und Ihr Bruder? Geht es ihm gut?«

»Ja.«

»Und Ihr Vater? Schläft er inzwischen wieder besser?«

»Ja, ganz gut.« Sie wechselte ihre Schuhe und hängte ihre Handtasche in den Spind.

»Und Ihnen geht es auch gut?«

Sie schloss den Schrank. »Mir geht's gut. Aber wie geht es Ihnen eigentlich?«

»Sehr gut. Die Hochzeit war schön. Wussten Sie eigentlich, dass Alexander mit Ihrer Frau Doktor Sørensen zusammen ist?«

»Ich habe es geahnt.«

»Dem Mann, dem Sie geholfen haben, geht es mittlerweile wieder besser. Ich habe Åsa angerufen und sie gefragt. Ich dachte, Sie wüssten es vielleicht gerne.«

»Danke. Isobel hat mir eine SMS geschickt.« Sie lächelte breit. »Unter uns gesagt, ich weiß zwar, dass es blöd klingt, aber ich fand es ziemlich cool. Isobel hat natürlich das meiste getan, aber dennoch. Ich habe mich fast wie eine richtige Ärztin gefühlt. Finden Sie es unangebracht, wenn ich so etwas sage?«

»Ich sehe es als Zeichen dafür, dass Sie einmal eine fantastische Ärztin sein werden. Ist der Staubsauger schwer? Lassen Sie mich ihn für Sie herausheben.«

»Danke.«

Sie blieb schweigend stehen und verlagerte das Gewicht leicht von den Fersen auf die Zehen. »Ich muss jetzt anfangen zu arbeiten.«

»Selbstverständlich. Bis später dann.«

Peter ging zurück in sein Büro.

Er würde arbeiten, bis Gina fertig wäre. Sie putzte ungefähr zwei Stunden lang.

Bis dahin hoffte er, dass ihm ein überzeugender Grund einfallen würde, um sie ein weiteres Mal nach Hause fahren zu dürfen.

29

»Hej, ich heiße Tyra und werde den ersten der beiden Kurstage gestalten.«

Isobel versuchte, sich auf die Kursleiterin zu konzentrieren, die damit begann, eine Menge praktischer Informationen zum Thema Sicherheitsmaßnahmen zu vermitteln. Tyra war eine Frau mit blonder Kurzhaarfrisur, eine Berufssoldatin, und eigentlich war das, was sie sagte, sowohl interessant als auch relevant für Isobel. Doch Isobel, die sich sonst immer auf ihren Intellekt verlassen konnte, hatte Schwierigkeiten, sich auf die Vorstellung des Kursprogramms zu konzentrieren.

»Ihr werdet also zwei Kurstage miteinander bestreiten. Am heutigen Vormittag sprechen wir über die Sicherheit und kulturelle Gepflogenheiten in den Ländern, die ihr besuchen werdet. Und danach über die Krankenpflege.«

Isobel driftete erneut ab. Der Sex mit Alexander war völlig verrückt gewesen. Er war ein fantastischer Liebhaber. Leidenschaftlich, herausfordernd und ziemlich unanständig – der heimliche feuchte Traum einer jeden Frau. Ganz klar der beste Lover, den sie je gehabt hatte. Sie trommelte mit dem Stift auf ihren Notizblock. Vermutlich war Alexander de la Grip für jede einzelne Frau, mit der er je geschlafen hatte, der Beste gewesen. Er liebte Sex, konzentrierte sich auf sein Gegenüber und war äußerst erfahren. Kurz gesagt: Es konnte also überhaupt nichts schiefgehen.

Irgendwann waren sie eingeschlafen. Nach dem Aufwachen

hatten sie geduscht, sich erneut geliebt und herumgeknutscht. Sie hatte sich ein T-Shirt übergezogen, und er hatte mit einer extravaganten Kaffeemaschine Cappuccino zubereitet und, tja, sie war sich vorgekommen wie in einem seichten Feelgood-Film. Am Sonntagabend war sie dann – nach einer weiteren Runde Sex – zu sich nach Hause gefahren.

Wie sehr hatte sie sich von ihm mitreißen lassen. Oder eher: wie sehr hatte sie bei ihm losgelassen. Jedenfalls hatte er Türen bei ihr geöffnet, die schon ziemlich lange verschlossen gewesen waren. Es war magisch gewesen. Und beängstigend intim.

Tja, jetzt sah es allerdings nicht mehr danach aus, als läge das Problem darin, dass Alexander ihr zu schnell zu nahekommen würde. Denn soweit Isobel die Situation beurteilen konnte, hatte er sie bereits fallen gelassen.

»Ihr braucht nicht mitzuschreiben, denn ihr bekommt später einen Hefter mit allen Informationen. Außer natürlich das, was wir aus Gründen der Geheimhaltung nicht veröffentlichen dürfen.«

Isobel schaute auf. Das Whiteboard war vollgekritzelt mit allen möglichen Begriffen und Pfeilen.

»Morgen wird es den ganzen Tag um das Thema Geiselnahme gehen.«

Isobel nickte und versank unmittelbar wieder in Gedanken. Alexander hatte sie also fallen gelassen. Er hatte abends nichts mehr von sich hören lassen, und sie hatte hin und her überlegt, bis sie zu dem Schluss gekommen war, dass sie schließlich im einundzwanzigsten Jahrhundert lebte. Frauen konnten ebenso gut von sich hören lassen wie Männer, und er würde sich höchstwahrscheinlich sogar darüber freuen. Doch es hatte für sie in einer ganz besonderen Form der Erniedrigung geendet. Sie hatte Alexander eine kurze SMS geschickt, danach jedoch befürchtet, sie zu kurz formuliert zu haben, und schließlich eine weitere, ausführlichere Nachricht hinterhergeschickt. Dann hatte sie gewartet. Allein schon beim Gedanken daran brach ihr der Schweiß aus. Seine Antwort war erst einen Tag später gekommen. Kühl wie von einem entfernten Bekannten. Unpersönlich wie von irgendeinem Geschäftsmann.

Den ganzen Abend und die ganze Nacht lang hatte sie damit zugebracht, jedes Wort, jedes Satzzeichen und jede Zeile seiner SMS zu deuten. Aber es spielte keine Rolle, wie oft sie sie las, denn jedes Mal kam sie zum selben Ergebnis. Es war wohl doch nur ein One-Night-Stand gewesen, und jetzt war es vorbei. Willkommen im Jahr 2016. Werde endlich erwachsen und lebe dein eigenes Leben.

Isobel trommelte so fest auf ihren Block, dass eine der anderen Kursteilnehmerinnen, eine von ihr schon immer bewunderte, mit einem Preis ausgezeichnete Reporterin, ihr über die Schulter hinweg bedeutete, damit aufzuhören.

»Sorry«, flüsterte Isobel. Sie unternahm einen halbherzigen Versuch, der Kursleiterin zuzuhören, verlor jedoch irgendwo in dem Satz *Was man in muslimischen Ländern bedenken muss* den Faden.

Sie fragte sich, ob Alexander womöglich Schweden schon verlassen hatte. Das war wohl das Wahrscheinlichste, denn er hatte davon gesprochen, nach New York zurückzukehren. Und sie hatte doch sicher nicht mit einer Fortsetzung gerechnet. Im Gegenteil, oder? Hatte sie nicht gerade deswegen Sex mit Alex gehabt, weil sie wusste, dass er bald wieder nach Hause fliegen würde? Ja, rief sie sich in Erinnerung. So war ihr Plan gewesen, und sie hatte es gewusst, es aber die ganze Zeit verdrängt.

Nach der Einführung – sie würde gezwungen sein, sich von irgendwem die Aufzeichnungen auszuleihen – vertraten sie sich kurz die Beine, und nach der Pause versuchte Isobel zwar ernsthaft, sich zu konzentrieren, doch das Thema lautete Notfallmedizin, und wenn sie etwas beherrschte, dann Herz-Lungen-Massage sowie das Stillen starker Blutungen. Eigentlich benötigte sie diesen Kurs nicht, doch dem Sanitäter gegenüber, der gerade demonstrierte, wie man ein angeschossenes Bein abband, versuchte sie den Eindruck zu erwecken, dass sie bei der Sache war. Das Thema weckte tatsächlich ein wenig Isobels Interesse. Sie war schon vielen Menschen begegnet, die auf eine Mine getreten waren, und es gelang ihr, alle Gedanken an verführerische Blicke, Muskelspiele und irre guten Sex bis zur Mittagspause zu verdrängen.

Am Nachmittag würde sie sich endlich zusammenreißen, nahm sie sich vor, während sie dem Strom der Kursteilnehmer in die Kantine folgte. Bald würde sie in den Tschad fliegen und Alexander vergessen – alles andere wäre reiner Wahnsinn –, und dann würde das Leben eben weitergehen wie immer.

Alexander schaute von der Speisekarte auf. Er nickte und pflichtete seinem Lunchdate bei, ohne auch nur ein Wort von dem gehört zu haben, was die Frau gerade gesagt hatte. Er sah sich im Riche um und suchte mit dem Blick nach einem Kellner. Um das hier irgendwie zu überstehen, brauchte er Alkohol.

»Ich habe mich etwas gewundert, dass du rangegangen bist, als ich bei dir anrief. Ich hab zwar gehört, dass du in Stockholm bist, aber ich hatte irgendwie das Gefühl, dass du mir ausweichst«, sagte sein Date und zog einen Schmollmund. Sie hatte einen süßen, kleinen Mund. Glänzende, rosafarbene Lippen, die ihn an Bubble Gum erinnerten. Seit sie hier waren, hatte sie ihren Lipgloss schon drei Mal nachgebessert.

»Deswegen dachte ich, es sei an der Zeit, es wiedergutzumachen, Qornelia«, entgegnete er galant. Ganz automatisch verfiel er wieder in diese Art von Gerede. Eigentlich könnte er doch zufrieden sein, dachte er, während er sich auf die Aufzählung von Qornelias aktuellen Sponsoren konzentrierte. Sie war ein Ex-Dokusoap-Star, nannte sich mittlerweile jedoch Lifestyle-Guide und besaß ein eigenes Label für Mode. Oder war es Schminke oder gar Handtaschen? Er konnte sich beim besten Willen nicht erinnern.

»Das ist aber lieb«, gurrte sie. »Außerdem ist es gut für mein Label, mit dir zusammen gesehen zu werden. Ich weiß ja, dass ich dir das sagen kann, ohne dass du es mir übel nimmst.«

»Natürlich«, murmelte er.

Sie begann einen Monolog über die Promis, die sie in der vergangenen Woche getroffen hatte, die Partys, zu denen sie eingeladen war, und die Urlaubsreisen, für die sie noch Sponsoren suchte, während es ihm Schwierigkeiten bereitete, auch nur das geringste Interesse für ihre Ausführungen aufzubringen. Er begriff es selbst nicht recht, warum ihn ihre Oberflächlichkeit plötzlich irritierte. Früher hatte er sich keineswegs daran gestört, im Gegenteil.

»Zwei Wodka Tonic«, sagte er, als der Kellner an ihren Tisch kam.

»Für mich bitte keinen Alkohol«, wandte Qornelia ein. Sie streckte selbstbewusst ihren Rücken und stellte dabei ihren perfekten schmalen Körper zur Schau. »Davon wird man nur fett.«

»Die sind beide für mich. Champagner für meine Begleitung«, orderte er.

Qornelia kicherte. »Aber Alex.«

Er leerte seinen ersten Drink in einem Zug und atmete aus. Dann hielt er den zweiten hoch und signalisierte damit dem Kellner, dass er noch einen weiteren bestellen wollte.

»Was nehmen wir? Möchtest du Austern?«

»Nimm, was du möchtest.«

Ihre Augen begannen zu leuchten. Sie war zwar kaum älter als fünfundzwanzig, aber ihre Haut war dennoch so glatt, dass sie sie ganz sicher in einer der Schönheitskliniken lasern ließ, die auch seine Mutter konsultierte. Er kapierte nicht, warum ihn das störte. Bislang hatte es ihn nie gekümmert, wenn sich Frauen in puncto Aussehen nachhelfen ließen. So endete es also, wenn man mit Ärztinnen Umgang pflegte, die eine gewisse Erhabenheit an den Tag legten. Man kam auf merkwürdige Ideen, die das Ganze nur verkomplizierten. Aber es würde auch wieder vorbeigehen. Er hatte Isobel als Herausforderung betrachtet, und er hatte sie erfolgreich erobert. Es hatte zwar länger gedauert als erwartet, sie ins Bett zu bekommen, doch es war das Warten wert gewesen, denn er hatte es als absolut magisch empfunden. Doch jetzt hatten sie miteinander geschlafen, und es war an der Zeit weiterzuziehen. Es hatte doch geradezu in der Luft gelegen, oder? Dass sie Sex miteinander haben und danach wieder getrennte Wege gehen würden. Das Einzige, wovon sie gesprochen hatte, war ihre Reise in den Tschad gewesen.

Er trommelte mit den Fingern auf das weiße Tischtuch. Inzwischen war er seit über einem Monat in Schweden. Vielleicht war er deswegen so rastlos. Ganz bestimmt. Er hatte sich bereits mit seiner Familie getroffen, seine Nichte gesehen, Herrgott, selbst seiner Mutter war er begegnet. Er hatte jede Menge Unterlagen unterzeichnet, und es war ihm sogar gelungen, Peter nicht umzubringen. Verdammt, eigentlich müsste er heiliggesprochen werden.

Qornelia schlug ihre Speisekarte zu. »Ich nehme das Entrecôte. Aber nur das Fleisch. Keine Soße, keine Kohlenhydrate.« Sie lächelte Alexander an. »Das war das Teuerste, was sie haben. Und ich liebe Fleisch.«

»Ich nehme ein Risotto«, sagte er zum Kellner.

Sie schaute ihn mit großen Augen an. Sie waren umrahmt von extrem langen Wimpern und perfekt geformten Augenbrauen. »Aber das ist ja nur Reis, oder? Klingt total langweilig.«

»Ich habe Lust auf etwas Vegetarisches«, entgegnete er.

Sie zog erneut einen Schmollmund. »Also bitte, Alexander.« Er spürte eine Berührung unter dem Tisch. »Du bist doch sonst nicht so ein Langweiler. Nun komm schon. Wir haben doch gesagt, dass wir heute Spaß haben wollen. Seit wann macht denn Reis Spaß?«

Sie hatte recht. Was zum Teufel hatte ihn nur geritten? Er klappte die Speisekarte mit einem Knall zu. »Zweimal Entrecôte.«

»Jetzt bin ich aber pappsatt«, stöhnte Qornelia und legte ihr Besteck zur Seite. Sie hatte nicht einmal die Hälfte gegessen.

»Woanders gibt es Kinder, die hungern müssen. Willst du das nicht aufessen?«

Sie lachte auf.

»Du kannst es ihnen ja schicken. Möchtest du noch etwas trinken, oder willst du lieber weiterziehen?«

Sie beugte sich über den Tisch zu ihm vor und legte ihre Hand auf seine. Sie hatte lange künstliche rosafarbene Fingernägel. Die Haut auf ihren Fingern war absolut makellos, ohne einen einzigen Leberfleck oder ein Muttermal, als wäre sie aus Porzellan oder Kunststoff. Sie hatte während des gesamten Essens schamlos mit ihm geflirtet, hatte ununterbrochen gelacht und war superattraktiv, gut gelaunt und scharf auf ihn. Mit anderen Worten eigentlich genau sein Typ, sodass er sich zwang, ihr zuzulächeln und sich weigerte, sich die Stimmung vermiesen zu lassen. Es war ja nicht Qornelias Schuld, dass ihm plötzlich alles auf den Geist ging.

»Ich habe mir übrigens eine Wohnung gekauft. Im Strandväg. Vielleicht können wir dorthin weiterziehen?«

Sie strahlte. »Im Ernst?«

»Ich habe einen gut gefüllten Barschrank. Und Champagner im Kühlschrank.«

Und ein frisch bezogenes Bett.

Er bezahlte und zog ihr den Stuhl heraus. Zufrieden hakte sie sich bei ihm unter und lehnte sich an ihn.

»Ich freu mich darauf, deine Wohnung anzuschauen.«

»Hast du irgendwas Bestimmtes vor?«

Sie presste ihren Busen gegen seinen Arm.

»Uns wird schon was einfallen.«

»Was hast du eigentlich gegen die Kinder in Afrika?«, fragte er, während er ihr die Tür aufhielt.

Qornelia schüttelte ihre langen glänzenden Haare. Sie fielen so perfekt über ihre schmalen, gut trainierten Schultern, dass es sich dabei um Extensions handeln musste. Sie lachte mit ihren rosafarbenen Lippen und blendend weißen Zähnen.

»Die Probleme anderer Leute sind nicht mein Ding. Damit müssen die selbst klarkommen. Ich hab genug mit meinem eigenen Leben zu tun.«

Sie lachte erneut, und er ließ sich davon anstecken. Falls es ihr künstlich vorkam, ließ sie sich zumindest nichts anmerken. Er hatte schon oft zuvor eine innere Leere verspürt, es handelte sich also nicht um einen unheilbaren Zustand. Er wusste genau, wie man dieses Gefühl auskurieren musste, und er hatte sich gerade eine Qornelia verordnet. Und wenn das nicht funktionierte, musste er einfach noch härter daran arbeiten. Und mehr trinken.

30

Isobel hatte am gestrigen Abend etwas ziemlich Blödes gemacht, und jetzt musste sie den Preis dafür bezahlen. Sie lehnte sich an die Wand und wartete gemeinsam mit den anderen Kursteilnehmern darauf, am heutigen zweiten Kurstag in den Raum hineingelassen zu werden. Sie begrüßte einige der anderen, zog sich dann jedoch zurück.

Wider besseres Wissen hatte sie Alexander gegoogelt, bevor sie gestern Abend ins Bett gegangen war. Wie bescheuert konnte man eigentlich sein? Sie hätte wissen müssen, dass nichts Gutes dabei herauskommen würde. Und so war es auch: Sie hatte neue Fotos entdeckt, auf denen Alexander mit einer äußerst attraktiven jungen Frau im Riche zu Mittag aß. Sie hatten Händchen gehalten, sich dicht zueinander gebeugt und miteinander angestoßen. Es war definitiv mehr als ein gewöhnliches Mittagessen. Jemand hatte die beiden gesehen und fotografiert und dann die Fotos in diverse soziale Netzwerke gestellt. Stockholms Jetset-Prinz zusammen mit irgendeiner Schönheit vom Stureplan. Klar, dass die Bilder gepostet worden waren.

Es hatte verdammt wehgetan. Alexander hatte ihr das Gefühl vermittelt, auserwählt und etwas Besonderes zu sein. Doch das war von Anfang bis Ende nichts als dummes Geschwätz gewesen, und nun musste sie akzeptieren, dass sie nur eine in der langen Reihe von Frauen war, die Alexander angebaggert, gevögelt und dann fallen gelassen hatte. Hätte er nicht wenigstens noch kleines bisschen warten können?

Nachdem sie in den Raum gelassen worden waren, setzte sie sich ganz nach hinten. Klar, dass sie extrem schlecht geschlafen hatte.

Ein groß gewachsener sonnengebräunter Mann kam herein. Mit geradem Rücken und übertrieben ernstem Blick, als wollte er allen zeigen, dass er mit beiden Beinen auf dem Boden der Tatsachen stand und ihm verdammt noch mal niemand etwas vormachte.

Sie kniff sich in die Nasenwurzel und fragte sich, ob Leila wohl davon erfahren würde, wenn sie schwänzte. Es war natürlich eine rein rhetorische Frage. Isobel hatte noch nie in ihrem ganzen Leben geschwänzt.

»Ich heiße K.G. Gestern habt ihr einiges zum Thema Sicherheit erfahren. Heute werde ich euch beibringen, wie ihr euch verhalten müsst, wenn eure Sicherheit gefährdet ist. Wenn ihr beispielsweise entführt oder gefangen genommen werdet.«

Inzwischen brüllte er förmlich, und Isobels Laune verschlechterte sich zusehends. Dieser Art von Männern war sie schon oft genug begegnet, in Flüchtlingslagern und auf Militärstützpunkten wimmelte es nur so von ihnen. Machohafte Militärs, die ständig meinten demonstrieren zu müssen, dass sie das Sagen hatten.

»Ihr müsst euch im Klaren darüber sein, dass man euch nicht befreien wird. Denn jede Art der Befreiung ist extrem gefährlich, deswegen versuchen wir es gar nicht erst. Bei derlei Operationen sterben für gewöhnlich alle Geiseln, was definitiv nicht der Sinn der Sache ist.«

Die Teilnehmer saßen schweigend da, und Isobel hatte plötzlich das unangemessene Bedürfnis zu kichern. Sie schaute hinunter auf ihren Notizblock und dachte, dass Tyra ihr besser gefallen hatte. Als sie das nächste Mal aufschaute, hatte K.G. eine PowerPoint-Präsentation gestartet.

»Die Phasen der Gefangenschaft«, brüllte er.

Sie las die Überschriften. In der Theorie mochte es ja funktionieren. Doch sie wusste aus eigener Erfahrung, dass der eigene Puls in der Situation, in der man gefangen genommen wurde, bis auf zweihundert Schläge pro Minute stieg. Man bekam einen Tunnelblick und geriet dermaßen in Panik, dass man aufhörte, logisch zu denken. Die Wahrscheinlichkeit, dass man sich in dieser Situation an irgendetwas von dem erinnern würde, was man in einer PowerPoint-Präsentation in irgendeinem Unterrichtsraum irgendwo in Stockholm gesehen hatte, war äußerst gering.

»Gibt es darüber hinaus noch etwas, das man bedenken sollte?« Die Frage kam von der blonden Reporterin.

Ja. Sich möglichst nicht gefangen nehmen lassen.

»Die Geiselnehmer werden mit großer Sicherheit versuchen, euch zu dehumanisieren. Versucht also, dafür zu sorgen, dass sie euch als Menschen betrachten. Haltet euch wenn möglich sauber und achtet auf ein gepflegtes Äußeres, so gut es geht. Erinnert eure Kidnapper daran, dass ihr eine Familie habt. Seid höflich. Versucht, euch ihre Namen zu merken und wem von ihnen ihr ausweichen müsst, weil er verrückt oder psychotisch ist oder unter Drogen steht. Wen ihr euch möglicherweise zum Verbündeten machen könnt. Es gibt immer jemanden in der Gruppe mit geringerer Motivation und einer weniger ausgeprägten Ideologie.«

»Soll man ihnen auch sagen, wer man ist?«

Schon wieder die Reporterin. Sie protokollierte alles, was K.G. sagte, mithilfe ihres iPads, sodass man konstant das Tippen ihrer Fingerspitzen auf dem Display hören konnte.

»Es ist von Vorteil, wenn du sie davon überzeugen kannst, dass du etwas wert bist. Und dass du ihnen von Nutzen sein kannst.«

Jetzt begannen die Teilnehmer, eifrig ihre Hände hochzurecken.

»Wie lange dauert eine Geiselnahme erfahrungsgemäß?«

»Manche dauern jahrelang. Zwei, drei Monate wird als eine kurze Zeit angesehen.«

»Was ist mit Vergewaltigungen?«

»Man muss mit Folter rechnen. Mit Vergewaltigungen ebenfalls, leider. Auch wenn die nicht so gewöhnlich sind, wie man annimmt, insbesondere nicht in muslimischen Ländern. Wir werden nach der Mittagspause noch weiter darüber reden. Noch Fragen? Keine? Dann machen wir weiter.«

Isobel schaute in ihre Aufzeichnungen, während K. G. weiter dozierte. Sie hatte keine Fragen gestellt.

Sie betrachtete die Worte, die sie aufgeschrieben hatte.

Geiselnahme. Folter. Vergewaltigung.

Ein erquickliches Thema, wirklich.

Es war keine gute Idee gewesen herzukommen, dachte Alexander, während er das Gebäude betrat und den Aufzugknopf betätigte. Doch er war nicht ganz klar im Kopf gewesen, als er Leila angerufen hatte, und jetzt stand er hier im Eingangsbereich eines Schulungszentrums in der Innenstadt, um nach Isobel zu suchen.

Er lehnte sich gegen die Innenwand des Aufzugs, während er darauf wartete, dass sich die Welle der Übelkeit, die ihn erfasste, wieder legen würde. Er konnte sich nicht mehr daran erinnern, wann er zuletzt einen solchen Kater gehabt hatte. Es musste an dem Tag gewesen sein, als Isobel zu ihm ins Büro gekommen war. War das wirklich schon einen Monat her? In den vergangenen Wochen hatte er seinen Alkoholkonsum stark eingeschränkt, sodass er nicht mehr so viel vertrug. Doch gestern hatte er alles wieder aufgeholt und versucht, seinen gesamten Barschrank zu leeren. Und jetzt ging es ihm genauso, wie er es mutmaßlich verdient hatte.

Die Aufzugtüren öffneten sich. Er kam in einen Korridor mit nummerierten Türen und einer digitalen Informationstafel an der Wand, auf der die Themen der verschiedenen Kurse aufgelistet waren. Plötzlich öffnete sich eine der Türen. Ein bärtiger Mann kam aus einem der Unterrichtsräume und bog zu den Toiletten ab. Alexander ging auf die angelehnte Tür zu, schob sie auf und warf einen Blick in den Raum. Ungefähr ein Dutzend Leute saßen auf typischen Konferenzstühlen und lauschten einem groß gewachsenen, breitbeinig dastehenden Mann in Militärstiefeln, der mit eindringlichen Gesten auf ein Whiteboard hinter sich deutete. Kurz geschorener Schädel, sonnengebräunt. Ein Exsoldat. Alexander konnte Männer wie ihn innerhalb von einer halben Sekunde einordnen. Schwarzes T-Shirt mit Firmenlogo. Sonnenbrille am Halsausschnitt klemmend.

Der Mann erblickte ihn. »Kann ich Ihnen weiterhelfen?« Seine Stimme war laut. Nicht unbedingt unhöflich, aber wachsam.

Alexander ließ seinen Blick über die Stuhlreihen schweifen. Weit hinten im Raum erblickte er rotes Haar und hatte damit erfahren, was er wissen wollte.

»Haben Sie nicht gesehen, dass dieser Raum besetzt ist?« Jetzt brüllte der Exsoldat fast.

Alexander ignorierte ihn und zog die Tür wieder zu.

Leila hatte erwähnt, dass der Kurs bis achtzehn Uhr dauerte.

Zwei Minuten nach achtzehn Uhr hörte Alexander das Scharren von Stühlen, woraufhin er die Türklinke hinunterdrückte und nochmals hineinschaute. Der Exmilitär erblickte ihn. Jetzt war sein Blick entschieden unhöflicher.

»Sind Sie immer noch da? Suchen Sie etwas?«

Aber er hatte sie schon lokalisiert. »Ja, ich suche nach jemandem. Isobel?«

Sie schaute von ihren Unterlagen auf und erstarrte.

»Was machst du denn hier?«

Ihre Stimme war ungefähr genauso zurückweisend wie die des Kursleiters. Aber ihre Frage war durchaus angebracht.

Er hatte an sie gedacht. Hatte mit dem Handy dagesessen und war bestimmt zwanzig Mal kurz davor gewesen, sie anzurufen, nachdem sie am Sonntag gegangen war. Warum hatte er es nicht einfach getan? Er hatte keine Ahnung, wusste nur, dass er geglaubt hatte, dass es besser wäre, das Ganze im Sande verlaufen zu lassen, bevor es zu ernst wurde. Und noch immer erschien ihm dies die smarteste Wahl zu sein.

»Bist du fertig? Können wir irgendwo hingehen und reden?«

Ihr ganzer Körper signalisierte Ablehnung.

»Es war ein anstrengender Kurs …«

»Bitte. Nur ganz kurz. Wir können ja irgendwo in der Nähe bleiben. Hast du dein Fahrrad dabei?«

Sie landeten auf der Terrasse eines Cafés in einer Seitenstraße vom Stureplan. Der Abend war sonnig und warm, und es waren viele Leute unterwegs. Isobel schloss ihr Fahrrad ab, setzte sich auf einen Stuhl im Schatten und bestellte einen Kaffee und ein Mineralwasser.

»Woher wusstest du, wo ich war? Von Leila?«

Er nickte. Gott, ihm war gar nicht klar gewesen, wie sehr er sie vermisst hatte.

»Ich wollte nur Hej sagen, dich sehen.«

Isobels Blick erforschte sein Gesicht. Er hatte sich heute Morgen nicht rasiert, und er nahm an, dass er genauso fertig aussah, wie er sich fühlte.

»Bist du betrunken?«

»Nein«, antwortete er wahrheitsgemäß.

Sie warf ihm einen skeptischen Blick zu. Einen Arztblick.

»Verkatert«, gab er zu.

»Ich verstehe.«

Ihr Fuß wippte auf und ab, und sie trommelte mit dem Zeigefinger gegen ihre Kaffeetasse. Kein gutes Zeichen.

»Isobel, ich …«, begann er und wurde von einem fröhlichen Rufen unterbrochen:

»Mein Gott, Alexander! Heeeeej!«

Widerwillig stand er auf. »Hej Petra«, begrüßte er die Frau. Sie war eine ehemalige Klassenkameradin aus dem Internat. Eine der vielen Frauen, mit denen er rein reflexmäßig geflirtet hatte.

Petra warf sich ihm an den Hals und umarmte ihn lange.

Er spürte, wie Isobel sie beobachtete, und ahnte, dass sie kurz davor war, aufzustehen und zu gehen.

Dieser Ort war eine schlechte Wahl gewesen. Wenn sein Gehirn funktioniert hätte, wäre er mit ihr woandershin gegangen.

»Schön, dich zu sehen, Petra, aber ich bin gerade mitten in einem …«, sagte er und trat einen Schritt zurück.

»Oh, wirklich?« Petra bedachte Isobel mit einem neugierigen Blick und lächelte dann Alexander an. Sie streckte sich und gab ihm einen Kuss auf die Wange. »Ruf mich doch mal an«, flüsterte sie ihm zu und verschwand.

Alexander setzte sich wieder.

Isobel bedachte ihn mit einem leeren Blick.

»Entschuldigung«, sagte er.

»Wofür?«

Sie wirkte völlig ruhig. Wenn er sie nicht eingehender betrachtet hätte, wäre ihm unter ihrer kühlen Oberfläche nichts weiter aufgefallen. Aber ihre Augen verrieten sie.

Er zuckte mit den Schultern. »Für so ziemlich alles.«

Dafür, dass ich ein Stück Scheiße bin, dafür, dass ich dich nicht so behandele, wie du es verdient hast, und dafür, dass ich dich eigentlich in Ruhe lassen sollte, es aber nicht kann.

»Ich dachte, du wärest schon wieder in New York.«

»Nein. Ich war hier.«

In ihren Augen blitzte es auf, und er wünschte, er hätte ihren Blick nicht deuten können. Er hatte sie verletzt. Das Allerletzte, was er vorhatte, hatte er getan.

»Aha. Und was hast du diese Woche so gemacht?«

Erneut diese kühle leidenschaftslose Stimme.

»Ich hatte einiges zu tun.«

»Zu tun?«

Ihr Tonfall war neutral, aber er hörte einen gewissen Unterton in ihrer Stimme. Es dauerte einen Augenblick, bis er ihn identifiziert hatte. Wut. Aber warum nur? Sie hatten einander nichts versprochen. Und ihre gemeinsame Nacht war vier Tage her, nicht vier Wochen. Reagierte sie nicht ein wenig heftig?

»Ich wollte dich nur sehen«, erklärte er. »Daran ist doch wohl nichts Verwerfliches. Ich mag dich, Isobel, und ich hoffe, dass du das weißt.«

Sie bedachte ihn erneut mit einem kühlen Blick.

»Vielleicht können wir zusammen ausgehen. Du fährst doch nicht vor nächster Woche, oder?«

Sie schaute ihn lange an, und ihn beschlich das Gefühl, etwas Falsches gesagt zu haben.

»Du findest also, dass wir uns noch einmal sehen könnten? Bevor ich in den Tschad fliege?«, fragte sie bedächtig.

»Ja, das wäre schön. Wir könnten irgendwo essen gehen, oder?«

»Denkst du an ein Abendessen?«

Irgendetwas stimmte nicht. Er hatte zwar nicht gerade damit gerechnet, dass sie vor Glück jubeln würde, aber er hatte das ungute Gefühl, irgendetwas verpasst zu haben.

»Isobel, es tut mir leid, wenn ich nichts von mir habe hören lassen. Aber ich wollte dich wirklich gerne wiedersehen.«

Sie legte den Kopf schräg.

»Um ein wenig Spaß zu haben? Und zu sehen, wohin es führt?«

»Genau«, sagte er erleichtert.

Sie schüttelte den Kopf. »Das hier war definitiv ein Fehler.«

»Du meinst also, dass es keine gute Idee ist?«

»Auf gar keinen Fall. Du entscheidest, wie du dein Leben führen willst. Aber ich bin definitiv fertig hiermit.« Sie machte eine Handbewegung, die sie beide und den Tisch miteinschloss. Dabei lächelte sie freudlos. »Du musst dir wohl eine andere suchen, mit der du zu Mittag oder zu Abend isst. Und dann kannst du ja sehen, wohin es euch führt, okay?«

Fuck. Sie musste von der Sache mit Qornelia erfahren haben. Das erklärte einiges.

»Ich kann es dir erklären, es war …«

Sie hielt beide Hände hoch, als würde sie ein Auto stoppen wollen. »Weißt du, das ist doch das Allerletzte. Nach der Phrase ›Ich kann es dir erklären‹ kommt nie irgendwas Gescheites. Und ehrlich gesagt brauchst du mir auch gar nichts zu erklären. Ich kapier es auch so.«

Sie stand auf und nahm ihre Handtasche an sich.

Was zum Teufel …

»Willst du jetzt etwa gehen? Einfach so?«

»Ja.«

»Verdammt, Isobel, du überreagierst. Setz dich wieder hin.«

Sie zog eine Augenbraue hoch.

»Es gibt nichts, was eine Frau lieber hört, als den Vorwurf, dass sie überreagiert.«

»Ich meine es nicht so …«

»Hejdå Alexander.«

Mit raschen Schritten verließ sie den Tisch. Er wollte ihr hinterherrufen, dass er keineswegs wie ein Idiot hatte klingen wollen und dass er es wiedergutmachen würde, dass er wirklich etwas für sie empfand, doch stattdessen sah er ihr dabei zu, wie sie ihr Fahrrad aufschloss, ihre Handtasche in den Korb warf und wegfuhr, ohne sich auch nur ein einziges Mal umzuschauen. Das Letzte, was er von ihr sah, war das Aufflammen ihrer roten Haare, als die Sonne sie erleuchtete, kurz bevor sie um die Ecke bog.

Er starrte die Kaffeetasse, die sie nicht angerührt hatte, an.

Das Ganze war von Anfang bis Ende eine einzige Katastrophe gewesen.

»Alles in Ordnung?«

Er nickte der Bedienung zu, die ihn fragend anschaute.

»Die Rechnung bitte.« Er nahm seine Kreditkarte zur Hand, legte sie auf den Tisch und zog dann sein Handy heraus. Er klickte eine Nummer an, drückte auf Anrufen und stützte seine Stirn auf die freie Hand.

»Ich bin's.«

»Alexander? Lange nichts von dir gehört. Wie geht's?«

»Ich hab genug von Schweden. Ich komme morgen.«

»Das wird aber auch Zeit«, entgegnete Romeo. »Ich hatte schon befürchtet, dass irgendwas passiert ist.«

Er gab seine Geheimzahl ein, legte Trinkgeld auf den Tisch und stand auf. »Nichts ist passiert.«

Jedenfalls nichts Wichtiges. Ich habe nur gerade eine Sache vergeigt, bei der ich hätte vorsichtiger sein müssen.

»Ich schicke jemanden zum Flughafen, um dich abzuholen. Schreib mir deine Ankunftszeit. Und noch eins.«

»Ja?«

»Willkommen zu Hause.«

31

»Ich gehe dann mal«, sagte Isobel zur Chefärztin der privaten Gemeinschaftspraxis. Es war ihr letzter Arbeitstag vor der Abreise. Sie hatte alle Behandlungen abgeschlossen, all ihre Berichte geschrieben sowie die elektronisch gespeicherten Rezepte weitergeleitet. Sie streckte Veronica die Hand hin.

»Wir sehen uns, wenn du wieder da bist«, sagte Veronica und umarmte sie stattdessen. »Viel Glück im Tschad.«

Isobel stieg auf ihr Fahrrad und trat in die Pedale. Die Sonne wärmte ihren Rücken so stark, dass sie auf halber Strecke anhalten und sich ihrer dünnen Strickjacke entledigen musste. Als sie vor dem Gebäude von Medpax angekommen war, schloss sie ihr Fahrrad ab und betrat das Büro.

»Hej Asta, wie geht's mit deiner Pollenallergie?«

Asta nieste als Antwort. Ihre Augen waren rot und geschwollen.

»Sag, wenn du ein Rezept benötigst. Ist Leila da?«

Asta nieste erneut und deutete dann in die Richtung des Konferenzraums.

»Heute sind nur wir beide hier«, begrüßte sie Leila. »Die anderen haben einer nach dem anderen abgesagt. Ich glaube, dass es am Wetter liegt und daran, dass heute Freitag ist. Frau von Fersen hat ein Bridgeturnier, und Asta ist so high von ihren Pollenmedikamenten, dass sie kaum in der Lage ist, klar zu denken. Wie war dein Kurs?«

Isobel legte einen Stapel Unterlagen auf dem Tisch ab, streckte sich nach der Wasserkaraffe und schenkte sich ein Glas ein. »Ziemlich viel Theorie. Eine Menge Wiederholung von all dem, was ich bereits wusste. Einiges war zwar ganz hilfreich, aber dafür, dass wir knapp bei Kasse sind, wäre es nicht unbedingt nötig gewesen.«

Sie wusste schließlich, wie teuer selbst ein zweitägiger Theoriekurs war. Diejenigen, die es sich leisten konnten, schickten ihre Mitarbeiter zu Kursen mit Praxisbezug. Eine Woche Rollenspiele mit realitätsbezogenen Übungen. Himmel, wie gut, dass sie zumindest darum herumgekommen war. Realitätsbezug hatte sie in ganz anderer Hinsicht schon genug erfahren.

»Und wie lief es so? War es anstrengend?«

»Nein«, antwortete sie knapp.

Mochte sein, dass sie log. Vielleicht merkte Leila es auch.

Leila betrachtete sie eingehend, sodass Isobel noch mehr Wasser trank, auf den Tisch hinunterschaute und sich innerlich gegen die Frage wappnete, die gleich kommen würde.

»Und ist Alexander da gewesen?«

»Er ist kurz aufgetaucht.«

Dann tat Leila genau das, was Isobel an ihr hasste. Sie wartete. Isobel hatte es schon öfter erlebt, wie Leila die Leute auf diese Weise zum Reden brachte. Leila sagte nichts, schaute sie nur an und wartete auf eine Fortsetzung, eine Vertiefung oder irgendwelche anderen psychologisch deutbaren Äußerungen, auf die Isobel keine Lust hatte. Isobel war kurz davor, mit den Fingern auf die Tischplatte zu trommeln, hielt sich jedoch zurück. Es war gerade mal eine Woche her, dass Leila sie ermutigt hatte, auf die Hochzeit zu gehen und etwas Spaß zu haben. Wie naiv sie gewesen war zu glauben, dass sie mit dem, was sich daraus entwickelt hatte, würde umgehen können.

Leila schaute sie prüfend an. »Willst du darüber reden?«

Isobel schüttelte den Kopf. Sie war nicht sauer auf Leila, sie war eher sauer auf sich selbst. Darauf, dass es ihr trotz ihres verletzten Stolzes nicht entgangen war, wie gut Alexander aussah. Dass Alexander, obwohl er unrasiert und verkatert gewesen war und offenbar jede Promi-Tussi mit Silikonbrüsten vögelte, die ihm über den Weg lief, immer noch eine gewisse Anziehung auf sie ausübte. Es war so erniedrigend festzustellen, wie sehr sie auf einen Mann abfuhr, mit dem sie zwar den besten Sex ihres Lebens gehabt hatte, der aber im Großen und Ganzen für all das stand, was sie verachtete. *Aber er hat auch andere Seiten, Isobel, das weißt du, und das ist es, was am meisten wehtut.*

»Eigentlich nicht«, antwortete sie. »Es gibt nichts weiter zu reden, weil nichts zwischen uns ist.«

In gewisser Weise war sie froh, dass er es getan hatte. Es war leichter, über ihn hinwegzukommen, wenn er sich wie der Playboy benahm, der er in ihren Augen war.

»Wenn du es sagst«, entgegnete Leila und wirkte äußerst skeptisch. »Eigentlich wollte ich auch nur fragen, ob du weißt, warum er so plötzlich nach New York geflogen ist.« Leilas Tonfall war locker, doch Isobel wusste, dass Leila einer ihrer weiteren Lieblingsbeschäftigungen frönte: Sie spionierte den Leuten nach.

»Ist er in New York?« Sie wusste nicht, warum diese Information sie verletzte.

»Ich habe ihn angerufen, und er war dort, als er sich meldete. Er klang deprimiert. Und du siehst jedes Mal wie ein verlassenes Rehkitz aus, wenn ich seinen Namen erwähne. Bist du sicher, dass alles okay ist?«

Isobel schaute aus dem Fenster. Sie hatten die Reinigungskosten im Büro reduziert, nun wirbelten die Staubflusen im Sonnenlicht herum.

»Abgesehen davon, dass ich nachher noch zu einem förmlichen Abendessen zu meiner Mutter muss, ist so weit alles unter Kontrolle.«

Als ihre Mutter gestern bei ihr angerufen und sie weniger eingeladen, als zu sich nach Hause kommandiert hatte, war ihr keine gute Ausrede eingefallen. Jetzt musste sie es wohl oder übel irgendwie hinter sich bringen.

»Wusstest du eigentlich, dass Alexanders und meine Mutter sich kennen?«

Verdammt, es fiel ihr schwer, seinen Namen so ungerührt auszusprechen, insbesondere Leila gegenüber, die offensichtlich die Fähigkeit besaß, Gedanken zu lesen.

»Nein, aber es erstaunt mich nicht. Ebba de la Grip und Blanche verkehren doch ungefähr in denselben Kreisen. Ich bin ihr aber noch nie begegnet, nur Eugen. Ich wusste ja nicht mal, dass Alexander sein Neffe ist. Ihr Schweden seht ja sowieso alle gleich aus, da ist es gar nicht so leicht, euch auseinanderzuhalten.«

»Eugen ist Halbrusse, und ich bin zu je einem Viertel Französin und Dänin. Ich fühle mich nicht angesprochen.«

»Na ja, dann eben Europäer. Aber willst du damit etwa sagen, dass Ebba zur Einladung deiner Mutter heute Abend kommt?«

»Nein, es fiel mir nur gerade ein. Die alten Freundinnen meiner Mutter kommen. Ich habe ihr versprochen, beim Servieren zu helfen.«

Es gelang ihr, eine illoyale Grimasse zu unterdrücken.

Doch sie wusste bereits, was sie wieder von ihrer Mutter zu hören bekommen würde: »Meine Tochter ist noch immer dabei, Ordnung in ihr Leben zu bringen … Die kräftigen Beine hat sie von ihrem Vater, auf meiner Seite sind alle Frauen schmal und schlank … Früher hat sie immer Fleisch gegessen, ich weiß auch nicht, was plötzlich in sie gefahren ist.« Und so weiter.

»Du kannst ja immer noch absagen«, meinte Leila.

Isobel warf ihr einen amüsierten Blick zu. »Ja, warum eigentlich nicht?«

Sie würde es noch kurz nach Hause schaffen, um zu duschen, bevor sie mit dem Fahrrad zur Wohnung ihrer Mutter am Karlaplan hinaufradeln müsste. Wenn sie so täte, als handelte es sich um einen komplizierten Auftrag, den sie im Tschad ausführen müsste, und keinen Alkohol tränke, darüber hinaus alle Seitenhiebe ignorierte und sich nicht in irgendeinen Konflikt über humanitäre Hilfe, Feminismus oder Politik hineinziehen ließe, würde sie spätestens gegen zweiundzwanzig Uhr Adieu sagen können.

Nachdem sie Leila und eine schniefende Asta verlassen hatte, nahm Isobel die Treppe nach unten. Sie hob den Blick, während sie ihren Fahrradhelm schloss. Die Bäume blühten in Weiß- und Rosatönen, und die Luft war kühl und duftete rein. In zwei Tagen würde sie all diese Reinheit und Frische gegen das völlige Gegenteil eingetauscht haben. Gegen feucht-klebrige Hitze und all die Insekten, die in der Regenzeit schlüpften, sowie die typisch rote Landschaft des Tschad.

Ein billiger Langstreckenflug, eine nächtliche Zwischenlandung in Addis Abeba, und dann würde sie sich in einem der ärmsten Länder der Welt befinden. Dort erwarteten sie alle möglichen Entbehrungen, eine fast unerträgliche Hitze und nicht zuletzt der Tod. Sie würde rund um die Uhr arbeiten, um die hundert schwer kranke Patienten am Tag nur mit einem Stethoskop ausgestattet behandeln, alle Gefühlsextreme zwischen großer Freude und bodenloser Trauer erleben und jede Minute dankbar dafür sein, nicht an Cholera zu erkranken.

Sie schwang sich in den Sattel und warf einen Blick nach hinten, bevor sie losfuhr. Sie fragte sich, was es wohl über sie selbst aussagte, dass sie es kaum erwarten konnte, loszufliegen.

32

»Und dann hat er angerufen und gesagt, dass seine Frau engeren Kontakt zu Louise pflegte und er sich leider nicht mehr mit mir treffen könnte.«

»Und was haben Sie darauf geantwortet? Er war doch Ihr Freund, oder? Waren Sie nicht sauer?«

»Nicht so sauer, wie ich angenommen hätte. Ich hatte schon geahnt, dass sich die beiden auf Louises Seite schlagen würden. Aber eines Nachts bin ich hingefahren und habe in den Küchengarten seiner Frau gepinkelt. Aufs Basilikum.«

Gina musste loslachen.

»Klingt nachvollziehbar«, sagte sie.

Peter nickte. »Fand ich auch. Sie sind die Einzige, die es weiß. Nicht einmal meine Therapeutin darf es erfahren, obwohl es ihre Idee war.«

»Hat Ihre Therapeutin Ihnen geraten, ins Gemüsebeet zu pinkeln?«

»Sie hat gesagt, dass ich meine Gefühle ausdrücken soll. Es war eine freie Interpretation.«

Gina hielt sich die Hand vor den Mund und spürte, wie erneutes Lachen in ihr aufstieg.

Es gefiel ihr, dass Peter seine Exfrau nicht schlechtmachte, nicht einmal, wenn er die Möglichkeit dazu hatte. Gina war Louise – der schwedische Vorname, den sie am meisten verabscheute, wie sie beschloss – viele Male begegnet, und sie hätte größtes Verständnis dafür gehabt, wenn Peter verbittert darüber gewesen wäre, wie er aus der alten Gemeinschaft ausgeschlossen worden war. Doch er äußerte sich nie herablassend über sie, und Gina rechnete es ihm hoch an.

Das Lachen ebbte ab und hinterließ eine angenehme Wärme in ihrem Inneren. Peters Auto und ihre gemeinsamen Fahrten hatten das Potenzial dazu, sie in gewisser Weise abhängig zu machen. Es gefiel ihr, wie Peter sie zum Lachen brachte. Sie hatte viel zu oft im Leben rein gar nichts zu lachen gehabt. Sie schielte zu ihm rüber. Peter wirkte so fröhlich und ausgeschlafen wie schon lange nicht mehr. Er hatte sich neue Kleidung gekauft, die viel besser saß als das, was er zuvor getragen hatte. Natürlich nach wie vor Anzüge und Hemden, aber der Schnitt war moderner, und mittlerweile nahm er schon im Aufzug die Krawatte ab, wenn er das Büro verließ. Außerdem roch er gut. Sie drehte den Kopf in Richtung Seitenfenster und lächelte. Draußen flogen all die ihr bekannten Häuser und Baustellen vorbei. Peter wechselte auf die Abbiegespur nach Tensta. Es kam ihr vor, als würde die Fahrt mit jedem Mal kürzer werden.

»Können Sie sich das vorstellen?«, fragte sie.

»Nein, was denn?«

»Ich bin diese Straße noch nie weiter in Richtung Norden gefahren.«

»Aber Sie waren doch schon oft in Gyllgarn.«

»Ich meine, noch weiter. Hinter Gyllgarn muss es ja noch etwas geben.«

Sie hatte ihr halbes Leben lang die Hinweisschilder gesehen. Oslo. Enköping. Hatte sich in ihrer Fantasie ausgemalt, was wohl noch dahinter liegen würde.

»Obwohl die E18 eigentlich nicht nach Norden führt«, erklärte Peter. »Eher nach Westen. Sie verläuft praktisch einmal quer durch Norwegen bis nach Nordirland. Und in der anderen Richtung bis nach Sankt Petersburg.« Er zog eine entschuldigende Grimasse. »Sorry, ich wollte nicht wie ein Besserwisser klingen. Aber ich habe Geografie schon immer geliebt.«

»Sie klingen gar nicht wie ein Besserwisser. Im Gegenteil, es gefällt mir, wenn Sie mir Dinge erklären.«

Sie verstummte peinlich berührt.

Er schaute geradeaus, während sich Stille zwischen ihnen ausbreitete. Dann lächelte er.

»Würden Sie gern ein Stück weiter fahren?«

»Jetzt?«

»Es war nur so eine Idee. Ich weiß auch nicht, wie ich darauf komme. Ich wollte nicht …«

»Gerne. Sehr gerne. Ich war nur so baff.«

Er schaltete hoch und sauste an den Hochhäusern von Tensta zur Linken und Järvafältet zur Rechten vorbei. Ihr Vater war zusammen mit einem Freund unterwegs, und Amir würde noch ein paar Stunden im Hort sein, wo ein Diskoabend stattfand. Ausnahmsweise hatte Gina einmal ein paar Stunden Zeit, nur für sich. Der Wagen schnurrte über die Autobahn. Vor ihnen tauchten Vororte, Tankstellen und Ausfahrten auf und verschwanden wieder, und das angenehme Gefühl in ihrer Brust hielt an.

»Warum sind Sie eigentlich zur Therapie gegangen?«, fragte sie.

»Es war nach der Scheidung. Ich hatte einiges mit mir selbst zu klären.«

»Und haben sie es inzwischen geklärt?«

»Keine Ahnung. Es hängt davon ab, an welchem Tag Sie fragen. Es gibt Dinge, die ich definitiv noch nicht aufgearbeitet habe.«

Sie wartete, doch als er nicht weiterredete, sagte sie nur:

»Ich war im Flüchtlingslager bei mehreren Psychologen. Aber ich mochte sie nicht.« Wenn sie ehrlich sein sollte, hatte sie noch immer ihre Schwierigkeiten mit dieser Berufsgruppe. Sie freute sich nicht gerade auf den Psychologiekurs an der Uni.

»Ich bin zwar nur ein Mal dort gewesen, aber die Therapeutin war ganz okay. Nicht verurteilend.«

»Das ist gut.« Wenn sie irgendwann einmal einem solchen Psychologen begegnen sollte, würde sie ihre Meinung vielleicht ändern.

Sie passierten ein Hinweisschild nach Sigtuna. Plötzlich wusste Gina genau, wo sie hinfahren wollte. Sie hatte es schon lange einmal sehen wollen. Als das braune Hinweisschild auftauchte, zeigte sie darauf. »Können wir dorthin fahren?«

»Wadenstierna? Ja klar.«

»Ich liebe schwedische Schlösser.«

»Es hat mal einem entfernten Verwandten meiner Familie gehört.« Er biss sich auf die Lippe. »Sorry, wenn sich das blöd angehört hat.«

Das tat er mittlerweile ziemlich oft: darüber nachdenken, wie die Dinge, die er zu ihr gesagt hatte, sie möglicherweise brüskierten. Früher war ihm das nie in den Sinn gekommen.

»Es ist ja nicht Ihre Schuld, dass Sie ein weißer Mann aus der Oberschicht sind«, entgegnete sie. Hatte sie in ihrem Leben je so einen Satz geäußert?

»Jetzt gehört das Schloss jedenfalls dem Staat. Möchten Sie reingehen oder es sich von außen anschauen?«

»Von außen.«

»Dann weiß ich einen perfekten Ort.«

Sie fuhren durch kleine Ortschaften, vorbei an Schafweiden und an immer kleineren Gebäuden sowie Wochenend- und Ferienhäusern.

Gina betrachtete die ihr unbekannte Landschaft. Niemand wusste, wo sie gerade war. Ein merkwürdiges Gefühl. Aber sie hatte keine Angst, im Gegenteil. Was für ein Unterschied es doch war, wenn man sich zusammen mit jemandem sicher fühlte und keine Angst davor haben musste, was derjenige sagen oder tun würde. Peter war ihr gegenüber zurückhaltend, behutsam und höflich.

Er bog von der Hauptstraße ab, und sie fuhren über einen holprigen Waldweg. Der Wagen schaukelte, und hin und wieder schlug etwas gegen den Unterboden.

»Stand dort nicht, dass es ein Privatweg ist?«, fragte sie.

»Ja, streng genommen ist es nicht erlaubt, hier langzufahren. Aber warten Sie es ab, es ist sehenswert. Schauen Sie.«

Der Wald hatte sich geöffnet, sie waren ausgestiegen und standen nun auf einer kleinen Erhebung. Sie schaute. Auf der anderen Seite des Wassers erhob sich das weiße Schloss.

»Wow.« Sie hatte schon Fotos von diesem Schloss gesehen, aber nicht aus dieser Perspektive. Es thronte geradezu majestätisch auf einer Landzunge. Über dem Turm flatterten Wimpel im Wind. »Wie schön es ist«, flüsterte sie fast. Von allen schwedischen Schlössern gefiel ihr dies am besten. »Waren Sie schon einmal drinnen?«

»Ich war einmal zu einer Hochzeit dort. Sie haben eine gut erhaltene Porträtsammlung. Was gefällt Ihnen denn eigentlich so sehr an schwedischen Schlössern?«, fragte er neugierig.

»Das Gefühl, das man damit verbindet. Die Geschichte. Die Gemälde von all denen, die einmal darin gewohnt haben.«

»Tut mir leid, aber über die Geschichte Somalias weiß ich nicht gerade viel.«

Sie lachte. »Ich auch nicht. Mein Vater schimpft immer mit mir, aber ich habe kein großes Interesse daran.«

»Vielleicht später einmal, wenn Sie älter sind. Aber das kommt mir bekannt vor. Meine Mutter hat russische Vorfahren.«

»Sprechen Sie Russisch?«

»Wenn ich muss. Allerdings nicht gerade fließend. Gibt es eigentlich bekannte somalische Persönlichkeiten? Jemanden, den man kennen müsste?«

»Ich glaube, die bekannteste ist eine Frau. Waris Dirie. Sie ist Fotomodell. Und Schriftstellerin. Sie hat ein Buch über ihre Kindheit in Somalia geschrieben. Haben Sie schon einmal von ihr gehört?«

»Ich glaube nicht. Worum geht es darin?«

»Um ihre Kindheit und Jugend. Um Genitalverstümmelung. Ein weitverbreitetes Thema in Somalia.«

Peter warf ihr rasch einen flüchtigen Blick zu, und Gina verstummte. Dieses Gesprächsthema war ihr nicht gerade angenehm. Sie war durch Zufall darauf zu sprechen gekommen, und es machte ihr mehr zu schaffen, als sie angenommen hatte.

»Gina, ich …«

»Nein. Ich will nicht weiter darüber reden.«

»Entschuldigung.«

Sie strich den Rock über ihren Beinen glatt und versuchte, das Gefühl, das sie eben noch empfunden hatte, wieder aufleben zu lassen. Bislang war es einer der besten Abende ihres Lebens gewesen. Sie wollte die gute Stimmung nicht verderben. Nicht über schreckliche Dinge sprechen, gegen die man sowieso nichts tun konnte. Über Probleme, die kein Mensch nachvollziehen konnte, der sie nicht am eigenen Leib erfahren hatte.

Doch als sie zum Auto zurückgingen, breitete sich unweigerlich Stille aus.

Auf Peters Stirn hatten sich Falten gebildet, und er sah aus, als würde er sich intensiv aufs Fahren konzentrieren. Seine Hände umschlossen fest das Steuer. Gina saß reglos neben ihm.

Sie schwiegen für den Rest der Fahrt.

Es war, als hätte jeder für sich so einiges zu bewältigen und müsste dies allein tun.

33

»Und wie heißt sie?«, fragte Romeo. Er beobachtete Alexander mit zusammengekniffenen Augen. Die Musik um sie herum dröhnte, weit unter ihnen breitete sich der Hudson River aus, und auf der Dachterrasse pulsierte es nur so von Gästen in Partystimmung.

»Wer?«, fragte Alexander zurück und ließ seinen Blick über die Bar schweifen.

»Die Frau, der du begegnet bist und die so interessant ist, dass du mit keiner anderen geflirtet hast, seit du wieder hier bist. Das sieht dir gar nicht ähnlich.«

Alexander zuckte mit den Schultern. Er warf einen Blick auf die Getränkekarte. Gestern hatte er alle Drinks mit Wodka getrunken. Vorgestern hatte er sich an Champagner gehalten. Und heute hatte er vor, sich in alphabetischer Reihenfolge durch die Karte zu arbeiten.

»Was hat dir denn an der letzten nicht gefallen?«

»Sie hatte so glattes Haar.«

»Und die Schauspielerin gestern?«

»Die hat so merkwürdig gelacht.«

Romeo schüttelte den Kopf.

»Ich bin einfach nur nicht gut drauf.« Er trank seinen Cosmopolitan aus. Was gab es mit D?

»Dry Martini«, sagte er zur Bedienung. Er schaute Romeo an. »Willst du auch einen?«

»Ich bin immer noch bei meinem Caipirinha. Und hab mich

vom Appletini noch nicht erholt. Willst du es nicht etwas langsamer angehen?«

»Und warum?«

»Weil deine Leber mal eine Auszeit benötigt. Außerdem muss ich morgen arbeiten, ich kann es mir nicht leisten, mich totzusaufen.«

Eigentlich müsste er ebenfalls arbeiten. Er hatte seine Geschäfte hier zu Hause vernachlässigt und war mit allem in Rückstand geraten, während er sich in Schweden aufgehalten und sich immer weiter in den Schlamassel hineingeritten hatte.

»Sie heißt Isobel«, sagte er. »Ich hab sie in Stockholm kennengelernt. Aber sie hat mir eine Abfuhr erteilt. Das ist der Stand der Dinge.«

Romeo zog die Mundwinkel hoch. »Und was macht sie so? Deine missmutige Isobel?«

»Ärztin.«

Romeo zog die Augenbrauen hoch. »Sieh mal einer an.«

»Ja«, sagte Alexander. Er bekam seinen Drink und kippte ihn in systematischen Schlucken hinunter. Eigentlich hasste er Gin. Aber er dachte jetzt schon seit einer geschlagenen Woche ausschließlich an Isobel, und Alkohol war das Einzige, was sein Gehirn daran hinderte, Amok zu laufen. Er hatte nicht vorgehabt, Romeo von ihr zu erzählen. Aber wann war innerhalb der vergangenen Wochen schon irgendetwas so gelaufen, wie er es vorgehabt hatte? Und er empfand es tatsächlich als Erleichterung, sich jemandem anzuvertrauen und ihren Namen auszusprechen.

»Sie sieht gut aus. Hat Humor. Ist smart. Cool. Ich habe noch nie eine Frau wie sie getroffen.«

Romeo legte den Kopf schräg und betrachtete ihn.

»Was ist?«, fragte Alexander. Endlich begann der Alkohol zu wirken. Er war mittlerweile ziemlich abgestumpft. Er sollte es tatsächlich langsamer angehen lassen und sich nicht um den

Verstand trinken, dachte er. Ach, scheiß drauf. Er nahm den letzten Schluck seines Drinks und bestellte einen Wodka Tonic. Scheiß aufs Alphabet. Die Sache mit Isobel hatte er grandios versaut, und jetzt würde er einfach weitertrinken, bis er sich nicht mehr wie ein Idiot vorkäme. Guter Plan.

Romeo folgte einem schmalen dunkelhaarigen Mann mit seinem Blick. Der Mann drehte sich um, bemerkte ihn und prostete ihm mit seinem Glas zu.

»Irgendwer, den du näher kennst?«

»Noch nicht.« Romeo lächelte in sein Glas hinein. »Deshalb bist du also so verdammt schräg drauf. Du hast dich verliebt. Das wurde aber auch mal Zeit.«

»Ich mag es, wenn du so empathisch bist.«

»Erst dachte ich, dass du vielleicht Krebs oder irgendetwas anderes Schlimmes hättest, weil du dich so merkwürdig benommen hast. Mann, was bin ich erleichtert.«

Romeos Analyse war natürlich absurd, aber theoretisch betrachtet auch irgendwie interessant, wie er fand. Hatte er sich tatsächlich in Isobel verliebt? Alexander konnte nachvollziehen, dass es danach klang. Aber er war überhaupt nicht der Typ dafür. Er nippte an seinem Drink. Normalerweise hätte er längst über sie hinweg sein müssen. Sie hatten sich miteinander überworfen, und er war daraufhin um den halben Erdball gereist, um auf andere Gedanken zu kommen, also hätte er sie einfach vergessen und weiterleben können wie sonst auch. Er hatte nie zuvor Probleme mit so etwas gehabt, er war einfach nicht der Typ, der nachts wach lag und über alles nachgrübelte, was zwischen ihnen gesagt worden war. Oder wie jetzt dasaß und unvermittelt lächeln musste, weil er sich an etwas erinnerte, das sie geäußert hatte. Und sich angesichts dessen schämte, was geschehen war.

Er fühlte sich doch sonst nicht so … so … Er fühlte doch eigentlich nie etwas.

Er leerte sein Glas.

»Noch einen?«

»Aber mit mehr Wodka und weniger Tonic«, instruierte er die Bedienung.

Er würde mit diesem Wahnsinn aufhören. Und zwar sofort. Bislang war es ihm immer gelungen, Abstand zu gewinnen, es war nur eine Frage der Einstellung und des Willens. Und natürlich der Ablenkung.

Als schließlich zwei kichernde junge Frauen auf ihn zukamen und ihn fragten, ob er nicht Alexander de la Grip sei und sie ein Selfie mit ihm zusammen machen könnten, grinste er breit und einladend.

»Wir sind Schwedinnen«, erklärten sie.

»Das sind die Besten«, entgegnete er und zog jede von ihnen auf einen seiner Oberschenkel. Sie lehnten sich laut lachend gegen seine Brust.

»Ist das nicht Romeo Rozzi?«, fragte die eine von ihnen mit großen Augen.

Romeo verbeugte sich leicht. »Ciao.«

Die beiden Frauen kicherten, und Alexander schloss sie fester in seine Arme. »Kümmert euch nicht um Romeo, der steht auf Männer. Wolltest du nicht an der Bar irgendwen näher kennenlernen, Romeo?«

Romeo schüttelte nur den Kopf. »Kommst du hier allein zurecht?«

Alexander legte eine Hand auf den Oberschenkel der einen Frau und schaute ihr tief in die Augen.

»Geh nur, ich komm allein zurecht.«

Die Frau reagierte, indem sie ihren Po gegen seinen Schritt presste. Sie war klein und zierlich, lustig und ziemlich durchtrainiert. Ihre Freundin war genauso. Wenn er also etwas anderes wollte, als an eine bierernste Ärztin mit grauen Augen und

Millionen von Sommersprossen zu denken, war dies genau der richtige Weg.

»Was meint ihr, sollen wir eine Flasche Schampus ordern?«, fragte er.

Die Frauen klatschten in die Hände und kreischten vergnügt.

Romeo verließ ihn mit einem Blick, der teils amüsiert, teils besorgt war.

Als Alexander aufwachte, war er völlig desorientiert. Sein Herz pochte wild. Er hatte intensiv geträumt. Er atmete tief durch. Zu Hause. Er war zu Hause. Mit einem Jetlag und einem ordentlichen Kater und Albträumen, aber ohne Herzinfarkt. Er sah sich um. Zum Glück war er allein. Er konnte sich vage daran erinnern, dass Romeo zusammen mit ihm im Aufzug gefahren war, ihn dann in ein Taxi gesetzt und ihm befohlen hatte, nach Hause zu fahren.

Er legte schützend eine Hand über die Augen und wartete darauf, dass sich das Herzklopfen wieder legen würde. Dann stieg er aus dem Bett, stolperte in die Küche und trank Wasser. Mit dem Glas in der Hand betrachtete er durch das Küchenfenster hindurch die Skyline von New York. Normalerweise liebte er dieses Appartement, liebte es, in New York zu sein, doch die letzten Tage waren ihm völlig sinnlos vorgekommen. Er hatte rein gar nichts zustande gebracht. Nicht trainiert und auch nicht gearbeitet. Worin bestand denn der Sinn seines Feierns und Trinkens, wenn es nicht half? Wenn es ihm noch nicht einmal hier gut ging, wo zum Teufel sollte er denn hin? Er starrte hinaus. So konnte es nicht weitergehen.

Er befingerte sein Handy. Klickte das Symbol mit der Uhr an und drückte auf die verschiedenen Zeitzonen. Isobel müsste mittlerweile im Tschad sein. Er hatte die Uhrzeit der Hauptstadt N'Djamena hinzugefügt. Er starrte aufs Display. Dort war es gerade Morgen. Er hatte sich ebenfalls Fotos bei Google Earth heruntergeladen. Sich die karge Landschaft angeschaut. Sich gefragt, wie es bei ihr wohl war. Die Sonne schien, und vermutlich waren es bereits an die vierzig Grad im Schatten.

Er legte sein Handy weg. Nahm es erneut zur Hand.

Klickte eine Nummer an und wartete ungeduldig.

»Ja, Leila hier.«

»Hier ist Alexander. De la Grip«, fügte er hinzu. »Ich hätte gern Isobels Skype-Namen. Könnten Sie ihn mir schicken?«

Stille.

»Leila?«

»Sie wissen aber, dass Sie nicht am laufenden Band interne Infos von mir bekommen können, nur weil Sie uns Geld gespendet haben?«

Er schnaubte. »Und Sie wissen ganz genau, dass ich es doch kann.«

Erneutes Schweigen.

»Ich mag Isobel. Sie kann sehr stark und tough wirken. Ich weiß nicht, was zwischen Ihnen beiden läuft. Aber sie ist eine empfindsame Person.«

»Ich weiß.«

»Rufen Sie sie nach achtzehn Uhr ihrer Zeit an. Ab dann herrscht Ausgangsverbot, da müsste sie wieder am Stützpunkt sein. Ich schicke Ihnen die Adresse per SMS. Aber Alexander?«

»Ja?«

»Tun Sie verdammt noch mal nichts Unüberlegtes.«

Dafür ist es wohl bereits zu spät, dachte er.

»Hejdå«, sagte er nur.

Die SMS kam. Jetzt würde er duschen. Kaffee trinken. Nachdenken.

34

Die Zeit verflog hier geradezu, dachte Isobel, als sie zwischen der Behandlung von zwei Patienten feststellte, dass sie schon fünf Tage im Tschad war.

»Einatmen«, instruierte sie ihren Patienten, einen vierjährigen Jungen mit glasigem Blick und hohem Fieber. Das Krankenhaus von Medpax lag mitten im Nirgendwo. Die Patienten kamen aus allen Dörfern ringsherum. Mitunter gehörten sie auch einem der Nomadenstämme an, die in der Wüste wohnten. Oftmals waren sie tagelang unterwegs gewesen. Fast immer waren die Kinder, die sie bei sich hatten, in sehr schlechter Verfassung. Leider warteten die meisten zu lange, bis sie das Krankenhaus aufsuchten, sodass die Kinder im schlimmsten Fall starben, kurz nachdem sie es erreicht hatten. Dann konnte es vorkommen, dass die Ärzte dafür verantwortlich gemacht wurden. Die Gegend hier war so unterentwickelt, dass man es ungefähr mit dem europäischen Mittelalter vergleichen konnte, inklusive des Aberglaubens. Langfristig betrachtet mussten die Menschen davon überzeugt werden, dass man sein Kind zu einem Arzt brachte, anstatt Schamanen mit fragwürdigen und mitunter geradezu lebensgefährlichen Methoden aufzusuchen. Deswegen versuchte man, die Menschen zu erreichen, indem man von Ort zu Ort fuhr, um die Bewohner aufzuklären. Hoffentlich würde es sich irgendwann nachhaltig auszahlen, dachte sie. Denn um Kinder, die starben, trauerte man hier genauso wie zu Hause, auch wenn tschadische Eltern Strategien entwickeln mussten, um den Tod von einem oder mehreren ihrer Kinder zu überstehen, da es hier so viel häufiger vorkam. Doch die Trauer war dieselbe.

Isobel ging zum nächsten Patienten. Sie untersuchte ein sechs Monate altes Baby mit Atemnot. Unterernährung und Atemwegsinfektionen kamen am häufigsten vor.

»Hat Ihr Sohn Durchfall gehabt?«, fragte sie auf Französisch.

Die Mutter, eine junge Frau, die nicht älter als sechzehn Jahre aussah, nickte.

»Wir hängen ihn an den Tropf«, erklärte Isobel der Krankenschwester und lächelte der Mutter beruhigend zu. »Sie können bei ihm bleiben. Und ich werde Ihnen etwas zu essen bringen.«

»*Merci docteur*«, flüsterte die Mutter.

Isobel arbeitete weiter. Sie hatte noch mindestens zwanzig Patienten zu behandeln. Einige von ihnen hatte sie zuletzt im vergangenen Herbst gesehen, und die Freude über das Wiedersehen war oftmals beiderseitig. Ein gebrochener Arm, der zu hundert Prozent wieder geheilt war, ein unterernährtes Kind, das mittlerweile gewachsen war und sie anlächelte. Allerdings war auch ein Teil der Patienten, die sie im Herbst behandelt hatte, inzwischen gestorben, wie sie erfuhr. Bei Autounfällen, in Hungersnöten oder an Infektionen, die das Leben in diesem Land mit sich brachte, das mit die schwierigsten Lebensbedingungen weltweit aufwies. Doch die allermeisten Patienten, denen sie begegnete, waren neu und kamen in einem nicht abreißen wollenden Strom. Sie wischte sich den Schweiß aus der Stirn. Es gab zwar keine Thermometer, doch es würde sie sehr wundern, wenn es unter fünfundvierzig Grad war.

Nachdem sie am Vormittag die neuen Patienten mit Malaria, Lungenentzündung und Wunden, die nicht heilen wollten, verarztet hatte, legte sie einen kurzen Zwischenstopp im Arztzimmer ein. Es bestand aus einem Tisch und einem Kühlschrank, der von einem Generator betrieben wurde, und wurde von einem Vorhang abgeschirmt. Sie öffnete den Kühlschrank. Wie fast alles andere auch waren selbst PET-Flaschen Mangelware, aber sie hatte sich auf dem Flughafen eine Flasche Limonade gekauft, die sie aufgehoben hatte und nun regelmäßig mit filtriertem Wasser füllte, das sie jetzt in langsamen Schlucken trank.

Der Vorhang flatterte, und Idris kam herein.

»Wie läuft's?«, fragte er.

»Ich hab mir den kleinen Patienten mit Magenbeschwerden angesehen und ihn an den Tropf gehängt. Wie lief es mit dem Kaiserschnitt?«

Es war zwar ein Kinderkrankenhaus, aber die Frau hatte dringend operiert werden müssen. Sie hätten es nicht mehr geschafft, sie nach N'Djamena zu schicken, wo es ein größeres Krankenhaus gab. Es war eine Reise, die mit dem Auto drei Stunden dauerte, doch die Menschen hier besaßen kein Auto. Und auch kein Handy oder Radio. Die meisten besaßen gar nichts.

»Er ist gut verlaufen.« Idris schaute auf die Uhr. »Es ist schon fast achtzehn Uhr, du musst zurück.«

Es war frustrierend. Alle Patienten zurückzulassen und nicht zu wissen, wie viele von ihnen die Nacht überleben würden. Doch gegen das Ausgangsverbot zu verstoßen, war der reinste Irrsinn, den sie nicht unnötig begehen wollte. Eine tote Ärztin half niemandem weiter.

»Arbeitest du heute Nacht?«, fragte sie.

»Ja.«

Idris arbeitete härter als irgendein anderer Mensch, dem Isobel je begegnet war. Er war jeden Tag und jede zweite Nacht im Kinderkrankenhaus. Jahrein, jahraus. Im Krankenhaus gab es auch einheimisches Personal, dessen Wissensniveau bedeutend höher war, als die Menschen in Schweden annahmen. Als Isobel Idris eines Tages einmal gefragt hatte, was sein Spezialgebiet sei, hatte er lakonisch geantwortet: »Alles.« Die Ärzte im Tschad kannten sich unmittelbar nach ihrer Ausbildung nicht nur mit den Grundlagen der ärztlichen Krankenpflege aus, sondern konnten auch Kaiserschnitte durchführen, einen Blinddarm operieren sowie schwierige Steißgeburten entbinden. Hier gab es allerdings weitaus weniger Ärzte pro Einwohner, während diese zugleich die Verantwortung für bedeutend mehr kranke Patienten übernehmen mussten als ein europäischer Arzt. Deshalb waren die Ärzte auch enorm vielseitig. Doch dies führte auch zu einem Problem für die Entwicklungsländer: einem kolossalen Braindrain.

»Wir sind total überbelegt. Wir können nur hoffen, dass nichts passiert.«

Mit »nichts« meinte er einen größeren Verkehrsunfall, einen Krieg oder einen Choleraausbruch.

Doch darauf hofften sie oftmals vergebens.

»*Inshallah*«, sagte Isobel.

Idris, der ebenso Christ war wie sie, nickte beipflichtend.

Der Chauffeur Hugo, der angefangen beim Autofahren bis hin zum Putzen im Krankenhaus mit allem aushalf, fuhr Isobel zurück nach Massakory, der Stadt, in der sie wohnte. Die Schweden fragten sie immer nach den Entfernungen zwischen den einzelnen Orten. Wie weit ist es bis zur Hauptstadt? Wie weit entfernt liegt das Krankenhaus? Aber diese Fragen waren hier unten nicht relevant. Was auf der Landkarte wie eine zehnminütige Autofahrt anmutete, wurde leicht zu einer ewig langen zuckelnden Reise, bei der man ordentlich durchgeschüttelt wurde. Womöglich war die Straße durch starke Regenfälle weggeschwemmt worden. Oder ein Baum war umgestürzt. Oder es war plötzlich eine Straßensperre errichtet worden. Man konnte es nie wissen. Doch heute dauerte die Fahrt nach Hause weniger als eine Viertelstunde, und sie verlief ohne irgendwelche Zwischenfälle.

»Ich hole Sie morgen wieder ab«, sagte Hugo und verschwand zu den Rufen des Muezzins im tschadischen Abend. Isobel begrüßte den Wächter, den alle im Tschad hatten, die es sich leisten konnten, und betrat das Haus. Ihr ganzer Körper war mit Sand bedeckt. Er wurde mit dem Wind aus der Sahara hergeweht, und zusammen mit dem Schweiß und Staub bildete er eine dünne Schicht auf der Haut. Sie wusch sich notdürftig, zog sich ein sauberes T-Shirt an und ging in die Küche. Die Köchin, eine Frau, die aussah wie fünfzig, Isobels Informationen zufolge aber ein Jahr jünger war als sie selbst und sich sowie ihre sechs Kinder versorgte, indem sie für die wenigen Europäer, die nach Massakory kamen, putzte und kochte, reichte ihr eine Schale mit Essen.

»*Merci*«, sagte Isobel. Es gab jeden Tag das Gleiche: Bohneneintopf mit Zwiebeln und etwas, das wie Tomaten aussah. Die Leute nahmen oftmals an, dass die Ernährung in den afrikanischen Ländern von frischen Mangos und exquisiten Früchten geprägt war, aber in Wahrheit war sie in erster Linie von einem großen Mangel geprägt.

Nach dem Essen nahm sie ihren Laptop, den sie mitgebracht hatte, und suchte nach einer Ecke, in der sie Wi-Fi empfangen konnte, wenn sie Glück hatte. Das Skype-Icon signalisierte ihr, dass sie eine neue Mitteilung erhalten hatte. Sie klickte sie an und öffnete das Programm. Sie nahm an, dass sie von Leila war. Dann las sie die Mitteilung.

Alex_Grip would like to add you as a contact.

Accept. Decline.

Sie blinzelte mehrmals. Zögerte. Kam die Nachricht tatsächlich von Alexander? Was wollte er von ihr?

Sie akzeptierte ihn mit einem Klick. Wartete mit über der Tastatur gefalteten Händen.

Der Anruf mit dem typisch blubbernden Geräusch war ein Videocall. Sie klickte das grüne Icon an und wartete.

Alexander hatte zwei Stunden lang auf das Gespräch über Skype gewartet. Der Tschad lag in derselben Zeitzone wie Schweden, was bedeutete, dass es bei Isobel sechs Stunden später war. Leila zufolge begann das Ausgangsverbot um achtzehn Uhr, sodass er seit zwölf Uhr mittags New Yorker Zeit vor dem Bildschirm seines PC gesessen und darauf gestarrt hatte. Zwischendurch war er nur kurz aufgestanden, um Kaffee zu kochen, und als er zurückkam, hatte sie ihn akzeptiert.

Das Bild auf dem Bildschirm ruckelte ein wenig, doch dann war sie da. Es kam ihm vor, als würde er zum ersten Mal seit Stunden richtig durchatmen. Er war sich keineswegs sicher gewesen, dass sie mit ihm sprechen würde. Doch jetzt saß sie plötzlich vor ihm vor einem Bildschirm auf der anderen Seite des Atlantiks.

»Hej Alexander.«

Sie trug ein weißes T-Shirt und hatte ihre Haare zu einem Pferdeschwanz zusammengebunden. Die Sonne schien irgendwo hinter ihr herein, und er konnte schlichte Betonwände mit verblichenen Plakaten darauf erkennen, auf denen das UNICEF-Logo prangte. Sie lächelte nicht, sondern blickte ihn nur wachsam an.

»Hej. Wie geht es dir?«, fragte er.

»Ich habe ziemlich lange Arbeitstage hinter mir«, antwortete sie leichthin und nahm einen Schluck aus einer Bierflasche. Es stand ihr, Bier aus der Flasche zu trinken. »Und dir?«

»Mir geht's gut.« Und das stimmte. Jetzt, wo er sie vor sich hatte, ging es ihm so gut wie schon lange nicht mehr. »Was machst du gerade?«

»Nicht viel. Ich habe abends und nachts Ausgangsverbot, weil es draußen zu gefährlich ist. Zwischen Sonnenuntergang und Sonnenaufgang muss ich hier im Haus bleiben, wo ich Bier trinke und versuche, mich auszuruhen. All die Eindrücke zu verarbeiten.«

»Und wie steht's um die Sicherheit?«

Sie zog eine Augenbraue hoch. »Im Moment ist es okay. Im Nachbarort gab es einige Kämpfe, aber hier nicht.«

»Wo wohnst du eigentlich?«

»Medpax besitzt ein Haus hier. Ich wohne allein darin, aber im Nebenhaus sind ein paar Leute vom Roten Kreuz untergebracht. Manchmal spielen wir zusammen Karten.«

»Und wie läuft es mit den Kindern?«

»Heute war ein guter Tag. Es ist keines gestorben.«

»Es tut mir so furchtbar leid wegen neulich. Hast du noch Zeit, ein wenig zu sprechen?«

»Warte, ich setz mir kurz Kopfhörer auf.«

Er sah, wie sie erst die Schnur von schlichten weißen Kopfhörern in den Laptop steckte und sich dann die Stöpsel in die Ohren schob. Es kam ihm erstaunlich intim vor. Zu wissen, dass seine Stimme nun geradewegs in ihre Ohren drang und von niemandem außer ihr gehört werden konnte. Sie nickte als Zeichen, dass sie bereit war. Er rückte mit dem Gesicht näher an den Bildschirm heran.

»Ich kann mir vorstellen, was du denkst, aber ich habe mit dieser Frau nicht geschlafen.«

»Okay«, sagte sie, doch er sah den Zweifel in ihrem Blick. Er wünschte, dass er einen Beweis dafür hätte erbringen können, dass er die Wahrheit sagte. Zwei Sekunden nachdem Qornelia und er das Restaurant verließen, hatte er sie in ein Taxi gesetzt und weggeschickt. Er hatte die ganze Zeit gewusst, dass nicht sie diejenige war, die er haben wollte.

»Ich möchte, dass du das weißt. Und dass es mir leidtut, dass … Ich weiß nicht. Dass ich mich blöd verhalten habe.«

Dass ich etwas empfinde, das ich noch nie zuvor empfunden habe und das mir höllische Angst einjagt.

Sie lächelte verhalten. »Danke, dass du es mir gesagt hast. Ich bin froh, dass du anrufst.«

Das Bild begann zu wackeln und setzte kurz aus.

»Alexander?«

»Hallo?«

»Das Netz hier ist offenbar überlastet, das Bild wird wahrscheinlich gleich verschwinden. Hörst du mich?«

Das Bild erstarrte und fror ein. »Jetzt bist du weg. Pass auf dich auf, Isobel. Ich rufe morgen wieder an, okay?«

Er hörte sie antworten: »Ja.«

Dann brach das Gespräch ab.

Er klappte seinen Laptop zu. Stand auf. Schaute hinaus auf die Stadt, die sich unter ihm ausbreitete. Er würde rausgehen und eine Runde joggen. Und Romeo anrufen. Es war an der Zeit, sich zusammenzureißen.

35

Hugo wartete am nächsten Morgen vor dem Haus auf Isobel. Er schnippte seine Zigarettenkippe auf die Straße, und Isobel sah sie in den roten Sand fallen. Der Ort bestand zum einen aus schlichten zweistöckigen Betongebäuden, zum anderen aus massenweise Lehmhäusern. Hier lebten hart arbeitende Menschen und magere Tiere einträchtig zusammen mit dem größten Insektenbestand weltweit. In der Hauptstadt N'Djamena, wo im Großen und Ganzen alle Ausländer wohnten, gab es eine Universität, Luxushotels sowie ein Geschäftsviertel, aber hier in Massakory kam es einem vor, als wäre man um mehrere Hundert Jahre in der Zeit zurückversetzt. Es gab nur wenige Geschäfte, kaum fließendes Wasser. Die lokale Krankenpflege wurde von Medizinmännern durchgeführt, die ihre Patienten mit – im besten Fall wirkungslosen, im schlimmsten lebensgefährlichen – Hausmitteln behandelten.

»*Bonjour le docteur*«, sagte Hugo und öffnete ihr die Beifahrertür. Sie setzte sich in den Wagen, und Hugo steuerte den klapprigen Jeep aus Massakory heraus. Heute hatten sie ebenfalls Glück. Die Fahrbahn war nicht weggeschwemmt worden, und sie passierten keine einzige Straßensperre.

Isobel schaute durch das geöffnete Seitenfenster hinaus. Der Wagen holperte über eine Unebenheit, und sie stützte sich mit der Hand an der Decke ab.

»Einer unserer Sauerstoffapparate hat gerade seinen Geist aufgegeben«, begrüßte sie Idris, als sie das Krankenhaus betrat.

»*Merde.*«

Es war nur eine Frage der Zeit gewesen, aber sie benötigten ihre Sauerstoffgeräte dringend.

»Ich werde es Leila gleich mitteilen, wenn ich mit ihr spreche«, meinte sie, fragte sich jedoch, ob es irgendetwas nützen würde. Was kostete ein Sauerstoffgerät? Und wenn Medpax es sich unerwarteterweise doch leisten könnte, wie würde es dann hierher gelangen?

»Visite?«, fragte sie.

Idris nahm seinen Notizblock zur Hand, und gemeinsam machten sie sich auf zur Morgenvisite.

»*Docteur!*«

Isobel drehte sich nach der Stimme um. Sie musste lächeln und kniete sich auf den Boden. Sie breitete ihre Arme aus. »Marius!«

Sie hatte sich gefragt, ob sie ihn wohl wiedersehen würde, hatte jeden Tag nach ihm gesucht und das Personal sowie Idris nach ihm gefragt. Endlich. Sie schloss ihn in ihre Arme. Er fühlte sich schrecklich mager an, sein dünner Jungenkörper schien nur aus Haut und Knochen zu bestehen. Sie blinzelte gegen die Tränen an, die ihr in den Augen brannten, und ließ sich von Erleichterung und Dankbarkeit erfüllen.

Ich hatte schon befürchtet, dass du nicht mehr lebst.

Sie umarmte den Jungen etwas länger als angemessen und versuchte, etwas von ihrer Energie auf ihn zu übertragen.

Dann hielt sie ihn auf Armeslänge von sich entfernt, ließ prüfend ihren Blick über ihn schweifen und registrierte gesundes Augenweiß und eine klare Haut. Er war zwar unterernährt und hatte diesen gehetzten Gesichtsausdruck, den sie nur bei eltern- und obdachlosen Kindern gesehen hatte, doch ansonsten sah er gesund aus.

»Geht es dir gut?«, fragte sie, obwohl sie wusste, dass Idris daran gelegen war, weiterzukommen. Er hatte über hundert Patienten hier liegen und brauchte Isobel. Einem Außenstehenden mochte es herzlos vorkommen, wenn man nicht einmal Zeit für eine Umarmung hatte, aber sie wusste, wie die Realität aussah. Idris wägte immerfort alle Vor- und Nachteile gegeneinander ab, und hundert kranke Kinder wogen schwerer als ein einsamer Junge.

Marius hielt seine Hand hoch und zeigte ihr eine winzig kleine Schürfwunde.

Sie schaute darauf. »Kannst du auf mich warten? Bleib hier, dann kann ich sie dir später verbinden. Und außerdem habe ich ein Geschenk für dich dabei.« Privaten Kontakt mit der einheimischen Bevölkerung aufzunehmen und ihnen Geschenke zu machen, verstieß natürlich gegen alle Regeln und ethischen Prinzipien. Alle wussten, dass dies zu Komplikationen führen könnte. »Warte auf mich«, sagte sie, strich ihm über die Wange, stand auf und beeilte sich, Idris einzuholen.

Die Visite dauerte mehrere Stunden, und erst weit nach der Mittagszeit konnte sich Isobel erneut ins Arztzimmer schleichen. Dort saß Marius unter dem Tisch und spielte mit ein paar Steinen. Als sie kam, stand er auf und warf ihr einen wachsamen Blick zu, als müsste er sich erst vergewissern, dass von ihr keine Bedrohung ausging, bevor sich seine Schultern entspannten und er ihr ein schiefes Lächeln schenkte. Sie erschlich sich erneut eine Umarmung.

»Hast du schon etwas gegessen?«, fragte sie und betrachtete seine zu kurzen Hosen und das fadenscheinige Hemd. Marius nickte, doch sie wusste, dass er es möglicherweise nur tat, um sie zu beruhigen. Er hatte kaum Zutrauen zu anderen Menschen. Was wohl nicht ungewöhnlich war, wenn jegliche Sicherheit im Leben fehlte. Sie war schon vielen Straßenkindern begegnet und hatte Kleinkinder verhungern sehen, hatte Vier- und Fünfjährige kennengelernt, die sich ganz allein durchschlagen mussten, und unterernährte Neun- bis Zehnjährige, die ihre mageren Körper für Essen und Drogen verkauften. Es war eine Form der Realität, der man sich als Arzt im Auslandseinsatz stellen musste, wenn man seine Arbeit bewältigen wollte. Doch für sie war es mit Marius etwas anderes. Sie wusste nicht, warum sie ihn in ihr Herz geschlossen hatte. So etwas tat man nur mit bestimmten Kindern.

Sie öffnete die Plastiktüte, die sie in einer verschlossenen Schublade im Arztzimmer verwahrt hatte. Jeden Morgen hatte sie sie mit hierhergebracht, und jeden Abend hatte sie sie wieder mit zurück ins Haus genommen. Sie hatte diese Tüte bewacht, als enthielte sie Gold. Isobel reichte Marius die Erdnussflips. Es war ein so unpraktisches Geschenk, das im Koffer wertvollen Platz wegnahm und kaum Nährstoffe enthielt, aber Marius' Freude war die Mühe wert gewesen. Sie schenkte ihm auch eine Tafel Schokolade, die zumindest Fett und einige Mineralien enthielt, und hoffte, dass sie ihm nicht geklaut werden würde. Sie hatte zehn Tafeln gekauft, die sie ihm über den Zeitraum ihres Aufenthalts verteilt zukommen lassen wollte.

»Wo wohnst du denn jetzt?«, fragte sie, während sie rasch die Schürfwunde wusch und mit einem Pflaster versorgte.

Er zuckte zur Antwort nur mit den Achseln. Dann begann er, die Erdnussflips zu essen, einen nach dem anderen, wobei er mit geschlossenen Augen lange kaute. Isobel war bewusst, dass sie möglichst rasch wieder in die Abteilung zurückmüsste, und sie versuchte, den Kloß in ihrem Hals hinunterzuschlucken.

Wie konnte das Leben nur so ungerecht sein? Sie kapierte es einfach nicht.

»Marius?«

»*Oui*?« Er sah sie mit diesem intelligenten Blick an, der sich ihr jedes Mal wie ein Messerstich ins Herz bohrte. Er war so liebenswürdig und umsichtig, ein Junge, der lieber spielte und seinen Tagträumen nachhing, als lauter Dummheiten anzustellen oder sich zu prügeln. Ein Kind, das sich entwickeln und es zu etwas bringen würde, wenn es irgendeine Gerechtigkeit auf der Welt gäbe. Stattdessen lebte er mit diesem Gefühl der Angst und Verlassenheit in den Augen auf der Straße, was ihr jedes Mal aufs Neue das Herz brach.

»Ich werde hier sein, verschwinde nicht.«

»*Oui*«, wiederholte er, und sie hoffte, dass er ins Krankenhaus zurückkommen würde, wo sie ihm während der wenigen Wochen, die sie hier war, etwas zu essen geben und ein Auge auf ihn werfen könnte.

Eine gestresste Stimme rief nach ihr. »*Docteur?*«

Sie wusste, dass sie wieder losmusste und es sich hierbei um einen Luxus handelte, den sie sich eigentlich nicht leisten konnte. Sie stand auf. Das Letzte, was sie hörte, war das Rascheln der Tüte mit den Erdnussflips und die leisen Kaugeräusche von Marius.

Nach einem langen Nachmittag im Krankenhaus erwartete sie erst die schaukelnde Autofahrt zurück in ihren Ort und dann der übliche Eintopf.

Isobel wusch sich rasch. In Massakory wohnten fast ausschließlich Muslime, die so reinlich waren, dass Isobel sich immer wie eine schmutzige Europäerin vorkam, deshalb bemühte sie sich, ihr Gesicht sowie Hände und Füße, sooft sie konnte, sauber zu schrubben. Sie griff sich ein frisches T-Shirt, fuhr sich mit einer Bürste durchs Haar und putzte sich die Zähne, bevor sie sich vor ihren Laptop setzte.

Da ihr Schlafzimmer nicht viel mehr als ein hartes Bett, einen Hocker und ein Moskitonetz beinhaltete, zog sie es vor, sich im Wohnzimmer aufzuhalten. Die Köchin stand direkt vorm Haus und rauchte. Der Rauch drang durch das Moskitonetz zu ihr herein. Von draußen hörte sie Stimmen und vereinzelte Rufe, doch ansonsten war es still.

Als Alexander anrief, nahm sie das Gespräch umgehend an.

»Hej«, sagte sie.

Er sah unverschämt frisch aus, als hätte er gerade geduscht. Hinter ihm erahnte sie exklusive Möbel und großflächige Fenster, es war hell, sauber und sah europäisch aus.

»Wie geht es dir«, fragte er, und sie ließ sich von seinem Lächeln anstecken.

»Gut«, antwortete sie aufrichtig. Es war ein anstrengender Tag gewesen, nicht zuletzt gefühlsmäßig, aber das war sie gewohnt.

»Heute ist zum Glück niemand gestorben, das ist verdammt schön.«

Mittlerweile war sie fast eine Woche hier. In drei Wochen würde sie von einem belgischen Arzt abgelöst werden. Wenn es noch ein paar mehr solcher Tagen geben würde, würde dieser Aufenthalt einer ihrer besten sein.

»Aber eines unserer Sauerstoffgeräte ist kaputtgegangen«, fügte sie hinzu.

»Sind die sehr wichtig?«

»Ja, diese Apparate sind von zentraler Bedeutung für uns. Man kann so viel mit Sauerstoff behandeln, die Geräte sind leicht zu bedienen, es braucht keine besondere Ausbildung dafür. Sie sind sozusagen unsere besten Freunde. Nun werden vermutlich Kinder deshalb sterben müssen.«

»Verdammt, wirklich?«

»Ja. Es ist unheimlich frustrierend.«

»Gibt es etwas, das ich tun kann?«

»Du hast nicht zufällig irgendwo ein Sauerstoffgerät herumliegen?«

»Ich kann mal in meiner Abstellkammer nachschauen, aber ich glaube nicht.«

Sie lachte, beugte sich näher zum Bildschirm hinunter und stützte das Kinn auf die Hand. Im Hintergrund sah sie glänzende Edelstahloberflächen und eine Schale mit blanken grünen Äpfeln. Er saß also in der Küche.

»Erzähl mir, was du heute gegessen hast.«

»Willst du mit mir übers Essen reden?«

»Ich kann dir versichern, dass ich ungefähr neunzig Prozent meiner Freizeit damit verbringe, über Essen zu fantasieren.«

»Pancakes mit Erdbeeren und Ahornsirup.«

»Amerikanische? Mm, wie lecker. Erzähl mehr.«

»Gestern gab es Pizza. Eine leckere knusprige aus meiner Lieblingspizzeria, einer kleinen Kaschemme. Ich hab zusammen mit meinem Freund Romeo im Park gesessen und sie gegessen. Der Mozzarella hat Fäden gezogen, herrlich.«

Isobel stöhnte. »Weißt du, was ich am meisten vermisse?«

»Ich wünschte, das wäre ich, aber ich schätze mal, dass es etwas Essbares ist. Sag es mir.«

»Kaffee. Schwarzen heißen, frisch gebrühten Kaffee. Mit Weißbrot dazu. Hier unten gibt es leider kein Brot.«

Alexander lachte. Seine Augen leuchteten, und sie wusste, dass er an den Augenblick dachte, als er mitten in der Nacht für sie gekocht hatte. Wo sie in seiner Küche erst herumgealbert und sich dann geliebt hatten.

»Was hast du gestern gemacht?«, fragte sie und betrachtete sein Gesicht eingehend. »Warst du unterwegs?« Sie hatte eigentlich kein Recht darauf, ihn danach zu fragen, tat es aber trotzdem.

Er schüttelte den Kopf. »Nein, ich habe angefangen, all die liegen gebliebene Arbeit anzugehen. Und ich habe beschlossen, eine Pause einzulegen, was das Feiern betrifft.«

»Tatsächlich? Aus welchem Grund?«

Sie zwirbelte sich eine Locke um ihren Finger und redete sich ein, dass das Kribbeln in ihrem Körper ein Zeichen von Müdigkeit, Stress oder irgendetwas anderem war und keineswegs aufkeimende Hoffnung. Oder gar das Gefühl, dass vielleicht doch nicht alles vorbei war, sondern es gerade erst anfing. Er hatte gestern ehrlich geklungen, und sie hatte beschlossen, ihm zu glauben, dass er die Wahrheit gesagt und nicht mit dieser blonden Tussi geschlafen hatte.

»Weil ich finde, dass es an der Zeit ist.«

Alexander sah, wie Isobel lächelte, und er wusste, dass er eine Weggabelung erreicht hatte, als er beschlossen hatte, seinen Alkoholkonsum drastisch zu reduzieren. Der Gedanke war ihm heute Morgen beim Joggen im Central Park gekommen. Einfach so. Und dann hatte er sich entschieden. Zu seinem eigenen Wohl. Seit dem vergangenen Sommer hatte er mit einer absoluten inneren Leere gelebt. Er hatte sich bisher nie nähere Gedanken darüber gemacht, aber heute war es ihm plötzlich wie Schuppen von den Augen gefallen.

Letzten Sommer hatte er den unumstößlichen Beweis dafür erhalten, dass seine Mutter untreu gewesen war. Dass Ebba auf diese Art und Weise Bestätigung suchte, hatte er schon lange vermutet. Er hasste Fremdgänger. Für ihn war es eine Sache, mit verheirateten Frauen zu schlafen, aber eine ganz andere, derjenige zu sein, der untreu war. Er hatte noch nie eine Frau betrogen. Dennoch hatte er eine Höllenangst davor, die schlechtesten Charakterzüge seiner hübschen, aber oberflächlichen Mutter geerbt zu haben. Nachdem sich herausgestellt hatte, dass Natalia das Resultat eines Seitensprungs war, waren Schlag auf Schlag weitere dramatische Enthüllungen ans Licht gekommen, und er hatte den inneren Halt verloren, den er glaubte, besessen zu haben.

Das war die dürftige Erklärung, die er den wenigen Menschen, die ihm wichtig waren, zu geben bereit war. Natalia. Romeo. Vielleicht Åsa. Möglicherweise auch Isobel, falls sie ihn je danach fragen würde, warum sein Verhalten im Hinblick auf Frauen und Alkohol so gestört war. Doch da war noch etwas anderes. Seine Kindheit. Er hatte nie daran geglaubt, dass man etwas völlig verdrängen konnte. Aber er hatte Dinge erlebt und auch selbst getan, die er so tief in seinem Inneren vergraben hatte, dass er glaubte, sie bereits überwunden zu haben.

Doch dann, auf dieser Party in Båstad war schlagartig alles wieder hochgekommen. Heute wusste er, warum. Dort war er zum einen Frauen wiederbegegnet, die er lange nicht mehr gesehen hatte, zum anderen hatte er zu engen Kontakt zu seiner Familie gehabt, und vieles war auf ihn eingestürmt und hatte die Grundlage dafür gelegt, dass er immer mehr ausflippte. Natürlich hatte er auch schon zuvor getrunken und gefeiert, und diejenigen, die ihn nur rein oberflächlich kannten, bemerkten bestimmt keinen Unterschied. Aber als er nach der Party in Båstad nach New York zurückgekehrt war, hatte er sich in eine Art Abwärtsspirale gestürzt, die destruktiver gewesen war als je zuvor, und er hatte gewusst, dass er sich auf einem steilen Weg nach unten befand.

Aber jetzt war etwas mit ihm geschehen. Tatsache war, dass er erwachsen war. Reif genug, sich bewusst für einen anderen Weg zu entscheiden. Genau das hatte er auch vor, nicht zuletzt sich selbst zuliebe. Und als er nun Isobels zaghaftes Lächeln sah und spürte, dass er ihr Vertrauen noch nicht ganz verloren hatte, war es ihm die Sache mehr als wert. Es war ein fantastisches Gefühl.

»Ich muss aufhören«, sagte sie auf der anderen Seite des Bildschirms.

Das Bild hatte erneut angefangen zu ruckeln.

»Ich rufe morgen wieder an«, entgegnete er und wusste, dass er bereits die Stunden zählte, bis sie sich wiedersehen und er ihre Stimme hören würde.

Als sie aufgelegt hatten, nahm er sich einen Apfel und seine Sonnenbrille von der Arbeitsplatte in der Küche. Er steckte seine Kreditkarte ein, fuhr mit dem Aufzug nach unten, verabschiedete sich vom Portier und zog sein Handy aus der Tasche. Er rief Romeo an.

»Was machst du gerade?«

»Ich zanke mich mit einem meiner Köche. Verdammte Diven.«

»Du bist doch eher die Diva. Hast du Lust, mich beim Shoppen zu begleiten?«

»Und was willst du kaufen?«

Alexander musste an all die Geschenke denken, die er diversen Frauen im Lauf der Jahre gemacht hatte. In erster Linie Blumen. Aber auch Schmuck und Juwelen. Kleider, Reisen. Meistens hatte er dafür seine Kreditkarte benutzt. Doch eines hatte er noch nie zuvor für eine Frau erstanden.

»Ich habe vor, ein Sauerstoffgerät zu kaufen.«

»Heute ist Sonntag. Sind die Läden, in denen man solche Geräte kaufen kann, nicht geschlossen?«

»Deshalb habe ich ja die goldene Kreditkarte dabei. Kommst du mit?«

»Du klingst irgendwie so anders.«

»Ich *bin* anders.«

36

Am nächsten Tag geschah das, was früher oder später bei Auslandseinsätzen immer passierte.

Das Schicksal wendete sich.

»Die Zwillinge sind heute Nacht gestorben«, sagte Idris zur Begrüßung, als Isobel am Krankenhaus ankam. Er stand auf der Treppe und rauchte. Er sah müde aus.

»*Merde.*« Sie hatten die beiden gestern per Kaiserschnitt geholt, und die Kinder waren erschreckend winzig gewesen. »Wie geht es der Mutter?«

»Sie wurde von ihrer Familie abgeholt. Sag mal, spürst du das auch?«, fragte er.

Sie nickte. Es war, als läge eine gewisse Unruhe in der Luft. Eine ungewohnte Stille, als herrschte zu niedriger Luftdruck, sowie eine Abwesenheit jeglicher Geräusche. Sie hatte es schon öfter erlebt.

Es war eine Vorahnung davon, dass sich irgendetwas zusammenbraute.

»Ein Teil des Personals hat sich davongemacht«, sagte er.

So fing es oft an. Die einheimische Bevölkerung erfuhr es zuerst. Eine Nachricht, die sich während des Nachmittagsgebets verbreitete. Männer, die sich bewaffneten. Frauen, die Schutz für sich und ihre Kinder suchten.

Sie folgte Idris ins Krankenhaus hinein. Sie fragte sich, wo Marius wohl war. Es war heißer als sonst, und sie schlug sich an den Hals. Bildete sie es sich nur ein, oder stachen die Insekten heute heftiger zu?

»Wir haben viele Patienten«, sagte Idris, während er sich die Hände wusch. Er griff sich seinen Notizblock. »Ich muss zurück auf die Intensivstation. Könntest du da mal einen Blick drauf werfen?«

Er reichte ihr einen handgeschriebenen Zettel.

»Worum geht's?«

»Sie sind heute Morgen gekommen. Mit einem Jungen. Zwei Jahre alt. Atemnot. Waren mehrere Tage unterwegs.«

»So lange? Von wo kommen sie denn?«

»Aus der Wüste. Seine Blutwerte sind schlecht.« Idris schüttelte den Kopf. »Sie hätten schon viel früher kommen müssen.«

»Ich kümmere mich drum.«

Idris verschwand, und Isobel ging los, um die Familie aufzusuchen. Sie begrüßte rasch den Vater, Muhammed, einen Mann mit der Tätowierung einer Vogelkralle auf der Wange. Die Mutter, Halima, die keinen Tag älter als fünfzehn aussah, hatte den Jungen im Arm.

»Wie heißt er?«, fragte Isobel sanft, während sie ihren Patienten eingehend betrachtete.

»Ahmed«, flüsterte Halima. Sie trug ein farbenfrohes Gewand, das vom Sand staubig geworden war. Sie hatte dieselbe Tätowierung auf der Wange wie ihr Ehemann.

Während Isobel den Jungen untersuchte, gab er keinen Laut von sich. Das war kein gutes Zeichen. Ein Kind, das weinte und schrie, hatte zumindest einen gewissen Lebenswillen. Als Isobel versuchte, ihm eine Injektion zu verabreichen, war er so ausgetrocknet, dass es ihr nicht gelang, die Nadel in die Haut zu stechen.

»Medizin«, rief der Vater aufgebracht. »Er braucht Medizin.«

Ja, Ahmed benötigte Medizin. Und Nährstoffe. Und nicht

irgendeinen Medizinmann, der, so wie es aussah, für die Narben auf seinem Bauch verantwortlich war.

Sie füllte eine Pipette mit einer Nährstofflösung.

»Verabreichen Sie sie ihm. Geben Sie ihm die Flüssigkeit tropfenweise, bis die Pipette leer ist«, erklärte sie.

»Wohin gehen Sie?«, fragte der Vater und stellte sich ihr in den Weg. »Sie sind Ärztin, Sie müssen hierbleiben.«

»Ich werde zurückkommen. Geben Sie ihm die Tropfen. Ich muss nach meinen anderen Patienten sehen, bin aber so bald wie möglich wieder zurück«, versprach sie.

Muhammed starrte sie an, wich dann aber zur Seite. Isobel lächelte Halima aufmunternd zu, die bereits angefangen hatte, ihrem Sohn die Nährstofflösung einzuträufeln, und ging dann zu ihrem nächsten Patienten.

Als Isobel zurückkehrte, wirkte Ahmed etwas wacher. Diesmal gelang es ihr, die Nadel in die Vene zu stechen und ihm einen Tropf zu legen. Vielleicht würde er es ja schaffen. Sie tätschelte ihm den Kopf, nickte den Eltern zu und verließ sie erneut. Einer der frustrierendsten Aspekte ihrer Arbeit bestand darin, dass sie nie länger bleiben konnte. Die überwältigende Menge an Patienten zwang sie dazu, hart zu sein, was sie wenig einfühlsam erscheinen ließ, obwohl sie doch gerade bemüht war, so vielen wie möglich zu helfen. Sie arbeitete den ganzen Tag lang ununterbrochen, und das Krankenhaus war bereits überbelegt, sodass in vielen Betten zwei Kinder lagen.

Als sie am späten Nachmittag wieder zur Familie kam, lag Ahmed in eine Wärmefolie gehüllt da. Er atmete keuchend, sodass sie ihm Sauerstoff verabreichte und dankbar war, dass wenigstens der letzte von ihren Apparaten noch funktionierte. Sie fühlte ihm den Puls und maß seine Temperatur. Horchte ihn ab. Als sie in seine Augen leuchtete, um die Reaktion seiner Pupillen zu kontrollieren, reagierte er nicht.

Sie konnte nichts mehr für ihn tun, jedenfalls nicht hier. Trotz des Tropfs, der Wärmefolie und der Tatsache, dass sie alles getan hatte, was in ihrer Macht stand, sah sie, wie Ahmed ihr zu entgleiten begann, sah, wie er langsam und lautlos entschwand und vor ihren Augen starb. Sein Kopf sank auf die Brust, die sich nicht mehr hob und senkte. Sie betrachtete ihn und horchte ihn noch einmal mit ihrem Stethoskop ab, obwohl sie es bereits wusste.

Sie legte ihre Hand auf den schmächtigen Körper, bevor sie sich zu den Eltern umdrehte und erst Muhammed und dann Halima in die Augen schaute und den Kopf schüttelte.

Halima schlug sich die Hand vor den Mund und begann leise zu schluchzen.

Isobel spürte, wie ihr selbst die Tränen in die Augen stiegen.

»Ihm ging es besser, bevor wir herkamen«, sagte Muhammed. Seine Stimme war bitter und seine Miene verbissen.

»Er war sehr krank«, entgegnete Isobel sanft und wünschte, sie könnte die entsetzliche Trauer über ein verlorenes Kind irgendwie lindern.

Muhammed machte einen Schritt auf sie zu, und plötzlich zückte er ein Messer. Im Krankenhaus waren Waffen verboten, aber er hatte es offenbar unter seiner Kleidung versteckt und richtete es nun auf Isobel.

»Es tut mir leid«, sagte Isobel, bemüht, ruhig zu klingen. Hoffentlich hörte sie jemand.

»Sie haben ihn getötet. Mit Ihrer Medizin.«

Sie machte einen Schritt rückwärts auf den Stoffvorhang zu, der als Raumteiler diente, und hoffte, dass jemand hereinkommen würde, bevor die Situation eskalierte.

»Bitte, legen Sie das Messer weg. Ahmed war sehr krank. Ich habe keinen Fehler gemacht. Er hat gute Medizin erhalten, aber er war zu schwach. Sein Herz hatte keine Kraft mehr.«

Sie hatte schon zuvor bedrohliche Situationen erlebt, aber an ein Messer, das auf einen gerichtet wurde, gewöhnte man sich nie.

Muhammeds Augen verengten sich, und sie überlegte, ob sie es möglicherweise schaffen könnte, ihn von sich stoßen, bevor er zustach. Wahrscheinlich nicht. *Merde, merde*. Sie wagte es nicht, den Kopf zu drehen und Blickkontakt mit Halima aufzunehmen. Wieso hatte man ihm das Messer nicht abgenommen? Im Tschad trugen zwar alle ein Messer, aber im Krankenhaus gab es Wächter, und es war deren Job, die Sicherheit des Personals zu garantieren.

Plötzlich wurde der Vorhang zur Seite gezogen, und Idris betrat den Raum.

»Hören Sie auf«, sagte er ruhig und stellte sich zwischen Isobel und Muhammed. »Sie ist eine gute Ärztin. Sie hat alles getan, was in ihrer Macht stand. Ihr Sohn war schwer krank. Jetzt ist er bei Allah.«

Muhammed warf ihr einen hasserfüllten Blick zu, ließ dann jedoch das Messer langsam sinken.

Idris breitete seine Arme schützend vor ihr aus. »Geh, Isobel, ich übernehme das hier.«

»Bist du sicher?«

»Geh.«

Isobel verließ rückwärts den Raum und ging mit weichen Knien zum Arztzimmer, wo sie auf einen Stuhl sank. Sie nahm ihre Wasserflasche aus dem Kühlschrank, trank daraus und schloss die Augen. Sie stellte fest, dass die Sonne langsam unterging, und im selben Moment hörte sie Hugos Stimme.

»*Docteur?* Wir müssen fahren. Heute Abend ist es nicht sicher auf den Straßen.« Der Chauffeur klang gestresst, und sein Blick flackerte.

»Ist es schon so spät?« Sie hatte heute nicht einmal etwas gegessen.

Hugo schaute sie auffordernd an. »Kommen Sie.«

Isobel stand auf. Im Augenwinkel erblickte sie einen Schatten. Es war Marius, der sie mit großen angsterfüllten Augen ansah. Wo würde er wohl heute Abend unterkommen?

»*Docteur*«, wiederholte der Chauffeur eindringlich.

Sie zögerte.

Idris betrat den Raum. »Sie sind gegangen. Fahr nach Hause und ruh dich aus«, forderte er sie mit ruhiger Stimme auf.

Isobel sah sich erneut nach Marius um, doch er war plötzlich wieder verschwunden, als wäre er nie da gewesen, sodass sie schweren Herzens in den Wagen stieg.

Als sie zurück ins Haus kam, nahm sie ihr Handy zur Hand und setzte sich in die Ecke, in der sie am gestrigen Tag Wi-Fi-Empfang gehabt hatte. Wie durch ein Wunder hatte sie auch heute wieder Empfang, irgendein Satellit musste gerade vorbeigerauscht sein. Sie rief Leila an.

»Hast du irgendetwas gehört?«

»Nein. Was ist denn los?«

»Ich weiß es nicht genau. Aber die Lage scheint instabil zu sein. Könntest du beim Außenministerium und beim Sicherheitsunternehmen nachfragen?«

Leila versprach, sich wieder zu melden, und Isobel legte auf. Sie war völlig am Ende. Wenn man mit Ärzte ohne Grenzen unterwegs war, war man von einem kompletten Sicherheitsstab umgeben, doch Medpax war eine kleine Organisation, und so musste sie sich auf ihre eigene Erfahrung und das, was Leila von Schweden aus tun konnte, verlassen. Ihr war mulmig zumute.

Die Köchin kam zu ihr herein und stellte eine Schale mit Eintopf vor ihr ab. »*Merci*«, sagte Isobel.

Sie klappte ihren Laptop auf. Öffnete die Skype-App.

Alexander musste davorgesessen und darauf gewartet haben, dass sie auftauchte, denn er rief sofort an.

»Und wie läuft's so im Tschad?«, fragte er mit einem breiten Grinsen.

Isobel blinzelte heftig und spürte, wie ihr die Tränen in die Augen schossen. Sie hatte vorgehabt, alle negativen Gefühle zu verdrängen und ihnen nicht nachzugeben, bevor sie sich schlafen legen würde und in Ruhe weinen könnte. Doch es kam einfach über sie. Es war eine physische Reaktion, die sie nicht steuern konnte, sodass sie von einer Sekunde auf die nächste die Fassung verlor. Sie brachte kein Wort hervor. Die Tränen rannen ihr unkontrolliert übers Gesicht.

»Isobel«, flüsterte er von der anderen Seite des Atlantiks. »War es so heftig heute?«

Sie wischte sich die Augen, aber die Tränen rannen einfach weiter, es gelang ihr nicht, sie zu unterdrücken.

Er sagte nichts und ließ sie weinen. Während sie um all die Leben trauerte, die sie nicht hatte retten können, und um den Jungen weinte, der gestorben war, sowie die Patienten, die sie gezwungenermaßen vernachlässigen musste. Um Marius. Ihre Angst hinausweinte, die sie verspürt hatte, als das Messer auf sie gerichtet gewesen war.

»Das Leben ist so ungerecht«, schluchzte sie.

»Ja.«

Sie trocknete ihre Tränen und versuchte, sich wieder zu sammeln.

»Tut mir leid«, schniefte sie.

Er streckte seine Hand aus. Es sah aus, als würde er damit über den Bildschirm streichen und versuchen, sie zu berühren. Sie legte ihre Hand in die Nähe von seiner.

»Danke«, sagte sie. »Danke, dass du angerufen hast.«

»Willst du darüber reden?«

Sie schüttelte den Kopf. »Nicht heute. Es ist noch zu frisch.«

»Wenn du wüsstest, was für eine Heldin du in meinen Augen bist.«

»Nein, nicht dieses Wort. Ich hasse es.« Sie war keine Heldin, nur eine unzulängliche Ärztin.

»Okay«, sagte Alexander.

»Ich bin so müde.«

»Dann leg dich schlafen. Ich rufe morgen wieder an.«

Sie schniefte erneut. »Danke.«

Isobel hatte Schwierigkeiten einzuschlafen. Sie lag wach, horchte durchs Moskitonetz hindurch und bildete sich ein, Flüstern und Trommelschläge zu vernehmen.

Als sie am nächsten Morgen die Treppe hinunterkam, herrschte eine eigentümliche Stille. Von der Köchin sah sie keine Spur. Weder Skype noch ihr Handy funktionierten, sodass sie sich hinsetzte und stattdessen versuchte, eine Mail an Leila abzuschicken.

Wie zum Teufel war man früher nur ohne Internet zurechtgekommen?, dachte sie, während sie auf eine Antwort wartete. Sie kam fast umgehend.

Die Sicherheitsstufe wurde erhöht. Die Lage wird als unsicher eingestuft. Du solltest darüber nachdenken, heimzufliegen.

Isobel las die kurzen Zeilen. Wann war die Lage im Tschad je sicher gewesen? Sie wollte nicht heimfliegen. Möglicherweise war morgen schon wieder alles vorbei.

Ich werde bleiben.

Sie drückte auf Senden, klappte den Laptop zu und ging hinaus, um nachzusehen, ob Hugo gekommen war. Als er angefahren kam, war sein Gesichtsausdruck verbissen, und als sie sich auf den Beifahrersitz setzte, sah sie, dass ihm der Schweiß auf der Stirn stand. Er wirkte nervös.

»Danke, dass Sie gekommen sind«, sagte sie.

»Draußen ist es gefährlich.«

Sie waren die Strecke jetzt schon über eine Woche lang jeden Tag gefahren und noch nie aufgehalten worden.

Doch heute war die Straße blockiert. Ein Karren hinderte sie daran, weiterzufahren. Zwei mit Maschinengewehren bewaffnete Männer standen in Habachtstellung daneben.

Hugo fluchte leise und bremste.

Isobel inspizierte die Straßensperre.

Gefährlich, verdammt gefährlich.

Sie traute sich nicht, Hugo ins Gesicht zu schauen, während die beiden bewaffneten Männer, die kaum älter als Teenager waren, näher kamen. Der eine stellte sich vor den Wagen, während der andere auf die Fahrerseite zukam. Er steckte seinen Kopf durch die heruntergelassene Seitenscheibe und schaute hinein.

Isobel schlug den Blick nieder, machte sich so unsichtbar wie möglich und ließ Hugo reden.

»Wohin wollen Sie?«

»Krankenhaus.«

»Wer ist sie?«

»Ärztin.«

Isobel hielt die Luft an. Zählte im Kopf die Sekunden.

»Sie können fahren«, sagte er schließlich und bedeutete seinem Kompagnon, den Karren wegzuziehen. Der Jeep fuhr langsam an, doch Isobel bekam kaum Luft.

Aber sie fuhren vorbei, ohne dass etwas passierte, und als Hugo das Gaspedal durchtrat, presste sie sich gegen ihre Rückenlehne und atmete erleichtert auf.

Als sie zu Hugo hinüberschaute, sah sie, dass die Knöchel seiner Finger, die das Steuer umklammerten, ganz weiß waren.

»*Bonjour le docteur.*«

Es war eine der Narkoseschwestern, die herauskam und Isobel begrüßte, nachdem der Wagen angehalten hatte und sie ausgestiegen war.

Hugo gab Gas und fuhr so schnell von dannen, dass sie ihm nicht einmal *Adieu* sagen konnte.

»Wir haben nicht geglaubt, dass sie heute kommen würden. Haben Sie gehört, dass im Nachbarort Kämpfe ausgebrochen sind? Wir haben bereits Verletzte hereinbekommen.«

»Hierher?«

»Es ist ihnen egal, dass wir ein Kinderkrankenhaus sind. Aber Doktor Idris wird sich freuen, dass Sie da sind.«

Kämpfe.

Isobel wusste, was das bedeutete, hatte die Folgen schon allzu oft gesehen. Vergewaltigte Frauen. Verwundete Männer. Verletzte Kinder. Auch wenn es sich um ein Kinderkrankenhaus handelte, so konnte man akut Verletzte nicht einfach abweisen und nach N'Djamena ins Krankenhaus weiterschicken.

»Wir müssen sie in die Flure legen«, sagte Isobel. »Haben wir genügend Decken?«

Seite an Seite mit dem noch verbliebenen Personal verband sie verletzte Körperteile, schiente Knochen und nähte Wunden. Sie hatte keine Zeit, an etwas anderes als den jeweils nächsten Patienten zu denken, kam gar nicht dazu, Angst zu empfinden.

Als die Sonne langsam unterging und Hugo mit seinem Jeep nicht auftauchte, fiel ihr die Entscheidung leicht, über Nacht im Krankenhaus zu bleiben. Isobel wechselte sich mit dem übrigen Personal ab, sodass jeder von ihnen ab und an eine Stunde Schlaf bekam. Zum Morgengrauen hin nahm der Zustrom Verwundeter ab, doch da war das Krankenhaus bereits so überfüllt, dass man kaum noch zwischen den vielen Patienten hindurchgelangte. Der üble Geruch und die Schreie hingen wie angsterfüllte Dunstschwaden über dem Krankenhaus.

»Wir müssen all diejenigen entlassen, die ohne Hilfe gehen können«, sagte Isobel und zwang sich, ruhig zu sprechen und ihrer eigenen Angst und Unruhe nicht nachzugeben. Idris nickte. Er war aschfahl im Gesicht. Er nieste.

»Wirst du etwa krank?«, fragte sie. Er sah wirklich schlecht aus.

Doch sie sah wahrscheinlich nicht viel besser aus.

»Ich werde schon einmal die Ersten entlassen. Vielleicht darf man darauf hoffen, dass das Schlimmste vorbei ist.«

»Hoffen kostet nichts.«

»*Docteur* Isobel?«

Sie drehte sich zu der Stimme um, die einer Frau aus dem einheimischen Personalstab gehörte. »*Oui*?«

»Ein Anruf für Sie im Arztzimmer.«

Isobel ging ins Arztzimmer.

Sie wusste bereits, was sie zu hören bekäme, noch bevor sie sich hingesetzt hatte. Sie nahm das Satellitentelefon zur Hand.

»Hej Leila, wie geht's?«

»Du wirst heute Abend nach Hause fliegen. Ich habe in einer der Maschinen vom Roten Kreuz noch einen Platz ergattert.«

Verdammt, ich will aber nicht.

»Das ist ein Befehl«, sagte Leila, als hätte sie Isobels Gedanken gelesen. »Das ist in keiner Weise verhandelbar. Du wirst nach Hause fliegen. Und denk nicht einmal daran, mir zu widersprechen.«

Idris war ins Arztzimmer gekommen und schaute sie fragend an. Kein Wunder, denn Leila schrie förmlich ins Telefon, sodass es in Isobels Ohren dröhnte. Isobel legte die Hand auf den Hörer.

»Sie will mich nach Hause schicken.«

»Ich habe es geahnt. Aber sie hat recht. Du bist schließlich eine Weiße, eine Europäerin. Und noch dazu eine Frau. Das ist zu gefährlich. Flieg heim. Wir kommen schon zurecht.«

»Aber all die Patienten?«

Gib mir nur ein klitzekleines Zeichen, dann bleibe ich.

»*Non*, Isobel«, sagte er bestimmt. »Es wird Zeit.«

Er stand auf und streckte ihr die Hand entgegen. Sie stand ebenfalls auf und umschloss sie. Schüttelte sie lange.

»*Au revoir.*«

Wir werden uns wiedersehen.

Möge er recht behalten.

Heute wartete Hugo wieder vor dem Krankenhaus, als wäre nichts geschehen. Sie traute sich nicht zu fragen, warum er gestern nicht gekommen war. Fragte auch nicht, woher er erfahren hatte, dass sie heute fliegen würde. Sie setzte sich stumm ins Auto und ließ sich zurückfahren. Das Gefühl der Niederlage hinterließ einen herben Beigeschmack in ihrem Mund.

Diesmal war keine Straßensperre errichtet worden.

Die Straße war leer, als hätten dort nie irgendwelche Jungspunde mit leeren Blicken und mit Maschinengewehren bewaffnet gestanden, und sie erreichten Massakory ohne Zwischenfälle.

Isobel betrat das Haus, nahm ihren Koffer an sich, hinterließ der Köchin so viel Geld, wie sie übrig hatte, falls diese zurückkehren würde, und blieb dann kurz stehen. Sie musste an Marius denken. Wenn die Dinge anders lägen … Doch es spielte keine Rolle, wie ungerecht das Leben war und wie weh es tat, denn im Moment konnte sie nichts weiter für ihn tun. Er war eines der vielen Kinder, die sie sich selbst überlassen musste. Sie ließ auch die Schokoladentafeln da, ging hinaus und stieg wieder in den Jeep. Zehn Minuten später waren Hugo und sie auf dem Weg nach N'Djamena zum Flughafen.

Alexander konnte nicht schlafen. Isobel hatte gestern auf Skype nicht geantwortet. Leila hatte von gewissen Unruhen gesprochen. Es war, als würde sich ihm vor lauter Angst um sie der Magen umdrehen. Er hatte sich hingesetzt und versucht, Ärzte in der betroffenen Region sowie Kämpfe zu googeln, musste jedoch schließlich aufgeben.

Jetzt starrte er nur aus dem Fenster.

Wartete.

Sein Handy klingelte. Es war Leila.

Er riss es an sich und presste es ans Ohr.

»Ja?«

»Ich habe sie nach Hause beordert. Die Rebellen haben versucht, das Nachbardorf einzunehmen.«

»Und wo ist sie jetzt?«

Sein Mund war so trocken, dass er Schwierigkeiten hatte zu sprechen.

»Warten Sie kurz«, sagte Leila und verschwand.

Er wartete. Konzentrierte sich darauf zu atmen. Nicht auszurasten. Er presste erneut das Handy ans Ohr, als wollte er Leila zwingen, sich zu beeilen und ihm endlich zu sagen, was los war.

Die Rebellen haben versucht, das Nachbardorf einzunehmen.

Was zum Teufel bedeutete das? Herrschte dort etwa Krieg? Das Ganze fühlte sich verdammt surreal an.

»Hallo?«, sagte Leila und war wieder zurück.

»Was ist los?«

»Isobel ist auf dem Weg nach Hause. Ich habe gerade die Bestätigung erhalten. Sie konnte mit dem Roten Kreuz von N'Djamena aus fliegen, von dort ging eine Maschine nach Paris, die sie in letzter Sekunde erreicht hat. Die Lage war ziemlich chaotisch, aber offenbar hat sie sich mittlerweile wieder beruhigt. Ich habe gerade mit Idris gesprochen. Das Krankenhaus ist abgesichert. Es hat sich wohl um eine Machtdemonstration zwischen zwei Clans gehandelt. Aber jetzt ist es vorbei.«

»Aber Isobel kommt nach Hause?«

»Ja. Definitiv. Sie übernachtet in Paris und landet übermorgen in Arlanda.«

Alexander legte auf.

Dann begann er zu packen.

37

»Sie wollte demonstrieren, wie gut sie ihre Spritzenphobie überwunden hatte, doch sobald die Dozentin die Nadel zur Hand nahm, fiel sie in Ohnmacht«, sagte Gina und lachte.

»Spritzen sind aber auch wirklich unangenehm«, entgegnete Peter, lachte jedoch ebenfalls.

Er schaltete den Wasserkocher ein, nahm zwei hohe Gläser aus dem Schrank und hängte Teebeutel hinein. Roobois Chai für Gina und gewöhnlicher Schwarztee für sich selbst. Dann goss er kochendes Wasser darauf, ließ in Ginas Glas etwas Platz für Milch und gab drei Zuckerstücke hinein.

»Sie werden noch Löcher in den Zähnen bekommen«, sagte er, während er das letzte hineingleiten ließ und beobachtete, wie es sich auflöste.

»Nein, keinesfalls. Ich habe starke Zähne und liebe Zahnseide. Können Sie mir eine Schale für diese hier geben?«

Sie hielt die Dose mit den Teigtaschen ihres Vaters hoch.

Der Gedanke an somalische Teigtaschen ließ Peter das Wasser im Mund zusammenlaufen.

Er reichte ihr eine flache Schale, deckte den Tisch mit Tellern und Servietten und stellte Wassergläser daneben.

Gina holte Löffel und Milch und richtete die Teigtaschen an.

»Es sieht richtig festlich aus«, sagte sie, während sie die rosafarbenen Rosen, die er ihr geschenkt hatte, mit ihrem Blick streifte und leicht errötete.

»Wir haben schließlich auch etwas zu feiern«, entgegnete er locker und beschwingt, um sie nicht in Verlegenheit zu bringen. Er reichte ihr das Teeglas. »Skål auf eine exzellente Klausur.«

Sie nippte an ihrem Chai und stellte dann das Glas neben ihrem Teller ab.

Peter legte die Sandwiches, die er gekauft hatte, auf ein Brett und halbierte sie. Das eine mit Brie, denn Gina mochte keinen schwedischen Käse, und das andere mit Krabbensalat, was ihrer Meinung nach zwar ziemlich nach Fisch schmeckte, das sie aber jedes Mal mit großem Appetit aß.

Er beobachtete sie heimlich. Er liebte es, ihre raschen, fast hektischen Bewegungen zu verfolgen, wenn sie Besteck aus der Schublade nahm oder Schranktüren zuklappte, und wartete nur darauf, dass sie jeden Moment in Gelächter ausbrechen würde.

Sie lachte mittlerweile öfter.

Er allerdings auch.

Sie setzten sich an den Tisch. Er musste sich beherrschen, um nicht auf ihre Seite zu eilen und ihr den Stuhl herauszuziehen, setzte sich dann ihr gegenüber und umschloss mit den Händen sein Teeglas. Teetrinken war zwar nicht unbedingt seine Leidenschaft, aber Gina trank gerne Tee, und irgendwann in den vergangenen Wochen hatte Peter beschlossen, sein Blickfeld ein wenig zu erweitern und neue Dinge auszuprobieren. Sodass er nun bitteren heißen Tee trank.

Gina gab noch mehr Zucker in ihr Glas und rührte ihn rasch mit dem Löffel um, bevor sie nach einem Sandwich mit Krabbensalat griff. Sie aß es, indem sie den Salat mit dem Löffel vom Brot kratzte, dann das Brot in kleine Teile brach, diese stückchenweise wieder belegte und sie sich dann in den Mund schob. Das Gemüse aß sie dazu. Gurkenscheiben, Dillzweige und Tomatenstückchen.

Peter lächelte.

»Was ist?«, fragte sie und betupfte sich die Mundwinkel mit der Serviette.

»Nichts«, antwortete er und biss in eine Teigtasche. Jede Menge Brösel segelten hinunter auf die Tischplatte. Er hätte nie gedacht, dass ihn das Glück in Form von mürben goldenen Teigkrümeln ereilen würde.

»Aha, und was geht hier ab?«

Peter hob seinen Blick in Richtung der Tür.

Es war fast zwanzig Uhr dreißig, und er hatte angenommen, dass sich außer Gina und ihm eigentlich niemand mehr im Büro befände.

Der Mann, der in der Tür stand, hieß Dag »Dagge« Billing und war einer der Kollegen, die Peter am wenigsten mochte. Peter wischte sich den Mund ab. Er sah, wie Gina den Blick niederschlug, ihr Besteck ablegte und dann reglos dasaß, als hätte man sie bei etwas Verbotenem erwischt.

Dagge stand mit verschränkten Armen da. Sein Blick heftete sich auf Gina, bevor er Peter vielsagend angrinste.

»Hier geht nichts ab. Wir trinken Tee«, entgegnete Peter und ärgerte sich über sich selbst. Seit wann musste er sich eigentlich für das rechtfertigen, was er tat?

»Teetrinken? So nennt man das also heutzutage.«

»Was willst du hier?«

»Ich habe mein Handy vergessen. Aber jetzt habe ich plötzlich Lust auf Schokolade bekommen. Dunkle Schokolade, wenn du verstehst, was ich meine.«

Peter erhob sich mit einem Ruck. »Der Spruch war ja wohl ziemlich daneben.«

»Benehme *ich* mich daneben? Ich sitze ja schließlich nicht hier und schmachte die Putzfrauen an.«

Sein Blick schweifte eingehend über Ginas Körper, bis er schließlich an ihrem Busen hängenblieb.

»Obwohl ich es natürlich verstehen kann. Negerpüppchen haben schon was.«

Gina stand abrupt auf.

»Gina, warten Sie«, rief Peter.

»Ich muss jetzt gehen«, entgegnete sie.

»Nein, wenn einer gehen muss, dann er.«

Doch Gina neigte den Kopf und war im Begriff, die Küche zu verlassen. Dagge streckte seine Hand aus und hinderte sie daran, indem er ihren Oberarm umschloss.

»Sie könnten doch meinen Schreibtisch putzen, und dann komme ich und sehe nach, ob er auch sauber ist, okay?«

»Lass sie los«, fauchte Peter, während sich Gina losriss.

»Immer mit der Ruhe«, beschwichtigte Dagge ihn. »Darf man in diesem Land nicht einmal mehr Witze machen? Verzeihen Sie mir, meine kleine Putzfrau, habe ich Sie jetzt gekränkt? Heute fühlen sich doch alle immer gleich gekränkt, oder?«

»Halt die Klappe«, schnaubte Peter. Er suchte Blickkontakt zu Gina, doch sie rieb sich nur den Arm und wich beiden Männern mit ihrem Blick aus.

Dagge warf ihm einen verächtlichen Blick zu. Peter wusste, dass viele Kollegen im Büro ihn verachteten und gut und gerne auf ihn verzichtet hätten.

Dagge schüttelte den Kopf.

»Du Wichser kannst mir gar nichts befehlen«, rief er.

»Peter, lassen Sie es gut sein«, sagte Gina.

Doch für ihn war es noch lange nicht gut. Wie oft musste sie sich so etwas wie hier wohl gefallen lassen? Jede Woche? Jeden Tag?

»Du machst sie nicht noch einmal blöd an. Verstanden? Außerdem ist es mir egal, was du von mir hältst. Aber wenn du sie auch nur einmal noch so angaffst, werde ich …«

»Was denn, du verdammter Loser, was wirst du dann tun?«

Dagge hatte einen Schritt auf ihn zu gemacht und war ihm in jeglicher Hinsicht zu nahe getreten. Normalerweise wich Peter in Situationen wie dieser zurück und gab sich geschlagen. Aber anstatt nachzugeben, machte er jetzt selbst einen weiteren Schritt vor und registrierte die Unsicherheit im flackernden Blick seines Gegenübers.

»Mach dich vom Acker. Ohne Kaffee und ohne dein verdammtes Handy. Halt einfach den Mund und verschwinde.«

Dagge blieb stehen. Peter machte noch einen Schritt vor und stand nun fast Stirn an Stirn mit Dagge. Er war fest entschlossen, nicht mehr zurückzuweichen, auch wenn das bedeutete, dass sie ihn heraustragen mussten. Dagge hatte offenbar die Entschlossenheit in Peters Blick wahrgenommen, denn er blinzelte, zögerte kurz und zog sich dann zurück. Er schlug den Blick nieder.

Dann ging er.

Die Tür knallte hinter ihm zu.

Gina blieb stehen. Sie biss sich auf die Lippe. Doch sie wirkte nicht mehr so verängstigt, und das war alles, was zählte.

Peter blieb mitten im Raum stehen. Er war völlig außer Atem und begriff immer noch nicht ganz, was gerade eben geschehen war. Er hatte noch nie in seinem Leben einen Mann-gegen-Mann-Kampf gewonnen, hatte sich nie getraut, allein gegen eine andere Person aufzubegehren. Hatte sich nur in der Gruppe stark gefühlt und sich mit Schwächeren geprügelt. Das war schon immer seine größte Scham gewesen, eine Eigenschaft, die er an sich kannte, aber nie glaubte, jemals ändern zu können. Er hatte immer zu hören bekommen, wie feige er war. Und er war tatsächlich immer feige gewesen. Ängstlich. Unterwürfig.

Aber jetzt.

Er setzte sich wieder. Spürte, dass er zitterte. Diesmal allerdings nicht vor Angst.

Gina setzte sich ihm gegenüber. Sie nahm ihre Serviette zur Hand und platzierte sie wieder auf ihrem Schoß.

Peter holte tief Luft. Während des Wortgefechts mit Dagge hatte er sich eiskalt gefühlt, doch jetzt machten sich seine Empfindungen bemerkbar. Er legte seine Hände auf den Tisch.

Gina schaute ihn an. Mit langen Wimpern und schwarzen Augen.

»Danke«, sagte sie.

»Tut mir leid, dass ich ihn nicht früher gestoppt habe.«

Sie zuckte mit einer Achsel.

»Dag ist ein Idiot. Er hat mich schon öfter blöd angemacht.«

»Versprechen Sie mir, dass Sie es mir sagen, wenn es wieder vorkommen sollte.«

Sie brach ein Stück von ihrem Brot ab, schnitt ein Stück Brie ab, legte den Käse darauf und schob es sich in den Mund. Sie kaute und schaute ihn mit festem Blick an.

»Versprochen«, sagte sie.

38

Nach einer Nacht in einem billigen Hotel in Paris, wo sie geschlafen hatte wie eine Tote, fuhr Isobel zum Flughafen Charles de Gaulle. Sie checkte ein und ging an Bord der Maschine, ließ sich auf ihren Fensterplatz sinken und sah hinaus, während das Flugzeug auf die Startbahn rollte. Als sie in der Luft waren, schloss sie die Augen und versuchte, an nichts zu denken. Sie freute sich trotz allem, nach Hause zurückzukehren. Nachdem sie heute Morgen im Hotel ausgecheckt hatte, hatte Leila die Bestätigung erhalten, dass sich die Lage im Kinderkrankenhaus mittlerweile wieder beruhigt hatte. Die Kämpfe waren genauso schnell beendet gewesen, wie sie ausgebrochen waren, und alles war wieder wie sonst auch. Die Patienten befanden sich außer Gefahr, und das übrige einheimische Personal war wieder zurückgekehrt.

Isobel hatte kurz überlegt, Leila zu bitten, zurückfliegen zu dürfen, denn so überstürzt abzureisen, hatte ihr überhaupt nicht gefallen. Doch sie hatte kaum den Mund geöffnet, als Leila schon entgegnet hatte: »Untersteh dich. Du fliegst nach Hause.«

Das Flugzeug landete um Punkt sechzehn Uhr dreißig, und sie hatte in weniger als zwanzig Minuten ihren Rucksack erhalten und die Passkontrolle sowie die Türen zur Ankunftshalle passiert. Die Halle war voll mit Wartenden: Verwandte, Familien und vereinzelte Chauffeure, die nach Passagieren aus Paris, London, New York und Pakistan Ausschau hielten. Isobel blieb hinter einer Familie mit massenweise Koffern und Kisten stecken, zwängte sich schließlich an ihr vorbei und überlegte, ob sie den Arlanda-Express nehmen oder sowohl auf die Umwelt als auch auf ihre Finanzen pfeifen und sich ein Taxi rufen sollte, als sie plötzlich eine ihr wohlbekannte Stimme hörte: »Isobel!«

Sie schaute sich suchend um. Konnte es wirklich wahr sein? Doch dann erblickte sie ihn, als hätte man in der mit Neonröhren ausgestatteten unpersönlichen Ankunftshalle einen Scheinwerfer auf ihn gerichtet. Groß und blond, die Sonnenbrille ins Haar hochgeschoben und mit einer dünnen Lederjacke bekleidet. Sie spürte, wie sich ihre Mundwinkel zu einem Lächeln hochzogen, das nicht enden wollte.

Er drängte sich zu ihr hindurch, und dann fand sie sich in seinen Armen wieder und wollte ihn nicht wieder loslassen. Sie bohrte ihre Nase in seinen Pulli, sog den Duft nach Sonne, Leder und Waschmittel tief ein.

»Was machst du denn hier?« Sie war noch nie in ihrem Leben vom Flughafen abgeholt worden.

»Was ist das denn für eine Frage?«, entgegnete er und strich ihr das Haar aus dem Gesicht.

Küss mich.

»Isobel«, murmelte er, und sie legte einen Arm um seinen Nacken, zog ihn zu sich herunter, und dann küssten sie sich wild und gierig. Er presste sie so fest an sich, dass sie kaum noch Luft bekam.

Sie legte eine Hand auf seinen Brustkorb und spürte seine Körperwärme durch den Stoff hindurch. Dann strich sie mit dem Daumen über die Stelle, wo sein Goldring saß und schaute ihm tief in die Augen. *Ich will dich.*

Er blinzelte, als hätte er ihre Worte gehört. »Ich bin mit einem Mietwagen da«, sagte er heiser, und seine Augen strahlten geradezu wie elektrisiert. Er nahm ihren Rucksack und legte einen Arm um sie.

»Komm jetzt, bevor wir noch für einen Skandal in Arlanda sorgen.«

»Kommst du mit zu mir?«

»Ja, natürlich.«

Sie führte ihn in ihre Wohnung. Es roch abgestanden, aber sie hatte zumindest geputzt, bevor sie geflogen war.

»Ich …«, begann sie, aber er unterbrach sie, indem er ihr Gesicht zwischen seine Hände nahm und sie küsste, bis sie sich an ihm festklammerte.

»Ich muss erst duschen«, sagte sie und nickte in Richtung ihres Wohnzimmers. »Wartest du?«

»Kann ich irgendetwas tun? Hast du Hunger?«

Sie schüttelte den Kopf. Sie wollte ausschließlich Sex. Es musste mit all dem zusammenhängen, was sie erlebt hatte, dachte sie, während sie den Staub von der Reise und ihre Müdigkeit vom heißen Wasser wegspülen ließ. Sie trocknete sich ab und putzte sich mit raschen Bewegungen die Zähne. Sie wünschte, sie hätte einen sexy Seidenkimono besessen, den sie sich hätte überwerfen können. Sie zögerte, zog sich dann Unterhose, Hemdchen sowie eine dünne Strickjacke über und tapste schließlich barfuß hinaus, den Dampf aus dem Bad hinter sich herziehend.

Alexander hörte sie kommen und stand auf, um ihr entgegenzugehen. Sie trug eine weiße Strickjacke, die so dünn war, dass man durch den Stoff hindurch ihre Haut sehen konnte, darunter ein hellrosafarbenes Hemdchen sowie einen weißen Slip. Er erahnte die roten Locken ihres Schamhaars durch den Stoff hindurch sowie helle Brustwarzen unter dem Hemd. Ihre Haare, die an den Spitzen noch feucht waren, hingen offen herunter. Sie hatte abgenommen, seit sie sich zuletzt gesehen hatten. Er würde sie wieder aufpäppeln, beschloss er und ging auf sie zu. Er nahm ihr Gesicht in beide Hände und küsste sie mit all seinem Geschick, seiner Zärtlichkeit und Lust sowie seiner ganzen Sehnsucht und Erleichterung. Aus dem Kuss wurden kleine Bisse und dann wieder ein Kuss. Sie küsste einfach wunderbar. Ihre Zunge suchte nach seiner, strich um sie herum und sog daran. Es war ein Kuss, der Alexanders Blut in Wallung brachte. Er küsste ihren Hals und stöhnte gegen ihre Haut. Die frisch gewaschen, rein und mittlerweile mit salzigen Schweißperlen bedeckt war. Bald klammerte sich Isobel wieder an ihn. Er legte eine Hand auf ihre Brust, und einer von ihnen stöhnte, vielleicht kam es auch von beiden. Er hatte vor, diese Brüste heute Nacht zu verwöhnen. Er küsste die eine durch den Stoff des Hemdchens hindurch.

»Komm«, sagte sie und nahm seine Hand. »Wir gehen ins Schlafzimmer.«

Isobels Schlafzimmer war genau wie sie selbst. Rein, wohlduftend und von allem unnötigen Schnickschnack befreit. Helle Bettwäsche auf einem ordentlich gemachten Bett. Keine Pflanzen, aber dafür Steine und kleine Andenken aus unterschiedlichen Erdteilen auf dem Fensterbrett.

Isobel schloss die Tür, obwohl sie allein waren, legte dann ihre Hände auf seine Brust, breitete ihre Finger aus und strich mit dem Zeigefinger über den Ring.

»Ich möchte ihn gern noch mal sehen. Wenn du wüsstest, wie sehr ich über ihn fantasiert habe.«

Alexander zog seinen Pulli aus, nahm ihre Hand und legte sie erneut auf seine Brust. Unter der Haut galoppierte sein Herz förmlich. Isobel strich zärtlich darüber.

»Er ist verdammt sexy«, murmelte sie, beugte sich vor, nahm

ihn vorsichtig zwischen ihre Zähne und zog ein wenig daran.

Die Lust schoss geradewegs durch seinen Körper, in die Brustwarze, in seine Lenden und in den Bauch. Er knöpfte seine Hose auf. Isobel schob ihre kühle Hand über seinen Bauch und dann weiter hinunter. Dabei beobachtete sie ihn eindringlich. Dann wölbte sie ihre Hand über ihm und bewegte sie auf seiner empfindsamsten Hautpartie auf und ab.

»Hab ich dir schon gesagt, dass ich es liebe, wie groß du bist?«, fragte sie mit dumpfer heiserer Stimme. Ganz oben glänzte ein Tropfen, und sie strich mit dem Zeigefinger darüber, steckte den Finger dann in ihren Mund und sog daran, ohne ihn aus dem Blick zu lassen.

Großer Gott.

Sie half ihm, die restliche Kleidung auszuziehen. Er streifte ihr die Strickjacke von den Schultern und Armen. Als sie schließlich zu ihren Füßen hinuntersegelte, wölbte er eine Hand über ihrem Slip und presste sie auf ihren weichen Venushügel. Sie schloss die Augen.

»Ich kann nicht länger warten«, stöhnte sie.

Er versetzte ihr einen Schubs nach hinten, sodass sie auf dem Bett landete, und folgte ihr. Er kniete sich zwischen ihre Oberschenkel, strich mit dem Finger über die Innenseiten, schob den Slip zur Seite und führte einen Finger in sie ein, nicht weit, nur um ihre Hitze und Weichheit zu spüren.

Sie atmete heftig, ihre helle Haut glühte, und ihre Augen sahen aus, als brannten sie.

»Alex«, murmelte sie. »Ich muss fragen …«

Er stand auf und holte die Packung, die er gekauft hatte. Er hatte sich noch nie so schnell ein Kondom übergestreift.

»Danke.«

Er fuhr mit seinem Daumen über ihren Slip, und sie erzitterte. Sie war so feucht, dass der Stoff durchsichtig geworden war. Es gefiel ihr, wenn er sie so berührte.

»Es ist fantastisch. Aber ich möchte dich in mir spüren«, sagte sie.

»Also kein Vorspiel mehr«, sagte er. »Willst du, dass ich dich einfach nehme?«

Sie nickte.

»Sag es«, forderte er sie auf, während er weiter mit seinem Daumen über das dünne Höschen fuhr. Sie hatte ihre schönen Beine etwas weiter gespreizt und begann erneut zu zittern. Er strich mit drei Fingern über sie, rieb den Stoff gegen ihre Haut.

»Nimm mich«, stöhnte sie, und ihre Stimme war dunkler, als er sie je zuvor gehört hatte, sie klang fast verzweifelt.

Er beugte sich über sie. Mit der einen Hand ergriff er eines ihrer Handgelenke und streckte es über ihren Kopf. Dann nahm er das andere Handgelenk und legte es daneben, sodass er beide mit einer Hand festhalten konnte. Ihre Augen begannen zu leuchten.

»Ja«, flüsterte sie und schob ihm ihren Busen entgegen.

Er zog ihr Hemd hoch, sodass er ihre Brüste sehen konnte. Er spürte, wie sie sich wand, während er an dem weichen Stoff ihres Slips zog und ihn einfach zur Seite schob. Dann drang er mit einem einzigen heftigen Stoß in sie ein, ohne ihre Handgelenke loszulassen.

»Oh mein Gott«, keuchte sie, während sie ihre Hüften bewegte, um ihn ganz in sich aufzunehmen.

Er machte weiter, stieß fest in sie hinein, während er sie festhielt, und sie schloss die Augen und sah aus wie beim letzten Mal, als würde sie in ihrer eigenen Welt verschwinden. Er verstärkte den Griff um ihre Handgelenke, zog ihre Beine ein wenig hoch und schob sich weiter in sie hinein. Ihre und seine Hüften stießen gegeneinander. Isobels Augenlider waren fest zusammengekniffen, ihr Mund halb geöffnet, und jedes Mal, wenn er in sie stieß, stöhnte sie heftig auf. Dann kam sie mit einem kurzen heftigen Beben, und er folgte ihr wenige Augenblicke später. Er hörte sich selbst schreien.

Er ließ ihre Handgelenke los, keuchte gegen ihren verschwitzten Hals, schloss die Augen und versuchte, sich gegen den abrupten Blutdruckabfall zu wappnen, als ihm schwarz vor Augen wurde. Maximal fünf Minuten hatte es von dem Zeitpunkt an gedauert, als er ihre Handgelenke ergriffen hatte, bis er in einem völlig verrückten Orgasmus gekommen war. Nun befürchtete er, ihr blaue Flecken verpasst zu haben, da er sie so fest gehalten hatte.

»Wow«, rief er, atmete aus und fiel neben ihr aufs Bett. Sie hatten es nicht einmal bis unter die Decke geschafft, sondern lagen noch immer obenauf. Er legte seinen Arm hinter den Kopf.

»Bist du okay?« Er konnte kaum sprechen.

Sie nickte neben ihm und zog leicht an ihren Haaren, die unter seinem Körper feststeckten.

Er drehte den Kopf. »Sicher?«

Sie nickte erneut und zog ihr Hemd hinunter über Brust und Bauch und rückte ihren Slip zurecht, den sie noch immer trug.

»Isobel? Es war ziemlich heftig, ich hatte den Eindruck, dass es dir so gefällt. Aber du musst sagen, wenn ich zu weit gegangen bin.«

Ihn erfasste eine gewisse Unruhe. Hatte er ihr Stöhnen möglicherweise völlig falsch gedeutet?

Es war intensiv gewesen, fast aggressiv, und sie war ungewöhnlich still.

»Es hat mir gefallen. Sehr.«

»Ich hatte Angst, dir wehzutun.«

»Nein.«

Sie legte ihre Wange auf seinen Brustkorb, und er zog sie an sich.

»Es war schön«, sagte sie. Ihre Hand landete auf seiner Brust, und er legte seine eigene darauf. Diese physische Anziehungskraft, so etwas hatte er noch nie erlebt. Es war unglaublich für ihn gewesen, mehr als nur superheißer Sex. Viel intensiver. Zusammen mit ihr.

Er strich über ihre Hand und ihren Arm, konnte gar nicht genug bekommen von der duftenden Frau mit den weichen Kurven in seinen Armen. Er küsste ihre Haare und entspannte sich.

Sie war still.

Irgendetwas lag zwischen ihnen in der Luft. Er strich ihr über die Schultern und fragte sich, ob er es sich vielleicht nur einbildete.

Er sah sich in ihrem kleinen Schlafzimmer um. An den Wänden hingen ein Bild mit einer französischen Landschaft darauf und eins mit einer rothaarigen Frau im Profil.

»Wer ist das?«, fragte er.

»Eine finnische Künstlerin. Sie heißt Helene Schjerfbeck.«

»Deine Großmutter war doch auch Künstlerin, oder?«

»Ja. Sie hat das hier gemacht.« Sie deutete auf eine zierliche kleine weiße Figur. »Das ist das einzige Erinnerungsstück, das ich von ihr habe.«

»Es ist wirklich schön.«

»Ich bin bei ihr aufgewachsen.«

»Tatsächlich? Nicht bei deinen Eltern?«

»Meine Eltern waren zwar miteinander verheiratet, wohnten aber nicht zusammen. Sie hatten jeder ihr eigenes Leben. Also hat meine Großmutter sich um mich gekümmert. Ich habe bei ihr gewohnt, bis sie starb. Da war ich zehn.«

»Und wie war das?«

Sie zuckte mit den Achseln. »Meine Mutter und meine Großmutter kamen nicht gut miteinander aus. Sie waren ziemlich verschieden. Mein Großvater hatte meine Großmutter verlassen. Meine Mutter hat ihn angebetet und meine Großmutter für schwach gehalten. Aber für mich war es eine schöne Zeit. Meine Großmutter war so gut zu mir, und ich habe sie geliebt.«

»Du warst also nicht unglücklich? Es klingt etwas einsam.«

»Unglücklich ist ein relativer Begriff. Ich hatte etwas zu essen und ein Dach über dem Kopf. Aber ich habe immer gespielt, dass ich ein armes unterernährtes Kind bin und meine Mutter nach Hause kommen muss, um sich um mich zu kümmern.«

Sie verstummte, und er zog sie noch dichter zu sich heran, legte ein Bein über ihres und küsste ihre Stirn. Das Thema schien sie traurig zu stimmen.

»Und wie ist es, wieder zu Hause zu sein?«

»Also, der Empfang war fantastisch.« Er sah, dass sie lächelte.

»Ansonsten habe ich eher gemischte Gefühle. Da unten hatte ich ziemliche Angst, aber die hat man immer.« Sie streichelte seine Haut und folgte einer unsichtbaren Linie zuerst mit dem Zeigefinger und dann mit dem Daumen.

»Mein Großvater ist im Tschad gestorben.«

»Tatsächlich?«, fragte er erstaunt. »Woran denn?«

Erst antwortete sie nicht und beschrieb kleine kreisförmige Bewegungen mit der Fingerspitze. Sie hatte die hübschesten Hände, die er je gesehen hatte. Schmal und mit langen Fingern. Kompetent und sinnlich. Er nahm ihre Hand und küsste sachte ihre Fingerspitzen, eine nach der anderen, führte dann ihre Handfläche zum Mund und zur Nase und sog ihren Duft ein.

»Er wurde ermordet«, sagte sie langsam.

Er hielt inne. Das hatte er nicht gewusst. Wie konnte es ihm nur entgangen sein?

»Ist das wahr?«

»Er wurde gekidnappt und ermordet.«

»Mein Gott. Das muss ja schrecklich gewesen sein. Und von wem?«

»Es ist schon lange her. Es passierte, bevor ich geboren wurde. Von einer Gruppe Einheimischer. Meine Mutter hat sich seitdem geweigert, das Land zu betreten.«

Aber sie hatte offenbar kein Problem damit, ihre Tochter hinzuschicken, dachte er. War Isobel sich überhaupt bewusst, was sie da sagte? Wahrscheinlich nicht.

»Meine Mutter konnte seinen Leichnam aber mit nach Hause nehmen. Er liegt in Paris begraben. Darüber bin ich froh.«

Er legte sich auf die Seite und stützte seinen Kopf auf der Hand ab. Sie tat es ihm nach, und er konnte es nicht lassen, mit einem Finger der Rundung ihrer Brust zu folgen. Hier hatte sie weniger Sommersprossen, und die Haut war heller. Sie erschauderte.

»Frierst du?«, fragte er murmelnd und zog sie dichter zu sich heran.

»Du hast vorhin gefragt, ob es mir zu heftig gewesen ist«, sagte sie langsam.

»Ja, es tut mir leid, ich weiß auch nicht, was in mich gefahren ist.« Sie war gerade von einer anstrengenden Reise zurückgekehrt, während der die Erinnerung an die Ermordung ihres Großvaters wieder hochgekommen war, und er hatte sie fast wie ein Tier genommen. Dabei hätte sie Zärtlichkeit und Nähe höchstwahrscheinlich mehr als alles andere nötig gehabt.

»Nein, so meine ich es nicht. Im Gegenteil.«

Ihre großen grauen Augen wirkten in ihrem blassen Gesicht riesig und besaßen die dichtesten Wimpern, die er je gesehen hatte. Sie sah nicht aus wie eine Frau, die gerade zwei Wochen in Afrika gewesen war, sondern eher wie eine Elfenkönigin, die nachts im Mondschein tanzte.

Sie schien Anlauf zu nehmen. »Ich glaube, nein, ich weiß, dass ich mehr als gewöhnlichen Sex brauche, damit es mir wirklich gefällt. Es hat nichts mit dem Partner zu tun, nur mit mir. Als du so … ich weiß nicht, wie ich es sagen soll … als du mich hart genommen hast. Das hat mich ziemlich erregt.«

»Ich bin mir nicht sicher, ob ich wirklich verstehe, was du meinst«, entgegnete er, unsicher, ob er es richtig aufgefasst hatte. Was genau bedeutete »gewöhnlicher Sex« für sie?

Sie holte tief Luft, ihr Blick flackerte, und sie schlug die Augen nieder. Während sie sprach, sah sie ihn nicht an, als fiele es ihr schon schwer genug, sich auszudrücken, ohne dabei auch noch seinem Blick begegnen zu müssen.

»Es ist schwer zu erklären … Es geschieht etwas, wenn ich … Wenn du … Ach, es ist so schwierig.«

Mit einer frustrierten Geste strich sie sich die Haare aus dem Gesicht und setzte sich in den Schneidersitz. Sie streckte sich nach einer Wolldecke und legte sie sich über die Schultern, während Alexander seinen enttäuschten Protest zurückhielt. Er wollte nicht, dass sie mit einer Decke um die Schultern neben ihm saß, wollte sie lieber nackt in seinen Armen halten, alles andere war Zeitverschwendung. Doch es interessierte ihn, was ihr offensichtlich so viel Schwierigkeiten bereitete zu formulieren. Sie faltete ihre Hände und seufzte laut.

»Ich kann es kaum erklären. Aber wenn der Partner der Dominante ist, wenn du mich so festhältst, dann ist es, als ob ich …«

Sie kratzte sich immer wieder am Kopf, bis ihre Haare wie ein zerzauster Heiligenschein in alle Richtungen abstanden.

»Ich glaube, ich kann nicht darüber sprechen. Können wir nicht einfach vergessen, dass ich etwas gesagt habe?«

Wie bitte? Vergessen, dass gewöhnlicher Sex sie nicht erregte? Wohl kaum.

»Wenn ich dich so festhalte …«, begann er ermutigend.

Sie seufzte. »Mir hat es gefallen, dass du mich an den Handgelenken festgehalten hast, okay? Mir hat es verdammt gut gefallen. Es erregt mich allein schon, wenn ich daran denke. Ich schäme mich dafür, aber es ist nun einmal so. Mir war es keineswegs zu brutal.«

»Ich hatte Angst, dir wehzutun.«

»Und ich bin gekommen, als mir klar wurde, dass ich von deinen Fingerabdrücken vielleicht blaue Flecken bekommen würde. So, jetzt ist es raus. Ich weiß. Es ist total gestört. Ich bin gestört.«

»Und du meinst damit, dass du noch mehr möchtest als das, was wir gemacht haben?«

Sie schwieg. Schaute hinunter auf die Decke, fingerte an einem losen Faden herum. »Ja. Mehr.«

Er hatte natürlich schon einige ungewöhnliche Sachen mit Frauen ausprobiert. Rosafarbene Handschellen benutzt und Dirty Talk praktiziert. Aber es klang nicht danach, als meinte Isobel diese Art von Spielchen.

»Erst dann kann ich richtig abschalten«, fuhr sie fort. »Dann hört es endlich auf, in meinem Kopf zu arbeiten. Und ich bin ganz im Hier und Jetzt, präsent. Nicht mit den Gedanken irgendwo in der Vergangenheit oder in der Zukunft. Einfach nur hier. Ich weiß nicht, wie andere Menschen es erleben, wenn sie Sex haben. Man spricht ja nicht unbedingt darüber, schon gar nicht als Frau. Ich weiß nur, dass es für mich so ist. Aber ich rede sonst auch nicht darüber. Habe es nur einmal zuvor getan.«

»Und wann war das?«, fragte er, denn bei allem, was ihm gerade durch den Kopf rauschte, war dies die einzige Frage, die er hervorbrachte. Ehrlich gesagt, war er im Augenblick ziemlich verwirrt.

»Vor zehn, elf Jahren ungefähr. Als ich zwanzig war.«

»Und was ist damals geschehen?«

»Mit zwanzig war ich noch ziemlich unreif, jedenfalls was Männer anging. Ich hab als Teenager weder mit Jungs rumgemacht, noch bin ich richtig aufgeklärt worden. Sexuell war ich total unerfahren. Vielleicht weil ich mich nie in dem wiedererkannte, was andere Mädchen über Jungs und Sex redeten und was ihnen gefiel. Als ich anfing zu studieren, habe ich dann *den* Mann getroffen. Er war älter als ich, und ich konnte noch nicht zwischen bloßen Fantasien und echten Wünschen unterscheiden. Ich war unerfahren und unsicher und obendrein total verliebt. So verliebt, wie man es nur beim ersten Mal ist. Ich wollte einfach alles mit ihm machen. Ich hab ihm erzählt, dass ich dunkle Fantasien habe. Er fand es cool und wollte es sofort ausprobieren. Er meinte, dass alle Männer davon träumten, Frauen zu dominieren, und dass es nur natürlich sei und er mir genau das geben könnte, was ich haben wollte. Ich glaube, ich konnte ihm nicht ganz folgen. Es war nämlich überhaupt nicht so, wie ich es mir vorgestellt hatte. Ich bekam Panik und weinte. Doch er dachte, dass es zum Spiel gehörte, und machte einfach weiter, bis ich völlig hysterisch wurde. Danach hat er mich beschimpft und gemeint, ich hätte überreagiert. Dass es meine eigene Schuld sei. Dass ich mich dumm angestellt hätte.«

Sie zuckte mit den Achseln, als handelte es sich um eine Bagatelle, doch Alexander hörte, wie ihr die Stimme versagte.

»Danach hatte ich große Angst und beschloss, es einfach zu verdrängen. Außerdem hatte ich bislang immer angenommen, dass er recht hatte und es nur an mir lag. Ich meine, welche Frau mag so was schon? Und während des Studiums wurden solche

Dinge nur im Zusammenhang mit krankhaften Abweichungen thematisiert. Ein Psychologe erklärte uns, dass es sich dabei um eine Störung handelte, die mit vorausgegangenen Traumata zusammenhing.«

»Und hast du so ein Trauma?«

Sie schüttelte den Kopf. »Nein. Ich bin mir ziemlich sicher, dass es angeboren ist.«

»Und wer war dieser Mann?«, fragte Alexander. So, wie sie es ihm beschrieben hatte, handelte es sich praktisch gesehen um einen Übergriff. Doch im selben Moment, als er die Frage äußerte, wusste er die Antwort bereits.

»Du bist ihm schon einmal begegnet. Sebastien«, bestätigte sie seine Vermutung. »Wir haben Schluss gemacht, und ich war am Boden zerstört.«

Was für ein verdammtes Arschloch.

»Ich beschloss, dass es der falsche Weg für mich war. Lieber gewöhnlichen Blümchensex, als dies noch einmal erleben zu müssen. Nach Sebastien habe ich nie wieder mit einem Mann darüber gesprochen.«

Stattdessen hast du seitdem ein unbefriedigtes Sexualleben geführt. Und dich halb totgearbeitet, um die ganze Welt zu retten.

»Es hat mir gutgetan, es dir zu erzählen«, sagte sie.

»Danke«, meinte er leise.

Sie schaute ihn an, und er sah in jedem Muskel, in jeder Bewegung ihre Verletzlichkeit. Er setzte sich auf und betrachtete ihr hübsches Gesicht. Sie hatte eine Sommersprosse direkt unter dem einen Auge und die geradeste Nase der Welt. Er küsste sie behutsam und sanft, als wäre sie die erste Frau, die er je geküsst hatte, und auch die letzte, die er je küssen würde, als wollte er sich alle Zeit der Welt dafür nehmen. Es begann wie ein unschuldiger zärtlicher Kuss, doch ihre Antwort darauf war leidenschaftlich, sodass es rasch zu etwas anderem, etwas

Wilderem, Primitiveren wurde. Isobel wand sich unter ihm und drehte ihren Körper, sodass er ihn an tausend Stellen gleichzeitig berührte, und er zog ihr die dünne Unterwäsche aus, knabberte an ihrer Haut und streichelte sie forschend. Je härter er sie anfasste, desto mehr stöhnte sie, und als er sie auf die Matratze presste, leuchteten ihre Augen auf. Er beobachtete genau, wie es geschah. Wie Isobel langsam die Kontrolle aufgab, die so bezeichnend für sie war. Und stattdessen etwas anderes an diese Stelle rückte, eine gefügige Isobel mit sanften Augen und einem sich eifrig bewegenden Körper. Herrgott, war es denn falsch, dass ihn das hier erregte? Es war so verdammt sexy, wie sie sich ihm plötzlich sehnsuchtsvoll hingab. All diese Stärke, die ihre Persönlichkeit ausmachte, war verschwunden und durch bedingungslose Unterwerfung ersetzt.

»Dreh dich auf den Bauch«, befahl er ihr.

Ohne ein Wort tat sie, was er gesagt hatte. Er riss die Verpackung eines Kondoms auf, streifte es sich über und ergriff ihre Hände, führte sie hinter ihren Rücken und hielt sie dort fest, indem er ihre Handgelenke gegen ihr Steißbein presste. Er hörte sie seufzen und keuchen, und dann schob er ihre Beine mit seinen Knien auseinander.

»Ja«, stöhnte sie in die Bettwäsche hinein.

Sie hatte gerade einen Orgasmus gehabt und war noch immer heiß und eng, aber er stieß in sie hinein und nahm sie so hart, dass er es als rücksichtslos empfunden hätte, wäre nicht ihr lustvolles Stöhnen zu hören gewesen. Er zog an ihren Handgelenken und machte weiter, war kurz davor, die Kontrolle zu verlieren, schob sich immer tiefer in sie hinein, zwang ihren Körper, ihn in sich aufzunehmen.

Er schob seine Hand unter sie und spreizte sie mit den Fingern, sodass er noch ein Stück weiter eindringen konnte.

»Oh mein Gott«, stöhnte sie.

»Berühr dich«, befahl er ihr, während er eine ihrer Hände losließ. Als sie nicht richtig herankam, zog er sie auf die Knie hoch.

»Berühr dich, Isobel«, wiederholte er.

Sie führte ihre Finger zwischen die Beine und begann sich selbst zu stimulieren. Alexander legte seine freie Hand um ihren Nacken und hielt sie dort fest, während er mit der anderen noch immer eisern ihr Handgelenk umschloss. Er spürte, wie erst ihre Oberschenkel, dann ihr ganzer Körper zu zittern und sie sich schließlich um ihn herum zusammenzuziehen begann. Und dann kam sie, mit unvorstellbarer Intensität.

»Isobel«, war alles, was er hervorbrachte, während ihr Körper unter seinem unkontrolliert zitterte und ihr Inneres erbebte. Er führte beide Hände an ihre Hüften, presste sich an sie und nahm sie so hart, dass es beinahe brutal war. Dann explodierte er. Und er kam und kam, bis Isobel unter ihm zusammensackte und er schließlich auf sie fiel.

Du liebe Güte.

Mit letzter Kraft rollte sich Alexander von ihr herunter und legte sich neben sie, wobei er feststellte, dass die Bettwäsche aussah wie nach einem Kampf.

Sie lagen völlig verschwitzt und keuchend Seite an Seite. Er legte einen Arm über sein Gesicht, benötigte eine kurze Auszeit, um sich wieder zu fangen.

»Alles gut?«

Er zuckte zusammen, wandte sich ihr zu und öffnete die Augen. Sie sah so entspannt aus, wie man nur nach einem heftigen Orgasmus aussehen konnte. Ihre Gesichtszüge hatten sich geglättet, und jegliche Anspannung war aus ihrer Miene gewichen. Sie blinzelte langsam und lächelte ihn zögernd an.

»Alles gut. Und bei dir?«

»Sehr gut. Du hast so ernst ausgesehen.«

»Nein, ganz und gar nicht. Bleib liegen, dann hole ich uns etwas zu trinken«, sagte er und war sich der Tatsache bewusst, dass er das eigentümliche Gefühl, das ihn beschlichen hatte, mit Fürsorge kaschierte.

Alexander stand auf und ging hinaus in ihre Küche, wo er den Kühlschrank öffnete, der natürlich leer war. Er goss Wasser in ein Glas und blieb kurz vor der Spüle stehen. Dann ging er zurück zu ihr und reichte ihr das Glas.

»Ich geh kurz runter in den Laden«, sagte er.

Sie trank ihr Wasser und sah ihn an, ohne etwas zu entgegnen.

Er wich ihrem Blick aus, zog sich an und ging hinunter zum 7-Eleven im Erdgeschoss des Hauses. Dort kaufte er Kaffee, Butter und Käse. Griff sich eine Tafel Schokolade und eine Flasche Saft, nahm ein paar Brötchen und eine Rolle Kekse und wartete, bis die Kassiererin alles eingepackt hatte und ihm dann die Tüte reichte.

Als er die Lebensmittel in der Küche ausgepackt und verstaut hatte, kehrte er schließlich wieder ins Schlafzimmer zurück. Isobel sah völlig erschöpft aus. Sie war zehn Tage lang in einem Auslandsauftrag unterwegs gewesen, wo sie evakuiert worden war, hatte danach leidenschaftlichen Sex mit ihm gehabt und ihm schließlich ihr dunkelstes Geheimnis anvertraut. Es lag auf der Hand, dass sie völlig am Ende war.

Sie war unter die Bettdecke geschlüpft und lag auf der Seite, das Kinn auf die Hand gestützt, die Haare standen als wilde Mähne von ihrem Gesicht ab.

»Sicher, dass alles okay ist?«, fragte sie leise.

»Absolut«, antwortete er und kroch vollständig angezogen zu ihr unter die Decke.

»Willst du dich nicht ausziehen?«

»Gleich«, antwortete er und strich ihr über die Schulter.

»Was hast du gekauft?«

»Brötchen. Kaffee. Möchtest du?«

Sie schüttelte den Kopf und gähnte. »Nicht jetzt, ich bin so müde.«

»Dann schlaf erst mal. Ich geh derweil und stelle die Lebensmittel weg«, sagte er, obwohl er das bereits getan hatte.

Sie schloss die Augen und lehnte ihre Wange an seinen Brustkorb.

Er wartete, bis er ihre regelmäßigen Atemzüge hörte. Wartete noch ein wenig, bis er sicher war, dass sie tief schlief, bevor er aus dem Bett glitt. Er blieb stehen und betrachtete sie prüfend, doch sie bewegte sich nicht.

Er duschte, zog sich wieder an, nahm seine Sonnenbrille und sein Handy und blieb im Flur stehen. Unentschlossen.

Solche Gefühlswallungen hatte er noch nie erlebt. Zuerst der Rausch, als sie sich geliebt hatten. Es war fast so, als wäre er high gewesen. Sein Körper war förmlich explodiert, und sein Gehirn war auf Hochtouren gelaufen. Es war, als hätte er sich gemeinsam mit Isobel in einer Parallelwelt befunden, in einer Welt, in der das, an was er normalerweise glaubte, keine Bedeutung hatte. Es war mehr als berauschend gewesen. Doch es war auch beinahe ebenso schnell wieder vorbeigegangen und hatte ein seltsames Gefühl hinterlassen. Was er im Augenblick erlebte, würde er mangels einer treffenderen Beschreibung einen Crash nennen.

Was er ihr angetan hatte …

Es hatte völlig seinen Prinzipien widersprochen.

Das war nicht er gewesen. Das war jemand anderes. Ein Mann, den er nicht mochte, ein Mann, für den er nicht einstehen konnte.

Das, was er getan hatte, war falsch gewesen.

Denn Alexander wusste, dass Isobel und er heute Abend nur an der Oberfläche dessen gekratzt halten, wonach sie strebte. Was sie haben wollte. Sie wollte mehr, brauchte mehr, das war ihm bewusst.

Aber er würde es nie über sich bringen, ihr das zu geben.

39

Ich hätte nichts sagen sollen.

Die Worte suchten sich den Weg in ihre Träume und rissen Isobel schließlich aus dem Schlaf. *Ich hätte nichts sagen sollen.*

Sie war allein. Der Platz neben ihr im Bett war leer, und als sie in die Küche hinaustapste, lag dort ein Zettel mit den Worten:

Danke für gestern.

Muss über vieles nachdenken.

Ich lass von mir hören, okay?

A

Sie schloss die Augen und fuhr sich mit der Hand übers Gesicht. Sie hätte in der Tat nichts sagen sollen. Sie hatte es Alexander angesehen, hatte es bereits in der vergangenen Nacht geahnt. Dass sie ihn geschockt hatte. Kein Wunder, sie war ja selbst geschockt. Sie hatte genau die Worte ausgesprochen, die sie sich geschworen hatte, nie wieder jemandem anzuvertrauen. Sie hätte wissen müssen, dass es zu viel für ihn sein würde. Verdammt, es war ja letztlich für sie selbst zu viel. Klar, dass es ihm Angst machte. Wie konnte sie nur so dumm sein?

Doch Isobel wusste die Antwort selbst. Nach all dem Stress war sie aus dem Gleichgewicht geraten. Die Gefahr, der Übergriff mit dem Messer und ihre überstürzte Abreise aus dem Tschad hatten ihre Abwehrmechanismen beeinträchtigt. Das Gefühl, etwas Lebensgefährliches überlebt zu haben, konnte starke kompensatorische Verhaltensweisen nach sich ziehen.

Sie erlebte es oft: Menschen, die sich in Todesgefahr befunden hatten, waren dankbar dafür, überlebt zu haben, und wollten intensiv leben. Sie sehnten sich nach Nähe, was oftmals unfehlbar zu Sex führte. Wie hatte sie selbst nur so primitiven Instinkten nachgeben können?

Sex definierte sie nicht als Person, das hatte sie sich geschworen. Ein paar Tage Erholung, und sie wäre wieder sie selbst gewesen. Sie hatte sich den größten Teil ihres erwachsenen Lebens mit normalem langweiligen Sex begnügt, warum stellte sie sich ausgerechnet jetzt mit Alexander so blöd an? Weil er ihr einen der besten Orgasmen ihres Lebens geschenkt hatte? Ein Orgasmus dauerte wenige Sekunden. Das war die Scham doch wohl nicht wert.

Ich hätte wirklich nichts sagen sollen.

Auf dem Küchentisch standen ein Paket Kaffee zusammen mit einer Tüte frisch gebackener Brötchen, einer Rolle Schoko-Cookies und einer Zweihundertgrammtafel Vollmilchschokolade. Als sie den Kühlschrank öffnete, erblickte sie außerdem Butter, Käse und eine Flasche frisch gepressten Orangensaft.

Sie lehnte den Kopf gegen die Kühlschranktür. Sie wusste nicht, was sie denken sollte. Oder fühlen. In ihrem Kopf herrschte ein einziges Chaos.

Sie trank ihren Kaffee, hobelte dicke Scheiben vom Käse ab, die sie zusammenrollte und sich in den Mund schob, bevor sie zu den Keksen überging. Mit einem Auge schielte sie nebenher auf ihr Handy.

Doch der Samstag verging, ohne dass Alexander von sich hören ließ. Und als der Sonntagabend kam und ebenfalls ohne ein Wort von ihm endete, schlich sich Isobel hinunter in den Laden, kaufte sich Eis und Schokoladensoße und vertilgte beides auf dem Sofa vor dem Fernseher.

Ich lass von mir hören. Ja, ganz sicher.

Sie war gestört, total gestört. Jetzt hatte sie Alexander vertrieben, für immer. Gute Arbeit, Doktor Sørensen.

Am Montagvormittag rief Leila an und weckte sie.

»Du hast ja heute frei. Ich hole dich zum Mittagessen ab«, sprach sie auf den Anrufbeantworter. »Ich bin um halb zwölf da.«

Isobel stöhnte. Ihr erster Impuls war, abzusagen. Sie schaffte es nicht einmal, zu duschen, und schon gar nicht, zu reden.

Da Isobel es jedoch noch aufwendiger fand, Leila zurückzurufen und ihr zu erklären, dass sie sie nicht sehen wollte, stand sie um Punkt elf Uhr dreißig unten auf der Vasagata. Ein schwarzer Sportwagen mit offenem Verdeck und dem berühmten Jaguar auf der Motorhaube kam angebraust und legte mitten auf der Bushaltestelle vor Isobels Haustür eine Vollbremsung hin.

»Wie gefällt er dir?«, fragte Leila grinsend.

Isobel öffnete die Beifahrertür. »Sag jetzt bloß nicht, dass die gesamten Gelder von Medpax dort reingeflossen sind.«

Leila schnaubte verächtlich. »Ich habe ihn mir von Eugen ausgeliehen. Mein Gehalt bei Medpax reicht ja kaum für ein Paar anständige Schuhe.«

Isobel stieg ein, und Leila legte einen Kavalierstart hin, als der Busfahrer hinter ihnen gerade die Hupe betätigte. Leila machte einen schwindelerregenden, gesetzeswidrigen U-Turn, und dann flog der Jaguar förmlich aus der Innenstadt heraus.

»Du hast abgenommen«, stellte Leila mit einem raschen Seitenblick auf Isobel fest, bevor sie auf die Überholspur wechselte und gerade noch vor einem entgegenkommenden Lastwagen wieder einscherte, der die Lichthupe betätigte.

Isobel klammerte sich an den Türgriff. »Das ist eine optische Täuschung. Ich habe fast drei Tage lang nur Kekse und Eis gegessen.«

»Du brauchst ein richtiges persisches Essen. Die persischen Frauen haben eine perfekte Figur, und das liegt an unserer Ernährung.«

»Wir gehen aber nicht in ein Restaurant, in dem man auf dem Boden sitzen muss, oder?«

Eigentlich hatte Isobel überhaupt keine Lust, in irgendeinen Vorort zu fahren und dort zu Mittag zu essen; sie wollte viel lieber zu Hause auf dem Sofa liegen und sich mit Eis vollstopfen. Ein 7-Eleven, der nachts geöffnet hatte, und ein bequemes Sofa waren eigentlich alles, was eine frustrierte Frau benötigte. Und außerdem hätte sie gut darauf verzichten können, mit Leila Auto zu fahren. Wer hätte gedacht, dass die Frau raste wie ein Autodieb auf Crack?

»Nein, du wirst an einem Tisch sitzen. Was ist denn los mit dir?«

»Ich habe einfach nur eine ganz natürliche Abneigung gegenüber dem Sterben. Ich war schon in den gefährlichsten Ländern der Welt und hatte noch nie einen Autounfall. Bitte fahr mich also nicht gerade jetzt auf dem Weg nach Sollentuna tot.«

Sie zog am Gurt, um zu prüfen, ob er ordentlich eingerastet war, während Leila mit weit mehr als zugelassener Höchstgeschwindigkeit in eine Kurve raste.

»Wir sind bald da«, sagte Leila. »Auf der Autobahn werde ich dieser Schönheit erst richtig einheizen.«

Isobel kniff die Augen zusammen. Falls sie das hier überlebte, würde sie zu einem besseren Menschen werden, gelobte sie sich.

»Willst du mir erzählen, wie es war?«, fragte Leila, nachdem ihnen ihre Plätze zugewiesen worden waren. Die Wände des Restaurants leuchteten in klaren Farben, die Stühle waren in

Rot gehalten, und die Düfte aus der Küche bewirkten, dass Isobel das Wasser im Mund zusammenlief. Vielleicht war es doch keine so schlechte Idee, zur Abwechslung mal etwas anderes als Zucker und gehärtete Fette zu sich zu nehmen.

»Es war eigentlich wie immer.«

Sie schaufelte sich Auberginenpaste auf das frisch gebackene Brot und schob es sich in den Mund. Leila hatte einen ganzen Tisch voller kleiner Vorspeisen bestellt, und Isobel fühlte sich plötzlich völlig ausgehungert.

»Ich meine, einmal abgesehen davon, dass es zu Kämpfen kam und du evakuiert wurdest«, bemerkte Leila und bedachte Isobel über den Tisch hinweg mit einem ihrer typischen Psychologenblicke.

»Du weißt doch, dass ich nicht zum ersten Mal zu einem Auslandseinsatz unterwegs war. Und dass ich schon weitaus Schlimmeres erlebt habe.«

Leila warf ihr einen langen Blick zu, dem Isobel auswich.

»Und wie ist es, wieder zu Hause zu sein? Ich weiß, dass das schwer sein kann.«

Die Leute glaubten oft, dass es schön sein müsste, wieder nach Hause zu kommen. Dass man Erleichterung darüber empfand, in eine gut funktionierende Gesellschaft zurückzukehren. Doch die Wahrheit sah etwas komplizierter aus. Man war mit so vielen Visionen und dem Wunsch weggefahren, etwas zu bewirken. Dann kam man wieder zurück und musste feststellen, dass man nur an der Oberfläche gekratzt hatte. Sie war zwar diesmal nicht so lange aus Schweden weg gewesen, aber es dauerte dennoch eine Weile, bis man endgültig wieder angekommen war. Sich daran gewöhnt hatte, dass die Kinder, denen man auf der Straße begegnete, unverletzt, sauber und wohlbehalten waren, und die Leute es als Hobby betrachteten, zu shoppen und Geld auszugeben. Dass man hier, ohne zu zögern, fünfzig Kronen für einen Pappbecher mit Kaffee ausgab, eine Summe, die in einem anderen Teil der Welt womöglich den Unterschied zwischen Leben und Tod ausmachte. Dass sich die Leute in den sozialen Medien übers Wetter und über andere sinnlose Dinge beschwerten, während anderswo Kinder starben, weil keiner sich um sie kümmerte.

»Ich versuche, auf mich zu achten«, antwortete sie und wünschte, sie wäre konsequenter darin. Ärzte, die dies nicht taten, wurden zynisch und stumpften ab. Es war ihr Albtraum, einmal so zu werden, das Klischee eines Arztes im Auslandseinsatz, der den Glauben daran verloren hatte, etwas zum Besseren verändern zu können.

»Alexander hat sich Sorgen um dich gemacht. Habt ihr miteinander gesprochen?«

»Mhm.« Isobel streckte sich nach dem Schälchen mit Joghurt und wich Leilas bohrendem Blick aus.

Ja, wir haben miteinander gesprochen. Unter anderem.

»Isobel? Was ist denn? Du weißt doch, dass du mir jederzeit sagen kannst, wenn etwas passiert ist.«

Leilas Stimme war so Vertrauen einflößend, dass Isobel spürte, wie sie innerlich zu schwanken begann. Wäre es so schlimm zu fragen? Sie um Rat zu bitten, wie sie das Durcheinander in ihrem Kopf am besten entwirren könnte? Aber sie hielt nicht viel davon, über ihre Gefühle zu sprechen. Oder besser gesagt: Sie hielt viel davon, wenn es um andere Menschen ging, die nicht abnormal waren. Sie redete nicht über ihre Gefühle, weil sie ein Freak war. Sie wusste es seit ihrer Teenagerzeit. Es war eine langsam heranreifende Einsicht gewesen, dass sie Fantasien und Gedanken hegte, die andere Mädchen nicht zu haben schienen. Aber sie war ein angepasster Freak. Sie fiel niemandem zur Last. Sie rettete Menschenleben und tat keinem etwas zuleide. Solange sie nichts Falsches sagte oder tat, spielte es keine Rolle, wie es in ihrem Inneren aussah.

»Wie ist denn eigentlich die Lage unten im Krankenhaus?«, fragte sie stattdessen. Eine überflüssige Frage. Denn sie hatte heute Morgen gerade erst mit Idris gesprochen. Er war stark erkältet, aber sonst war alles gut.

»Stabil. Du weißt, dass es in meiner Verantwortung liegt, dein Wohlbefinden im Blick zu haben?«

Das war der Nachteil an brillanten Psychologen: Sie ließen sich nicht so leicht ablenken.

»Mir geht es gut, du brauchst dir keine Sorgen zu machen.«

Leila nahm ihre Brille ab, hauchte sie an und putzte sie mit einer Serviette.

»Aber es ist mein Job, mir Sorgen zu machen.«

Blinzelte sie nie, oder bildete Isobel es sich nur ein? Alle Leute blinzelten doch, oder? Durchschnittlich fünfzehn Mal in der Minute, wenn sie sich recht erinnerte.

»Ich weiß, dass es dir schwerfällt, Vertrauen zu anderen Menschen aufzubauen«, fuhr Leila fort, als das Hauptgericht aufgetragen wurde. Schüsseln und Platten mit dampfenden warmen Speisen und kalten Beilagen.

»Das stimmt nicht«, entgegnete Isobel, während sie sich Safranreis, gekochten Spinat, Kichererbsen und eine nach Knoblauch duftende Joghurtsoße auf ihren Teller füllte. »Ich vertraue ihnen. Aber es ist ja wohl nicht meine Schuld, wenn die meisten von ihnen so unzuverlässig sind.«

»Ich will nur dein Bestes, das weißt du hoffentlich, oder?«

Isobel nickte.

»Und ich kann dir versprechen, dass du mich nicht schocken kannst, nicht einmal, wenn du es versuchst. Nichts von dem, was du mir anvertraust, wird bewirken, dass ich auf dich herabschauen oder eine schlechte Meinung von dir haben würde.«

»Nicht einmal, wenn sich herausstellen würde, dass ich ein schlechter Mensch bin?«

»Du bist ja kein schlechter Mensch.«

Isobel schüttelte den Kopf. Sie hasste solche Äußerungen. Sie waren irgendwie nichtssagend.

»Wir kennen uns jetzt knapp zwei Jahre. Es gibt vieles an mir, von dem du nichts weißt.«

»Ich weiß mehr, als du glaubst. Aber warum müssen wir entweder gut oder schlecht sein? Der Mensch ist ein komplexes Wesen, und die meisten von uns haben von beidem etwas. Es ist unmöglich, ausschließlich gut oder schlecht zu sein.«

»Das denke ich nicht. Es gibt eine Grenze zwischen Gut und Böse, man hat immer eine Wahl.«

Leila schmunzelte. »Jetzt redest du aber darüber, wie es zu sein hätte, und nicht, wie es ist. Würdest du dich als schlechten Menschen bezeichnen? Ernsthaft?«

»Du hast doch gerade gesagt, dass alle von beidem etwas haben.«

»Warum denkst du denn, dass du schlecht bist?«

Leilas schwarze Augen ließen sie nicht aus dem Blick.

Isobel schob sich eine weitere volle Gabel in den Mund. Leila wartete. Isobel schluckte und wischte sich den Mund ab.

»Du hast recht. Ich entblöße mich nicht gerne.«

»Interessante Wortwahl.«

»Wenn man den Leuten Dinge erzählt, können sie sie gegen einen verwenden. Möchtest du etwa nichts mehr?«

»Ich esse nur, bis ich zu fünfundsiebzig Prozent satt bin. Und wie ist es für dich, wenn ich deine Worte infrage stelle? Dass die Leute eben nicht automatisch deine Geheimnisse und Schwächen gegen dich verwenden?«

»Als hättest du einen Kurs zum Thema ›Wie bringe ich verschwiegene Ärzte zum Reden?‹ besucht.«

»Ja, ein recht nützlicher Kurs«, meinte Leila lächelnd. »Was könnte denn deinen Befürchtungen nach passieren?«

Dass die Leute erfahren, wie verdorben ich in Wahrheit bin.

Der Gedanke kam ganz automatisch. Sie war eine Frau, die Fantasien entwickelte, die sonst keiner Frau gefielen. Welche normale Frau erregten diese Dinge schon? Nein, sie war gestört, und wenn Leila es erführe, würde sie ebenso denken. Vielleicht nicht gerade offen, denn dafür war sie viel zu professionell, aber im Stillen. Und dann würde Isobel dasitzen. Entblößt. Schutzlos. Voller Scham.

»Ich habe keine Befürchtungen, Leila. Und ich will jetzt nicht weiter darüber reden. Gibt es noch Nachtisch? Wenn ich auf der Rückfahrt sterbe, möchte ich zumindest vorher noch einen Kaffee getrunken haben.«

Nachdem Leila sie vor ihrer Haustür abgesetzt hatte, blieb Isobel noch eine Weile mit dem Schlüssel in der Hand stehen. Das Gespräch mit Leila hatte sie aus einer Art Dämmerzustand gerissen. Sie war eine selbstständige Frau, eine kompetente Ärztin und eine zuverlässige Mitarbeiterin. Aber sie war ebenfalls eine wandelnde Schablone. Ein tüchtiges Mädchen mit einem leistungsorientierten Selbstwertgefühl. Eine erwachsene Frau, die mit fast einunddreißig Jahren noch immer der Auffassung war, nur etwas zu taugen, wenn sie die Bestätigung ihrer Mutter erhielt.

Die sie jedoch niemals bekommen würde.

Isobel schaute sich um. Um sie herum herrschte Frühling. In ganz Stockholm blühte es, und die ersten Touristen waren bereits gekommen. Die Straßen und Cafés waren bis spätabends voller Menschen. Jetzt hatte sie sich genug in Selbstmitleid gesuhlt. Sie fasste einen Entschluss. Heute Abend würde sie ausgehen. Und nicht zu Hause sitzen und Löcher in die

Luft starren. Ihre Auslandseinsätze hatten sie gelehrt, Menschen zu schätzen, die hielten, was sie versprachen. Freundlichkeit, Loyalität und Beständigkeit zählten zu den wichtigsten Eigenschaften überhaupt. Und sie hielt nichts von Männern, die sich zurückzogen, sobald es kompliziert wurde. Sie würde sich ein wenig stylen, sich ein paar Drinks genehmigen und Männer anbaggern, jede Menge Männer. Denn wenn ihr Körper mehr wollte, war es an der Zeit, sich unters Volk zu mischen. Sie zog die Haustür auf und beeilte sich, in ihre Wohnung zu kommen.

Ein verdammt guter Plan, wie sie fand.

40

Es gab vieles, was Alexander im Lauf seines Lebens verbockt hatte und worauf er nicht stolz war. Viel zu viel. Aber er hatte nie einer Frau körperlich wehgetan. Das war zumindest etwas, das ihn auszeichnete.

Er war kein Mann, der Frauen Schmerzen zufügte.

Wollte es auch nicht sein.

Männer, die Frauen wehtaten, waren der letzte Abschaum. Es hatte ihn auch nie erregt, Frauen Angst einzujagen. Nie aufgegeilt, aggressiv oder dominant zu sein. Niemals.

Oder doch?

Er legte die Füße auf den Schreibtisch. Starrte die leeren Wände seines neu eingerichteten Arbeitszimmers an. Es war ja nicht so, dass es ihm nicht gefallen hätte.

Im Gegenteil, es hatte ihm sehr gefallen.

Was zum Teufel sagte das über ihn aus?

Bedeutete das etwa, dass er wie Peter war?

Das war vermutlich das Schlimmste, was Alexander über sich selbst denken konnte. Dass womöglich eine gewisse Ähnlichkeit zwischen seinem großen Bruder und ihm bestand. Peter hatte einmal eine Frau vergewaltigt. Sich gegen ihren Willen an ihr vergriffen. Ihr entsetzlich wehgetan.

Als Alexander davon erfahren hatte, war er so wütend geworden, dass er ihn hätte umbringen können.

Und jetzt saß er hier. Hatte Sex mit einer Frau gehabt. Hatte sie auf die Matratze hinuntergepresst und sie genommen wie ein Tier. Und dennoch war es der beste Sex seines Lebens gewesen.

Er wippte mit dem Stuhl nach hinten und starrte an die Decke.

Es war so verdammt … verwirrend? Angst einflößend?

Sein Handy klingelte. Alexander stellte den Stuhl wieder auf alle vier Beine und schaute aufs Display. Romeo. Er hatte das Gespräch nun schon fast drei Tage vor sich hergeschoben. Vielleicht war es an der Zeit für Input.

»Du warst plötzlich nicht mehr in New York«, begrüßte Romeo ihn. »Wo bist du denn jetzt?«

Alexander hatte ihm nichts von den Unruhen im Tschad erzählt, war nur einem inneren Impuls gefolgt und hatte sich von einer Sekunde auf die andere aus dem Staub gemacht, ohne ihm Bescheid zu sagen.

»In Stockholm, sorry, dass ich einfach so verschwunden bin. Wie geht's dir?«

»Ich habe das Wochenende mit meiner Familie verbracht und bin ziemlich fertig.«

Romeo war der jüngste von fünf Brüdern. Seine Eltern waren strenggläubige Katholiken und seine Brüder alle groß gewachsene heterosexuelle Feuerwehrmänner. Romeo kam von seinen Familienzusammenkünften immer mit einem erschöpften Gesichtsausdruck und hängenden Schultern zurück.

»Tut mir leid.«

»Ja. Wusstest du, dass es in der Hölle einen besonderen Kreis für Sodomiten gibt?«

»Wenn religiöse Menschen etwas mehr Zeit damit verbringen würden, tolerant zu sein, hätten sie viel weniger Zeit, sich ins Privatleben anderer einzumischen.«

»Dass ich schlecht über meine Familie rede, ist ja okay, aber deshalb darfst du es noch lange nicht, *capisce*?«

»Sorry. Ich muss etwas mit dir besprechen, hast du den Nerv dafür?«

»Ich hab noch ein bisschen Zeit, bis Satan kommt, um sich meine Seele zu holen. Also schieß los.«

»Hast du mit einem deiner Partner schon mal harten Sex gehabt?«

»Wie definierst du hart?«

»Alles, was über Blümchensex hinausgeht.«

»Dir ist bewusst, dass ich mit Männern schlafe, oder? Das ist kein Blümchensex.«

»Wenn du es sagst.«

»Sprechen wir über Peitschen und Fesseln?«

»Schon möglich. Ja, ich nehme es an.«

»Aber warum fragst du danach? Hast du so etwas etwa noch nicht gemacht? Sorry, wenn ich das so sage, aber du bist die größte Schlampe, der ich je begegnet bin.«

»Oh, danke für die Blumen.«

»Ich bin nur erstaunt. Ich dachte, dass du dich damit auskennst.«

»Es hat sich bislang nicht ergeben. Vielleicht war ich aber auch nicht zugänglich für so etwas. Du wirst es nicht glauben, aber die meisten Frauen sind nicht so sehr daran interessiert, gefesselt und geschlagen zu werden.«

»Wenn du es sagst. Ich habe schließlich noch nie mit einer Frau geschlafen und weiß es deshalb nicht. Aber wie üblich ist es denn?«

»Na ja, offenbar doch einigermaßen üblich.«

Er hatte getan, was er immer tat, wenn er etwas bewältigen wollte. Er hatte sich mit dem Thema befasst. Das ganze Wochenende lang hatte er gesessen und gelesen, hatte in Chatforen gesurft, Artikel überflogen und Diskussionsbeiträge verfolgt.

»Aber was genau willst du wissen? Ich nehme an, dass du nicht auf eine theoretische Diskussion aus bist und wir wohl eher über deine Isobel sprechen, oder? Die Ärztin.«

»Sie ist nicht *meine* Isobel.«

Romeo verstummte, als dächte er nach.

»Du klingst irgendwie anders als sonst«, sagte er schließlich. »Das ist doch gar nicht deine Art. Es scheint, als wärst du beunruhigt. Was völlig ungewöhnlich ist. Du warst doch noch nie unsicher, was Frauen angeht. Was ist passiert?«

»Sie hat mir von bestimmten Dingen erzählt. Die ihr gefallen. Und ich bin ausgeflippt.«

»Und wie genau?«

»Wir hatten am Wochenende Sex. Ziemlich groben Sex. Danach habe ich Panik bekommen und bin abgehauen.«

»Abgehauen?«

»Nach Hause gefahren.«

»Aha. Und wie hat sie es aufgenommen?«

»Wir haben seitdem nichts mehr voneinander gehört.«

»Aber eins kapier ich nicht. Hast du diese Frau nicht gemocht?«

»Doch.«

»Dann wäre es vielleicht besser gewesen, nicht abzuhauen.«

»Klingt logisch. Verdammt, ich weiß einfach nicht, ob ich es kann.«

»Es wäre also einfacher, wenn es nur um ganz gewöhnlichen Sex ginge?«

»Ja.«

»Aber das tut es nicht?«

»Nein.«

Er mochte Isobel. Mehr als das. Er hatte Gefühle für sie entwickelt. In seiner luftigen Wohnung war es kühl, aber plötzlich schwitzte er.

»Ihr Heteros, ihr müsst immer alles verkomplizieren.« Romeos Stimme klang belustigt, um nicht zu sagen schadenfroh.

»Ich bin mir ziemlich sicher, dass es nicht nur den Heterosexuellen vorbehalten ist, Dinge zu verkomplizieren.«

»Mag sein, aber Alessandro, seit zehn Jahren warte ich darauf, dass du endlich mal in Liebesdingen auf die Schnauze fällst. Du kannst nämlich ziemlich ungenießbar sein, wenn du den Liebeskummer anderer Leute als belangloses Geplänkel abtust. Wenn Isobel dir wichtig ist, bin ich mir sicher, dass du ihr in irgendeiner Form das geben kannst, was sie haben will. Oder bist du etwa gegen harten Sex? Wenn das der Fall ist, muss ich mich erst mal setzen, denn mehr Überraschungen verkrafte ich heute wirklich nicht.«

Er wollte Romeo gerne glauben. Dass daran nichts Ungewöhnliches war. Und dennoch …

»Aber einer Frau wehzutun …«

»Ja, das ist gefühlsmäßig betrachtet natürlich etwas schwierig. Aber meinst du damit, du würdest es gegen ihren Willen tun?«

»Bist du verrückt? Niemals.«

»Aber das meine ich doch gerade. Es geht also um etwas, das sie möchte. Das musst du dir klarmachen.«

Wenn Alexander ganz ehrlich war, gab es einen dunklen Teil in ihm, der den Gedanken an eine unterwürfige Isobel zulassen konnte, die alles mit sich machen ließ. Aber wenn er etwas falsch machte? Wenn er zu weit ging und sie verletzte? Die Kontrolle verlor? Seine Angst davor war geradezu lähmend.

»Ich weiß nicht, ob ich das kann.«

»Du kannst dich doch auf deine Intuition verlassen. Und deine, sagen wir mal, umfangreiche Erfahrung mit Frauen. Alex, du bist einer der feinsten Kerle, die ich kenne, das weißt du, oder?«

Alexander lachte auf. »Yeah, right.«

»Nein, das ist kein Witz. Ich bin schon vielen schlechten Menschen begegnet. Aber du bist keiner von ihnen. Wenn es eine Person gibt, in deren Hände ich im Falle eines Falles mein Leben legen würde, dann wärest du das.«

Er war sich nicht sicher, ob er das Leben irgendeines Menschen in seinen Händen halten wollte.

»Aber du?«

»Ja?«

»Mit mir dürftest du nichts Perverses machen. Zu mir musst du zärtlich sein.«

»Fuck off.«

Gegen Nachmittag hatte Alexander sich entschieden. Mit einer Hand um einen Becher Kaffee schickte er Isobel eine SMS.

Hej, sorry, dass ich verschwunden bin. Würde dich gerne sprechen. Beschäftigt?

Er wartete.

Und wartete.

Das war nicht gerade seine Stärke.

Er begann mit den Fingern zu trommeln. Schickte eine weitere SMS.

Geht es dir gut?

Zwei SMS in Folge waren okay. Aber noch mehr waren übertrieben.

Oder? Er hatte noch nie in seinem Leben darüber nachgedacht. Normalerweise verschickte er nur eine SMS, und entweder bekam er eine Antwort oder nicht. Meistens erhielt er die Antwort, die er haben wollte. Mitunter auch nicht. Und dann zog er weiter. Ohne sich Gedanken darüber zu machen.

Aber jetzt war es anders.

Er wartete.

Und wartete.

Verdammt.

Er hatte Isobel verlassen, nachdem sie ihm ihr dunkelstes Geheimnis anvertraut hatte. Er hatte mit ihr geschlafen, nachdem sie aus einem Kriegsgebiet heimgekehrt war. Er war einfach abgehauen, als wäre sie irgendein unbedeutender Aufriss gewesen.

Sie musste stinksauer sein. Zu Recht. Er war ein Arschloch, ein …

Sein Handy gab einen Summton von sich.

Eine SMS von ihr. Er hielt die Luft an. Las sie.

Alle vitalen Parameter in Ordnung. Und bei dir?

Er atmete aus, schickte einen tiefen Seufzer der Erleichterung von seiner Wohnung bis in die Innenstadt, oder wo auch immer sie sich gerade befand. Wenn sie so etwas schrieb, hasste sie ihn vielleicht doch nicht. Auch wenn sie eine Ärztesprache wie in einer Patientenakte benutzte. Er antwortete rasch: *Möchte dich sehen.*

Gott, wie sehr er sich nach ihr sehnte.

Keine Antwort. Es dauerte.

Und dauerte.

Rastlos wanderte er in seiner Wohnung umher. Er war kurz davor, auf seine Würde zu pfeifen und sie anzurufen, als die Antwort kam.

Möchte dich auch sehen.

Noch nie hatte ihn das Warten auf eine SMS so zum Schwitzen gebracht. Er würde gezwungen sein zu duschen. Er fragte:

Heute Abend?

Diesmal kam die Antwort umgehend.

Tut mir leid. Gehe aus.

Verdammt. Er wollte sie am liebsten sofort sehen. Und er wollte nicht, dass sie ausging. Mit wem würde sie überhaupt ausgehen? Warum hatte er nur so lange gewartet? Obwohl das Konzept Eifersucht völlig neu für ihn war, war Alexander intelligent genug, um zu wissen, dass es ihn nicht das Geringste anging, mit wem und wohin Isobel ausging. Er simste zurück:

Okay, hören wir morgen voneinander?

Er erhielt einen nach oben gereckten Daumen. Sonst nichts weiter. Aber ein Emoticon mit einem Daumen war immer noch mehr, als er verdient hatte.

Er schaute aufs Display. Scrollte sich durch alle SMS, die sie sich geschrieben hatten. Hoffte wider besseres Wissen darauf, dass Isobel noch einmal von sich hören lassen würde. Als sein Handy plötzlich erneut einen Signalton von sich gab, durchfuhr es ihn wie ein Stoß, doch es war nur ein Foto von Åsa. Michel und Åsa befanden sich in den Flitterwochen auf Mauritius und sahen geradezu widerwärtig glücklich aus. Er klickte das Foto weg und öffnete stattdessen seinen Laptop. Dann versank er für eine Weile in Arbeit, ging diverse Geschäftspläne durch, die ihm sein Wirtschaftsprüfer aus New York geschickt hatte, schrieb seine Kommentare dazu in eine Antwortmail und klickte sich dann weiter zu den dunkleren Websites im Internet durch. Für diejenigen, die sich über unkonventionelle sexuelle Praktiken informieren wollten, war das Internet ein wahres Füllhorn.

Um zweiundzwanzig Uhr summte sein Handy erneut. Er las den Artikel über zehn Tipps für Anfänger zum Thema »Wie fessele ich meinen Partner« noch zu Ende, bevor er aufs Display schaute.

Wir sind im Beefeater Inn. Götgatsbacken. Kannst du herkommen?

Alexander las die SMS von Isobel erneut, da er befürchtete, sie falsch verstanden zu haben. Und ob er konnte. Er wollte nichts lieber, als zu ihr zu kommen. Wo immer sie sich befand. Und was das Beefeater Inn auch immer für ein Schuppen war.

Er zog sich seine Jacke über, simste ihr, dass er auf dem Weg war, und saß innerhalb von fünf Minuten in einem Taxi.

An der Bar stehend sah er sich um. Es war eine gewöhnliche Eckkneipe, in der er noch nie gewesen war und die er auch sonst nicht aufgesucht hätte.

Es roch nach abgestandenem Bier und Pommes. In den Ecken standen verstaubte Plastikpflanzen, und die an den Wänden verankerten Bänke waren mit Kunstleder bezogen.

»Hier«, rief Isobel. Sie winkte ihm von einem Tisch in einer der hinteren Ecken des Lokals zu.

Als er auf den Tisch zukam, lächelte sie breit.

Ihre Augen glänzten, und ihr Blick war verschwommen. Der Tisch stand voller Biergläser, Flaschen und Schälchen mit Erdnüssen. Darum saßen Isobel und vier Männer. Drei von ihnen waren große Kerle mit Bärten.

Und der vierte war Sebastien Pascal.

Isobel bedachte Alexander erneut mit einem strahlenden Lächeln, doch nun fiel Alexander dahinter noch etwas anderes auf, als hielte sie nur eine Fassade aufrecht. Sie stellte ihm die Männer vor.

»Sven und Christian sind auch bei Ärzte ohne Grenzen. Wir arbeiten schon seit Jahren zusammen. Øystein ist einer unserer Logistiker, einer der besten. Wir waren zusammen in Liberia.« Ein herzschlaglanges Warten. »Und Sebastien kennst du ja bereits.«

Ihre Stimme war völlig neutral, doch die unausgesprochenen Worte zwischen ihnen dröhnten ihm in den Ohren.

Alexander schüttelte den Männern einem nach dem anderen die Hand. Zuletzt auch Sebastien. Er drückte Sebastiens Hand fest, bedeutend fester als damals in Skåne. Falls etwas brechen sollte, waren ja genügend Ärzte vor Ort, die er konsultieren könnte.

Alexander setzte sich auf den einzigen noch freien Stuhl. Er saß Isobel direkt gegenüber, mit Sebastien zu seiner Rechten.

Die anderen Männer saßen um Isobel herum verteilt. Alexander fiel es schwer, seinen Blick von ihr loszureißen, denn sie strahlte regelrecht. Sie vermittelte keineswegs den Eindruck einer verlassenen Frau, sondern eher den einer Königin mit ihrem Hofstaat. Drei Ritter und ein Drache.

»Sebastien ist zufällig vorbeigekommen«, sagte sie wie beiläufig.

Aha. Er selbst war also als Back-up hier. Völlig in Ordnung.

Eine Bedienung kam und nahm weitere Bestellungen auf. Alexander bestellte ein Lager in der Flasche und lehnte sich entspannt auf seinem Stuhl zurück. Isobel zog ihr Handy heraus und tippte rasch etwas ein, woraufhin er eine SMS erhielt: *Er ist mit Christian befreundet. Ich hatte keine Ahnung, dass er auch kommen würde.*

Er schaute sie über den Tisch hinweg an, froh, ihr Ritter auf dem Schimmel sein zu dürfen.

Sie bekam einen Schluckauf.

»Bist du betrunken?«, mimte er.

»Ziemlich«, antwortete sie mit einem schiefen Lächeln.

»Woher kennst du Isobel eigentlich, Alexander?« Es war einer der bärtigen Superhelden, der die Frage stellte.

Alexander hatte die Namen der Männer schon wieder vergessen. Allein Isobel bedeutete ihm etwas.

»Er ist ein internationaler Jetset-Prinz. So haben wir uns kennengelernt«, antwortete Isobel.

Keinem schien die mangelnde Logik ihrer Antwort aufzufallen. Angesichts der vielen Flaschen auf dem Tisch wunderte es Alexander auch nicht weiter. Sie schienen alle ziemlich einen getankt zu haben.

»Du weißt ja, dass sie eine Legende ist, oder?«

Alexander konnte sich nicht von Isobels hübschem lachenden Gesicht abwenden. Wo auch immer sie auftrat, kam ihre

Schönheit zur Geltung. Selbst an einem Montagabend wie diesem in einem versifften Pub in Söder.

»Erstaunt mich nicht«, entgegnete er, ohne seinen Blick von ihren grauen Augen abzuwenden. »Sie ist einer der bewundernswertesten Menschen, denen ich je begegnet bin.«

Sie schauten sich über den Tisch hinweg tief in die Augen, und er wusste, dass sie wusste, dass er gerade versuchte, sie um Verzeihung zu bitten.

»Erzählt mal«, bat er. »Erzählt von der Legende Doktor Sørensen.«

»Die Jungs übertreiben völlig«, sagte sie und winkte mit ihrem Bierglas ab.

»Doch, erzähl von damals, als du die gesamte Medizin in Port-au-Prince aufgekauft hast.«

Sie schüttelte den Kopf.

»Ich würde es auch gerne hören.«

»Ja, ja, ja. Okay. Es war nach dem Erdbeben. Wir bekamen Patienten eingewiesen, die unter Vergiftungserscheinungen litten. Wie sich herausstellte, hatten sie in einer improvisierten Krankenstation irgendeine Medizin erhalten. Mein Kollege und ich fuhren hin und stellten fest, dass die dortigen Ärzte irgendwo ein Lager mit Krebsmedikamenten aufgetan hatten und sie nun gegen alle möglichen Beschwerden verschrieben. Wir wollten sie aufkaufen, doch sie weigerten sich. Wahrscheinlich nahmen sie an, dass sie woanders mehr dafür bekommen würden. Schließlich meinte ich, dass ich Zlatan kennen würde und ihnen ein Autogramm von ihm besorgen könnte, wenn ich die Medikamente kaufen dürfte.«

»Wussten sie denn überhaupt, wer Zlatan ist?«

»Egal, wohin man in der Welt kommt, alle wissen, wer Zlatan ist. Wir haben also den gesamten Bestand aufgekauft und einen geschlagenen Tag damit verbracht, alle Ampullen zu zerstören.«

»Erzähl, wie es mit Zlatan weiterging«, forderte der Logistiker sie auf und schlug feixend mit der Handfläche auf den Tisch.

»Ich habe Kontakt mit seinem Manager aufgenommen. Daraufhin hat Zlatan mir zwei handsignierte Fotos zugeschickt, die ich dann nach Haiti weitergeschickt habe.«

Der bärtige Mann konnte sich vor Lachen kaum halten und prostete allen am Tisch zu, sodass sein Bier überschwappte.

»Solche Geschichten erzählen sich also die Mitarbeiter von Ärzte ohne Grenzen, wenn sie in die Kneipe gehen.«

»Bei einem unserer Aufträge war eine Ärztin dabei, die Nierensteine bekam. Weißt du, wie weh Nierensteine tun?«

Alexander schüttelte den Kopf.

»Nierensteine verursachen die heftigsten Schmerzen, die man sich nur vorstellen kann, auf einer Skala von null bis hundert also hundert. Es tut so weh, dass man ununterbrochen schreien möchte. Wir mussten die Ärztin also in ein Krankenhaus bringen, wo man sie gleich dabehalten wollte. Doch sie weigerte sich, wollte den Patienten keinen Platz wegnehmen. Und sie weigerte sich auch, ihren Auftrag abzubrechen und nach Hause zu fliegen, was das einzig Vernünftige gewesen wäre. Also sind wir wieder gefahren und haben Schmerzmittel für sie mitbekommen. Bevor alle schlafen gingen, musste sie versprechen, uns zu wecken, sobald sie die nächste Injektion benötigte. Stattdessen ließ sie uns alle schlafen, injizierte sich selbst – was absolut Hardcore ist – und assistierte am nächsten Tag bei mindestens zehn Operationen.«

»Shit.«

»Aber es geht noch weiter. Kurz darauf bekam sie nämlich eine ernsthafte Wundinfektion, die sie selbst mit Antibiotika behandelte und verband. Danach bekam sie eine Lungenentzündung. Doch sie weigerte sich noch immer, nach Hause zu fliegen. Das Ganze passierte in einem Flüchtlingslager im Irak.

Sie arbeitete rund um die Uhr und hustete heftiger als ihre Patienten. Schließlich stach sie sich an einer weggeworfenen Injektionsnadel. Woraufhin man zur Vorbeugung standardmäßig HIV-Medizin verabreicht bekommt. Diese Behandlung kann bewirken, dass man ziemlich krank wird, was letztlich auch bei ihr der Fall war. Sie hatte so starke Nebenwirkungen, dass sie sich nicht mehr auf den Beinen halten konnte.«

»Und was geschah dann?«

»Ich musste nach Hause fliegen«, murmelte Isobel. »Allerdings unter Protest.«

Alle brachen in Gelächter aus.

Er betrachtete die Gruppe am Tisch.

»Ihr seid ja verrückt. Warst du das etwa?«

»Es war während meines ersten Auftrags mit Ärzte ohne Grenzen. Ich hatte eine Höllenangst davor, dass sie mich als Memme abstempeln würden.«

»Ich hab ja gesagt, dass sie eine Legende ist.«

»Isobel ist in allem, was sie tut, besser als andere«, sagte Sebastien und schürzte dabei leicht die Lippen. »Wie ein kleiner Roboter. *Oui*?«

»Sie ist besser als ein Roboter, Sebastien«, lachte einer der Bärtigen, und Isobel verzog den Mund. Doch Alexander sah, dass Sebastiens Worte sie verletzt hatten. Isobel mit ihrem inneren Kampf, Courage zu zeigen und immer ihr Bestes zu geben. Und dieses Arschloch saß da und verhöhnte sie dafür.

Alexander bedachte Sebastien mit einem langen Blick, während ihm tausend Methoden in den Sinn kamen, wie er ihn umbringen könnte.

Sebastien schnaubte verächtlich und stand auf.

»Ich werde mal nachsehen, ob sie einen anständigen Wein haben«, sagte er und ging an die Bar.

Alexander folgte dem Franzosen mit dem Blick. Sah, wie

er sich an die Theke stellte. Alexander zögerte. Er hörte, wie die anderen anfingen, Erinnerungen von einem weiteren Auslandsaufenthalt auszutauschen. Dann traf er eine Entscheidung. Stand auf und schlenderte lockeren Schritts ebenfalls auf die Theke zu. Drängte sich vor, bis er neben Sebastien stand.

Der Franzose schaute ihn erstaunt an, und Alexander setzte eine harmlose höfliche Miene auf, als wäre er nur hier, um ein Bier zu bestellen und irgendwelche alltäglichen männlichen Floskeln auszutauschen. Es war eine elementare Pokertaktik. Seine eigenen Absichten vor dem Gegner zu verbergen, während man dessen Schwächen erforschte und analysierte, welchen Spielertyp man vor sich hatte. Sebastien war kinderleicht zu durchschauen. Alexander war zusammen mit Mobbern aufgewachsen und konnte diese innerhalb von Sekundenbruchteilen identifizieren. Der Franzose war geradezu beispielhaft, eine Hyäne, die es nur auf Schwächere abgesehen hatte. So einen wie ihn konnte Alexander in sechs verschiedenen Sprachen fertigmachen.

»Also«, meinte Alexander, so jovial er nur konnte.

»Also?«

Alexander ließ seine Zähne aufblitzen und richtete sich zu seiner vollen Größe und Breite auf. Er schob Sebastien gegen die Theke, als drängelten die Leute hinter ihm. Er lächelte. »Du warst also mit Isobel zusammen?«

Wachsamkeit in Sebastiens Blick. Er schien kein erfahrener Spieler zu sein, jedenfalls nicht, wenn er ein ebenbürtiges Gegenüber vor sich hatte. »Keine Ahnung, was sie dir erzählt hat.«

»Nein?«

»Ich hatte eine erwachsene Beziehung zu Isobel. Nichts anderes.«

»Sie war deine Studentin.«

»Sie war schließlich mündig, und ich war nur einer ihrer Dozenten, wohl kaum etwas, worüber man sich den Mund zerreißen müsste. Sie hat jedenfalls keinen Sonderstatus erhalten. Außerdem war sie diejenige, die sich auf mich gestürzt hat.«

Alexander trat einen weiteren Schritt vor. Ließ alle Pokertaktiken fahren und wechselte die Strategie. Er blähte seinen Brustkorb auf, presste Sebastien stärker gegen die Theke und sah ihm in die Augen.

Sebastiens Blick begann zu flackern. »Ich weiß ja nicht, was sie sich zusammengelogen hat, aber es gefällt mir nicht, wenn du mir drohst.«

»Ich scheiß drauf, ob es dir gefällt oder nicht. Und außerdem drohe ich dir gar nicht.«

»Was willst du dann von mir?«

»Ich werde es so deutlich ausdrücken wie nur möglich. Sodass keine Missverständnisse zwischen uns aufkommen. Sprachlicher oder anderer Natur. Wenn du in Zukunft auch nur an etwas denkst, das Isobel als unangenehm empfinden könnte, oder du sie antatscht oder auch nur noch ein einziges verdammtes Wort von dir gibst, das ich als Kränkung ihrer Person auffasse, werde ich dir an die Gurgel gehen und zudrücken, bis dir die Augen aus den Höhlen fallen.« Er hob die Hand, und Sebastien duckte sich reflexmäßig. Alexander grinste. Er legte dem Franzosen die Hand auf die Schulter und tätschelte sie leicht. »Merkst du den Unterschied? *Das* war eine Drohung.«

Alexander bekam sein Bier, nahm es an sich und kehrte an den Tisch zurück. Er schenkte Isobel ein breites Grinsen.

»Worüber habt ihr gesprochen?«, fragte sie misstrauisch.

»Keine Ahnung. Ich glaube, über Anatomie.«

Albern, ja klar. Wirkungslos? Vermutlich. Aber was hätte er sonst tun sollen? Schließlich war er in der Eigenschaft als Isobels Ritter hier. Und ein Ritter musste seine Königin schließlich beschützen.

Er setzte sich. Betrachtete die bärtigen Männer. Sie wirkten zwar etwas großkotzig und arrogant, aber wenn irgendjemand auf der Welt das Recht dazu besaß, sich für cool zu halten, dann die Leute von Ärzte ohne Grenzen.

»Die nächste Runde geht auf mich«, sagte er. »Erzählt mehr von den legendären Taten, die ihr vollbracht habt.«

41

Isobel wusste, dass an der Bar etwas vorgefallen sein musste, da Sebastien aussah, als hätte er einen Schlag auf den Solarplexus bekommen, während Alexander auf seinem Stuhl saß und völlig unschuldig dreinblickte. Doch Alexander war nie unschuldig. Sebastien verließ die Theke und näherte sich ihrem Tisch mit wütenden Schritten, und sie ahnte, dass was auch immer eben geschehen sein mochte, gleich eskalieren würde.

Sie hatte Panik bekommen, als Sebastien aufgetaucht war, und Alexander, ohne nachzudenken, eine SMS geschickt. Und jetzt fühlte es sich unerwartet gut an, als wäre Sebastien endlich genauso unbedeutend für ihr Leben, wie es der Fall sein sollte. Er war dreist und manipulativ, aber keineswegs bedeutsam.

Isobel war so in Gedanken vertieft, dass sie verpasste, was zwischen den beiden Männern gesagt wurde. Sie hörte nur abgehackte Phrasen und sah schließlich, wie Sebastien Alexander jovial eine Hand auf die Schulter legte.

Upps, das war wohl ein Fehler gewesen.

Alexander war auf seinem Stuhl erstarrt, und er kam ihr vor wie ein goldener Panther, der zum Angriff überging. Sebastien fauchte mit gereizter, aber verhaltener Stimme etwas, und dann fuhr Alexander hoch. Es ging so schnell, dass sie es verpasst hätte, wenn sie zufällig geblinzelt hätte. Alexanders Faust schoss vor, und Sebastien stolperte rückwärts, was ihrer Auffassung nach übertrieben dramatisch wirkte. Diverse französische Flüche, die sie sonst nicht allzu oft hörte, entströmten Sebastiens Mund. Alexander ignorierte ihn jedoch völlig und grinste sie stattdessen breit an, als erwartete er ein Lob von ihr. Eigentlich hätte es ihr nicht gefallen dürfen, dass er sich prügelte, doch man musste Alexander zugutehalten, dass er nur Männer k. o. schlug, die es wirklich verdient hatten.

»Isobel, ich …«, begann Alexander, doch plötzlich tauchte ein riesiger Security-Typ hinter ihm auf und schloss eine Faust um seinen Nacken.

»Raus«, brüllte er.

Alexander verdrehte die Augen. »Sorry«, bedeutete er ihr über die Schulter hinweg, doch er wirkte nicht besonders unglücklich. Es klang eher, als pfiffe er etwas vor sich hin. Sie unterdrückte ein Lachen, als sie die Melodie wiedererkannte: La Marseillaise, die französische Nationalhymne.

»Das war mal interessant«, sagte Sven bedächtig, als Alexander hinauseskortiert worden war.

»Alles okay, Sebastien?«, fragte Christian, während er den Stuhl wieder aufrichtete, der umgefallen war, als Alexander aufgesprungen war.

»Er ist ein Psychopath«, entgegnete Sebastien. Er fuhr sich mit der Hand durch die Haare und rieb sich das Kinn.

Isobel ließ ihren Blick über die Runde schweifen und stand langsam auf. Dann tat sie etwas, das sie noch nie zuvor getan hatte. Etwas, das sie bislang nur im Film gesehen hatte und für das sie sich normalerweise zu wohlerzogen gehalten hätte. Sie nahm ihr volles Bierglas, holte aus und leerte den gesamten Inhalt über Sebastien aus.

»*Va te faire voir, s'il te plaît*«, sagte sie und schüttelte sich die Haare aus dem Gesicht. Sie ignorierte Sebastiens aufgebrachtes Spucken und Schnauben. »Gute Nacht«, sagte sie nur zu den anderen, die sie mit offenen Mündern anstarrten, und spazierte aus dem Restaurant.

Draußen atmete sie die kühle Nachtluft ein.

»Hey babe«, hörte sie plötzlich, und als sie einen Blick zur Seite warf, stand Alexander mit den Händen in den Hosentaschen da und schaute sie an.

»Hat man dich auch rausgeschmissen?«, fragte er.

»Nein, aber es lag irgendwie in der Luft, würde ich sagen«, entgegnete sie und lächelte.

»Was hast du zu ihm gesagt?«

»Fahr zur Hölle, bitte.«

Alexander musste lachen.

Sie grinste. Sie war ziemlich betrunken. Was bewirkte, dass sie unbedacht agierte, doch im Augenblick gefiel ihr das. Morgen würde sie es mit Sicherheit bereuen, doch der eigentliche Sinn des Rausches lag ja darin, dass einem der nächste Tag egal war. Sie öffnete ihre Handtasche, nahm ihren Lipgloss heraus und besserte ihr Make-up auf.

»Was willst du jetzt machen?«, fragte er, während sein Blick an ihren Lippen hängen blieb.

»Keine Ahnung. Gestern hatte ich noch den Plan, mit denen ins Bett zu gehen. Aber den muss ich heute wohl revidieren.«

»Oha. Mit allen, oder nur mit einem oder zweien?«

»Mit allen. Außer natürlich mit Sven, der ist verheiratet. Christian ist auch verheiratet, wenn ich es mir recht überlege. Und mit Øystein war ich schon mal im Bett.«

Alexander zog amüsiert eine Augenbraue hoch.

»Schon länger her«, erklärte sie.

»Freut mich zu hören.«

»Das war nicht gerade mein bester Plan, wie ich feststelle«, sagte sie, während sie hinunter in Richtung Slussen schlenderten. Sie kicherte. Er nahm sie an die Hand, als sie die Straße überquerten, und hielt sie dann weiter umschlossen.

»Øystein steht übrigens auf Federsex.«

Sein Griff wurde fester. »Federsex?«

»Ja, du weißt schon. Man liegt stundenlang nebeneinander und streichelt den anderen mit einer Feder, um sich näherzukommen.«

Alexander schüttelte den Kopf, und in seinen Augen blitzte ein unterdrücktes Lachen auf. Wenn er lachte, bildeten sich in seinen Augenwinkeln kleine Fältchen. Was ihn mehr wie einen lebendigen Menschen als eine perfekte griechische Statue aussehen ließ.

»Ich bin mittendrin eingeschlafen. Kurz darauf hat er Schluss gemacht.«

»Dafür kann man ein gewisses Verständnis aufbringen. Und Sebastien? Was hattest du mit ihm geplant?«

Seine Stimme war entspannt, aber sie wusste, dass es sich um eine wichtige Frage handelte, nicht zuletzt für sie selbst.

»Ich will nichts mehr mit ihm zu tun haben. Und zwar gar nichts.«

»Hast du mir deshalb die SMS geschickt?«

»Ich wusste, dass du kommen würdest.«

»Wieso?«

Isobel blieb stehen.

»Weil ich, kurz bevor ich vorhin aus dem Haus ging, erfahren habe, dass das Krankenhaus im Tschad ein nagelneues Sauerstoffgerät erhalten hat. Und ein Mann, der ein Sauerstoffgerät auftreibt, es kauft und noch dazu in ein Kinderkrankenhaus im Tschad befördern lässt, ist einer, auf den man zählen kann.«

»Manchmal habe ich auch gute Eigenschaften«, pflichtete er ihr bei.

»Ja, in der Tat.«

Er zog sie an sich.

»Aber manchmal bin ich auch ein Arsch. Sorry, dass ich einfach so weggegangen bin. Mir ging einfach zu vieles im

Kopf herum. Das ist zwar eine dämliche Erklärung, aber ich möchte dich trotzdem um Entschuldigung bitten.«

»Ich habe es so bereut, davon angefangen zu haben. Ich habe dich in den letzten Tagen vermisst.«

»Aber bestimmt nicht so, wie ich dich vermisst habe.«

Er legte seine Hand auf ihre Wange und küsste sie. Sie lehnte sich an ihn und sog seinen Duft ein. »Ich kann mir sogar vorstellen, Federsex mit dir zu haben«, murmelte sie dicht an seinem Mund.

Er lachte. »Erschieß mich, wenn ich dir jemals so was vorschlage. Was ganz anderes: Sollen wir vielleicht da reingehen?«

Sie standen vor dem Gyldene Freden, und sie nickte.

Sie bekamen einen Tisch zugewiesen, und Alexander bestellte eine Flasche Champagner, die Isobels Schätzung zufolge ungefähr einen Wochenlohn kostete. Sie beschloss, darauf zu pfeifen.

»Ich möchte auch Käse. Alkohol macht hungrig.«

»Käse«, pflichtete Alexander ihr bei.

In einem abgelegenen Winkel ihres vernebelten Gehirns war Isobel klar, dass sie heute Abend Dinge getan hatte und sicher noch tun würde, die sie morgen bereuen würde. Nicht zuletzt, dass sie extrem viel getrunken hatte, dachte sie, während ein Kellner die Flasche öffnete und den Champagner in hohe Gläser schenkte. Aber noch war es Abend, und sie fand es wunderbar, Alex an diesem Abend in einem luxuriösen Restaurant in Gamla Stan gegenüberzusitzen und sich ein weiteres Mal in sein Kraftfeld hineinziehen zu lassen.

Er ergriff über den Tisch hinweg ihre Hand. »Ich habe viel über das nachgedacht, was du mir erzählt hast.«

»Darüber, dass ich gestört bin?«

»Gestörte Menschen sind die besten.«

»Jetzt verstehe ich, warum du so gut mit Leila auskommst. Sie hat nämlich auch ein Faible für gestörte Menschen.«

Er streichelte ihre Handinnenfläche, fuhr mit dem Daumen über die Linien, hob ihre Hand zum Mund und küsste sie. »Das, was wir gemacht haben. Ich möchte eine neue Chance mit dir bekommen. Wäre das möglich?«

Sie blinzelte.

»Okay«, sagte sie und fragte sich, ob dies womöglich eines der Dinge war, die sie morgen bereuen würde. Dass sie Alexander gerade zugesichert hatte, erneut Sex mit ihm haben zu wollen.

Sehr viel später spazierten sie durch die Stadt nach Hause. Sie durchquerten ganz Gamla Stan, wankten durch die Innenstadt und kamen schließlich hinunter in die Vasagata. Dabei hielten sie alle zehn Meter an und küssten sich, als wären sie verliebte Teenager, die nicht wussten, wo sie bleiben sollten.

»Willst du noch mit zu mir hochkommen?«, fragte sie vor ihrer Haustür.

Doch zu ihrem Erstaunen schüttelte er den Kopf. »Ich ruf dich morgen an. Und dann sehen wir uns übermorgen.«

»Nein«, protestierte sie enttäuscht. »Ich will dich morgen sehen.«

»Mm. Ich verstehe ja, dass du im Moment so denkst. Aber darf ich fragen, wie viel Alkohol du verträgst?«

»Ziemlich wenig«, gab sie zu.

»Das habe ich vermutet. Ich will dich so sehr, und diesmal möchte ich alles richtig machen. Ich habe getrunken, und du hast auch ziemlich viel intus.«

»Ich bin mir nicht sicher, ob ich diese edle Seite an dir mag.«

»Ich mir auch nicht.«

»Dann sprechen wir uns morgen?«

»Unbedingt. Ich ruf dich an.« Er schaute auf die Uhr. »In zehn Stunden.«

»Und dann sehen wir uns?«

Er beugte sich vor, stützte sich mit einem Arm oberhalb ihres Kopfes gegen die Hauswand, umfasste ihre Taille und küsste sie. Sie erwiderte seinen Kuss, bis er leise aufstöhnte.

»Und dann, Isobel, gehen wir shoppen, du und ich. Wenn wir das hier machen wollen, dann machen wir es auch richtig. Und jetzt geh rein, bevor ich noch vergesse, dass ich ein edler Mensch bin.«

42

»Mein Vater sagt, dass er Sie gerne kennenlernen möchte.« Gina biss sich auf die Innenseite ihrer Wange. Sie war sich so unsicher, wie Peter darauf reagieren würde, dass sie die Frage ewig lange vor sich hergeschoben hatte. Doch jetzt waren sie kurz vor ihrem Haus angekommen, und sie hatte es endlich geschafft, die schwierigen Worte auszusprechen. Zu Hause war sie bis zuletzt allen Fragen ausgewichen, aber jetzt ging es nicht mehr. Es war knifflig. Sie war schließlich eine erwachsene Frau. Konnte ein Schwede verstehen, wie wichtig ihr die Meinung ihres Vaters war? Die Schweden pflegten völlig andere Sitten und verstanden sich eher als Individuen. Gina war sicherlich in vielerlei Hinsicht schwedisch geprägt. Aber eben nicht in jeder. Die Familie war für sie das Wichtigste, und alles andere war ihr untergeordnet.

»Ich nehme an, dass er sich fragt, wer wohl der Mann ist, der seine Tochter so oft nach Hause fährt«, entgegnete Peter.

»Ich habe ihm erklärt, dass wir Freunde sind«, meinte Gina und warf ihm einen raschen Blick zu.

Er nickte. »Okay.«

Was würde ihr Vater sagen, wenn sie sich gegenüberstünden? Peter war ziemlich alt, jedenfalls verglichen mit ihr selbst. Und ihr Vater hatte nicht gerade froh gewirkt, als sie ihm von dem Mann – einem höheren Angestellten der Firma – auf ihrer Arbeitsstelle erzählt hatte, der sie heimfuhr.

Sie fingerte an ihrer Handtasche herum. Sie hatte nur wenige, nein, gar keine schwedischen Freunde. Wusste kaum, wie man sich einem Schweden gegenüber verhielt, jedenfalls was über die oberflächlichen Kontakte bei der Arbeit, an der Uni oder in den Studentenkneipen hinausging.

Wenn sie jetzt gleich gemeinsam aus dem Auto stiegen und Peter mit nach oben in ihre Wohnung käme, würde alles anders werden.

Sie hatte noch nie jemanden mit nach Hause gebracht, keine Freundin und erst recht keinen Freund. Nicht, dass Peter ein Freund in diesem Sinne gewesen wäre, rief sie sich peinlich berührt in Erinnerung. Aber was für eine Beziehung hatten sie eigentlich zueinander? Waren sie überhaupt Freunde? Die Leute redeten immer davon, dass es von Vorteil sei, unterschiedlich zu sein, doch wo Gina auch hinschaute, sah sie nur Konformität. Weiße trafen sich mit Weißen, und die Leute aus der Mittel- und Oberschicht besuchten Kulturveranstaltungen, auf denen sie bei einer teuren Flasche Wein miteinander diskutierten. In ihrem Wohnort hingegen sah man nur Einwanderer. Gab es überhaupt einen Ort außerhalb von Peters Luxuskarosse, wo ihre Beziehung existieren konnte? Hatte es denn irgendeinen Sinn, sich aus dieser geschützten Zone herauszubegeben? Was würde geschehen, wenn sie von ihrer Umwelt gemeinsam wahrgenommen werden würden?

Peter hielt diesmal nicht vor ihrem Hauseingang an, sondern auf einem Parkplatz.

»Ich komme kurz mit hoch«, sagte er.

»Okay«, meinte sie, und plötzlich war ihr Mund wie ausgetrocknet. Sie zog an ihrem Sicherheitsgurt. Doch er ließ sich nicht öffnen. »Ich glaube, ich hänge fest«, sagte sie.

»Lassen Sie mal sehen.« Er beugte sich über sie, wobei er mit seinem Kopf flüchtig ihre Brust streifte. Sie erstarrte, überwältigt von einem Gefühl, das sie nicht näher einordnen konnte.

»So, jetzt.« Er löste den Gurt. Sie schauten einander an.

»Danke«, sagte sie. Jetzt müssten sie eigentlich aussteigen, dachte sie. Und sich nicht länger in die Augen schauen. Sie blinzelte.

»Gina …«, sagte er unsicher.

Sie legte ihre Hand auf seine Wange und spürte seinen rauen Bartansatz und die Wärme seiner Haut. Er rang nach Luft und verharrte unbeweglich in seiner Position, als wäre er festgefroren. Doch er wirkte nicht gerade erfreut, eher ängstlich, als wäre es ihm unangenehm.

Er schlug den Blick nieder.

»Wir sollten …«, begann er und zog sich zurück, sodass ihre Hand heruntersank. »Sie sollten nicht …«

Sie schluckte. Wusste nicht, was in sie gefahren war.

»Entschuldigung«, sagte sie.

»Sie müssen sich nicht entschuldigen«, entgegnete er und öffnete die Fahrertür, beeilte sich auszusteigen, kam ums Auto herumgelaufen und hielt ihr die Beifahrertür auf. Gina stieg aus, strich mit übertriebenen Bewegungen ihre Kleidung glatt und vergewisserte sich, dass ihre Handtasche geschlossen war. Sie hatte keinerlei Absichten gehegt, ihre Hand hatte wie von selbst agiert. Ihr war bewusst, dass sie den Duft seines Aftershaves noch auf ihrer Haut würde riechen können, wenn sie ihre Hand zur Nase führte.

»Kommen Sie mit nach oben?«, fragte sie schließlich, peinlich berührt von seiner Reaktion. Er musste es als völlig unpassend empfunden haben.

Peter schaute an der Fassade des Hochhauses hinauf.

»Ja«, antwortete er knapp.

Peter stand schweigend in dem klapprigen Aufzug, der sie in dem tristen Mietshaus nach oben beförderte. Sein Blick flackerte, und er sah hinunter auf seine Schuhspitzen, die im grellen Licht der Neonröhren übertrieben blank poliert wirkten. Dann hob er den Blick, traute sich allerdings nicht, Gina in die Augen zu schauen, konnte jedoch ihre Körperwärme in der engen Kabine erahnen. Die Zahlen auf den Aufzugknöpfen waren zum großen Teil abgeschabt, und irgendjemand hatte Farbe auf den Spiegel gesprüht. Er fragte sich, was es wohl über ihn als Menschen aussagte, dass er noch nie zuvor in einem solchen Aufzug gefahren war.

Er wusste nicht, wie er die Situation vorhin im Wagen einschätzen sollte. Er begann zu schwitzen, fuhr sich mit der Hand durchs Haar und wünschte, irgendetwas anderes, nur nicht ausgerechnet einen maßgeschneiderten Anzug angezogen zu haben.

Gleich würde er ihrem Vater vorgestellt werden, einem Mann, vor dem Gina enormen Respekt hatte. Ein Mann, von dem er unbedingt anerkannt werden wollte, ohne genau zu wissen, warum.

»Ähm …«, begann er.

Der Aufzug hielt an, und jetzt gab es kein Zurück mehr.

»Wir sind da«, sagte sie.

Er stand hinter ihr, während sie die Tür öffnete. Sie trat zur Seite. Er zögerte, betrat dann jedoch den dunklen Flur. Was machte er eigentlich hier? Was hatte er in diesem Flur mit den fremden Gerüchen und der Privatsphäre einer kleinen Familie überhaupt zu suchen?

»Papa?«, rief Gina, und er fand, dass sie nervös klang. Was seine eigene Nervosität noch steigerte. »Wir haben Besuch.«

Ein groß gewachsener, aber leicht gebeugter Mann kam im dunklen Korridor auf sie zu.

»Papa?« Erneut Ginas nervöse Stimme. »Das ist Peter. Von meiner Arbeit. Er hat mich heute nach Hause gefahren. Was er schon öfter getan hat, wie du weißt. Er wollte kurz mit hochkommen und Hallo sagen.«

Peter hatte sie noch nie so reden hören. Es kam fast einem nervösen und etwas schrillen Plappern gleich. Und außerdem hatte sie die Wahrheit leicht verdreht. Denn nicht er war derjenige, der mit hochkommen wollte. Ihm hätte es gereicht, sie nur herzufahren, keine Gefühle für sie zu entwickeln und nicht in ihr Familienleben hineingezogen zu werden. Er kämpfte gegen seine Panik an, bis er schließlich Halt in seiner Erziehung fand, die ihm von Kindesbeinen an mehr oder weniger buchstäblich eingeprügelt worden war. Er streckte seine Hand vor und sagte mit ruhiger und mündiger Stimme: »Schön, Sie kennenzulernen. Peter de la Grip.«

Ginas Vater betätigte einen Lichtschalter, woraufhin es im Flur ein winziges bisschen heller wurde.

Peter konnte Plakate und Fotos an den Wänden erahnen. Post und Schuhe in Regalen sowie an Haken hängende Jacken. Zwei geschlossene Türen und ganz hinten vom Flur abgehend eine Küche. Das war alles. Eine kleine Wohnung, die ungefähr die Größe seines eigenen Wohnzimmers hatte.

Dunkle misstrauische Augen betrachteten ihn eingehend. Ginas Vater hatte ein ernstes Gesicht, umrahmt von grauen Haaren. Er trug Pantoffeln und eine Strickjacke, besaß jedoch eine Ausstrahlung, die Peter an amerikanische Präsidenten und Charakterdarsteller denken ließ. Als sich Peter mit seiner vorgestreckten Hand schon wie ein Idiot vorkam, streckte Ginas Vater ihm seine entgegen.

»Ismail Adan«, stellte er sich vor.

Peter gelang es, nicht zusammenzuzucken und eine schmerzerfüllte Grimasse zu ziehen, doch der Händedruck war so fest, als wäre seine Hand von einem Betonklotz zerquetscht worden. Vor ihm stand ein Mann, der vor Krieg und Terror geflohen war und Entbehrungen auf sich hatte nehmen müssen, die womöglich weit über Peters Vorstellungsvermögen hinausgingen. Ein Mann, der seine beiden Kinder genommen, zusammen mit ihnen sein Heimatland verlassen hatte und dem es irgendwie gelungen war, Schweden mit heiler Haut zu erreichen, ein Land, in dem er ganz sicher nicht immer anständig behandelt worden war.

»Danke, dass Sie meine Tochter so oft nach Hause gefahren haben«, sagte er und ließ Peters Hand endlich los. Sein Schwedisch hatte zwar einen leichten Akzent, war jedoch grammatisch fehlerfrei. Gina hatte ihm erzählt, wie hart ihr Vater dafür gearbeitet hatte, als Erwachsener noch eine neue Sprache zu erlernen.

Seine dunklen Augen ließen ihn keine Sekunde aus dem Blick. Peter spürte, wie er taxiert und beurteilt wurde, und er hatte sich in seinem ganzen Leben noch nie so unzureichend gefühlt. Peter schätzte, dass der Mann vor ihm auf jeden Fall unter fünfzig war. Was bedeutete, dass Peter ihrem Vater vom Alter her näher war als Gina. Als benötigte er noch mehr Gründe, sich wie ein Schuft vorzukommen. Gott, was musste dieser Mann von ihm denken? Peter streckte seinen Rücken und bemühte sich, vertrauenswürdig und nicht wie ein älterer weißer Mann mit zwielichtigen Absichten zu wirken.

»Wie geht's Amir?«, fragte Gina und beendete das Schweigen.

»Es ist schon spät«, sagte ihr Vater. »Dein Bruder benötigt Hilfe bei den Hausaufgaben. In der Küche steht Essen für dich«, fügte er hinzu, bevor er Gina und Peter verließ, eine der beiden Türen öffnete und in einem Raum verschwand, der wie ein kleines Wohnzimmer aussah.

Gina biss sich auf die Lippe und schenkte Peter ein verhaltenes Lächeln. »Er mag Sie«, sagte sie.

Peter musste angesichts ihrer offensichtlichen Lüge beinahe lachen.

»Das habe ich gemerkt«, entgegnete er.

Aber nun hatte er es überstanden. Gina hatte ihn ihrem Vater vorgestellt, und er hatte es überlebt.

»Ich fahr noch kurz mit Ihnen runter«, sagte sie.

»Darf ich Sie etwas fragen?«, meinte Gina langsam.

Peter nickte und hielt ihr die Aufzugtür auf.

»Sie müssen es aber sagen, wenn Sie nicht darüber reden wollen.«

»Fragen Sie nur.«

»Das, was Sie letzten Sommer gemacht haben. Die Entscheidung gegen Ihre Familie. Gegen das Familienunternehmen. Warum haben Sie das getan?«

Er blieb stumm. Er hatte geahnt, dass diese Frage irgendwann kommen würde.

»Es hatte mit einer Sache zu tun, die geschehen ist, als ich jung war«, antwortete er schließlich.

Sie trug eine dünne gestreifte Strickjacke, die sie enger um ihren Körper zog. Draußen wehte ein leichter Wind, und Peter wollte nicht, dass sie fror. »Und was für eine Sache?«

»Haben Sie je Angst vor mir gehabt?«, fragte er bedächtig. »Ich meine, wenn wir allein waren.«

Sie schüttelte den Kopf. »Nein, keine Spur.«

»Vielleicht sollten Sie das aber.«

Ihre Miene wurde unsicher. »So schlimm kann es ja wohl nicht gewesen sein, oder?«

»Ich habe ein Mädchen vergewaltigt, als ich jung war«, sagte er tonlos.

Gina schlug sich die Hand vor den Mund.

Jetzt ist es vorbei, dachte er.

Sie starrte ihn an, und er hätte die Angst, die tief in ihren Augen aufblitzte, am liebsten ignoriert. Es schien ihm, als wäre sie einen Schritt zurückgewichen, aber vielleicht bildete er es sich auch nur ein.

»Bei den Neuwahlen im vergangenen Sommer habe ich einen Versuch unternommen, es wiedergutzumachen.«

»Und ist es Ihnen gelungen?«, fragte sie mit erstickter Stimme. »Es wiedergutzumachen?«

»Eine Zeit lang habe ich es geglaubt. Sie hat mir verziehen. Wir haben zwar keinen näheren Kontakt zueinander, doch wir sehen uns hin und wieder. Aber das, was ich Ihnen jetzt erzähle, muss unter uns bleiben.«

Sie holte mehrfach Luft. Er sah, wie sie gegen den Schock ankämpfte, und wartete nur darauf, dass sie auf dem Absatz kehrtmachen und weglaufen würde.

»Okay«, sagte sie schließlich.

»Es war die kleine Schwester von David Hammar.«

Sie runzelte die Stirn. »Carolina?«

»Es ist vor langer Zeit geschehen, als wir noch ziemlich jung waren. Im Internat. Mein Vater hat dafür gesorgt, dass alles totgeschwiegen wurde. Ich habe geglaubt, dass sie gestorben ist, und als junger Mann mit dieser Schuld leben müssen. Eigentlich mein halbes Leben lang, bis ich erfuhr, dass sie gar nicht tot war.«

»Ich weiß nicht, was ich dazu sagen soll.«

»Ich habe ein Mädchen vergewaltigt und einen Klassenkameraden misshandelt. Ich verstehe, dass es ein Schock für Sie sein muss.«

»Aber aus welchem Grund haben Sie es denn getan?«

»Ich wünschte, ich hätte eine gute Antwort darauf. Ich hatte noch nie eine starke Persönlichkeit. War eher schwach. In mir hatte sich viel Wut angestaut. Das soll gewiss keine Entschuldigung sein, denn so etwas kann man nicht entschuldigen, aber als ich versucht habe, zu begreifen, was geschehen war, fielen mir als Erstes diese Dinge sein. Ich verlange jedoch nicht von Ihnen, dass sie es verstehen.«

»Und wie alt waren Sie damals?«

Er dachte an den schicksalhaften Herbst zurück. Seine Erinnerungen daran waren überwiegend verschwommen, nur vereinzelte Fragmente standen ihm klar vor Augen. »Ich wünschte, ich könnte sagen, dass ich noch ein halbes Kind war, aber ich war gerade achtzehn geworden. Und sie war fünfzehn.«

»Das ist wirklich entsetzlich.«

»Ja. Deswegen habe ich im vergangenen Sommer für Hammar Capital und eine Übernahme gestimmt. Da ich die Chance erhalten habe, zumindest ansatzweise das zu sühnen, was ich Carolina und ihrer Familie damals angetan habe. Mein Vater weigert sich seitdem, mit mir zu sprechen, aber ich habe dennoch das Gefühl, richtig gehandelt zu haben.«

Gina schaute ihn an, als wäre er ein Fremder, und ihm war klar, dass dies der Preis war, den er höchstwahrscheinlich immer wieder aufs Neue für seine Tat von damals bezahlen musste. Er wusste, dass er es verdient hatte, doch es tat so weh, dass es ihm schwerfiel, sich aufrecht zu halten. Er hoffte fast, dass Gina weglaufen würde, sodass er heimfahren und aufgeben könnte.

»Und wie geht es ihr? Carolina?«

»Ihr geht es erstaunlicherweise gut. Sie hat sich verlobt. Ein Verbrechen wie dieses kann man niemals wiedergutmachen, das weiß ich. Aber sie scheint es überwunden zu haben.« Auch wenn dies alles für ihn nach wie vor kaum zu ertragen war, war es dennoch ein Trost. Dass Carolina Hammar tatsächlich glücklich zu sein schien.

»Im Unterschied zu Ihnen, nicht wahr?«

Er schlug den Blick nieder. »Ja.«

Er wünschte, er hätte sie nicht nach oben in ihre Wohnung begleitet. Dann wäre diese Frage vielleicht nie aufgekommen. Doch die Familie war Gina so wichtig, dass es auf der Hand lag, dass sie nach den Beziehungen zu seinen eigenen Familienmitgliedern fragen würde.

»Gina, ich sehe Ihnen an, dass Sie geschockt sind. Sie können mich fragen, was Sie wollen. Aber wie ist es für Sie, wenn ich Sie damit konfrontiere? Ich verstehe, wenn Sie ...« Er verstummte. Die Worte wollten ihm nicht über die Lippen kommen. Dass er es verstünde, wenn sie nichts mehr mit ihm zu tun haben wollte.

Sie runzelte die Stirn und biss sich auf die Unterlippe. Fuhr mit ihrer Schuhspitze über den Asphalt.

»Eine Vergewaltigung ist ein entsetzlicher Übergriff. Und ich bin in der Tat geschockt, genau wie Sie es gesagt haben.« Sie verstummte. Noch immer wich sie seinem Blick aus. »Und traurig. Es ist furchtbar.« Erneute Stille. Peters Handflächen wurden feucht, und der Kloß in seinem Hals ließ sich einfach nicht herunterschlucken.

»Sie wissen es vielleicht. In meinem Heimatland ... Dort geschehen Dinge, die man sich hier in Schweden kaum vorstellen kann«, fuhr sie fort und begegnete endlich seinem Blick. Ihre Miene war unmöglich zu deuten. Doch sie wirkte nicht mehr so geschockt wie anfänglich, eher unendlich traurig. »Es gibt so viele Frauen, deren Leben zerstört wird.«

»Ja«, sagte er und schluckte unaufhörlich. Er hatte Carolinas Leben zerstört. Das war ihm klar.

»Aber ich weiß auch, dass man über so etwas hinwegkommen kann, Peter, genau wie man andere Gewalttaten überwinden kann. Wissen Sie, ob Carolina Hilfe erhalten hat?«

»Sie hat eine Therapie gemacht. Und sie sagt, dass es ihr wieder gut geht. Dass sie es hinter sich gelassen hat. Außerdem tut ihr Bruder alles für sie.«

»Ich bin David Hammar schon öfter begegnet. Er ist – tja – beeindruckend.«

Mitten in allem Elend musste Peter kurz auflachen. Das war wohl die stärkste Untertreibung aller Zeiten.

»Ich wünschte, ich könnte es ungeschehen machen«, sagte er.

»Aber das können Sie nicht.«

»Nein.«

»Entschuldigen Sie, dass ich davon angefangen habe. Es ist Ihnen bestimmt äußerst unangenehm, darüber zu reden.«

»Ich nehme an, dass es Konsequenzen haben wird.«

»Wofür?«

»Für uns.«

»Ja, das nehme ich auch an. Ich muss erst mal darüber nachdenken.«

»Ich verstehe«, sagte er und spürte, wie sich seine Hoffnung in Luft auflöste.

Sie zog ihre Strickjacke noch enger um ihren Oberkörper. »Gute Nacht.«

Er wollte seine Hand nach ihr ausstrecken, wollte etwas sagen und somit verhindern, dass all das wie ein Kartenhaus in sich zusammenfiel, was sie beide verband. Aber ihm fiel nichts Passendes ein, sodass er sich mit einem leisen »Gute Nacht, Gina« begnügte.

43

»Was machst du gerade?«, fragte Alexander.

»Nichts Besonderes«, antwortete Isobel. Sie lag auf dem Sofa und wippte mit den Zehen. Am Vormittag hatte sie ein paar Stunden an der Dokumentation ihres Auslandseinsatzes im Tschad gearbeitet. Danach hatte sie sich auf das Sofa gelümmelt und ein wenig im Internet gesurft, während sie auf seinen Anruf wartete.

»Geht es dir heute besser?«

»Viel besser. Ich werde in meinem ganzen Leben nie wieder Alkohol trinken.« Der gestrige Kater war entsetzlich gewesen.

Er lachte. »Was hast du gerade an?«

Sie schaute an sich hinunter auf Sweatshirt und Trainingshose. Ihre Lieblingsklamotten für zu Hause, grau und flauschig. »Ich bin nackt«, log sie.

»Dann zieh dir was an. Ich hole dich in einer Stunde ab. Wir gehen shoppen.«

Alexander stand bereits vor ihrer Haustür, als sie genau eine Stunde später runterkam. Selbstsicher und strahlend, und Isobel verfiel seinem gefährlichen Blick sofort. Nie mehr würde sie glauben, dass blaue Augen arglos und unschuldig seien, Alexanders waren wie ein abgrundtiefes Meer oder die Unendlichkeit des Weltalls.

»Und wohin gehen wir?«, fragte sie, dankbar dafür, dass es ihr gelang, cool und abgeklärt zu klingen.

»Was für eine Frage«, meinte er, nahm ihre Hand und begann in Richtung Innenstadt zu gehen. »Natürlich in einen Sexshop.«

Sie überquerten den Norra Bantorg und gingen die Drottninggata hinauf. Als sie das Geschäft betraten, klopfte Isobels Herz so heftig, dass sie Schwierigkeiten hatte, sich zu konzentrieren. Sie drückte Alexanders Hand fest. Sie war schon in den gefährlichsten Ecken der Welt gewesen, hatte Menschen sterben sehen und Leben gerettet, aber in einen Laden zu gehen, in dem Sexspielzeug verkauft wurde, jagte ihr höllische Angst ein. Alexander hingegen wirkte völlig entspannt. Sie schaute sich im Laden um, es war hell und irgendwie luftig. Rosa, weiß und feminin. Sie betrachtete ein Regal voller Federn in unterschiedlichen Farben und bedachte Alexander mit einem vorwurfsvollen Blick.

Alexander verzog den Mund.

»Wir würden uns gern ein paar Peitschen und Ähnliches ansehen«, sagte er dann unbekümmert zur Verkäuferin.

Isobel schaute hinunter auf ihre Füße und begriff zum ersten Mal die Bedeutung des Ausdrucks, am liebsten im Boden versinken zu wollen.

Sie folgten der Verkäuferin, während Isobel ihren Blick weiterhin auf den Fußboden heftete. *Gleich sterbe ich.*

»Jetzt kannst du wieder aufschauen«, sagte Alexander amüsiert. »Sie ist gegangen. Wie gefällt es dir?«

Isobel hob den Kopf. Sie waren allein, wie sie erleichtert feststellte. Sie befanden sich im ersten Untergeschoss, und in diesem Teil des Ladens war die Farbskala dunkler. Sie erblickte reihenweise Peitschen, Seile und Augenbinden. Regalweise Dildos in unterschiedlichen Farben und Größen. Bügel, an denen Lederkorsetts und teure Reizwäsche aus Seide, Lack und Spitze hingen. Schachteln und Kästchen mit Dingen, von denen sie nicht einmal wusste, was sie darstellen sollten. Sie wurde gleichermaßen von Erregung und Angst überwältigt. »Ich weiß nicht, ob ich …«

»Möchtest du lieber wieder gehen?«

Sie kratzte sich am Ohr. Ließ ihren flackernden Blick über ein Set Handschellen gleiten. Aus dickem weißen Leder und mit mattgoldenem Verschluss. Sie sahen eher wie breite Lederarmbänder als wie Handschellen aus.

Sie schüttelte den Kopf.

»Magst du diese hier?« Er nahm die weißen Handschellen in die Hand. Sie mochte sie nicht, sie liebte sie geradezu. »Und die hier?« Alexander hielt zwei Clips hoch, die aussahen wie kleine silberne Wäscheklammern. Aha, Nippelklemmen. Entschieden schüttelte sie den Kopf. Sie hatte sehr empfindliche Brustwarzen.

Alexander legte sie wieder zurück und nahm einen kleinen lilafarbenen Dildo zur Hand. »Analtoy«, las er auf der Verpackung. Sie schüttelte den Kopf. Jedenfalls jetzt noch nicht, vermutlich aber nie.

Nachdem es Isobel gelungen war, ihre Nervosität zu überwinden, begannen sie sich durch die immer dekadenter anmutenden Gegenstände in den Regalen zu arbeiten. Alexander war neugierig und gelöst und brachte sie dazu, sich ebenfalls zu entspannen. Das meiste Sexspielzeug in dieser Abteilung ließ ihre eigenen Neigungen als recht harmlos erscheinen, dachte sie, während sie ein Hundehalsband mit dazugehöriger Leine betrachtete.

Schließlich hatten sie einen Einkaufskorb mit Gegenständen gefüllt, die Isobels Puls höher schlagen ließen. Die langen Reitpeitschen hatte sie abgelehnt, aber angesichts einer weichen neunschwänzigen Katze aus demselben weißen Leder wie dem der Handschellen sowie einem Paddle in Weiß hatte sie peinlich berührt genickt. Alexander bezahlte und weigerte sich, auch nur in Erwägung zu ziehen, die Kosten zu teilen. Isobel gab auf, als sie sah, was der Vibrator mit eingearbeiteten Kristallen in einer luxuriös ausgekleideten Schachtel kostete.

»Bist du nervös?«, fragte er, nachdem sie aus dem Taxi gestiegen und in seine Wohnung gegangen waren.

»Etwas.« Besser gesagt, ziemlich.

»Ich muss noch ein paar Dinge erledigen«, erklärte er. »Nimm dir in der Küche etwas zu trinken, und dann treffen wir uns danach im Wohnzimmer.«

Isobel tat, wie ihr geheißen wurde, ging in die Küche, goss sich Wasser ein und nahm ihr Glas mit ins Wohnzimmer, wo es unangerührt auf dem Couchtisch stehen blieb, während sie auf dem Sofa saß und wartete.

Er kam zurück, setzte sich neben sie und küsste sie auf den Hals. Sie rang verunsichert nach Luft. Es fiel ihr schwer, sich zu entspannen. Es war später Nachmittag, und die Wohnung war lichtdurchflutet. Würden sie denn nicht ins Schlafzimmer gehen? Oder wenigstens die Gardinen zuziehen?

»Isobel? Was ist los?«

»Ich weiß nicht, was ich da in Gang gesetzt habe.«

»Wovor hast du denn Angst?«

»Enttäuscht zu werden, nehme ich an.« Sie hatte schon so viele Sexerlebnisse gehabt, bei denen alles zwar gut angefangen, aber schließlich damit geendet hatte, dass sie an den Füßen fror oder irgendwie unbequem lag und sich mehr auf den Genuss ihres Partners konzentrierte als auf ihren eigenen.

»Ich möchte dich bitten, dich von jetzt an auf mich zu verlassen. Okay?«

Sie nickte.

»Danke. Als Erstes hätte ich gern, dass du mir erzählst, was du erwartest.«

Oje. Darüber reden. Das fiel ihr noch schwerer. »Ich weiß nicht, ob ich das kann.«

»Klar kannst du das. Sag es mir.«

»Ich habe die Befürchtung, dass es für dich vielleicht nur eine nette einmalige Sache ist.« Sie bemühte sich, so ehrlich wie möglich zu sein. »Dass es zwar gut anfängt, aber ganz gewöhnlich endet. Und ich mich schlussendlich entscheiden muss, ob ich fake oder dich enttäusche.«

»Es geht also gar nicht um deine eigene Enttäuschung? Du hast Angst, dass ich am Ende enttäuscht sein werde?«

»Ja.«

»Bist du denn für meine Gefühle verantwortlich?«

Sie schüttelte den Kopf.

»Du bist viel zu sehr darauf bedacht, die Verantwortung für alles und jeden zu übernehmen«, sagte er bedächtig. »Isobel, ich bin ein erwachsener Mann, ich kann selbst Verantwortung für mich übernehmen. Das Einzige, was du heute tun musst, ist, mir zu sagen, wenn dir etwas nicht gefällt.«

Hatte Alexander recht? Versuchte sie wirklich, alles und jeden zu kontrollieren?

»Und jetzt möchte ich, dass du mir sagst, was ich tun soll.«

Sie runzelte irritiert die Stirn. Der Sinn der Sache bestand doch darin, eben nicht die Kontrolle zu übernehmen. Kapierte er das denn nicht?

»Ich möchte aber, dass du die Oberhand hast«, entgegnete sie frustriert.

Alexander legte eine Hand auf ihr Bein. Sie zuckte förmlich zusammen. Seine Hand glitt hinunter an die Innenseite ihres Oberschenkels, wo er sie streichelte, ihr Kleid hochschob und ihre Beine spreizte. Nicht grob, aber definitiv bestimmend. Sie hielt die Luft an.

»Schon klar. Aber du musst mir sagen, wo es langgehen soll.

Wonach sehnst du dich? Möchtest du, dass ich dich fessele?« Er schob ihre Beine noch ein wenig weiter auseinander.

Sie stöhnte auf.

»Isobel?«

»Ja«, antwortete sie mit erstickter Stimme.

»Es fällt dir nicht so leicht, oder?«

»Ja, stimmt.«

Seine Hand schob sich unter den Stoff ihres kurzen Kleids, und sie spreizte ihre Beine automatisch etwas weiter. Sein Daumen rieb leicht über ihren Slip.

»Du bist feucht«, stellte er fest.

Jetzt atmete sie schwer. Wie hatte sie nur je auf die Idee kommen können, Alexander wäre jungenhaft? Er war ein Mann, der ihren Körper dirigierte. Und er flößte ihr keine Angst ein. In keiner Weise.

Er nahm ihre Hand.

»Steh auf.«

Sie hatte schon immer eine Schwäche für dominante Männer mit selbstsicherer Stimme gehabt, bislang nur noch nicht realisiert, wie effektvoll Alexanders Stimme war und wie er sie allein mit Worten erregen konnte.

»Schließ die Augen«, befahl er ihr.

Sie schloss die Augen, umfasste seine Hand fest und ließ sich aus dem Wohnzimmer in den Flur führen. Sie hörte, wie eine Tür geöffnet wurde.

»Jetzt darfst du schauen«, sagte er leise. Sie öffnete die Augen und blinzelte ein wenig, um sich an die Lichtverhältnisse zu gewöhnen.

Sie standen auf der Schwelle zu seinem Schlafzimmer. Doch was zuvor ein modernes Schlafzimmer mit kosmopolitischer Hotelzimmeratmosphäre gewesen war, hatte sich in einen Raum verwandelt, der eher einer erotischen Fantasie gleichkam. Er hatte das Bett ausgewechselt. Das vorherige Bett hatte ein modernes, mit Stoff bezogenes weiches Kopfteil gehabt. Doch jetzt war es gegen ein riesiges Eisenbett ausgetauscht worden. Ohne Bettdecken und nur mit einem Laken und mehreren Kissen darauf sowie weiteren Kissen auf dem Fußboden. Am Fußende stand eine Truhe, auf der die Gegenstände lagen, die sie gekauft hatten. Das weiße Lederset. Das Paddle. Der Dildo, Fläschchen mit Öl sowie Seile und seidene Bänder.

Sie schaute ihn an und schluckte heftig.

Er schob sie in den Raum hinein.

»Zieh dein Kleid aus.«

Sie zögerte zunächst, doch dann knöpfte sie es auf und ließ es zu Boden gleiten. Sie wollte gerade darübersteigen und es aufheben, als Alexander den Kopf schüttelte. Er ließ ganz langsam seinen Blick über ihren Körper gleiten.

»Nein, bleib so stehen und zieh deinen BH aus.«

Er betrachtete sie weiterhin, während sie die Häkchen ihres BHs öffnete und ihn ebenfalls zu Boden gleiten ließ.

»Geh runter auf die Knie. Mit den Händen auf dem Rücken.«

Sie blinzelte heftig und suchte nach seinem Blick. *Ist das dein Ernst?*

Er erwiderte ruhig ihren Blick, sich seiner Sache und seines Befehls sicher. Nickte auffordernd in Richtung Fußboden. »Runter.«

Sie sank nicht besonders anmutig auf die Knie. Doch der Teppich war weich wie Lammfell, als hätte er ihn nur für sie dort hingelegt. Sie versuchte, das Gleichgewicht zu halten, und konnte nicht umhin, ihren Bauch einzuziehen. Die Sonne schien in den Raum, und sie blinzelte im Gegenlicht.

»Die Hände.«

Gehorsam führte sie ihre Hände hinter den Rücken. Eigentlich hätte es ihr unangenehm sein müssen, doch das war es nicht.

Alexander ging im Zimmer umher. Zog die Gardinen zu. Es waren schwere Vorhänge, die jegliches Licht dämpften und den Raum in ein gnädiges Halbdunkel tauchten. Er riss ein Streichholz an und begann Kerzen anzuzünden, jede Menge Kerzen in unterschiedlichen Größen. Isobel kniete noch immer auf dem weichen Teppich, die Hände hinter dem Rücken verschränkt, und schielte zu den verschiedenen Gegenständen rüber, die er auf der Truhe platziert hatte. Im Sexshop hatten sowohl die weiße neunschwänzige Katze als auch das kleine Paddle ziemlich harmlos ausgesehen. Doch jetzt wirkten sie plötzlich wie eine ernst zu nehmende Bedrohung. Er näherte sich ihr und strich ihr eine Haarsträhne aus dem Gesicht. »Ist es bequem so?«, fragte er mit leiser Stimme.

Sie nickte in Richtung seiner Hand. Er strich ihr mit dem Finger über die Wange. Sie schluckte, wandte ihr Gesicht seiner Handinnenfläche zu, schloss die Augen und sog seinen Duft ein. Er roch frisch geduscht, war frisch rasiert, und es gefiel ihr, dass er sich für sie zurechtgemacht hatte.

Alexander begann seinen Gürtel zu öffnen und ihn aus den Schlaufen seiner Hose zu ziehen. Es war ein neuer glänzender Ledergürtel, und Isobel folgte seinen Bewegungen von ihrer knienden Position aus mit wachsamem Blick. Er nahm ihn und wickelte ihn um eine Hand. Sie hielt die Luft an und spürte eine unangenehme Welle der Angst in sich aufsteigen.

»Schscht«, murmelte er beruhigend und stellte sich hinter ihren Rücken. Sie hörte, wie er sich zu ihr hinunterbeugte und spürte, wie er den Gürtel mehrfach um ihre Handgelenke wand. Er atmete gegen ihren Rücken und küsste ihre Schultern, während er ihn festzog, ziemlich fest, aber nicht schmerzhaft.

»Ich nenne dir jetzt ein Safeword. Weißt du, was das ist?«

Ein Wort, das ihn dazu bringen würde aufzuhören, wenn es ihr zu viel wurde.

»Wenn du *Paris* sagst, höre ich sofort auf, egal, was ich gerade mache, okay?«

Sie schaute zu ihm auf. Sein Blick war warm, und er zeigte keinerlei Anzeichen von Unsicherheit. Sie konnte kaum nachvollziehen, dass sie seine Fähigkeiten, das Kommando zu übernehmen, je infrage gestellt hatte. Er war ein Naturtalent, und er hatte alles vollständig im Griff.

»Es steht dir, wie du so da kniest.«

Sein Zeigefinger strich über ihre Unterlippe. Mit dem Daumen an ihrem Kinn schob er ihre Lippen auseinander, sodass sich ihr Mund öffnete.

Er zog sich aus und stand dann nackt vor ihr. Ergriff seine Erektion und näherte sich damit ihrem Gesicht. Sie öffnete ihre Lippen noch ein Stück weiter, nahm ihn in den Mund und schmeckte den leicht salzigen Tropfen, bevor er sich langsam zu bewegen begann. Oralsex hatte sie schon immer geliebt. Es war ein intimer Akt, und vielleicht sprach er genau diese Seite von ihr an, dachte sie und schloss die Augen. Alexander strich ihre Haare zur Seite und zog sich wieder heraus, sodass ihre Bewegungen gestoppt wurden. Sie schaute ihn fragend an.

»Ich möchte, dass du zu mir aufschaust, während du mich in den Mund nimmst.«

»Aber …«, protestierte sie. Mit hinter dem Rücken gefesselten Händen war es schon schwierig genug. Außerdem würde es ihre Konzentration stören.

Er sammelte ihre Haare in einer Hand und zog ihren Kopf nach hinten, nicht ruckartig, nur um sie daran zu erinnern, wie ihre Rolle in diesem Spiel aussah. Sie nickte. Anfänglich war es verdammt schwer. Sie hatte den Sinn der Geste nie ganz erfasst, einander tief in die Augen zu schauen. Doch nach einer

Weile war es, als stellte sich eine tiefe Verbundenheit zwischen ihnen ein, als kommunizierten sie völlig ohne Worte. Er steuerte sie mittels seiner Hand um ihre Haare, bisweilen fest und entschieden, mitunter auch langsamer, wobei er ihr bedeutete, ihn mit ihren Lippen zu liebkosen und zu küssen.

»Komm auf die Füße«, sagte er sanft, legte eine Hand um ihren Oberarm und half ihr aufzustehen. Behutsam löste er den Gürtel, nahm ihre Hände und küsste eine ihrer Fingerspitzen nach der anderen.

»Leg dich aufs Bett«, sagte er dann. »Auf den Bauch. Mit den Händen zum Kopfteil hin ausgestreckt.«

Sie stieg auf allen Vieren aufs Bett.

»Warte«, rief er. »Bleib so, ich will es sehen.« Gehorsam verharrte sie in der Position, während er ums Bett herumging. Sie hörte, wie er mit den Gegenständen hantierte, traute sich aber nicht, hinzuschauen.

»Du kannst dich jetzt hinlegen.«

Sie legte sich auf den Bauch. Das Laken war kühl und duftete frisch gewaschen. Sie streckte ihre Arme in Richtung Kopfteil aus und blieb still liegen, während er die weißen Handschellen holte. Er befestigte ihre Hände mit den Ledermanschetten an den Eisenstäben des Bettes.

»Liegst du bequem?«, fragte er, während sie hörte, wie er sich im Zimmer bewegte.

»Ja«, antwortete sie.

»Ich werde dir jetzt zehn Peitschenhiebe verabreichen. Hältst du zehn aus?«

Sie blinzelte ins Laken. *Woher zum Teufel soll ich das wissen?*

»Isobel?«

»Ja«, antwortete sie.

Dann spürte sie seine Hände auf ihrem Körper. Er streichelte ihren Rücken und ihre Pobacken, dann zog er ihr mit einer raschen gewohnten Bewegung den Slip aus. Seine Hand schob sich zwischen ihre Beine, und sie stöhnte auf. Es war, als ob in ihrem Kopf ein Schalter umgelegt wurde, wenn er das Kommando übernahm.

»Ich stehe jetzt hinter dir«, sagte er.

Sie blinzelte. Aber sie hatte keine Angst. Oder nur ganz wenig. Mit Sebastien hatte sie Angst bekommen, ein ungutes Gefühl. Das hier hingegen war eine eher angenehme Angst. Denn sie wusste, dass sie jederzeit wieder die Kontrolle über die Situation erlangen konnte.

»Bist du bereit?« Er streichelte sie mit der Peitsche.

Er klang so sanft und zärtlich, dass Isobel nicht darauf vorbereitet war, als es geschah. Der Peitschenhieb traf sie mitten auf dem Po. Sie wusste nicht, was sie erwartet hatte. Vielleicht, dass er sie behutsam und spielerisch mit den Schwänzen der Katze kitzeln, aber zurückhaltend sein würde. Doch der Hieb traf sie mit voller Wucht und mit einem Knall, der sie in Anbetracht des Schmerzes nach Luft ringen ließ, als bereits der nächste Hieb kam, der wirklich wehtat. *Mon Dieu.*

»Atme, Isobel«, befahl er ihr.

Sie holte tief Luft. Atmete wieder aus. Der nächste Hieb war noch fester und ließ sie an ihren Handschellen ziehen.

Klatsch!

Dieser war etwas weniger heftig, sodass sie erleichtert, aber zittrig ausatmete. Vielleicht war das Schlimmste bereits überstanden.

Klatsch! Sie stöhnte laut auf.

Er hielt hinter ihr inne, und sie ahnte, dass er darauf wartete, dass sie ihn bitten würde aufzuhören. Doch das wollte sie nicht. Stattdessen biss sie die Zähne zusammen und atmete gleichmäßig weiter. Der nächste Hieb traf sie wieder härter. Es tat noch immer entsetzlich weh, doch jetzt mischte sich ein weiteres Gefühl unter den Schmerz. Eine Wärme, die sich nicht nur auf ihrem Po, sondern auch bis über ihre Hüften, die Oberschenkel und im Bauch ausbreitete. Sie wand sich auf dem Laken, presste sich gegen die Matratze, wollte sich daran reiben, wollte kommen, konnte nicht mehr klar denken.

»Nein«, sagte er im Befehlston. »Bleib still liegen.«

Sie stöhnte protestierend, gehorchte jedoch abwartend.

Er verabreichte ihr drei weitere Hiebe, die ebenfalls wehtaten, doch nun war der Schmerz definitiv in Genuss übergegangen.

Sie begann zu zittern.

Klatsch!

Sie konnte einfach nicht mehr still hatten. Es war, als wäre sie dabei, sich aufzulösen, auseinanderzufallen. Sie zog mit ihren Händen an den Handschellen und erhielt den letzten Hieb. Er war fest, viel fester als die anderen, doch sie konnte ihn aushalten, die Schmerzen in etwas umwandeln, wofür ihr die Worte fehlten. Genau darüber hatte sie fantasiert, über das hier … und dann war Alexander plötzlich über ihr. Er schob seine Hand zwischen ihren Körper und die Matratze, und sie kam so schnell, dass sie gedanklich kaum hinterherkam, bloß gegen seine Hand bebte. Sie stöhnte in die Matratze, unfähig zu reden, zu denken. Er legte sich auf sie, stützte sein Körpergewicht beidseits ihres Körpers ab, spreizte ihre Beine und nahm sie mit harten, fast brutalen Stößen, während sie mit gefesselten Händen bäuchlings auf seinem Bett lag.

Danach schob er erneut seine Hand unter ihren Körper.

»Bitte nicht noch einmal«, sagte sie mit erstickter Stimme.

Doch er machte trotzdem weiter, streichelte sie behutsam, während er sich in ihr bewegte. Er biss sie spielerisch in den Hals und ihren Nacken, während sie von den Füßen bis zu den Schultern zitterte. Mittlerweile waren ihre Arme taub geworden, und ihre Haare lagen in verschwitzten Strähnen um ihr Gesicht herum, als Alexander aus ihr herausglitt und endlich die Handschellen löste. Erleichtert zog sie ihre Arme zum Körper heran, während er sie auf den Rücken drehte. Sie sah, wie er sich das Kondom abstreifte und es in ein Papiertaschentuch wickelte, bevor er ihr die Haare aus dem Gesicht strich und sie anschaute.

»Bist du okay?«, fragte er.

»Ja. Aber ich glaube, ich kann nicht mehr reden.«

»Du bist so unglaublich sexy.« Er küsste ihre Brüste. »Eigentlich fand ich schon, dass du Sex-Appeal hast, als ich dich zum ersten Mal gesehen habe«, murmelte er zwischen den Küssen. »Aber im Ernst, das hier war das geilste Erlebnis meines Lebens. Du bist perfekt. Die schönste und erotischste Frau, der ich je begegnet bin.«

Er stützte sich auf einen Arm und begrub sein Gesicht zwischen ihren Brüsten. Sie presste sich gegen ihn. »Es war völlig unglaublich«, fuhr er fort, während er mit den Fingern über die Haut an den Innenseiten ihrer Oberschenkel strich. Er umschloss ihren Mund mit einem Kuss. Er küsste sie, und sie küsste ihn zurück.

Seine Hand glitt ein weiteres Mal zwischen ihre Beine.

»Du wirst noch einmal kommen, Isobel«, sagte er.

Sie wollte protestieren, sagen, dass dies noch nie zuvor geschehen war, dass multiple Orgasmen ihrer medizinischen Überzeugung nach sowieso ein reiner Mythos wären, doch dann tat er etwas mit seinen geschickten Fingern, flüsterte ihr ins Ohr, was er vorhatte, mit ihr zu machen, und als er ein weiteres Mal in sie eindrang, ließen seine Hände, seine Stimme und das Gefühl in ihrem Unterleib sie in einem weiteren Orgasmus explodieren. Während sie unter ihm erbebte und spürte, wie sich ihr Körper heftig zusammenzog, kam er ebenfalls, heftig und ruckartig, und dann lagen sie schließlich keuchend und verschwitzt übereinander. Sie fuhr mit den Händen über seinen Rücken und genoss es, seine Muskeln unter ihren Fingerspitzen zu spüren, ihn dicht neben ihrem Hals atmen zu hören und festzustellen, wie das heftige Pochen ihres Herzens langsam abnahm.

Schließlich rollte er sich von ihr hinunter und kollabierte neben ihr auf der Matratze.

»Wie machst du das eigentlich?«, fragte sie, als sie sah, dass er sich ein weiteres Kondom abstreifte. »Ich sehe nie, wenn du es überstreifst.«

Er erwiderte nichts und streckte nur seinen Arm aus, mit dem er sie dicht zu sich heranzog.

»Wie geht es dir?«, fragte er nach einer Weile. Diese ständige Sorge um sie. Sie müsste in Zukunft etwas mehr auf ihr Herz achten, denn dieser Mann hatte das Potenzial, es ihr ohne Probleme zu brechen. Wann hatte ihr je ein Mensch so viel Fürsorglichkeit zuteilwerden lassen? Die starke, kluge Isobel kam schon allein zurecht, so hatte ihre Umwelt sie gesehen. Auf Isobel konnte man sich immer verlassen. Isobel schaffte alles. Ihr war nicht bewusst gewesen, wie sehr sie sich danach sehnte, umsorgt zu werden, sich darauf verlassen zu können, dass jemand für sie da war.

»Gut«, antwortete sie.

Er stützte sich auf einen Ellenbogen und betrachtete ihr Gesicht. Nahm dann ihre Hand und drehte sie prüfend. »Du hast ja Druckstellen. War es zu fest? Warum hast du denn nichts gesagt?«

Peinlich berührt zog sie ihre Hand weg. Mit Sebastien hatte sie Angst gehabt. Doch mit Alexander war es anders. Mit ihm … Sie *wollte* geradezu Druckstellen von ihm haben. »Es hat mir gefallen.«

»Warte kurz. Ich bin gleich zurück«, sagte er und stieg aus dem Bett, und als er zurückkam, spürte Isobel etwas Weiches über sich, eine Decke, die federleicht wie eine Wolke und warm wie Sonnenschein war.

»Hier«, sagte er. »Trink.«

Dann trank sie von dem Wasser, das er ihr reichte und das angenehm kühl und sprudelnd war, ließ sich von ihm zudecken und übers Haar streichen. Sie kuschelte sich in seine Arme. Ließ sich den Rücken und die Schultern streicheln. Ließ sich küssen, umarmen und wiegen.

Das war das Letzte, woran sich Isobel erinnerte, denn dann schlief sie ein.

44

Alexander lag wach und lauschte Isobels Atemzügen. Es war erst kurz nach zwanzig Uhr, und er bezweifelte, dass sie die ganze Nacht durchschlafen würde. Draußen war es noch hell, und die Amseln trällerten. Er spielte mit einer ihrer Locken, die er um seinen Zeigefinger gewickelt hatte. Küsste ihre Stirn und schnupperte an ihrer Haut. Sie streckte sich und atmete mit einem zufriedenen Seufzer tief aus, was ihn lächeln ließ. Draußen in der realen Welt war Isobel eine der kompetentesten, selbstsichersten und engagiertesten Frauen, denen er je begegnet war. Hier in seinem Bett war sie es zwar immer noch, aber eben auch eine Frau, die es genoss, sich zu unterwerfen, und die sich getraut hatte, es mit ihm spielerisch zu verwirklichen. Vielleicht war es nicht gerade angebracht, sich deshalb wie ein König zu fühlen, doch er tat es. So war es wohl, wenn man gerade den besten Sex seines Lebens gehabt hatte. Er hörte, wie sich ihre Atmung veränderte, und spürte, wie sie sich bewegte. Sie war aufgewacht. Ihr Magen knurrte.

»Hast du Hunger?«, flüsterte er ihr fragend zu.

»Bärenhunger.« Sie gähnte.

»Wie geht es dir?«

Sie wandte ihm den Kopf zu und schenkte ihm ein träges Lächeln. »Gut.«

»Sicher?« Ihn beschlich immer wieder die Sorge darüber, etwas falsch gemacht und möglicherweise eine Grenze überschritten zu haben.

»Hundertpro. Aber ich mag es, wenn du so liebevoll bist.«

»Ich bin eigentlich nicht besonders liebevoll.«

»Zu mir aber schon.«

»Habe ich dich nicht gerade vorhin gefesselt und ausgepeitscht?«

»Doch. Und ich hoffe, dass du es wieder tust.« Sie stützte sich auf den Ellenbogen und strich ihm über die Stirn, wobei sie mit ihrem kleinen Finger der Linie seiner Augenbraue folgte. »Wusstest du eigentlich, dass es keinen objektiven Schmerz gibt? Dass er ausschließlich subjektiv ist?«

»Du weißt wirklich die faszinierendsten Dinge.« Er nahm ihre Finger und küsste die Fingerspitzen. Hatte die Haut irgendeiner anderen Frau je so gut geduftet oder geschmeckt wie ihre?

»Wie war es eigentlich für dich?«, fragte sie. »Du hattest doch gemeint, dass es dir nicht gerade leichtfallen würde.«

»Es gibt so vieles, womit man sich nicht unbedingt auseinandersetzen möchte, und was man meint, nicht gut zu finden. Aber das, was wir gemacht haben, hat mir verdammt gut gefallen. Es war fast erschreckend, diese Neigung an mir selbst zu entdecken.«

Es hatte ihm tatsächlich gefallen. Eine dunkle primitive Seite von ihm, von der er nie etwas geahnt hatte.

»Für mich auch«, entgegnete Isobel. »Ich weiß nicht, wie oft ich gehört oder gelesen habe, dass es anormal ist, eine Abweichung, eine Störung, ein Kindheitstrauma. Bis man es schließlich selbst glaubt. Dass man abartige Neigungen hat.«

»Du meinst also, dass du vergleichbar mit Pädophilen, Mördern oder Vergewaltigern ein schlechter Mensch bist?«

»So, wie du es ausdrückst, vielleicht nicht gerade. Aber als Frau hat man gewisse Dinge zu mögen und sich von anderen zu distanzieren. Es ist schwierig, nicht konform zu sein.

Wenn man vom Mainstream abweicht, wird man verletzlich und schämt sich.«

»Schämst du dich etwa für das, was du getan hast?«

»Nein. Ich habe irgendwann beschlossen, mich zu weigern. Das geht niemanden etwas an.« Sie verstummte. »Aber du?«

»Ja?«

»Glaubst du, dass ich jetzt etwas zu essen bekommen könnte, bevor ich noch in Ohnmacht falle?«

Alexander nickte, entlockte ihr einen Kuss, sprang kurz unter die Dusche, zog sich etwas an und schickte Isobel ins Bad, während er in der Küche loslegte.

»Da liegen Handtücher, und ich habe dir auch einen Morgenmantel rausgelegt«, rief er, während er Pfannen und Töpfe aus dem Schrank holte.

Als Isobel in die Küche kam, waren ihre Haare noch feucht. Sie band den Gürtel des seidenen Herrenkimonos, den er für sie herausgesucht hatte, mit einer großen Schleife. Sie war zwar eine groß gewachsene Frau mit ausgeprägten Kurven, versank aber dennoch fast darin. Er schälte eine Mohrrübe und reichte sie ihr.

»Damit du nicht verhungerst.«

»Das ist ja wie in einem schlechten Film«, entgegnete sie zufrieden, während sie an der Rübe knabberte und sich in seiner Küche umsah. Sie lehnte sich mit der Hüfte an seine Kücheninsel. »Gut aussehender Frauenheld zaubert in einer supergestylten Küche nonchalant ein Abendessen.«

»Und endet es damit, dass das hübsche Mädel auf der Kücheninsel landet und ausgepeitscht wird?«, fragte er.

»Wenn du mich fragst, viel zu selten.«

Er lachte. Er liebte diese spielerische Seite an ihr. So war Isobel Sørensen, wenn sie sich sicher fühlte. Witzig und etwas albern. Und mit einem unglaublichen Sex-Appeal.

Er stellte die Pfanne ab, die er gerade in der Hand hatte, und ging auf sie zu, umfasste ihren Nacken und gab ihr einen Kuss, bis sie wimmernd ihre Beine um seinen Körper schlang. Er legte eine Hand auf ihren Oberschenkel. Sie war keine durchtrainierte Frau, aber er liebte ihren weichen Körper.

»Wusstest du eigentlich, dass du die weichste Haut der Welt hast?«, murmelte er in ihre Halsbeuge.

Er sah bereits vor sich, wie er sie umdrehte, ihren Oberkörper auf die Kücheninsel presste, den Seidenstoff hochschob und in ihre willkommen heißende Wärme hineinglitt. Konnte bereits ihr leises Stöhnen hören, während er sie ausfüllte, als ihn plötzlich ein Geräusch vom Herd aufschrecken und herumfahren ließ. Das Spaghettiwasser kochte über.

»Essen geht vor«, sagte er.

Er wusch Cocktailtomaten in einem Sieb, griff nach einer Dose mit hellgelbem Mozzarella, gab frisches Basilikum in ein Schälchen und suchte nach Honig und Knoblauch.

»Es duftet wirklich fantastisch«, sagte sie und schnupperte.

Alexander füllte zwei tiefe Pastateller mit Spaghetti und Soße und rieb jede Menge Parmesan darüber, während Isobel einen italienischen Wein öffnete und ihn in zwei einfache Gläser schenkte. Sie prosteten einander zu und begannen zu essen.

»Du hast es also nicht im Scherz gesagt. Du kannst tatsächlich kochen. Gibt es eigentlich irgendetwas, das du nicht kannst?«

Er drehte Spaghetti auf seine Gabel. »Ich kann zum Beispiel keine Menschenleben retten. Ich kann kein Krankenhaus mitten im Nirgendwo betreiben. Mach mich also nicht zu etwas, das ich nicht bin, Isobel.«

»Im Bett bist du ja auch ganz okay«, sagte sie leichthin.

»Dann muss ich offenbar noch härter an mir arbeiten. So wie du geklungen hast, hatte ich angenommen, ziemlich gut zu sein.«

»Ich bin schließlich ein Freak und deshalb vielleicht nicht die richtige Person, um es beurteilen zu können. Aber ich finde dich phänomenal.«

»Du bist kein Freak, ganz und gar nicht.« Er schenke ihr Wein nach.

»Wenn du wüsstest, wie oft ich schon zu hören bekommen habe, dass mit mir etwas nicht stimmt, weil ich nicht kommen kann wie …«, Isobel deutete in der Luft Anführungszeichen an, »gewöhnliche Frauen.«

»Du bist doch Ärztin und hast schließlich Anatomie gelernt. Hast du nicht mal daran gedacht, dass jede Frau anders gebaut ist? Du bist bestimmt nicht diejenige, die Probleme hat, du warst bloß mit Idioten zusammen. Mit unsicheren Männern. Zum Glück bist du mir begegnet, sodass wir das jetzt endlich klären konnten.«

»Es kommt mir trotzdem irgendwie sonderbar vor, dass es mir gefällt«, sagte sie, während sie an ihrem Wein nippte. »Dass es so erregend sein kann, sich zu unterwerfen.«

»Aber dabei übersiehst du das Wichtigste.«

»Das da wäre?«

»Dass ich deine Besonderheit mag. Verdammt, ich hatte noch nie so guten Sex in meinem ganzen Leben.«

»Ich auch nicht.« Sie streckte ihre Beine unter dem Tisch aus. Lange Beine mit heller Haut und Sommersprossen sowie perfekt geformte Füße. Er hatte vor, diese Beine schon bald weit gespreizt zu fesseln. Und Isobel dann zu lecken.

»Wie hast du nur gelernt, so leckere Pasta zuzubereiten?«, fragte sie.

»Mein bester Freund ist schließlich ein italienischer Koch. Es ist sein Rezept.«

»Ich nehme an, dass ich nicht die erste Frau bin, die du mit einem Essen verführt hast«, sagte sie lachend.

Er erwiderte nichts, denn er wollte nicht darüber nachdenken, wie recht sie hatte.

»Wann fliegst du eigentlich zurück nach New York?«, fragte sie und beugte sich wieder über ihren Teller. »Du wohnst doch eigentlich dort, nicht wahr?«

»Ich weiß es noch nicht. Dort habe ich meinen ersten Wohnsitz und auch die meisten meiner Freunde.« Er schüttelte den Kopf. »Ich muss darüber nachdenken.«

Alexander befingerte sein Glas, wollte ihr erklären, dass ihm noch niemals der Gedanke gekommen war, irgendwann einmal sesshaft zu werden, nirgendwo, mit niemandem. Außerdem ging alles so schnell, dass er sich einfach noch nicht im Klaren über seine Gefühle war.

»Alex, das ist nicht schlimm.« Isobels Stimme war ruhig. In ihrem Blick konnte er keinerlei Enttäuschung erkennen, was er eigentlich als Erleichterung hätte empfinden müssen. Sie könnten natürlich trotzdem außergewöhnlich heißen Sex miteinander haben, ohne sofort über die Zukunft sprechen zu müssen, das hatte sie ja gerade angedeutet.

Er stand abrupt vom Tisch auf.

»Möchtest du noch mehr?«, fragte er rasch mit einem Blick auf ihren fast leeren Teller.

Sie schüttelte den Kopf. »Nein danke. Aber es war wirklich sehr lecker.«

»Danke«, sagte er und kam sich wie ein Riesenidiot vor, weil er die Stimmung versaut hatte.

Isobel warf ihm einen verunsicherten Blick zu und schaute auf die Wanduhr. »Oh, wie spät es schon ist. Ich sollte vielleicht besser heimgehen.«

Er stellte die Teller in die Spüle, trocknete sich die Hände ab und kehrte zu ihr zurück. Ging vor ihr in die Hocke und legte seine Hände auf ihre Beine. »Sorry, dass ich eben so plump war.

In solchen Dingen bin ich wirklich verdammt schlecht. Außerdem weiß ich noch gar nicht, wie meine Zukunft aussehen soll. Das mit uns … ist alles so schnell gegangen, und es hat mich ziemlich umgehauen.«

»Ja«, sagte sie und fuhr zärtlich mit ihrem Zeigefinger über seine Nase.

»Ich möchte, dass du bei mir bleibst. Geh nicht. Bitte.«

Sie beugte sich vor und küsste ihn in den Mundwinkel. »Du hast recht, es ist total sexy, wenn der Partner vor einem niederkniet. Ich bleibe gerne noch. Wollen wir uns diesen ganzen Druck nicht sparen und stattdessen einfach sehen, was passiert?«

Ihre Worte waren fast ein Echo dessen, was Alexander schon oft selbst gesagt hatte, unzählige Male zu unzähligen Frauen. Ihm war nur noch nie aufgefallen, wie unangenehm es sein konnte, diese Phrase selbst zu hören zu bekommen.

Doch er war ein Experte darin, unangenehme Gefühle zu verdrängen, sodass er lächelte, seine Hände auf ihren Schenkeln weiter nach oben gleiten ließ und fragte: »Aufs Sofa?«

»Aber wenn dein Vater Däne und deine Mutter Französin war, wie haben sie sich dann kennengelernt?«

Alexander betrachtete Isobel, die es sich mit angezogenen Beinen und beiden Händen um ihr Weinglas geschlossen auf dem Sofa gemütlich gemacht hatte. Er selbst war mittlerweile zu Wasser übergegangen, und sie hatten wieder zu der entspannten Stimmung von vorher zurückgefunden. Sie hatten sich weiter unterhalten, einander lange Blicke zugeworfen und sich gegenseitig zärtlich berührt. Er wollte am liebsten immer wieder aufs Neue Sex mit ihr haben. Aber er hatte es nicht eilig, liebte es, dazusitzen und ihr beim Reden zuzusehen, ihre Brüste zu erahnen, wenn die glänzende Seide des Kimonos auseinanderglitt, zu beobachten, wie sie sich die Masse an Haaren aus dem Gesicht schob, wenn sie schon zum zwölften Mal in die Stirn gefallen waren, und die Bewegungen ihrer schmalen Finger in der Luft nachzuvollziehen, wenn sie ihm mittels Gesten etwas erklärte.

»Auf einer Cocktailparty in Casablanca. Bist du schon einmal dort gewesen?«

Er nickte. Er hatte dort einmal ein Date mit einem arabischen Fernsehstar gehabt. Hatte unter anderem Arabisch gelernt und sein Französisch aufgebessert. Nicht, dass er vorgehabt hätte, Isobel davon zu erzählen. »Sind deine Eltern viel gereist?«, fragte er sie stattdessen, während er sich an diverse Fotos von der gut aussehenden Blanche und ihrem streng dreinblickenden Militärgatten aus verschiedenen Ländern und Kontinenten erinnerte. Auf Cocktailpartys. Botschaftsempfängen. Opernpremieren. Beschäftigt mit sich selbst.

»Ich habe ja schon als Baby bei meiner Oma gelebt. Sie hat sich entschieden, wegen mir zu Hause zu bleiben, sodass meine Mutter sich darauf konzentrieren konnte, Medpax in Paris aufzubauen. Wir haben in Schweden gewohnt, und meine Mutter kam mich besuchen, wenn es ihr möglich war. Mein Vater tauchte auch manchmal auf.« Sie verstummte.

So viel zu dem, was zwischen den Zeilen stand. »Kein Wunder, dass du gerne auch mal dominiert werden möchtest«, sagte er leichthin.

Sie schnaubte verächtlich. »Wie meinst du das?«

»Na ja, bei all diesen unmöglichen Ansprüchen, die an dich gestellt wurden. Von Eltern, die die Welt retten mussten. Mit ihrem Heldenmut. Auf irgendeine Art und Weise musst du es ja rauslassen, um nicht selbst unerträglich mustergültig zu werden.«

»Ich bin nicht mustergültig«, protestierte sie.

»Nicht im Geringsten. Ich kann es nur noch immer nicht fassen, dass ich den besten Sex meines Lebens mit einer Idealistin hatte, die auf Sadomaso steht. Das widerspricht all dem, woran ich bis heute geglaubt habe.«

»Stört es dich?«

»Nein, ich stehe ja offenbar auch auf Sadomaso.«

Sie boxte ihn leicht an den Oberarm. »Quatsch, doch nicht das, sondern dass ich Idealistin bin.«

»Es stört mich keineswegs, aber ich kapiere es nicht ganz.«

Sie stützte ihr Kinn auf die Hand. »Wurden an dich denn keine Ansprüche gestellt? Deine Familie ist doch äußerst traditionsbewusst. Wie war es für dich, als du aufgewachsen bist?«

»Ich hab mich für den entgegengesetzten Weg entschieden«, antwortete er. »Ich habe mein ganzes bisheriges Leben damit zugebracht, meine Eltern zu provozieren.«

»Dann werden wir also beide von dem gesteuert, was unsere Eltern von uns erwarten?«

»Ich wünschte, es wäre nicht so«, antwortete er, wusste jedoch, dass sie recht hatte. Vielleicht war es an der Zeit aufzuhören, Entscheidungen abhängig von dem zu treffen, was seinen Vater am meisten stören würde. Und anzufangen, sich Gedanken darüber zu machen, wie sein eigener Lebensplan eigentlich aussehen sollte.

Sie lächelte und drehte den Stiel ihres Glases in der Hand. »Vielleicht gefällt es dir ja deshalb so sehr, Frauen auszupeitschen«, sagte sie auftrumpfend.

»Nicht irgendwelche Frauen, sondern dich.«

Er erhielt ein weiteres Lächeln zur Antwort und wusste, dass er das hier niemals würde toppen können. Von jetzt an würde er immer danach streben, das zu erreichen, was er mit Isobel erlebt hatte. Doch es würde ihm vermutlich nicht gelingen.

Er betrachtete sie eingehend und blieb an ihrem strahlenden Blick hängen. Seine Sorge galt der Zukunft. Noch gehörte Isobel ihm ganz allein, und er hatte vor, all ihre Bedürfnisse zu erforschen und zu befriedigen.

Er nahm ihr das Glas aus der Hand und stellte es auf den Wohnzimmertisch. »Leg dich hin.«

Sie fuhr sich mit dem Finger über den Mund, und er sah, wie der ihr eigene Stolz mit ihrer Lust konkurrierte.

Er zeigte mit ausgestrecktem Arm aufs Sofa.

»Auf den Rücken«, befahl er.

Wie er schon geahnt hatte, gewann ihre Lust die Oberhand, und Isobel sank auf das Polster.

»Öffne den Kimono.«

Sie gehorchte. Er beugte sich vor und fuhr mit seinem Daumen über ihre roten Locken, dem Spalt zwischen ihren Schamlippen folgend. Sie erbebte.

»Streck deine Arme hinter dem Kopf aus.«

Sie gehorchte erneut. Er ergriff ihren Fußknöchel. Er liebte es, sie zu pushen und heißzumachen, bis sie immer mehr von sich preisgab. Langsam zog er ihre langen Beine auseinander. Das Sofa war eines der breitesten Modelle von Svenskt Tenn, sodass sie genügend Platz hatte. Er legte jeweils eine Hand auf ihre Beine, beugte sich hinunter und küsste sie den gesamten Weg hinauf und betrachtete sie eingehend, wie sie so einladend geöffnet dalag. Ihre Haut war heiß, und sie befeuchtete sich mit der Zunge die Lippen, während ihr die Luft wegblieb, und sie mehrfach kurz aufstöhnte. Er beugte sich vor, spreizte sie mithilfe seiner Finger und begann sie zu lecken. Sie stöhnte und seufzte angesichts der Bewegungen seiner Zunge. Doch er kannte sie inzwischen gut genug, um zu ahnen, dass ihr das nicht ausreichte. Also richtete er sich auf, nahm ihre Arme und platzierte sie seitlich neben ihrem Körper. Setzte sich dann rittlings auf sie, indem er sich mit den Knien neben ihren Armen abstützte, sodass diese seitlich fixiert wurden. Er versuchte, sich hauptsächlich auf sein Gefühl zu verlassen, und schaute sich im Zimmer um. Er hatte vor, sie zu fesseln, doch in seinem Wohnzimmer standen ausschließlich gepolsterte moderne Möbel, die nicht dazu taugten. Verdammt, er hätte nicht gedacht, dass es so kompliziert sein würde.

»Bleib so liegen«, sagte er und stand auf.

Schließlich kehrte er mit einem der Seile zurück, das sie gekauft hatten, einem roten aus weichem Nylon, und fesselte ihre weit gespreizten Beine, indem er das Seil zuerst um einen ihrer Knöchel und dann um eines der Sofabeine schlang und die Prozedur mit ihrem anderen Bein wiederholte. Dann kniete er sich wieder über sie. Jetzt atmete sie bedeutend schwerer. Er hob die kleine Peitsche hoch, die er ebenfalls mitgebracht hatte. Eine weiße Peitsche mit einem kurzen geriffelten Schaft am einen Ende und mehreren schmalen Lederriemen am anderen. Er ließ sie durch die Luft sausen. Sie folgte der Bewegung mit ihrem Blick, und er sah, wie das Geräusch und der Anblick sie erregten. Als er sich zwischen ihre gespreizten Beine kniete und seine Zunge erneut über sie gleiten ließ, kam sie sofort. Er musste lächeln angesichts der Tatsache, wie gut er ihre Lust im Griff hatte. Gewöhnlicher Oralsex törnte sie nicht genügend an, aber wenn er sie fesselte und ein wenig mit der Peitsche spielte – voilà. Ihr Blick war glasig, als er sich, nachdem er sich erneut ein Kondom übergestreift hatte, auf sie legte, eine Hand unter ihren Rücken schob und in sie eindrang. Ihre Beine waren noch immer weit gespreizt gefesselt, was eine Weile lang ziemlich sexy war. Aber Sex in dieser Position war nicht ganz so leicht. Also befreite er sie rasch und führte sie hinaus in die Küche. Dort presste er sie kurzerhand gegen die Kücheninsel, legte eine Hand auf ihren Steiß und nahm sie.

»Oh mein Gott«, murmelte sie heiser. Er brachte sie mithilfe des Paddle und der Peitsche noch einmal dazu zu kommen, und während sie sich mit dem Oberkörper auf der Arbeitsfläche unter ihm wand, zog er sich heraus, streifte das Kondom ab und kam über ihrem Po und Rücken, hinterließ gleichsam primitiv seine Marke. Er umfasste ihre Hüften, atmete keuchend und wartete darauf, dass sich sein Herzschlag wieder beruhigen und sein Gehirn wieder funktionieren würde. Sie sagte nichts, und sie blieben so stehen, bis er einige weiche Papiertücher holte und sie sorgfältig abwischte. Als er fertig war, konnte sie sich kaum noch auf den Beinen halten, sodass er sie kurzerhand hochhob. Sie lehnte ihr Gesicht an seinen Brustkorb, und er spürte, wie ihre Wimpern ihn kitzelten, wenn sie blinzelte.

»Wenn du mich jetzt fallen lässt, sterbe ich«, murmelte sie.

Er lachte und sank mit ihr im Arm ins Sofa. Es war unglaublich intensiv gewesen, als hätten sie sich irgendwo weit weg befunden und kämen gerade wieder zurück. Isobel erschauderte in seinen Armen, und Alexander wusste, dass sie gerade dabei war, wieder runterzukommen. Der Sinn ihres Spiels bestand darin, dass man zwar high vom Sex und all den Endorphinen wurde, aber hinterher auch wieder landen musste, und jetzt befand sie sich in voller Fahrt auf dem Weg dorthin. Er erkannte bereits die Anzeichen: das Frieren, das Verstummen, die Verletzlichkeit. Er veränderte ihre Position in seinen Armen und wiegte sie langsam, wobei er sie fest an sich gedrückt hielt und ihren Atemzügen lauschte. Dann streckte er seine Hand aus und griff sich ein Plaid, das er über ihren Körper breitete. Er strich ihr sanft übers Haar und gestattete sich für einen Moment, einfach nur dazusitzen, im Hier und Jetzt, mit Isobel in seinen Armen.

»Ich muss zur Toilette«, murmelte sie nach einer Weile.

Sie entwirrten ihre Gliedmaße, und als er sah, dass sie sicher auf den Beinen stand, ließ er sie los. Während Isobel im Bad war, ging er in die Küche und nahm Dessertschälchen, Teelöffel und frische Gläser aus dem Schrank.

Als sie zurückkam, hatte er Kissen auf dem Fußboden ausgebreitet und Teelichter angezündet, die in seinem offenen Kamin flackerten.

»Wie schön«, sagte sie. Sie blinzelte und lächelte dann, und Alexander dachte, dass es wohl kaum etwas gab, das er nicht tun würde, um sich in diesem Lächeln sonnen zu können.

»Komm«, forderte er sie auf, und sie setzte sich zu ihm, wie eine Prinzessin in einem Beduinenlager. Er versorgte sie mit Kissen. Reichte ihr einen Löffel und ein Schälchen.

»Was ist das denn?«

»Mousse au Chocolat. Auch Romeos Rezept.«

Sie aß alles komplett auf. Als sie fertig war, gab er ihr noch den Rest seiner Portion. Sie verschlang ihn ebenfalls.

»Du schläfst doch hier, oder?« Er wollte es mehr als alles andere.

Sie nickte und leckte sich etwas Schokolade aus dem Mundwinkel.

»Möchtest du ins Bett gehen?«

Sie schüttelte den Kopf. »Ich schaff es nicht, ich bin so k. o. Ich glaub, mir ist jegliche Spannung aus dem Körper gewichen.«

»Soll ich dich tragen?«

»Lass uns das Schicksal lieber nicht noch einmal herausfordern.«

Also baute er stattdessen auf dem Fußboden seines Wohnzimmers ein Bett für Isobel. Mit weichen Kissen, großen luxuriösen Polstern und Decken. Sie legte sich darauf, und er kämmte ihr die Haare mit den Fingern, indem er eine Locke nach der anderen hindurchgleiten ließ, bis sie wie ein feuerroter Fächer um ihren Kopf herum ausgebreitet waren.

Sie lagen dicht nebeneinander, Nase an Nase und Stirn an

Stirn und schauten einander in die Augen, ohne etwas zu sagen. Sie legte ihre Hand auf seine Wange. Er legte seine eigene darauf und sah, wie sie einschlief, bis sie sich im Halbschlaf leise murmelnd von ihm abwandte. Erst dann schloss er selbst die Augen.

Er erwachte lange vor ihr. Betrachtete sie, wie sie mit ihrer sommersprossigen Haut zusammengekuschelt und ruhig atmend unter der Decke lag.

Er hatte das Vorspiel und die Jagd schon immer geliebt. Doch ebenso intensiv, wie er dieser Spannung und dem Erforschen hinterhergejagt war, hatte er den Morgen danach gehasst.

Natürlich war es mit Isobel anders. Mit ihr war alles anders, warum also nicht auch das?

»Guten Morgen«, begrüßte er sie, als sie schließlich aufwachte.

»Guten Morgen.«

»Ich bin so froh, dass du bei mir geblieben bist«, sagte er.

»Ich auch.«

»Musst du heute irgendwo hin?«

»Nein. Und du?«

Alexander schüttelte den Kopf. »Ich möchte nur mit dir zusammen sein. Möchtest du das auch?«

»Hm. Bringst du mir Frühstück ans Bett?«

Er legte sich auf sie, stützte sich auf die Unterarme und sah hinunter in ihr lachendes Gesicht. »Weißt du es denn nicht? Ich werde dir alles geben, was du brauchst.«

»Alles?«

»Und noch viel mehr.«

»Dann bleibe ich.«

Und es fühlte sich so richtig an wie noch nie zuvor irgendetwas in Alexanders Leben.

45

Gina saß zu Hause in ihrer Wohnung am Küchentisch und lernte. Ihr Vater spielte im Wohnzimmer mit einem Freund Schach, was er jeden Samstag tat. Amir war in seinem Zimmer und hatte die Tür hinter sich geschlossen. Gina konnte die Geräusche eines Computerspiels hören. Sie selbst hätte nie die innere Ruhe dazu gehabt, Computerspiele zu spielen, und betrachtete es als reine Zeitverschwendung, doch Amir liebte es geradezu und konnte stundenlang damit zubringen. Sie verdrängte ihre Sorge über ihren Bruder und die Tatsache, dass er ohne Unterbrechung vor der Kiste saß, sich kaum bewegte und keine Freunde hatte. Sie selbst würde in dieser Woche die letzte Klausur für dieses Semester schreiben, eine wichtige Prüfung, aber sie lag gut in der Zeit und musste alles nur noch ein weiteres Mal wiederholen.

Es war ein typisch schwedischer Frühsommertag, der sich völlig von den Sommertagen ihrer Kindheit mit verbrannter Erde und feuchter Hitze unterschied. Sie war elf Jahre alt gewesen, als sie nach Schweden gekommen waren, doch die Erinnerungen an die Zeit davor waren lückenhaft und verschwommen. Sie hatte sich immer gefragt, ob mit ihr womöglich etwas nicht stimmte, weil sie sich an kaum etwas erinnern konnte. Doch dann hatten sie genau dieses Thema eines Tages an der Uni behandelt, nämlich wie es Kindern gelang, schlimme Erlebnisse zu verdrängen. Aber war ihre Kindheit denn so schlimm gewesen? An gewisse Gerüche und Empfindungen konnte sie sich erinnern. Mitunter auch an Frauenstimmen oder an Tiergeräusche, aber sonst an nichts weiter. Sie lauschte durch das geöffnete Fenster. Tensta war ein bisschen wie die Vereinten Nationen in Miniatur. Wenn sie genau hinhörte, konnte sie fast die verschiedenen Akzente der Frauen unterscheiden, die unten im Garten gemeinsam lachten. An Leute, die in ihrer Kindheit gelacht hatten, konnte sie sich nicht erinnern. Hatten sie das wirklich nie getan, oder hatte sie es nur vergessen?

Sie ging die unterstrichenen Passagen in ihrem Skript noch einmal durch. Im Grunde genommen konnte sie alles schon fast auswendig, doch es konnte nicht schaden, auf Nummer sicher zu gehen. In ihren bisherigen Klausuren hatte sie immer alles korrekt beantwortet. Alles unter hundert Prozent wäre für sie ein Misserfolg. Ihre Kommilitonen planten, heute Abend gemeinsam wegzugehen, sie hatten schon die ganze Woche lang davon geredet. Eine von ihnen hatte sie auch gefragt, ob sie mitkommen würde, sie waren immer höflich und fragten jedes Mal. Aber fast immer lehnte Gina dankend ab. Sie konnte es sich nicht leisten. Weder zeitlich betrachtet noch finanziell. Es widerstrebte ihr, Geld für Dinge auszugeben, die nicht unbedingt notwendig waren. Außerdem konnte sie ihre freie Zeit besser ins Studium investieren, da es ihr zu einer Zukunft verhelfen würde, die sie anstrebte. Sie empfand es nicht als Aufopferung, jedenfalls nicht auf lange Sicht.

Dennoch kam es manchmal vor, dass sich ein kleiner Teil von ihr danach sehnte, sich ein wenig gehen zu lassen.

»Kommst du gut voran?«

Es war ihr Vater, der seinen Kopf zur Tür hereinsteckte.

Gina nickte und schob rasch ihr Skript über den Notizblock, sodass ihr Vater nicht sehen konnte, dass sie nur dagesessen und darauf herumgekritzelt hatte. Ein ums andere Mal war ihr das Gespräch mit Peter durch den Kopf gegangen. Er hatte einen gequälten Eindruck auf sie gemacht, und sie war in der Tat geschockt gewesen von dem, was er ihr anvertraut hatte. In den letzten Tagen war sie nicht bei der Arbeit gewesen, weil sie lernen musste, sodass sie sich mehrere Tage lang nicht gesehen hatten. Sie fragte sich, wie es ihm wohl ging.

Ihr Vater nahm einen Krug mit Saft aus dem Kühlschrank. »Du solltest ein bisschen rausgehen«, sagte er, drückte ihr einen Kuss aufs Haar und ging dann zurück ins Wohnzimmer.

Papa hatte recht, dachte sie und blinzelte gegen die Sonne. Und wenn es nur war, um genügend Vitamin D zu tanken. Sie verlor sich in Gedanken. Normalerweise fiel es ihr nicht schwer, sich zu konzentrieren, und sie hing auch keinen Tagträumen nach. Wenn andere darüber klagten, dass sie zu viel Zeit im Internet, vor dem Fernseher oder mit ihrem Handy verbrachten, konnte sie es nicht nachvollziehen. Denn in ihrer Welt gab es keinen Raum für kurzsichtige Faulheit. Man fällte eine Entscheidung und damit basta. Sie zog die alte Klausur wieder hervor und versuchte, sich mit dem Blick auf die Fragen zu konzentrieren. Doch zehn Sekunden später waren ihre Gedanken schon wieder abgedriftet.

Sie stand auf und ging rastlos zum Fenster.

»Gina?«

Ihr Vater war erneut reingekommen. Sie drehte sich zu ihm um.

»Ja?«

»Telefon für dich.« Er hielt Gina ihr eigenes Handy hin. Sie runzelte die Stirn.

»Wer ist es denn?«, fragte sie. Eigentlich rief nie jemand bei ihr an, schon gar nicht am Wochenende.

Ihr Vater reichte ihr wortlos das Handy und sah aus, als wollte er etwas sagen, schüttelte dann jedoch den Kopf und verließ die Küche.

»Hallo?«, meldete sich Gina wachsam. Es war erstaunlich, wie viele Gedanken ihr durch den Kopf schossen. Erlaubte sich etwa jemand einen üblen Scherz mit ihr? Sie wurden nur selten behelligt, da sie recht zurückgezogen lebten, und ihr Vater wurde hier draußen respektiert. Und dennoch … Sie hasste Überraschungen, denn sie brachten nur selten etwas Gutes mit sich. Aber vielleicht war es ja jemand, der in letzter Minute noch Servierkräfte oder eine Putzhilfe suchte. Die meisten Abiturfeiern waren zwar vorbei, aber man konnte ja nie wissen.

»Hej Gina. Hier ist Peter.«

»Peter?« Sie erkannte seine Stimme sofort, obwohl sie noch nie miteinander telefoniert hatten. »Ist etwas passiert?« Merkwürdigerweise war ihr erster Gedanke, ob heute doch ein Werktag war und sie vergessen hatte, zur Arbeit zu gehen. Aber warum sollte Peter dann bei ihr anrufen? Sie hatte nicht einmal gewusst, dass er ihre Nummer hatte. Sie besaß eine Prepaid-Karte und war nirgendwo registriert.

»Passiert?«, fragte er. »Wieso denn?«

»Ich meine, im Büro.« Sie merkte selbst, wie idiotisch diese Schlussfolgerung klang. »Ich weiß auch nicht. Ich war nur so überrascht.«

»Ist das denn Ihre Nummer?«, fragte er und klang irritiert. »Ihr Vater hat sich gemeldet …«

Gina verzog den Mund.

»Ja, es ist mein Handy, aber mein Vater ist rangegangen, weil er näher dran war.«

Sie verstand noch immer nicht, warum er angerufen hatte. Sie telefonierten doch nie miteinander. Brauchte er eine Putzhilfe? Es war so lange still in der Leitung, dass sie sich schon fragte, ob er womöglich aufgelegt hätte. Vielleicht hatte er sich auch nur verwählt. Wie auch immer das passiert sein sollte.

»Woher haben Sie denn meine Nummer?«, fragte sie.

»Von Natalia.«

Natürlich.

Erneut langes Schweigen.

»Wo sind Sie gerade?«, fragte Gina, während Peter gleichzeitig sagte: »Draußen ist sehr schönes Wetter.«

»Ja«, antwortete sie, während er gleichzeitig antwortete: »Im Auto.«

Wieder langes Schweigen. Doch jetzt konnte sie das leise Motorgeräusch seines Mercedes im Hintergrund hören.

»Sind Sie sicher, dass nichts passiert ist?«, fragte sie.

»Gina, ich verstehe es wirklich, wenn Sie nicht können. Oder wollen. Ihr Vater klang ziemlich streng. Sie wollen bestimmt mit Ihrer Familie zusammen sein. Bestimmt haben Sie keine Zeit. Und wahrscheinlich hassen Sie mich auch nach dem, was ich Ihnen erzählt habe. Sie wissen schon.«

»Ich hasse Sie nicht.«

Sie wartete. Ihr Herz schlug jetzt etwas schneller.

»Hätten Sie Lust, einen Spaziergang mit mir zu machen?«, fragte er schließlich.

Obwohl sie auf genau diese Frage gehofft hatte, erschien sie ihr in dem Moment, als er sie stellte, so monumental, dass sie total perplex war und verstummte.

Ihre gemeinsamen Autofahrten konnte sie noch damit erklären, dass Peter ihr einen Gefallen tun wollte.

Aber das hier nicht. Das war ein Schritt in eine neue Richtung. Wenn sie mit Ja antworten würde, würde das bedeuten, dass sie ein Risiko einging. Und sie verabscheute Risiken ebenso sehr, wie sie Enttäuschungen verabscheute.

Doch dann schaute Gina erneut aus dem Fenster. Sah das sommerliche Wetter draußen. Sie war fokussiert und wusste, was sie im Leben erreichen wollte, war strukturiert und clever.

Aber sie war auch noch jung. Und sie mochte Peter. Außerdem mussten sie reden.

Über das, was er ihr gesagt hatte. Und andere Dinge.

»Ja«, sagte sie deshalb und wusste, dass sie damit einen neuen Weg einschlug. Denn zum ersten Mal, seit Gina als verängstigtes Kind mit ihrem Vater und ihrem Bruder geflohen war und sich geschworen hatte, nicht nur zu überleben, sondern sich auch niemals mehr in die Abhängigkeit anderer Leute zu begeben, ob es nun Schleuserbanden oder das staatliche Amt für Migration waren, würde sie etwas Kurzentschlossenes tun, was sie nur für sich tat. Sie würde das tun, wovon alle immer redeten, was sie selbst aber noch nie zuvor ausprobiert hatte: Sie würde im Hier und Jetzt leben.

»Ja, ich würde gerne einen Spaziergang mit Ihnen machen. Kommen Sie mich abholen?«

Während Peter auf Ginas Antwort wartete, hatte er sein Handy so fest umklammert, dass er erst seinen Handschweiß vom Display wischen musste, bevor er es wieder ausschalten konnte. Er nahm das Headset ab und legte alles zusammen auf den Beifahrersitz. Dann atmete er erleichtert aus. Letztlich hatte er sich getraut, sie anzurufen, und sie hatte Ja gesagt. Er ließ das Seitenfenster herunter. Die Frühsommerluft strich über sein Gesicht, während sich darin ein Lächeln ausbreitete. Gina hatte Ja gesagt, und sie hasste ihn nicht, und sie würden sich sehen. Er fühlte sich, als könnte er Berge versetzen.

Als er vor ihrer Haustür angehalten hatte und aus dem Wagen gestiegen war, sah er, wie sie gerade herunterkam. Er erblickte sie durch das verkratzte Sicherheitsglas in der Haustür und wurde einen Moment lang von Panik erfasst. Wie würden sie sich begrüßen? Er wünschte, er wäre mutiger, aber er traute sich nicht, diese perfekte Frau zu umarmen.

Gina kam heraus und lächelte ihn an. Peter schob seine Hände in die Hosentaschen.

»Ist Djurgården okay?«

Sie nickte.

Sie parkten an der Brücke zu Djurgården und spazierten am Kanal entlang. Dort waren viele Leute unterwegs, und Peter begegnete Bekannten. Hier, in den weitläufigen Parks der Insel Djurgården, machten die Leute aus der Oberschicht ihre Spaziergänge. Er begrüßte ein Paar, das er kannte. Sie blieben stehen, sprachen kurz mit Peter, gaben Gina die Hand, beäugten sie neugierig und gingen dann flüsternd weiter. Diese Prozedur wiederholte sich mehrfach. Mit jedem Mal wurde Gina einsilbiger.

»Stimmt etwas nicht?«, fragte Peter schließlich.

Gina schüttelte den Kopf, doch zwischen ihren Augenbrauen hatte sich eine Sorgenfalte gebildet.

»Gina?«

Sie griff mit den Händen um ihre Oberarme und wich ihm mit ihrem Blick aus, indem sie über die Baumwipfel hinwegschaute. »Ich wohne jetzt schon über zehn Jahre hier in Stockholm. Aber das ist das erste Mal, dass ich in Djurgården bin. Es ist schön hier, sehr schön.«

»Aber?«

»Ich komme mir fehl am Platz vor, wenn ich Ihren Freunden begegne. Sie sind bestimmt nett, aber ist Ihnen denn nicht aufgefallen, wie sie mich ansehen? Wissen Sie, ich habe auf Feiern serviert, wo diese Leute Gäste gewesen sind. Und jetzt erkennen sie mich plötzlich nicht wieder. Ich glaube, ich möchte lieber wieder nach Hause fahren.«

Ihn überkam Verzweiflung. Und in Anbetracht ihrer Unsicherheit auch Scham. Er war derjenige, der sie dieser Situation ausgesetzt hatte. Er hatte vorgehabt, ihr einen schönen Tag zu bereiten, aber es war ihm misslungen. Sie hatte recht, und er war ein Idiot.

»Es tut mir leid«, sagte er. »Mir war nicht klar, dass es so kommen würde. Verzeihen Sie mir, Gina.« Peter fuhr sich mit der Hand durchs Haar und spürte, wie ihm die Tränen in der Kehle brannten. Was er auch tat, es war falsch. Er hätte es wissen müssen. Sie davor schützen und sich in ihre Situation hineindenken müssen.

»Es ist ja nicht Ihre Schuld«, entgegnete sie.

»Bitte Gina, fahren Sie nicht heim.« Er flehte sie regelrecht an.

Sie biss sich auf die Lippe. »Vielleicht können wir ja woanders hinfahren«, schlug sie zögerlich vor.

Er war so erleichtert, dass seine Stimme zitterte: »Wo möchten Sie denn hin?«

»Wenn wir zu mir rausfahren, werden Sie sich ausgeschlossen fühlen. Was halten Sie von Söder?«

»Ich war noch nie in Södermalm.«

Sie bedachte ihn mit einem amüsierten Blick. »Dann schlage ich einen Spaziergang im Tantolunden vor.«

Peter gelang es mithilfe von Straßenschildern und seinem GPS, den Weg zu finden. Er parkte in einer Straße, von der er noch nie zuvor gehört hatte, und dachte, dass er sich in seinem maßgeschneiderten Sakko und seinen hochwertigen Chinos hier in Södermalm mit all den Mini-Cafés und den sorgfältig gestylten Hipstern vermutlich ebenso verloren vorkommen würde wie draußen in Ginas Vorort. Doch die Sonne schien, und niemand starrte ihn an, und auch Gina schien sich entspannt zu haben, sodass Peters Stimmung schlagartig besser wurde. Als sie durch den Park zum Wasser hinunterspazierten, das in der Sonne glitzerte, und ihr schmaler Arm zufällig seinen berührte, zog er sein Sakko aus, krempelte die Ärmel seines Oberhemds hoch und beschloss, diesen Tag zu genießen, der versprach, der beste Samstag seines Lebens zu werden.

»Freuen Sie sich schon auf Ihr Praktikum?«, fragte er. Im Auto hatten sie sich über das kommende Semester unterhalten, in dem Gina ein Praktikum im Krankenhaus absolvieren würde.

»Die anderen meinen, dass man sich dann mehr wie eine Ärztin fühlt, darauf freue ich mich. Aber es wird bestimmt auch ziemlich hart.«

Er lächelte, denn er wusste, dass sie Herausforderungen liebte.

»Und werden Sie im Sommer etwas Schönes unternehmen?«, fragte er.

Es war so schnell Sommer geworden, dass er keinen Urlaub geplant hatte, und allein der Gedanke daran, dass sie sich den ganzen Sommer lang nicht sehen würden, tat ihm weh. So wie auch die Tatsache, dass Gina ab dem Herbst ein neues stressigeres Leben vor sich haben würde.

Gina schüttelte den Kopf. »Ich werde zu Hause bleiben. Ich habe ein paar Aushilfsjobs und möchte so viel wie möglich sparen. Sie wissen schon.«

Er wusste es. Auch wenn es sehr egoistisch von ihm war, freute er sich darüber, dass sie nicht vollends aus seinem Leben verschwinden würde.

Sie kauften sich jeder ein Eis. Gina wählte lange und umständlich zwischen diversen Sorten aus, während er sich für eine der Geschmacksrichtungen entschied, die sie favorisiert, aber nicht genommen hatte, und sagte aufrichtig: »Wenn ich Sie jetzt nicht einladen darf, weiß ich nicht mehr weiter.«

Sie nickte, dass es diesmal okay wäre, und sie setzten sich auf einen Stein am Ufer. Sie aßen schweigend ihr Eis. Peter redete prinzipiell nie, während er aß, und Gina saß kerzengerade mit dem Blick aufs Wasser gerichtet da, und er war froh, mehr als froh, ihr hübsches Profil in Augenschein nehmen zu können.

»Schmeckt Ihres gut?«, fragte sie. Er gab ihr den Rest des grünen Eises, das er sowieso nur ihretwegen genommen hatte. Sie leckte mit langsamen kleinen Bewegungen daran, und er fragte sich, wie oft sie sich wohl ein Eis oder andere Dinge nur für sich selbst leistete.

»Wie geht es Ihrem Bruder?«, fragte er. »Fährt er in den Sommerferien weg?«

»Nein.«

»Was glauben Sie, ist das Wasser kalt?«, wechselte er rasch das Thema. Er wusste natürlich, dass es Menschen gab, für die der Sommer nicht gleichbedeutend mit Urlaub und Entspannung war, aber er hatte noch nie Kontakt zu Personen gehabt, die es sich nicht leisten konnten, wegzufahren. Darauf war er nicht gerade stolz.

Ein Stück entfernt spielten kleine Kinder am Ufer, und ein Hund schwamm mit einem Ball im Maul, aber angenehm warm konnte das Wasser noch nicht sein.

»Keine Ahnung«, antwortete sie und wischte sich den Mund mit einem Papiertaschentuch ab. »Ich bade eigentlich nie.«

»Nicht einmal im Schwimmunterricht in der Schule?«, fragte er erstaunt. »Oder im Urlaub?«

Er hatte selbst seine Sommerurlaube auf Segelbooten im Schärengarten und am Mittelmeer verbracht. Ein paar Mal war er auch mit Freunden in der Karibik gewesen oder hatte verlängerte Wochenenden mit Louises und seinen Freunden in Villen auf den Schären verbracht. Aber es war doch schließlich kostenlos, in Schweden zu baden. Oder? Großer Gott, plötzlich wusste er es nicht mehr so genau.

»Ich habe Schwimmunterricht gehabt«, antwortete sie ruhig. »Ich konnte nämlich noch nicht schwimmen, als wir hergekommen sind. Mein Vater hat darauf bestanden, dass ich es lerne, denn er hatte gelesen, dass in Schweden schon Kinder ertrunken sind. Aber ich bin noch nie draußen geschwommen. Im Meer oder in Seen.« Sie rümpfte ihre kleine Nase und sagte skeptisch: »Es sieht jedenfalls verdammt kalt aus. Was machen Sie denn?«, fragte sie.

»Ich werde mit den Füßen reingehen«, antwortete Peter entschieden, während er sich Schuhe und Strümpfe auszog und sie neben sich auf den von der Sonne angewärmten Stein legte. Dann krempelte er seine Hosenbeine hoch und stapfte das kurze Stück hinunter bis zum Wassersaum. Er setzte einen Fuß ins Wasser. Es war eiskalt. Bestimmt nicht mehr als zwölf, dreizehn Grad.

»Ihr Schweden seid wirklich besessen, was Wasser angeht«, meinte Gina.

»Wollen Sie es nicht auch mal ausprobieren? Nach einer Weile ist es richtig angenehm.«

»Das sagen die Leute immer. Aber ich glaube, sie haben unrecht.«

»Kommen Sie schon. Oder sind Sie etwa feige?«, neckte er sie und ahnte, dass sich Gina nie die Blöße geben würde, jemanden glauben zu lassen, sie traue sich nicht.

Nach einem kurzen Zögern streifte sie ebenfalls ihre Schuhe ab und entblößte zierliche Füße mit lackierten Fußnägeln. Sie war mit ihren einfarbigen Röcken und Blusen oder wie heute mit einem hellen Sommerkleid und dünnen Stoffschuhen immer so schlicht gekleidet, dass ihre glänzenden hell-lilafarbenen Fußnägel wie der Gipfel der Extravaganz anmuteten. Peter wollte sie nicht anstarren, aber sie hatte ziemlich niedliche Füße. Feingliedrig und elegant mit etwas helleren

Fußsohlen und den schmalsten Knöcheln, die er je gesehen hatte.

Er schlug seinen Blick nieder. Der Stein, auf dem sie saßen, war nicht hoch, aber er streckte ihr dennoch eine Hand entgegen, als sie vorsichtig zu ihm hinunterglitt. Der Saum ihres Kleides rutschte hoch, und sie strich ihn wieder glatt, bevor sie seine Hand ergriff. Er hielt sie fest, während sie einen Fuß ins Wasser setzte.

Ihr Griff wurde fester. »Es ist ja eiskalt«, rief sie empört.

»Kommen Sie«, sagte er und deutete auf eine ein Stück entfernte Bucht mit einem Strand. »Wir gehen lieber dort hinein.«

Schließlich standen sie beide bis zu den Knöcheln im klaren Wasser. Kleine Fische schwammen eilig um ihre Füße herum, und Gina lächelte entzückt.

»Jetzt habe ich mich dran gewöhnt«, sagte sie nach einer Weile. »Oder meine Füße sind abgestorben.«

»Irgendwann werde ich Sie mal zum Baden mitnehmen«, sagte er und hoffte, dass es wahr werden würde. Vielleicht würde er ihre ganze Familie einladen können. Er könnte ein Boot mieten. Verdammt, er könnte eins kaufen und mit ihnen hinaus in die Schären fahren.

»Ich glaube, auf diese Erfahrung verzichte ich lieber«, murmelte sie. »Können wir jetzt wieder rausgehen?«

Peter breitete sein Sakko auf dem ziemlich abgetretenen Gras aus, das von picknickenden Grüppchen bevölkert wurde. Sie setzte sich dicht neben ihn auf den Stoff, und sie ließen ihre Füße im Sonnenschein trocknen. Er wünschte, er würde sich trauen, ein weiteres Mal ihre Hand zu ergreifen, doch es bot sich kein Anlass dafür, also ließ er es bleiben.

Sie wippte mit den Zehen. »Hinterher ist es am schönsten«, stellte sie fest.

»Ja«, pflichtete er ihr bei.

Sie saßen schweigend da und ließen sich von der Sonne bescheinen und wärmen.

»Das, was Sie mir neulich erzählt haben. Über Carolina«, sagte sie leise, während sie mit einem Grashalm spielte.

Gott, jetzt kommt es.

»Ja?«

»Bestrafen Sie sich deshalb andauernd?«

»Ich …«, begann er, verstummte aber, weil er keine Ahnung hatte, was er sagen sollte. War es tatsächlich so? Bestrafte er sich selbst? Und war es denn nicht eine rechtmäßige Strafe? »Ich habe ihr Leben zerstört«, sagte er schließlich.

Gina schaute ihn an. »Haben Sie das wirklich? Ihr ganzes Leben? Ich bin Carolina schon mehrfach begegnet. Aber im Gegensatz zu Ihnen wirkt sie nicht wie eine lebende Tote.«

»Ich glaube einfach nicht, dass ich das Recht dazu habe, unbeschwert weiterzuleben.«

»Ja. Aber nur weil Sie es nicht glauben, muss es nicht heißen, dass es auch so ist.«

»Wie alt sind Sie, sagten Sie?«

Sie lächelte.

»Ich muss bald nach Hause, ich habe versprochen, Abendessen zu kochen.«

Sie machten sich langsam auf den Rückweg, gingen auf dem schmalen Kiesweg am Wasser entlang und unterhielten sich.

»Warten Sie«, sagte Gina. Sie blieb neben einem Baum stehen, hielt sich mit einer Hand am Stamm fest und hob den Fuß hoch, um einen Kieselstein aus ihrem Schuh zu entfernen. Ohne nachzudenken und ohne es geplant zu haben, streckte Peter seine Hand nach ihr aus. Er berührte ihre Wange leicht mit seinen Fingerknöcheln. Sanft wie eine Meeresbrise und darauf gefasst, dass Gina ihm jeden Moment eine Ohrfeige verpassen würde, weil er sich Freiheiten herausnahm, auf die er kein Anrecht hatte. Doch sie tat es nicht. Sie setzte ihren Fuß wieder auf den Boden, richtete ihren Oberkörper auf und schaute ihn an. Peter machte einen Schritt auf sie zu, auf dieses wohlduftende aufrechte Wesen, das seine Gedanken so sehr okkupierte, dass er nur selten mal nicht an sie dachte, und legte eine Hand oberhalb ihres Kopfes an den Baumstamm. Sie stand jetzt zwischen ihm und dem Baum, und er streifte mit seinem Brustkorb fast ihren Busen, als er sich mit der Handfläche gegen den rauen Stamm stützte. Peter wartete und gab ihr somit genügend Zeit, sich ihm zu entziehen. Doch Gina blieb still stehen. Er beugte sich langsam zu ihr hinunter und glitt sanft und fragend mit seinen Lippen über ihren Mund. Sie schloss die Augen und stand regungslos da, den Rücken gegen den Stamm gelehnt und das Kinn leicht nach oben gereckt. Also wagte Peter es. Er küsste sie erneut, diesmal etwas länger. Und noch einmal. Jetzt blieben seine Lippen an ihrem weichen Mund hängen.

Ich küsse Gina.

Er öffnete seine Lippen und ließ seine Zungenspitze sachte und fragend über ihren Mund gleiten. Sie stand noch immer still da, die Hände seitlich neben dem Körper. Er vertiefte den Kuss ein wenig. Ihr entfuhr ein Seufzer, und er nahm seine Hand vom Baumstamm, legte einen Arm um ihre Schulter, zog sie sanft zu sich heran und spürte, wie ihre Brüste gegen seinen Oberkörper gepresst wurden. Er konnte einfach nicht aufhören, atmete aus, und es klang wie ein Stöhnen, und dann erwiderte sie endlich seinen Kuss, indem ihre weiche Zungenspitze seine leicht berührte. Es war ein zärtlicher Kuss, der schönste, innigste Kuss, den er je erlebt hatte. Als würde die Tatsache, dass er Gina küsste, einem Neuanfang gleichkommen.

Als sie sich ihm entzog, ließ er sie unmittelbar los. Sein Herz pochte wie wild in seiner Brust, als wäre er einen steilen Berg hochgerannt.

»Verzeihung«, sagte er.

Sie fuhr sich mit ihren langen schmalen Fingern über den Mund, als wollte sie nachspüren, was gerade geschehen war.

»Warum entschuldigen Sie sich?«

»Ich hätte nicht … Wissen Sie eigentlich, wie alt ich bin? Und Ihr Vater …«

Er sagte genau das Falsche, hörte es selbst. Aber er war seit seiner Scheidung nicht mehr mit einer Frau zusammen gewesen, und selbst davor war er seiner Ehefrau nur selten körperlich näher gekommen. Louise hatte keinerlei Initiative ergriffen, und er war kein Mann, der sich getraut hätte, Ansichten darüber zu äußern, wie oft sie Sex haben sollten oder nicht. Er hatte den Mangel an körperlicher Nähe wie eine Strafe angesehen, die er hundertfach verdient hatte. Jetzt wusste er nicht, wie er das alles anstellen sollte und was richtig war.

»Ich weiß, wie alt Sie sind«, antwortete sie. »Weil Sie es mir fast jedes Mal, wenn wir uns gesehen haben, unter die Nase gerieben haben. Aber ich bin schließlich kein Kind mehr. Es war ein sehr schöner Kuss.«

Er traute sich nicht, noch mehr zu sagen, hatte Angst, dass er damit womöglich ihr Lächeln und diesen Blick auslöschen würde. Er nahm sein Sakko in die eine Hand, reichte ihr die andere, und als sie sie ergriff und sie Hand in Hand am glitzernden Wasser entlanggingen, spürte Peter etwas, das er bestimmt mehr als zwanzig Jahre lang nicht mehr gespürt hatte.

Er spürte, dass er, selbst er, das Recht auf etwas Glück hatte.

46

Isobel konnte sich beim besten Willen nicht auf das Meeting in der Gemeinschaftspraxis konzentrieren, zu dem sie gefahren war. Nachdem ihr Tschadaufenthalt so plötzlich abgebrochen worden war, hatte sie beschlossen, dass sie auch ebenso gut zur Arbeit fahren konnte. Sie hatte danach einige Patientenbesuche eingeplant und hoffte, dass ihre Aufnahmefähigkeit möglichst bald wieder zurückkehren würde. Einer der anderen Ärzte sprach gerade über Pflegepläne und medizinische Verantwortlichkeiten. Dann stand der Finanzchef der Praxis auf und legte mittels einer PowerPoint-Präsentation die aktuellen Zahlen vor. Danach übernahm die Geschäftsführerin. Sie informierte über diverse Angebote, das vorhandene Budget und zukünftige Zielsetzungen. Isobel schielte zu den anderen Anwesenden rüber. Sah man ihr an, welch Durcheinander in ihrem Kopf herrschte? Dass sie geistig nicht vollständig anwesend war und sich nicht konzentrieren konnte, obwohl sie es ernsthaft versuchte?

Sie bemühte sich, aufmerksam aufs Whiteboard zu schauen und der Diskussion zu folgen. Aber wie sollte sie das bewerkstelligen, wenn sich vor ihrem inneren Auge immer wieder abspielte, wie sie in Alexanders Bett gelegen, über seine Sessellehne gebeugt oder gegen seine Kücheninsel gelehnt hatte, von ihm dominiert worden war und einen Orgasmus nach dem anderen erlebt hatte? Die Ärztin in ihr konnte rational erklären, dass bei Schmerzen nach und nach Endorphine freigesetzt wurden, solange, bis sie die Oberhand gewannen und somit einen Genuss ermöglichten. Doch mit der Psychologie war es schwieriger. Warum war das, was er mit ihr machte, für sie so angenehm?

Obwohl »angenehm« in diesem Zusammenhang natürlich eine völlig unzureichende Beschreibung war. Denn es war viel mehr als das. Es war, als könnte sie beim Sex zum ersten Mal ganz aus sich herausgehen. Mit einem Mann, der sie nicht verurteilte. Sich geborgen fühlen und es wagen, ihm zu vertrauen.

Sie schaute in die Runde ihrer Kollegen und Mitarbeiter um den Konferenztisch herum. Oberflächlich betrachtet sahen sie alle recht gewöhnlich aus. Hegte jemand von ihnen womöglich auch gewisse Geheimnisse? Vielleicht stand der Finanzchef, der ihre Gehaltsabrechnungen prüfte, ja auf Spanking? Oder diese Frau mit der Perlenkette dort, die Verantwortliche für den medizinischen Bereich, liebte es vielleicht, sich in ihrer Freizeit in Lack und Leder zu kleiden und ihre Sexpartner zu dominieren. Man konnte es niemandem ansehen.

Oder doch?

Sahen die anderen, dass Doktor Sørensen sich verändert und nunmehr nur noch Sex im Kopf hatte? Sie schlug ihren Blick nieder und versuchte, sich zu sammeln. So leichtsinnig, so jung und verrückt wie jetzt war sie nie zuvor gewesen. Tief in ihrem Inneren, neben der Ärztin Isobel, der humanitären Entwicklungshelferin, der ultrakompetenten Isobel, auf die immer Verlass war, war sie schon immer eine Frau gewesen, die geradezu nach einer Existenzberechtigung hungerte und sich nicht wie ein hässliches Entlein verstecken wollte. Isobel hatte diese Seite an sich selbst so lange unterdrückt, obwohl sie schon immer existiert und an ihr genagt hatte. Und jetzt das. Sie hätte selbst nicht daran geglaubt, wenn sie es nicht am eigenen Leib erfahren hätte. Dass man zusammen mit einem anderen Menschen loslassen konnte, wie sie es getan hatte. Ausgerechnet mit Alexander. Es kam ihr völlig unwirklich vor.

Sie hatten das gesamte Wochenende miteinander verbracht. Gestern hatte sie kurz ihre Mutter angerufen und ihr zum Muttertag gratuliert, um sich danach sofort wieder ihm zuzuwenden. Heute war sie früh aufgestanden und hatte geduscht, um zur Arbeit zu fahren. Doch dann war er zu ihr ins Bad gekommen, wo sie sich rasant und leidenschaftlich geliebt hatten, und danach hatte er Frühstück zubereitet. Schließlich hatte er sie hinunter zur Straße begleitet und sich geweigert, sie mit öffentlichen Verkehrsmitteln fahren zu lassen, ihr stattdessen ein Taxi gerufen und den Fahrer im Voraus bezahlt.

War das übertrieben? Ja.

Gefiel es ihr? Oh ja.

Und Alexander hatte in der Sache recht gehabt, auch wenn sein Verhalten natürlich überbehütend war.

Isobel war zu verwirrt gewesen, um logisch denken zu können. Als sie ankam, war sie mit dem Aufzug in die falsche Etage gefahren, hatte den Türcode vergessen und dann lange im falschen Konferenzraum gesessen und sich gefragt, warum niemand zum Meeting erschien.

Sie konnte sich selbst und dieses Spiel nicht mehr einschätzen. War es noch ein gleichberechtigtes Miteinander? Oder hatte sie sich in ein ungesundes Verhältnis gestürzt? Müsste sie sich Sorgen darüber machen, ihre Selbstständigkeit aufgegeben zu haben? Wie gern hätte sie jemanden danach fragen wollen. Oder einen Experten angeschrieben. »Mein neuer Freund, obwohl ich nicht genau weiß, ob er das tatsächlich ist, vielleicht ist er nur mein Liebhaber, er und ich haben jedenfalls völlig verrückten supergeilen perversen Sex miteinander, und er umsorgt mich, ruft mich an und umgarnt mich, sodass ich nur noch an ihn denken kann und an das, was wir gemeinsam machen.

Ist das normal? Oder ist mit mir vielleicht etwas nicht in Ordnung?«

Alexander hatte bewirkt, dass sich etwas in ihr löste, und er war verdammt geschickt darin. Als hätte er ein verborgenes Talent dafür besessen, das nur darauf gewartet hatte, entdeckt zu werden.

Stühle schabten über den Boden, und Isobel schaute auf. Das Meeting war offenbar beendet. Die Leute standen auf, und Isobel tat es ihnen gleich. Doch während sich die anderen auf den Weg zu Patientengesprächen machten oder im Pausenraum Small Talk hielten, schlich Isobel in eines der Behandlungszimmer und schloss die Tür hinter sich. Sie zog die Vorhänge vor, sank auf einen Besucherstuhl und lehnte ihren Kopf gegen die Nackenstütze. Ihr Körper brannte förmlich, das alles war völlig gestört. Sie öffnete den Reißverschluss ihrer Hose, schob ihre Hand hinein und brachte sich in weniger als einer Minute zum Orgasmus. Peinlich berührt zog sie den Reißverschluss wieder hoch, überschlug die Beine und starrte ins Leere.

Natürlich hatte sie noch nie zuvor so etwas getan. Sie musste kichern. Um ehrlich zu sein, war das Zusammensein mit Alexander ganz einfach das Beste, was ihr je passiert war. Abgesehen von der Angst davor, sich selbst zu verlieren – während sie gleichzeitig das Gefühl hatte, endlich sie selbst zu sein –, gab es nichts, was ihr missfiel. Alexander war so altmodisch zuvorkommend, so höflich und aufmerksam, dass sie sich einfach nicht dagegen wehren konnte, selbst wenn sie es gewollt hätte. Sie erlebte es so, als befände sie sich in einer anderen Welt. Aber sie hatte furchtbare Angst davor, was aus ihr werden würde, wenn es vorbei wäre. Denn so konnte es doch unmöglich immer weitergehen, oder? Sollte sie ihn fragen? Würde sie es wagen, Alexander zu fragen, ob er sich eine gemeinsame Zukunft mit ihr vorstellen könnte? Und würde er ehrlich antworten?

Das war das Schlimmste an allem. Es gab keinerlei Garantien. Im Hinblick auf ihre Arbeit war ihr dies bewusst, und damit konnte sie mehr als gut umgehen. Die Ärztin und Entwicklungshelferin Isobel Sørensen wusste es. Doch als Frau war Isobel in gewisser Weise noch immer die Sechsjährige, die mit einem Kloß im Hals dastand und mitansehen musste, wie ihre Mutter und ihr Vater von ihr wegfuhren und keine Rücksicht darauf nahmen, wie traurig oder ängstlich sie war. Oder die tüchtige Tochter, die ihre eigenen Bedürfnisse nie in den Vordergrund stellte. Oder auch die erwachsene Frau, die nicht daran glaubte, dass sich ein Mann ernsthaft für sie entscheiden würde, wenn eines Tages eine andere auftauchte.

Sie glaubte nicht daran, dass sie gut genug war, um für einen Mann die erste Wahl zu sein. Es war traurig, aber so weit war es mit ihr inzwischen schon gekommen.

Isobel verließ das Behandlungszimmer voller widersprüchlicher Gedanken. Sie war schließlich kein Kind mehr, sie war erwachsen. Es war lächerlich, alles auf die Erlebnisse ihrer Kindheit zu schieben.

Sie würde versuchen, etwas Distanz zu wahren und sich mehr auf sich selbst zu konzentrieren. Sie würde sich schon nicht verlieren, sondern sich und ihr Herz schützen.

Ihr Handy vibrierte.

SMS von Alexander. Ihr Herz pochte so heftig, dass es ihr fast den Brustkorb sprengte.

Abendessen?

Sie las die SMS mit rasendem Pulsschlag. Jetzt war der Zeitpunkt gekommen, Nein zu sagen. Sie hatte sich entschieden. Wusste, dass sie Distanz schaffen und etwas für sich tun sollte. Dies war das Signal, das sie ihm geben musste. Sie seufzte und antwortete nur:

Ja.

Alexander wartete bereits vor dem Eingang der Praxis, als sie Feierabend machte. Blond und lächelnd stand er im Sonnenschein auf dem Bürgersteig des Vallhallaväg. Die Leute, die vorbeigingen, schielten zu ihm rüber, doch Alexander hatte nur Augen für Isobel. Als sie herauskam, zog er sie in seine Arme und küsste sie, bis sie sich an ihn klammerte. Einige Passanten starrten sie offen an, was Isobel jedoch egal war, während sie sich von etwas mitreißen ließ, das womöglich doch eine Art pathologische Anomalie war.

»Essen gehen oder Essen bei mir zu Hause?«, fragte er, während sich seine Hände über ihren Körper bewegten, sich in ihren Nacken schoben und über ihren Rücken hinunterglitten.

Sie konnte nicht klar denken. Ihr Körper schrie die ganze Zeit nur: Nimm mich, nimm mich. Deshalb sagte sie so bestimmt wie möglich: »Essen gehen«, denn dann würde es ihr am ehesten gelingen, einen intellektuellen Gedanken zu formulieren, bevor sie wieder auf dem Rücken oder auf dem Bauch liegend in seinem Bett landete und ausschließlich an Sex und Orgasmen denken konnte.

Sie hatte immer auf Menschen herabgeschaut, die sich von ihrer Leidenschaft leiten ließen, und dies für Unsinn gehalten. Doch jetzt war sie keinen Deut besser.

Alexander nahm sie mit zu Mathias Dahlgren, sprach mit gedämpfter Stimme mit dem Kellner und orderte in einer selbstverständlichen Art und Weise einen Tisch, wie er immer alles regelte.

Sie bestellten ein vegetarisches Menü und dazu Champagner. Teuer, luxuriös, wahnsinnig. Er nahm ihre Hand und strich über ihr Handgelenk.

»Es ist völlig verrückt«, murmelte sie.

»Ja.«

Er küsste ihre Handinnenfläche, und sie konnte nicht umhin, die Augen zu schließen. Sie zog ihre Hand zurück.

»Was ist denn?«, fragte er.

»Ich weiß nicht«, antwortete sie. »Ich kann nicht klar denken.«

»Macht das denn etwas?«

»Das, was wir gerade miteinander erleben …«

»Ja.«

»Das ist so …«

Er lächelte. »Ja, das ist es.«

Sie lehnte sich auf ihrem Stuhl zurück und betrachtete sein attraktives selbstsicheres Gesicht.

»Würdest du es mich auch machen lassen?«, fragte sie langsam. »Das, was du mit mir gemacht hast? Die Rollen tauschen?«

Sie hatte darüber nachgedacht, wie es wohl sein würde, und was er dazu sagen würde.

Schweigen.

»Alex?«

»Hättest du das gern?«, fragte er und erwiderte ihren Blick, ohne dass sie seine Reaktion deuten könnte. Seine Augen waren durchgängig blau, ohne abweichende Nuancen. Blau war die seltenste Farbe in der Natur, das wusste sie noch aus dem Biologieunterricht.

»Schon möglich.«

Sie hatte nie näher darüber nachgedacht, aber sobald sie die Worte ausgesprochen hatte, kam es ihr richtig vor. »Ja, ich würde es gern ausprobieren.«

»Und warum?«

Sie hatte es gesagt, um ihn zu testen und um zu versuchen, eine Art Gleichgewicht in den Wahnsinn zu bringen, in den sie sich hatte reinziehen lassen.

»Ich möchte wissen, wie es für dich ist. Und ich will, dass du erlebst, wie es sich für mich anfühlt.«

Sie hielt die Luft an. War es ein absurder Wunsch? Und wie würde es für sie sein, wenn Alexander Nein sagte, wenn er ausschließlich der Dominante sein wollte?

»Ich gehe mal davon aus, dass es für mich eine Möglichkeit ist, um zu erfahren, wie es sich für dich anfühlt«, entgegnete er nachdenklich. Er nahm erneut ihre Hand, führte sie zum Mund, küsste einen ihrer Finger und biss leicht hinein. »Sag mir, Isobel«, begann er mit leiser, fast schnurrender Stimme und hauchte dabei ihre Haut an. »Was würdest du denn machen, wenn du bestimmen könntest?«

Es war, als würde ihr Blut in Wallung, ihr gesamter Körper in Aufruhr geraten. Dieser Blick, diese Stimme …

»Ich würde wahrscheinlich nichts anderes machen als das, was du getan hast«, antwortete sie mit erstickter Stimme. Sie hatte es sich wirklich nicht näher überlegt.

»Aber wenn du das Kommando übernimmst«, begann er und küsste den nächsten Finger, »dann muss ich dir meine Fantasien anvertrauen dürfen.«

»Okay«, sagte sie.

Ihr Herz galoppierte geradezu. Es war eine Sache, Alexander vorzuschlagen, ihn zu dominieren, aber eine ganz andere, sich vorzustellen, einen Mann von etwas über hundert Kilo zu kontrollieren. Es ging dabei überwiegend um mentale Kontrolle, das wusste sie, aber dennoch. Herr im Himmel, würde es ihr tatsächlich gelingen, wenn es darauf ankam?

»Meine schöne, aufreizende, süchtig machende Isobel. Weißt du, was ich möchte?« Seine Augenlider waren halb geschlossen, und seine dunklen Wimpern warfen Schatten auf seine goldene Haut und die männlichen Züge. Er atmete aus, und sein warmer Atem ließ sie erzittern.

»Ich möchte, dass du genau das mit mir machst, was ich danach mit dir machen soll.«

»Wie meinst du das?«

Er nahm einen weiteren Finger und küsste ihn leicht. »Dass es Dinge gibt, die du dir von mir wünschst. Die du dich aber nicht traust, zu sagen. Und dass du noch immer glaubst, deine Geheimnisse für dich behalten zu müssen.«

»Ich habe noch nie jemandem so viel anvertraut wie dir«, entgegnete sie aufrichtig.

»Ich kann den Abend nicht erwarten, an dem du genau das mit mir machen darfst, was du möchtest.«

»Glaubst du nicht, dass ich es schaffe?«

Er verzog den Mund. »*Au contraire, ma chérie*.«

Wie oft war sie schon in Diskussionen mit Männern verwickelt gewesen, die ihr sagen wollten, wo es langging? Oftmals hatten sie es so subtil geäußert, dass Isobel es erst viel später realisiert hatte. Und festgestellt, dass dieses merkwürdige Gefühl, das sie nicht loswurde, von kleinen Nadelstichen herrührte, mit denen diese Männer sie traktiert hatten, die erst hinterher begannen wehzutun, als sie wieder alleine war. Es war keinesfalls so, dass sie keine Widerrede duldete, im Gegenteil. Zu diskutieren und an seinen Argumenten zu feilen, war notwendig, wenn man innerhalb der humanitären Hilfe arbeitete. Aber es gab viele Männer, deren einziges Ziel in einer Diskussion darin bestand, sie als Frau zu erniedrigen.

Alexander hingegen, der über humanitäre Hilfe, die Arbeit vor Ort und den Einsatz in Krisengebieten bereits redete, als hätte er sich sein Leben lang mit diesen Themen auseinandergesetzt, versuchte sich nie auf ihre Kosten hervorzutun.

Die starke Anziehung, die sie ihm gegenüber verspürte, hatte genau damit zu tun. Mit dieser Kombination aus Arroganz und

Respekt. Ja, sie wollte ihn dominieren. Wollte ihn auf die Knie zwingen, wie er es mit ihr getan hatte.

Sein Blick, der so intensiv auf sie geheftet war, dass sie das Gefühl hatte, er hörte jedes Wort, das ihr durch den Kopf ging, verdunkelte sich. Vielleicht lag es an der Beleuchtung. Auf dem Tisch brannten Teelichter, der Himmel vor dem Fenster war so azurblau, wie es nur wenige Tage im Jahr der Fall war, und es kam ihr vor, als ob sie völlig wortlos miteinander kommunizierten. Dieses Spiel zwischen ihnen hatte etwas in Gang gesetzt. Vor Kurzem hatte sie es noch mit einer Tür verglichen, die sie geöffnet und durchschritten hatte.

Doch es war keine Tür.

Es war eher eine Luke in tausend Meter Höhe, die aufgerissen worden war und aus der sie hinausgesaugt wurde.

Es würde auf einen Kampf zwischen ihnen hinauslaufen. Sie liebte es, wenn Alexander sie dominierte, vermutlich sogar mehr, als sie vor sich selbst zuzugeben bereit war. Aber sie wollte diese Chance ergreifen und eine Art Gleichgewicht herstellen.

»Wenn es funktionieren soll, musst du mir bestimmte Dinge erzählen«, sagte sie.

»Was du willst, Baby.«

Nein.

Sie schüttelte den Kopf.

»Nicht über Sex. Persönliche Dinge.«

Über seine attraktiven Gesichtszüge huschte ein Anflug von Wachsamkeit. Aha. Es machte ihm also mehr aus, als er sich anmerken lassen wollte. Ausgezeichnet.

Sie lehnte sich zurück. Schaute ihn an, suchte nach einem Zugang. Erinnerte sich daran, wie oft sie schon vermutet hatte, dass es Dinge gab, die er tief in seinem Innern verbarg.

»Was ist das Schlimmste, das du je erlebt hast?«

Er lachte auf. Streckte seine Beine aus.

»Ich habe keine besonderen Traumata. Ich bin viel zu sehr damit beschäftigt, im Hier und Jetzt zu leben.«

»Nein. So funktioniert es nicht. Du kannst nicht uneingeschränkte Ehrlichkeit von mir verlangen, aber mich im Gegenzug mit Floskeln abspeisen.«

In seinem Blick blitzte es auf, und in seinem Gesicht spiegelten sich Hunderte Gefühlsnuancen wider. Isobel registrierte Wachsamkeit. Erregung. Einen Anflug von Wut. Und Angst.

Lieber, guter Alexander. Was verbirgst du vor mir?

»Ich habe es dir letzten Sommer schon angesehen. Du hast ganz sicher auch deine Dämonen.«

»Haben wir die nicht alle?«

»Nicht unbedingt«, antwortete sie. »Ich bin auch schon Menschen begegnet, die nichts besonders Schlimmes erlebt haben. Aber die sind unsäglich langweilig. Erzähl es mir jetzt. Ich würde es wirklich gern wissen.«

Alexander lehnte sich zurück. Ließ sie nicht aus dem Blick, nicht einmal, als sie die Hand nach ihrem Glas ausstreckte und von ihrem Champagner trank.

»Da ist nichts Besonderes«, begann er. »Ich wünschte, ich könnte sagen, dass ich ein Trauma hätte, aber …«

Nichts Besonderes, na klar …

»Die Schule?«

Er zuckte mit den Achseln. Fuhr mit dem Finger über den Rand seines Glases.

»Was ist in der Schule passiert?«

»Es war nervig, aber da war nichts, woran ich heute noch denke. Ich wurde eine Zeit lang aus der Klassengemeinschaft ausgeschlossen, nachdem ich für einen Mitschüler Partei ergriffen hatte, den sie hänselten. Dafür haben sie mich mit totaler Ignoranz bestraft. Keiner hat mehr mit mir geredet.«

»Hast du es jemandem erzählt?«

»Nein. In meiner Familie durfte man keine Schwäche zeigen. Es hätte also nichts geholfen. Ich hab mich zusammengerissen und mich dran gewöhnt.«

»War das in der Grundschule?«

Er nickte.

»Und danach bist du aufs Internat gegangen?«

»Ja. Dort war es ganz okay. Abgesehen von dem Üblichen. Mobbing ist trotz all seiner Vorhersagbarkeit ziemlich widerlich.«

»Haben die Mädchen dich gemocht?«

Er grinste ansatzweise. »Ja, Isobel«, antwortete er, während es in seinen Augen glitzerte. »Die Mädchen haben mich gemocht. Und ich sie. Den Frauen habe ich vieles zu verdanken.«

Sie wusste genau, was er gerade beabsichtigte. Es war ihm äußerst unangenehm, wie nahe sie ihm kam, und er versuchte, wieder die Oberhand zu gewinnen. Aber sie wollte sich seine vielen – seine exorbitant vielen – Frauengeschichten nicht anhören.

»Erzähl mir von deinen Eltern«, bat sie ihn stattdessen und war sich sicher, dass es noch vieles mehr gab, wovon sie nichts wusste.

Er bedachte sie mit einem leeren Blick. Und schwieg.

Aber sie hatte schließlich beobachtet, wie Leila mit derlei Reaktionen umging. Sie wartete so lange, bis ihr Gegenüber etwas sagte. Also wartete sie ebenfalls.

»Meine Mutter ist kein warmherziger Mensch«, sagte er schließlich. Sein Ton war kurz angebunden und ablehnend. »Aber ich war immer ihr Lieblingskind.«

»Und wie war das für dich?«

Er schaute sie lange an.

»Was glaubst du denn?«, fragte er sie schließlich sanft.

»Ich kann mir vorstellen, dass es kompliziert gewesen sein

muss«, antwortete sie. »Von einer Person geliebt zu werden, deren eigene Bedürfnisse wahrscheinlich im Vordergrund standen.« Sie wusste schließlich selbst, wie es war.

»Ich habe mich an meine Geschwister gehalten. Anfänglich an Peter. Aber er hat mich gehasst. Er ist sechs Jahre älter als ich, also hatte ich keine Chance. Ich habe nie ganz begriffen, dass er nicht durchschaut hat, wie unsere Eltern uns gegeneinander ausgespielt haben. Als ich älter wurde, habe ich den Versuch aufgegeben, an ihn heranzukommen. Und jetzt haben wir so wenig Kontakt wie nur möglich.«

Im Hinblick auf seinen Bruder gab es offenbar noch etwas mehr, sodass sie später weiterfragen würde, aber sie wollte erst etwas über seine Eltern in Erfahrung bringen.

»Erzähl mir von deinem Vater.«

Alexander zog eine Grimasse, streckte seine Beine aus und kratzte sich am Kinn. »Mein Vater ist ein Rassist. Ein richtiges Klischee von einem homophoben Macho.«

»Und wie sieht eure Beziehung zueinander aus?«

»Wir haben keine Beziehung zueinander. Als ich klein war, war ich in den Augen meines Vaters ein Sensibelchen. Seiner Auffassung nach eine Todsünde. Also musste ich abgehärtet werden.«

»Und wie?«

»Mit Prügeln.«

»Hat er dich geschlagen?«

»Wie verrückt. Sowohl Peter als auch mich. Und außerdem sollte ich etwas Männliches lernen. Auf die Jagd gehen. Sport treiben.«

»Gehst du gern auf die Jagd?«

»Nein, ich hasse es. Und mein Vater wusste es. In meinen Augen geht es dabei nur darum, dass unschuldige Tiere von übersättigten Menschen abgeschlachtet werden.«

»Aus diesem Grund bin ich Vegetarierin. Ich habe gesehen, wie Tiere geschlachtet werden, und kann das nicht gutheißen. Ich kann dich also gut verstehen.«

Sie schwiegen. Schauten einander an. Er biss sich auf die Lippe. Und ihr gelang es endlich, den Gedankensplitter einzufangen, der schon mehrfach am Rande ihres Bewusstseins aufgeflackert war. Marius. Wenn Alexander über seine Familie sprach, sah er aus wie Marius. In seinem Blick spiegelte sich dieselbe Einsamkeit wider. Er hatte denselben wachsamen und gehetzten Gesichtsausdruck.

»Es ist doch nichts dabei, sensibel zu sein. Du bist ein intelligenter Mensch. Das weißt du zwar selbst, aber ich sage es trotzdem, zur Sicherheit.«

»Das gehört der Vergangenheit an. Mein Vater pfeift auf mich, und ich pfeife auf ihn.«

»Aber was ist es dann, Alexander? Was ist es, das du mir nicht sagen willst?«

Er seufzte. »Ich gehe davon aus, dass du mich weichklopfst, bis ich es erzähle, stimmt's?«

»Ganz sicher.«

Er winkte den Kellner heran.

»Wenn ich darüber reden soll, brauche ich etwas Stärkeres als Champagner.«

47

Alexander befingerte das Messer neben seinem Teller. Plötzlich und völlig unerwartet bekam er keine Luft mehr im Restaurant.

Lächerlich.

Er streckte sich nach seinem Wodka on the rocks, den die Bedienung auf den Tisch gestellt hatte. Seine Instinkte ermahnten ihn, sich mithilfe seines Charmes aus der Sache herauszureden und Isobel nicht an sich heranzulassen. Doch er hatte neue Bedürfnisse entwickelt, und es war ihm nicht länger möglich, in alte Verhaltensmuster zurückzufallen. Denn er wollte ehrlich zu Isobel sein. Und zwar nicht nur oberflächlich betrachtet. Nicht, indem er dieselben Floskeln benutzte, mit denen er schon mindestens hundert Frauen abgespeist hatte.

Ich möchte ganz ehrlich zu dir sein. Ich spiele keine Spielchen.

Floskeln, die er unzählige Male von sich gegeben hatte. Phrasen, die nichts anderes bedeuteten, als dass er Sex haben wollte und sich danach abwenden könnte, ohne dafür zur Rechenschaft gezogen zu werden, irgendwelche Versprechen gebrochen zu haben.

Nein. Er wollte tatsächlich ehrlich sein, was ihn selbst am meisten erstaunte.

Doch das bedeutete nicht, dass es leicht war. Im Gegenteil, es war verdammt schwierig, sodass er sich fast gewünscht hätte, in New York geblieben zu sein und dort sein banales halb alkoholisiertes, aber unkompliziertes Leben weitergelebt zu haben.

»Ich weiß nicht, wie ich anfangen soll«, sagte er. »Es ist wirklich nichts im Vergleich zu dem, was du schon alles gesehen hast. Keine Folter. Keine Entbehrungen.«

Er verstummte. Wie war es überhaupt nur zu diesem Gespräch gekommen? Im Grunde genommen war es ihm bei Isobel Sørensen, dieser Frau mit dem Weltgewissen, doch nur um Sex gegangen. Wann hatte es aufgehört, ein Flirt zu sein? Eigentlich wusste er es selbst. Isobel war eben nicht eine Frau unter vielen. Langsam beschlich ihn der Verdacht, dass sie *die* Frau war. Und das Ironische war, dass er sie niemals würde verdienen können.

»Erzähl es trotzdem. Von Anfang an.«

Er gab auf. »Du musst wissen, dass ich mir durchaus im Klaren darüber bin, dass ich das große Los im Leben gezogen habe. Ich bin ein reicher weißer europäischer Mann, der in Schweden geboren ist. Ich weiß genau, dass ich einen der Hauptgewinne eingeheimst habe. Und das wusste ich schon, bevor du und ich angefangen haben … bevor wir uns begegnet waren.«

Alexander verstummte erneut. Er wusste nicht einmal, wie er das benennen sollte, was Isobel und ihn miteinander verband. Dateten sie? Waren sie zusammen? Wollte sie überhaupt mehr als nur Sex mit ihm haben? Er umschloss sein Glas und widerstand seiner Lust, den Alkohol in einem Zug hinunterzukippen. »Obwohl das Bewusstsein, was für ein Glück ich gehabt habe, natürlich mit den Jahren gewachsen ist.«

»Aber?«

»Meine Kindheit war eigenartig. Je mehr ich daran zurückdenke, desto bizarrer kommt sie mir vor.«

»Inwiefern?«

Alexander berührte mit dem Finger den Rand seines Glases und dachte an die Vergangenheit. »Beispielsweise der Kontrast zwischen dem materiellen Überfluss und der gefühlsmäßigen Kälte. Unser Vater war nur selten zu Hause. Ich glaube, dass er nur deswegen eine Familie gegründet hat, um etwas vorzeigen zu können. An uns als Menschen war er nie interessiert. Und wenn er mal zu Hause war, war die Stimmung äußerst beklemmend. In seiner Gegenwart gingen alle nur auf Zehenspitzen, und es lag immer ein Anflug von Wut, Enttäuschung und einer Menge anderer Dinge in der Luft, die ich damals nicht benennen konnte, die aber höchstwahrscheinlich mit der Untreue meiner Mutter zusammenhingen.« Er starrte hinunter in sein Glas. Zwischenzeitlich war es kaum auszuhalten gewesen. Die Streitereien. Die Aggressivität. Seine Angst. Er versuchte, die erstickenden Erinnerungen abzuschütteln. Isobel betrachtete ihn ruhig mit ihren grauen Augen, und er fuhr fort: »Meine Geschwister, Peter und Natalia, taten alles, um von unserem Vater beachtet zu werden und Anerkennung von ihm zu bekommen. Aber in meinem ganzen Leben habe ich meinen Vater noch nie auch nur ein einziges nettes Wort zu einem von uns sagen hören. Ich selbst hatte es höchstwahrscheinlich auch nicht verdient, aber Nat und Peter erhofften es sich mehr als alles andere.«

»Und du nicht?«

»Nein. Ich wollte eher, dass mein Vater mich gar nicht sehen würde.«

»Du hast eben gesagt, dass deine Mutter untreu war?«

Himmel, es war ihm einfach so rausgerutscht. Er hatte nie mit Natalia oder Peter darüber gesprochen, genauer gesagt mit niemandem. Keiner wusste, was er gesehen und gehört hatte. Ebba hatte schon immer ein großes Bedürfnis nach Bestätigung gehabt. Wie viele Telefonate im Flüsterton hatte er damals mitgehört? Wie oft war sie einfach verschwunden? »Mama geht mal kurz weg. Sei ein lieber Junge jetzt, Alexander. Und nicht weinen.«

»Meine Mutter war eine typische Hausfrau aus der Oberschicht. Manchmal denke ich, dass es ihr besser gegangen wäre, wenn sie eine Beschäftigung gehabt hätte, denn ihre Laune wechselte ständig. Sie konnte eben noch liebevoll und fröhlich sein, um dann ganz plötzlich rasend vor Wut zu werden. Oder auch eiskalt. Man wusste nie, wann ihre Stimmung umschlagen würde oder was man selbst verbrochen hatte.«

Heute war ihm klar, dass es in irgendeiner Form mit ihren Affären zu tun gehabt haben musste. Dass man ihr anmerkte, ob sie gerade von einem Mann verehrt wurde oder fallen gelassen worden war. Doch als kleiner Junge war er sich sicher gewesen, dass es sein Fehler war.

»Aber du und Natalia, ihr standet einander doch nahe, konntet ihr euch nicht gegenseitig unterstützen?«

Er lächelte. »Ja, wir haben eine Art Bündnis geschlossen. Sie hat sich um mich gekümmert.«

Während seiner gesamten Kindheit war Natalia für ihn da gewesen. Sie war stabil und stark gewesen. Aber war er auch für sie da gewesen? Oder hatte er es als gegeben hingenommen?

»Das Verrückte war, dass unser Vater es nicht duldete, wie stark ich mich an Natalia hielt. Er hat mich dafür verhöhnt und gemeint, ich sollte nicht andauernd mit Mädchen zusammen sein. Einmal, als ich, glaube ich, fünf oder sechs Jahre alt war, waren wir beide allein mit ihm zu Hause. Es war an einem Wochenende, und ich weiß nicht mehr, wo meine Mutter und Peter waren, aber Nat und ich sollten bei unserem Vater bleiben. Er war wegen irgendeiner Sache sauer auf mich und hat mich bestraft, indem er mit Natalia weggegangen ist und mich zu Hause gelassen hat. Ich glaube, sie waren im Tierpark, im Skansen oder so. Natalia hatte Tiere schon immer gemocht und war überglücklich, mit ihrem Vater zusammen losziehen zu dürfen. Mich ließen sie den ganzen Tag und den Abend lang allein. Ich habe nie etwas gesagt, weil ich es ihr nicht kaputtmachen wollte.« Alexander rang nach Luft. Es klang irgendwie kindisch, als er es aussprach, aber damals hatte er so große Angst gehabt, dass er sich noch heute an das furchtbare Gefühl erinnerte. Er hatte ja nicht gewusst, wann und ob sie überhaupt zurückkehren würden.

Isobel streckte ihre Hand aus und ergriff seine. »Das klingt grausam.«

Ja, so war sein Vater. Grausam.

Alexander zog seine Hand zurück und bestellte einen weiteren Drink. »Natalia ist übrigens nicht seine leibliche Tochter, wusstest du das?«

Isobel nickte. »Es stand irgendwann in der Zeitung.«

»Aber ich liebe sie selbstverständlich trotzdem.«

»Und Peter?

»Er auch. Zu seiner Ehrenrettung muss ich sagen, dass sich seine Zuneigung zu ihr in keiner Weise geändert hat.«

Von irgendwoher kommend erfasste ihn eine Welle der Dankbarkeit Peter gegenüber. Er war sich sicher gewesen, dass Peter Natalia im Stich lassen würde, aber soweit Alexander wusste, hielt sein großer Bruder weiterhin zu ihr. Nicht, dass es in irgendeiner Weise alles andere ungeschehen machen könnte, was Peter getan hatte.

Isobel schaute ihn an. Sie sagte nichts, aber er wusste, dass sie auf eine Fortsetzung wartete. Sein zweiter Wodka kam, aber er ließ ihn unangerührt stehen.

»Soll ich weiterreden?«

»Ja.«

»In unserer Familie ist vor langer Zeit etwas vorgefallen, das uns seitdem nicht mehr loslässt. Es war in der Vorweihnachtszeit, bevor ich zwölf wurde. Von einem Tag auf den anderen veränderte sich alles, und es war, als befände sich unsere gesamte Familie in einer Art unausgesprochener Krise.«

»Was ist denn passiert?«

Er strich sich mit der Hand übers Kinn. »Damals wusste ich es nicht. Hast du so etwas schon einmal erlebt? Wenn man merkt, dass etwas Schreckliches vorgefallen ist, aber alle so tun, als wäre nichts.«

Aufgebrachte Stimmen, die verstummten, sobald man den Raum betrat. Lauter unausgesprochene Dinge, denen gegenüber man sich irgendwie verhalten musste. Eine beklemmende Stimmung und vielsagende Blicke. Er hatte geglaubt, dass er dabei war, verrückt zu werden. Oder dass er irgendetwas Schlimmes verbrochen hätte.

»Hast du denn je erfahren, was geschehen war?«

Alexander nahm sein Glas in die Hand und schwenkte es, bis die klare Flüssigkeit herumwirbelte. Isobel hatte ihr Kinn auf die Hand gestützt.

»Ja, im vergangenen Sommer. Peter hatte damals im Spätherbst im Internat ein Mädchen vergewaltigt. Er und ein paar seiner Klassenkameraden hatten sie so missbraucht und misshandelt sie, dass sie ins Krankenhaus gebracht werden musste. Mein Vater hat dafür gesorgt, dass alles totgeschwiegen wurde. Es war über fünfzehn Jahre lang ein Geheimnis gewesen. Aber natürlich hat es uns alle belastet. Die ganze Geschichte kam wie gesagt im letzten Sommer ans Licht.«

Er nippte an seinem Wodka und beschloss, Isobel nicht zu sagen, wer das Mädchen war. Es war nicht seine Sache, es weiterzuerzählen.

Isobel schaute ihn mit ernstem Blick an. Sie wirkte nicht besonders geschockt, aber sie war schließlich auch kein Mensch, den man so leicht schocken konnte. Sanft nickend bedeutete sie ihm, weiterzureden.

»Als ich es schließlich erfuhr, kam ich mir vor, als befände ich mich im freien Fall. Der vergangene Herbst wurde ziemlich turbulent. Einiges darüber hast du ja schon gelesen. Ich habe

Frauen schon immer gemocht. Als ich klein war, habe ich gern mit Mädchen gespielt, auch wenn mein Vater versuchte, es zu unterbinden. Deshalb hat er mich auch in den Wald geschleppt, um Tiere niederzumetzeln. Um maskuliner zu werden und männliche Freundschaften zu knüpfen. Als ich dann älter wurde, mochten mich die Mädchen aus anderen Gründen. Das ist keine Angeberei, Isobel. Nur eine Tatsache. Aber ich fand es irgendwie anstrengend. Wie sie mich ansahen, miteinander tuschelten und kicherten. Unter anderem Natalias Freundinnen, die zu uns nach Hause kamen. Heute kapiere ich es natürlich, aber damals war es ziemlich verwirrend. In dem Frühjahr, als ich dreizehn wurde, zog Åsa Bjelke dann bei uns ein, weil ihre Familie bei einem Autounfall ums Leben gekommen war. Sie ist sechs Jahre älter als ich.«

Dieser Sommer war ihm noch so präsent, als hätte jemand ihm die Erinnerung daran mit einer Nadel von innen auf die Schädeldecke geritzt. Das Merkwürdige war nur, dass er nie aktiv an diese Zeit dachte. Außer, wenn er seiner Familie begegnete. Dann kehrte die Erinnerung zurück, und zwar mit voller Wucht. Die physische Nähe zu seiner Familie und zu Åsa löste so viele Gefühle in ihm aus. Darunter hauptsächlich Angst und Scham.

»Jeder andere würde mit Sicherheit behaupten, dass dies für jeden halbwüchsigen Jungen ein wahr gewordener Traum sein müsste. Ich war dreizehn, und eine der schönsten Frauen weltweit zog bei uns zu Hause ein. Aber es wurde … kompliziert.«

»Hat sie dich verführt?«

»Nein. Sie war eher wie eine große Schwester zu mir. Ich glaube, dafür sind wir einander zu ähnlich. Wir haben miteinander geflirtet, aber nicht mehr. Mit ihren Freundinnen hingegen war es etwas ganz anderes. Eine von ihnen hat mich verführt. Nicht, dass ich es ihr besonders schwer gemacht hätte. Sie war neunzehn und für ihr Alter recht erfahren, und ich glaube, dass ich damals innerhalb von zehn Sekunden gekommen bin. Doch sie lachte nur, als wäre es eine lustige Sache.« Er warf Isobel einen raschen Blick zu.

»Und war es das für dich? Lustig?«

Er machte eine abwehrende Geste. »Anfangs war es spannend. Sie meinte, dass sie es mir beibringen würde. Was sie auch tat. Gemeinsam mit ihren Freundinnen. Ich wurde sozusagen zu ihrem Projekt. Ich glaube, dass ich in diesem Sommer bestimmt mit zehn Mädels geschlafen habe. Sie haben mich von einer zur nächsten weitergereicht. Und sie haben sich dann über mich ausgetauscht. Während dieser Zeit hatte ich das Gefühl, als wäre es genau das, was ich wollte. Aber danach … Ich kann es nicht genau erklären. Sie waren keineswegs bösartig, auch wenn sie mich aufzogen und sich über mich lustig machten, aber sie brachten mir immerhin bei, wie guter Sex funktionierte, und nicht zuletzt auch, dabei an ihren Genuss zu denken. Sie waren diejenigen, die bestimmten, und sie bestraften mich, wenn ich etwas falsch machte. Es war wirklich ein merkwürdiger Sommer.«

Er senkte seinen Blick. Eigentlich dachte er nur noch selten daran. Außer wenn er mit den Kreisen in Berührung kam, in denen diese Frauen verkehrten. Wenn er zu lange mit ihnen zusammen war, kam es wieder hoch. Brachte ihn aus dem Gleichgewicht. Bewirkte, dass er sich schmutzig fühlte. Würde Isobel das verstehen? Würde überhaupt irgendwer das verstehen? Er begriff es ja selbst kaum.

Isobels Stimme war sanft und liebevoll, als sie seine Gedanken unterbrach. »Du warst noch so jung, Alex. Wusste damals jemand, was geschehen war?«

»Ich glaube, dass nicht einmal Åsa davon wusste. Ich habe anderen nie besonders viel erzählt.«

»Vielleicht hast du ja auch niemanden gehabt, dem du dich anvertrauen konntest. Die Leute sagen immer, dass man es jemandem erzählen muss. Aber ich glaube, dass die eigene Scham einen oftmals daran hindert. Häufig erzählt man es auch deswegen nicht, weil man von schlechten Zuhörern umgeben ist.«

Wie sehr er sich damals gewünscht hätte, dass jemand mitbekommen hätte, was da vor sich ging. Und es gestoppt hätte. Ihm gesagt hätte, dass er viel zu jung und die Mädchen viel zu viele seien. Und ihm das Recht dazu gegeben hätte, Nein zu sagen.

»Hin und wieder begegne ich diesen Frauen. Einige von ihnen sind mittlerweile verheiratet. Mehrere haben inzwischen Kinder. Aber ich habe nie mit jemandem darüber geredet. Du bist die Erste.«

»Im Sommer hatte ich den Eindruck, dass man es dir ansieht. Du wirktest so gequält, als kämest du geradewegs aus der Hölle.«

»In diesen Dimensionen habe ich nie gedacht. Aber wenn ich ihnen begegne, wie zum Beispiel damals im Sommer, fühlt es sich genauso an. Wie in der Hölle. Danach bin ich nach New York geflogen und habe eine Woche lang nur gesoffen.«

»Und wie ist es heute für dich?«

»Wie gesagt. Ich denke nicht mehr daran, auch wenn mir klar ist, dass es mich natürlich beeinflusst haben muss.«

»Vielleicht sogar stärker, als du glaubst?«

»Womit ich am meisten kämpfe, ist das Gefühl, dass …« Er hielt inne, wusste nicht einmal, ob er in der Lage war, es zu formulieren.

»Sag es.«

»Dass Frauen nur deshalb mit mir zusammen sind, weil ich ihnen physisch und finanziell etwas zu bieten habe.«

Er wartete darauf, dass Isobel protestieren und es beschönigen würde. Doch nichts dergleichen kam. Also fuhr Alexander fort und fasste zum ersten Mal überhaupt in Worte, was ihn schon so lange plagte und all seine Beziehungen zu Frauen geprägt hatte. »Sie lieben das Fröhliche, das Witzige an mir. Sie lieben den Sex. Mein Äußeres. Aber keine von ihnen ist an meinem Inneren interessiert.«

An mir als Person.

Er wartete förmlich darauf, dass Isobel auflachen, ihm widersprechen oder das Ganze abtun würde, doch das tat sie natürlich nicht. Ihm war nicht klar gewesen, wie schwer die Last war, die er mit sich herumgetragen hatte, wie tief das alles saß. Hatte nie realisiert, wie es ihn praktisch von innen heraus aushöhlte. Wie sehr er danach hungerte, als Mensch wahrgenommen zu werden. Wie viel Angst ihm die Vorstellung bereitet hatte, der Sohn seiner Mutter zu sein und nur existieren zu können, wenn er mit einer Frau schlief.

Isobel beugte sich zu ihm vor. Ihre grauen Augen funkelten. Sie legte ihre Hand auf seine, und Alexander spürte idiotischerweise, wie es ihm die Kehle zusammenschnürte.

»Danke, dass du es mir erzählt hast«, sagte sie leise.

Sie saßen schweigend da. Um sie herum war das Geklapper von Geschirr zu vernehmen. Der Duft nach Essen. Gedämpfte Unterhaltungen. Ihr Essen kam, aber er hatte keinen Hunger mehr, und sie rührte ihres ebenfalls nicht an.

Er verzog den Mund. Wenn selbst Isobel keinen Hunger hatte, hatte es ihr offenbar doch einen Schock versetzt.

»Es tut mir so leid, Alex. Das, was du da schilderst, ist nichts anderes als Missbrauch.«

»Aber ich sagte doch, dass es kein Trauma ist.«

Sie legte den Kopf schräg. »Du meinst also, dass man dich allein gelassen, sich von dir abgewendet hat und du noch dazu sexuell ausgenutzt worden bist, aber du kein Trauma davongetragen hast?«

»Verglichen mit dem, was andere erlebt haben, nicht.«

»Man sollte in solchen Dingen keine Vergleiche anstellen. Ich wünschte, ich hätte das alles gewusst, bevor ich vorgeschlagen habe, die Rollen zu tauschen. Entschuldige. Ich hätte das Thema nicht ansprechen sollen. Es muss ziemlich schwer für dich sein, und ich verstehe wirklich, wenn du es nicht willst.«

Er schaute sie lange an und hörte in sich hinein. In seinem Inneren hatte sich eine merkwürdige Euphorie breitgemacht. Als hätten sich gewisse Dinge, die ihm unterschwellig zugesetzt hatten, unerwartet in Luft aufgelöst. Wie ein innerer Druck, ein immerwährendes unangenehmes Gefühl, das plötzlich nachließ. Und für etwas anderes Platz schaffte. Hauptsächlich für Erleichterung. Aber auch Freude. Zuversicht. Und Vertrauen.

»Ich will es aber«, sagte er, und das stimmte. Er war neugierig darauf, es auszuprobieren.

»Aber was du erzählt hast ...«

»Nein. Ich habe damit abgeschlossen. Ich will es. Und ich vertraue dir.«

Wenn ihn vor zwei Monaten jemand gefragt hätte, ob es eine Frau gäbe, der er vertrauen würde, hätte Alexander verächtlich geschnaubt. Aber Isobel vertraute er mittlerweile. Voll und ganz. Eigentlich gar kein so schlechtes Gefühl.

»Aber es darf nicht unangenehm für dich sein. Du musst versprechen, dass du es mir dann sagst. Es soll sich nur gut anfühlen. Kannst du mir das versprechen?«

»Auf jeden Fall.«

»Und wenn ich zu weit gehe? Ich habe schließlich keine Erfahrung.« Sie lächelte schief. »Außerdem bin ich ziemlich stark.«

Alexander lachte und fand zurück zu sich selbst, nahm Abstand von dem verwirrten Teenager, der er einmal gewesen war, und wurde wieder zu dem erwachsenen Mann, der er trotz allem geworden war.

Er ergriff Isobels Hand und hielt sie über dem Tisch fest. »Mit dir zusammen geht mir nichts zu weit«, entgegnete er.

Sie zog eine Augenbraue hoch.

»Okay«, sagte er mit einem unterdrückten Lachen. »Wenn ich einen Wunsch äußern darf, dann den, dass du mir nicht in irgendwelche Körperöffnungen einen Dildo reinschiebst.«

Sie nickte gnädig, und Alexander war froh, dass er dennoch eine gewisse Grenze gezogen hatte. Ein nie gekanntes Ziehen durchfuhr seinen Körper. Hatte er sich tatsächlich darauf eingelassen? Wahrhaftig?

Er erhaschte ihren Blick. Irgendetwas war heute Abend zwischen ihnen geschehen. Es war eine neue Nähe entstanden, die er noch nie zuvor erlebt hatte. Er streckte erneut seine Hand aus, und Isobel ergriff sie. Er führte sie zum Mund, presste seine Lippen auf ihre Haut und atmete ihren Duft ein.

»Und wann wollen wir es machen?«, fragte er leichthin.

»Morgen«, antwortete sie, und in ihren Augen blitzte es.

Er küsste ihre Hand und murmelte seine Frage zwischen den Küssen auf ihre Handfläche: »Möchtest du zu mir nach Hause kommen?«

»Nein, nein. Ich ruf dich an und sag dir, wo wir uns treffen.«

Angesichts dieser autoritären Seite an ihr musste er schmunzeln. Sie war sexy.

»Okay«, sagte er.

»Und jetzt essen wir«, entschied sie.

Sie aßen und redeten über Essen und Wein und Filme, die sie gesehen hatten, und nicht über Sex. Alexander spürte, wie seine gute Laune vollends zurückgekehrt war. Wie froh er war, gemeinsam mit Isobel einfach nur hier zu sitzen. Mit ihr zusammen zu essen, zu lachen und zu flirten. Sie zu begehren. Er stellte fest, dass nun keine Geheimnisse mehr zwischen ihnen standen. Sie wusste jetzt alles über ihn. Und er wusste mehr über sie, als je eine andere Person erfahren hatte. Und morgen würde sie mit ihm machen dürfen, was sie wollte.

Er konnte es kaum erwarten.

48

Gina schaute durch die Fensterscheiben der U-Bahn hinaus. Draußen zogen Felswände und Bahnsteige vorbei. Menschen stiegen aus und ein. Hantierten mit ihren Handys oder saßen einfach nur da und starrten vor sich hin. Sie fuhr gerne U-Bahn, und es gefiel ihr, wie die Bahn die gesamte Stadt mit all ihren Stadtteilen verband. Man konnte beispielsweise von Tensta bis zum Hauptbahnhof fahren, dort umsteigen und nach Östermalm weiterfahren, und auf diese Weise in einer Welt einsteigen und in einer völlig anderen wieder herauskommen.

Es war ein schrecklicher Fehler gewesen, sich mit Peter einzulassen. Sie, die sonst nie etwas tat, ohne nachzudenken, zu planen und zu analysieren, hatte sich von ihm mitreißen lassen. Sie hatte sich eingebildet, sich selbst und ihre Gefühle im Griff zu haben. Hatte angenommen, die Tatsache, dass sie in jeder Hinsicht so unterschiedlich waren, würde sie davor schützen, Gefühle für ihn zu entwickeln. Doch offenbar hatte sie sich selbst völlig falsch eingeschätzt, denn er hatte sie geküsst, und seitdem war sie innerlich ganz aufgewühlt.

Gina fingerte an ihrer Ledertasche herum. Sie befand sich auf dem Rückweg von einer Klausur. Für sie war es ein seltener Luxus, mitten am Tag nach Hause zu kommen. Ihre Tasche war voll mit Fachliteratur und blauen DIN-A4-Blöcken, die sie Zeile für Zeile eng mit Notizen vollgeschrieben hatte. Sie hatte sich die Tasche von ihrem eigenen Geld gekauft und war unheimlich stolz darauf gewesen und auf das, was sie symbolisierte. Doch jetzt betrachtete sie sie mit völlig anderen Augen. Sah, wie schmucklos, verschlissen und billig sie letztlich war.

Sie hasste das alles.

Peter hatte sie geküsst. Ihr einen richtigen Kuss gegeben. Es fiel ihr noch immer schwer, es zu glauben. Ohne nachzudenken, berührte sie mit den Fingerspitzen ihren Mund und verharrte dort. Sie wünschte, dieser Kuss hätte ihr nicht gefallen und sie nicht weiter berührt.

Als sie die Klausur im Nachhinein noch einmal im Geist durchgegangen war, hatte sie der Schock getroffen. Sie hatte eine Teilfrage übersehen. Würde somit nicht die volle Punktzahl erlangen. Sie konnte kaum ausdrücken, welchen Schrecken ihr der Gedanke daran einjagte. Bislang hatte sie alle Klausuren mit maximaler Punktzahl bestanden. Bei jeder Aufgabe und jeder Frage, die sie in ihrem Medizinstudium je hatte beantworten müssen, hatte sie perfekte Ergebnisse erzielt. Doch jetzt würde sie mindestens einen Punkt abgezogen bekommen. Weil sie unkonzentriert gewesen war. Das war absolut bitter. Sie konnte es kaum aushalten.

Gina stieg in Tensta aus, durchquerte den unterirdischen Tunnel, nahm die Treppen hinauf in Richtung Zentrum und spazierte im warmen Sonnenschein nach Hause. Sie müsste damit aufhören. Und zwar mit allem. Ihre Putzstelle war ein Aushilfsjob, der sowieso bald enden würde. Dann würde das, was zwischen Peter und ihr vorgefallen war, verschwunden sein, als wäre da nie etwas gewesen.

Es würde ihr nicht einmal schwerfallen, redete sie sich ein. Sie hatte schon so vieles überlebt. Und im Vergleich dazu war das hier nichts.

»Hallo? Ich bin wieder zu Hause!«, rief sie, als sie die Wohnung betrat.

Aus der Küche hörte sie Stimmen. Von ihrem Vater und

Amir. Erst dachte sie, die beiden stritten sich, so laut waren sie. Doch dann hörte sie sie lachen. Lachten sie hier zu Hause etwa so selten, dass sie das Geräusch kaum noch wiedererkannte?

Doch nun hörte sie noch eine weitere, leisere Stimme, die sie sofort wiedererkannte.

Peter.

Sie näherte sich der Küche mit einem unguten Gefühl. Irgendetwas lief hier falsch. Zuerst erblickte sie ihren Bruder. Amir strahlte, wie sie ihn noch nie zuvor hatte strahlen sehen, oder jedenfalls schon sehr lange nicht mehr. Er sprach laut, gestikulierte mit seinen langen Teenagerarmen und lachte.

»Was ist denn hier los?« Sie spürte Peters Blick auf ihrem Gesicht, vermied es jedoch, ihn anzusehen.

Was ist hier los?

»Wir haben Besuch«, antwortete ihr Vater.

»Das sehe ich«, entgegnete sie und schaute Peter schließlich an. Er war sonnengebräunt und wirkte viel zu groß in der kleinen Küche. »Wann sind Sie denn gekommen?«

»Ich wollte Sie überraschen.« Er lächelte breit. Seine Haare waren leicht wuschelig, und er hatte die Ärmel seines Hemds hochgekrempelt. Sein Jackett hing über der Stuhllehne. Auf dem Küchenfußboden stand eine Sporttasche, in der sie Wasserflaschen und Fußballtrikots erblickte.

»Er hat Fußballschuhe gekauft! Für mich! Und Tore, weißt du, mit richtigen Hütchen! Er muss sich nur noch umziehen, und dann spielen wir!«

Amir schrie förmlich vor lauter Eifer. Er trug eng anliegende Fußballschuhe und Trainingskleidung, die so neu aussah, dass es ihr in den Augen wehtat.

Ihr Vater lachte, während Peter ein Netz voller glänzender Bälle und orangefarbener Hütchen hochhielt, um sie ihr zu zeigen.

Gina ließ ihren Blick zwischen Peter, ihrem Vater und ihrem Bruder hin und her schweifen. Drei gegen eine, dachte sie. War etwa nur sie diejenige, die die Gefahr sah?

Peter verschwand. Gina goss sich Wasser in ein Glas, trank, beobachtete dabei ihren Vater und ihren Bruder, ohne ein Wort zu sagen, und wartete, bis Peter wieder zurückkam, mittlerweile umgezogen.

»Wollen Sie mitkommen?«, fragte er mit einem erneuten breiten Lächeln.

Gina schüttelte den Kopf. Peter nahm den fröhlich drauflosplappernden Amir mit nach draußen. Die Wohnungstür schlug hinter ihnen zu.

Ihr Vater sagte nichts, nahm seine Zeitungen und ging ins Wohnzimmer, wo er sich in einen Sessel setzte.

Gina setzte sich an den Küchentisch. Und wartete, während sie mit den Fingern auf die Tischplatte trommelte. In ihrem Inneren brodelte es förmlich.

Als die beiden wieder zurückkamen, war Amir verschwitzt und seine Wangen gerötet. Peter lachte und ereiferte sich über Freistöße und Stürmerattacken.

Amir ging duschen. Peter stand lächelnd mit der Hüfte an die Arbeitsplatte gelehnt. Seine Haare waren inzwischen noch zerzauster, und seine Haut hatte Farbe bekommen. Er wirkte zufrieden, während er Wasser aus einer blauen Plastikflasche trank.

Ein weißer Mann, das Zentrum der Aufmerksamkeit aller.

Gina befingerte ihr Wasserglas. Die Irritation überfiel sie in Wellen.

»Was machen Sie hier, Peter?«

»Fußball spielen«, antwortete er und wischte sich den Schweiß aus der Stirn. »Wir hatten viel Spaß. Sie hätten wirklich mitkommen sollen.«

Sie verschränkte die Arme vor der Brust. Entweder tat er so, als merkte er nicht, dass sie sauer war. Oder er sah es tatsächlich nicht.

»Ich gehe mal davon aus, dass Sie dachten, dass es nett wäre, einfach mal hier im Vorort vorbeizuschauen und ein paar Almosen zu verteilen«, sagte sie steif. »Um Aufmerksamkeit zu erhalten. Und vielleicht auch das schlechte Gewissen eines Mannes aus der Oberschicht etwas zu erleichtern, oder?«

»Nein, ich hab einfach aus einem Impuls heraus gehandelt«, entgegnete er. »Ich hab mich daran erinnert, dass Sie meinten, Amir müsse mal ein wenig rauskommen. Haben Sie nicht gesehen, wie er sich gefreut hat? Ich dachte, es würde Sie auch freuen.« Er betrachtete sie. »Sind Sie sauer?«

Sein erstaunter Ton machte es ihr nicht leichter.

»Und was soll daraus werden? Wenn Sie irgendwann keine Lust mehr haben? Wie haben Sie gedacht, soll es weitergehen? Wenn er aus allem herausgewachsen ist und wir uns keine neuen Schuhe leisten können?«

Peter runzelte die Stirn. »Ich dachte nicht …«, begann er.

»Genau«, unterbrach sie ihn, und ihre Wut erhielt neue Nahrung. »Sie denken nicht, weil Sie sich keine Gedanken darüber machen müssen. Fahren eine Putzkraft in Ihrem teuren Wagen nach Hause. Kaufen einem einsamen Jungen Sportklamotten, wie ein verdammter Weihnachtsmann.«

»Aber …«

»Sie sind zu weit gegangen. Sie hätten es vorher mit mir absprechen müssen. Was denken Sie denn, wie das enden soll? Sie sehen doch, wie wir wohnen. Und Sie platzen hier mit Ihren teuren Klamotten und Ihren lächerlichen Geschenken einfach so rein. Die haben vermutlich mehr gekostet als das, was wir in einem Monat für Lebensmittel ausgeben. Was meinen Sie, wie das für uns ist? Oder glauben Sie, dass wir keinen Stolz haben?«

»Ich hatte wirklich nicht vor …«

Sie hörten Amir nach einem Handtuch rufen, und Peter verstummte. Sie warteten, während Ginas Vater leise mit Amir sprach. Das Murmeln ebbte ab.

Peter senkte die Stimme.

»Mir war nicht klar, dass Sie so aufgebracht reagieren würden. Ich verstehe immer noch nicht ganz, was ich falsch gemacht habe. Ich wollte eigentlich nur etwas Gutes tun.«

»Aber warum, Peter? Warum denken Sie, dass Sie meiner Familie etwas Gutes tun müssen? Woher nehmen Sie sich das Recht dazu? Habe ich es Ihnen etwa erteilt?«

»Nein.«

Seine Miene war mittlerweile reserviert. Und wenn schon, hierbei konnte sowieso nichts Gutes herauskommen. Das Leben war kein Märchen. Sie war mit ihrer Familie den ganzen Weg bis nach Schweden geflohen. In ein Land, von dem sie zuvor noch nicht einmal gehört hatte. Sie hatten das Grab ihrer Mutter sowie all ihren Besitz außer der Kleidung, die sie am Leib trugen, zurückgelassen und sich nur mit jeweils einer Tasche Gepäck auf eine wochenlange Flucht begeben. Hatten in einem Asylbewerberheim gewohnt. Gina hatte gesehen, wie es ihre Familie zermürbt hatte, wie ihr Vater nachts geweint hatte und auch ihr Bruder sich stark verändert, die Hoffnung verloren und aufgehört hatte, sich für sein Umfeld zu interessieren. Gina hatte alles dafür getan, die beiden seelisch wieder aufzubauen, und wusste, dass sie ihre Kraft und ihr Durchhaltevermögen benötigten, von ihr abhängig waren. Denn es brachte nichts, auf etwas zu hoffen oder zu glauben, dass man irgendwem, der Gesellschaft oder Leuten, die aus einer völlig anderen Welt kamen, trauen konnte. Harte Arbeit, realistische Erwartungen und ihr eigener Verstand waren der einzig gangbare Weg.

»Sie haben eine schlechte Meinung von mir«, sagte er. Er hatte seine Wasserflasche abgestellt und die Hände in die Taschen seiner glänzenden Trainingshose geschoben.

»Habe ich das? Was bedeute ich Ihnen denn, Peter? Wir hier draußen? Dachten Sie, ich würde mich darüber freuen, dass Sie uns Dinge schenken, die wir uns selbst nie leisten können? Dass wir am dringendsten ein paar neue Spielsachen brauchen?«

In seinem Gesicht zuckte es. »Jetzt sind Sie aber ungerecht.«

»Aber verstehen Sie es denn nicht? Das Leben ist ungerecht. Das ist es, was Sie offenbar nicht kapieren.«

Sie hatte selbst nicht gewusst, wie sauer sie wirklich auf ihn war. Alles brach aus ihr heraus. Sie war sich im Klaren darüber, dass sie jetzt etwas zerstörte, äußerst rechthaberisch klang und womöglich auch überreagierte. Aber es war, als würde sich ein anderer Teil von ihr in die Auseinandersetzung einmischen und übernehmen. Es tat weh, so unterlegen zu sein. In ihrer eigenen Küche zu sitzen und an die Unterschiede erinnert zu werden, die zwischen ihnen bestanden. Dass sie sich so stark hatte beeindrucken lassen. Peter hatte bewirkt, dass sie in letzter Zeit den Fokus verloren hatte und anstatt an sich selbst und die Zukunft ihrer Familie, um die sie sich kümmern musste, an ihn dachte.

»Wir können uns nicht mehr treffen«, sagte sie und spürte, dass sie sich entschieden hatte. Wenn sie sich zwang, das Ganze objektiv und nicht durch irgendeinen rosaroten Filter hindurch zu betrachten, dann war Peter de la Grip ein weißer Mann von vielen. Sie hätten ebenso gut von verschiedenen Planeten kommen können, so unterschiedlich waren ihre Voraussetzungen im Leben. Mit Peter zusammen wurde sie auf etwas reduziert, das sie nicht sein wollte. Sie wollte stark sein, unabhängig. Denn sie hatte erlebt, wie es war, abhängig zu sein. Hatte so viel Angst und Machtlosigkeit empfunden, dass es mindestens für ein ganzes Leben lang reichte. Sie wollte nicht wieder in so eine Situation geraten.

»Ich hatte keinerlei Hintergedanken«, sagte er leise.

Sie grinste höhnisch. »Ach wirklich? Keine Hintergedanken? Wissen Sie, das zu glauben, fällt mir schwer. Sie meinen also, dass Sie nicht mit mir schlafen wollen? Dass Sie nicht auf Sex aus sind, wenn Sie herkommen und uns eine Freude machen wollen? Ich glaube kaum, dass ich es falsch verstanden habe.«

Sie war zu weit gegangen. Gina hörte es selbst, und sie sah es ihm an.

Peter schlug hilflos mit den Armen zur Seite aus. Das Lächeln in seinem Gesicht war erloschen.

»Was soll ich Ihrer Auffassung nach sagen? Dass ich unsere Beziehung missverstanden habe? Ja, das habe ich offenbar.«

»Ein schwarzes Mädchen, was haben Sie sich dabei gedacht? Wollten Sie vielleicht zwischen zwei Blondinen ein wenig Spannung im Slum erleben?«

Peter sah aus, als hätte sie ihn geschlagen. Gina hoffte fast, dass er etwas Übereiltes tun würde, etwas, das den Beweis erbringen würde, dass sie recht hatte und er ein schlechter Mensch war.

Sie sah, wie er nach Worten rang. Er war in der Tat kein Mensch, dem es leichtfiel zu reden.

»Ich kann mich nicht dafür entschuldigen, wer ich bin«, sagte er schließlich. »Ich bin hergekommen, um Ihrem Bruder etwas zu ermöglichen, was er schon lange nicht mehr erlebt hat, und ich hab es getan, weil ich dachte, Sie würden sich darüber freuen. Das war mein einziger Gedanke. Amir hat die ganze Zeit über gelacht, und wir haben einen Jungen in seinem Alter kennengelernt. Sie werden sich morgen wieder treffen. Das ist alles.«

»Aber Sie verstehen unsere Welt nicht. Wie können Sie diese enormen Unterschiede nur übersehen?«

»Natürlich sehe ich sie.«

»Und wieso erkennen Sie dann nicht die Schwierigkeiten?«

»Jetzt sind Sie aber diejenige, die von Unterschieden spricht. Und nicht ich.«

Sie verdrehte die Augen. »Für so viel Naivität müssten Sie sich schämen. Meinen Sie etwa allen Ernstes, dass Sie zwischen den Leuten aus Ihrer Oberschicht und mir keinen Unterschied sehen?«

»Ich bemühe mich darum«, antwortete er. »Merken Sie das nicht?«

»Es spielt keine Rolle, was Sie tun. Ich bereue es jedenfalls, mich auf Sie eingelassen zu haben.«

Peters Gesichtsausdruck wirkte leer, er sah müde aus. »Was soll ich denn Ihrer Meinung nach sagen oder tun?«

»Nichts. Am besten kehren Sie zu Ihrem gewohnten Leben zurück.«

»Ich soll also einfach wieder verschwinden? Haben Sie etwa nur ein Spiel mit mir gespielt? Ich fasse es nicht.«

Sie wusste, dass er an den Kuss dachte. Dieser verdammte Kuss.

»Gehen Sie, Peter«, sagte sie.

Er öffnete den Mund, als wollte er etwas sagen. Doch dann schloss er ihn wieder. Auch gut.

»Gina«, sagte er schließlich flehend.

Sie schüttelte den Kopf. Ihr Stolz gewann die Oberhand. Es war am besten so.

Dann ging er. Schob sich an ihr vorbei, nahm seine Tasche, vergaß die Wasserflasche und zog die Wohnungstür leise hinter sich zu.

Sie blinzelte heftig. Sie war gemein gewesen. Hatte ihm unverzeihliche Dinge an den Kopf geworfen. Während er kein einziges Mal die Stimme erhoben hatte. Nicht die Tür hinter sich zugeschlagen hatte. Nur leise gegangen war. Womöglich erleichtert darüber, dass sie den Schritt vollzogen hatte, von dem sie beide wussten, dass er irgendwann bevorstand.

Gina holte zögerlich Luft. Dann schaute sie auf. Ihr Vater und Amir standen an der Schwelle zur Küche und schauten sie fassungslos an.

»Was ist los?«

»Ich werde mich nicht mehr mit ihm treffen«, sagte sie entschlossen. Sie bohrte ihren Blick in Amirs Augen. »Und du auch nicht.«

Ihr Bruder schüttelte nur den Kopf. Er machte auf dem Absatz kehrt, ging in sein Zimmer und zog die Tür mit einem Knall hinter sich zu.

»Du weißt, dass ich das Richtige getan habe.«

»Er ist ein guter Mann, Gina.«

»Und worauf gründest du deine Behauptung?«

»Werd jetzt nicht schnippisch. Er war höflich und respektvoll. Er war nett zu deinem Bruder. Er hat mit mir gesprochen, als befänden wir uns auf völlig gleicher Augenhöhe. Er bemüht sich wirklich.«

»Man kann sich auch zu sehr bemühen.«

»Du weißt, dass du mein volles Vertrauen genießt.« Ihr Vater schüttelte den Kopf. »Aber diesmal glaube ich, dass du falsch liegst.« Er wandte sich langsam von ihr ab. »Peter ist ein guter Mann.«

49

»*Bonjour, maman.*«

Isobel küsste die weiche, nach Puder duftende Wange ihrer Mutter, bevor sie zusammen das Nobelkaufhaus Nordiska Kompaniet betraten. Sie bahnten sich einen Weg zwischen schick gekleideten Jugendlichen aus Östermalm, mit Tüten beladenen Kunden aus der Oberschicht sowie wohlhabenden Touristen hindurch zum Café Entré im Erdgeschoss.

»Blanche, warte!«

Ein Mann in Blanches Alter, den Isobel aus der Regenbogenpresse als Grafen und Freund des Königs wiedererkannte, hielt sie auf, und Blanches Gesicht begann zu strahlen. Sie vertieften sich in ein Gespräch auf Französisch, während Isobel ungeduldig wartete. Blanche Sørensen war noch immer ein bekanntes Gesicht, sodass viele Leute auf sie zukamen und sie ansprachen. Manchmal fragte sich Isobel, ob sie sich womöglich nur von den Männern bewundern ließ, um die Angst vor dem Alter in Schach zu halten. Blanche streckte ihre Hand vor, und der grauhaarige Aristokrat küsste sie förmlich, bevor er seinen Kopf in Isobels Richtung neigte und dann wieder entschwand.

»Er hat um mich geworben, nachdem dein Vater gestorben ist. Jetzt ist er mit einer dreißig Jahre jüngeren Frau verheiratet.« Blanche schüttelte den Kopf. »Männer.«

Isobel legte ihre Jacke über die Stuhllehne.

»Was möchtest du, *maman*?«

Eigentlich hatte sie bis zuletzt vorgehabt, die Verabredung

mit ihrer Mutter zum Kaffeetrinken abzusagen. Aber sie hatte sich nicht getraut. Was sagte das über sie aus? Eine erwachsene Frau, die es nicht wagte, ihrer Mutter gegenüber Nein zu sagen.

»Ich nehme nur Kaffee«, antwortete ihre Mutter. »Ich habe keinen Hunger, obwohl ich seit dem Frühstück nichts mehr gegessen habe. Aber ich esse ja immer so wenig, wie du weißt.«

Normalerweise hätte Isobel ihre Mutter darauf hingewiesen, dass sie unbedingt etwas essen müsste, woraufhin sich ihre Mutter weiter darüber ausgelassen hätte, wie wenig und wie selten sie aß und welch geringes Interesse sie am Essen hatte, bis sie nachgab und ein belegtes Brötchen bestellte, das sie dann restlos vertilgte. Doch Isobel hatte heute nicht endlos Zeit, sodass sie nur Kaffee für sie beide holte. Dabei warf sie einen Blick auf die Uhr hinter dem Tresen. Sie würde Alexander in drei Stunden treffen und müsste noch eine letzte Sache erledigen. War sie je erwartungsvoller und zugleich angsterfüllter gewesen? Hatte sie sich je so lebendig und hemmungslos gefühlt, so geheimnisvoll, attraktiv und sexy? Dumme Frage. Sie wusste schließlich, dass die Antwort nein, nein und nochmals nein lautete. Sie stellte die Kaffeetassen auf den Tisch. Eigentlich benötigte sie kein zusätzliches Koffein, denn sie war auch so schon aufgeregt genug.

»Ziemlich lange her, dass wir uns gesehen haben. Was ist denn neuerdings so wichtig, dass du keine Zeit mehr für deine eigene Mutter hast, nicht einmal am Muttertag?«

»Ich hab dich angerufen«, entgegnete Isobel.

»Wenn du meinst, dass das reicht.«

Isobel erwog einen Konter, während sie Blanches hellgrünes Kostüm inspizierte. Mit einem solchen Kostüm würde man viele Rechnungen von Medpax begleichen können. »Ich bin schließlich zu deiner Abendeinladung gekommen«, erinnerte sie sie. »Aber danach war ich kaum zu Hause. Ich weiß nicht, ob du die Nachrichten aus dem Tschad gehört hast. Diesmal war es ziemlich heftig, ich bin mitten …«

»Der Kaffee ist kalt«, unterbrach sie Blanche und legte ihren Teelöffel ab. »Ich möchte kochend heißen Kaffee, das weißt du. Können sie hier denn nicht einmal mehr Kaffee kochen?«

»Ich kümmere mich drum.«

Isobel stand auf, holte eine neue Tasse Kaffee für Blanche, setzte sich wieder und warf erneut einen Blick auf die Uhr. Die Zeit verging furchtbar langsam.

»Kannst du nicht mal fünf Minuten dasitzen, ohne andauernd auf die Uhr zu schauen? Machst du das mit allen, die du triffst, oder nur mit mir? Das ist ziemlich unhöflich.«

»Tut mir leid. Natürlich habe ich Zeit für dich. Ist dieser Kaffee besser?«

Jetzt war es ihr gelungen, ihre Mutter zu irritieren, wie sie feststellte.

»Ich verstehe nicht, warum es mit dir immer so kompliziert sein muss. Alle meine Freundinnen haben es so nett mit ihren Töchtern. Anne af Scheele verreist sogar mit ihrer Tochter. Nina Bengtzéns Tochter ist ebenfalls sehr zuvorkommend. Warum muss ausgerechnet ich eine Tochter haben, die nicht mal still sitzen kann, wenn wir endlich einmal zusammen Kaffee trinken?«

»*Maman*, ich …«

»Und was hast du eigentlich mit deinen Haaren gemacht? Bist du nicht viel zu alt für diese Frisur? Es sieht viel schöner aus, wenn du die Haare auf klassische Weise hochsteckst. Aber so fliegen sie überall herum. Du mit deinen stämmigen Beinen musst an so etwas denken.«

Sie weigerte sich, sich auf eine Diskussion über ihr Aussehen einzulassen. Sie liebte ihre Locken und liebte es, sie offen zu tragen.

»Bitte, *maman*. Können wir nicht über etwas anderes sprechen? Was das angeht, haben wir einfach unterschiedliche Ansichten.« Sie lächelte so entgegenkommend wie möglich. »Ich bin doch im Tschad gewesen. Willst du nicht hören, wie es im Krankenhaus war?«

»Entschuldigung, mir war nicht klar, dass es mal wieder nur um dich gehen soll.«

Isobel blinzelte irritiert. Selbst für ihre Mutter war diese Bemerkung ungewöhnlich gehässig. Aber Isobel selbst würde schlicht und einfach nie gewinnen können, weil Blanche in ihrer Kritik nie konsequent war. Flog sie in den Tschad, war es falsch. Fuhr sie mit Ärzte ohne Grenzen weg, war es ihr auch nicht recht. Fakt war, dass sie ihre Mutter nie zufriedenstellen konnte.

»Es war übrigens ein sehr netter Abend, zu dem du neulich eingeladen hast«, sagte sie rasch.

Bitte lieber Gott, lass uns jetzt nicht in einen Streit geraten, dann werde ich dich auch nie wieder um etwas bitten.

»Mag sein. Aber es war ja nichts Besonderes.«

Blanche nippte an ihrem Kaffee.

»Vor einer Weile bin ich einem Mann begegnet, den du auch kennst«, sagte Isobel, der nur allzu bewusst war, dass Männer ein Thema waren, das Blanche nach den Gesprächen über ihre eigene Person am zweitmeisten gefiel. »Eugen Tolstoi. Er meinte, er kannte auch Oma. Kennst du ihn?«

»Ich glaube, wir sind uns schon mal begegnet. Ich weiß jedenfalls, wer er ist. Der Bruder von Ebba de la Grip, *n'est-ce pas*? Diese Frau ist eine dumme Gans, aber Eugen hat Stil, wenn ich mich recht entsinne.«

»Ich habe übrigens auch seinen Neffen Alexander de la Grip getroffen«, sagte sie leichthin, worauf sie die Luft anhielt und ihre Aussage fast umgehend bereute. Aber sie musste einfach etwas über Alexander sagen, bevor sie womöglich platzte.

»Den Skandalsohn? Warum das denn?«

»Wir verstehen uns gut.«

Blanche gelang es ansatzweise, ihre glatte Stirn zu runzeln. »Aber ich verstehe nicht ganz. Warum sucht er denn den Kontakt zu dir?«

Ich wusste, dass es keine gute Idee ist, meiner Mutter von Alexander zu erzählen. Wie recht ich doch hatte …

»Isobel, das sage ich nur dir zuliebe. Sei doch nicht so dumm zu glauben, dass ein solcher Mann Interesse an dir hat. Du kannst den Männern nicht trauen, insbesondere ihm nicht.«

»Und woher weißt du das?«

Gut so, Isobel, mach es noch schlimmer, warum auch nicht?

»Aber er ist doch nur auf eins aus, das ist dir ja wohl klar. Die Männer sind nicht so wie wir Frauen, sie machen ohnehin nur, was sie wollen. Nimm dich bloß in Acht.«

Halt jetzt den Mund. Sei einfach nur still.

»Aber so schwarz-weiß ist es nicht immer«, entgegnete sie, völlig unfähig, den Mund zu halten.

»Das zu glauben, ist doch naiv. Und er wird dich verletzen, bedauerlicherweise, das kann ich dir versprechen.«

»Aber glaubst du denn nicht, dass es Männer gibt, denen man trauen kann?«

»Nein. Da kannst du sagen, was du willst. Aber das hat mich das Leben gelehrt.«

Isobel wusste, dass selbst diese Aussage in gewisser Weise gegen sie selbst gerichtet war. Weil Blanche unglücklicherweise mit Isobel schwanger geworden war. Weil sie als Katholikin keine Abtreibung hatte durchführen lassen können und stattdessen Isobels Vater heiraten musste. Von der Hochzeit existierte ein einziges Foto. Isobel hatte es bei ihrer Oma gefunden und in Sicherheit gebracht. Mit einem verbissenen Hans Sørensen und einer Blanche, die im dritten Monat schwanger war. Unglückliche Gesichter. Eine unglückliche Ehe. Aus der eine Tochter hervorging, die so schnell wie möglich bei ihrer Großmutter abgeladen wurde. Ein Kind, das sich nach seiner Mutter sehnte, dieser wunderschönen Frau, die gelegentlich mit ihren französischen Redewendungen und von spannenden Düften umgeben auftauchte. Und natürlich auch nach ihrem Vater, der so gut wie nie auftauchte. Sie hatte ihre Mutter und Oma einmal darüber streiten hören. Wessen Verantwortung Isobel eigentlich unterlag.

»Du musst mir ja nicht glauben«, fuhr ihre Mutter fort, während Isobel die Trauer von damals abschüttelte, indem sie sie wie Staubkörner von der Schulter wischte. Es waren alte Wunden, die ihr nicht länger wehtaten. »Aber ich weiß schließlich, wovon ich rede. Ich lebe schon ein bisschen länger als du, und du hast dich nie in der Weise auf Männer verstanden wie ich.«

Isobel schaute hinunter in ihre Kaffeetasse. Sie müsste so bald wie möglich gehen, ansonsten würde ihr noch etwas herausrutschen, das sie später ganz sicher bereuen würde.

»Ich weiß, dass ich versprochen habe, zu bleiben, aber ich muss jetzt leider gehen«, sagte sie rasch. »Ich habe einen Termin. Mit einer Schneiderin.«

»So einen könnte ich auch gut gebrauchen. Früher brauchte ich nur in einen Raum hineinzukommen, und alle Männer haben sich nach mir umgedreht. Du kannst nicht verstehen, was das für ein Gefühl war. Und wie schwer es ist, zu altern.«

»Wir alle altern, *maman*«, entgegnete Isobel. »Und du bist noch immer hübsch«, sagte sie, denn es war trotz allem wahr. »Hier drinnen gibt es keinen einzigen Mann, der sich nicht nach dir umgeschaut hätte.«

»Es ist schwer, schön zu sein und diese Schönheit dann zu verlieren. Ich frage mich, ob es für Menschen wie dich nicht vielleicht leichter ist. Ich meine, ich bin deine Mutter, und in meinen Augen bist du selbstverständlich immer hübsch. Aber du weißt schon, wie ich es meine.«

Jetzt müsste Isobel aufstehen. Wenn sie nicht auf der Stelle ginge, würde es ihrer Mutter gelingen, auch noch den letzten Rest ihres Selbstbewusstseins zu zerstören.

»Sorry, aber ich muss wirklich gehen.«

»Geh nur. Ich sage lieber nichts dazu.«

»Wir können uns ja vielleicht nächste Woche sehen, oder?«

»Ruf mich an. Ich sitz eh nur zu Hause rum«, meinte Blanche, wie sie es immer behauptete, obwohl es keineswegs stimmte. Im Gegenteil, ihre Mutter hatte einen prall gefüllten privaten Terminkalender. Wenn Isobel etwas angriffslustiger gewesen wäre, hätte sie sie darauf hingewiesen, doch für heute hatte sie schon genug Kritik einstecken müssen. Es konnte doch wohl nicht Sinn der Sache sein, bei einem so kurzen Treffen mehr als all das aushalten zu müssen, oder?

»Bleibst du noch?«, fragte sie nur.

Ihre Mutter richtete ihren Schal und befingerte ihre Ohrringe. Es waren die Ohrringe ihrer Großmutter, wie Isobel feststellte, antike Stücke mit glitzernden Brillanten, die ihre Oma eigentlich ihr versprochen hatte.

»Ja, ich bleibe noch. Eine meiner Freundinnen will noch vorbeikommen. Ich meine, jetzt, wo du sowieso gehst.«

Also hatte Blanche bereits eine Verabredung mit einer anderen Person getroffen. Dass sie es aber auch nie lernte und immer wieder auf die Schuldgefühle hereinfiel, die ihre Mutter ihr einjagte. Isobel beugte sich hinunter und küsste sie auf die Wange. »Hejdå, ich ruf dich an.«

Sie verließ das Café. Als sie sich umdrehte, um ihr noch einmal zuzuwinken, hatte ihre Mutter schon Gesellschaft von dem grauhaarigen Grafen bekommen. Sie schaute nicht einmal auf.

Isobel durchquerte raschen Schrittes das Kaufhaus und holte draußen vor dem Eingang mehrfach tief Luft. Sie hatte es überlebt. Sie hielt ein Taxi an und nutzte die kurze Strecke von der Hamngata aus, um sich wieder zu beruhigen. Sie schloss die Augen und spürte, wie sie langsam wieder zu sich selbst fand. Gott sei Dank. Die Vorfreude auf das, was Alexander und sie heute vorhatten, war zum Glück größer als ihr angeschlagenes Ego nach den verbalen Attacken ihrer Mutter. Sie stieg aus dem Taxi. Lollo öffnete ihr die Tür und bat sie mit einem breiten Lächeln herein.

Sie betrachtete das Kleid, das Lollo hervorgeholt hatte.

»Das ist perfekt«, hauchte sie.

»Wollen Sie mir erzählen, was Sie damit vorhaben?«, fragte Lollo, während sie vorsichtig den Kleidersack schloss und ihr den Bügel reichte.

Isobel schüttelte den Kopf. Sie hielt den Kleidersack so hoch, dass er nicht über den Boden schleifen würde. Gleich würde sie wieder ein Taxi nehmen und sich dann vor Ort umziehen.

»Mein Gott, ich würde einen Mord begehen, um zu erfahren, was Sie damit für Absichten hegen«, sagte Lollo mit neidvoller Stimme.

Isobel verabschiedete sich. Vielleicht hatte ihre Mutter ja doch recht, dachte sie, während sie auf dem Bürgersteig auf das Taxi wartete.

Womöglich war sie tatsächlich naiv und interpretierte in die Beziehung mit Alexander mehr hinein, als sie sollte. Und es mochte sein, dass tatsächlich alle Männer unzuverlässig waren. Doch darüber wollte sie sich im Augenblick keine Gedanken machen. Vielleicht später, aber definitiv nicht jetzt.

Sie lächelte, als sie ins Taxi stieg. Denn jetzt würde sie mit Alexander ein Spiel spielen. Und dabei war kein Raum für irgendwelche Zweifel.

Es würde ein denkwürdiger Kampf um die Macht werden.
Sie hatte vor, ihn zu genießen. Und nicht zuletzt, ihn zu gewinnen.

50

Alexander hatte von Isobel die Order erhalten, sich in ein Taxi zu setzen und darauf zu warten, dass sie ihm die Adresse senden würde, sodass er nun hier saß und sich planlos herumfahren ließ. Draußen zog Stockholm an ihm vorbei, doch es fiel ihm schwer, sich zu konzentrieren, da er nicht wusste, was ihn erwarten würde. Ihm war bislang nie klar gewesen, wie sehr er daran gewöhnt war, die Kontrolle über sein Dasein zu haben. Oberflächlich betrachtet mochte es vielleicht aussehen, als ließe er sich treiben und nähme die Dinge, wie sie kamen, doch nun wurde ihm bewusst, wie selbstbestimmt er sein Leben lebte.

Sein Handy gab einen Summton von sich.

Bastugata 16

Alexander nannte dem Fahrer die Adresse in Södermalm, lehnte sich zurück und strich sich mit den Handflächen über die Oberschenkel. Er war ganz in Schwarz gekleidet, wie sie es ihm befohlen hatte. In dünnen schwarzen Chinos und schwarzem T-Shirt. Schwarze Strümpfe, schwarze Schuhe. Keine Unterwäsche. Nicht gerade ein erotisches Gefühl, wie man hätte meinen können, aber Isobel bestimmte, und er gehorchte. Neben ihm lag auf der einen Seite die Tasche, in die er das Sexspielzeug gepackt hatte, das sie gemeinsam gekauft hatten, und auf der anderen ein in Zellophan eingeschlagener Blumenstrauß.

Das Taxi hielt vor einem rot gestrichenen Haus aus dem späten neunzehnten Jahrhundert.

Als Alexander es betrat, mussten sich seine Augen erst einmal an die Dunkelheit gewöhnen. Es roch schwach nach Räucherstäbchen.

»Alexander de la Grip?«, hörte er eine Stimme, und eine alte Frau mit zerfurchtem Gesicht und einer karierten Schürze trat vor. Sie sah aus wie eine Concierge, wie man sie aus alten Filmen kannte, und ihn beschlich das merkwürdige Gefühl, in die Vergangenheit zurückversetzt worden zu sein.

»Bitte sehr«, sagte sie.

Sie öffnete die Tür eines Fahrstuhls mit verschnörkelten schmiedeeisernen Drachen und roten samtbekleideten Wänden. Von der Decke her fiel der schwache Schein einer goldenen Lampe. Sie betätigte einen Knopf und schloss das Gitter sowie die Tür hinter ihm. Der Fahrstuhl fuhr knarrend nach oben.

Nachdem er angehalten hatte, stieg Alexander aus.

Isobel stand in einer Wohnungstür, und Alexander blieb fast das Herz stehen.

»Hej«, begrüßte sie ihn mit leiser Stimme, und ihm lief ein Schauer über den ganzen Körper. In ihrem weißen Kleid sah sie aus wie eine Göttin, die gerade vom Olymp herabgestiegen war, um sich zu amüsieren, und sich nicht darum scherte, ob dies für einen gewöhnlichen sterblichen Partner zu viel war oder nicht. Sie hatte eine Hand auf die Hüfte gestützt.

»Komm rein.«

»Was tun wir hier?«, fragte er, nachdem er die Wohnung betreten hatte. Er stellte seine Tasche ab und sah sich um. »Wessen Wohnung ist das?«

Die Einrichtung war prunkvoll und in dunklen Farben gehalten, mit viel Gold und orientalischen Mustern. Völlig anders, als er es von ihr erwartet hätte.

»Spielt das eine Rolle?«

»Isobel …«

»Nein, ich muss dir nichts erzählen oder erklären.« Sie zog eine Augenbraue hoch. »Sind die für mich?«, fragte sie.

Er reichte ihr den Blumenstrauß. Es war das erste Mal, dass er ihr Blumen schenkte, und er hatte im Geschäft lange überlegt, bis sein Blick auf die Orchideen gefallen war. Wilde extravagante Blumen in Limegrün. Sie nahm den Strauß entgegen, während sie ihren Blick über seinen Körper schweifen ließ. Sie nickte anerkennend angesichts seiner schwarzen Kleidung.

Sie entfernte sich und kam mit einer schweren Vase zurück. Ließ die Orchideen in die Vase gleiten und stellte diese auf einem Tisch in einem Wohnzimmer ab, das wohl der überladenste Raum war, den er je gesehen hatte. Mit vergoldeten Bilderrahmen und Spiegeln, dunklen Möbeln sowie massenweise Gemälden und allem möglichen Zierrat. Vor den Fenstern hingen schwere Samtgardinen. Die Aussicht ging über den Mälaren hinweg auf Kungsholmen, Norrmalm, tja, eigentlich auf die gesamte Stadt. Irgendwie kam ihm diese Behausung bekannt vor. Er wusste, dass er noch nie hier gewesen war, aber er erkannte den Stil wieder. Er machte einen Schritt auf sie zu, aber sie schüttelte den Kopf. Er hielt inne.

»Zieh das Shirt aus«, befahl sie ihm.

Ohne ein Wort zog er es aus, ließ es auf den Boden fallen und blieb stehen. Er war mit guten Genen geboren worden, war stark vom Boxen und auch sonst durchtrainiert und hatte nichts gegen Isobels Blicke. Er begann seine Hose aufzuknöpfen, doch sie schüttelte kurz den Kopf.

»Nein. Erst, wenn ich es sage. Ich will zuerst reden.« Ihre Stimme war fest, aber er sah, dass ihre Haut Farbe angenommen hatte, sah, wie das Blut ihre Wangen rosa färbte, und konnte durch den Stoff ihres Kleides hindurch deutlich ihre Brustwarzen erkennen. Unter dem dünnen weiten Kleid war sie nackt; er erblickte weder irgendwelche Säume noch einen BH.

»Dort steht Champagner«, sagte sie und deutete auf einen silbernen Kübel. »Schenk mir ein halbes Glas ein. Und dir ein ganzes. Trink es aus und schenk es wieder voll.«

»Hast du etwa vor, mich betrunken zu machen?«, fragte er amüsiert.

»Nein. Aber ich will dir die Hemmungen nehmen.«

»Baby, ich hab keine Hemmungen«, entgegnete er. Doch er tat, was sie ihm gesagt hatte, entfernte die Folie, drehte den Draht auf, entkorkte die Flasche und schenkte erst ihr und dann sich selbst ein. Hob dann sein Glas, prostete ihr zu und sah ihr dabei zu, wie sie an dem eiskalten Getränk nippte.

»Trink«, befahl sie ihm.

Er leerte sein Glas und schenkte es wieder voll.

Sie lächelte. »Braver Junge.«

Es gab auch Grenzen, selbst für ihn. Definitiv mochte er es nicht, »Junge« genannt zu werden. Er machte einen Schritt auf sie zu, versuchte ganz automatisch, das Gleichgewicht zwischen ihnen wieder herzustellen und die Kontrolle zurückzuerlangen, von der er nicht gewusst hatte, dass er sie so sehr vermisste.

»Nein«, sagte sie, und er blieb stehen. »Setz dich dorthin.« Isobel deutete auf einen mit Leder bezogenen Stuhl mit hoher Rückenlehne und ohne Armstützen.

Alexander gehorchte widerwillig. Er stellte sein Glas ab, setzte sich und ließ sich mit dem Rücken gegen die verschnörkelte lederbezogene Lehne sinken.

Isobel kam langsam auf ihn zu. Das Kleid wogte um ihren Körper, und er konnte durch einen Schlitz hindurch ihre hellen Kurven erkennen. Dann stand sie endlich vor ihm. Alexanders Hände fuhren hoch. Er schloss sie um ihre Taille und zog sie zu sich heran. Er begrub sein Gesicht an ihrem Bauch und sog ihren Duft und ihre Wärme ein. Isobel legte eine Hand auf seinen Kopf. Erst strich sie darüber, doch dann ergriff sie mit ihrer Hand seine Haare. Sie zog seinen Kopf nach hinten, bis sie einander ins Gesicht schauen konnten.

»Von jetzt an tust du nichts, was ich dir nicht gesagt habe. Nicht mit den Händen, nicht mit den Beinen, nichts.«

Er blinzelte überrascht.

Isobel zog an seinem Haar, und er richtete sich auf dem Stuhl ein wenig mehr auf.

»Du bekommst ein Safeword von mir«, erklärte sie.

»Ich brauche keins.«

Sie zog ein wenig mehr, und er kämpfte gegen den natürlichen Wunsch an, sich ihr zu entziehen.

»Du bekommst es aber«, wiederholte sie ruhig. »Deine Sicherheit unterliegt meiner Verantwortung, und du hast keine Ahnung, was heute hier geschehen wird. Wenn du ›Gold‹ sagst, höre ich sofort auf. Okay?«

»Okay«, murmelte er.

»Wirst du es fertigbringen, mir zu gehorchen? Was auch immer ich sage?«

Er begegnete ihrem Blick, und es fiel ihm schwer zu antworten. Er hätte sie am liebsten gebeten, das Wort »gehorchen« näher zu definieren.

»Sag: Ja, Isobel«, ermahnte sie ihn.

»Ja.« Shit, er hätte nicht gedacht, dass es so schwer werden würde.

Ihr warnender Griff wurde härter.

»Ja, Isobel«, sagte er rasch.

Sie schenkte ihm ein verhaltenes zufriedenes Lächeln und ließ ihn los. »Braver Junge.«

»Verdammt, Isobel«, fauchte er und fuhr sich mit der Hand

durch die Haare, die sie eben noch mit festem Griff umschlossen gehalten hatte. Er verabscheute diese Phrase wirklich.

Sie legte den Kopf schräg. »Wer hat hier das Sagen?«

Seine Kiefer mahlten. Ein Teil von ihm wäre am liebsten aufgestanden und gegangen. Er war schließlich nicht hier, um sich erniedrigen zu lassen, und hatte nicht geahnt, was es bedeutete, sich zu unterwerfen. Was es ihm abverlangen würde.

»Alex?«

»Du bestimmst«, sagte er kurz angebunden.

Sie reichte ihm erneut sein Glas. »Trink.«

Er tat, wie ihm geheißen wurde. Leerte das Glas. Er war mit leerem Magen hergekommen, und der Alkohol stieg ihm unmittelbar zu Kopf.

Sie stand erneut vor ihm. Der Stoff ihres Kleids glitt provozierend über ihre Rundungen, und er war kurz davor, sich wieder nach ihr auszustrecken. Es passierte ganz automatisch.

»Nimm die Hände hinter die Stuhllehne«, sagte sie.

Er zögerte erst, gehorchte dann jedoch widerwillig.

Sie belohnte ihn mit einem Lächeln. Dann zog sie ihr Kleid bis über die Oberschenkel hoch, spreizte ihre schönen Beine und glitt hinunter auf seinen Schoß. Sie umschloss sein Gesicht mit duftenden Händen und küsste ihn heftig. Er wand sich unter ihren Küssen, und sie schmiegte sich an seinen nackten Brustkorb. Sie brach den Kuss ab, nahm seinen Kopf und presste ihn gegen den tiefen Ausschnitt ihres Kleids. Gierig küsste und leckte er sie und hätte am liebsten seine Hände zu Hilfe genommen, hielt sie aber gehorsam hinter der Stuhllehne.

Als Isobel von seinem Schoß wieder aufstand, atmete er so heftig, dass ihm schwindlig wurde. Alkohol, Testosteron und Kohlendioxid hatten sich in seinem Blutkreislauf zu einer explosiven Mischung vereinigt.

»Mein Gott, Isobel, lass mich bitte …«

»Noch nicht«, entgegnete sie. Der dünne Stoff ihres Kleides war nach seinen Küssen feucht geworden. Sie fuhr sich mit einer Hand über den Busen und strich dabei den Stoff glatt, sodass er sich über der üppigen Kurve spannte. Er starrte darauf und war bereit, alles dafür zu tun, um sie wieder zurück auf seinen Schoß zu bekommen.

»Was würdest du jetzt am liebsten tun?«, fragte sie provozierend.

»Ich würde aufspringen, dich auf diesem Tisch dort legen, und dich so hart vögeln, dass du laut aufschreist«, presste er zwischen zusammengebissenen Zähnen hervor.

Sie verzog den Mund und schaute ihn lange an, als erwöge sie diverse Möglichkeiten.

»Vielleicht machen wir das ganz am Schluss«, sagte sie schließlich. Sie lehnte sich mit dem Po gegen einen schwarzen Tisch, der aussah, als wäre er mindestens hundert Jahre alt. Stabil gebaut, massiv und überladen mit Schalen, Dosen und Ziergegenständen. Ihr Kleid glitt auseinander und entblößte ihren Oberschenkel. Sie begann sich selbst zu berühren. Wie zerstreut ließ sie ihren Zeigefinger zwischen den roten Locken ihres Schamhaars verschwinden.

Alexander blinzelte nicht einmal. Dann kam sie auf ihn zu und schob ihm denselben Finger in den Mund, und er sog daran. Sie schob einen weiteren und schließlich einen dritten Finger hinterher, zog sie heraus und schob sie wieder rein und benutzte seinen Mund so, wie er gern ihren Körper benutzt hätte.

»Ich habe eigentlich nie einen Sinn darin gesehen, vor den Augen eines Mannes zu masturbieren«, sagte sie langsam und zog ihre Finger wieder aus seinem Mund heraus. Er wäre am liebsten aufgesprungen und hätte nach ihnen geschnappt, doch er blieb wie angewurzelt sitzen. Sie berührte erneut ihre roten Locken.

»Aber man kann es sich ja anders überlegen«, sagte sie, während sie sich nun ernsthaft zu stimulieren begann. Ihre freie Hand legte sie auf Alexanders Schulter, während sie ihre Finger immer schneller bewegte. Sie atmete in heißen Stößen gegen seine Wange, und sein ganzer Körper schrie förmlich danach, das Kommando zu übernehmen.

»Wenn du mich jetzt anfasst, ist Schluss für heute Abend«, sagte sie mit erstickter Stimme. »Ich werde kommen, ohne dass du mich anrührst. Du darfst nur zuschauen, verstanden?«

Er konnte nicht antworten, nicht einmal nicken, sie nur anstarren.

Ihr Duft. Die Hitze, die zwischen ihren Körpern flimmerte. Die Geräusche, als sie ihre Finger bewegte. Der leichte Schmerz, als sie ihre Fingernägel in seine Schultermuskeln grub, all das erzeugte einen heftigen Sturm in seinem Kopf. Sie kam still und heftig zuckend, dann stand sie keuchend vor ihm. Der Duft nach Sex und nach Isobel breitete sich aus, und er wollte ihn in sich aufnehmen, ihn am liebsten trinken, sich darin einhüllen. Er wäre ebenfalls beinahe gekommen. Isobel schaute ihn mit verschwommenem Blick an. Sie strich mit ihrem Zeigefinger über seine Lippe, er schnappte mit dem Mund danach und sog daran, als wäre dieser Finger das Einzige, was zwischen ihm und all dem stand, was ihm etwas bedeutete.

»Bitte Isobel, bitte, lass mich zu dir kommen«, sagte er heiser. Er spürte, dass er alles dafür tun würde.

»Bald«, entgegnete sie.

Sie nahm ihr Champagnerglas, setzte sich auf ein niedriges weiches Sofa ihm gegenüber und sank in die dunklen Samtpolster.

Alexander befeuchtete seine Lippen und folgte jeder ihrer Bewegungen mit dem Blick. Sie nippte an ihrem Glas, überschlug die Beine und strich sich die Haare aus dem Gesicht.

»Das hier ist übrigens Eugen Tolstois Wohnung«, sagte sie. »Er hat sie mir zur Verfügung gestellt.«

Das erklärte die bordellartige Eleganz. Er hatte nicht gewusst, dass sein Onkel eine Wohnung in Stockholm besaß, aber Eugen hatte schon immer seine Geheimnisse gehabt, also …

»Wusste er, wofür du sie nutzen würdest?«

Sie biss sich auf die Lippe. Ihre Wangen röteten sich, und sie sah genauso aus wie das, was sie war. Eine Sexgöttin. Seine Sexgöttin.

»Was glaubst du denn?«

»Ich will es gar nicht wissen. Darf ich mich zu dir aufs Sofa setzen?«

Sie nickte, und er setzte sich rasch neben sie.

»Ist die Hose eng?«

»Verdammt eng.«

Er war so steif, dass es wehtat.

Sie betrachtete seine Erektion, beugte sich vor und ließ ihre Hand auf seiner Hose rauf- und runtergleiten, bis er nicht länger still sitzen konnte.

»Isobel«, sagte er warnend und ergriff ihr Handgelenk.

»Lass mich los«, befahl sie.

»Ich will nicht in der Hose kommen«, flehte er sie an.

Isobels Augen verengten sich zu Schlitzen. Sie durchbohrte ihn geradezu mit ihrem Blick.

»Verdammt auch«, fluchte er und ließ ihre Hand los. Er wollte nicht so kommen. Wie ein notgeiler Teenager. Sie streichelte ihn weiter. Er gab auf und gab sich ihr hin, bewegte sich gegen ihre Hand. Er stöhnte, es pochte in seinem Körper, in dem sich alles zusammenzuziehen begann, und er schloss die Augen. Doch genau in dem Moment, als er kurz davor war, hörte sie auf.

»Steh auf.«

Er öffnete die Augen, unfähig, klar zu denken. Sein Herz klopfte wie wild, und jegliches Blut war ihm aus dem Kopf gewichen. Aber er tat, was sie sagte.

Isobel blieb auf dem Sofa sitzen.

»Zieh sie aus.«

Er knöpfte mit einiger Mühe seine Hose auf. Zog sie vorsichtig hinunter, stieg darüber und stand dann nackt vor ihr.

Sie beugte sich vor, und er begann unter ihrer Berührung heftig zu zittern.

Sie schaute auf. »Jetzt würdest du mich gerne ficken, oder?«, fragte sie.

Er nickte verbissen und sah bereits vor sich, wie er sie nahm, härter als je zuvor, und sich für die Qualen rächte denen sie ihn ausgesetzt hatte.

Isobel schob das Kinn vor. »Aber ich bin noch nicht fertig.«

Sie stand vom Sofa auf und streifte dabei wie zufällig seine Schulter, sodass er zusammenzuckte. Sie öffnete die Tasche, die er für sie mitgebracht hatte, und nahm die weiße Peitsche heraus. Als sie sie gekauft hatten, war sie Alexander eher wie ein Spielzeug vorgekommen. Aber in ihrer Hand sah sie definitiv echt aus.

»Sieht du die Ottomane dort?«, fragte sie.

Er sah sich um und entdeckte das klobige Möbelstück, einen großen schweren viereckigen Divan ohne Rückenlehne, der mit dunklem Samt bezogen war. Vergoldete Löwenpfoten bildeten die Füße. Ein typisches Möbelstück für Eugen. Mit Sicherheit russische Schmuggelware aus irgendeinem Zarenpalast.

»Leg dich quer darauf. Auf den Bauch. Ich werde dich nicht fesseln.« Sie grinste diabolisch. »Noch nicht.«

Bis zu diesem Zeitpunkt war er davon überzeugt gewesen, mit allem umgehen zu können, was auch immer sie vorschlug. Aber jetzt. Würde er das wirklich schaffen?

Widerwillig kniete er sich vor die Ottomane. Er wappnete sich für das, was kommen würde, legte sich dann darauf, wie sie es ihm befohlen hatte, und justierte seine Position. Isobel stellte sich neben ihn. Sie kam hinunter auf die Knie, und er hörte das Raschelns ihres Kleides und sah den weißen Stoff im Augenwinkel. Sie legte eine Hand auf seinen Steiß und streichelte seinen Rücken.

»Wenn ich es schon mache, dann richtig. Aber wenn du es nicht willst, musst du es sagen. Ansonsten sagst du: Ja, Isobel.«

Alexander starrte auf den Fußboden, während ihn das unwirkliche Gefühl beschlich, dass er in einer der dekadentesten Wohnungen, die er je gesehen hatte, bäuchlings und nackt über eine Ottomane gebeugt lag. Er betrachtete die orientalischen Teppiche, die einander auf dem Boden überlappten. Wenn er vorhätte, einen Rückzieher zu machen, wäre es höchste Zeit, es jetzt zu tun.

Aber er hatte es nicht vor. Konnte nicht leugnen, dass ihn dieses Spiel mehr erregte, als er jemals angenommen hätte.

»Ja, Isobel«, sagte er.

»Braver Junge«, murmelte sie.

Sie schob ihre Hand zwischen seinen Unterleib und die Ottomane und ergriff ihn. Er musste unwillkürlich aufstöhnen, als er die ersehnte Berührung spürte, zwang sich jedoch, ruhig liegen zu bleiben. Er hätte nie gedacht, wie ausgeliefert er sich fühlen würde, wie sehr dieser Anflug von Unsicherheit seine Erregung steigern würde, und wie frustrierend und stimulierend es zugleich war, keinerlei Kontrolle über das Geschehen zu haben.

Er schloss die Augen, spürte, wie sich sein Hodensack zusammenzog und ihm das Blut in den Schwanz schoss. Da ließ sie ihn wieder los. Stand auf. Verließ ihn erneut, kurz bevor er kommen konnte. Er musste sich fest auf die Lippe beißen, um nicht laut zu fluchen oder sie lauthals aufzufordern weiterzumachen.

»Lieg still«, befahl sie.

Er zwang sich, sich zu entspannen und seinen Kopf freizukriegen.

Spürte einen Luftzug, als sie die Hand hob.

Hörte das Geräusch einer Peitsche, die durch die Luft sauste.

51

Isobel sah, wie sich Alexanders Körper anspannte, als sie die weiße Peitsche prüfend durch die Luft schwang. Würde sie das hier wirklich über sich bringen? Als sie das Ganze geplant hatte, war sie nur von sich selbst ausgegangen. Hatte all ihre Fantasie und Erfahrungen bemüht und dann einfach beschlossen, dass sie ihn dominieren und zur Unterwerfung zwingen müsste. Sie hatte erwartet, dass es zwar schwierig, aber auch lehrreich werden würde. Was sie allerdings nicht erwartet hatte, war die Tatsache, dass dieses Erlebnis sie so verdammt erregen und sie sich selbst fast high fühlen würde.

Sich vor Alexanders Augen selbst zu befriedigen, war eine spontane Eingebung gewesen. Sie war schneller gekommen als je zuvor, und als Alexander sie angefleht hatte, war sie kurz davor gewesen, Ja zu sagen und sich auf dem Fußboden, gegen die Wand gelehnt oder wo auch immer von ihm nehmen zu lassen.

Sie ließ die Peitsche ein weiteres Mal durch die Luft sausen und registrierte, wie sich seine Muskeln anspannten. Sein Körper war magisch: sonnengebräunt, muskulös und glänzend vor Schweiß. Sie war froh, dass sie sich eines Besseren besonnen und die Kontrolle behalten hatte. Sie wusste, dass es sich nur um ein einmaliges Erlebnis handelte und dies keine Rolle war, die sie in Zukunft öfter würde einnehmen wollen.

Dieses eine Mal allerdings schon.

Sie ließ die Schwänze der Peitsche über seinen Rücken gleiten und sah, wie er erbebte.

Sie hatte vor, alles mitzunehmen, was nur möglich war.

Sie hob die Peitsche hoch und ließ sie dann auf seinen Hintern niedersausen. Er zuckte zusammen, sagte jedoch kein Wort. Obwohl es bestimmt wehgetan hatte.

»Entspann dich«, befahl sie ihm. »Atme.«

Alexander holte tief Luft. Isobel hob erneut die Peitsche und schlug ein weiteres Mal zu, bedacht darauf, nur Muskeln und Weichteile zu treffen. Sein gesamter Körper zuckte zusammen. Sie zögerte. Er gab keinen Ton von sich, atmete nur gleichmäßig. War sie zu grob? Sie kam auf die Knie und schob eine Hand unter ihn. Oh. Er war so groß, dass sie ihn nicht vollständig mit ihrer Hand umschließen konnte, außerdem heiß und wunderbar steif. Sie beugte sich über seinen Körper und knabberte spielerisch an seinem Ohr. Er stöhnte und bewegte sich gegen ihre Handfläche. Sie ließ ihn los, woraufhin er einen leisen Protestlaut von sich gab.

Dann hob sie erneut die Peitsche. Wieder und wieder, nun etwas fester. Er sagte noch immer nichts. Sie wischte sich den Schweiß aus der Stirn.

Inzwischen hatte sie kaum noch Kraft, es war verdammt anstrengend.

Sie versetzte ihm zwei weitere heftige Hiebe auf jeweils eine Pobacke und hörte ein unterdrücktes Stöhnen.

Sie blieb stehen und wartete, bis sich ihre Atmung wieder etwas beruhigt hatte, und überließ ihn dann sich selbst. Das hatte sie selbst als das Schwierigste empfunden: nicht zu wissen, was als Nächstes geschehen würde. Sie wollte es ihn ebenfalls spüren lassen.

»Jetzt darfst du aufstehen«, sagte sie. »Stell dich hin und küss mich.«

Er blieb noch einen kurzen Moment liegen, als müsste er sich erst sammeln.

Dann richtete er sich zu seiner vollen Länge auf. Nackt, verschwitzt und mit wildem Blick überfiel er sie, küsste sie gierig, umfasste ihre Brüste, schob ein Knie zwischen ihre Oberschenkel und zwang sie, auf ihm zu reiten. Dabei presste er sie nach hinten, während er gleichzeitig seinen Arm wie eine Eisenkette um ihren Körper schloss.

»Warte«, stöhnte sie auf und legte ihre Hände auf seinen Brustkorb.

Er war dabei, die Kontrolle zu übernehmen, aber es war immer noch ihr Abend.

»Isobel«, murmelte er gewinnend vor ihrem Mund. Seine geschickten Finger streichelten sie, sein begnadeter Mund küsste sie, und sie geriet innerlich ins Wanken, da es sich unglaublich schön anfühlte und sie diesen Wahnsinn liebte. Umworben und begehrt zu werden.

»Baby«, flüsterte er heiser.

Ihre Augen verengten sich zu Schlitzen.

Alexander respektierte sie, daran bestand kein Zweifel. Aber hier ging es um ein Gleichgewicht der Machtverhältnisse, und sie war nicht bereit, ihm jetzt schon die Kontrolle zu überlassen. Sie schob ihn von sich. Deutete mit dem Kopf in Richtung eines der Schlafzimmer in der Wohnung.

»In diesem Zimmer steht ein Bett. Leg dich mit dem Rücken darauf. Mit jeweils einer Hand am Bettpfosten. Warte so auf mich.«

Er sah aus, als wollte er protestieren, woraufhin sie auf dem Absatz kehrtmachte, ihn verließ, ins Bad ging und die Tür hinter sich schloss. Mein Gott, wie intensiv das Ganze war. So, als würde sie versuchen müssen, im Ozean mitten auf einer brechenden Welle stehend das Gleichgewicht zu halten. Sie benetzte ihr Gesicht mit Wasser und überprüfte ihr Make-up sowie ihre Frisur. Betrachtete ihr Spiegelbild. Ihre Augen waren riesig, und ihre Haut strahlte wie von selbst. Im Spiegel sah sie eine Frau, die sie noch nie zuvor gesehen hatte.

Sie verließ das Badezimmer wieder. Würde Alexander tun, was sie ihm gesagt hatte?

Als sie die Tür zum Schlafzimmer aufschob, lag er dort. Nackt und ausgebreitet in dem antiken Himmelbett. Sein Gesicht spiegelte eine Mischung aus Frustration, Erregung und Unsicherheit wider, und er ließ sie nicht aus dem Blick. Aber er blieb still liegen, wie sie es ihm befohlen hatte.

»Jeweils eine Hand am Bettpfosten«, erinnerte sie ihn.

Er gehorchte mit verbissener Miene.

Sie knöpfte ihr Kleid auf und ließ es zu Boden gleiten. Wenn man so tat, als machte es einem nichts aus, nackt zu sein, stellte sich dieses Gefühl auch meist tatsächlich ein, dachte sie. Und so, wie er sie anstarrte, fiel es ihr eher schwer, sich nicht geschmeichelt zu fühlen.

Sie kam zu ihm aufs Bett, kniete sich unterhalb seiner Hüften mit gespreizten Beinen über ihn und betrachtete sein attraktives Gesicht und seinen muskulösen Brustkorb.

Sie beugte sich vor und registrierte, wie er mit seinem Blick ihren Augen folgte. Sie nahm das Seidenband, das sie zuvor um die Bettpfosten gebunden hatte, und befestigte seine Handgelenke eines nach dem anderen, bis er ordentlich festgezurrt dalag. Seide eignete sich ideal dazu, denn sie war fest, haltbar und dennoch leicht wieder zu lösen. Isobel band zwei Schleifen und musste beinahe lächeln. Alexander suchte mit seinen Augen ihren Blick. Sie registrierte seine Unruhe und legte ihm beschwichtigend eine Hand auf die Wange.

»Es ist schwer, ich weiß«, sagte sie beruhigend. »Aber du schaffst das. Vertrau mir.«

»Lass mich in dir sein«, flüsterte er. »Es wird wunderbar sein.

Ich weiß, dass du es auch willst. Du weißt doch, wie sehr es dir gefällt. Komm, Isobel.«

»Ja, es wird wunderbar sein«, stimmte sie ihm leise zu. »Aber erst möchte ich noch etwas anderes tun. Du hast heute nicht das Sagen.«

Er sah aus, als würde er jeden Moment explodieren. Sein Körper wand sich unter ihr wie der eines Tieres. »Verdammt, Isobel. Ich halt es nicht länger aus. Lass mich endlich etwas tun.«

Sie entzog sich ihm, verließ das Bett, ging hinaus und holte den Eiskübel.

»Was hast du damit vor?«

Sie beugte sich vor, umschloss seine Erektion und fuhr mit ihrer Hand mehrfach rauf und runter, bevor sie ihn wieder losließ. Jetzt war er so kurz vor dem Orgasmus, dass sie seinen Körper schon fast beben sah.

»Noch nicht«, sagte sie und lächelte. Sie füllte ein Glas mit Champagner. Die Flüssigkeit war so kalt, dass es unmittelbar beschlug, aber sie nahm dennoch ein paar Eiswürfel aus dem Kübel und ließ sie hineinfallen.

»Bereit?«, fragte sie.

Seine Augen weiteten sich. »Nein!«, rief er empört.

Sie goss den Champagner über seinen Bauch und seinen Schritt. Er fluchte laut. Dann spreizte sie seine Beine und berührte ihn mit der Zunge. Schlürfte den Schampus und leckte seine Oberschenkel, seinen Bauch und die Haut um seine Erektion herum ab. Ließ ihre Finger mit ihm spielen, bis er zitterte. Sie streichelte ihn vorsichtig, jedoch so sanft und spielerisch, dass er aus Frust an seinen Fesseln zu reißen begann. Jetzt war er sauer, das sah sie ihm an, und sie bemerkte auch das Feuer in seinem Blick, die Aufgebrachtheit über seinen begrenzten Bewegungsspielraum.

Sie griff erneut nach der Peitsche. Ließ die weichen Lederschwänze um seine Erektion gleiten und sah echte Unruhe über sein schönes Gesicht huschen. Sie würde es zwar nicht unbedingt zugeben, aber es erregte sie, ihm Angst einzujagen, und ihn in ihrer Macht zu wissen.

Er atmete heftig, ließ die Peitsche nicht aus dem Blick und spannte die Beinmuskeln an.

Aber sie hatte natürlich nicht geplant, sie auf diese Weise anzuwenden. Stattdessen legte sie sich neben ihn, dass ihr Kopf am Fußende und ihre Füße auf Höhe seiner Hüften zu liegen kamen, und er sie vollständig sehen konnte. Sie spreizte ihre Beine und sah, dass er sie nicht aus dem Blick ließ. Sie war sich nicht einmal sicher, ob sie ihn überhaupt ein einziges Mal hatte blinzeln sehen. Seine Arme waren ausgestreckt, und unter seiner sonnengebräunten Haut zeichneten sich seine Adern und Sehnen ab. Sie legte ihr Bein auf einen seiner verschwitzten muskulösen Oberschenkel, öffnete mit den Fingern ihre Scham, senkte die Augenlider und begann sich selbst zu streicheln.

Sie seufzte leise und bewegte ihre Hüften.

»Isobel.«

Alexanders Stimme klang gequält, und der Schweiß glänzte auf seiner Brust. Sein Schwanz bebte gegen seinen Bauch. Nach der Champagnerdusche war er erst mal erschlafft, doch mittlerweile wieder groß und steif geworden. Sie führte langsam den Griff der Peitsche in sich ein. Der kurze geriffelte Handgriff war fest und hatte eine ziemlich erregende Wirkung. Sie spielte mit der Peitsche, indem sie sie vor- und zurückschob, während sie sich mit der anderen Hand stimulierte, bis Alexander so fest an seinen Fesseln riss, dass das Bett unter ihnen schwankte.

Isobel kam heftig stöhnend. Sie zog die Peitsche wieder heraus, füllte Alexanders Champagnerglas nach und hielt es ihm an den Mund.

»Trink«, befahl sie.

Er neigte den Kopf und trank in unkontrollierten Schlucken, sodass einiges überschwappte.

»Braver Junge«, sagte sie, beugte sich vor, küsste seinen Mund, biss ihm in die Lippe und leckte ihn in der Halsbeuge.

»Mach mich endlich los. Sonst werde ich noch verrückt.«

Alexander war von Natur aus kein unterwürfiger Mensch. Ihn zu dominieren, kam fast dem Versuch gleich, einen wilden Stier oder ein Wildpferd zu zähmen, und setzte zu gleichen Teilen mentale wie auch körperliche Stärke voraus. Es war schwierig, aber spannend, die Gefühle zu lesen, die sich in seinem Gesicht widerspiegelten, sowie den Versuch zu unternehmen, seine Reaktionen vorauszusehen. Seinen Widerstand zu spüren und ihn dazu zu bringen, ihre Befehle zu akzeptieren. Aber jetzt hatte er es verdient, endlich das zu bekommen, was er wollte. Außerdem sehnte sie sich nach ihm.

Sie streckte sich nach den bunten Verpackungen, die sie auf dem Nachttisch ausgelegt hatte. Griff nach einer braunen und riss die Folie auf. Sie nahm einen dezenten Duft nach Kakao wahr und streifte ihm mit sicherer Hand das Kondom über. Sie hätte es zwar lieber mit dem Mund gemacht, hatte sich dafür vorher diverse Youtube-Clips angeschaut, in denen Frauen mit dem Mund Kondome über Dildos streiften, und es auch selbst versucht. Aus diesem Grund hatte sie Kondome mit Geschmack gekauft. Aber es war nicht ganz leicht und noch dazu eine ziemlich glitschige Angelegenheit gewesen, sodass sie sich dabei keineswegs sexy vorgekommen war und sich schließlich damit begnügt hatte, es mit den Händen zu machen. Sie hatte verschiedene Geschmacksnoten durchprobiert und Erdbeere gut gefunden, Minze ekelhaft und sich letztendlich für Schokolade entschieden. Was man doch alles tut, um seinen Blickwinkel zu erweitern, dachte sie, kniete sich breitbeinig über ihn und führte ihn zu sich heran. Seine Hüften schossen so heftig hoch, dass sie auf dem Bett fast das Gleichgewicht verlor. Sie bedachte ihn mit einem strengen Blick.

»Lieg still.«

»Ich kann nicht«, fuhr er sie an.

»Und zieh nicht so an den Bändern«, sagte sie in scharfem Ton. »Du verletzt dich nur. Wenn du nicht machst, was ich sage, dann …«

Sie begann, sich ihm zu entziehen.

»Ich mache es ja, ich mache es. Komm zurück. Gott, komm bitte zurück.«

Sie küsste seinen Brustkorb und biss leicht in sein Piercing. Er lag gehorsam und reglos da. Aber er war völlig verschwitzt, und seine Kiefer waren zusammengepresst, und sie ahnte, dass sie ihn nun bis zum Äußersten getrieben hatte.

»Ich werde jetzt die Bänder lösen«, sagte sie. »Aber du darfst die Hände erst bewegen, wenn ich es sage. Okay?«

Er nickte.

Sie löste erst den einen Knoten. Und dann den anderen. Behielt ihn dabei fest im Blick. Seine Augen waren fast schwarz, aber er lag still, genau wie sie es ihm befohlen hatte. Sie glitt wieder über ihn und positionierte sich. Er schloss die Augen.

»Du bist ganz kurz davor, oder?«, murmelte sie. »Willst du jetzt kommen?«

»Mein Gott, ja.«

»Noch nicht.«

Sie ritt ihn langsam, wohl wissend, dass er sie am liebsten dazu gebracht hätte, sich stärker und schneller zu bewegen, und er all seine Willenskraft dafür aufbringen musste, um ihr zu gehorchen.

Sie hielt inne.

Er gab ein Murren von sich. Aber er bewegte seine Arme nicht. Sie legte ihre Hände auf seine Schultern und begann erneut, ihn bedächtig zu reiten.

»Jetzt«, sagte sie nur.

Sie spürte, wie sich die Machtverhältnisse von einem Augenblick auf den anderen umkehrten, als stünde sie auf einem wankenden Eisberg, der umkippte und geradewegs in eine bodenlose Tiefe stürzte. Alexanders Hände bewegten sich so schnell, dass sie es nicht einmal sah. Während eben noch sie diejenige war, die bestimmen konnte, hatte er nun ihre Hüften umfasst, sie leicht angehoben und wieder zu sich hinuntergezogen, während er seinen Unterleib so heftig nach oben stieß, dass sie aufstöhnte. Oh, wie sie das liebte, wenn er die Oberhand gewann.

Sie ließ sich von seiner frei gewordenen Energie übermannen und hielt sich nur fest, während er sie hinunter auf die Matratze presste, sich auf sie wälzte, ihre Arme nach hinten streckte und ihre Handgelenke mit einer Hand festhielt, während er mit der anderen ihre Beine um seine Taille schloss, sich in sie hineinschob und sie hart und aggressiv nahm. Er kam schweißgebadet und mit lautem Gebrüll, und sie kam ebenfalls, als wäre es die leichteste Sache der Welt, einen weiteren Orgasmus zu bekommen.

Kurz darauf sackte er neben ihr zusammen, stoßweise atmend und wimmernd.

»Bist du okay?«, fragte sie.

Er antwortete, indem er sich ihr zuwandte und sein Gesicht zwischen ihren Brüsten begrub, seine Arme um sie schlang und zu zittern begann. Sie strich ihm behutsam übers Haar und wartete seine Reaktion ab. Nach einer Weile bewegte er sich leicht und fuhr sich mit dem Handrücken übers Gesicht. Sie strich ihm erneut übers Haar und spürte, wie ihr Herz fast überquoll.

»Sorry«, sagte er mit erstickter Stimme.

»Du musst dich nicht entschuldigen«, entgegnete sie. »Ich weiß, wie es sich anfühlt. Es ist okay.«

Seine Atmung wurde wieder regelmäßiger, und sie spürte sein Herz schlagen, während sie schweigend aneinandergeschmiegt dalagen. Die Wohnung befand sich im obersten Stockwerk, und es drangen keine Geräusche von draußen herein. Außer möglicherweise das leise Rauschen eines Flugzeugs in der Ferne.

»Oh Gott«, sagte er schließlich, und sie konnte an seiner Stimme hören, dass er sich wieder gesammelt hatte. »Ich weiß nicht, was ich sagen soll. Es war … intensiv. Viel intensiver als alles, was ich je erlebt habe.« Er schaute sie an. »Und du warst wie ein verdammter erotischer Traum.«

»Du hast eine Weile lang ziemlich sauer ausgesehen«, sagte sie und suchte in seinem Gesicht nach einem Zeichen dafür, dass er es bereute. Doch er wirkte entspannt.

»Das war ich auch. Und auch wieder nicht. Sorry, ich bin immer noch völlig durcheinander.«

»Ich hätte nicht gedacht, dass es so schwer sein würde, die Dominante zu sein«, sagte Isobel und ließ ihre Finger mit seinen Haaren spielen. »Zwischenzeitlich hatte ich keine Ahnung, was ich tun sollte.«

»Ich hatte aber den Eindruck, dass du die absolute Kontrolle über das hast, was du tust.«

Seine Stimme war nun wieder fest, und er legte sich auf den Rücken neben sie. Sie legte ihren Kopf auf seinen ausgestreckten Arm.

»Das war verdammt lehrreich«, fuhr er nach einer Weile fort. »Es war viel schwieriger, in der Rolle des Untergebenen zu sein, als ich angenommen hatte.« Er bewegte sich und stöhnte auf.

»Schmerzen?«

»Du hattest recht, du bist ziemlich stark«, sagte er mit einem Lachen. »Im Nachhinein tut es noch mehr weh.«

»Ja, wenn die Endorphine aus dem Körper weichen. Ihre einzige Funktion besteht darin, Schmerzen erträglich zu machen, sie tragen dazu bei, dass es sich gut anfühlt. Aber wenn ihr Pegel sinkt, spürt man den Schmerz deutlich.« Isobel errötete leicht, wusste aber nicht, warum.

Alexander schaute sie an und küsste sie auf die Stirn. »Und wie geht es dir? Erzähl, wie es sich für dich angefühlt hat. War es schwer? Hat es Spaß gemacht? Weißt du eigentlich, wie sexy du warst?«

»Es hat sich gut angefühlt. Aber auch etwas seltsam. Als hätte ich mich entblößt.«

»Ich frage mich, wann du wohl anfängst, mir zu vertrauen.«

In diesem Punkt hatte Alexander unrecht, denn sie vertraute ihm durchaus, jedenfalls, wenn es um Sex ging. Mehr, als sie je einem Mann vertraut hatte. Was ihr ein Gefühl der Geborgenheit vermittelte. Und ihr zugleich Angst einjagte.

Er strich über ihren Arm, küsste sie sanft und flüsterte ihr ins Ohr, wie weich sich ihre Haut anfühlte, wie sexy und perfekt sie war, all das, was sie gerne hören wollte. Diese Zärtlichkeit … Er war ein fantastischer Liebhaber, daran hatte sie nie gezweifelt. Aber er war auch ein guter Mensch, in vielerlei Hinsicht. Es fiel ihr immer schwerer, sich in Erinnerung zu rufen, wie unterschiedlich sie waren und wie sehr sich das, was ihnen wichtig war, voneinander unterschied.

Sie schloss die Augen, wollte nur im Hier und Jetzt sein.

Jetzt war er derjenige, der ihr übers Haar strich.

»Das ist schön«, murmelte sie.

»Ja, du magst es, wenn man mit deinen Haaren spielt. Erzähl mir etwas von dir, das ich noch nicht weiß. Etwas, das kein anderer weiß.«

Sie atmete gegen seine Haut und spürte, wie sich seine Finger geschickt und behutsam über ihren Haaransatz bewegten. Die Worte kamen wie aus dem Nichts: »Manchmal habe ich die Arbeit als Ärztin im Ausland so satt, dass ich mich einfach nur hinlegen und sterben will.« Sie verstummte, selbst überrascht. Sie hatte nicht einmal gewusst, dass sie so dachte. Die Worte waren ihr einfach so herausgerutscht, ohne dass ihr deren Inhalt bewusst gewesen wäre.

»Meinst du das ernst?« Seine Stimme klang neugierig. »Ich dachte, dass du wie gemacht dafür bist. Und alle, mit denen ich spreche, benutzen mindestens einmal das Wort ›legendär‹, wenn sie von dir sprechen. Warum denkst du so?«

Wenn sie ganz ehrlich war, kamen ihr diese Gedanken immer mal wieder. Gedanken, die kurz aufblitzten, die sie aber rasch unterdrückte.

Vielleicht hält das Leben ja noch etwas anderes für mich bereit.

Ihr ganzes Leben lang hatte sie sich den Bedürfnissen anderer angepasst. Sie hatte keine eigene Familie, nichts, was sie zu Hause hielt, nicht einmal eine feste Arbeitsstelle. Bislang hatte sie es eher als Privileg betrachtet, jederzeit reisen zu können, und hatte immer geglaubt, dass sie es auch wollte. Aber hatte sie es wirklich für sich getan? Sie traute sich kaum, diesen Gedanken zuzulassen.

»Ich bin einmal gekidnappt worden«, sagte sie bedächtig, während sie mit ihrem Finger über seinen Goldring strich und an seiner Haut schnupperte. Konnte man vom Duft eines anderen Menschen abhängig werden? Vom Geschmack seiner Haut? Und was geschah, wenn man es wurde und dann auf einmal darauf verzichten musste? Würde das Leben seinen Sinn und seine Bedeutung verlieren? Oder würde sich diese Sucht wieder geben?

Alexander starrte sie an. »Davon hast du mir nie erzählt. Wann denn? Und wo?«

»Im vergangenen Herbst. In Liberia. Es ist alles so schnell gegangen. Ich habe Panik bekommen und alles falsch gemacht. Habe schreckliche Ängste ausgestanden, was ich nie von mir gedacht hätte. Sie haben mich an einer Straßensperre aufgegriffen und sind mit mir weggefahren.«

»Haben Sie dich etwa …?«

Alexander verstummte, aber sie wusste, was er fragen wollte. Diese Frage stellte jeder.

»Vergewaltigt? Nein. Sie haben mich freigelassen, als sie erfahren haben, dass ich Ärztin bin. Sie waren nicht an mir interessiert. Dort unten herrschte Chaos, jede Menge unterschiedliche Clans, die gegeneinander kämpften. Es handelte sich um ein Missverständnis.«

Doch in den Stunden, in denen sie mit einem Maschinengewehr auf sich gerichtet dagesessen hatte, war sie nicht besonders tough gewesen. Sie erschauderte unwillkürlich. Alexanders Griff um ihren Körper wurde fester, und Isobel schmiegte sich an ihn, gestattete sich, kindlich und schutzbedürftig zu sein.

»Aber warum hast du es mir denn nicht erzählt? Es hat dich doch bestimmt sehr beschäftigt.«

»Ich rede nicht darüber. Nur Leila weiß davon. Deswegen wollte sie mich auch unbedingt zu diesem Sicherheitskurs schicken. Das Merkwürdige ist nur, dass vieles davon wieder in mir hochkam, als ich aus dem Tschad evakuiert wurde. Ich weiß nicht, vielleicht bin ich auf lange Sicht einfach nicht dafür gemacht.«

»Vielleicht erwartest du noch mehr vom Leben.«

Sie schloss erneut die Augen. Gott. Sie konnte doch nicht ausgerechnet mit ihm darüber sprechen, was sie vom Leben erwartete. Jedenfalls noch nicht jetzt.

Sie wollte eine Familie gründen. Kinder haben. War das egoistisch? Etwas für sich selbst zu beanspruchen, wo sie doch draußen in der großen weiten Welt etwas bewirken konnte?

»Ich nehme es an«, erwiderte sie nur. »Hab ich dir schon von Marius erzählt?« Kinder wie Marius waren schließlich einer der Gründe dafür, dass sie weitermachte.

»Du hast seinen Namen mal erwähnt.«

»Er ist ein Straßenkind. Er ist sieben oder acht Jahre alt und hat kein Zuhause. Zieht draußen umher. Manchmal verschwindet er. Aber mitunter kommt er ins Krankenhaus. Ich habe ihn kennengelernt, als ich letzten Herbst dort war. Ich bin dort vielen Kindern begegnet, die mir ans Herz gewachsen sind, die ich aber zurücklassen musste, ohne zu wissen, wie es mit ihnen weitergehen würde. Man gewöhnt sich nie daran, aber man lernt, es zu verdrängen. Marius ist ein ganz besonderes Kind.«

Als sie im vergangenen Herbst dort gewesen war, hatte sie ihm Blut gespendet. So etwas durften sie eigentlich nicht, es verstieß gegen die Regeln. Aber er war so krank und elend gewesen. Im Tschad existierten keine Blutbanken, sondern man fragte Verwandte, ob sie bereit wären, Blut zu spenden, wenn es nötig war. Doch es hatte sich niemand gefunden, der dem kranken Marius Blut spenden wollte oder konnte, und als sie feststellte, dass der Junge dieselbe Blutgruppe hatte wie sie, war ihr die Entscheidung leichtgefallen. Sie hatte sich selbst einige Deziliter abgezapft und sie ihm verabreicht, woraufhin er wieder gesund geworden war. Jetzt floss im wahrsten Sinne des Wortes ihr Blut in seinen Adern.

»Er hat seinen Namen nach einem tschadischen Fußballspieler erhalten. Immer wenn ich an ihn denke, weiß ich, dass ich weitermachen muss.«

»Ich werde es dir auch nicht ausreden, jedenfalls nicht jetzt«, sagte er und küsste sie sanft. »Sie sind eine komplizierte Frau,

Doktor Sørensen, und irgendwer müsste irgendwann mal ernsthaft mit Ihnen reden. Aber, wie gesagt, nicht jetzt. Mir ist es noch nie so gut gegangen wie im Moment. Und was die Zukunft betrifft, die bringt doch meistens etwas Gutes.«

Isobel wollte sich ebenfalls nicht auf eine Diskussion einlassen, die nicht gut enden würde. Denn im Unterschied zu Alexander wusste sie, dass die Zukunft keineswegs immer etwas Gutes brachte. Im Gegenteil. Ihre Erfahrung zeigte, dass auf gute Zeiten unweigerlich schlechte folgten. Bald würde es so weit sein, denn zwischen ihnen war es schon unglaublich lange gut gewesen.

»Gibt es in diesem Liebesnest eigentlich auch irgendwas zu essen?«

Isobel nickte. Sie standen auf und begaben sich in die Küche, wo sie Tee tranken und belegte Brote aßen. Sie unterhielten sich über Kunst, Filme und Reisen. Dann liebten sie sich erneut, diesmal jedoch zärtlich und leise. Im Bett unter der Decke. Mit innigen Küssen und sanften Bewegungen. Ganz innig und gemütlich, ohne irgendwelche Sadomaso-Anklänge. Sie lagen lange da und schauten einander in die Augen, ohne dass es albern wirkte. Alexander schlief vor ihr ein, und Isobel lag neben ihm und betrachtete ihn. Er sah ganz anders aus, wenn er schlief. Im wachen Zustand war er unablässig in Bewegung, besaß ungeheure Energie, doch jetzt wirkte er ganz ruhig. Die dunklen Augenbrauen und Wimpern verliehen seinem goldenen Gesicht Charakter. Seine Haare waren kurz, er hatte sie sich offenbar kürzlich schneiden lassen, und sie berührte flüchtig mit ihren Fingern seine Stirn.

Sie war dabei, sich in diesen Mann zu verlieben.

Sie wusste, dass es dumm war und dass es das Letzte war, was sie geplant hatte. Doch Alexander besaß eine Tiefe und Sensibilität, gegen die sie sich einfach nicht wehren konnte. Ihr war klar, dass das Ganze unweigerlich mit Liebeskummer enden würde, wenn sie so starke Gefühle für einen Mann entwickelte, der bekannt war für seine Frauengeschichten. Doch sie konnte ihre Gefühle ebenso wenig zurückhalten, wie sie einen bösartigen Virus würde stoppen können. Die Natur war nicht immer gut zu einem. Im Gegenteil, sie war unerbittlich und ohne jedes Mitgefühl. Die Dinge nahmen ihren Lauf, sowohl was die Liebe als auch Virusinfektionen betraf. War man stark genug, überlebte man es ohne allzu großen Schaden. Isobel zog die Decke über sie beide, schmiegte sich dicht an ihn und schloss die Augen. Großer Gott, sie hoffte, dass sie verdammt stark sein würde. Denn das hier hatte durchaus das Potenzial, ihr das Herz zu brechen.

52

»Ich bin heute mit Natalia und meiner Mutter verabredet«, sagte Alexander und verzog das Gesicht. Isobel saß ihm gegenüber und hatte die Hände um einen Becher Kaffee geschlossen. Ihre Miene war entspannt, und er fragte sich, ob es ihm physisch betrachtet überhaupt möglich sein würde, sich von ihr loszureißen. Er wusste nicht genau, wie er mit den ungewohnten Gefühlen umgehen sollte, die ihn mitunter befielen, wenn er sie anschaute. Das, was er gestern in dieser Wohnung hier erlebt hatte … Was Isobel arrangiert und sie beide miteinander geteilt hatten … Es war ein einzigartiges Erlebnis gewesen. Wie nah sie sich in den vergangenen Stunden gekommen waren. Er schaute sie an, wie sie zerstreut in einer Werbebeilage blätterte. Sie trug ein schlichtes T-Shirt. Die Schminke hatte sie entfernt und ihr aufreizendes Kleid wieder eingepackt. In diesem Outfit gefiel sie ihm fast noch besser.

»Und ich bin ziemlich im Rückstand mit meinem Papierkram«, entgegnete sie, schaute auf und zwirbelte eine ihrer Locken um ihren Finger. Ihre Augen lächelten, und sein Herz krampfte sich zusammen. Er hatte gemeinsam mit dieser Frau Dinge getan, die er noch nie zuvor getan hatte. Erstaunlich, wie verbunden er sich ihr mittlerweile fühlte.

Er stand vom Tisch auf, spülte seinen Becher aus und schenkte ihr Kaffee aus der Maschine nach.

»Ich ruf dich später an«, sagte er.

Sie schaute auf, und er beugte sich zu ihr hinunter und küsste sie. Sie schlang ihre Arme um ihn, und er zog sie fest an sich. Himmel, er wollte nicht gehen, wollte am liebsten hier stehen bleiben und Isobel küssen, ihren Duft einsaugen und in ihrer Nähe ertrinken.

»Wir sprechen uns«, murmelte sie gegen seinen Hals.

Dann spazierte er hinunter zum Fotografiska, dem Museum für Fotografie in Södermalm. Er war früh dran, wählte im Restaurant einen Tisch mit Aussicht und versank umgehend in Gedanken an Sex mit Isobel. Nachdenklich befingerte er sein Handy. Vor einer halben Stunde war er erst von ihr weggegangen. Konnte er ihr jetzt schon eine SMS schreiben?

»Wie ernst du aussiehst«, begrüßte ihn Natalia.

Alexander schaute auf. Er war so tief in Gedanken versunken gewesen, dass er nicht einmal gemerkt hatte, dass seine Schwester gekommen war.

Er stand auf, umarmte sie und zog ihr einen Stuhl heraus.

»David hat mich hier abgesetzt. Mama muss nur noch einen Parkplatz suchen, sie kommt gleich.«

»Parkplatz suchen? Ich wusste nicht einmal, dass sie Auto fährt.«

»Ich hab doch gesagt, dass sie dabei ist, sich zu verändern. Sie hat sich ein Auto gemietet und fährt regelmäßig, passt auf Molly auf und ist höflich zu David.«

»Ist das wahr?«, fragte er äußerst skeptisch. »Höflich zu David? Ihrem Erzfeind?«

»Sie tut ihr Bestes.«

»Wirklich?« Er bedachte sie mit einem amüsierten Blick. »Bedeutet das etwa auch, dass du mit unserer hochsensiblen Mutter darüber gesprochen hast, dass du dich mittlerweile mit deinem Vater, dem Matheprofessor, triffst?«

Natalia legte ihre Handtasche auf den Schoß und wirkte peinlich berührt.

»Nicht ganz. Mama weiß nicht, dass ich Kontakt zu ihm habe. Noch nicht. Bitte, sag nichts.«

»Oh ich bitte dich, als würde ich etwas zu ihr sagen, wenn ich es vermeiden könnte.«

Sie sah ihn blinzelnd an. »Bist du wirklich so sauer auf sie?«

»Ich verstehe einfach nicht, warum du sie immer verteidigst. Warum bist du denn nicht sauer? Sie hat dich doch wie den letzten Dreck behandelt.«

Natalia nahm die Speisekarte zur Hand und schaute hinein. »Wir nähern uns gerade wieder an. Sie ist die Oma meines Kindes. Und ich weiß, dass sie zu dir auch gerne eine bessere Beziehung hätte.«

Alexander bemühte sich, nicht laut aufzustöhnen. »Übrigens, was macht sie eigentlich so lange hier in Schweden? Will sie nicht bald wieder zurück nach Frankreich fliegen?«

»Sie hat es zwar nicht gesagt, aber ich glaube, sie vermisst Stockholm. Uns. Sie hat davon gesprochen, sich hier eine Wohnung zu kaufen, damit sie öfter herkommen kann. Allein. Bitte, kannst du dir nicht Mühe geben? Nur ein kleines bisschen?«

So lief es also, wenn man sich zu lange in Schweden aufhielt. Die Familie begann, Erwartungen an einen zu stellen. Er schaute durch die großflächigen Fenster hinaus. Das Restaurant des Museums ging aufs Wasser hinaus, und er konnte sowohl Djurgården als auch Gamla Stan am anderen Ufer sehen.

»Können wir nicht über etwas anderes als über unsere Mutter reden?«, bat er.

»Selbstverständlich.« Natalia lächelte unschuldig. »Wie läuft's denn mit Isobel?«

Er hätte wissen müssen, dass sie sich auf dieses Thema stürzen würde.

»Warum fragst du?«

Sie betrachtete ihn eingehend, und ihre goldenen Augen, denen nichts entging, musterten ihn intensiv. »Ihr wart schließlich zusammen in Skåne. Und auf der Hochzeit habt ihr ziemlich verliebt gewirkt. Ich bin nicht die Einzige, der es aufgefallen ist. Seid Ihr jetzt zusammen oder nicht?«

Das war in der Tat der Knackpunkt.

Waren sie zusammen? Isobel und er? Alexander hatte keine Ahnung, wusste nur, dass die Gefühle, die er für sie empfand, allmählich einer Besessenheit gleichkamen. Dass er es kaum geschafft hatte, sich heute Morgen aus ihrem Bett zu schälen, und kaum an etwas anderes denken konnte als an ihren Körper, ihre Sommersprossen und ihr Lachen.

»Ach die Hochzeit, die ist ja schon Ewigkeiten her«, entgegnete er nonchalant, als hätte er seitdem nicht in jeder freien Minute an Isobel gedacht. »Hast du übrigens etwas von Åsa gehört? Sie hat jede Menge Fotos mit Palmen und Sandstränden geschickt.«

»Ja, ja, sie und Michel sind offenbar das glücklichste Paar auf der ganzen Welt, wer hätte das gedacht. Aber lenk nicht vom Thema ab. Bist du jetzt mit Isobel zusammen oder nicht?«

»Du kennst mich doch, das scheint doch wohl eher unwahrscheinlich zu sein, oder?«, antwortete er und zwang sich, unberührt zu klingen, während sein Herz zugleich heftig pochte.

Sie schaute ihn lange an. »Ich hoffe, du weißt, dass du es wert bist, geliebt zu werden. Und zwar richtig«, sagte sie sanft.

»Warum sagst du das? Ich weiß zufällig, dass mich jede Menge Frauen lieben«, entgegnete er lachend. Er hätte nie geahnt, dass Natalia das dachte. Dass er glauben könnte, kein Recht darauf zu haben, geliebt zu werden. Oder hatte sie recht? Wollte er überhaupt geliebt werden?

Alexander wich ihr mit dem Blick aus. Er wollte nicht über diese Dinge sprechen, nicht mit seiner großen Schwester. Es war zu privat. Natalia würde nur wieder damit anfangen, dass er sich endlich trauen sollte, und irgendwelche anderen Carpe-diem-Sprüche von sich geben, die er nicht hören wollte. Jedenfalls nicht gerade jetzt. Es war noch zu früh dafür, und er war viel zu verwirrt.

Sie hatte seinen Blick offenbar richtig gedeutet, denn sie ließ das Thema auf sich beruhen und sagte nur leise: »So lange bist du noch nie zuvor in Schweden geblieben. Ich nehme an, dass du dich in deiner Wohnung wohlfühlst, oder?«

Ihm fiel ein, dass er sie noch nicht einmal in sein neues Heim eingeladen hatte. Seine geliebte Natalia, die loyalste Person auf der ganzen Welt.

»Ich weiß nicht recht. Eigentlich findet mein Leben ja hauptsächlich in New York statt.«

Mein Gott, er glaubte selbst kaum, was er da sagte.

»Dein Leben? Du meinst wohl deine Feierei und die Schlagzeilen in den Zeitungen, mit denen du Mama und Papa aus der Fassung zu bringen versuchst.«

Er wehrte mit einer Handbewegung ab. »Ich habe mich verändert.«

»Du bist so smart, Alexander. Willst du denn wirklich nicht etwas mehr aus deinem Leben machen? Dir selbst zuliebe?«

Er hatte Natalia in der Tat nie von seiner Arbeit erzählt. Aber warum eigentlich nicht? Es fiel ihm immer schwerer, die Logik seines Entschlusses nachzuvollziehen. Sie standen einander so nahe, dass es nur natürlich gewesen wäre, sich ihr anzuvertrauen. Und außerdem war sie intelligent und hätte es bestimmt vernünftig gefunden. Doch irgendwann einmal hatte er eine Distanz geschaffen, und danach war es leichter gewesen, einfach so weiterzumachen. Vielleicht sollte er tatsächlich mit Natalia darüber sprechen. Ihr erzählen, was er sich drüben in New York aufgebaut hatte. Es war verdammt egoistisch, sie außen vor zu halten. *So what*, wenn sie stolz auf ihn sein und es ihrer Mutter erzählen würde und es daraufhin alle erführen? Und er letztlich nichts mehr hätte, hinter dem er sich verstecken könnte. Er müsste wohl damit leben, sein Image als Playboy und Tagträumer zu verlieren. Wäre das so schlimm? War er denn nicht stark genug, gewisse Erwartungen an seine Person zu schultern? Er zwang sich, eine Welle der Panik zurückzudrängen, als Worte wie »Verantwortung« und »Ernsthaftigkeit« vor seinen Augen zu tanzen begannen.

»Ich werde wohl noch den Sommer über hier bleiben«, antwortete er schließlich. Er konnte im Moment nicht einmal den Gedanken daran zulassen, zurück nach New York zu gehen. Er wollte dort sein, wo Isobel war, so einfach war das. Auch wenn sie nicht über die Zukunft sprachen, jedenfalls nicht über eine gemeinsame. Er nahm die Speisekarte zur Hand und sah die Wörter, erfasste sie aber nicht. Es war gestern so überwältigend mit Isobel gewesen. Er konnte noch immer ihren Duft an seinen Fingern riechen und spüren, wie es sich angefühlt hatte, sich in ihr zu bewegen. Konnte sich ihr Gesicht ins Gedächtnis rufen, wann immer er wollte. Aber ging ihm das Ganze nicht vielleicht doch etwas zu schnell? War er dabei, in etwas hineinzugeraten, das viel zu kompliziert war? Was wollte Isobel von ihm? Konnte eine Frau wie sie einen Mann wie ihn überhaupt ernst nehmen? Auf Dauer? Taugte er denn zu mehr als nur zu Sex?

»Da kommt Mama«, sagte Natalia und reckte ihre Hand, um ihr zuzuwinken. »Bitte«, sagte sie flehend.

Alexander seufzte, setzte jedoch eine so höfliche Miene auf, wie er nur konnte. Er hatte den Verdacht, dass dieses Mittagessen ein Teil von Natalias Kampagne war, Ebba und ihn näher zueinander zu führen, und er würde sich bemühen, seine feindliche Gesinnung so gut es ging abzulegen.

Ihre Mutter kam auf sie zu und bewegte sich mit kühler Eleganz zwischen den Stühlen hindurch. Sie war schmal und pastellfarben gekleidet. Als Alexander klein war, hatte für ihn festgestanden, dass seine Mutter die schönste Frau der Welt war. Heute hingegen sah er ihr die Gefühlskälte und Selbstsucht an, die ihre Schönheit nicht mehr zu verbergen mochte. Und er konnte sich darüber freuen, dass sie nicht länger eine derart wichtige Rolle in seinem Leben spielte, um ihn verletzen zu können.

Die Leute begriffen dies oftmals nicht, wenn sie von Nähe und Intimität als etwas Wünschenswertem sprachen. Nur, wenn einem etwas viel bedeutete, konnte man verletzt werden. Nur wenn man jemanden liebte, konnte es einem vollständig das Herz brechen, verlassen zu werden.

Er stand auf, nickte seiner Mutter kurz zu und zog ihr dann einen Stuhl heraus, ohne ihr eine Umarmung, einen Wangenkuss oder wenigstens einen Händedruck anzubieten. Selbst wenn er sich Natalia zuliebe anstrengen würde, gab es gewisse Grenzen.

»Danke.«

Ebba setzte sich, ohne seinen Mangel an Herzlichkeit zu kommentieren, als wäre ihr mehr daran gelegen, ihm nicht die Laune zu verderben. Zur Abwechslung mal immerhin etwas.

»Ich glaube, ich bin noch nie hier gewesen«, sagte sie.

»Nein, es liegt ja auch auf der falschen Seite der Stadt. Du kommst normalerweise wohl eher nicht hier vorbei.«

Natalia bedachte ihn mit einem vorwurfsvollen Blick. Ebba lächelte nur und breitete ihre Serviette auf dem Schoß aus. Sie hatte offenbar etwas an ihrem Gesicht verändert. Ihre Haut war glatter als sonst, und man sah keine Falten, obwohl sie sich der Sechzig näherte.

»Ganz so ungebildet, wie du denkst, bin ich nun auch wieder nicht«, entgegnete sie freundlich.

»Aber Mama, selbst ich bin schon einmal hier gewesen.«

»Wie auch immer. Es sieht jedenfalls nett aus, und ich bin froh, dass Natalia dieses Restaurant vorgeschlagen hat. Es ist immer gut, dazuzulernen, das habe ich schon immer gefunden.«

Er fragte sich, ob er sich womöglich verhört hätte.

»Und ich freue mich, dass wir drei uns sehen können.«

»Peter konnte leider nicht«, warf Natalia rasch ein.

Danke zumindest dafür, lieber Gott. Alexander wusste nicht, ob er es schaffen würde, gemeinsam mit seinem Bruder und seiner Mutter zu Mittag zu essen, ohne zu explodieren. Hatte Peter überhaupt Kontakt zu seiner Mutter, oder war das nur einer von Natalias Wunschträumen? Er schielte zu seiner Schwester und seiner Mutter rüber, die sich mit leisen Stimmen berieten, was sie bestellen sollten. Er musste zugeben, dass es schon etwas merkwürdig anmuten würde, wenn Peter von der gesamten Familie gemieden worden wäre. Es war eine Sache, dass er selbst nicht mit seinem Bruder konnte, aber dass seine Mutter Abstand von Peter nehmen würde, wäre ihm selbst für ihre Verhältnisse ziemlich herzlos vorgekommen.

»Ich habe gehört, dass du dich mit Blanche Sørensens Tochter triffst«, sagte Ebba, während Mineralwasser und Brot auf den Tisch gestellt wurden.

Alexander warf Natalia einen wütenden Blick zu.

Doch die schüttelte den Kopf und signalisierte ihm entschieden, dass sie kein Wort verraten habe.

»Wir haben uns ein paarmal getroffen.«

»Ist sie nett?«

»Hör auf, Mama«, sagte er in scharfem Ton.

»Ich unterhalte mich nur mit dir, darf ich das denn nicht?«

»Nicht über Dinge, die dich nichts angehen.«

Ebba blinzelte, und er sah, wie ihre Augen feucht wurden. »Ich begreife nicht, warum du immer so gemein zu mir sein musst«, sagte sie, und in diesem Moment wusste Alexander, dass sie es tatsächlich so meinte. Ebba begriff es wirklich nicht. Diese Wut, die in ihm aufstieg, war so sinnlos. Ebba war nun einmal so, wie sie war. Und er ebenfalls. Vielleicht war es bereits zu spät. Vielleicht war der Zug längst abgefahren.

»Bitte«, sagte Natalia und schaute ihn flehentlich an.

Er presste die Kieferknochen aufeinander, trommelte mit den Fingern auf die Tischplatte und schaute weg. Er spürte, dass er dabei war, seiner Schwester dieses Essen zu vermiesen. Aber wusste Natalia denn nicht, dass es in der Natur der Sache lag? Er hatte sie nicht darum gebeten, Erwartungen an ihn zu stellen. Und wenn sie sie doch stellte und enttäuscht wurde, war es wohl ihr Problem.

Jedenfalls in der Theorie.

Mit einem Nicken signalisierte er sein Einverständnis.

Er konnte seine Mutter nicht lieben, aber Natalia zuliebe würde er vielleicht aufhören können, sie zu hassen.

Vielleicht.

»Sollen wir bestellen?« Ebba schaute ihn fragend an. Aus ihrem hellen Gesicht, das er einmal grenzenlos geliebt hatte, warf sie ihm einen flehentlichen Blick zu. Jetzt sah er, dass ihre Haut keineswegs völlig glatt war. Die Fältchen um ihre Augen und ihren Mund herum offenbarten trotz allem ihr Alter. Sie hatte ihn verlassen, wieder und wieder. Ihn manipuliert, ihn angelogen, auf Kosten ihrer eigenen Kinder immer nur an sich selbst gedacht. Aber sie war letztlich auch nur ein Mensch.

Er tätschelte ihr kurz die Hand.

»Wir bestellen, Mama.«

Er lächelte Natalia zu, die heftig blinzelte. *Danke*, bedeutete sie ihm.

Es kam ihm vor, als würde ihm eine schwere Last von den Schultern genommen.

53

Isobel räumte in Eugens Wohnung auf. Sie ging von einem Zimmer zum nächsten, und während sie hier und da eine Tischdecke zurechtrückte, kamen ihr diverse Dinge wieder in den Sinn, die sie und Alexander miteinander gemacht hatten und die sie leicht erröten ließen, bevor sie weitermachte. Hin und wieder gab ihr Handy ein Surren von sich, und sie las eine weitere von Alexanders SMS. Hielt inne und lächelte versonnen.

Es war gut so, dass er gezwungen gewesen war, zu gehen und jeder für sich einmal durchatmen konnte. Nicht, dass es sie daran gehindert hätte, sich nach ihm zu sehnen, bis sie sich endlich wiedersehen würden, dachte sie, während sie darauf achtete, dass weder im Schlafzimmer noch unter einem der Sofas versehentlich irgendwelche Peinlichkeiten liegen blieben.

Sie stellte die letzten Gläser zurück in die Küchenschränke, kontrollierte, dass auch all ihre, ähm, Accessoires in der Tasche lagen, schlug den Blumenstrauß wieder in Zellophan ein und ging schließlich hinunter zu dem wartenden Taxi, das sie bestellt hatte.

Mit diesen ständigen Taxifahrten müsste es ein Ende haben, beschloss sie, als sie in den Wagen stieg und sich heimfahren ließ. Zu Hause angekommen, trug sie ihre Tasche in die Wohnung hinauf, suchte die größte Vase heraus, die sie besaß – ein Erbstück von ihrer Oma –, und stellte die Orchideen auf den Küchentisch. Sie versuchte, sich in Erinnerung zu rufen, wann sie zuletzt Blumen von einem Mann, beziehungsweise einem Liebhaber, geschenkt bekommen hatte, doch es fiel ihr nicht ein.

Sie war kaum in eine bequeme Jogginghose geschlüpft, als Alexander auch schon eine weitere SMS schickte. Diesmal nur ein rotes Herz. Sie stand da und betrachtete es, während ihr eigenes Herz fast überquoll. Ach, es war wirklich ziemlich albern. Sie kam sich vor wie eine frisch verliebte Sechzehnjährige. Abgesehen von der Tatsache, dass sie als Sechzehnjährige keine so starken Gefühle für jemanden empfunden hatte.

Sie setzte sich vor ihren Computer. Sie war mit allem in Rückstand geraten, dachte sie, während sie verschiedene Dokumente öffnete und bemüht war, sich ernsthaft auf ihre Arbeit zu konzentrieren.

Es gelang ihr, ein paar Stunden lang effizient zu arbeiten, bevor sie zu gähnen begann. In der vergangenen Nacht hatte sie nicht gerade viel Schlaf bekommen. Sie kochte sich Kaffee, sprang kurz unter die Dusche und setzte sich dann wieder an den PC.

Sie erhielt eine weitere SMS, ungefähr die zwanzigste an diesem Tag, mit der Frage:

Wann können wir uns wiedersehen?

Sie war sich nicht sicher, ob es wirklich eine gute Idee wäre, zuzulassen, dass Alexander ihr so viel Arbeitszeit stahl. Aber wie sehr sie sich nach ihm sehnte.

Mal sehen. Muss arbeiten.

Sie nippte an ihrem Kaffee, öffnete im Internet eine Ärztewebsite, um nach einer Studie zu suchen, klickte dann den Link zu einem Artikel in einer Fachzeitschrift an, den sie las, klickte sich zu einem weiteren interessanten Artikel durch, und ehe sie sichs versah, landete sie auf Seiten, die mit Alexander de la Grip zusammenhingen. Sie vermied alles, was sie bereits gelesen hatte, da sie keine Lust auf den alten Klatsch und Tratsch hatte, und fand stattdessen einen Artikel über Romeo Rozzis Karriere, den sie mit großem Interesse las. Sie klickte sich weiter zu einer Website durch, sah Fotos von einem von Romeos Restaurants, aktivierte einen anderen Link, landete auf einer bekannten Dachterrasse in New York, betrachtete die attraktiven Menschen und erblickte …

Sie runzelte die Stirn.

Betrachtete das Foto eingehender.

Das war doch wohl nicht …

Doch, es war Alexander. Mit zwei jungen Mädels auf dem Schoß. Er sah betrunken aus. Hatte einen Arm um die Taille des einen jungen Dings und eine Hand auf den Oberschenkel des anderen gelegt. Sie las die Bildunterschrift. Zwischen diesem und den anderen Fotos, die sie gesehen hatte, bestand eigentlich kein so großer Unterschied. Abgesehen von einem einzigen Detail. Sie warf zur Sicherheit einen Blick in ihren Kalender. Glich es mit ihrem Skype-Konto ab.

Doch.

Es war während seines letzten Aufenthalts in New York. Von dem Tag, an dem sie angefangen hatten, miteinander zu skypen. Als sie den Eindruck gewonnen hatte, dass sie sich nähergekommen waren. Nachdem er ihr versichert und geschworen hatte, dass er nicht mit dieser jungen Frau mit dem merkwürdigen Namen geschlafen hatte.

Sie blieb mit einem beklemmenden Gefühl in der Brust sitzen.

Vielleicht hatte er ihr die Wahrheit gesagt. Vielleicht aber auch nicht. Womöglich log er immer. Das war ja das Dumme bei Männern wie Alexander – man konnte es nie wissen. Plötzlich wurde ihr klar, dass sie sich in einer eventuellen Beziehung mit ihm darauf würde einstellen müssen, während sie ein entsetzliches Gefühl der Hoffnungslosigkeit beschlich. Zweifel. Unruhe. Unsicherheit. Es würde sie auf die Dauer gesehen fertigmachen, das wusste sie.

Eigentlich hätte es sie nicht weiter überraschen dürfen.

So war er nun einmal. Im Grunde seines Herzens.

Ein Player.

Er mochte durchaus vielschichtig sein und echte Gefühle empfinden – oder diese gegebenenfalls vortäuschen. Ihr von sich selbst erzählen. Nähe zulassen und ehrlich zu ihr sein. Doch Tatsache war, dass Alexander ein Mann war, der genau wusste, wie man Frauen das gab, was sie haben wollten. Er hatte es ihr ja selbst erzählt. Wie er sich darin hatte schulen lassen. Ehrlichkeit war ihr wichtig. Also war er ehrlich. Und sie fiel darauf herein. Und zwar so gründlich, dass er sie hatte vergessen lassen, was ihr wichtig war, und begonnen hatte, Dinge infrage zu stellen, die sie immer für selbstverständlich gehalten hatte.

Sie war darauf hereingefallen, auf alles. Während sie dabei war, sich in ihn zu verlieben, war sie für ihn nur eine Eroberung unter vielen gewesen. Sie musste zynisch sein und die Möglichkeit zumindest erwägen. Dass sie eine von vielen Frauen war, die Alexander de la Grip umgaben. Sie war nicht so außergewöhnlich, dass er sich nicht zugleich mit anderen Frauen treffen könnte, um mit ihnen zu flirten. In seiner Welt war dies bestimmt nichts Besonderes. Dass es sich für sie anfühlte, als würde irgendetwas in ihrem Inneren zerbrechen, veränderte nichts daran.

Ihr Handy surrte erneut.

Wollen wir uns heute sehen? Ich koche für dich. Unter anderem.

Isobel betrachtete die SMS mit leerem Blick. Wie schnell es doch gehen konnte. All ihre Freude und Heiterkeit waren verschwunden und durch eine Eiseskälte ersetzt worden, die sich in ihrer Brust ausbreitete.

Eigentlich hätte sie weder geschockt noch traurig sein dürfen. Sich nicht fühlen dürfen, als würde sie jeden Moment sterben.

Sie schaute lange aufs Display.

Schrieb dann ihre Antwort:

Nicht heute.

Starrte lange auf ihre Worte. Überlegte, ob sie noch etwas hinzufügen sollte. Aber was sollte sie dem hinzufügen? Sie drückte auf »Senden«.

Als seine Antwort kam, brachte sie es nicht über sich, sie zu lesen. Sie schaltete ihr Handy auf lautlos und konzentrierte sich wieder auf ihre Arbeit.

Wenn alles andere um sie herum zusammenbrach, hatte sie immer noch ihre Arbeit. Sie war sich nur nicht sicher, ob ihr dies im Augenblick eher wie ein Segen oder wie ein Fluch vorkam.

54

Zwei Tage nach dem Fiasko in Ginas Wohnung war alles in Peters Leben noch grauer als grau.

Nach der Katastrophe hatten sie nichts mehr voneinander gehört.

Es war vorbei.

Wenn er der Typ dafür gewesen wäre, hätte er sich wahrscheinlich sinnlos betrunken, dachte er, während er auf einer Bank saß und die Menschen beobachtete, die auf dem Norrmalmstorg an ihm vorbeiströmten. Es war siebzehn Uhr am Nachmittag, und die arbeitende Bevölkerung war auf dem Nachhauseweg. Zu ihren Familien, ihren Partnern oder zur Kita, um ihre Kinder abzuholen, wie er annahm. Frauen und Männer aus der Finanzbranche gingen an ihm vorbei sowie einige bekannte Geschäftsleute und ein Bankdirektor, die übers Kopfsteinpflaster hasteten. Er erblickte außerdem eine frischgebackene Pressesprecherin und zwei Redenschreiber. Sie waren im Laufschritt unterwegs und hatten es offenbar eilig. In dieser Welt ging es ziemlich rasant zu. Junge erfolgshungrige Talente waren der Elite rund um die Uhr auf den Fersen. In ein paar Jahren würde die Hälfte all dieser Menschen von der Bildfläche verschwunden sein, während die andere auf der Karriereleiter weiter nach oben geklettert sein würde.

Eigentlich müsste er langsam mal nach Hause gehen, aber er hatte keine Kraft. Allein schon der Gedanke daran, von der Bank aufzustehen und in seine leere Wohnung zu kommen, kam ihm unüberwindlich vor. Er war nur noch eine leere Hülle. Eine abgestorbene, sich selbst bemitleidende Hülle. Doch er hatte selbst Schuld.

Die Fußballausstattung für Amir zu kaufen, war eine blöde Idee gewesen.

Er fuhr sich mit der Hand übers Gesicht, schämte sich.

Alexander war der Lebemann in der Familie. Natalia war das sensible Zahlengenie. Und er selbst der Pflichtbewusste. Der nie etwas Übereiltes tat und der sich an die Regeln hielt. Die wenigen Male, als er sich nicht an Regeln hielt, hatten in einer Katastrophe geendet. Wie auch vorgestern. Er war früher aus dem Büro gegangen, hatte so viel eingekauft, dass er den ganzen Kofferraum damit füllen konnte, und war dann mit einer Freude, die im ganzen Körper kribbelte, in den Vorort hinausgefahren.

Zu Beginn war es auch super gewesen.

Bis Gina nach Hause kam.

Er konnte sie wirklich verstehen, dachte er beschämt. Es war dumm von ihm und keineswegs durchdacht gewesen. Er hätte es vorher mit ihr absprechen und sie fragen sollen, was Amir ihrer Meinung nach benötigte. Aber er war noch nie gut darin gewesen, sich mit Worten auszudrücken. Er wusste, wie viel Amir ihr bedeutete. Also hatte er es Gina zuliebe getan. Um ihr seine Gefühle zu offenbaren.

Verdammt, wie konnte man nur so blöd sein.

Der Schuss war buchstäblich nach hinten losgegangen, und jetzt hatte er Gina verloren. Eine Frau, an der ihm viel gelegen war.

Er blinzelte gegen die Sonne. Eigentlich müsste sie ihn wärmen. Die Leute trugen kurzärmlige Kleidung, aber es war, als fröre er unter der Haut, bis ins Knochenmark. Ihm war klar, dass ihm an Gina mehr als nur »viel gelegen« war. Viel mehr.

Peter hob den Blick und ließ ihn planlos über den belebten

Platz schweifen. Fünf Minuten noch, dann würde er sich zusammenreißen, entschied er matt. Er beobachtete das Treiben noch eine Weile, und als der Strom ein wenig abebbte, erblickte er plötzlich Alexander, der die Hamngata überquerte und auf ihn zukam. Peter betrachtete blinzelnd seinen verantwortungslosen, allseits beliebten strahlenden kleinen Bruder, der dort groß gewachsen, gut gekleidet und geschmeidigen Schrittes zwischen Taxis, Bussen und gestressten Großstädtern entlangflanierte. Alexander sah wieder einmal aus, als sei er geradewegs einer Werbeanzeige für ein teures Aftershave entstiegen. Peter verspürte eine perverse Befriedigung darüber, selbst nicht gesehen zu werden und seinen Bruder heimlich beobachten zu können, doch dieser Augenblick währte natürlich nicht lange. Alexander erblickte ihn, als er gerade an ihm vorbeigehen wollte. Seine Schritte verkürzten sich, und er sah aus, als zögerte er und hätte am liebsten so getan, als ob er Peter nicht gesehen hätte, steuerte dann jedoch auf die Bank zu.

»Was sitzt du denn hier wie ein Häufchen Elend herum?«, begrüßte er ihn.

»Ich bin kein Häufchen Elend. Und was machst du hier?«

Alexander nickte in Richtung Smålandsgata. »Meine Stiftung liegt da drüben. Ich bin auf dem Weg dorthin und komme von zu Hause«, fügte er hinzu.

Ach, richtig. Alexander besaß ja mittlerweile eine Wohnung in Stockholm.

Alexander betrachtete ihn eingehender. »Wie geht's? Du siehst ja völlig fertig aus.«

»Danke.«

Alexander setzte sich neben ihm auf die Bank.

Peter seufzte. Gesellschaft war so ungefähr das Letzte, was er jetzt gebrauchen konnte. Sie sagten nichts. Betrachteten bloß die Passanten.

Alexander schlug ein Bein übers andere. »Natalia macht sich Sorgen um dich. Weiß der Himmel, warum, aber es ist so. Kannst du sie nicht mal anrufen?«

Peter konnte ein verächtliches Schnauben nicht unterdrücken. »Du bist ja wohl kaum der Richtige, um mir Ratschläge zu geben, wie man mit anderen Menschen umgeht.«

»Das war auch kein Ratschlag. Eher eine Bitte. Du kannst ja wohl höflich sein und bei ihr anrufen, oder?«

»Ich weiß, dass ich dir scheißegal bin. Du brauchst also gar nicht so zu tun, als würde dich das irgendetwas angehen.«

»Ich tue ganz und gar nicht so, als ginge es mich etwas an. Du bist mir absolut scheißegal. Aber Natalia macht sich Sorgen, und ich mag Natalia zufällig. Ruf sie an.«

Sie schwiegen erneut.

»Ich habe gestern Mama getroffen«, fuhr Alexander fort.

»Bei diesem Mittagessen? Ich konnte nicht kommen.« Er hatte nicht die Kraft gehabt, sie zu treffen. Er hatte es ja kaum geschafft, überhaupt aus dem Bett zu kommen.

»Und warum? Ist irgendwas passiert?«

»Ich dachte, du hättest eben gesagt, dass ich dir egal sei.«

Alexander fuhr sich mit der Hand durch seine perfekt gestylte Frisur im Out-of-Bed-Look, bevor er seinen Arm auf der Rückenlehne der Bank ausstreckte. Während der fünf Minuten, in denen Alexander hier saß, hatten sich mindestens vier Frauen nach ihm umgedreht.

»Ist das nicht verdammt anstrengend?«

Peter konnte sich an all die Male erinnern, wo Alexander mit seinem Aussehen, seinem Lächeln und seinem einer Naturgewalt gleichkommenden Charme irgendwo hereingeplatzt war und sich genommen hatte, was er haben wollte. In wie viele Mädchen war er selbst verliebt gewesen, die sich dann jedoch von Alexander verführen ließen? Niemand konnte Alexander das Wasser reichen, am wenigsten er selbst, ein deprimierter geschiedener Loser.

»Was denn?«

»Ach, nichts.«

»Was läuft da übrigens zwischen dir und Gina?«

»Warum fragst du?«

»Nur so. Ich hab zufällig gesehen, wie du dich erst bei der Taufe und dann bei der Hochzeit angeregt mit ihr unterhalten hast.«

»Zwischen uns läuft nichts.« Nicht mehr.

»Und du hast es auch nicht auf sie abgesehen?« Alexanders Stimme war kurz angebunden.

»Auf sie abgesehen?«

»Du weißt genau, was ich meine.«

»Nein«, antwortete er, obwohl er genau wusste, worauf Alexander abzielte. »Könntest du dich vielleicht etwas näher erklären?«

»Verdammt, Peter. Ich fass es nicht, wie du so etwas tun konntest. Wie hältst du es überhaupt noch mit dir selbst aus?«

Peter schloss die Augen. Jetzt kam es also. Er hatte mit Alexander noch nie über die Vergewaltigung gesprochen, nicht ein einziges Mal. Von all dem, was seit dem vergangenen Sommer passiert war, war das eines der Dinge, die am allermeisten an ihm genagt hatten. Dass Alexander davon wusste und ihn deshalb hasste, aber nie etwas gesagt hatte.

»Ich kann es selbst nicht fassen. Vielleicht kann ich es irgendwie erklären, aber ich kann es mit nichts entschuldigen. Ich bereue es zutiefst. Ich habe es seitdem jeden Tag bereut. Es gibt nichts, was du mir sagen könntest, das ich mir nicht schon selbst gesagt hätte. Nichts, wofür du mich anklagen könntest, weswegen ich mich nicht schon tausend Mal selbst angeklagt hätte.«

»Aber wie? Warum? So etwas macht man einfach nicht.«

»Nein«, pflichtete er ihm bei. Wie sollte er es Alexander begreiflich machen, wenn er es nicht einmal selbst begriff? Er hatte Caro gemocht. Sie hatten sich damals oft miteinander unterhalten. Sie war nett zu ihm gewesen, und er hatte sie attraktiv gefunden, allerdings in einer recht unschuldigen Art und Weise. Doch an dem besagten Abend waren die Dinge auf schreckliche Weise ausgeartet. Es hatte ein enormer Gruppenzwang geherrscht, und er hatte ihm nachgegeben. »Ich will die Schuld gar nicht von mir weisen. Wir hatten getrunken und uns gegenseitig aufgehetzt. Dann kam eins zum anderen, und als es vorbei war, war es zu spät, das Ganze ungeschehen zu machen.« Er hatte sich mitreißen lassen und war zu feige gewesen, sich zu weigern. Er wollte seine Tat damit keineswegs entschuldigen oder die Verantwortung von sich schieben, es nur etwas weniger unbegreiflich machen.

»Es ist jetzt zwanzig Jahre her. Carolina und ich haben uns ausgesprochen. Sie hat mir verziehen und es hinter sich gelassen. Ich habe gegen Papa und für ihren Bruder gestimmt. Ich weiß nicht, was ich noch tun soll. Wann, glaubst du, habe ich diese Tat endlich gesühnt?«

»Ich weiß es nicht.«

Peter merkte selbst, dass er sich seit dem vergangenen Sommer verändert hatte und mittlerweile ein anderer Mensch geworden war. Aber er wurde immer noch als derjenige angesehen, der er vorher gewesen war. Es war ein lähmendes Gefühl. Zu einem besseren Menschen geworden zu sein, alles versucht zu haben, aber dennoch als der Unmensch verurteilt zu werden, der er einmal gewesen war. Als Abschaum.

»Ich weiß, dass du dich … betrogen fühlst.«

Alexander schüttelte den Kopf. »Betrogen. Verraten. Geschockt. Angeekelt. Was immer du willst. Hinzukommt, dass sowohl Mama als auch Papa es wussten. Das ist doch unsäglich. Weißt du eigentlich, wie sehr dieser Vorfall in all den Jahren unsere ganze Familie geprägt hat?«

»Ja. Du weißt doch, dass ich dachte, Carolina wäre gestorben, oder? Ich habe mein halbes Leben in dem Glauben gelebt, eine Frau getötet zu haben. Ich will wirklich nicht behaupten, dass ich die Tat gesühnt habe, aber dieses Gefühl würde ich nicht einmal meinem ärgsten Feind wünschen.«

Alexander grinste ironisch. »Du meinst also, nicht einmal mir?«

»Du bist nicht mein Feind, Alex. Du bist mein Bruder. Ich habe dich enttäuscht, das weiß ich. Aber ...« Die letzten Worte klangen erstickt. Er wollte eigentlich sagen, dass er Alex liebte, aber so etwas sagten sie in ihrer Familie nicht. Niemand hatte es je zu ihm gesagt, und er selbst hatte es auch nie zu jemandem gesagt, nicht einmal damals zu seiner eigenen Frau.

Alexanders Kiefer mahlten.

»Hast du Kontakt zu Papa?«, fragte er schließlich.

Peter schüttelte den Kopf. »Papa redet nicht mehr mit mir. Aber das macht mir nichts aus, kein bisschen.«

»Und zu Mama?«

»Wir telefonieren hin und wieder miteinander. Sie ist ja so loyal gegenüber Papa, obwohl ich glaube, dass sie ihn manchmal satthat. Aber sie wird schließlich auch älter, vielleicht übt sie Nachsicht mit ihm.«

»Sie kann ziemlich gut mit Molly«, sagte Alexander.

Peter verzog den Mund. »Tja, wer hätte das gedacht?«

»Ich dachte, du magst Mama.«

»Ob du's glaubst oder nicht, das tue ich. Ich finde zwar, dass sie ziemlich kühl sein kann und viele schlechte Seiten hat. Aber sie ist meine Mutter, und ich habe nicht das Recht, sie zu verurteilen.«

»Hast du noch Kontakt zu Louise?«

Peter schüttelte den Kopf.

»Vermisst du sie?«

Peter spürte in sich hinein. »Nicht die Bohne. Schlimm, oder?«

»Nee, Louise war kein guter Mensch. Nicht einmal du hattest es verdient, mit ihr verheiratet zu sein.«

»Danke.«

Dies war wohl das längste Gespräch, das sie seit vielen Jahren miteinander geführt hatten. Er war so lange furchtbar neidisch auf Alexander gewesen, eigentlich sein ganzes Leben lang. Neid war ein schreckliches Gefühl, es verzehrte einen völlig. Außerdem war es so beschämend. Doch jetzt war der Neid verschwunden, wie Peter feststellte. Er war verblasst, seit er Gina begegnet war.

»Verdammt, ich kann es noch immer nicht fassen, dass du ein Mädchen vergewaltigt hast. Ich hätte nicht schlecht Lust, dir eine reinzuhauen.«

»Ich hätte nicht schlecht Lust, mir selbst eine reinzuhauen. Ich kann dich also gut verstehen. Willst du es wirklich? Würde es sich dann besser anfühlen?«

Alexander seufzte. »Nein.«

Er zog sein Handy hervor und schaute mit einem bekümmerten Blick darauf, als wartete er auf etwas, das nicht kam.

»Alles in Ordnung?«

»Ja, warum fragst du?«

»Du schaust die ganze Zeit auf dein Handy.«

»Tut mir leid. Ich warte nur auf eine SMS. Sonst nichts.«

»Alexander?«

»Ja?«

Peter wollte ihm eigentlich versprechen, dass er in seinem ganzen Leben nie wieder einer Frau etwas zuleide tun würde.

Dass er lieber sterben wollte, als seine Hand gegen einen anderen Menschen zu erheben, wurde jedoch unterbrochen von einem: »Peter?«

Und plötzlich hielt die ganze Welt inne.

Gina.

»Hej«, begrüßte sie ihn, und die Härchen auf Peters Haut stellten sich am ganzen Körper auf. Er stand von der Bank auf, ohne sie auch nur einen Augenblick aus den Augen zu lassen.

Gina, Gina, Gina.

»Hallo«, sagte Alexander lächelnd und stand ebenfalls auf. »Wie geht es Ihnen? Was machen Sie denn hier?«

»Ich arbeite hier«, antwortete sie und nickte in Richtung von Peters Büro, ohne Alexander anzusehen. Sie schaute nur Peter an. »Oder besser gesagt, habe hier gearbeitet. Es war eine Vertretung. Ich wollte meine Sachen abholen.« Ihre Stimme klang etwas atemlos, als fiele es ihr schwer, sich auf ihre Worte zu konzentrieren.

Peter betrachtete sie.

Sie betrachtete Peter.

Alexander sagte noch mehr, doch Peter hörte es nicht. Er hatte nur Augen für Gina und heftete seinen Blick so lange wie möglich auf ihre Gesichtszüge. War dies womöglich das letzte Mal, dass sie sich sahen? Hasste sie ihn? Oder gab es noch etwas, das er tun konnte?

»Gehen Sie zurück ins Büro?«, fragte sie leise.

»Nein. Ich war gerade auf dem Heimweg. Ich bin nur auf der Bank sitzen geblieben.«

»Sind Sie heute nicht mit dem Wagen da?«

Er schüttelte den Kopf. Er hatte nicht einmal die Kraft dazu gehabt, so zu tun, als würde er nach der Arbeit noch irgendwo hinfahren wollen.

»Alles okay mit Ihnen?«, fragte sie.

»Nein, ich glaube nicht«, antwortete er.

»Er sieht wirklich ziemlich fertig aus«, meinte Alexander.

»Aber jetzt, wo Sie hier sind, geht es mir schon besser«, sagte Peter und ignorierte Alexander. In seinem Brustkorb pochte es so heftig, dass er kaum Luft bekam.

Gina biss sich auf die Lippe. Sie warf Alexander einen Blick zu.

Peter warf Alexander ebenfalls einen Blick zu.

Alexander schaute misstrauisch zurück.

»Warum habe ich nur das merkwürdige Gefühl, dass ihr wollt, dass ich gehe?«

»Du warst doch auf dem Weg zu deiner Stiftung, nicht wahr?«, fragte Peter. *Geh*, signalisierte er ihm erneut mit dem Blick.

Alexander schüttelte den Kopf. »Ist es okay für Sie, Gina?«

»Was denn?«, fragte sie, während sie ihre Augen über Peters Gesicht schweifen ließ. Ihre dunklen, unruhigen, geliebten Augen.

»Dass ich gehe?«

Gina nickte so heftig, dass Peter beinahe lachen musste. Noch nie zuvor hatte ihm eine Frau gegenübergestanden, die wollte, dass Alexander ging, und er blieb.

Alexander bedachte Peter mit einem weiteren Blick, verdrehte die Augen und schob seine Sonnenbrille aus der Stirn hinunter. Dann streckte er seine Hand aus.

»Viel Glück.«

Peter schaute darauf, bevor er sie lange und fest schüttelte.

»Danke«, sagte er aufrichtig.

»Hejdå«, sagte Alexander und schlenderte von dannen.

Gina, Gott segne sie, schaute ihm nicht einmal nach.

»Wir müssen reden«, sagte sie.

55

Gina ging stumm neben ihm her. Peter sagte auch nichts. Die Stille zwischen ihnen war allmählich mit Händen zu greifen.

»Wohin wollen Sie gehen?«, fragte er schließlich.

»Wo wir reden können.«

»Irgendein Café?« Er deutete in Richtung Stureplan.

»Nein. Wohnen Sie hier in der Nähe?«

Er nickte.

»Dann gehen wir zu Ihnen.«

Auf dem kurzen Stück bis in seine Straße sagten sie nichts.

»Hier wohnen Sie?«, fragte Gina und schaute mit großen Augen an der grauen Fassade des Hauses hinauf.

»Ja«, antwortete Peter peinlich berührt. Das Haus gehörte zweifellos zu den Prachtbauten der Stadt. Er gab den Türcode ein und hielt ihr die Haustür auf.

»Es gibt keinen Aufzug«, erklärte er. »Ich wohne im vierten Stock.«

Ohne ein Wort stiegen sie die breiten, für Östermalm typischen Treppen aus Marmor hinauf. Gina schielte zu den Briefkastenschlitzen, auf denen hauptsächlich Namen mit »von« und »af« standen, sagte jedoch nichts.

Peter schloss seine Wohnungstür auf, trat zur Seite und ließ sie herein.

Er nahm ihre Jacke und hängte sie auf einen Bügel. »Wir gehen ins Wohnzimmer«, sagte er. »Setzen Sie sich doch einfach, dann koche ich uns einen Tee.«

Als er mit den Bechern hereinkam, saß Gina mit einem Kissen auf dem Schoß auf dem Sofa.

Peter setzte sich ein Stück entfernt von ihr hin, da er sich nicht aufdrängen wollte. Sie zwirbelte die Ecken des Kissens zwischen Zeigefinger und Daumen.

»Ich wollte mich entschuldigen«, begann sie.

»Sie müssen sich für nichts entschuldigen. Ich bin eher derjenige, der um Verzeihung bitten muss. Ich hätte es vorher mit Ihnen absprechen müssen.«

»Ich weiß, dass ich manchmal ziemlich dünnhäutig bin. Und misstrauisch. Ich muss wirklich daran arbeiten.«

»Sie haben in Ihrem Leben schon vieles mitgemacht. Und sicher Ihre Gründe, Menschen zu misstrauen. Das hat Sie bestimmt viele Male gerettet. Glauben Sie mir, Sie müssen sich wirklich für nichts entschuldigen, was mich betrifft.«

»Ich war noch ein Kind, als wir geflüchtet sind. Mein Vater war verheiratet, hatte ich das schon erwähnt? Mit einer jüngeren Frau. Meine Mutter starb bei der Geburt von Amir. Mein Vater hat wieder geheiratet, damit wir eine Mutter hatten. Aber sie stammte aus einem kleinen Dorf und hatte völlig andere Wertvorstellungen. Außerdem kam sie aus einem ziemlich einflussreichen Clan. Sie haben meinen Vater ja einmal getroffen. Er ist ein guter Mensch. Seine neue Frau hatte vor, mich mit einem ihrer Cousins zu verheiraten. Damals war ich gerade mal elf.«

Peter sagte nichts. Als Elfjähriger hatte er alle materiellen Sicherheiten genossen, die es nur gab. Er war in die Schule gegangen. Hatte mit Freunden Fußball gespielt.

»Amir war noch so klein, aber die neue Frau wollte nichts mit ihm zu tun haben und hat ihn richtiggehend verstoßen. Es war schrecklich mitanzusehen. Mein Vater hat versucht, mit ihr zu reden, aber sie gerieten immer nur in Streit. Und dann ist er in einen Konflikt mit Guerillakämpfern geraten. Es wurde richtig gefährlich. Er hat uns kurzerhand geschnappt und ist geflohen.« Ihr versagte die Stimme. »Um unseretwillen hat er alles zurückgelassen.«

»Ich verstehe«, sagte Peter. »Und was ist aus seiner Ehefrau geworden?«

»Sie war eine Person, die sowieso nur an sich gedacht hat«, antwortete Gina lächelnd. »Höchstwahrscheinlich war sie erleichtert darüber, uns los zu sein. Seitdem sind wir zu dritt.«

Sie wischte sich rasch über die Wange.

Peter verließ kurz den Raum und holte ein Päckchen Papiertaschentücher, reichte es ihr und setzte sich dann neben sie. Gina putzte sich die Nase.

»Ich habe letztens überreagiert«, sagte sie. »Als Sie zu uns gekommen sind. Ich habe einfach Angst bekommen. Aber ich weiß, dass Sie es nur gut gemeint haben.«

»Ist schon okay, Gina. Meine Schwester redet andauernd davon, dass einflussreiche weiße Männer die Strukturen erkennen müssen, die in unserer Gesellschaft vorherrschen. Früher fand ich diese Äußerungen eher anstrengend. Aber mittlerweile hat sich vieles für mich verändert. Allerdings stehe ich erst ganz am Anfang. Sie haben ein Recht darauf, sauer auf mich zu sein. Wie viele Male habe ich nicht eingegriffen oder so getan, als ginge mich das nichts an. Ich habe einiges nachzuholen.«

»Ich bin nicht sauer auf Sie.«

Sie streckte ihre Hand aus und strich ihm übers Handgelenk.

Peter blieb fast das Herz stehen. Gina beugte sich vor, legte ihm eine Hand auf die Schulter und küsste ihn auf den Mund. Zunächst traute er sich kaum, sich zu rühren, doch dann erwiderte er ihren Kuss, behutsam und innig.

Sie entzog sich. Schaute ihn mit ernstem Blick an.

»In meinem Heimatland werden Frauen beschnitten, Peter. Erinnern Sie sich daran, dass wir neulich darüber gesprochen haben?«

Er bekam kaum Luft. »Ja«, antwortete er leise. Er schluckte. Brachte kein weiteres Wort über die Lippen. *Großer Gott, nein.*

»Meine Mutter war dagegen. Aber die neue Frau meines Vaters hatte die Befürchtung, dass man mich sonst nicht verheiraten könnte. Sie beschloss, mich beschneiden zu lassen, ohne das Wissen meines Vaters. Ich weiß, dass einige es für ein religiöses Ritual halten. Aber das ist es nicht. Es ist eine Verstümmelung. Eine Grausamkeit und ein Merkmal für die Unterdrückung der Frau. Es hinterlässt bleibende Schäden. Zerstört die Möglichkeit des Zusammenlebens und die, Kinder zu bekommen. Es hat nichts mit Religion zu tun.«

Sein Mund war völlig trocken geworden. »Es tut mir so leid.« Er nahm vorsichtig ihre Hand. Sie fühlte sich in seiner schmal und leicht an. Am Daumen trug sie einen schlichten schmalen Silberring, und angesichts ihrer Worte hätte er am liebsten geweint.

»Aber mein Vater kam zufällig nach Hause und weigerte sich, es zuzulassen«, sagte sie. »Er hat sich standhaft geweigert und mich gerettet. Dann sind wir geflohen. Er hat so vieles für mich aufgegeben. Und er hat nie irgendwelche Ansprüche an mich gestellt. Er vertraut mir. Aber ich habe hohe Ansprüche an mich selbst. Verstehen Sie das?«

Peter nickte, auch wenn er es nicht ganz begriff. Es kam ihm alles so fremd und fern von seinem eigenen Alltag vor.

»Ich habe mir gelobt, auf einen guten Mann zu warten. Einen liebevollen Mann. Ich hatte wirklich nicht gerade viel Hoffnung. Weil ich schon viel zu viel gesehen habe. Aber jetzt scheint es, als hätte ich ihn gefunden.«

Sie drückte seine Hand und verschränkte ihre schlanken

Finger mit seinen. Der Kontrast ihrer Hautfarben war so unglaublich schön, dass es in seiner Kehle zu brennen begann. Peter räusperte sich.

»Aber Ihnen ist schon klar, dass ich kein guter Mensch bin, oder? Ich habe Ihnen ja erzählt, was ich getan habe. Von all den Männern, denen Sie begegnet sind, bin ich wahrhaftig nicht der beste, das kann ich Ihnen garantieren.« Seine Stimme brach. Wenn er doch nur die Zeit zurückdrehen könnte, noch einmal neu anfangen und seine Sünden sühnen könnte. »Sie wissen ja, was passiert ist, ich …«

»Idiot«, sagte sie und küsste ihn erneut.

Peter wusste nicht, wie ihm geschah. Aber Gina saß auf seinem Sofa und küsste ihn, und er beschloss, die Situation nicht allzu sehr zu analysieren.

Er zog sie behutsam zu sich heran, und sie legte eine Hand um seinen Nacken, der Kuss wurde inniger. Ohne nachzudenken, ließ er eine Hand über ihren Busen gleiten.

Sie erstarrte, woraufhin er seine Hand zurückzog.

»Entschuldigen Sie«, sagte er rasch.

»Idiot«, murmelte sie an seinem Mund.

»Gina, ich kann nicht …«, sagte er mit erstickter Stimme. Er war seit Ewigkeiten nicht mehr mit einer Frau zusammen gewesen. Er würde sich völlig blamieren. Und sie war so gut aussehend und verdiente schlichtweg das Beste, was es gab.

»Willst du nicht?«, fragte sie leise.

Er musste angesichts ihrer Frage lachen. Der Gedanke war so abwegig. »Doch, sogar so sehr, dass es schon wehtut«, antwortete er aufrichtig. »Aber Gina …«

»Was denn?« Sie schaute ihn mit einem ernsten Blick aus ihren schwarzen Augen an.

»Ich kann es einfach nicht glauben«, sagte er frustriert. »Du willst? Mit mir? Aber warum?«

Sie verpasste ihm eine Ohrfeige. Es kam so unerwartet, dass er sie nur anstarrte. Gina hatte zwar kleine schlanke Hände, aber sie war stark, und der Abdruck ihrer Handfläche brannte auf seiner Wange.

»Was tust …?«

Sie schlug ihn erneut. Fest. Jetzt brannte seine Wange richtig. Peter sprang vom Sofa auf, aber sie folgte ihm und stand schließlich atemlos vor ihm.

»Gina«, rief er hilflos. Was hatte er nur getan?

Sie holte aus, und er sah ihre Hand erneut auf seine Wange zufliegen, und dann schlug sie ihn noch einmal, diesmal noch fester. Das Geräusch erzeugte ein Echo im Raum. Ohne abzuwarten, hob sie ein weiteres Mal die Hand, und Peter spannte sich reflexmäßig an.

Doch dann senkte sie sie wieder und ließ sie fallen.

»*Warum?*«, fragte sie atemlos. »Darum. Weil du ein guter Mensch bist. Weil du glaubst, ein schlechter Mensch zu sein, und meinst, dich von Frauen fernhalten zu müssen, da du dich offenbar für eine Art Monster hältst. Aber ich habe Monster getroffen, Peter. Und zwar richtige Monster. Du bist ganz bestimmt keines. Nicht einmal, wenn ich dich wie eine Geisteskranke schlage, völlig grundlos und mehrfach hintereinander, schlägst du zurück. Du bist ein Gentleman. Du bist ein guter und fürsorglicher Mensch.«

»Aber das, was ich Carolina angetan habe …«

»Alle Menschen haben das Potenzial, sowohl gut als auch schlecht zu sein. Alle Menschen sind in der Lage, anderen wehzutun. Aber du bist längst nicht mehr derjenige, der du damals als Schüler warst.«

»Ich glaube auch nicht, dass ich es je wieder tun könnte. Mein Gott, ich hoffe es jedenfalls.« Er hatte sich geschworen, lieber sterben zu wollen, als so etwas noch einmal zu tun. Nicht weil er ein guter Mensch war, sondern weil er nicht mit noch mehr Schuld würde leben können. »Ich bereue es zutiefst.«

»Du hast meinem Bruder das gekauft, was er sich am allermeisten gewünscht hat. Du hast ihm deine Zeit geschenkt. Du kannst gut zuhören. Du bist rücksichtsvoll und du kümmerst dich. Darum. Idiot«, fügte sie murmelnd hinzu.

»Aber …«

»Nein«, unterbrach sie ihn schroff. »Kein Aber. Ich will Sex mit dir haben. Wenn du es nicht willst, okay. Aber wenn du es auch willst, dann musst du jetzt mit dem Gefasel aufhören.«

»Ich will es auch«, sagte er leise.

Sie schob trotzig das Kinn vor und sagte: »Aber falls du es doch nicht willst, ist es auch okay.«

»Ich will es aber. Mehr als irgendetwas anderes. Nicht Sex mit dir haben. Sondern dich lieben.«

Sie biss sich auf die Lippe. »Okay.«

Sie küssten sich erneut, im Stehen, Arm in Arm. Ein intimer Kuss.

Dann entzog sie sich ihm und senkte den Blick.

»Da ist allerdings noch eine Sache, die du wissen musst.«

»Die da wäre?« Er strich ihr über den Oberarm und dachte, dass er sich ohne Weiteres auch mit einem Leben begnügen könnte, in dem er nichts anderes tun durfte, als Ginas seidenweiche Haut zu streicheln.

»Es ist nichts Weltbewegendes«, antwortete sie, wich ihm jedoch immer noch mit dem Blick aus. Sie kaute auf ihrer Unterlippe. »Aber es ist wohl besser, wenn ich es dir sage.«

»Was denn?«

»Flipp jetzt nicht aus und mach bitte keine große Sache daraus. Aber technisch gesehen, also …«

Sie schluckte, hob ihr Gesicht und begegnete seinem Blick. »Ich bin noch Jungfrau.«

»Machst du Witze?«

»Ja, sicher. Nein, im Ernst. Ich habe noch nie mit einem Mann geschlafen. Und du bist der einzige, den ich bislang geküsst habe.«

Er hatte keine Ahnung, wie es einer Frau wie ihr gelingen konnte, ungeküsst durchs Leben zu gehen, aber er war klug genug, um nichts zu entgegnen, was sie stressen würde. Allein schon der Gedanke daran, mit dieser jungen hübschen Frau zusammen zu sein, ließ ihn unter Erfolgsdruck geraten. Er müsste es perfekt machen. Sie auf ein anderes Getränk als nur Tee einladen. Vielleicht auch zu einem Essen. Sie richtig umwerben.

»Peter?«

»Ich muss mich erst mal setzen.«

»Wir müssen es ja nicht tun.«

Er nahm ihre Hand, zog sie hinunter aufs Sofa, legte eine Hand auf ihre Wange und küsste sie. »Es gibt rein gar nichts auf der ganzen Welt, was ich jetzt lieber tun würde.«

Er sagte es nicht, aber er dachte die Worte.

Ich liebe dich.

Ein ums andere Mal.

Ich liebe dich, Gina.

Vor lauter Erleichterung hätte Gina am liebsten losgekichert. Aber sie war sich nicht sicher, ob sie überhaupt jemals in ihrem Leben gekichert hatte. Deshalb lächelte sie lieber und ließ sich von Peter küssen. Sie hatte es ihm erzählt, und er hatte es fantastisch aufgenommen.

Sie hatte keineswegs geplant, im Alter von zweiundzwanzig Jahren noch Jungfrau zu sein. Es hatte sich einfach so ergeben. Sie war keines von den Mädchen, die auf dem Gymnasium einen Freund gehabt hatten. Aber dann vergingen die Jahre, ohne dass sie jemanden getroffen hatte, den sie gemocht hätte, und plötzlich war sie so alt gewesen, dass es langsam peinlich wurde. Vernunftmäßig betrachtet wusste sie, dass sie wohl kaum die einzige erwachsene Jungfrau weltweit war. Aber sie hatte immer auf den Richtigen gewartet, der nie aufgetaucht war. Bis jetzt. In Gestalt eines geschiedenen weißen Finanzmannes. Da oben hatte jemand definitiv Sinn für Humor.

Peter nahm ihre Hand. Sie landeten im Badezimmer. Es war ungefähr so groß wie Ginas Wohnzimmer.

»Wow«, rief sie, unweigerlich beeindruckt.

»Ich weiß«, sagte er, während er weiche Handtücher aus dem Schrank holte und sie auf einer Bank ablegte. »Die Maklerin war ganz aus dem Häuschen, als ich die Wohnung gekauft habe. Ich fand sie eigentlich viel zu groß, aber jetzt bin ich froh. Jetzt, wo du hier bist. Hättest du Lust, mit mir zu duschen?«

Gina nickte. Sie machte einen weiteren Schritt in den Raum hinein, und es war, als beträte sie ein Spa. Nicht, dass sie je in einem Spa gewesen wäre, aber es duftete frisch und aromatisch. Die Beleuchtung bestand aus winzigen Deckenspots, die wie kleine Sterne anmuteten. Ansonsten war der Raum unaufdringlich eingerichtet und in dezenten Farben gehalten. Peter zog sein Oberhemd aus, und sie schielte auf seinen Brustkorb. Er wirkte durchtrainiert. Nicht übertrieben muskulös, aber dennoch athletisch. Er hatte schmale Hüften, und ein dunkelblonder Strang Härchen verschwand in seinem Hosenbund. Eigentlich hätte sie befangen sein müssen, doch es war, als hätten sie dieses Stadium bereits hinter sich gelassen. Neugierig legte sie eine Hand auf seinen Brustkorb und breitete ihre Finger über seinen Muskeln aus. Die Haut ihrer Hand war verglichen mit seiner dezenten Bräune dunkel, fast schwarz. Er legte seine Hand über ihre und küsste sie, und sie dachte, dass es sich auf jeden Fall gelohnt hatte, auf diese Küsse zu warten.

Sie halfen einander beim Ausziehen. Peter war so unendlich behutsam, verwöhnte sie mit federleichten Fingern und sanften Küssen, dass sie sich wie eine Prinzessin fühlte. Sein Badezimmer war so groß, dass locker eine Sitzgruppe hineinpasste. Peter setzte sie auf einen der Stühle und kniete sich vor sie. Zog ihr die Leinenschuhe aus und stellte sie vorsichtig zur Seite. Strich ihr über die Waden bis hinauf zu ihren Hüften, half ihr aus dem Slip und faltete ihn zusammen. Er war so zärtlich und so entspannt, dass Gina sich einfach von ihm anstecken ließ. Er küsste ihre Knie, ihren Bauch und ihr Schlüsselbein, bevor sie gemeinsam in die Dusche traten.

Gina hatte mittlerweile fast zwei Semester Medizin studiert. Sie kannte sich mit Anatomie aus. Sie hatten Chemie, Biologie und nicht zuletzt auch die Physis des menschlichen Körpers durchgenommen. Aber dennoch: Sie hatte keine Vorstellung davon gehabt, wie sich das Geschlecht eines Mannes in ihrer Hand anfühlen würde, wie warm und steif und intim es in ihrer Handfläche sein würde. Nie gedacht, wie sehr sich die Berührung durch andere Finger als ihre eigenen unterscheiden würde, wenn sie über ihren Körper wanderten.

Er seifte sie sorgfältig ein, demütig, fast unterwürfig. Das Wasser aus der Dusche regnete auf sie herab, während sie sich küssten. Er spülte ihren Körper ab und hüllte sie dann in ein riesiges Handtuch ein. Ging in die Knie und rieb ihre Füße, Waden und Oberschenkel trocken.

»Du bist so schön«, flüsterte er ihr zu.

Und Gina fühlte sich auch schön. Nicht nur exotisch und jung, sondern wie eine begehrenswerte erwachsene Frau.

Sie liebten sich in seinem Bett. Er nahm sich Zeit für sie, küsste und streichelte sie, bis sie mehr als bereit war. Und er war vorsichtig, als er in sie eindrang. Es war so schön, dass sich Gina ziemlich clever vorkam, ausgerechnet auf ihn gewartet zu haben.

Sie strich ihm übers Haar und spürte, wie er sich in ihr bewegte. Es war besser, als sie es sich vorgestellt hatte. Anders, aber besser. Ernsthafter. Er war so zärtlich, so hingebungsvoll.

Danach lagen sie eng beieinander und redeten. Berührten einander, kamen sich näher und machten sich mit der neuen Intimität vertraut.

»Wie geht es dir?«, fragte er bestimmt zum fünften Mal und strich ihr über die Nase, die Stirn und den Mund. Bedeckte ihn mit Küssen.

»Ich glaube, heute ist einer der besten Tage in meinem Leben.«

»Ich weiß, dass es mein bester ist«, entgegnete er. »Hat es wehgetan?«

»Kein bisschen. Mein armer Körper ist offenbar so verblüfft darüber gewesen, Sex zu bekommen, dass er völlig vergessen hat zu protestieren.«

»Ich hoffe, es ist okay, das zu sagen, aber ich liebe deinen Körper.«

Er verstummte, während das Wort »lieben« in der Luft hängen blieb.

Gina lächelte und legte ihm eine Hand auf die Wange. Sie hatte starke Gefühle für ihn, sonst hätte sie sich nicht auf ihn eingelassen. Aber sie hatte es nicht eilig. Und sie wusste, dass Peter sie niemals unter Druck setzen würde.

Er zog sie zu sich heran, legte sich auf sie, und Gina musste kichern. Schon wieder. Sie verdrehte die Augen, dann kicherte sie ein weiteres Mal.

Und dann liebten sie sich erneut.

56

Alexander legte sein Besteck zur Seite. Er hatte Schwierigkeiten, sich auf das Mittagessen zu konzentrieren, obwohl er derjenige gewesen war, der es initiiert hatte. Es war zwei Tage her, seit er Isobel zuletzt gesehen hatte. Zwei ganze Tage und Nächte, seit sie zuletzt auf eine seiner diversen SMS geantwortet hatte.

Was zum Teufel war passiert?

Er wollte sie nicht unter Druck setzen. Aber er konnte sich das doch nicht nur einbilden, oder? Dass sie sich ihm entzogen hatte. Brauchte sie Zeit zum Nachdenken? War etwas vorgefallen? Und wenn ja, was?

»Wollen Sie mir erzählen, aus welchem Grund Sie mich treffen wollten, oder möchten Sie, dass ich es selbst errate?«, fragte Leila, während der Kaffee an den Tisch gebracht wurde. Sie betrachtete ihn mit einem durchdringenden Blick aus ihren schwarzen Augen, und es hätte ihn nicht im Geringsten erstaunt, wenn sie geradewegs in ihn hineingeschaut, all seine Gedanken gelesen und sich darüber amüsiert hätte, seinen vielen Mankos auf die Schliche gekommen zu sein.

»Ich würde mich gern mit Ihnen über eine finanzielle Angelegenheit unterhalten«, sagte er, während er sich fragte, ob Leila wohl etwas über Isobel wusste.

»Ich höre.« Leila rührte ihren pechschwarzen Kaffee um.

»Wie viel würden Sie benötigen, um Medpax wieder ordentlich auf die Beine zu stellen?«

Sie verzog keine Miene, blinzelte nicht einmal. »Über den Daumen gepeilt?«

»Ja.«

»Eine Million Kronen. Vielleicht auch etwas weniger. Wir haben gerade eine Wirtschaftsprüfung erfolgreich überstanden. Aber wir werden knallhart kontrolliert. Es dürfen keinerlei Unstimmigkeiten auftauchen.«

»Selbstverständlich. Ich werde mit meiner Stiftung sprechen.«

Er besaß schließlich das Geld. Und er konnte Isobels Organisation nicht einfach untergehen lassen. Das Krankenhaus benötigte weitere Sauerstoffgeräte und mehr Personal, ansonsten würden zu viele Kinder sterben. Er konnte sein Geld also ebenso gut ihnen spenden, anstatt es für andere Zwecke auszugeben. Außerdem wusste er, dass es hier direkten Nutzen brächte. Medpax bezahlte keine hohen Löhne, hatte keine übertriebenen administrativen Kosten und beschäftigte definitiv keine Mitarbeiter, die sich irgendwo am Pool sonnten, anstatt zu arbeiten. Außerdem wollte er Isobels Organisation unterstützen, etwas für sie tun.

»Und wie kommen Sie dazu, wenn ich fragen darf?«

»Ich hatte vor, zur Abwechslung einmal etwas für die Welt zu tun.« Und ich möchte mich einer Frau würdig erweisen, an der mir ziemlich viel gelegen ist.

Leila wirkte äußerst skeptisch.

»Es hat also nichts mit Isobel zu tun?«

»Warum fragen Sie? Hat sie etwas über mich gesagt?«

Warum antwortete Isobel nicht? Was konnte sich in der kurzen Zeitspanne, in der sie sich nicht gesehen hatten, verändert haben? Sie hatten sich voneinander verabschiedet, tja, als bedeuteten sie einander etwas, und jetzt: Nichts. Hatte er sie derart falsch eingeschätzt?

Leila zog eine ihrer rabenschwarzen Augenbrauen hoch. »Etwas über Sie gesagt? Sie meinen, wie ein Teenager?«

»Ich frage ja nur.«

»Von einer Psychologin erwarten die Leute immer, ermahnt zu werden, gewisse Dinge direkt miteinander zu besprechen.«

»Ich habe versucht, mit ihr zu sprechen. Aber sie weicht mir aus.«

Leila verzog den Mund. Sie hatte definitiv eine boshafte Ader, dachte er. Aber er litt extrem darunter, mit niemandem über Isobel reden zu können, also entschied er, dass es die Sache wert wäre.

»Sie müssen wissen, meine professionelle Auffassung lautet, dass es oftmals sinnlos ist, miteinander zu reden. Und wenn man es doch tut, kommt es in der Regel zu Missverständnissen.«

»Mm«, stimmte er ihr zu. Er selbst war ebenfalls schon immer der Meinung gewesen, dass es völlig überschätzt wurde, viel und intensiv zu reden. Doch er hatte keine Ahnung, wie er sich verhalten sollte. »Und was meinen Sie, sollte ich tun?«

Leila spreizte eine ihrer Hände und betrachtete ihre glänzenden schwarz lackierten Fingernägel. »Sie müssen verstehen, dass Isobel ein Mensch ist, der mir sehr am Herzen liegt. Sie ist im vergangenen Herbst in Liberia gewesen, wissen Sie davon?«

»Ja. Mir liegt ebenfalls viel an Isobel. Ich hoffe, das wissen Sie.«

Leila machte eine abwehrende Geste.

»Was sie Ihnen bestimmt nicht erzählt hat, ist die Tatsache, dass alle anderen Ärzte vier Wochen vor Ort waren, weil die Verhältnisse dort unten nicht länger zumutbar sind, Isobel jedoch acht Wochen geblieben ist. Sie können sich nicht vorstellen, was sie dort alles erlebt hat. Diese Frau ist weitaus tougher als jeder andere Mensch, dem ich je begegnet bin.«

»Das weiß ich bereits«, sagte er und fragte sich, worauf Leila hinauswollte.

»Ich werde nicht ganz schlau aus Ihnen. Wenn es zu einer Situation kommen sollte, in der ich zwischen Isobels Wohlbefinden und Ihrem Geld wählen müsste, würde ich mich für Isobel entscheiden. Sie hat nie einen Menschen an ihrer Seite gehabt, der um sie gekämpft hätte. Sie ist zwar eine toughe Ärztin, aber eine komplexe Person. Außerdem hat sie sich verändert, seit Sie aufgetaucht sind.«

»Inwiefern?«

»Sie sieht aus wie ein Kälbchen, das zum ersten Mal in seinem Leben auf die grüne Wiese rauskommt und es selbst kaum glauben kann. Ich fühle mich ein wenig verantwortlich, weil ich sie anfänglich dazu ermuntert habe.«

Alexander wusste nicht, was er darauf erwidern sollte.

Leila beugte sich über den Tisch vor. »Wenn Sie sich also nur mit ihr amüsieren wollen, würde ich Ihnen raten, sich genau zu überlegen, was Sie da eigentlich tun.«

»Ich denke nicht, dass Sie das etwas angeht.«

Sie schenkte ihm erneut dieses fiese Grinsen. »Genau meine Meinung. Also fragen Sie nicht mich, ob Isobel etwas gesagt hat. Reden Sie lieber selbst mit ihr.«

Alexander nickte kühl. Die Rechnung kam, und er zahlte schweigend. Sie standen auf, und er half ihr in den Mantel, bevor sie auf die Straße hinaustraten. Leila holte ihre Zigarillos hervor, zündete sich einen an und sog den Rauch ein.

»Ich lasse wegen des Geldes von mir hören«, sagte Alexander.

Sie blies den Rauch aus. »Danke fürs Essen.«

Idris sah ziemlich fertig aus, dachte Isobel besorgt.

»Wie geht es mit der Erkältung?«, fragte sie über die Skype-App.

»Kein Problem«, antwortete er erwartungsgemäß. Es gab wohl nicht einen Arzt weltweit, der zugab, krank zu sein, sofern er nicht im Sterben lag.

Das Skype-Bild ruckelte, und Isobel wartete, während die Wetterverhältnisse, die Satelliten oder auch nur Murphys Gesetz ihren Lauf nahmen.

»Und wie geht's dir?«, fragte er, als Bild und Ton sich wieder einigermaßen stabilisierten.

»Nur ein wenig Jetlag«, antwortete sie lächelnd.

Sie wusste, dass sie ebenfalls ziemlich fertig aussah. Sie konnte nachts nicht schlafen, und da sie nicht zu den Ärzten gehören wollte, die sich selbst Schlaftabletten verordneten, sobald sie unter Stress standen, lag sie lieber wach. Grübelte. Weinte.

»Wie geht es Marius?«, fragte sie.

Idris schüttelte den Kopf. »Eigentlich wollte ich es dir nicht erzählen. Aber ich habe keine Ahnung, wo er steckt. Du weißt ja, wie es ist. Manchmal verschwindet er einfach.« Sie wusste, dass sich der Junge allein durchzuschlagen versuchte. Vielleicht war er in N'Djamena. Vielleicht aber auch tot. Der Gedanke schmerzte sie.

»Es wird bestimmt besser, wenn der neue Arzt kommt. Der sitzt aber leider noch wegen Problemen mit dem Visum fest.«

»Bleibt zu hoffen. Pass auf dich auf«, sagte sie und wünschte Idris, dass er zumindest eine ruhige Nacht haben würde. Und dass Marius irgendwo sicher aufgehoben war.

Sie verabschiedeten sich voneinander, und ihre Schuldgefühle drohten sie zu übermannen. Was tat sie da eigentlich? Wie konnte sie nur über ein Leben mit einem Taugenichts wie Alexander fantasieren, wo es so viel anderes gab, das wichtiger war, als eine spannende erotische Eroberung von ausgerechnet diesem Mann zu sein? Sie sollte sich schämen. Was sie auch tat.

Ihr Handy klingelte, und sie meldete sich.

»Hej, hier ist Leila«, hörte sie die Stimme am anderen Ende der Leitung.

Isobel runzelte die Stirn und versuchte, sich in Erinnerung zu rufen, welcher Tag heute war. Freitag. »Habe ich irgendein Meeting verpasst?«

»Nein. Ich wollte nur nachfragen, ob es dir gut geht.«

»Und warum sollte es mir nicht gut gehen?«

»Ich habe mich mit Alexander de la Grip getroffen. Wir haben zusammen Mittag gegessen.«

Merde, allein schon seinen Namen zu hören, versetzte ihr einen Stich.

»Und was wollte er?«, fragte sie, bemüht, genau den richtigen Ton zu treffen. Doch sie hatte das ungute Gefühl, völlig danebenzuliegen.

»Er möchte Medpax noch mehr Geld spenden. Ich wollte dich nur fragen, ob das für dich okay ist.«

»Ich denke schon. Warum sollte es nicht okay sein?«

»Weil zwischen euch etwas läuft. Und weil es sich um viel Geld handelt.«

»Wie viel denn?«

»Eine Million.«

»Ich verstehe.«

Sie hörte Leila am anderen Ende der Leitung tief seufzen. Ja, heute gab es wahrhaftig viele Gründe zu seufzen.

»Isobel, ich weiß, dass ich dir geraten habe, dich mit ihm zu amüsieren. Es tut mir leid, wenn es ein schlechter Rat war.«

Sie musste fast lächeln. Leila war es ganz sicher schwergefallen, dies zuzugeben. »Es ist ja nichts gewesen. Außerdem ist es inzwischen vorbei. Er ist nicht der Richtige für mich. Und ich habe keine Probleme damit, dass er Medpax Geld spendet. Oder erwartet er etwa im Gegenzug etwas dafür?«

»Nein.«

Isobel wollte Leila am liebsten noch mehr fragen. Ob die beiden über sie gesprochen hatten. Welchen Eindruck Alexander auf sie gemacht hatte. Ob es ihm ebenso mies ging wie ihr. Aber sie sagte natürlich nichts. Es gab definitiv Grenzen dafür, wie sehr sie sich entblößen wollte.

»Danke, dass du angerufen hast«, sagte sie nur.

Sobald sie das Telefonat beendet hatten, klingelte es erneut.

Wie in einer verdammten Telefonzentrale.

Sie schaute aufs Display, während sie nicht einmal vor sich selbst zugeben konnte, dass ihr Herz bei dem Gedanken daran, dass Alexander womöglich doch noch nicht aufgegeben hätte, einen Sprung machte.

Mama.

Yippie.

»Hej Mama«, begrüßte sie ihre Mutter und streckte sich der Länge nach auf dem Sofa aus. Sie betrachtete die Vase mit den Blumen, die sie von Alexander geschenkt bekommen hatte. Sie sahen aus, als würden sie sich noch wochenlang frisch halten.

»Wie geht es dir?«

Blanche stürzte sich in einen Monolog über alle möglichen Leute, über die sie sich aufregte, Artikel, die sie vorhatte zu schreiben, und Dinge, bei denen sie Hilfe benötigte. Isobel schloss die Augen. Es hörte sich an wie der Soundtrack zu ihrem eigenen elendigen Leben.

»Mama, ich glaube nicht, dass ich es schaffe, am Wochenende zu dir zu kommen.« Sie kam ja kaum vom Sofa hoch.

»Was sind denn das für Allüren? Bist du etwa krank?«

»Nein, aber …«

»Es ist nicht gut, auf der faulen Haut zu liegen. Hast du dir denn wenigstens schon eine neue Arbeit gesucht? Du weißt ja, dass ich der Auffassung bin, du solltest promovieren. Als ich in deinem Alter war …«

»Mama, bitte. Ich bin ein wenig down. Ich habe gerade …«

»Down? Warum bist denn ausgerechnet du down? Du bist jung und gesund. Ich kann überhaupt nicht begreifen, was du nun schon wieder hast. Und dann hast du dich auch noch aus dem Tschad davongemacht. Ehrlich gesagt, bin ich etwas enttäuscht von dir. Wenn du so weitermachst, wird nie etwas aus dir werden.«

Isobel legte den Arm über die Augen und zwang sich, nicht laut aufzustöhnen. »Ich habe mich nicht davongemacht. Dort herrschte Krieg.«

»Jetzt übertreibst du aber.«

Sie hatte keine Kraft mehr. »Ich bin deine Tochter. Warum musst du andauernd so gemein zu mir sein?«

Langes beleidigtes Schweigen. »Jetzt bin ich also die Böse, wie immer. Ausgerechnet ich, die dich doch nur liebt. Niemand wird dich je so lieben wie deine Mutter. Aber ich muss es wohl akzeptieren, wie alles andere auch. Tut mir leid, dass ich störe.«

»Ich begreife ja nur nicht, warum du alles, was ich tue, kritisieren musst«, erklärte Isobel.

»Wenn du so schlechte Laune hast wie jetzt, kann man einfach nicht mit dir reden.«

»Dann leg doch auf.« Sie wusste nicht, woher diese Worte auf einmal kamen.

»Isobel! Was ist denn los mit dir?«

»An mir liegt es ja wohl nicht. Du bist diejenige, die die ganze Zeit an mir rumnörgelt. Du weißt doch überhaupt nicht, wie es im Tschad war. Was ich dort erlebt habe. Du rufst nur an, um dich zu beschweren und über dich zu reden.«

»Tut mir leid, dass ich auch eine Meinung habe und dass ich überhaupt atme. Ich verstehe nicht, warum du so dünnhäutig bist. Heute ist es wirklich kein Vergnügen, mit dir zu reden.«

Stille. Sie holte Luft für einen weiteren Angriff, Isobel konnte es förmlich hören.

»Kein Wunder, dass du noch keinen Mann gefunden hast.«

Das hast du jetzt nicht gesagt, oder?

Isobel blinzelte heftig. Sie schaute hinunter auf ihre Zehen und spürte die wohlbekannte Ohnmacht in sich aufsteigen. Es spielte keine Rolle, was sie sagte oder tat. Es taugte sowieso nichts. Ihr Leben lang hatte sie sich darum bemüht, ihre Mutter bei Laune zu halten, und normalerweise hätte sie sich jetzt bei ihr entschuldigt, das Gespräch in eine andere, sicherere Richtung gelenkt und das Bedürfnis, zu ihren Worten zu stehen, in den Hintergrund gedrängt. Doch stattdessen tat sie etwas, das sie noch nie zuvor getan hatte.

Denn jetzt hatte sie genug.

Jetzt reichte es ihr.

»Wenn du so denkst, Mama, dann kannst du mich mal«, sagte sie und legte auf.

Schade, dass man den Hörer nicht mehr auf die Gabel knallen konnte. Stattdessen warf sie ihr Handy mit dem Display nach unten auf den Tisch. Griff sich ein Kissen, presste es gegen ihr Gesicht und schrie sich heiser, brüllte geradewegs in den Stoff und die Kissenfüllung hinein. Sie schrie, bis es wehtat und ihr die Luft ausging, hob das Kissen schließlich ein wenig an, atmete tief ein und setzte zu einem weiteren Schrei an.

Als sie plötzlich ein Klopfen an der Wohnungstür hörte, hielt sie mit dem Kissen in der Luft inne. Setzte sich auf.

Es klopfte normalerweise nie an ihrer Tür.

Niemand kannte den Zahlencode der Haustür.

Niemand außer Alexander.

»Jetzt mach endlich auf, Isobel, ich höre doch, dass du da drinnen bist und schreist.«

Widerwillig stand sie vom Sofa auf, während er weiter gegen die Tür hämmerte.

»Isobel?«

»Ja, ich komme ja schon«, murmelte sie. Als sie am Spiegel im Flur vorbeikam, registrierte sie, dass sie zum Fürchten aussah, beschloss jedoch, dass es ihr egal war. Sie schloss die Wohnungstür auf, zog die Sicherheitskette zur Seite und riss die Tür auf.

»Darf ich reinkommen?«

Oh, *mon dieu*! Er sah so gut aus, dass sie völlig geblendet war. Sie schüttelte den Kopf, trat jedoch zur Seite und ließ ihn herein.

»Du antwortest nicht auf meine SMS«, sagte er, als sie die Tür hinter ihm wieder zugeschoben hatte. »Habe ich nicht eine Erklärung verdient? Was ist denn passiert?«

Alexander musterte Isobel. Er war so erleichtert darüber, dass es ihr gut zu gehen schien, dass er fast geschrien hatte. Als er zum ersten Mal geklopft hatte, war von innen nichts zu hören gewesen, und er hatte angenommen, dass sie nicht zu Hause war. Doch dann hatte er merkwürdige erstickte Schreie gehört, und als sie ihm immer noch nicht öffnete, hatte er ernsthaft erwogen, die Tür einzuschlagen. Aber sie sah aus wie immer. Zwar etwas blass, die Haare in einer wilden Mähne um ihr Gesicht und die Schultern herum abstehend, aber ansonsten wie immer. Die Wohnung war ebenfalls so, wie er sie in Erinnerung hatte. Oberflächlich betrachtet sauber und ordentlich wie ihre Bewohnerin, aber voller verborgener Geheimnisse.

Isobel stand mit verschränkten Armen vor ihm und signalisierte ihm in jeder Hinsicht, dass er Abstand halten sollte. Ihre Augen waren heute dunkel. Dunkelgrau wie ein düsterer Novembertag. Er hätte sie am liebsten in seine Arme geschlossen, an ihrem Haar und ihrer Halsbeuge gerochen und ihr versichert, dass alles gut wäre, und er all das, was womöglich schiefgelaufen war, wieder geraderücken könnte.

»Ich begreife nicht, was geschehen ist«, sagte er, während er ihr ins Wohnzimmer folgte.

Als er sich in Eugens Wohnung von ihr verabschiedet hatte, war alles super gewesen. Großer Gott, wie konnte das schon wieder zwei Tage her sein?

»Ich bin verdammt sauer auf dich«, sagte sie, ohne ihm anzubieten, sich zu setzen. Sie blieben mitten im Raum stehen.

»Ja, das habe ich mir bereits gedacht. Aber warum? Was habe ich denn getan?« Er suchte in ihrem Gesicht nach einem Hinweis auf den Auslöser für diese Situation.

»Was hast du gemacht, als du das letzte Mal in New York warst?«

»Wie meinst du das?«, fragte er verwirrt zurück.

»Sorry, wenn meine Frage ungenau war. Mit wie vielen Frauen hast du dort geschlafen? Wie viele andere hast du noch gevögelt, seitdem wir miteinander schlafen?«

Diese Stimme hatte er noch nie zuvor an ihr gehört. Leise und absolut tonlos, als spräche sie über trockenes Knäckebrot oder Excel-Dateien und nicht über Untreue und ihr nicht vorhandenes Vertrauen in ihn.

»Überhaupt keine«, antwortete er. »Was zum Teufel denkst du denn von mir?«

»Willst du das wirklich wissen?«

»Ich habe dir bereits gesagt, dass ich nicht mit Qornelia geschlafen habe. Glaubst du mir etwa nicht? Isobel, was soll das denn? Das ist doch völlig absurd.«

Sie schüttelte den Kopf, trat einen Schritt zurück und redete wie zu sich selbst. »Ich bekomme es jeden Tag bei der Arbeit zu hören. Wie sich selbst unglaublich smarte Frauen hinters Licht führen lassen. Vielleicht können und wollen sie nicht glauben, dass es tatsächlich geschehen und sie übel hintergangen werden konnten. Dass man Männern nicht vertrauen kann. Aber mal im Ernst. Wie konntest du glauben, dass ich es nicht erfahren würde? Es gibt ja sogar Beweisfotos.«

»Worum geht es hier eigentlich? Ich schwöre …«

»Bitte, sag das nicht. Ich hasse Leute, die auf ihre Ehre und ihr Gewissen schwören, oder auf ihr Leben, oder das ihrer Kinder. Es hat nichts zu bedeuten. Ich habe nämlich zufällig ein Foto von dir und zwei Frauen in einem Nachtclub in New York gesehen. Genau an dem Tag, an dem wir geskypt haben.«

Er atmete aus. Jetzt wusste er zumindest, worum es ging. Damit konnte er arbeiten. Er hatte schließlich nichts getan, und sie würde es bestimmt verstehen.

»Ja, es tut mir leid. Ich bin ausgegangen, und ich war betrunken, aber ich habe mit keiner der beiden geschlafen, wir haben nichts gemacht. Das hätte ich niemals getan. Das musst du mir glauben.«

Sie zuckte mit den Achseln. Er hasste diese Bewegung. Sie reduzierte ihn auf etwas, das er nicht sein wollte.

»Ich glaube dir auch, nehme ich an. So, wie ich es mit diesem anderen Mädchen auch getan habe. Aber es spielt keine Rolle. Es werden immer wieder neue Frauen auftauchen. Ich kann mit dieser Ungewissheit nicht leben. Mir ständig Gedanken zu machen. Nie sicher zu sein.«

»Du glaubst mir also, wenn ich sage, dass ich nicht untreu war, aber du kannst dennoch nicht damit leben?«

»Es tut mir leid. Ich hatte angenommen, mit dieser Art von Beziehung umgehen zu können …«

Er spürte, wie sich in seinem Inneren Wut breitmachte. Darum ging es also. Er hätte es ahnen müssen. »Kannst du nicht wenigstens ehrlich sein?«, fragte er kühl.

»Ich bin ehrlich.«

»Nein, du bist keineswegs ehrlich. Sag mir, worum es deiner Meinung nach in unserer Beziehung geht. Als was du uns siehst.«

Sie atmete schwer. »Das, was wir zusammen haben, dreht sich nur um Sex. Ich dachte, ich könnte damit umgehen, aber ich kann es nicht.«

»Es geht eben nicht nur um Sex. Du bedeutest mir etwas, Isobel. Und zwar viel.«

Die Worte blieben ihm im Halse stecken. Es war verdammt noch mal kaum auszuhalten.

»Du bedeutest mir auch viel. Viel zu viel. Es hätte gar nicht so weit kommen dürfen.«

»Aber das ist doch nur ein Missverständnis. Das wir klären können.«

»Ich hab gehört, dass du Medpax mehr Geld spenden willst«, sagte sie und wich noch ein Stück zurück.

»Darüber kannst du dich ja wohl nicht beklagen, oder?«

»Ich tue es aber. Für dich ist das mit Medpax eine nette Abwechslung, bis es in zwei Wochen oder so wieder vorbei ist. Aber für mich ist es nicht vorbei, da es das Wichtigste in meinem Leben ist. Wir spielen in völlig unterschiedlichen Ligen.«

»Das verstehe ich nicht«, sagte er, während ihn das ungute Gefühl beschlich, dass ihm dieses Gespräch aus den Händen zu gleiten begann. Aber war es nicht immer so gewesen? Wenn es wirklich ernst wurde, dann war er austauschbar, und seine Gefühle spielten keine Rolle.

»Du hast auch deine guten Seiten, Alexander, das weiß ich. Aber du glaubst, dass dein Geld dir das Recht gibt, zu tun, was du willst. Doch für mich ist es eine ernste Sache. Ich kann nicht nur vorübergehend ein wenig mit den Bedürftigen arbeiten und allen erzählen, wie engagiert ich bin, um dann auf irgendeine paradiesische Insel zu fliegen und auszuspannen. Es geht um meine Überzeugungen. Und die unterscheiden sich enorm von deinen. Und zwar in jeder Hinsicht.«

»Es hat also nichts damit zu tun, dass du dir Sorgen darüber machst, was die Leute von dir denken? Das ist es doch, worum es hier eigentlich geht.«

»Was zum Teufel meinst du damit?«

Alexander machte einen Schritt auf sie zu.

»Du hast verdammt große Angst davor, dass jemand hinter deine perfekte Fassade schauen könnte. Und die Leute feststellen, dass die tüchtige Isobel Sørensen ein ganz gewöhnlicher Mensch ist. Du hast Fehler und Schwächen wie jeder andere Mensch auch, versuch also nicht, nur mir ein Problem anzuhängen. Du hast Angst davor, was die Leute denken würden, wenn du ernsthaft mit mir zusammen wärest. Angst, dass deine ach so kompetenten Arztkollegen dich verurteilen, wenn sie erfahren, dass du dich auf einen Playboy eingelassen hast. Denn in deiner Welt taugt man nur etwas, wenn man perfekt ist, und die Leute dürfen keine schlechten Seiten haben. Aber man muss gar nicht perfekt sein.«

»Das kommt dir ja gerade recht«, entgegnete sie.

»Und was zum Teufel soll das heißen?«

»Dass du genau das als Entschuldigung nimmst, dich weiter wie ein verwöhntes Kind aufführen zu können. Weißt du eigentlich, wie oft ich dich schon habe sagen hören, dass du dies oder jenes nur zum Spaß machst? Wenn ich es noch einmal höre, muss ich kotzen. Für mich sind die Dinge wichtig. Aber du nimmst nichts ernst. So kann ich nicht leben.«

»Und du nimmst alles viel zu ernst«, fauchte er und merkte, wie ihn diese Auseinandersetzung mit einem hilflosen Zorn erfüllte, den er seit vielen Jahren nicht mehr verspürt hatte. Mittlerweile hatte er sich längst daran gewöhnt, Frauen zu enttäuschen. Aber ihm war nicht ganz klar gewesen, wie viel ihm Isobels Meinung über ihn selbst bedeutete, und er hatte ihren verbalen Angriff nicht vorausgesehen. »Nicht zuletzt dich selbst, stimmt's? Und außerdem glaube ich, dass du das Leiden anderer Menschen als Vorwand nimmst, um dich gut zu fühlen.« Das war ziemlich gemein, das spürte er, aber ihre Äußerung hatte ihn ebenfalls verletzt.

»Ja, es kann eben nicht jeder in einer Luxuswohnung in Manhattan sitzen und in der Nase bohren.«

Sie starrten einander an. Vielleicht war es letztlich gut, dass es so lief, dachte er. Es war offensichtlich, dass er ihrem Bild und ihren Vorstellungen darüber, wie ein Mann zu sein hatte, nicht entsprach. Er warf einen Blick in Richtung ihres Schlafzimmers. Die Tür war geschlossen, und es kam ihm vor, als wären es zwei völlig andere Menschen gewesen, die sich noch vor Kurzem darin geliebt hatten.

»Dann viel Glück dabei, die Welt zu retten«, sagte er. »Du, die du ja darin offenbar die Beste von allen bist. Und viel Glück damit, deine Mutter stolz zu machen. Dafür lebst du doch, oder? Bislang hat es ja verdammt gut geklappt.«

Die letzten Worte waren ihm einfach so rausgerutscht. Isobels Augen begannen feucht zu werden, aber ihre Stimme war ruhig, als sie antwortete: »Es ist nicht so, dass ich nicht dankbar wäre. Dein Geld wird natürlich viel Gutes bewirken.«

»Mein Geld taugt zu etwas, aber ich nicht, soll ich das so deuten?« Er hätte nie gedacht, so verletzlich zu sein, hatte eher angenommen, immun gegen Kränkungen zu sein. Er hatte sich eingeredet, nur auf einen unkomplizierten Sommerflirt mit Isobel aus gewesen zu sein. Wann war eigentlich mehr daraus geworden, sodass sie nun an diesem Punkt angelangt waren? Er wusste, dass er sich Gedanken darüber machen müsste. Aber wie? Offenbar war nichts, was er tat, gut genug. Er kaufte Sauerstoffgeräte, trank weniger Alkohol, bewahrte Medpax vor dem Ruin. Und er war treu, was er zwar als selbstverständlich erachtete, aber offenbar war für die schlechte Meinung, die Isobel von ihm hatte, grenzenlos.

»Ich hatte eigentlich angenommen, dass du wüsstest, wie sehr ich Untreue hasse«, fuhr er fort. »Ich weiß nicht mehr, was ich noch glauben soll. Bitte. Wenn wir so weitermachen, werfen wir uns nur Dinge an den Kopf, die wir später bereuen.«

Er war dabei zu verlieren. Nichts half. Er musste beinahe loslachen. Er aß zum Teufel noch mal nicht einmal mehr Fleisch. Aber auch das half nichts. Es war wie ein verdammtes Déjà-vu – das Misstrauen und die Hoffnungslosigkeit in allem.

»Isobel, bitte«, sagte er, wobei ihm durchaus bewusst war, dass er kurz davor war, sich zu erniedrigen.

»Es ist besser, wenn du jetzt gehst«, sagte sie leise. Er schaute sie an, ihre schmalen Schultern, ihre schlanke Linie und der Blick, der seinem begegnete, so voller Schmerz und zugleich voller Überzeugung. Vielleicht hatte sie ja doch recht. Sie war ein guter Mensch, eine Frau, die mehr verdient hatte, als er ihr geben konnte. Und er selbst hatte inzwischen genug, konnte nicht länger das Gefühl ertragen, wertlos zu sein.

»Vielleicht hast du recht. Wenn du möchtest, dass ich gehe, dann gehe ich.«

Sie nickte.

Er blieb stehen und schaute sie lange an. Wartete darauf, dass sie ihre Meinung ändern würde.

Doch das tat sie nicht, sodass er sich schließlich umdrehte und in den Flur ging. Er öffnete die Wohnungstür, trat hinaus und schloss sie hinter sich und einem Leben, von dem er eigentlich die ganze Zeit über gewusst hatte, dass er es nicht bekommen würde.

57

Nachdem die Wohnungstür zugefallen war, blieb Isobel noch lange im Wohnzimmer stehen und starrte vor sich hin.

Das hier könnte der größte Fehler gewesen sein, den du je begangen hast.

Doch getan war getan. Das war auch gut so, und wenn sie es sich nur lange genug einredete, würde es sich vielleicht auch bewahrheiten.

Den restlichen Freitag verbrachte sie damit, jegliche Süßigkeiten und alles Fetthaltige, das sie in ihrer Küche auftreiben konnte, zu vertilgen. Während sie an ihrem Eierpunsch nippte (der streng genommen nur aus Zucker mit aufgeschlagenem Eigelb bestand, weil sie keinen Alkohol im Haus hatte), spulte sie ein ums andere Mal alles, was Alexander gesagt hatte, im Kopf ab. Es war wie ein extrem schlechter Film mit einem unbefriedigenden Ende und einer unsympathischen Heldin in der Hauptrolle. Sie konnte förmlich Leilas Stimme auf einer tadelnden Tonspur hören.

Du gehst viel zu hart mit den Leuten ins Gericht. Du glaubst, du bist etwas Besseres als alle anderen.

Sie schlief mit dem unangenehmen Gefühl ein, dass in ihrem Streit alle Äußerungen von Alexander richtig und ihre eigenen falsch gewesen waren.

Am Samstag war das Wetter grau in grau. Sie konnte sich nicht überwinden, rauszugehen, also putzte sie ihre Wohnung. Sie putzte gern. Staubsaugen, den Boden wischen und alles blank wienern. Den Papiermüll entsorgen und Ordnung schaffen, bis sich ein Gefühl der Kontrolle einstellte. Am Samstagabend ging sie hinunter in den 7-Eleven, ignorierte alle glücklich lachenden Menschen, kaufte sich eine Tüte voll loser Süßigkeiten und Kaffee zu Wucherpreisen und zog sich dann wieder auf ihr Sofa zurück, um an Alexander zu denken. Daran, wie lebendig sie sich mit ihm zusammen gefühlt hatte. Sie hatte nicht gedacht, dass es möglich war, mehr zu empfinden, als kurz vor dem Aufbruch zu einem Auslandsaufenthalt. Das Gefühl, zu hundert Prozent zu existieren. Aber so hatte sie es mit ihm zusammen erlebt, und jetzt hatte sie es zerstört. Zum wiederholten Mal.

Sie kaute auf einer Schaumzuckerbanane herum und genoss den künstlichen Geschmack, den sie eigentlich hätte abstoßend finden müssen, jedoch insgeheim liebte. Wenn sie ehrlich zu sich selbst war, und es war vielleicht endlich an der Zeit dafür, war es eine richtige Erlösung gewesen, jemanden in ihr Leben zu lassen. Sich einer Person mitzuteilen, wirklich gesehen zu werden. Alexander hatte sie in der Tat gesehen, hatte in ihr Innerstes geblickt. Es konnte unmöglich Einbildung gewesen sein. Trotz all dessen, was ihr so unbedacht herausgerutscht war, war ihr schon lange klar, dass er ganz und gar kein schlechter Mensch war. Im Gegenteil.

Er verkörpert alles, wonach du dich je gesehnt hast, Isobel, suggerierte ihr eine beharrliche innere Stimme.

Aber sie hatte ihn von sich gestoßen. Weil sie Angst bekommen hatte. Angst davor, was es beinhalten würde, einen Mann wie Alexander zu mögen, vielleicht sogar zu lieben. Sie blieb auf dem Sofa liegen, bis sie einschlief.

Der Sonntag begann damit, dass ihr Handy auf dem Wohnzimmertisch klingelte und vibrierte, bis es fast herunterfiel.

Isobel, die es gewohnt war, von einer Sekunde auf die nächste zu funktionieren, war unmittelbar hellwach und wusste, dass niemand an einem Sonntagmorgen um halb sechs bei ihr anrief, wenn es nicht um etwas Wichtiges ging. Leila, wie sie auf dem Display sah. Ihr Puls stieg, und ihr Gehirn lief bereits auf Hochtouren.

Was ist es denn diesmal?

»Isobel Sørensen.«

»Kannst du in den Tschad fliegen?« Leilas Anfrage war kurz und professionell. Mit einer Stimme, die man benutzte, wenn man alles Unwichtige ausblendete.

»Was ist denn passiert?«

Isobel war schon auf den Beinen.

»Idris ist krank. Sie haben keinen Arzt mehr vor Ort. Es geht wortwörtlich um Leben und Tod.«

»Was hat er denn?«

Isobel ging die Symptome, die Idris in letzter Zeit aufgewiesen hatte, im Kopf durch und ahnte es bereits, noch bevor Leila antwortete: »Hirnhautentzündung.«

Hol dich der Teufel, Idris, wenn du jetzt stirbst.

»Morgen geht ein Flieger. Wir haben den letzten günstigen Platz ergattert. Kannst du? Ich muss der Airline umgehend Bescheid geben, sonst halten sie ihn nicht frei.«

Sie hätte Zeit zum Nachdenken benötigt, wollte am liebsten erst mit Alexander sprechen, es ihm erklären, und wenn möglich alles wieder ins Lot bringen. Aber ihre eigenen Bedürfnisse waren im Vergleich zu denen des Kinderkrankenhauses im Augenblick zweitrangig. Ihr Ziel würde von jetzt an darin bestehen, das Chaos, das im Krankenhaus ausgebrochen war, einzudämmen, und zwar so bald wie möglich.

»Ich kann«, antwortete sie auf dem Weg zur Kommode in ihrem Schlafzimmer.

Reisepass. Zip-Beutel mit Hygieneprodukten. Impfpass. Im Geiste ging sie bereits die notwendigen Dinge durch, die sie mitnehmen müsste. Malariatabletten, Klebeband, Wasserdesinfektionstabletten. Schob alle anderen Gedanken beiseite.

»Ich ruf die Airline an«, sagte Leila und legte auf.

Am nächsten Morgen war der Expresszug nach Arlanda voll besetzt mit Reisenden, sodass Isobel die ganze Strecke bis zum Flughafen stehen musste. Sie stieg als Erste aus, wuchtete ihren abgewetzten Rucksack auf den Rücken und steuerte auf die Check-in-Tresen zu.

Alexander hatte natürlich nicht angerufen. Sie war gemein zu ihm gewesen und hatte ihn mehr oder weniger rausgeschmissen. Vielleicht hatte sie ihm diesmal Sachen an den Kopf geworfen, die er ihr nicht verzeihen wollte oder konnte. Unentschlossen fingerte sie an ihrem Handy herum, entschied sich jedoch für den feigen Weg und ging an Bord des Fliegers, ohne ihn anzurufen oder ihm eine SMS zu schicken.

Auf dem Atatürk-Flughafen in Istanbul verlief sie sich und war kurz davor, ihren Anschlussflug zu verpassen, und als sie mit mehreren Stunden Verspätung in N'Djamena landeten, war es bereits weit nach Mitternacht. Der Himmel war schwarz, als sie aus dem Flugzeug stieg, und die Sternenkonstellation anders als zu Hause in Schweden, die Eindrücke jedoch die üblichen: Es war heiß, staubig und extrem laut, trotz der späten Stunde.

Sie bekam ihren Rucksack und ging an bewaffneten Männern vorbei durch den Zoll. Vor dem Gebäude erwartete sie niemand. Sie zögerte, weil sie wusste, dass es gefährlich sein könnte, nicht abgeholt zu werden. Aber es war ebenfalls gefährlich, stehen zu bleiben, sodass sie ein ortsansässiges Taxi heranwinkte und ohne irgendwelche Zwischenfälle zu dem Hotel gelangte, das Leila in N'Djamena für sie gebucht hatte. Sie checkte bei der gähnenden Rezeptionistin ein und schaffte es gerade noch, sich die Schuhe auszuziehen, mit dem Klebeband ein Loch im Mückennetz zu flicken und die Bettwäsche auszuschütteln, bevor sie ins Bett sank.

»*Bonjour, Madame*«, begrüßte sie ein kleines Mädchen höflich, als Isobel am nächsten Morgen hinunterkam. Das Mädchen sah aus wie fünf, war aber bestimmt schon neun Jahre alt. Nirgends ließ sich ein Erwachsener blicken, und das Mädchen schien das einzige Personal im ganzen Hotel zu sein. Isobel bezahlte, und das Kind faltete die Scheine sorgfältig zusammen und legte sie in eine uralte Kasse. Isobel zögerte, doch als immer noch kein Erwachsener auftauchte, nahm sie ihren Rucksack und trat hinaus in den Staub, die Hitze und den dröhnenden Verkehr, der in N'Djamena herrschte. Sie hatte noch zwei der Wasserflaschen, die sie in Istanbul gekauft hatte, sowie einen Energieriegel im Rucksack, sodass sie beschloss, auf direktem Weg zum Krankenhaus zu fahren und keine Zeit zu verlieren, indem sie nach einer Gelegenheit zum Frühstücken suchte. Sie setzte ihren Rucksack auf, zog ihr Handy hervor und schaute aufs Display. Ihr Herz machte einen Sprung. Alexander hatte angerufen, während sie ausgecheckt hatte. Und gerade eben war eine SMS von ihm gekommen.

Alles ist so falsch gelaufen. Sorry.

Mit einem Mal fühlte sich das Leben wieder leichter an. Alexander hasste sie also nicht. Sie hatte sich blöd verhalten, aber er gab ihr eine neue Chance.

Sie antwortete rasch: *Tut mir leid. Hab viele dumme Sachen gesagt. Bin gelandet. Rufe heute Abend an.*

Ein hupendes Auto kam direkt auf sie zugefahren, und sie schaute auf. Ein Mann beugte sich durch die heruntergelassene Seitenscheibe heraus.

»*Bonjour docteur*«, begrüßte sie der Fahrer. »Wollen Sie zum Krankenhaus?«

Isobel nickte dem Mann zu, der, wie ihr jetzt einfiel, Ahmed hieß, und ab und zu von diversen anderen humanitären Organisationen angeheuert wurde, um Mitarbeiter zu befördern. Aber er hatte noch nie für Medpax gearbeitet.

»Sollte nicht Hugo mich abholen?«, fragte sie, denn es war ihr nicht ganz geheuer, den langen Weg zum Krankenhaus in Begleitung eines Mannes zurückzulegen, den sie nicht kannte. Als sie im Krankenhaus anrief, meldete sich niemand, und Leila konnte ihr auch keine näheren Informationen geben.

Ahmed zuckte mit den Schultern. Eine Geste, die alles Mögliche bedeuten konnte.

Hugo ist krank. Hugo ist verreist. Hugo ist tot.

»Können Sie mich stattdessen hinfahren?«, fragte Isobel. Sie hatte sich entschieden. Wollte nicht noch länger in N'Djamena ausharren, sondern endlich loskommen.

»Five Dollar?«

Er schüttelte den Kopf. *»Non madame, twenty.«*

Sie war es gewohnt zu handeln und hielt einen Zehn-Dollar-Schein hoch. *»That is all«*, sagte sie, und er ließ sich mit einem freudigen Grinsen darauf ein. Er beugte sich seitlich über den Beifahrersitz und öffnete ihr die Tür.

Isobel ging um den Wagen herum, stellte ihren Rucksack vor sich im Fußraum ab und sprang hinein. Sie schaute auf ihr Handy. Mal hatte sie Empfang und dann wieder nicht. Sie stellte aber fest, dass ihre Antwort an Alexander noch nicht abgeschickt worden war, sodass sie erneut auf »Senden« drückte, bevor Ahmed das Gaspedal durchtrat. Sie sah, wie ihre SMS gesendet wurde, während der Wagen mit seinem Klappern Ziegen und Hühner aufscheuchte.

Durch die Windschutzscheibe konnte sie anfänglich die Stadt mit ihrem Gewimmel von überladenen Fahrzeugen, Tieren und Menschen an sich vorbeiziehen sehen. Mitarbeiter von humanitären Hilfsorganisationen, chinesische Gastarbeiter und Militärs. Überall Kinder. An den Kreuzungen vereinzelte Bettler. Dann fuhren sie durch die rote Landschaft, in der Frauen mit Körben und Bündeln und noch mehr Kindern unterwegs waren. Es war bereits so heiß, dass ihr der Schweiß in Strömen am Körper hinunterlief. Sie trank abwechselnd von ihrem Wasser und griff nach ihrem Handy. Sie hörte das Surren einer weiteren SMS, die sie mit einem Lächeln las. Eigentlich absurd, dass sie voneinander hören konnten, obwohl sie sich auf unterschiedlichen Kontinenten befanden.

Gelandet?? Wo bist du denn?

Aus irgendeinem Grund hatte sie angenommen, dass Leila Alexander informiert hätte, doch als sie eine erklärende Nachricht schreiben wollte, ruckelte der Wagen so stark, dass es ihr nicht gelang, die richtigen Buchstaben zu treffen. Isobel stützte sich mit der Hand von innen am Wagendach ab und beschloss, es erneut zu versuchen, sobald sie das Krankenhaus erreicht hatten. Der Wagen holperte über zahlreiche Schlaglöcher. Ahmed ging vom Gas und deutete auf eine Erhebung auf der Straße in einiger Entfernung.

»Checkpoint«, erklärte er.

Sie sah es. Zuvor hatte sich nichts dergleichen dort befunden, was aber nicht unbedingt etwas zu bedeuten hatte. Straßensperren hatten ihre eigenen unvorhersehbaren Gesetze, aber sie stellten immer ein lästiges Hindernis dar.

Isobel wischte ihre verschwitzten Handflächen an den Hosenbeinen ab. Der größte Teil ihres Geldes lag gut versteckt im Rucksack, aber sie hatte immer einige Dollar in einem Portemonnaie für eventuelle Raubüberfälle.

Bitte, lass alles gut gehen, lass mich wenigstens bis zum Krankenhaus gelangen.

Die beiden Männer, die auf den Wagen zuschlenderten, waren jung und mit Maschinengewehren bewaffnet. Sie trugen Tücher um den Kopf gewickelt sowie Kakihosen und Turnschuhe. Als sie einen Blick in den Wagen warfen, versuchte Isobel zu beurteilen, ob sie Drogen genommen hatten, schlug dann jedoch rasch ihren Blick nieder. Bloß keine provozierenden Gesten.

»Wohin wollen Sie?«, brüllte der eine. Er trug ein rotes T-Shirt und hatte eine lange Narbe auf der Wange, die unter seinem Tuch verschwand. Die Narbe von einer Machete.

»Krankenhaus«, antwortete Ahmed. Er nickte in Isobels Richtung. »*Docteur*.«

Isobel spürte, wie die beiden sie anstarrten, doch sie blieb mit dem Blick nach unten gerichtet sitzen und gab sich so demütig, wie es nur ging, während ihr Herz raste, als wäre sie fünf Kilometer weit gerannt. Ihr Mund war trocken. Ein Vogel schrie auf, während der Soldat seine Hand in den Wagen hineinstreckte. Sie zwang sich, nicht zusammenzuzucken. Er schnappte sich ihre Wasserflasche. Trat dann einen Schritt zurück. Rief Ahmed etwas zu und winkte sie schließlich weiter.

Sie passierten. Als Isobel in den Seitenspiegel schaute, sah sie, wie der Mann, der ihr die Flasche gestohlen hatte, mit einem Handy am Ohr dastand. Sie wischte sich erneut die Hände an der Hose ab und sah, wie sie zitterten.

Ahmed gab Gas, und die Straßensperre mit den Soldaten verschwand hinter ihnen. Isobel lehnte ihren Kopf gegen die Nackenstütze, holte tief Luft und zwang sich dazu, sich zu entspannen. Sie betrachtete erneut die flache rote Landschaft, die an ihnen vorbeirauschte. Der Wagen schwankte und ruckelte, aber sie hatten es überstanden.

Sie lächelte Ahmed mit blassem Blick zu und verspürte noch immer die Nachwirkungen der Angst. Doch Ahmed starrte stur geradeaus, konzentriert aufs Fahren, wie sie annahm. Sein

Blick war absolut leer, während sie fuhren. Dann wurde der Wagen erneut langsamer.

»Was ist denn jetzt los?«, fragte sie auf Französisch, sah jedoch im nächsten Augenblick schon die Steine, Stöcke und Reifen, die die Straße blockierten. An dieser Stelle war der Weg extrem schmal, und es gab keine Möglichkeit, die Sperre zu umfahren. Sie fragte sich, wer sie wohl errichtet hatte. Ahmed hielt an. Ihre Ungeduld, möglichst bald das Krankenhaus zu erreichen, wuchs. Sie wollte diese zehrende Unruhe und Ungewissheit loswerden und endlich anfangen zu arbeiten. Dann sah sie von der anderen Seite der Sperre ein Fahrzeug auf sie zurasen.

»Wissen Sie, wer diese Leute sind?«, fragte sie, während das andere Fahrzeug eine Vollbremsung hinlegte und die Türen aufgerissen wurden. Mehrere Männer, sie zählte sechs, kamen auf ihren Wagen zugerannt.

»Wir müssen umdrehen!«, rief sie, doch Ahmed unternahm nichts. Hob nur die Hände, während die Männer den Wagen umringten.

Alles ging so schnell, dass Isobel gerade noch einen lauten Fluch ausstoßen konnte, als die Türen auch schon aufgerissen wurden. Sie riss ebenfalls ihre Hände hoch, um zu zeigen, dass sie unbewaffnet war. Groß gewachsene Männer mit Furcht erregenden Blicken schrien etwas in einem lokalen Dialekt, den sie nicht ganz verstand. Wie weit waren sie vom Krankenhaus entfernt? Eine Stunde? Eine Viertelstunde? Es spielte keine Rolle. Völlig unvermittelt wurde Isobels Arm mit eisernem Griff umschlossen, und sie meinte den Mann vage zu erkennen, der sie so brutal aus dem Wagen zerrte, dass sie sich den Kopf stieß. Ohne zu überlegen oder näher nachzudenken, zog sie ihren Arm zum Körper und versetzte ihm mit ihrer freien Hand einen festen Stoß. Sie konnte sich beinahe befreien und hatte sich mental schon darauf eingestellt, sich mit einem Sprung zu retten, doch dann traf sie ein Schlag auf den Brustkorb. Er tat unglaublich weh, und sie blieb daraufhin keuchend in dem schmerzhaften Griff hängen.

Eine Haube wurde ihr so fest über den Kopf gezogen, dass sie Stoff und Haare in den Mund bekam. Unter dem dicken Stoff bekam sie kaum Luft, sodass sie in Panik verfiel. Eine weitere Hand packte ihren anderen Oberarm, und sie wurde hochgezogen. Dann spürte sie noch weitere Hände, die ihren Körper begrapschten und an ihrer Kleidung rissen. Isobel begann, sich hysterisch zu wehren. Die Männer zerrten und zogen unbeeindruckt weiter an ihr herum, bis sie schließlich von ihr abließen. Sie begriff, dass der Grund dafür ihr Handy gewesen war, das sie ihr abgenommen hatten. Immerhin hatten sie nicht die Absicht gehabt, ihr die Kleider vom Leib zu reißen, um sie an Ort und Stelle zu vergewaltigen. Rufe und Schreie ertönten, die durch die Haube gedämpft wurden und nur schwer zu deuten waren. Dann legte eines der Fahrzeuge einen Kavalierstart hin, und jemand zerrte sie über die Straßensperre hinweg. Sie stieß mit dem Zeh irgendwo gegen, und danach wurde sie unsanft auf die Rückbank eines Autos befördert, das der Soldaten, wie sie vermutete. Ihr Mund und ihre Nase wurden auf die Unterlage gepresst, sie schlug mit dem Kopf gegen eine harte Oberfläche, während etwas Schweres auf ihrem Rücken landete, und dann startete der Wagen mit aufheulendem Motor.

Bruchstücke aus dem Sicherheitskurs zum Thema Geiselnahme schossen ihr im Kopf herum.

Du musst versuchen herauszubekommen, wohin sie dich bringen. Es kann dir das Leben retten.

Dann wurde ihr schwarz vor Augen.

58

Wir haben vor, mit ein paar Leuten in die Karibik zu fliegen. Lust, mitzukommen?

Alexander schaute auf die SMS, die keine zwei Sekunden nach der von Isobel gekommen war. Es hatte eine Zeit in seinem Leben gegeben, da hätte er sofort Ja gesagt und sich sofort ins Vergnügen gestürzt. Doch jetzt kam ihm der Vorschlag ziemlich uninteressant vor. Er musste feststellen, dass er sich verändert hatte, unmerklich, rasant und gegen seinen Willen. Es war ja nicht so, dass er sich bewusst dafür entschieden hatte. Im Gegenteil, er war noch immer unsicher, ob ihm diese Veränderung gefiel, die ihm bislang eigentlich hauptsächlich Leid zugefügt hatte. Er hatte sich an sein bisheriges Leben gewöhnt, sich eingeredet, dass er sich mit Sex ohne jegliche Verpflichtungen und kostspieligen Vergnügungen wohlfühlte, und er darüber hinaus nichts weiter benötigte. Irgendwann im Lauf seines erwachsenen Lebens hatte er aufgehört, zu glauben, dass Liebe ein Thema für ihn war. Vielleicht nicht gerade bewusst, aber dennoch bestimmt.

Anfänglich hatte er nicht einmal begriffen, was geschehen war. Was ihm widerfahren war. Es hatte ihn wie eine schleichende Krankheit befallen.

Aber es war eindeutig Liebe. Er liebte Isobel.

Diese Art von Gefühlen war ihm völlig neu. Ebenso diese Vielfalt an Empfindungen: Freude, Verzweiflung und Wut, die einander abwechselten.

Am liebsten hätte er mit Romeo darüber geredet. Ihn um Rat gebeten. Doch Romeo hatte jemanden getroffen. Er hatte sich verliebt und war im Augenblick kaum ansprechbar.

Alexander fuhr sich mit der Hand übers Gesicht. Von Isobel waren keine weiteren SMS gekommen. Wohin war sie nur gereist? Wo war sie gelandet?

Er scrollte sich durch ihren gemeinsamen SMS-Verlauf. Konnte verfolgen, wie sich ihre Beziehung vertieft hatte. Hätte eigentlich froh darüber sein müssen, verspürte jedoch eher einen unangenehmen Druck auf der Brust. Er wählte ihre Nummer. Wollte ihre Stimme hören, anstatt dazusitzen und auf eine SMS von ihr zu warten. Hoffte fast, dass sie trotz allem vorhatte, Schluss zu machen. Konnte das Gefühlschaos in seinem Inneren kaum aushalten. Das Freizeichen ertönte. Aber niemand meldete sich.

Er versuchte es erneut.

Probierte es den ganzen Tag lang.

Aber niemand ging ran. Es kamen auch keine weiteren SMS.

Nach einer Nacht voller unruhiger Träume rief Alexander bei Leila an, da ihm irgendwann weit nach Mitternacht eingefallen war, dass sie möglicherweise wissen könnte, wo Isobel abgeblieben war. Während das Freizeichen ertönte, zog er sich eine Jacke über und griff sich seine Schlüssel nebst Portemonnaie. Er hatte das Gefühl, in seiner Wohnung noch verrückt zu werden, und musste raus.

»Hier Leila«, meldete sie sich mit gestresster Stimme.

»Wo ist Isobel?«, fragte er, ohne sie zu begrüßen.

»Sie müsste eigentlich inzwischen in Massakory angekommen sein.«

Alexander hielt mit dem Schlüsselbund in der Luft inne.

»Im Tschad? Sie ist doch gerade erst dort gewesen. Sie haben sie doch zurückgeholt, weil es lebensgefährlich war.«

»Mittlerweile hat sich die Lage wieder beruhigt. Außerdem war es eine Notsituation. Idris ist krank geworden, sodass sie ohne Arzt dastanden, und sie hat selbst entschieden, hinzufliegen. Sie weiß, was sie tut. Ich hätte sie niemals hingeschickt, wenn es zu gefährlich gewesen wäre. Die Lage im Tschad ist momentan relativ stabil.«

»Haben Sie Kontakt zu ihr gehabt? Oder schon etwas von ihr gehört?«

Leila seufzte. »Nein, noch nicht.«

Alexander hörte, wie sie auf der Tastatur ihres Computers tippte. Sie hatte das Interesse an dem Gespräch verloren und konzentrierte sich stattdessen wieder auf ihre Arbeit am Bildschirm.

»Worum geht es denn, Alexander? Ich habe ziemlich viel zu tun.«

»Wer könnte denn mehr wissen?«, fragte Alexander irritiert und merkte, dass es ihm im Augenblick scheißegal war, wie viel Leila zu tun hatte.

»Worüber?«, fragte sie zurück, aber er hörte, dass sie mit ihren Gedanken woanders war.

Alexander hielt inne. Dann sprach er mit der Oberschichtstimme, die ihm angeboren und mit der er erzogen worden war, direkt ins Mikrofon seines Handys. Eine Stimme, der die Leute üblicherweise Folge leisteten.

»Hören Sie, Leila. Wer hat eine Ahnung davon, wo sich Isobel aufhält? Mit wem kann ich verdammt noch mal sprechen? Und zwar sofort.«

Zehn Minuten später hatte Alexander den Mann des Sicherheitsunternehmens am Apparat.

Doch das Gespräch endete umgehend in einer Sackgasse.

Nein, sie durften ihm keinerlei Informationen übermitteln. Nein, es gab keine Auskünfte über Kämpfe in N'Djamena oder Massakory. Und nein, sie hatten kein Interesse an seinen Ausführungen und nein, sie würden ihm auch zukünftig keine Informationen übermitteln können.

Alexander vernahm ein Klicken am anderen Ende der Leitung.

Er überlegte, während er seine Schritte in Richtung Innenstadt lenkte. Nach einer Weile rief er erneut bei Leila an.

»Sie haben das Sicherheitsunternehmen kontaktiert, wie ich erfahren habe«, sagte sie mit eisiger Stimme. »Die waren ziemlich sauer. Sie sollten jetzt wirklich aufhören, die Leute zu belästigen.«

»Was für Idioten. Es gibt doch bestimmt noch irgendeine andere Stelle, mit der ich sprechen kann.«

»Alexander, ich sage es mit dem größten Respekt. Aber lassen Sie es gut sein. Es ist nichts geschehen. Sie ist im Tschad. Sie muss arbeiten.« Leila schwieg eine Weile. Tippte wieder auf ihrer Tastatur herum. »Haben Sie schon mal daran gedacht, dass Isobel vielleicht gar nicht mit Ihnen reden möchte? Mir hat sie nämlich gesagt, dass zwischen Ihnen Schluss sei.«

»Kann schon sein«, antwortete er und legte auf. Er wollte keine Zeit vergeuden, indem er mit Leila diskutierte.

Hatte die Psychologin womöglich recht? Hatte er sich getäuscht? Es war durchaus möglich, denn wenn es um Isobel ging, konnte er nicht mehr klar denken.

Was zum Teufel sollte er jetzt tun?

Er war inzwischen auf dem Stureplan angelangt und blieb mitten auf dem Gehweg stehen, sodass die Leute gezwungen waren, ihm auszuweichen.

Alexander setzte sich auf eine Bank und blätterte die Kontaktliste in seinem Handy durch. Wie konnte ein einziger

Mensch nur so viele völlig unbrauchbare Kontakte gespeichert haben? Fotomodels, Bloggerinnen, Nachtclubkönige und Köche. Finanzleute, Schauspielerinnen und …

Finanzleute.

Er drückte eine Nummer. Wartete ungeduldig.

»David Hammar«, meldete sich sein Schwager mit kurz angebundener, professioneller Stimme.

»Hier ist Alexander de la Grip. Ich brauche Hilfe. Wo bist du gerade?«

»HC.«

Er stand auf. »Ich komme zu dir und erzähl dir alles Weitere auf dem Weg.«

Er ging rasch zurück zum Nybroplan, passierte die Bucht Nybrovik und steuerte Blasieholmen an, wo Hammar Capital in einem weiß gestrichenen Gebäude mit Aussicht über den Saltsjö residierte. Als Alexander mittels eines Summers in die Büroräume von HC hereingelassen wurde, wusste David bereits alles.

Auch wenn das nicht gerade viel war.

»Ich habe Tom Lexington eine SMS geschickt, während du mir die Lage geschildert hast«, begrüßte ihn David. »Er ist bereits auf dem Weg hierher.«

Aha, der Security-Typ. Das konnte bestimmt nicht schaden.

»Verdammt, ich weiß nicht, ob ich mir nicht alles nur einbilde«, sagte Alexander und verlieh seinen Zweifeln Ausdruck, während er auf die Frage nach Kaffee den Kopf schüttelte. »Vielleicht will sie einfach nur nicht mit mir sprechen.«

David schaute ihn an. »Im besten Fall ist es wohl so.«

»Mag sein.«

David betrachtete ihn eindringlich. Sein Blick war ernst.

»Wenn es um Natalia ginge, würde ich es genauso machen wie du. Falls dich das tröstet.«

»Sie sagten, dass Sie beide sich gestritten haben?«, fragte Tom Lexington eine Viertelstunde später.

Alexander begegnete Toms düsterem Blick. Konnte er darin Misstrauen lesen, oder war das nur Einbildung? Es kam ihm vor, als hätte er einen Sumpf betreten. Nirgends gab es einen sicheren Halt.

»Ja. Aber danach haben wir uns beide entschuldigt. Per SMS. Und sie hat geschrieben, dass sie mich anrufen würde.«

Es klang verdammt vage, das hörte er selbst.

»Und wann?«

»Sie wollte eigentlich gestern Abend anrufen.«

Er kam sich wie ein Idiot vor. David stand mit verschränkten Armen am Fenster und betrachtete abwechselnd Tom und ihn, ohne ein Wort zu sagen oder irgendwelche Gefühle zu zeigen.

»Ist sie eine Person, die hält, was sie verspricht?« Toms Stimme klang nach Kriegsgrollen und brutaler Gewalt, und aus irgendeinem Grund wirkte sie beruhigend auf ihn.

»Ja.«

»Kann es sich möglicherweise auch um ein Missverständnis gehandelt haben?«

Alexander nickte. Vielleicht war seine Reaktion wirklich übertrieben.

»Vermutlich ist gar nichts Schlimmes passiert«, sagte Tom. »Aber wenn doch, was könnte es in diesem Fall sein?«

»Das Wahrscheinlichste ist, dass sie in einen Autounfall verwickelt war. Das ist das größte Risiko in diesen Ländern. Dass sie im Krankenhaus liegt und sich nicht mitteilen kann.«

Alexander schluckte. Allein das klang in seinen Ohren schon schlimm genug.

»In diesem Zusammenhang müsste ich erfahren, was Sie eigentlich wollen«, sagte Tom. Er wechselte einen Blick mit David, den Alexander nicht deuten konnte.

»Ich will natürlich wissen, was passiert ist«, antwortete Alexander kurz angebunden. War das denn nicht selbstverständlich? Er fragte sich, ob dieser Hüne von einem Mann nicht vielleicht doch etwas schwer von Begriff war.

»Ich meinte, wofür Sie bereit sind, zu zahlen«, erklärte Tom.

Alexander schüttelte den Kopf, denn darüber brauchte er nicht einmal nachzudenken. Er fand, dass sie nur wertvolle Zeit vergeudeten, indem sie hier saßen und palaverten. »Ich will wissen, wo sie ist«, sagte er kühl. »Und ob ihr etwas zugestoßen ist. Ich bezahle, was immer es kostet. Geld ist das geringste Problem.«

»Geben Sie mir eine halbe Stunde.«

Tom verschwand in einen angrenzenden Raum und kam nach fünfzehn Minuten zurück.

»Ich habe einen Kollegen kontaktiert, der sich gerade in der Nähe aufhält. Er wird nach N'Djamena fahren und sich dort umhören.« Er schrieb seine Kontodaten und eine Summe auf einen Zettel und schob ihn Alexander hin. »Eröffnen Sie ein Konto bei der Western Union und überweisen Sie das Geld. Damit fangen wir an. Mein Kollege wird die Krankenhäuser und Krankenstationen checken, sobald er vor Ort ist. Oder besser gesagt, die Baracken und Pritschen, denn von Krankenzimmern kann in dieser Region ja keine Rede sein. Wissen Sie sicher, dass sie in N'Djamena ist?«

Alexander verdrängte die Vorstellung von einer verletzten Isobel, die bewusstlos auf irgendeiner schmutzigen Trage lag. Bilder von verunreinigten Spritzen und einheimischen Quacksalbern.

»Nein. Sie hat nur geschrieben, dass sie gelandet ist. Laut Auskunft von Medpax ist sie auf dem Atatürk-Flughafen in Istanbul zwischengelandet.«

Hatte er sich getäuscht, und Isobel war schon in Istanbul verschwunden? Und wenn ja, war das dann besser oder schlechter?

»Okay«, sagte Tom. »Dann warten wir.«

»Und worauf?«

»In erster Linie darauf, dass sie von sich hören lässt. Das ist immer noch das Wahrscheinlichste. Sie befindet sich schließlich in Afrika, wo alles Mögliche passiert sein kann: Handy gestohlen, Akku leer, schlechter Empfang. Wenn wir bis morgen früh nichts von ihr gehört haben, werden wir auf die Informationen zurückgreifen müssen, die mein Kollege bis dahin eingeholt hat.«

»Morgen früh? Aber was, wenn man sie gekidnappt hat? Sollten wir nicht etwas unternehmen?«

Alexander benötigte wohl kaum einen Experten, um tatenlos dazusitzen und abzuwarten. Er konnte nicht umhin, David einen fragenden Blick zuzuwerfen. Wusste Tom wirklich, was er tat?

»Falls – und ich sage, *falls* – sie gefangen genommen worden ist, werden wir sowieso erst mal mehrere Tage lang gar nichts hören«, meinte Tom ernst. »Das gehört zur Taktik der Geiselnehmer.«

»Wie bitte? Und warum nicht?«

»Weil es die schlimmstmögliche Strafe ist, die Angehörigen mit Warten zu zermürben«, erklärte Tom, und wäre Alexander sich nicht relativ sicher gewesen, dass Tom nicht wie Normalsterbliche empfand, hätte er schwören können, in einem verborgenen Winkel seiner düster dreinblickenden Augen Mitleid aufblitzen zu sehen.

David machte einen Schritt auf sie zu.

»Tom weiß, wovon er spricht.«

Alexander nickte. Es war offensichtlich, dass Tom ein Experte auf diesem Gebiet war.

»Können Sie ein Foto von ihr organisieren? Am besten in Schwarz-Weiß.«

»Ja.«

Alexander strich sich mit der Hand übers Gesicht. Fotos organisieren und Geld schicken. Das kam ihm so unzureichend vor.

Bis zum nächsten Morgen hatte er nicht ein einziges weiteres Wort von ihr gehört. Seit er begonnen hatte, sich ernsthafte Sorgen zu machen, waren zwar noch nicht einmal achtundvierzig Stunden vergangen, doch Alexander war bereits völlig ausgelaugt. Die Angehörigen zermürben, indem man sie warten ließ. Wie zum Teufel überlebte man so etwas?

Er rief erneut bei Leila an. »Haben Sie schon etwas gehört?«

»Nein. Sie müsste jetzt eigentlich im Krankenhaus sein. Aber seitdem Idris krank ist, ist es dort ziemlich chaotisch und schwierig, überhaupt jemanden zu erreichen. Ich kann Hugo, unser Faktotum, auch nicht erreichen. Er hätte sie eigentlich vom Flughafen abholen sollen. Aber es ist auch möglich, dass sie in Istanbul ihren Anschlussflug verpasst hat, dass das Flugzeug Verspätung hatte oder dass Hugo es schlicht und einfach vergessen hat. So etwas passiert mitunter, aber Isobel kennt das bereits. Sie kann mit unvorhersehbaren Ereignissen umgehen.«

»Hätte sie Ihrer Meinung nach denn nicht schon längst von sich hören lassen müssen?«

Leila zögerte. »Wir haben da unsere Regeln. Lassen Sie uns noch eine Weile abwarten und dann weitersehen«, sagte sie schließlich.

Alexander drückte sie weg. Wenn noch irgendjemand ihm nahelegte, abzuwarten und dann weiterzusehen, würde er irgendetwas zerschlagen.

»Mein Kollege Lutz befindet sich jetzt in N'Djamena. Er war gerade in der Nähe.«

Alexander rührte den Kaffee um, den er bestellt hatte, und fragte sich, was man in der »Nähe« von N'Djamena wohl tat, äußerte seine Überlegungen aber nicht laut.

Tom Lexington, der mit dem Rücken zur Wand dasaß und seinen Blick über die Gäste im Café schweifen ließ, sah aus wie ein Mann, der sich mit Menschen auskannte, die sich in den gefährlichsten Regionen der Welt aufhielten, und nur darauf wartete, den Auftrag zu erhalten, nach einer im Auslandseinsatz verschollenen Ärztin zu suchen.

»Lutz hat sich umgesehen. Nirgends eine verletzte weiße Frau. Er ist auch im Kinderkrankenhaus gewesen. Dort sagten sie, dass Isobel nicht angekommen sei. Darüber hinaus konnte er auch niemanden finden, der sie im Hotel gesehen hätte. Allerdings hat dort eine Frau eingecheckt, die sie gewesen sein könnte.«

Tom zeigte ihm ein Handyfoto von einer Unterschrift. Alexander nickte, als er Isobels Handschrift wiedererkannte. Also war sie in N'Djamena angekommen. Irgendwo in seinem Inneren hatte er gehofft, dass sie sich in Stockholm aufhielt und ihn nur ignoriert hatte. Aber sie war tatsächlich in N'Djamena gewesen, und jetzt war sie verschwunden.

»Ein ortsansässiger Mitarbeiter, Hugo, hätte sie abholen sollen«, fuhr Tom fort. »Er ist ihre Kontaktperson dort unten, aber er ist krank geworden. Er hat einen Heiler aufgesucht, der ihm etwas verabreicht hat, das ihn für mehrere Tage außer Gefecht setzte. Also, um es zusammenzufassen: Sie ist vom Flughafen ins Hotel gekommen, aber danach spurlos verschwunden. Wir werden jetzt ihre Handyaktivitäten checken. Haben Sie ihre Nummer?«

Alexander nannte sie ihm.

»Lutz wird sich an die dortigen Netzbetreiber wenden und versuchen, an Informationen zu gelangen. Dafür wird er aber einige Leute bestechen müssen.«

»Wie viel?«

»Schicken Sie tausend. Dollar.«

Tom stand auf. »Ich rufe an, sobald ich mehr weiß.«

»Danke.«

Während sich Tom auf den Weg machte, wies Alexander umgehend das Geld per Handy an. Zahlencodes eingeben, Geldsummen über den halben Erdball transferieren. Und dann warten, warten, warten. Er hatte das Gefühl, jeden Moment verrückt zu werden.

Am Abend rief Tom erneut an. »Wir haben ihr Handy draußen in der Wüste geortet«, sagte er ohne Gruß.

»Und was bedeutet das?«

»Ich glaube leider, wir müssen allmählich davon ausgehen, dass ihr etwas zugestoßen ist.«

»Und was?«

»Da kann ich nur spekulieren. Entweder hat jemand ihr Handy geklaut. Oder man hat sie gekidnappt. Jedenfalls befindet sich ihr Handy irgendwo in der Wüste. Genaueres wissen wir noch nicht. Aber weit weg vom Krankenhaus. Weit entfernt von der Stadt. Weit weg von allem.«

Alexander starrte aus dem Fenster. Es war ein ganz gewöhnlicher schwedischer Sommerabend. Die Leute spazierten am Wasser entlang. Hielten Händchen, aßen Eis. Was sollte er auf diese Auskunft entgegnen?

»Ich habe Zeit«, sagte Tom am anderen Ende der Leitung. »Wenn Sie wollen, kann ich runterfliegen und die Suche fortsetzen.«

»Ja«, antwortete Alexander spontan. Er wollte mehr als alles andere, dass Tom Lexington in den Tschad fliegen und nach Isobel suchen würde.

»Ich habe Geld«, fuhr Alexander fort. »Ich meine, ich habe wirklich genügend. Kaufen Sie ein Flugzeug und fliegen Sie runter. Augenblicklich.«

»Ich fliege ausschließlich regulär. Morgen geht der nächste Flug.«

Alexander schaute auf die Uhr, es war noch nicht einmal achtzehn Uhr. »Morgen? Können wir nicht sofort losfliegen?«

Tom schnaubte verächtlich. »*Wir* werden nirgendwo hinfliegen. Und *ich* muss erst packen.«

»Tom«, sagte Alexander säuerlich. »Wenn Sie glauben, dass ich vorhabe, in Stockholm zu bleiben, nachdem meine Freundin irgendwo in Afrika von Wüstenbewohnern verschleppt wurde und von ihnen festgehalten wird, haben Sie sich verdammt getäuscht. Ich fliege mit Ihnen. *Ich* werde die Tickets buchen. *Ich* werde für die Kosten aufkommen. Und *Sie* können mir eine Liste mit den Dingen mailen, die ich einpacken muss. Ich komme mit, ist das klar?«

Tom schwieg am anderen Ende der Leitung, und Alexander hielt die Luft an.

»Na wunderbar«, sagte Tom schließlich und legte auf.

Als sie am nächsten Tag spätabends in Istanbul zwischenlandeten, hatten Tom und Alexander keine zehn Worte miteinander gewechselt.

Am Flughafen von N'Djamena wurden sie von einem sonnengebräunten Mann mit kurz geschorenen Haaren empfangen, der sich ihm mit südafrikanischem Akzent als Lutz vorstellte. Er hatte etwas Gewalttätiges an sich, als wäre ihm der Tod ständig auf den Fersen. Alexanders Einschätzung nach hätte ebenso gut das Wort Legionär auf seiner Stirn eintätowiert sein können.

N'Djamena war mit keiner der Städte vergleichbar, die Alexander je zuvor gesehen hatte. Er war natürlich schon mal in Afrika gewesen, doch damals hatte er spannende Wanderungen durch die Wüste unternommen, waghalsige Surfabenteuer erlebt und sich auf den luxuriösesten Jachten der Welt herumgetrieben. Inklusive Drinks, Personal und schöner Frauen.

N'Djamena, das waren abgenutzte Asphaltstraßen, wild stierende Männer und ein völlig chaotisches Verkehrsgewimmel. Jeeps und klapprige Pick-ups, magere Kinder und weiß gekalkte Gebäude mit arabischen Schriftzeichen auf Neonschildern.

Sie folgten Lutz in ein Teehaus, wo sie süßen Tee serviert bekamen. Alexander schaute auf die Uhr. Er hatte einen Timer in seinem Handy installiert, der unerbittlich die Zeit zählte, die Isobel nun schon verschwunden war. Die Sekunden rauschten dahin wie Sand durch eine Eieruhr.

Lutz breitete eine Landkarte aus. Sie beugten sich alle drei darüber.

»Ihr Handy befindet sich irgendwo in diesem Gebiet«, erklärte Tom und beschrieb mit einem Finger einen Kreis über verblasste Linien und Ziffern. »Bis auf Weiteres gehen wir davon aus, dass sie sich ebenfalls dort befindet. Es könnte sein, dass man sie als Geisel genommen hat, weil sie Ärztin ist. Möglicherweise benötigt irgendein Stamm ihre Hilfe. In diesem Fall dürfte man sie relativ human behandeln.«

Lutz verzog den Mund.

»Wenn man sie allerdings gekidnappt hat, dürfte es um einiges brutaler zugehen. Sie mögen nämlich keine Weißen hier«, erklärte er mit einem verächtlichen Schnauben. »Sie glauben, dass alle Europäer Geld haben. Verdammtes Pack.«

Alexander begegnete seinen hellblauen Augen. Beschloss, dass er diesen südafrikanischen Killer verabscheute.

»Wir können damit beginnen, ein Team zusammenzustellen«, sagte Tom erklärend. »Ich habe im Hintergrund schon ein wenig die Fäden gezogen. Aber solange wir nicht wissen, wo genau sie sich befindet, können wir nichts tun. Noch immer keine Zeugen?«

Lutz schüttelte den Kopf.

»Aber Sie meinen, dass sie hier ist?«, fragte Alexander und deutete auf die Karte.

»Ja«, antwortete Tom.

»Können wir denn nicht einfach hinfahren und nach ihr suchen?«

Lutz lachte höhnisch auf, und Alexander wäre am liebsten aufgesprungen, hätte sich auf ihn gestürzt und ihm eine reingehauen, um all seine Wut und seinen Frust rauszulassen.

»Dieses Gebiet ist genauso groß wie Skåne«, erklärte Tom ruhig. »Im Augenblick können wir nichts anderes tun, als abzuwarten.«

Alexanders Handy klingelte. Leila. Er hätte sie am liebsten weggedrückt, denn das Ganze war verdammt noch mal ihr Fehler, doch er meldete sich: »Wissen Sie etwas?«

»Nein. Ich wollte Sie fragen, ob Sie etwas gehört haben. Allmählich mache ich mir nämlich Sorgen.«

Er drückte sie weg und schaute erneut auf den Timer. Wieder und wieder.

59

Zu den grundlegenden physiologischen Bedürfnissen des Menschen zählten Sauerstoff, Flüssigkeit, Schlaf und Essen. Ungefähr in dieser Reihenfolge. Sie waren elementar und überlebensnotwendig. Aber was kam danach? Isobel versuchte, sich daran zu erinnern. War es Geborgenheit? Liebe? Die psychologisch relevanten folgten auf die physiologischen, daran konnte sie sich definitiv erinnern. Gehörte Liebe überhaupt dazu, oder war sie eigentlich nur eine moderne Erfindung? Irgendjemand hatte einmal zu ihr gesagt, dass Liebe eine Erfindung der Neuzeit sei. Alexander, oder? Sie versuchte, sich an seine genaue Wortwahl zu erinnern, was ihr im Augenblick allerdings nur schlecht gelang. So schnell ging es also, dass man auf ein Wesen reduziert wurde, das ausschließlich daran dachte, seinen Durst zu löschen.

Sie befeuchtete sich mit der Zunge die Lippen, obwohl sie wusste, dass es sinnlos war. Wie viel Zeit war eigentlich vergangen, seit man sie aus dem Wagen gezerrt und gezwungen hatte, sich umzuziehen, ihr die Schuhe weggenommen und sie dann hier hineingestoßen hatte? Sie hatte sich fest vorgenommen, die Zeit im Blick zu behalten. Aber es war stockdunkel gewesen. Mindestens zwei Nächte mussten mittlerweile vergangen sein, denn sie hatte mindestens zwei längere Zeitspannen mit Zähneklappern verbracht, weil sie so gefroren hatte. Mittlerweile war es wieder Tag. Das wusste sie, weil es so heiß war, dass sie kaum noch klar denken konnte. Also waren mindestens zwei Nächte vergangen, aber es könnten auch mehr gewesen sein. Vielleicht sogar schon eine Woche? Isobel hatte keine Ahnung. Sie gaben ihr äußerst wenig zu essen, und ihre Haut hing bereits leicht schlaff herunter, ein Zeichen dafür, dass sie abgemagert war.

Also womöglich doch eine Woche.

So hätte das alles nicht ausgehen sollen. Niemals hätte sie alleingelassen mit ihren Gedanken und eingeschlossen in einer Lehmhütte hocken wollen.

Vielmehr hätte es glücklich enden sollen.

Eigentlich hätte sie zu der Einsicht darüber gelangen wollen, was sie für Alexander empfand. Sie hätte sich auf ihn einlassen sollen, um bis ans Ende ihrer Tage glücklich mit ihm zusammenzuleben.

Doch stattdessen würde sie vermutlich hier sterben.

Einsam.

Nicht einmal eine Decke hatten sie ihr gegeben. Die Hütte bestand bloß aus lehmigem Boden, Wänden und einem Dach. Und einem kleinen Fenster, das zugenagelt war. Sowie einem Eimer. Wenn nicht die Kälte oder ihr Durst sie dahinrafften, gab es immer noch die Mücken und Malaria. Oder die Möglichkeit, dass sie misshandelt wurde.

So viele Arten zu sterben.

Sie schämte sich dafür, wie viel Angst sie hatte.

Außerdem tat es ihr unendlich leid, Alexander nie gesagt zu haben, dass sie ihn liebte. Denn das tat sie.

Natürlich hätte sie froh und dankbar dafür sein müssen, dass sie überhaupt ein wenig Liebe hatte erleben dürfen. Doch stattdessen war sie sauer, weil alles so verdammt blöd gelaufen war.

Sie wusste, wer sie gefangen hielt.

Der Mann, dessen Kind gestorben war. Der Vater des kleinen Ahmed, er war einer von ihnen. Er hasste sie. Doch was die anderen von ihr wollten, wusste sie nicht genau.

Vielleicht war es ihr Schicksal. Ihr Großvater war in diesem Land gestorben, ermordet von Einheimischen. Es war vermessen zu glauben, dass man sie besser behandeln würde. Sie war eine Fremde, eine eingebildete Europäerin, und sie hatte das Kind eines Mannes getötet.

Die Männer hatten sie geschlagen, aber sie hatte keine ernsten Verletzungen davongetragen, jedenfalls noch nicht, soweit sie es beurteilen konnte. Sie untersuchte erneut ihren Körper. Keine gebrochenen Knochen, keine Schäden an den lebenswichtigen Organen, die Nieren arbeiteten, die Atmung funktionierte, ihr Herz schlug.

Sie hörte Stimmen. Spannte alle Muskeln an. Guter Gott.

Die Tür wurde geöffnet. Es war so dunkel in ihrem Gefängnis, dass ihr das Tageslicht in den Augen schmerzte.

Als sie sich ihr näherten, schluckte sie. Sie wollte keine Schwäche zeigen. Wollte sich würdig erweisen, zeigen, dass sie ihren Respekt verdient hatte. Und ihnen möglicherweise sogar von Nutzen sein konnte.

Doch Isobel war auch nur ein Mensch, und als sie sie endlich wieder in Ruhe ließen, weinte sie.

60

Gegen Abend verließen Alexander und Tom kurz ihr Hotel, um in N'Djamena essen zu gehen. Alexander hätte lieber im selben Hotel wie Isobel gewohnt, dort, wo sie zuletzt gesehen worden war, doch Tom hatte kurz angebunden etwas von Sicherheitsgründen und einem hohen Risiko geknurrt und schließlich ein anderes gewählt. Alexander, der nur eine begrenzte Menge an Auseinandersetzungen bewältigen konnte, hatte sich gefügt.

Lutz hatte Tom seine gesamte Dokumentation übergeben und war weitergereist. In den Irak oder nach Syrien oder auch in irgendein anderes anheimelndes Land, wie er vermutete.

Sie setzten sich in ein Restaurant und nahmen die Speisekarten entgegen. Überall lungerten Kinder herum, magere kleine Wesen, die um die Tische herumschlichen und die Gäste – reiche Tschader und Ausländer – mit wachsamen Blicken beobachteten. Sobald die Bedienungen oder das Wachpersonal wegschauten, kamen sie auf die Gäste zu und bettelten oder boten diverse Naturalien sowie ihre Dienste an.

Obst, Schuheputzen, Massage.

Ein kleiner verdreckter Junge näherte sich ihrem Tisch, wurde jedoch sofort weggejagt. Er warf Alexander einen flehenden Blick zu, verschwand aber, als der Kellner zu einem Schlag ausholte.

Sie bestellten etwas zu essen. Alexander nahm das Gericht, zu dem Tom ihm riet, ohne zu protestieren.

»Wäre keine gute Idee, sich jetzt den Magen zu verderben«, erklärte Tom kurz angebunden und befahl ihm, nur ungeöffnete Wasserflaschen anstelle von Karaffen zu bestellen. »Und nehmen Sie bloß keine Eiswürfel.«

Alexander trommelte ungeduldig mit den Fingern auf die Tischdecke. Er hatte nicht die Ruhe, in einem Restaurant zu sitzen und sich Vorträge über fremde Essgewohnheiten anzuhören. Er wollte etwas tun. Der verdreckte Junge schlich erneut auf sie zu. Er war schmächtig, und seine Kleidung hing ihm in Fetzen am Körper herunter. Er ließ Alexander nicht aus dem Blick.

»*Monsieur?*«, flüsterte er fragend auf Französisch.

Tom schüttelte warnend den Kopf, während er ein Stück vom Fladenbrot abriss, es sich in den Mund schob und kurzerhand vertilgte. »Geben Sie ihm nichts, sonst werden wir ihn nicht wieder los.«

Demonstrativ zog Alexander eine Münze aus der Tasche und gab sie dem Jungen. Tom verdrehte die Augen und griff nach seiner Bierflasche. »Selber schuld.«

Der Junge nahm die Münze entgegen, blieb jedoch am Tisch stehen. Er bewegte seine Lippen. Zog an Alexanders Hand. »*Le docteur*«, sagte er.

Alexander schaute den Jungen eingehender an. »Wie bitte?«

»*Monsieur*«, wiederholte er, während er sich mit ängstlichem Blick umschaute. Der Kellner näherte sich ihrem Tisch mit entschlossenen Schritten. »Sie suchen nach Doktor Isobel. Ich hab sie gesehen.«

Tom trank aus seiner Bierflasche und warf dem Kind einen dunklen Blick zu. Der Kellner war jetzt fast an ihrem Tisch angekommen.

Der Junge blieb mit einem trotzigen Gesichtsausdruck stehen. Immer wieder ließ er seinen Blick über das Essen schweifen, das vor ihnen stand. Wann hatte er wohl zuletzt etwas gegessen?

»Wie heißt du?«, fragte Alexander, während er dem Kind ein Stück von dem nach Knoblauch duftenden Brot reichte, das sie zu ihrem Eintopf serviert bekommen hatten. Entschieden bedeutete er dem Kellner zu gehen.

Der Junge nahm das Brot entgegen und ließ es in seiner Hosentasche verschwinden.

»Marius«, antwortete er fast tonlos.

Alexander richtete sich auf seinem Stuhl auf.

»Ich weiß, wer du bist. Du kennst sie, nicht wahr?«

Der Junge nickte. »*Oui*, aus dem Krankenhaus.«

»Ich weiß, wer dieser Junge ist«, sagte Alexander zu Tom. »Isobel hat mehrfach von ihm gesprochen.«

Tom wandte sich mit einem äußerst skeptischen Blick an Marius.

»Was hast du gesehen?«, fragte er ihn auf Französisch, während er das Kind eingehend betrachtete.

»Ich hab gesehen, wie sie *docteur* Isobel geholt haben. Da, wo die Straße ganz schmal ist. Mit einem Auto. Ich war dort, auf dem Weg zum Krankenhaus. Sie hat geschrien.«

Tom warf Alexander rasch einen Blick zu, und Alexander zwang sich mit äußerster Beherrschung, sitzen zu bleiben und den Mund zu halten. Es würde ihm auch nicht weiterhelfen, wenn er jetzt seiner Wut und Machtlosigkeit freien Lauf ließe. Tom schaute Marius erneut an, immer noch zweifelnd. Dieser Mann war vermutlich schon mit Misstrauen im Blick geboren worden.

»Weißt du, wer die Leute waren? Welchem Clan sie angehören?«

»*Oui, Monsieur*.« Marius deutete auf seine Wange. »Sie hatten bemalte Gesichter.«

»Tätowierungen?«

»*Oui, Monsieur.*«

»Okay«, entschied Tom. »Wir nehmen ihn mit ins Hotel und gucken, ob er uns den Ort auf der Karte zeigen kann.«

»Also. Wir haben einen Augenzeugen, der bestätigen kann, dass sie entführt worden ist«, sagte Tom, nachdem Marius ihnen auf der Landkarte gezeigt hatte, wo Isobel seiner Erinnerung nach aufgegriffen worden war. Sie unterhielten sich leise. Marius schlief mittlerweile auf einem Sofa in Alexanders verschlossenem Zimmer, da Tom den Jungen nicht gehen lassen wollte.

»Das heißt, falls wir uns wirklich auf den Knirps verlassen können. Wir können nicht ausschließen, dass ihn jemand geschickt hat, um uns bewusst falsche Informationen unterzujubeln.«

»Ist das wirklich wahrscheinlich?«

»Nein. Aber wir dürfen kein Risiko eingehen.«

»Und was machen wir jetzt mit ihm?«

Tom schüttelte den Kopf. »Ich kann ihn jetzt nicht einfach laufen lassen.«

»Sie meinen also, dass wir ihn kidnappen sollen?«

»Nennen Sie es, wie Sie wollen«, entgegnete er, ohne die Landkarte über den Tschad aus dem Blick zu lassen.

»Also. Wir wissen *höchstwahrscheinlich*, wo und von wem sie festgehalten wird. Allerdings wissen wir nicht, warum. Ob es um Geld geht oder politische Gründe hat. Oder beides. Jetzt müssten wir eigentlich nach Hause fliegen und die Polizei darüber informieren, dass eine schwedische Staatsbürgerin entführt worden ist, und dann alles Weitere den Bullen sowie dem Außenministerium überlassen. Aber ich vermute, dass Sie das nicht wollen.«

Alexander entgegnete nichts. Er würde den Tschad nicht ohne Isobel verlassen, so einfach war das.

»Wenn wir sie befreien wollen, wird es einiges kosten«, folgerte Tom. »Leute und auch Geld. Hinzukommt, dass wir uns nicht sicher sind. Wir haben nur das Wort eines Straßenkindes.«

»Marius scheint allerdings glaubwürdig zu sein.«

»Ja.«

»Was benötigen Sie ganz konkret?«

»Ich bräuchte einen Suchtrupp, den ich in diesem Kaff in der Wüste stationiere, das der Junge ausgemacht hat. Zur Bestätigung, dass sie sich auch tatsächlich dort befindet. Dann ein Befreiungskommando. Einen Späher und einen Scharfschützen sowie sechs Jungs, die sie befreien, also insgesamt acht Männer. Waffen. Zwei oder drei Fahrzeuge.« Tom runzelte konzentriert die Stirn. »Und höchstwahrscheinlich einen Hubschrauber für mich.«

»Können wir das von hier aus organisieren?«

»Organisieren können wir alles. Es dreht sich dabei nur um eines.«

»Geld?«

Tom nickte.

Alexander lachte freudlos. »Ich habe Geld. Tun Sie es.«

Tom drehte sein Handgelenk und warf einen Blick auf seine Armbanduhr.

»Dann lege ich los. Behalten Sie den Jungen im Blick.«

Tom verschwand, und Alexander blieb sitzen, während sich die Nacht über N'Djamena und das unnötig mondäne Hotel senkte.

»Ich habe rumtelefoniert«, sagte Tom, als sie sich am nächsten Tag zum Mittagessen trafen. Die Rufe des Muezzins hallten zwischen den Häusern. Alexander hatte unruhig geschlafen, während Marius zwölf Stunden am Stück auf dem Sofa geschlummert und danach alles gegessen hatte, was er bekommen konnte, um sich schließlich ohne Proteste mit der Fernbedienung vor den eingeschalteten Fernseher setzen zu lassen.

»Die Männer kommen aus verschiedenen Teilen Afrikas und sind mittlerweile auf dem Weg hierher. Sie haben sowohl Waffen und Fahrzeuge als auch die weitere Ausrüstung, die wir benötigen, bei sich.«

»Söldner?«

Tom zuckte mit den Achseln. »Sie sind zwar keine Samariter, aber sie tun, was zu tun ist, solange sie bezahlt werden. Und jetzt ziehen wir beide los und kaufen uns Taschen. Denn morgen gehen wir zur Bank und räumen ihr Konto bis auf den letzten Heller leer.«

»Und was geschieht jetzt?«, fragte Alexander, als sie am nächsten Tag aus dem Bankgebäude traten. Sie trugen jeder eine schwarze Ledertasche voller Bargeld bei sich. Zwei von Toms Söldnern, die am Morgen eingetroffen waren, begleiteten sie schweigend und mit verbissenen Mienen. »Es kann in diesem Land den sicheren Tod bedeuten, so viel Geld abzuheben, also benötigen wir Leibwächter«, wie Tom ihm lakonisch erklärt hatte.

»Wir legen los«, antwortete er jetzt.

Sie gingen raschen Schrittes zurück zum Hotel, wo sie die vollen Taschen in Toms Zimmer auf den Tisch stellten.

»Und was machen wir nun?«, fragte Alexander ungeduldig, während Tom die Gardinen zuzog und die Tür abschloss.

Alles ging so verdammt langsam voran.

Isobel war mittlerweile schon seit sechs Tagen und Nächten verschwunden, aber von ihren Geiselnehmern hatten sie noch kein Wort gehört. Lebte sie überhaupt noch? Könnte es sein, dass sie bereits gestorben war und er es nicht gespürt hatte? Er weigerte sich, das zu glauben, und klammerte sich stattdessen an das, was Tom kürzlich zu ihm gesagt hatte: Unabhängig davon, wie es ausgeht, ist sie für ihre Kidnapper bares Geld wert.

Tom schüttelte entschieden den Kopf, während er den Inhalt seiner Taschen auf den Tisch entleerte. Er breitete Münzen, elektronische Geräte und diverse Zettel aus und begann alles zu sortieren.

»Von jetzt an gibt es kein *Wir* mehr. Ich kann nicht mit einem Zivilisten zusammenarbeiten.«

Aha, so war es also.

»Okay«, sagte Alexander, verschränkte die Arme und lehnte sich mit der Schulter gegen die Wand, während Tom weiter seine Sachen sortierte, Landkarten zusammenfaltete und schließlich damit begann, seine Ausrüstung in eine Tasche zu packen.

»Ich muss eine FOB ausfindig machen. Irgendeinen Ort, an dem wir uns treffen können. Um die Waffen einzuschießen, zu trainieren, zu planen.«

Alexander nickte. Eine Forward Operating Base, das klang logisch. »Ausgezeichnet. Vielleicht irgendwo draußen in der Wüste?«, fragte er kollegial.

Tom blinzelte misstrauisch zu ihm rüber.

»Ich muss mich mit dem Hubschrauber vertraut machen. Wir müssen eine Strategie erarbeiten. Es kann verdammt hart werden.«

»Okay, klingt super.«

Tom zog den Reißverschluss seiner Tasche mit einem Ruck zu.

»Wir werden zwei, vielleicht sogar drei Tage draußen in der Wüste bleiben. Unter spartanischen Bedingungen. Wir schlafen unter den Fahrzeugen. Fressen Sand und trinken schmutziges Wasser. Müssen stundenlang ausharren.«

»Ich verstehe.«

Tom seufzte tief. Er zerquetschte ein Insekt an seinem Hals. »Sie wollen um jeden Preis mitkommen, oder?«

»Ja.«

»Sie sind verdammt noch mal eine Pest.«

»Nicht doch. Ich werde eine Bereicherung sein.«

»Kriegen Sie das hin? Zu wissen, dass sie leidet, während wir trainieren und planen müssen? Dass die Männer sie womöglich foltern und das Ganze mutmaßlich so endet, dass wir nur noch ihre Leiche bergen können? Und Sie gezwungen sind, die sterblichen Überreste einer vergewaltigten Frau zu identifizieren?«

Alexander wusste, dass Toms Wortwahl bewusst brutal war. Er wappnete sich innerlich. Versuchte nicht näher darüber nachzudenken.

»Ich kriege das hin«, antwortete er knapp.

»Sie waren Fallschirmjäger?«

»Ja, bei einer Elitetruppe.«

»Dann können Sie mit dem Suchtrupp losziehen. Wir besorgen Ihnen eine Waffe.«

»Okay. Und was machen wir mit Marius?«

»Er bleibt bei uns, bis der Auftrag zu Ende ausgeführt ist. Punkt. Schluss. Ich traue niemandem, das ist die einzige Möglichkeit, um hier draußen zu überleben. Der Kleine kommt mit, und ich werde ihn im Blick behalten, bis es zu spät ist, um irgendwelche Gegner warnen zu können, erst dann kann er wieder gehen. Er ist schließlich ein Straßenkind und wird schon zurechtkommen. Ich werde jetzt die Männer in Empfang nehmen. Sie müssten jeden Moment eintreffen. Lebt Isobels Mutter eigentlich noch?«

»Ja.«

»Wie lautet ihr Mädchenname?«

»Blanche Pelletier.«

»Französin?«

»Ja.«

»Und übrigens.« Tom bedachte ihn mit einem seiner düsteren Blicke.

»Ja?«

»Gehen Sie doch endlich mal an Ihr verdammtes Handy«, schnaubte er und zog die Tür hinter sich zu.

Alexander hatte nicht mal gehört, dass es geklingelt hatte, und sah, dass er drei verpasste Anrufe von Leila, David und Natalia erhalten hatte.

Er rief zuerst Leila zurück, aber sie wusste noch weniger als er selbst. Sobald er aufgelegt hatte, klingelte es erneut. David Hammar.

»Deine Schwester macht sich Sorgen«, sagte David kurz angebunden, nachdem er sich gemeldet hatte, und kurz darauf hatte Alexander Natalia in der Leitung.

»David verheimlicht mir etwas, was mich vermuten lässt, dass du in Schwierigkeiten steckst. Willst du hören, wie sehr ich es hasse, wie ein Dummchen behandelt zu werden?«

»Sorry. Aber es sieht ziemlich übel aus. Isobel ist verschwunden.«

»Bist du tatsächlich in Afrika? Zusammen mit Tom Lexington?«

»Ja«, antwortete er und wusste, dass seine Schwester zu intelligent war, um nicht zu begreifen, wie übel das Ganze enden könnte. »Natalia?« Er schluckte. »Falls … Falls es für mich nicht so gut laufen sollte, aber Isobel es überlebt. Könntest du ihr dann ausrichten … Du weißt schon.«

»Alexander, das musst du ihr schon selbst sagen.«

»Aber man hat sie verdammt noch mal gekidnappt.«

Doch Natalia kannte ihn zu gut, um sich von irgendwelchen Ausflüchten ablenken zu lassen. »Ich habe es schon gehört. Du musst deine Worte aufschreiben. Du kannst doch nicht einfach irgendwohin fahren, wo du womöglich stirbst, und ihr nicht mit eigenen Worten mitteilen, was du für sie empfindest. Das verstehst du doch, oder?«

»Ich habe nicht vor zu sterben.«

»Niemand hat vor zu sterben.«

»Du kennst doch meinen Freund Romeo Rozzi, oder? Wenn ich dir seine Nummer simse, kannst du ihn dann anrufen und es ihm sagen?«

»Selbstverständlich. Peter ist auch hier. Warte.«

Bevor Alexander entgegnen konnte, dass er auf keinen Fall mit Peter sprechen wollte, hatte er seinen Bruder auch schon in der Leitung.

»Ich habe es gerade gehört. Wie geht es dir?«

Das Letzte, was Alexander erwartet hätte, war die Tatsache, dass es ihm dermaßen guttun würde, Peters Stimme zu hören. Seinen großen Bruder. Er sah seine Geschwister und David vor seinem inneren Auge, wie sie sich gemeinsam Sorgen um ihn machten. Das war höchstwahrscheinlich die größte Ironie des Schicksals, die er bislang erlebt hatte. Zu spüren, wie viel sie ihm bedeuteten, jetzt, wo er vor der größten Herausforderung seines Lebens stand. Allerdings war er sich relativ sicher, dass er überleben würde. Darüber machte er sich keine Sorgen, und er ahnte, dass seine Geschwister am anderen Ende der Leitung es wussten.

»Ganz okay«, antwortete er.

Abgesehen davon, dass ich bald in die Wüste hinausmuss, um zu kämpfen, und die einzige Frau, die ich je geliebt habe, möglicherweise bereits verloren habe.

»Gibt es etwas, das ich tun kann?«

»Wir werden irgendwann das Land verlassen müssen. Eine Maschine mit medizinischer Ausrüstung wäre gut.«

»Ich kümmere mich darum, darauf hast du mein Wort.«

Alexander wusste ohne den geringsten Anflug von Zweifel, dass Peter halten würde, was er versprach. »Ich schicke dir eine SMS mit allen Einzelheiten.«

»Ich besorge alles«, sagte Peter und verstummte. »Ich liebe dich«, sagte er schließlich. Seine Worte waren abgehackt und klangen aus seinem Mund merkwürdig. »Ich möchte, dass du es weißt. Dass ich es wirklich tue.«

Alexanders Kehle schnürte sich zusammen.

Wenn es ihm gelingen würde, sich nicht allzu dumm anzustellen, würden Tom und seine Leute ihn decken. Es war nicht die Angst um sein eigenes Leben, die ihn fast vergehen ließ. Das war es nicht, was dieses Telefonat wie einen Abschied auf ihn wirken ließ. Hingegen wusste er: Das Risiko, diesen Auftrag nicht erfolgreich ausführen zu können, war extrem hoch.

Und wenn Isobel hier unten sterben würde … Wenn er sie verlieren würde …

»Ich muss jetzt auflegen«, sagte er und beendete das Telefonat, da er die Fürsorge seiner Geschwister nicht länger ertragen konnte. Er rang zittrig nach Luft. Fuhr sich mit der Hand übers Gesicht. Spürte Sand, Schweiß und Bartstoppeln.

Wenn Isobel sterben würde. Dann würde er nicht mehr nach Hause zurückkehren, so einfach war das.

»Alexander?« Toms durchdringende Stimme ertönte von der anderen Seite der Tür. Wie lange hatte er schon da gestanden und geklopft?

Alexander öffnete die Tür und begegnete Toms eindringlichem Blick. Er sammelte sich. Er würde nicht sterben, und er würde auch nicht zusammenbrechen. Er würde einen Brief an Isobel schreiben, Natalia Romeos Nummer schicken und Peter eine SMS mit einer Liste der Dinge senden, die er besorgen sollte. Er hatte einen Plan. »Ich bin okay. Was machen wir jetzt?«

Tom verzog den Mund zu einer Grimasse. Alexander nahm an, dass sie einem Lächeln von Tom Lexington am nächsten kam.

»Jetzt fahren wir raus in die Hölle.«

61

Heute hatten sie sie heftiger geschlagen als sonst. Das Atmen tat ihr weh, was nicht gut war. Sie war froh, dass sie ihr dabei nicht die Rippen gebrochen hatten. Einen Pneumothorax wollte sie tunlichst vermeiden.

Sie hatten sie auch angeschrien. Übel beschimpft. Isobel wünschte, sie könnte behaupten, mutig und beherrscht aufgetreten zu sein, aber es hatte nicht funktioniert.

Das letzte Mal, als sie gefangen genommen worden war, hatte es weniger als zwölf Stunden gedauert. Wie lange hatte sie jetzt schon hier gesessen? Sie besaß kein Zeitgefühl mehr und verlor allmählich die Kontrolle über sich selbst. Die Männer bestimmten über ihren Körper und ihre Freiheit, aber Isobel war kurz davor, ebenfalls die Kontrolle über ihre Gedanken zu verlieren. Der Durst ließ sie wider besseres Wissen handeln. Als sie ihr einen Becher mit unreinem Wasser gaben, hatte sie ihn ausgetrunken, obwohl sie wusste, dass es möglicherweise Bakterien enthielt, die sie schneller als jede Folter erledigen konnten.

Was geschah eigentlich draußen in der Welt? Hatten die Männer Lösegeld gefordert? Warum hatte man ausgerechnet sie als Geisel genommen? War es wegen des Geldes? Dann würden sie sie am Leben erhalten. Oder? War es eine Racheaktion wegen des Kindes, das gestorben war? Dann würden sie sie womöglich töten, um ein Exempel zu statuieren. Ihre Hinrichtung filmen und sie auf YouTube hochladen. Es war völlig sinnlos, sich darüber Gedanken zu machen und sich Fragen dieser Art zu stellen, und sie versuchte, sich aus dieser destruktiven Spirale zu befreien. Sie hatte beschlossen, sich die Namen der Männer zu merken, indem sie sie im Stillen wiederholte: Namen, besondere Kennzeichen, Alter und Eigenheiten.

Aber vielleicht wusste wirklich niemand, dass sie hier war. Oder? Warum dauerte es so lange? Medpax würde doch wohl Lösegeld für sie bezahlen? Oder auch Alexander? Er hatte schließlich Geld und würde Medpax wenn nötig bestimmt ein Darlehen gewähren. Oder war er nach ihren Anschuldigungen längst wieder nach New York zurückgekehrt? Hatten womöglich ihre ausgebliebenen SMS bewirkt, dass er kein Interesse mehr an ihr hatte? Vielleicht war er ja gerade in einem der Clubs in New York unterwegs und knutschte mit irgendwelchen Glamourgirls, die er auf Drinks einlud, und hatte die streitlustige, anstrengende Ärztin mit ihren nervigen Vertrauensproblemen längst vergessen.

Hör jetzt auf. Ergeh dich nicht in diesem ewigen Wiederkäuen.

Halt durch, Isobel. Erweise dich als würdig und sei höflich.

Zeig ihnen, dass du etwas wert bist.

Sie setzte sich in den Schneidersitz, fuhr sich mit den Händen übers Gesicht und strich ihre Haare glatt. Dann zwang sie sich, methodisch die Fachliteratur aus ihrem Studium im Kopf durchzugehen. Erstes Semester – der gesunde Mensch. Danach würde sie alles wiederholen, was sie im Sicherheitskurs zum Thema Geiselnahme gehört hatte. Und dann würde sie versuchen, eine Art körperliches Training in Angriff zu nehmen, falls es nicht zu stark wehtat. Jedenfalls vielleicht. Isobel musste beinahe lächeln. Nicht einmal in Gefangenschaft hatte sie Lust auf Sport.

Plötzlich wurde die Tür aufgerissen. Ohne jegliche Vorwarnung.

Sie musste den Kopf wegdrehen und die Augen schließen.

Das grelle Licht schmerzte zu sehr. Der Mann, der die Tür geöffnet hatte, schrie sie an, doch es fiel ihr schwer, seinen Dialekt zu verstehen. Er kam auf sie zu und zog sie an den Haaren hoch, bis ihre Augen tränten.

Sätze und Bruchstücke aus dem Sicherheitskurs dröhnten in ihrem Kopf. *Wenn sie anfangen, dich mies zu behandeln, ist es ein schlechtes Zeichen, dann haben sie vor, dich zu töten.* Aber sie schlugen sie und drohten ihr andauernd und ließen sie schon die ganze Zeit hungern. Woran sollte sie also festmachen, dass sich die Behandlung verschlechtert hatte?

Versuch, sie dazu zu bringen, dass sie dich als Menschen sehen. Hysterie drohte, sie zu übermannen. Es war eher schwierig, sich darum zu bemühen, als Mensch gesehen zu werden, wenn einer der Männer ihr die Augen verband, während ein anderer ihr kaltes Metall gegen die Schläfe presste und dabei etwas schrie, das in etwa klang wie: »Du wirst jetzt sterben.«

62

Alexander und der Scharfschütze, der gemeinsam mit den restlichen Männern aus Toms Team angekommen war, stellten den dunkelgrünen Landrover an der zuvor ausgemachten Stelle in der Wüste ab. Der Scharfschütze nannte sich Kill Bill, war höchstens zweiundzwanzig Jahre alt und hatte weißblondes Haar. Kill Bill war ziemlich schweigsam, doch Tom hatte gemeint, dass er einer der zehn weltbesten Schützen war, sodass Alexander alles andere egal war.

Nachdem sie den Wagen zurückgelassen hatten, krochen sie im Schutz der Nacht die letzten fünfhundert Meter auf die Sanddünen zu, von denen aus sie ihre Observation des Wüstendorfes in Angriff nehmen würden.

Wenn sie Isobel irgendwo erblicken sollten, würden Tom und der Rest des Teams innerhalb der nächsten achtundvierzig Stunden ihre Offensive starten. Das war das Minimum an Zeit, das sie benötigten, um einen Angriff zu trainieren und zu koordinieren.

Alexander und Kill Bill legten sich bäuchlings hinter die Kuppe einer Sanddüne. Sie zogen das Tarnzelt über ihre Körper, griffen sich ihre leistungsstarken Nachtsichtgeräte, lokalisierten das Dorf und begannen zu warten. Während die eisige Wüstennacht in eine orangefarbene Morgendämmerung überging, rapportierte Alexander das Wenige, was er sah, über sein Headset an Tom.

Als die Sonne aufging, kam langsam Bewegung in die Vorplätze der Hütten. Hunde erwachten, aus einer der Hütten stieg Rauch auf, und die Bewohner kamen heraus. Alexander zählte sie. Ein ums andere Mal. Frauen. Kinder. Junge Männer. Alte Leute.

Tom befand sich mit seinem Team aus den übrigen Söldnern auf einem Stützpunkt zwanzig Kilometer entfernt. Sie nahmen alle Informationen entgegen, und Alexander ging davon aus, dass sie während ihres Wartens diverse Modelle in den Wüstensand ritzten und verschiedene Szenarien durchspielten. In dieser Hinsicht war es wie beim Poker, dachte er. Je mehr man über seinen Gegner wusste, desto besser.

»Aber wir können kein Dorf angreifen, von dem wir nicht mit Sicherheit wissen, dass sie auch dort gefangen gehalten wird«, bemerkte Tom düster.

Alexander pflichtete ihm bei, wenn auch widerwillig.

»Wie geht's Marius?«

»Dem Jungen? Ihm fehlt es an nichts.«

Alexander hätte Tom gern noch mehr Fragen gestellt, doch Tom war schon wieder verschwunden. Stattdessen nahm er also die Zigarette entgegen, die Kill Bill aus der Schachtel gezogen hatte und ihm reichte, zündete sie an und blies den Rauch aus.

Der Tag verging, während die Sonne vom Himmel brannte und die Insekten auf ihnen herumkrochen. Sie tranken lauwarmes Wasser, das zwar nach Chemikalien schmeckte, aber zumindest den Sand von den Zähnen spülte.

Alexander hörte sich die Kommunikation an, die er über seine Ohrhörer mitbekam. Sie wurde in einem stark gebrochenen Kommandoenglisch geführt, das aus kurzen, abgehackten Phrasen bestand und mit vereinzelten französischen Einsprengseln versehen war.

Plötzlich wurden zwei einheimische Soldaten in kakifarbener Montur mit Maschinengewehren vor seinem Feldstecher sichtbar. Sie steuerten auf die Hütte zu, die am weitesten von ihrem Beobachtungsposten entfernt lag. Alexander folgte den Männern durch sein Fernglas. Sie öffneten die Tür und wurden von der niedrigen Lehmhütte verschluckt. Er wartete. Es war das erste Mal, dass überhaupt irgendeine Aktivität vor dieser Hütte stattfand. Die Tür wurde erneut geöffnet, und die beiden Männer kamen wieder heraus. Zwischen ihnen befand sich jetzt eine Person.

»Ist sie das?«, fragte Kill Bill, der mit seinem Zielfernrohr einen anderen Winkel abdeckte. Alexander hätte ihn am liebsten aufgefordert, sein Scharfschützengewehr abzulegen, um nicht zu riskieren, dass Isobel in sein Fadenkreuz geriet, doch im selben Moment erblickte er sie. Ihr rotes Haar. Sie trug wie die meisten Dorfbewohner einen langen Kaftan, der unsäglich schmutzig war. Sie hing zwischen den Männern, wobei ihre Füße über den Boden schleiften.

»Ja, das ist sie«, bestätigte er. »Lebt sie noch?« Dann sah er, wie sie hustete und sich aufrichtete. Einer der Männer schüttelte sie unsanft, und dann verschwanden alle drei in einer anderen Hütte. Mit verbissener Miene rapportierte Alexander das Geschehen über sein Headset.

»Frau gesichtet. Wird vermutlich in der nördlichsten Hütte gefangen gehalten.«

Zehn Minuten später kamen die Männer mit Isobel zwischen sich wieder heraus. Sie öffneten die Tür der hinteren Hütte, gingen hinein und kamen ohne sie wieder heraus.

Den restlichen Tag über starrte Alexander auf die Hütte, in der sich Isobel befand. Niemand kam oder ging. Hatte sie etwas zu essen? Wasser? Er hatte gewusst, dass es schwer werden würde, aber das hier war nicht nur schwer, es war schier unerträglich. Lag sie in diesem Moment da drinnen womöglich gerade im Sterben?

»Du solltest ein paar Stunden schlafen«, meinte der Sniper unberührt.

Alexander nickte.

»Wie läuft's?«, hörte er Toms Stimme über Funk.

»Nichts Neues«, antwortete er, während er seinen Frust zu unterdrücken versuchte. Er musste Tom vertrauen. Er wusste, dass sie nur diese eine Chance hatten, die sie unbedingt nutzen mussten. Doch dieses Warten war das Schlimmste, was er je erlebt hatte. Er hatte nicht gewusst, dass es möglich war, eine so starke innere Unruhe zu empfinden.

»Wir benötigen noch einen weiteren Tag hier draußen«, sagte Tom. »Sie müssen sich gedulden. Essen. Schlafen. Wenn wir loslegen, werden Kill Bill und Sie unsere Adleraugen da oben sein. Wir werden in der Nacht zuschlagen. Bill wird uns wenn nötig Feuerschutz geben. Und Sie müssen uns leiten. Ich muss sichergehen können, dass Sie das schaffen.«

»Ich schaffe das.«

Während seines Militärdienstes hatte er es ein ums andere Mal praktiziert. Tagelang unter extremsten Bedingungen irgendwo im Gelände gelegen und Observation betrieben. Damals war es für ihn ein Abenteuer gewesen, eine Gelegenheit, mittels gelungener Manöver sein Selbstwertgefühl zu steigern. Aber jetzt ging es plötzlich um Leben und Tod.

Als Alexander aufwachte, war es Nacht. Der Sniper wartete, bis Alexander mit seinem Fernglas bereit war, zog sich dann seine Kapuze über den Kopf und schlief sofort ein.

»Wir stürmen das Dorf bei absoluter Dunkelheit.« Toms Stimme im Headset war seelenruhig, als läse er gerade irgendeine Gebrauchsanweisung vor. »Mit Nachtsichtgeräten. Nächtliche Kämpfe, noch dazu in bewohntem Gebiet, sind verdammt tricky, und wir müssen mit zivilen Verlusten rechnen. Es ist nicht so wie im Film, mit Explosionen und Leuten, die sich aus dem Hubschrauber abseilen. Wir stürmen die Hütte, eröffnen massives Feuer und holen sie raus. Wenn es planmäßig läuft, ist sie in weniger als einer Minute draußen. Dann ab in den Hubschrauber und nichts wie weg.«

Toms Stimme klang hellwach. Schlief er denn nie?

»Und läuft es normalerweise planmäßig?«

In seinem Headset begann es zu rauschen.

»Eigentlich nie. Es gibt keine Gebrauchsanweisungen für die Befreiung von Geiseln. Aber wir haben einen Back-up-Plan, zwei wartende Fahrzeuge und eine einsatzbereite Trage. Alle wissen, was sie zu tun haben. Dafür haben wir hart trainiert.«

»Wie werden Sie die Hütte stürmen?«

»Da Sie keine Hinweise darauf gefunden haben, dass es sich um vermintes Gelände handelt, werden wir durch die Tür reingehen. Allerdings müssen wir noch wissen, wie viel sie wiegt.«

Alexander musste an Isobels weiche Kurven denken. Für eine Frau war sie recht groß, aber sie hatte ziemlich mager ausgesehen. »Fünfundsiebzig, vielleicht auch nur siebzig Kilo, wieso?«

»Wir halten eine Injektion bereit. Möglicherweise müssen wir ihr ein Schmerzmittel verabreichen, aber wir wollen sie nicht mit einer Überdosis Morphin umbringen. Morgen Nacht legen wir los. In weniger als zwanzig Stunden.«

Die Verbindung brach ab. Alexander zog sein Handy hervor. Schielte auf den Timer, der mitrechnete, wie lange Isobel sich mittlerweile schon in der Gewalt ihrer Entführer befand. Er näherte sich mit großen Schritten der Zweihundert-Stunden-Marke.

63

Im Schutz der Wüstennacht bewegten sich die sechs Soldaten vorwärts. Alexander folgte ihnen mit dem Fernglas. Alle trugen Zielfernrohre mit Nachtsichtfunktion vor den Augen sowie schusssichere Westen, und sie waren schwer bewaffnet mit Maschinengewehren und Pistolen in Holstern auf Hüfthöhe. Sie kamen nur langsam voran, da die Nachtsichtfunktion alles grün erscheinen ließ, das räumliche Sehen verschlechterte und sie dadurch zur Vorsicht zwang. Er wusste, dass sie sich völlig lautlos bewegten, denn jegliche bewegliche Ausrüstung an ihrem Körper war festgetapt. Alle waren Experten darin, sich unbemerkt heranzupirschen, Geiseln zu befreien und, wenn nötig, auch zu töten.

»*T minus ten*«, hörte er über die Funkverbindung. Jetzt müsste der Hubschrauber startklar und mit laufendem Motor draußen auf dem Stützpunkt stehen. Die Fahrzeuge hatten sie bereits weggefahren und fünfhundert Meter entfernt vom Dorf in einem Versteck geparkt.

Alexander und sein Scharfschütze leiteten die sich nähernden Soldaten mit leiser Stimme über ihre Funkverbindung. Von ihren erhöhten Posten auf der Sanddüne aus erteilten sie ihre Order: stopp, stehen bleiben, weitergehen.

Als die Truppe nur noch einhundert Meter vom Dorf entfernt war, sah Alexander, wie einer der Soldaten eine Trage ablegte. Für den Fall, dass Isobel verletzt sein sollte, würden sie sie darauf abtransportieren.

»T minus five.«

Er kannte den Plan in- und auswendig, Minute für Minute. Jetzt würde Tom die Drehzahl des Hubschraubers erhöhen und abheben, um exakt zur selben Zeit anzugreifen, wie die Schützen am Boden das Feuer eröffneten. Tom würde von der Seite aus hereinfliegen, und sein Schütze würde das Feuer eröffnen.

Sämtliche Männer des Angriffstrupps trugen Helme mit fluoreszierendem Stoff darauf, sodass alle mit Nachtsichtgeräten ausgerüsteten Personen sie sehen und somit Fehlschüsse vermeiden konnten. So sah es jedenfalls der Plan vor. In Alexanders Headset rauschte es.

Jetzt waren es nur noch wenige Sekunden.

Und dann:

»Showtime.«

Isobel wachte von einem Geräusch auf, das sie nicht wiedererkannte. Es klang wie ein dumpfes Dröhnen, aber sie konnte es nicht einordnen. Ein Unwetter?

Sie setzte sich auf dem Boden auf. Es war so dunkel, dass sie die Hand vor Augen nicht sah. Sie lehnte sich mit dem Rücken gegen die Wand und schloss ihre Arme um die Knie. Ihr Herz pochte heftig. Hatte sie es sich vielleicht nur eingebildet?

Nein. Jetzt kam es näher. Bumm-Bumm-Bumm.

Plötzlich explodierte die Welt um sie herum. Motorengeräusche, Schusssalven und lautes Gebrüll ertönten, und dann flog die Tür zu ihrer Hütte auf, und riesige breitschultrige Männer schrien etwas auf Englisch. Hinter ihnen herrschte absolutes Chaos.

Sie riss ihre Hände hoch und zeigte ihre Handflächen. Wollte nicht aus Versehen erschossen werden.

»Identify yourself«, brüllte ein Mann, während er ihr mit einer Taschenlampe geradewegs ins Gesicht leuchtete.

Sie konnte nichts mehr sehen. »Isobel Sørensen«, antwortete sie mit einer heiseren Stimme, die kaum den Lärm von draußen zu übertönen vermochte.

»Der Mädchenname Ihrer Mutter?«

Sie blinzelte und schrie: »Blanche. Blanche Pelletier!« Sie ahnte, dass die brutale Vorgehensweise des Mannes den Beweis erbringen sollte, dass sie tatsächlich die richtige Person war.

Dann stürmten zwei schwer bewaffnete Männer herein, ergriffen sie und zogen sie auf die Füße hoch.

Alexander war so auf die Soldaten fokussiert gewesen, die die Hütte stürmten, dass er anfänglich nicht mitbekam, was daneben geschah.

»Wir sind getroffen worden«, hörte er plötzlich Toms Stimme im Headset. »Verdammt.«

Alexander richtete sein Fernglas auf den Hubschrauber und sah, wie dieser ins Wanken geriet.

»Verdammte Scheiße. Sie haben genau ins Heck getroffen.« Jetzt schwankte der Hubschrauber heftiger. »Ich habe die Kontrolle verloren, wir stürzen ab.«

Hilflos sah Alexander zu, wie der Hubschrauber abstürzte. Die Rotoren krachten zu Boden, und dann zerbarst der Rumpf und explodierte schließlich mit einer enormen Rauchwolke. Alexander starrte auf das Szenario, bis seine Augen schmerzten. Der Hubschrauber brannte jetzt lichterloh wie ein Feuerball. Niemand sprang heraus.

Er kam auf die Füße. Begann zu rennen.

Das Erste, was Isobel sah, nachdem die Männer sie aus der Hütte gezerrt hatten, war eine gigantische Feuersbrunst. Zuvor hatte sie einen Knall gehört. Irgendetwas Großes war explodiert. Ein kleineres Flugzeug oder vielleicht ein Hubschrauber.

»Sanitäter«, rief einer der Männer.

»Was ist das?«, fragte sie wachsam, als ein bis auf die Zähne bewaffneter junger Mann in voller Montur mit Helm und einer Art Fernglas mit einer Spritze auf sie zukam. Sie war sich noch immer nicht ganz sicher, ob sie gerettet oder nur erneut gekidnappt worden war.

»*Painkiller.*«

»*No!*«, rief sie mit so mündiger Arztstimme wie nur möglich. Sie wollte nichts verabreicht bekommen, was sie womöglich umhaute. »Ich bin unverletzt. *No need.*«

Der Soldat zögerte und sah aus, als hätte er sich schon darauf gefreut, ihr die Nadel ins Fleisch zu rammen. »Wir müssen raus«, schrie derjenige, von dem sie annahm, dass er der Kopf der Truppe war. Sie bekam nur Gesprächsfetzen mit, die sie über ihre Headsets kommunizierten.

»*Negative, no sign of them.*«

»Plan B.«

»Wir müssen sie zu den Fahrzeugen bringen.«

Und dann hörte sie eine bekannte Stimme.

»Isobel!«

Sie blinzelte heftig. Das war doch völlig unmöglich, oder? Sie glaubte, ihren Ohren nicht zu trauen.

»Isobel!« Jetzt kam seine Stimme näher, es war also keine Einbildung.

»Alexander!«, rief sie zurück, während sie sich in der Dunkelheit, den Schusssalven und dem allgemeinen Chaos zu orientieren versuchte. Die Soldaten hatten sie bereits untergehakt, doch nun spürte sie einen ihr wohlbekannten festen Griff um ihre Schultern.

»Isobel!«

»Du bist ja wahnsinnig. Wie bist du denn hierhergekommen?«

»Wir müssen hier weg«, rief er ihr ins Ohr. »Kannst du gehen? Bist du verletzt?«

Sie starrte ihn an. Die Luft war voller Flammen und Rauch, und sein Gesicht war mit schmutzigen Striemen übersät. Sie konnte kaum glauben, dass er es war, als er in Militärmontur mit einem Maschinengewehr im Arm sowie einem Fernglas auf seinem Helm in schweren Wüstenstiefeln vor ihr stand.

»Was machst du hier?«, fragte sie hustend, während sie geduckt so schnell wie möglich neben ihm herlief.

»Es sind noch zweihundert Meter bis zu den Autos.«

Sie nickte.

Er reichte ihr seine Hand, umschloss ihre und dann flogen sie regelrecht auf die Jeeps zu. Alexander riss die Tür des einen Fahrzeugs auf, woraufhin sie hineinsprang und er hinterher. Der Wagen startete, ein beruhigend starker Motor heulte auf, während der Fahrer beschleunigte und sie in rasender Geschwindigkeit wegbeförderte.

»Tom?«, rief Alexander fragend, während er den Verschluss einer grünen Wasserflasche abschraubte, und sie ihr reichte. Sie trank, zwang sich jedoch, nach ein paar Schlucken aufzuhören. Wusste, dass sie es sonst nicht bei sich behalten würde.

Einer der Soldaten schüttelte zur Antwort den Kopf.

»Hat er es nicht überlebt? Bist du sicher?«

»*Positive. He's dead*«, rief ein anderer Soldat über das Motorengedröhne hinweg. »Er saß im Hubschrauber fest, als er abstürzte. Weder er noch der Sniper haben es überlebt.«

»Aber sollten wir ihn nicht mitnehmen? Seine Leiche?«

Doch als Isobel Alexanders Blick zurück in Richtung des Dorfes folgte, wusste sie, dass es ein unmöglicher Gedanke war. Jetzt zu wenden, wäre reiner Selbstmord gewesen. Sie hatte die Feuersbrunst ja selbst gesehen. Die konnte niemand überlebt haben.

»Nein«, rief der Soldat.

»Wer ist denn Tom?«, fragte Isobel, während sie in halsbrecherischer Fahrt durch die Wüste rauschten.

»Er hat die Operation geleitet. Er ist ein Freund von David Hammar. Du hast ihn auf der Hochzeit kennengelernt.« Alexander schüttelte mit verbissener Miene den Kopf.

»Oh Gott!«, rief sie aus und schlug sich die Hand vor den Mund.

Nur um sie zu retten, waren Menschen umgekommen. Tom und ein weiterer Mann im Hubschrauber. Vielleicht sogar Bewohner des Dorfes. Dort hatten auch Frauen und Kinder gelebt. War jemand von ihnen ebenfalls getötet worden? Der Gedanke daran war nur schwer auszuhalten. Sie kämpfte gegen die Übelkeit an, die in ihr aufstieg.

»Lexington war Soldat«, rief der Fahrer über die Schulter hinweg, während der Wagen über Schlaglöcher sprang. »Er wusste, worauf er sich einließ. Der Auftrag lautete, Sie zu befreien. Und das war erfolgreich.«

Isobel drückte Alexanders Hand und konnte immer noch nicht glauben, dass es wahr war. So viele Leute hatten sich zusammengetan, um sie zu befreien. Einschließlich Alexander, der extra hergekommen war. Sie lehnte sich gegen seine Schulter und ließ sich vom Wagen durchschütteln, während sie dachte, dass jetzt, wo das Adrenalin allmählich aus ihrem Körper wich, ein leichtes Schmerzmittel bestimmt nicht verkehrt gewesen wäre. Sie musste husten. Trank in langsamen Schlucken noch etwas Wasser.

»Wie habt ihr mich eigentlich gefunden?«, fragte sie nach einer Weile, noch immer von dem vorherrschenden Gefühl der Unwirklichkeit erfüllt. Des Schocks. Sie stand in der Tat unter Schock.

»Dein Marius hat beobachtet, wie sie dich verschleppt

haben. Er hat in N'Djamena Kontakt zu uns aufgenommen.«

»Was hat er denn in N'Djamena gemacht? Dort ist es doch total gefährlich.« Hatte er etwa den ganzen Weg von Massakory aus zu Fuß zurückgelegt? Selbst Erwachsene benötigten ja schon dreißig Stunden für die Strecke. War er verletzt? »Und wo ist er jetzt?«

»Er befindet sich noch am Stützpunkt. Es wird dir nicht gerade gefallen zu hören, aber Tom hat ihn in einem der Fahrzeuge eingeschlossen. Sie werden ihn aber umgehend wieder freilassen.«

»Wenn er euch geholfen hat, wird es gefährlich für ihn werden. Er hat niemanden, der ihn beschützen kann. Er wird sterben.«

Alexander legte seinen Arm um ihre Schulter und drückte sie vorsichtig.

»Ich weiß«, sagte er.

»Wohin fahren wir eigentlich?«, fragte sie, als sie eine breitere Straße erreichten und der Fahrer noch mehr Gas gab. Sie fragte sich auch, wie es Idris wohl ging, doch selbst sie sah ein, dass sie jetzt keinesfalls zum Kinderkrankenhaus fahren könnten. Sie wäre dort nur eine Belastung.

»Mein Bruder hat eine private Maschine gechartert. Sie fahren uns hin. Die Maschine ist mit medizinischer Ausrüstung ausgestattet und hat eigenes Personal. Wir gehen an Bord und fliegen so schnell wie möglich weg von hier.«

Sie starrte aus dem Wagenfenster. Fasste einen Entschluss. Der bereits in Stein gemeißelt war. »Marius muss mitkommen«, sagte sie und nagelte Alexander mit ihrem Blick fest. Sein Gesicht war schmutzig, und sie registrierte die Anspannung darin, die vom Stress der letzten Tage herrührte. Aber er nickte.

»Wir holen ihn.« Er erteilte dem Fahrer die Order.

Der Wagen legte einen U-Turn hin, und Isobel entspannte sich.

Sie lehnte sich zurück gegen ihren Sitz. Schloss für zwei Sekunden die Augen. Beschloss, noch ein wenig länger durchzuhalten.

Zwei Stunden später gingen sie an Bord der wartenden Maschine. Marius hielt Isobels Hand fest umschlossen. Alexander verschwand, um mit dem Piloten zu sprechen, während sie auf die Startbahn hinausrollten.

Die Sitze waren entfernt und durch eine Trage ersetzt worden, und anstatt Zeitungen, Obst und Rollwagen mit Tax-free-Artikeln standen hier Erste-Hilfe-Sets mit allen möglichen medizinischen Utensilien sowie schmerzstillenden Medikamenten bereit. Eine Krankenschwester bot ihr an, sie zu verarzten, doch sie versorgte ihre Wunden selbst und kümmerte sich dann um Marius. Er war unterernährt und verdreckt, aber seine Lungenfunktion und sein Herzrhythmus waren stabil. Sie zog ihm einen viel zu großen Pullover über und hüllte ihn in eine Decke. Danach erhielt sie selbst eine Garnitur frische Kleidung: eine Hose, ein T-Shirt und einen warmen Pulli. Dann wurde ihnen von dem zurückhaltenden, aber umsichtigen Personal Suppe serviert. Nach dem Essen legte sie Marius auf eine Reihe zurückgeklappter Sitze und breitete etwas umständlich und unbeholfen, aber mit zunehmendem Beschützerinstinkt eine Decke über seinen Körper.

Ihm begannen die Augen zuzufallen, und sie sagte: »Schlaf jetzt ein wenig, ich gehe nicht weg.« Sie nickte der Krankenschwester zu, die sich neben den Jungen setzte, um über ihn zu wachen.

Alexander kehrte zurück. Er hatte seinen Helm und seine

gesamte Schutzausrüstung abgelegt und reichte ihr eine Flasche. »Trink. Das ist eine Art Nährstofflösung.« Er blieb stehen, während sie das Getränk probierte.

»Isobel?«, fragte er nach einer Weile.

»Ja?« Sie wischte sich den Mund ab.

»Ich liebe dich, falls du es dir nicht schon selbst ausgerechnet hast.«

Sie lächelte. »Ich liebe dich auch.«

In seinen Augen begann es zu glänzen. »Ich muss schon sagen, dass es mich freut. Und du sagst es auch nicht nur, weil ich dir das Leben gerettet habe?«

»Ich bin sehr dankbar dafür, dass du mir das Leben gerettet hast. Aber ich habe dich schon vorher geliebt. Und zwar sehr.«

Er ergriff ihre Hand und küsste ihre Handfläche.

»Was machen wir mit Marius?« Sie schielte zu dem schlafenden Kind rüber. Er war so klein und schmächtig und benötigte fast keinen Platz. Sie hatte aus einem Impuls heraus agiert, da sie den Gedanken, ihn erneut zurücklassen zu müssen, insbesondere jetzt, nachdem er zu ihrer Rettung beigetragen hatte, nicht ertragen konnte. Aber die Probleme begannen sich bereits in ihrem Kopf aufzutürmen. Er hatte keine Papiere und keinen Pass. Konnte ein Kind um Asyl ansuchen? Hatte sie wirklich richtig gehandelt, indem sie ihn aus der Umgebung, die ihm vertraut gewesen war, herausgerissen hatte?

»Wir lösen das schon irgendwie. Wir landen in der Schweiz zwischen, um zu tanken, und fliegen von dort nach Schweden weiter, und zu Hause besorgen wir dann alle nötigen Papiere. Ich verspreche dir, Isobel, was auch immer geschehen mag, ich werde es lösen.«

Aus seinem Mund hörte sich alles so leicht an. Er beugte sich zu ihr hinunter und gab ihr einen staubigen und rauen, aber innigen Kuss, und sie beschloss, endlich einmal darauf zu vertrauen, dass, wenn ihr jemand etwas versprach, er es dann auch hielt. Sie zog seinen Kopf noch etwas näher zu sich heran.

Er gab einen schmerzverzerrten Laut von sich.

»Verdammt.«

»Was ist denn?«

»Ich hätte etwas sagen sollen, aber ich wollte einfach nur so schnell wie möglich von dort wegkommen.«

»Was ist passiert?«

»Es tut mir wirklich leid. Es wird schon gut gehen.«

Er hielt seine Hand hoch und betrachtete sie betreten. Die Innenfläche war voller Blut. Auf seinem Bauch breitete sich rasch ein dunkler Fleck in Richtung Brustkorb aus. Er wurde immer blasser.

»Es muss aufgerissen sein, als ich die Weste ausgezogen habe.«

»Bist du verletzt?« Sie sprang von ihrem Stuhl auf. »Warum hast du denn nichts gesagt?«

»Wahrscheinlich irgendwelche dummen Machoallüren. Ziemlich dämlich. Sorry«, sagte er schwach. Dann klappte er zusammen.

64

Alexander versuchte, seinen Blick zu fokussieren. Isobels besorgtes Gesicht schwebte über ihm. Sie hatte jede Menge blauer Flecken und war überall verpflastert, aber sie lebte. Er hatte Isobel gerettet. Das dürfte ihm zumindest einen Pluspunkt einbringen, wenn all seine Sünden zusammengerechnet werden würden. Seine Kehle brannte, aber er musste es unbedingt sagen, bevor es zu spät war. Um ihn herum dröhnte es. Er hatte eine vage Ahnung davon, dass er dieses Geräusch eigentlich hätte einordnen können müssen. Gewitter?

»Ich liebe dich«, krächzte er. Das Sprechen tat ihm weh. Aber es tat auch weh, wenn er nicht sprach, also fuhr er fort: »Das weißt du doch, nicht wahr?«

Es war ihm außerordentlich wichtig, dass Isobel es erfuhr. Dass er sie liebte. Dass sie das Beste war, was ihm je geschehen war.

»Ja, Alexander«, entgegnete sie.

Eine gesegnete kühle Hand berührte seine Stirn. Er wollte ihr sagen, dass ihre Hände die kühlsten und weichsten Hände waren, die er je auf seiner Haut gespürt hatte. Er blinzelte benommen. Ihr Gesicht schwebte immer im Kreis herum.

»Ich liebe dich«, murmelte er. »Ich liebe dich.«

»Du sagst es jetzt schon zum zwanzigsten Mal. Wenn du dich nicht bald beruhigst, muss ich die Morphinzufuhr drosseln. Und dann wird es anfangen, richtig wehzutun.«

»Oh, geht es mir deshalb so gut? Ich dachte, es sei Liebe,

dabei ist es Morphin.« Er verzog den Mund. »Ich liebe Morphin.«

Isobels Mundwinkel zuckten, und Alexander wusste bereits, dass er für dieses Lächeln alles tun würde.

»Ich glaube, ich bin angeschossen worden«, sagte er. »Vielleicht sollten wir jemanden bitten, es sich mal anzuschauen. Falls es nicht zu große Umstände bereitet.«

»Du hast eine tiefe Schusswunde gehabt«, erklärte sie. Ich habe dir eine Patrone entfernt und dich danach mit mehreren Stichen genäht. Sie strich ihm erneut über die Stirn. Er müsste sich etwas einfallen lassen, damit sie weitermachen würde, denn das tat unglaublich gut.

»Ich habe wie ein Schwein geblutet«, murmelte er.

»Ja.« Sie nickte.

Ihr Gesicht entglitt ihm erneut.

»Hast du mich wieder zusammengeflickt?«

Das Gesicht kam wieder zurück. Hinter ihr begann eine Lampe zu leuchten, die sie wie einen Engel aussehen ließ. Seinen Engel.

»Ja«, antwortete sie. »Bleib still liegen, du bekommst noch eine Spritze.«

Er gehorchte und lag still. Dann fiel ihm etwas ein. »Wenn du mich wieder zusammengeflickt hast, muss ich wohl ziemlich übel dran gewesen sein.«

»Ja, Alex, das warst du auch.«

Die Lampe verschwand, und unter ihm begann es zu ruckeln. »Wo sind wir eigentlich?«

»Die Maschine landet gleich in Arlanda.«

»Isobel? Antworte mir jetzt ehrlich.«

Sie nickte.

»Werde ich es überleben?«

Ihre Augen glänzten. »Ja.«

»Und dir geht es auch gut?«

»Ja. Nur ein paar Schrammen.«

»Sonst nichts?«

»Nein, ganz ehrlich.«

»Soll ich dir mal etwas sagen? Was ich noch nie zu jemandem gesagt habe?

Sie nickte.

»Ich liebe dich.«

Sie beugte sich vor, bedeckte seinen Mund mit ihren weichen Lippen und flüsterte: »Und ich liebe dich auch.«

»Also. Was meinst du? Sollen wir bis ans Ende unserer Tage glücklich zusammenleben?«

»Es scheint an der Zeit zu sein.«

Alexander schloss die Augen. Dachte, dass er ihr hätte sagen sollen, dass er sie liebte. Begnügte sich jedoch mit der Aussicht darauf, in Zukunft noch genügend Zeit dafür zu haben. Genauer gesagt, den Rest seines Lebens.

65

»Wie geht's dir?«, fragte Natalia, trat in den Flur und umarmte Alexander. Er drückte seine elegante große Schwester ein wenig fester an sich. Sie hatte ihn in den vergangenen sechs Wochen jeden Tag angerufen, und er sah ihr an, wie froh sie war, jetzt da die Gefahr vorüber war.

»Willkommen. Ich habe keine Schmerzen mehr, aber eine recht beeindruckende Narbe. Die mir meine Freundin zugefügt hat. Willst du sie sehen?«

»Nein danke. Bitte behalt deine Kleidung an. Mein Interesse an Narbengewebe ist relativ begrenzt. Wir müssen unbedingt verhindern, dass man dir noch weitere Schussverletzungen zufügt, du wirst nämlich langsam ungenießbar. Ist Mama übrigens schon da? Sie sagte, dass sie früh kommen wollte.«

»Sie ist da drinnen. Sie hat Eugen vom Bahnhof abgeholt und hilft gerade beim Servieren.«

»Tatsächlich? Sie hilft mit?«

»Glaubst du, dass sie möglicherweise von irgendwelchen Aliens ausgetauscht worden ist?«

»Also, wenn mein kleiner Bruder einfach so nach Afrika fliegt und dort seine Freundin aus den Klauen von Wüstenrebellen befreit, dann glaube ich fast alles.«

Natalia bewegte sich in Richtung der Stimmen, die aus dem Wohnzimmer drangen, und David, der direkt nach ihr gekommen war, trat in den Flur und schüttelte Alexander die Hand.

»Ich freu mich ebenfalls, dass es dir wieder gut geht, und ich will auch keine Narben sehen«, sagte David. Er hatte Molly auf dem Arm. Sie betrachtete Alexander mit neugierigem Blick. Der Schnuller in ihrem Mund wippte auf und ab.

Alexander strich seiner Nichte über die Wange, bevor er sagte: »Danke. Ich weiß, dass du lieber nicht darüber sprechen willst, aber ich möchte, dass du es weißt: Es tut mir leid, dass Tom es nicht geschafft hat.«

»Danke.« Über Davids Gesicht flog ein Schatten. Seinem Schwager die Nachricht zu überbringen, dass Tom bei einem Hubschrauberabsturz ums Leben gekommen war, hatte zu den schlimmsten Erfahrungen gehört, die Alexander je gemacht hatte. Er wusste, dass Toms Tod David tief getroffen hatte, denn die beiden Männer waren seit Langem Freunde gewesen. Alle waren von dem Verlust geschockt.

Isobel, die sich während des Flugs unheimlich zusammengenommen hatte, war nach ihrer Heimkehr in ein tiefes Loch gefallen. Natalia, Peter und David hatten sich in den ersten Tagen um alles gekümmert. Papiere ausgefüllt, Telefonate geführt, bürokratische Hindernisse überwunden. Sie hatten dafür gesorgt, dass Isobel Hilfe von einem Krisenteam erhielt. Dass Alexander weiterhin medizinisch versorgt wurde und wieder auf die Beine kam. Und dass sich Marius geborgen fühlte. Am längsten hatte Isobel zu kämpfen. Sie litt noch immer unter Albträumen und depressiven Verstimmungen, aber es ging langsam aufwärts. Oder wie Leila es ausdrückte: Es bedarf schon etwas mehr als einer Geiselnahme, Söldnern und Explosionen, um unsere Frau Doktor Sørensen umzuhauen.

»Tom war ein Krieger. Er wusste, worauf er sich einließ. Dennoch ist es schrecklich. Aber ich kann noch nicht richtig darüber reden. Entschuldige bitte.«

Davids Blick wurde feucht, er gab Alexander einen Klaps auf die Schulter und folgte dann seiner Ehefrau weiter in die Wohnung hinein. Alexander sah, wie David einen Arm um Natalias Schultern legte und seine Lippen auf ihr dunkles Haar presste. Natalias Goldkette blitzte auf, und ihr Arm legte sich fest und liebevoll um seine Taille.

Als es erneut klopfte, wandte sich Alexander wieder in Richtung Wohnungstür und öffnete sie.

»Hej Gina«, begrüßte er seinen nächsten Gast. »Willkommen.«

»Danke«, sagte sie. Sie wirkte gefasst, aber er hatte den Verdacht, dass sie ziemlich nervös war.

Peter stand hinter ihr, half ihr aus dem Mantel und reichte ihn Alexander. Alexander hängte ihn an die Garderobe und blickte dann Gina nach, die bereits im hinteren Teil des Flurs stand und sich mit Natalia unterhielt. »Ihr zwei seid jetzt also zusammen?«

»Ja.«

»Sie ist viel zu jung für dich.«

»Ja«, pflichtete Peter ihm bei. »Zu jung. Zu gut. Zu, du weißt schon. Sie kommt demnächst ins dritte Semester. Aber wenn ich großes Glück habe, wird sie meiner nicht überdrüssig.«

»Dann hoffe ich mal, dass du Glück hast«, entgegnete Alexander aufrichtig.

»Danke, Bruderherz. Gina freut sich übrigens sehr darauf, deine Isobel zu treffen. Sie hat den ganzen Weg hierher von ihr gesprochen. Sie bewundert Isobel enorm. Offenbar ist sie eine ganz besondere Frau.«

»Ja, Isobel ist eine besondere Frau. Eine der guten Seelen in dieser Welt. Nicht nur du hast eine Frau abbekommen, die du eigentlich nicht verdienst.«

Sie schauten einander an. Peter sah gut aus. Irgendwie dynamisch und zuversichtlich, nicht mehr so bedrückt wie in all den Jahren zuvor. Und nicht so ernst.

Dann zog Peter ihn zu sich heran, und sie umarmten einander wahrscheinlich zum ersten Mal überhaupt. Eine feste Umarmung, die ihre Versöhnung und ihren zukünftigen guten Willen bekräftigte.

Alexander räusperte sich. Peter trocknete sich rasch den Augenwinkel.

»Okay«, sagte Peter.

»Da drinnen gibt es etwas zu trinken und Häppchen«, sagte Alexander. »Bediene dich einfach.« Er wollte noch mehr sagen, etwas in der Art, dass sowohl er selbst als auch Natalia hinter Peter standen, wenn irgendetwas sein sollte, und dass Peter in der Zeit, in der er mit Louise verheiratet gewesen war, niemals so glücklich ausgesehen hatte wie heute, doch der Augenblick verflog viel zu schnell.

Peter nickte und gesellte sich zu den anderen im Salon. Da nun alle Gäste eingetroffen waren, ging Alexander ebenfalls in den Salon. Er schaute sich um.

Alle waren versammelt. Jedenfalls alle, die ihm an einem Tag wie diesem etwas bedeuteten. Selbstverständlich seine Geschwister mit ihren Partnern. Seine Mutter und Eugen. Blanche. Leila. Sogar Romeo, der zusammen mit seinem Freund aus New York hergeflogen war und sich geweigert hatte, Alexander etwas anderes servieren zu lassen als das Essen aus seinem Restaurant. Åsa und Michel, die nach ihren Flitterwochen sonnengebräunt und total verliebt aussahen. Und natürlich die Kinder, Marius und Molly. Wie gesagt, alle Menschen, die in Isobels und seinem gemeinsamen Leben eine Rolle spielten. Was sie heute Abend öffentlich machen würden, indem sie auch offiziell zusammenzogen. Er suchte mit dem Blick nach Isobel. Erblickte Marius, der die Hand seiner Mutter Ebba ergriffen hatte. Ebba tätschelte Marius' Handrücken, während sie Peter warmherzig anlächelte und dann Gina kurz in den Arm nahm; eine Umarmung, die zumindest aus der Entfernung richtig herzlich wirkte.

Offenbar war die Zeit der Wunder noch nicht vorbei.

Alexander ging auf die kleine Gruppe zu. Er wechselte einen Blick mit Peter und legte dann beschützend einen Arm um Marius. Der Junge war immer noch ziemlich mager, aber laut Aussage des Kinderarztes war er auf einem guten Weg, um ein altersentsprechendes Gewicht zu erreichen. Zum Herbst würde er eingeschult werden, und er konnte auch schon ein wenig Schwedisch.

»Danke Mama«, sagte Alexander leise. »Danke für alles.«

»Du musst mir nicht danken. Ich weiß, dass du es mir nicht glaubst, aber ich mache das alles nicht, weil ich mich verpflichtet fühle, ich will es wirklich.«

Ebba schaute zu Gina und Peter hinüber, die nun vor Molly standen und sie bewunderten. »Es sind zwar völlig neue Zeiten angebrochen, aber ich tue, was ich kann«, fuhr Ebba fort. »Ihr seid meine Kinder, und ich möchte nur, dass ihr glücklich seid.«

»Auch wenn das bedeutet, dass wir den Feind heiraten, afrikanische Kinder adoptieren und eine Liebesbeziehung mit der Putzhilfe eingehen?«

»Du musst nicht gleich ausfallend werden, Alexander. Aber in der Tat. Auch wenn ihr alles auf den Kopf stellt, woran ich einmal geglaubt habe.« Sie bedachte ihn mit einem vielsagenden Blick. »Und auch wenn sich Natalia mit ihrem leiblichen Vater trifft.«

»Wusstest du etwa davon?«, fragte er überrascht.

»Ich möchte nur, dass es euch gut geht. Das ist das Einzige, was ich je gewollt habe.«

»Das hat man nicht immer gemerkt.«

»Nein, ich weiß. Ich hoffe, dass du mir irgendwann verzeihen kannst.«

Es war das erste Mal, dass sie ansatzweise zugab, etwas falsch gemacht zu haben. Vielleicht hatte Natalia tatsächlich recht, und Ebba hatte sich wirklich verändert.

»Ich war bestimmt keine gute Mutter. Aber mein Ziel ist es, eine gute Oma zu sein. Für Molly und für Marius.«

Er legte eine Hand auf ihren Arm und drückte ihn vorsichtig. »Danke Mama, das bedeutet mir viel.«

Ebbas Augen begannen zu glänzen, und sie wandte sich ab.

Alexander begegnete Natalias gerührtem Blick. Himmel noch mal, dieses Fest war kurz davor, in eine Heulorgie auszuarten.

Isobel wusch sich die Hände und betrachtete ihr Gesicht im Badezimmerspiegel. Keine Spur mehr von den blauen Flecken. Sie sah wieder aus wie zuvor. Und sie begann, sich langsam auch wieder so zu fühlen.

Die ersten Wochen waren entsetzlich gewesen. Physisch hatte sie keine bleibenden Schäden davongetragen – im Unterschied zu Alexander, der nur allzu gern seine beeindruckenden Narben vorzeigte. Und psychisch war sie dabei, sich wieder zu erholen, auch wenn es ihr eine Zeit lang verdammt schlecht gegangen war. Sie hatten sie geschlagen, aber sonst nichts. Ihr gedroht, sie misshandelt und eingeschüchtert, aber nicht vergewaltigt. Sie wusste noch immer nicht, warum die Männer sie gekidnappt hatten. Aber Menschenraub war ein lukratives Gewerbe, Geld war immer ein Beweggrund, doch sie war einfach nur froh, das Ganze überlebt zu haben. Und ihr ging es Tag für Tag besser. Es war wirklich, wie alle sagten: Wenn man von liebenden Menschen umgeben war, konnte man fast alles bewältigen. Ja, es ging ihr definitiv wieder besser.

Sie schloss die Tür hinter sich und musste angesichts des Gemurmels ihrer Gäste lächeln, das bis zu ihr in den Flur drang.

Sie und Alex waren einander in den vergangenen Wochen nicht von der Seite gewichen, aber heute war der offizielle Beginn ihres Zusammenwohnens. Auf dem Weg in den Salon kam sie an Marius' Zimmer vorbei, das aussah wie das Zimmer eines beliebigen Siebenjährigen. Es war mit farbenfrohen Stoffen, Lego und Regalen mit Kinderbüchern eingerichtet. Danach passierte sie Alexanders und ihr gemeinsames Schlafzimmer und musste angesichts der Geheimnisse, die das nach außen hin ganz normal eingerichtete Zimmer verbarg, schmunzeln. Sie zog die Tür ein wenig weiter zu, denn es erschien ihr zu privat, die Tür offen stehen zu lassen, auch wenn natürlich nichts von all dem zu sehen war.

Sie hatten es in den letzten Wochen ruhig angehen lassen und nur die gemeinsame Nähe genossen, aber sie waren übereingekommen, in Zukunft zwischen Blümchen- und Hardcore-Sex abzuwechseln. Es kam ihr noch immer etwas ungewohnt vor, wie ungezwungen Alexander mit diesem Thema umging. Und sie war äußerst dankbar dafür, dass Marius ein Kind mit einem tiefen und festen Schlaf war. Und sie von genügend Leuten umgeben waren, die Babysitter für Marius sein wollten. Sowohl Natalia und Peter als auch beide Mütter hatten sich angeboten.

Sie schlich sich in die Küche.

»Wie läuft's?«, fragte sie Romeo, der einen Blick auf sein Personal und das Anrichten der Speisen hatte.

»Ciao bella«, begrüßte er sie, während er seinem Freund spielerisch auf die Hand schlug, als der gerade eine Blätterteigpastete stibitzte.

Isobel lehnte sich mit der Hüfte gegen eine der Arbeitsplatten und atmete ein paarmal tief durch.

»Alles okay?«, fragte Romeo.

»Ich muss mich nur kurz sammeln, bevor ich hinausgehe.«

»Nervös?«

»Etwas.« Sie hatte immer noch Schwierigkeiten mit Menschenansammlungen, geriet leicht in Panik und fühlte sich schnell bedrängt.

Leila gesellte sich zu ihnen in die Küche. Sie inspizierte den gut aussehenden Romeo mit großem Interesse, bevor sie sich an Isobel wandte.

»Hier bist du also. Darf man hier drinnen rauchen?«

Romeo gab lauthals einen Wortschwall italienischer Flüche von sich, woraufhin Leila die Augen verdrehte.

»Jajaja«, seufzte sie.

»Sind schon alle da?«

»Alexander serviert gerade Drinks und kleine Häppchen, von denen er behauptet, sie selbst gemacht zu haben. Die Leute unterhalten sich, und alle sind nett zueinander, also alles im grünen Bereich. Jedenfalls vorerst.«

»Mal sehen, wie lange es dauert, bis sich unsere Mütter in die Haare kriegen«, meinte Isobel.

»Ja, faszinierend, wie es ihnen gelingt, zwischen all die Höflichkeitsfloskeln ihre Verunglimpfungen einzustreuen. Sie sind einander wirklich ungemein ähnlich, ohne es selbst zu merken. Und Eugen, der Gute, hat sich auf die Fahnen geschrieben, zwischen den beiden zu vermitteln. Doch er sah schon recht beschwipst aus, also müssen wir vielleicht doch bald mit Blutvergießen rechnen. Wie läuft's eigentlich zwischen dir und Blanche?«

Isobel verzog das Gesicht. Sie klaute sich eine Gurkenscheibe, als Romeo gerade wegschaute. »Im Film hätte ich sie längst gebeten, zur Hölle zu fahren, aber im wirklichen Leben tut man so etwas ja nicht.«

»Nein«, pflichtete Leila ihr bei. »Die meisten halten es mit ihren Eltern einfach auf Gedeih und Verderb aus, egal, wie unerträglich sie sind. Und das nennt man dann Erwachsensein. Dabei muss man es gar nicht.«

»Stimmt, du hast es schon einmal gesagt.« Isobel zog leicht an ihrem Ohrring. Ihre Mutter hatte ihr zum Einzug die Brillanten ihrer Oma und ein kleines Gemälde geschenkt. Eine Entschuldigung würde sie nie über die Lippen bringen, aber das reichte ihr allemal aus. »Hast du mit Idris gesprochen?«

»Ihm geht es inzwischen schon viel besser, und er arbeitet wieder. Er lässt dich grüßen und hofft, dass Marius bald Zeit hat, mit ihm zu skypen.«

Alles war so gut ausgegangen, sie konnte kaum glauben, dass es wahr war. Idris war wieder gesund geworden, und nur wenige Tage später war ein Arzt von Ärzte ohne Grenzen im Krankenhaus eingetroffen.

»Ich bin so erleichtert.« Isobel kaute auf ihrer Gurkenscheibe herum. Sie zögerte. »Du, ich muss dir etwas sagen. Alexander weiß es schon. Ich habe eine Stelle am Karolinska-Institut angenommen. Eine Forschungsstelle im Bereich Katastrophenmedizin. Ich habe mich entschieden, meine Arbeit für Medpax aufzugeben. Und auch keine Auslandseinsätze mehr zu absolvieren.«

Leila wirkte keineswegs erstaunt. »Auf diese Weise kannst du höchstwahrscheinlich mehr für die Welt bewirken, wie ich dich kenne. Ich hatte längst damit gerechnet. Sven hat sich übrigens angeboten, in den Tschad zu fliegen.«

»Und seine Frau?«

Leila grinste. »Sie hat ihn wegen eines Fernsehpromis verlassen.«

»Wie schade für ihn.«

»Ja, jammerschade.«

Isobel biss sich auf die Lippe und unterdrückte ein Lächeln.

»Aber es kommt mir trotzdem vor, als würde ich euch im Stich lassen.«

»Mhm. Das meinst du doch immer.«

»Du schaffst es nicht mal, ein wenig Einfühlungsvermögen zu faken? Schließlich habe ich neun Tage in Geiselhaft gesessen.«

»Du lässt uns nicht im Stich. Gefühle entsprechen nicht immer der Realität. Ich werde ein Stickbild mit diesem Spruch anfertigen und es dir zur Hochzeit schenken.«

»Zur Hochzeit?«

»Wollt ihr euch denn nicht verloben?«

»Nicht, dass ich wüsste.« Obwohl sie ahnte, dass Alexander für heute Abend etwas geplant hatte.

Alexander kam zu ihnen in die Küche, und es war wieder einmal, als würde die Sonne durch alle Fenster hereinscheinen. Er hatte sich die Haare ganz kurz geschnitten und aufgehört, sündhaft teure Anzüge zu tragen. Als wäre er gereift. Erstaunlicherweise liebte sie ihn mit jedem Tag mehr, und sie hätte nie gedacht, dass man so viel für einen anderen Menschen empfinden konnte. Sie schluckte die lachhaften Tränen hinunter, da sie ihr nahezu perfektes Make-up nicht ruinieren wollte. Wenn Alexander ihr tatsächlich einen Antrag machen sollte, wollte sie schön aussehen.

»Kannst du uns kurz entschuldigen, Leila?«, fragte er.

»Nur ungern«, murmelte sie, ließ sie jedoch allein.

Alexander zog Isobel in seine Arme. »Marius unterhält sich gerade mit meiner Mutter.«

»Und, funktioniert es?«

»Glaubst du mir, wenn ich Ja sage?«

»Sie war übrigens sehr nett zu mir.«

»Niemanden erstaunt das mehr als mich. Hast du Leila schon von deinen Plänen erzählt?«

»Ja, und sie hat es fantastisch aufgenommen.«

»Super. Tja, jetzt ist es zu spät, einen Rückzieher zu machen. Jetzt wohnen wir zusammen.«

»Ich will auch gar keinen Rückzieher machen.«

»Ich habe solche Angst davor, dich überhaupt nicht verdient zu haben.«

»Pah, hast du gar nicht.«

Alexander nahm ihre Hand, und dann gingen sie gemeinsam zu den anderen hinaus. Er reichte ihr ein Glas, behielt sie im Blick und wich nicht von ihrer Seite.

Alex hatte sie definitiv verdient, dachte Isobel, während sie zuhörte, wie er Gina nach ihrem Studium fragte. Mehr, als er sich vorstellen konnte. Dieser Mann, der ihr zuliebe nur vegetarische Gerichte servierte und seine Familie und Freunde einlud, um ihr zu zeigen, dass er es ernst meinte. Der sich einen Kampf mit Rebellen in der Wüste geliefert und, ohne zu zögern, Marius mit zu sich nach Hause genommen hatte.

Alle nahmen am Tisch Platz, und sie schaute sich um. Die Leute unterhielten sich und lachten. Selbst ihre Mutter wirkte auf ihrem Platz zwischen Eugen und Peter zufrieden.

Alexander stand auf und schlug mit dem Löffel gegen sein Glas.

»Ich möchte euch allen danken, dass ihr heute hergekommen seid, um diesen Tag mit Isobel, Marius und mir zu feiern.«

Er hielt inne, und seine Augen wurden feucht, als er fortfuhr.

»Isobel. Du bist eine fantastische Ärztin. Ein Sprachrohr für all diejenigen, die keine Stimme haben. Eine Inspirationsquelle und ein Vorbild. Du bist wunderschön, witzig und clever und die einzigartigste Frau, der ich je begegnet bin. Ich bin so froh, dass ihr beiden, Marius und du, mit mir zusammenwohnen möchtet.«

Er verstummte. Schob seine Hand in die Hosentasche und zog eine herzförmige Schatulle aus schwarzem Samt hervor. Alle Frauen im Raum hielten gemeinschaftlich die Luft an. Marius sprang von seinem Stuhl hoch und klatschte in die Hände.

Alexander öffnete die Schatulle und sank dann vor ihr auf die Knie.

Isobel blieb die Luft weg. Es war unbeschreiblich kitschig, das war ihr klar, sie hatte nicht einmal angenommen, dass so etwas im wirklichen Leben überhaupt vorkam. Und dennoch gab es eine romantische Ader in ihr, der es gefiel. Denn wie hätte sie es sich sonst erklären können, dass sich ihr die Kehle zuschnürte?

Sie ließ Alexander nicht aus dem Blick. Im Raum war es mucksmäuschenstill.

»Möchtest du meine Frau werden?«

Sie biss sich auf die Lippe, versuchte, sich noch zu beherrschen, musste dann jedoch mit einem ziemlich unangemessenen Schluchzen aufgeben. Nun würde die Schminke in ihrem Gesicht endgültig verlaufen. Sie drückte Alexanders Hand fest.

»Sehr gerne.«

Er atmete auf. »Gott sei Dank«, sagte er dermaßen erleichtert, dass heftiger Jubel ausbrach.

Die Gäste lachten, applaudierten und begannen, einander zu umarmen. Champagnerkorken flogen in die Luft, Gläser wurden gefüllt, und dann drängten sich die Frauen um sie herum, um ihren Ring zu bewundern. Alexander erhielt Gratulationen und wurde von Umarmungen fast erdrückt, und Isobel erhaschte einen kurzen Blick auf ihn und dachte mitten im Tumult nur eines, wieder und wieder: *So fühlt sich also Glück an.*

EPILOG

Tom Lexington öffnete die Augen.

Er hatte Schmerzen, was ja offensichtlich bedeutete, dass er noch am Leben war. Auch heute noch.

Sein Mund war so ausgetrocknet, dass er nicht schlucken konnte. Wenn er die Wahl hätte, dann wäre sein größter Wunsch, nicht zu sterben, indem er verdurstete.

Doch am liebsten würde er gar nicht sterben. Auch wenn es in der letzten Zeit Tage gegeben hatte, an denen er sich in dieser Frage nicht so sicher gewesen war.

Er hörte Stimmen vor der Tür, bevor sie aufgerissen und er ziemlich brutal auf die Füße gestellt wurde. Er konnte ein schmerzvolles Stöhnen nicht unterdrücken. Es gab vermutlich keinen Körperteil, der ihm nicht wehtat.

Sie schleppten ihn nach draußen in die Sonne und Hitze.

Die Leute machten sich im Allgemeinen keine Gedanken darüber, dass es noch Alternativen zum Sterben gab, die weitaus schlimmer waren.

Sie zwangen ihn hinunter auf die Knie, und Tom wusste, dass er mindestens einige dieser Alternativen erleben würde.

DANKSAGUNG

Ohne die Großzügigkeit von vielen hilfsbereiten Menschen hätte ich dieses Buch nie schreiben können. Unglaublich freigiebige und zuvorkommende Menschen, die geduldig meine Fragen zu allem, angefangen bei humanitären Hilfsorganisationen, privaten Sicherheitsunternehmen und BDSM über medizinische Themen, Rassismus, Migrationsfragen bis hin zu Schlössern in Skåne sowie einer Menge Dinge dazwischen beantwortet haben. Ich möchte allen Beteiligten, die mir in so großzügiger Weise ihre Zeit, ihr Wissen und ihre Sachkenntnis zur Verfügung gestellt haben, aus tiefstem Herzen danken. Alles, was richtig dargestellt wurde, habe ich diesen Menschen zu verdanken. Das, was dennoch falsch ist, liegt einzig und allein an meiner eigenen Unzulänglichkeit.

Darüber hinaus möchte ich einen besonderen Dank richten an Petra Ahrnstedt, Carina Hedberg, Trude Lövstuhagen, Katarina Bivald, Carina Bergfeldt, Susanna Ericsson und Erik Lewin. Mein ausdrücklicher Dank gilt auch Åsa Hellberg, Freundin, Verlagskollegin und ausgezeichnete Ratgeberin (wenn ich sie darum bitte).

Ein großes Dankeschön an meine Verlegerin Karin Linge Nordh, meine Lektorin Kerstin Ödeen, Danke an John Häggblom für sein Feedback und selbstverständlich auch an die anderen enthusiastischen und superprofessionellen Mitarbeiter des Forum Verlags. Es ist mir eine Ehre, erneut mit euch zusammenarbeiten zu dürfen. Danke auch an meine Literaturagentin Anna Frankl von der Nordin Agency, die dafür sorgt, dass meine Bücher auch im Ausland erscheinen.

Und schließlich ein großes Dankeschön an meine wunderbaren Kinder. Ich weiß nicht, womit ich euch verdient habe, aber ihr seid die besten Kids auf der ganzen Welt.

Simona Ahrnstedt, Stockholm 2015